Introduction to James Joyce

제임스 조이스
문학 읽기

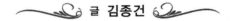 글 김종건

어문학사

머리말

1960년부터 모더니즘 작가 중 가장 위대한 작가 제임스 조이스를 공부하기 시작한 이래, 반(半) 백 년 이상의 세월이 흘렀다. 이 기간에 그의 작품 연구와 번역이 그 주종을 이루었는데, 외국어로 쓰인 고전은 학자에게 번역 자체가 최대의 연구인 셈이었다. 이는 창작과 연구를 동시에 수반하는 가장 힘든 문학 행위였다. 이것은 오랜 세월 스스로 선택하고 치유 받은 숭고한 소도(蘇塗)요, 정신적 해탈이었다.

조이스 문학 번역사(飜譯史)는 가장 유명한 『율리시스』를 시작으로 조이스의 초기 작품인 『실내악』(1981)과 여타 시들, 『더블린 사람들』(1985), 『젊은 예술가의 초상』(1988)을 차례로 번역했다. 그리고 『망명자들』(1988)과 『영웅 스티븐』(1988) 및 『비평문집』(2011)이 이들을 뒤따랐고 제임스 조이스의 걸작 『피네간의 경야』까지 번역하기에 이르렀다. 이 엄청난 대작 번역 작업은 작가에 못지않을, 서책에 파묻힌 산해숭심(山海崇深)의 노동이었다. 2002년에 『피네간의 경야』 최초의 번역본(서울: 범우사)이 나왔을 때, 그것은 전 세계에서 네 번째의 일이었다. 『피네간의 경야』의 번역 작업은 각종 자전과 비평서를 수천 번 섭렵하는 처절하게 힘든 작업이었다. 『피네간의 경야』는 원전이 수록한 어휘 수가 6만 4천여 자요, 60~70개의 외래어를 응축 결집함으로써, "언어의 아수라장" 같은 인상을 준다. 그런데도 이 미로의 "아수

라장"은 빈틈없는 내실의 합리성을 띠고 있는데, 이 작업을 통해 조이스는 언어에 의한 창조적 대공장이요, 위대한 예술가임을 여실히 느꼈다. 그것이 아무리 광란의 횡설수설처럼 보일지라도, 그것은 천재적 행위다. 언어의 책략에 의한 작품의 내용을 저울에 달면, 세계적으로 그만한 중량의 책도 드물 상 싶다. 감사하게도 조이스 번역의 공로를 인정받아 2013년 대한민국학술원상을 수상하는 영예도 안았다.

제임스 조이스 연구 반평생의 결실로 지난 2013년 『제임스 조이스 전집』을 발간하였다. 그럼에도 사실 제임스 조이스에게는 셰익스피어와 같은 대중성을 기대하기 어렵다는 평이 많다. 그렇지만 『제임스 조이스 문학 전집』은 저간에 이룩한 총체적 결실인지라, 부디 그것이 일반 대중들의 독서 취향을 북돋우고, 장차 우리나라 조이스 연구의 한 획으로서, 귀중한 전거(典據)가 되기를 겸허히 바라마지 않았다.

『제임스 조이스 전집』 출간이라는 오래된 과제를 이루었음에도 제임스 조이스 문학을 이해하기 힘들어하는 독자가 대부분인지라 제임스 조이스 문학 안내서가 따로 나와야 할 필요가 있음을 절실히 느끼게 되어 이 책을 출간하게 되었다. 『제임스 조이스 문학 읽기』는 조이스의 주요 작품은 물론 시, 희곡, 비평, 에피파니, 서간문 등을 모두 망라하여 제임스 조이스 문학을 처음 접하는 독자는 물론, 전문학자들을 위해 그의 작품 세계를 쉽게 해설한 일종의 자전적 참고서다. 작품의 배경, 시대, 등장인물, 이야기 줄거리, 주제, 문체, 기법, 상징 등을 요약함으로써 단 한 권으로 제임스 조이스 작품의 이해를 도와주는 데 큰 역할을 할 수 있을 것이다.

2015년 김종건

● 차례 ●

1 1920년대의 작가 제임스 조이스: 작품 교정에 몰두하고 있다.

2 아일랜드 수도 더블린 시 중심가의 오코넬 거리: "금세기의 가장 의미심장한 책"으로 알려진 그의 『율리시스』는 이 도시를 배경으로 하고 있다. 거리를 누비는 더블린 사람들, 노란색 이층 버스들, 18세기 에드워드 왕조 풍의 건물들이 보인다.

1 조이스의 생가: 더블린 외곽, 라스가, 브라이턴 41 광장
2 조이스의 어머니 메리 조이스
3 조이스의 아버지 존 스태니슬로스 조이스: 조이스 작품의 소재를 수없이 공급한다. "나
  는 언제나 그를(조이스)를 좋아했다. 나 자신이 죄인인지라, 심지어 그의 잘못을 좋아했
  다."(서간문 중)

1 조이스의 초등학교: 클롱고우스 우드 기숙학교(Clongowes Wood College) 『젊은 예술가의 초상』 1, 2장의 배경
2 조이스의 중등학교: 벨비디어 칼리지(Belvedere College) 『젊은 예술가의 초상』 3장의 배경
3 조이스의 대학교: 유니버시티 칼리지(University College Dublin) 『젊은 예술가의 초상』 5장의 배경

1 헨릭 입센: 노르웨이의 대문호 극작가, 조이스에게 큰 영향을 주었다.
2 조이스의 중학교 동창생들: 조지 크랜시, J.F. 번, 조이스(좌로부터)
3 대학 졸업 가운 입은 조이스: 1920년대

1 파리의 성 쥬느비에브(Geneviêve) 도서관: "그(조이스)가 파리의 죄로부터 몸을 피한 채, 밤마다 글을 읽던 곳"(U 21)

2 더블린의 나소 가(Nassau St.): 조이스가 뒤에 아내로 삼은 노라를 처음 만난 곳.

3 유니버시티 칼리지의 뒤뜰: 스티븐이 그의 유명한 심미론을 토론하는 곳,『젊은 예술가의 초상』5장

1 조이스의 아우 스태니슬로스 조
 이스: 유니버시티 칼리지 교수,
 "나의 금풍(金風[goldfashioned])의
 태형(怠兄)은 거의 갈 까마귀로
 나를 미치게 몰았으니……."(FW
 276)

2 H. S. 위버(Weaver): 조이스의 후
 원자: 『젊은 예술가의 초상』은 최
 초에 그녀의 잡지 「에고이스트」
 에 시리즈됐다.

1 1930년대 파리의 모더니스트들: F.M. 포드, 조이스, 포드, 존 퀸(좌로부터)
2 눈 수술 받은 조이스 그리고 노라, 1930년대

조이스의 동상: 취리히의 플런턴 묘지

제임스 조이스: 1930년대

1 켄 모나한과 그의 아내: 「블룸데이」의 더블린 지형 배경 안내자들
2 1904년의 더블린 안내서 격인 『율리시스』: 100여년(2015)이 지난 오늘날도
같은 역할을 한다.

1 「블룸즈데이」의 오코넬 가의 연출자들: 스티븐 데덜러스, L. 블룸, 몰리 블룸(좌로부터)

2 「율리시스」지지 답사에 종사하는 필자: 멀리 마텔로 탑이 보인다.

더블린 남부 샌디코브 해변의 마텔로 탑: 「율리시스」 1장의 배경

Introduction to James Joyce

제임스 조이스의
생애와 작품들

제임스 조이스(James Augustine Joyce; 1882~1941)는 본질적으로 도시의 작가(urban writer)다. 그가 자란 더블린과 그 인근(Dublin and its environs)은 그의 전 작품들을 수놓는 지지(地誌, topography)를 형성함은 물론, 작품들의 근간이 된다. 그의 작품에 등장하는 주인공들이 그곳에 생활하고 기거하는 더블린은 작품들의 사실적 소재들을 제공하며, 이들 소재는 그들의 풍부한 상징들과 의식원(意識源)이 된다.

조이스는 그의 전(全) 생애 약 60년 중 대략 20년씩의 각각 세 국면으로 나누어진 일생을 보냈다. 첫째 국면은 그의 초기 교육의 기간으로 주로 수도 더블린에서 이루어졌다. 둘째는 조이스 방랑의 기간으로 이 기간에 그는 작가와 성인으로 성장하는 과정을 거치며, 주로 유럽 대륙의 여러 도시에서 보냈다. 셋째는 명성과 행운의 기간으로 주로 파리와 스위스에서 생활했다.

조이스는 1882년 2월 2일 더블린의 교외인 라스가(Rathgar)의 서부 브라이톤 광장(Brighton Square) 41번지에서 태어났다. 그는 당시 수세리

(收稅吏)였고, 경제적으로 넉넉지 못한 부친 존 조이스(John Joyce)와 예술적 기질을 띤, 그의 어머니 메리 조이스(Mary Joyce) 사이의 살아남은 10명의 형제자매 중 맏이였다. 조이스의 생일은 가톨릭교의 성촉일(〔聖燭日〕 Candlemas)로서, 이날은 성모 마리아가 순결하다는 표시로 그녀를 기리기 위하여 촛불 행렬을 하는데, 조이스의 생일은 이날과 우연히도 일치한다.

조이스의 가족은 잇따라 더블린의 교외인, 라스민즈(Rathmines)의 캐슬우드 가로(〔街路〕 Castlewood Avenue) 23번지로 이사했으며, 다시 1887년 더블린의 또 다른 교외인 브래이(Bray)로 이사했다. 이곳 그의 집(필자가 확인한 대로, 100여 년이 지난 지금도 이 건물은 상존 한 채, "제임스 조이스의 집"이란 태그가 「아일랜드 관광국」에 의해 그의 문간에 붙어있다)은 『젊은 예술가의 초상(A Portrait of the Artist as a Young Man)』(이하 『젊은 예술가의 초상』으로 약기 한다)의 제1장에서 유명한 크리스마스 만찬 장면이 벌어지는 현장이기도 하다. 브래이는 해변에 있고, 『젊은 예술가의 초상』에서 우리가 읽듯, 이곳은 그의 부친 존 조이스가 아침의 산책에서 신선한 "오존을 마음껏 들이마시는" 수려한 경치의 현장이다. 또한, 이 브래이는 스티븐 데덜러스에게 『율리시스』의 「텔레마코스」 장에서 "물 위에 떠 있는 고래의 등"을 상기시킨다.

1888년 9월부터 1891년 7월까지 조이스는 예수회(Jesuit)에 의하여 운영되는 클론고우즈 우드 칼리지(Clongowes Wood College)에 재학했는데, 그곳은 더블린에서 약 20마일 떨어진 곳으로, 앞서 『젊은 예술가의 초상』의 제1장에서 스티븐이 재학하는 초등학교다(오늘날 이곳을 답사하는 관광객은, 어린 스티븐이 사나운 친구〔웰즈〕에 의하여 그곳에 어깨로 떠밀린 유명한 "시궁창 도랑〔square ditch〕"에 안내받기 일쑤다). 또한, 이 학교는 옛날 공작의 주거지로, 일종의 성채(〔城砦〕 castle) 같은 건물로서, 『젊은 예술가의 초상』에서 같은 이름으로 계속 서술된다.

　1891년 6월 조이스의 부친 존 조이스는 그의 수세리(收稅吏) 직을 잃었는데, 그 결과 재정적 이유로 조이스는 더는 클론고우즈를 다닐 수 없었다. 부친의 실직과 아일랜드 정치가 찰스 파넬(Charles Parnell) 의 몰락은 그의 가족의 재정적 몰락을 가속화 했다(이러한 내용은 『젊은 예술가의 초상』 제1장에서 자세히 기술된다). 같은 해 조이스는 파넬의 서거 를 애도하는 「힐리여, 너마저(Et Tu, Healy)」라는 단편 시를 썼지만, 현 재 남아 있지 않다. 1892년 조이스의 가족들은 다시 더블린 남부 외 곽 마을인 블랙록(Blackrock)으로 이주했는데, 어린 스티븐이 그의 찰 스 아저씨와 가진 그의 운동과 심부름의 기억은 『젊은 예술가의 초상』 의 제1장에 역시 서술된다. 조이스 가(家)는 재차 부친의 재정적 파산 으로 1893년 더블린의 빈민가로 이사했는데, 그들은 당시 시의 북쪽 외곽에 있는 노스 리치몬드(North Richmond) 가(街)에 살았고, 조이스는 그곳의 기독 형제 학교(Christian Brothers School)에 재학했다. 그때의 경 험은 『더블린 사람들(Dubliners)』 중의 「애러비(Araby)」의 이야기 배경 을 제공한다. 그 해 4월 6일에 그와 동생 스태니슬로스 조이스(Stanis- laus Joyce)는 더블린의 중심가에 위치한 예수회에 의하여 운영되던 벨 비디어 칼리지(Belvedere College) 남자 중등학교에 등록했다. 이는 아마 도 클론고스 우드 칼리지의 전 교장이었던, 존 콘미(John Conmee) 신부 (『율리시스』 제10장 초두 참조 U 180)의 노력을 통해 마련된 장학금으로 이 루어졌다. 벨비디어 칼리지에 재학하는 동안, 조이스는 국가시험들에 서 장학금을 위한 상을 여러 번 탔다. 이 학교에서의 스티븐의 경험은 『젊은 예술가의 초상』의 다양한 내용을 이루거니와 특히 제3장의 그 의 종교적 갈등과 신부의 설교, 및 그로 인한 고해(叩解)의 장면은 고 무적이요, 두드러지다.

1894년 2월 조이스는 그의 부친과 함께 가족의 남은 재산을 정리하기 위해 그의 부친의 고향이요, 아일랜드의 남부 항구 도시인 코크(Cork)로 밤 기차를 타고 함께 여행했다. 그때의 경험은 『젊은 예술가의 초상』의 제3, 4장의 한 부분을 구성한다. 더욱이, 스티븐의 코크에 대한 경험 및 부친의 출생지에 대한 회상은 조이스의 전 작품을 점철한다. 1895년 조이스는 벨비디어 칼리지에서 성처녀 마리아의 신앙 및 자선 활동을 목적으로 하는 신도회에 가입했으며, 1896년에 유명한 "회장직(Prefect)"에 선출되었다. 1897년 그는 다시 그 직에 재선되었으며, 1898년 성 프란시스 자비에르(Francis Xavier)를 축하하는 유명한 피정(避靜)을 위한 설교에 참가했다. 이때의 경험은 『젊은 예술가의 초상』의 제3장의 주된 내용이다. 당시 조이스는 또한, 종교적 위기를 겪었으며, 이때 자신의 가톨릭 신앙을 버렸다.

스티븐은 벨비디어 칼리지를 졸업하고, 이어 가톨릭대학인 더블린의 유니버시티 칼리지(University College Dublin[UCD])에 입학함으로써, 그의 예수회의 교육은 계속되었다. 이 대학은 유명한 추기경 카디널 뉴먼(Cardinal Newman)이 설립한 학교요, 저명한 맨리 홉킨즈(Hopkins) 교수가 조이스에게 시를 가르쳤다(오늘날 대학 본관 건물 앞 문간에는 "교장/뉴먼, 교수/홉킨즈, 학생/조이스"라는 대학을 빛낸 세 사람의 둥근 태그가 붙어 있다).

조이스의 대학 생활은 남달리 두드러진 것이었다. 그는 자신의 별난 소외적 태도와 인습 타파적 견해 때문에 거의 즉각적으로 친구들과 멀어지기 시작했다. 그의 많은 급우가 조국의 사회적, 경제적 및 정치적 기관들과 자신들의 결합을 추구하고 있을 때, 조이스는 이러한 기관들에 대한 강력한 비판을 분명히 하고 있었다. 유니버시티 칼리지의 그것과 같은 동질적 세계에서, 이러한 개성이야말로 동료로부터 완전한 국외추방을 쉽사리 의미했다. 그러나 조이스는 자신의 불복종 효과를 준비된 기지와 즐거운 테너 목소리로 완화했다. 나아가, 그는 영국의 그리고 대륙의 당대 문학에 대한 자신의 부정할 수 없는 지력과 탁월한 이해를 지녔는데, 이는 그의 많은 급우로 하여금 그에게서 경외심과 감탄을 불러일으켰다.

이때 조이스는 대학에서 자신의 지적 가능성과 잠재력을 아주 공개적인 태도로 과시하기 시작했다. 그리하여 당시 그는 당대의 선배 시인 예이츠(Yeats) 작 『캐더린 백작부인(*The Countess Cathleen*)』을 공격하는 동료 학생들의 항의문에 서명하기를 거절했는데. 이 사건은 전교에 파급된 한 선풍적 사건으로서, 조이스를 그들 간에 일약 유명하게 만들었다. 1900년 1월 20일 그는 자신의 논문 「연극과 인생(*Drama and Life*)」을 대학의 「문학 및 역사 학회(*Literary and Historical Society*)」에서 발표했는데, 그것의 주제는 예술을 도덕적 주제들로부터 분명히 분리하는 것이었다. 이 논문은 뒤에 그의 미완성 소설인 『영웅 스티븐(*Stephen Hero*)』에서 재차 소개된다. 같은 해 4월에 그는 『인형의 집(*Doll's House*)』으로 우리에게 친숙한 노르웨이의 극작가 입센(Ibsen)에 대한 그의 호의적 평론 「입센의 신극(*Ibsen's New Drama*)」을 권위 있는 『포트나이틀리 리뷰(*Fortnightly Review*)』지에 발표함으로써, 그의 지력을 다시 한 번 세상에 떨치기 시작했다.

1901년 말에 조이스는 아일랜드 극장의 지방성 및 그것의 국수주의적 성향을 공격하는 자신의 논문 「소동의 시대(*The Day of Rabblement*)」를 발표했다. 그는 이를 본래 『성 스티븐즈(*St. Stephens*)』라는 비공식 대학 잡지에 게재할 의도였으나, 예수회 지도 교수에 의하여 그것이 거절되자, 이를 개인적 자비로 출판했다. 이 논문은 뒤에 『조이스의 비평문집』 속에 재출판되었다.

조이스가 1902년 2월 15일에 「문학 및 역사 학회」에서 두 번째로 행한 연설은 「제임스 클레런스 맹건(*James Clarence Mangan*)」이란 논문으로, 『성 스티븐즈』지의 5월 호에 게재되었다. 이 연설 또한, 『조이스의 비평문집』에 수록되고 있다. 1902년 조이스는 이미 언어학에 통달한 야심 있는 학생이었고, 같은 해 10월 유니버시티 칼리지를 졸업했으며, 현대 언어학으로 문학사의 학위를 취득했다(여기서 그가 터득한 언어 지식은 그의 작품들의 전 영역을 커버한다). 이어 같은 해 그는 의학을 공부하기 위해 파리로 유학의 길에 올랐는데, 그것은 또한, 그에게 소위 아일랜드의 지적 폐소공포증([閉所恐怖症] intellectual claustrophobia)으로부터의 도피 그 자체를 의미했다. 비록 조이스는 당대 선배 문인으로, 그의 유명한 『서부 세계의 바람둥이』의 저자인 존 싱(John Millington Synge)을 파리에서 만났을지라도, 당시 이러한 짧은 외국 생활은 그에게 외로움과 빈곤을 안겨줄 뿐이었다.

조이스는 1903년 4월 10일 부친으로부터 "무(卅) 위독 귀가 부(父)(Nother dying come home father [원문 그대로])"라는 전보를 받고 일시 귀국했는데, 그의 모친은 그 해 8월 13일에 세상을 떠났다. 한동안 조이스는 더블린에 머물러 있었는바, 그곳에서 그는 『더블린 사람들』의 이야기들을, 그리고 이어 『예술가의 초상(*A Portrait of the Artist*)』이라는 제목의 긴 수상록을 썼다. 그리고 이 수상록은 더블린의 잡지 『다나(*Dana*)』지에 실렸다. 이는 조이스의 『영웅 스티븐(*Stephen Hero*)』이란 소설의 초고가 되며, 그의 초창기 작가적 노력의 증표를 의미한다.

1904년 조이스는 더블린 외곽의 달키 마을에 있는 클리프던 초등학교(Clifden School)에서 잠시 글을 가리켰고, 9월의 1주일 동안 샌티코브(Sandycove) 해안에 있는 마텔로 탑(Martello Tower[지금의 「제임스 조이스 박물관」])에서 그의 익살꾼 친구인 고가티(Oliver Gogarty[벅 멀리건의

|제임스 조이스 문학 읽기|

모델])와 잠시 함께 살았다(1967년에 스트릭[Joseph Strick]에 의하여 제작된 『율리시스』 영화는 샌디코브 해안의 마텔로 탑을 제1장의 배경으로 하고 있다). 이.때의 경험과 배경은 『율리시스』의 제1장의 소재를, 그리고 그의 클리프던 학교의 가리킴은 제2장의 배경과 소재를 각각 제공했다.

조이스는 1904년 6월 10일에 아일랜드의 서부 도시인 골웨이(Galway)에서 자신의 여생을 함께할, 처녀 노라 바나클(Nora Barnacle)을 만났다. 다음 몇 달 동안, 그들은 더블린에서, 비록 그곳의 많은 사회적 관행들 때문에 제한을 받긴 해도, 열렬한 구애의 시간을 보냈다(B. 매독스 저 『노라의 전기[Biography of Nora]』 참조).

1904년 10월 조이스와 노라는 유럽으로 사랑의 도피를 감행했다. 그들은 부분적으로 조이스가 결혼이라는 인습적 제도를 믿지 않았기 때문에, 그리고 부분적으로 그와 노라는 당시 아일랜드에서 공개적으로 함께 살 수 없었기 때문에, 더블린을 떠났다. 한층 의미심장한 것은 당시 더블린의 지적 및 예술적 분위기가 그들에게 단순히 너무나 숨 막혔다는 사실이다. 그리하여 그들은 런던과 스위스의 취리히(Zurich)를 거쳐, 이탈리아의 트리에스테(Trieste) 및 폴라([Pola] 이들은 당시 오스트리아 영[嶺]에 속했다)에 도착했다. 그러자 조이스는 트리에스테의 남쪽 약 150마일 지점에 있는 벨리츠 학교(Berlitz School)에서 영어 교사로 발탁, 그곳에서 글을 가르치기 시작했다.

이때 조이스는 뒤에 『더블린 사람들』로 편찬된 단편들을 계속 작업했으며, 자신에 앞서 『다나』지에 실린 수필 『젊은 예술가의 초상』을 한 권의 소설 『영웅 스티븐』으로 개작하기 시작했다. 1905년 3월 그는 트리에스테로 이주했고, 1905년 7월에 아들 조지오(Giorgio)가 탄생했으며, 같은 해 10월 조이스의 동생 스태니슬로스 조이스(Stanislaus Joyce)가 더블린으로부터 트리에스테로 그의 가족과 합세했다. 스태니슬로스 역시 영어 선생이 되었으나, 부수적 수입에도, 조이스의 재정적 어려움은 계속되었다. 1905년 가을, 조이스는 『더블린 사람들』의 출판에 관해 출판사 사장 그랜트 리차즈(Grant Richards)와 협상을 시작했다. 이러한 협상은 다음 12개월 이상 동안 계속되었으나, 종국에 리차즈는 앞선 출판 제의를 철회하고 말았다. 1906년에, 조이스는, 노라 및 아들 조지오와 함께 더욱 커다란 재정적 안정을 바라는 가운데 로마로 이주했다. 그곳에서 조이스는 한 은행에서 서기로 일했다(당대 시인 T.S. 엘리엇처럼). 그러나 로마의 생활은 가족을 위해 불쾌했는지라, 그들은 1907년 3월 트리에스테로 되돌아왔으며, 조이스는 다시 영어 가정교사로서 생활을 영위해 나갔다. 같은 해 조이스는 『더블린 사람들』의 마지막 이야기인 「죽은 사람들」에 대한 작업을 완료했다. 그 해 5월 런던의 한 출판사가 그의 초기 서정 시집 『실내악(*Chamber Music*)』을 출판했고, 7월 26일 딸 루치아 조이스(영어명은 루시아)가 탄생했다. 1908년 9월에 전통적 사실주의 소설이라 할, 26개 장으로 구성된 자서전적 소설 『영웅 스티븐(*Stephen Hero*)』을 쓰기 시작했으나, 도중에 그 취지를 바꾸어, 독창적 모더니즘 작품 형태의 『젊은 예술가의 초상』으로 개작하기 시작했다.

1909년 8월 1일, 조이스는 아일랜드를 방문했으나, 다음 날 트리에스테로 이내 되돌아왔다. 이때의 방문에서 그는 뒤에 자신의 유일한 희곡 『망명자(*Exiles*)』들의 주제가 된, 그의 우정과 사랑의 역학 관계의 감정적 위기를 경험해야 했다(조이스의 친구 코스그레이브[Vincent Cosgrave]와 아내 노라의 날조된 치정[癡情] 관계가 그 원인이었다). 같은 해 조이스는 다시 더블린으로 되돌아가 트리에스테의 어떤 사업가의 경제적 지원을 받아, 그곳에서 볼타 시네마(Volta Cinema)라는 한 극장을 개관했다. 몇 해에 걸친 『더블린 사람들』에 대한 출판 시비가 그에게 심한

|제임스 조이스 문학 읽기|

강박관념이 되었고, 1912년 7월 다시 이의 출판을 위해 더블린을 방문했으나, 그의 출판의 꿈은 끝내 이루어지지 않았다. 이때 조이스가 경험한 심한 고통과 분노는 그가 트리에스테로 되돌아오는 길에 자신의 격문인 「분화구로부터의 가스(Gas from a Burner)」란 해학 시를 쓰게 만들었다. 이 기간에 그는 『젊은 예술가의 초상』에 대한 작업을 계속했으며, 가정교사의 영어 교습을 통하여 가족을 부양해야 했다.

1913년 말에, 조이스는 그의 선배요 그에게 커다란 도움을 준 미국의 당대 시인 에즈라 파운드(Ezra Pound)와 교신하기 시작했으며, 이 때문에 그의 행운이 움트기 시작했다. 이때 파운드는 조이스에게 그의 『실내악』의 한 수인 「나는 군대의 소리를 듣노라」를 사상파(Imagist) 시인의 시집에 출판하는 것을 도왔다. 이는 두 사람의 향후 10년간에 걸친 강력한 직업적 참여의 시작을 기록했다. 1914년은 조이스에게 이른바 "경이의 해(annus mirabilis)"였으며, 그 해 2월에 그의 『젊은 예술가의 초상』이 『에고이스트(Egoist)』지에 연재되기 시작하여 이듬해 9월까지 계속되었다. 그 해 6월 마침내 『더블린 사람들』이 그랜트 리차즈(Grant Richards)에 의하여 출판되었다. 그는 5월에 그의 걸작 『율리시스(Ulysses)』를 기초(起草)하기 시작했으나, 그의 희곡 『망명자들(Exiles)』을 완료하기 위해 이를 일시 중단해야 했다.

조이스는 1차 세계 대전의 발발 후에도 자신이 영국의 여권을 소지했기 때문에 트리에스테에 머물 생각이었으나, 그곳 지방 당국은 그와 그의 가족을 1915년 중립국인 스위스로 강제로 이주시키고 말았다. 이어 그들은 취리히에 정주했고, 1919년까지 그곳에 머물렀다. 그 기간, 조이스는 『율리시스』를 꾸준히 작업했고, 소설의 많은 부분을 그곳에서 창안했다. 이 기간에 그는 영국 정부로부터 부분적으로 자금의 지원을 받았다. 이는 파운드와 예이츠의 노력을 통해 이루어졌으며,

또한, 맥콜믹(Edith McCormick)이란 한 부인으로부터 보조금을 받기도 했다. 이때 그는 『망명자들』의 집필을 완료했다. 그러자 이어 조이스의 재정적 후원자인 하리에트 위버(Harriet Weaver) 여사로부터 보조금을 받기 시작했으며, 이후 그녀는 조이스가 작품 활동을 원활히 계속할 수 있도록 도와준 재정적 은인이 되었다. 1916년 12월 29일 한 미국의 출판인 휴브쉬(B. W. Huebsch)에 의하여 그의 최초 장편 소설인『젊은 예술가의 초상』이 출판되었다.

1917년, 이해 조이스는 그의 최초의 눈 수술(모두 9번)을 받았다. 이러한 결과는 그의 여생을 비극으로 몰아넣었으며, 완전한 시각장애인은 아닐지라도, 그를 거의 실명상태로 끌어넣었다. 그 해 말『율리시스』의 처음 세 장의 초고를 완료했으며, 이때 소설의 구조는 거의 틀이 잡혀 있었던 것으로 전한다. 1918년 3월 뉴욕의『리틀 리뷰(Little Review)』지가 『율리시스』를 연재하기 시작했다. 이해 5월 25일 그랜트 리처즈가 『망명자들』을 출판했다. 조이스와 그의 가족은 1919년 10월 트리에스테로 다시 귀환했고, 그는 그곳에서 영어를 가르치며 『율리시스』의 집필을 계속했다. 당시 오스트리아인은 이 도시를 이탈리아에 양도했으나, 그의 밀집한 전후 생활 조건은 조이스 가족들이 4년 전에 떠났던 도시와는 아주 딴판이었다. 조이스와 그의 가족은 『율리시스』를 완성하기 위하여 조용하고, 안락한 장소를 희망하면서, 파운드의 권유로, 1920년 7월 초순, 트리에스테를 떠나 파리로 이주했다. 본래 그들은 그곳에 짧은 기간 머물 계획이었으나, 다음 20년 동안을 그곳에서 계속 살았다.

1920년 10월에 미국의 「죄악 금지회(The Society for the Suppression of Vice)」의 고소로 앞서 『리틀 리뷰』지의 『율리시스』의 연재가 "외설"이라는 이유로 중단되었고, 작품의 14장인 "태양신의 황소들(The Oxen of the Sun)"의 초두가 연재의 마지막이었다. 그들은 이 잡지의 외설물 출판을 뉴욕 주에 고발했다. 그럼에도, 조이스는 1921년 2월 『율리시스』의 마지막 남은 에피소드를 완료하고, 작품 교정에 몰두했다.

드디어 1922년 2월 2일, 조이스의 40번째 생일을 맞아, 『율리시스』가 파리의 미국인 실비아 비치(Sylvia Beach) 여사가 경영하는 「셰익스피어 엔드 컴퍼니사(*Shakespeare and Company*)」에 의해 출판되었다. 비치는 디종(Dijon)에서 한 인쇄업자를 발견했으며, 두 달간에 걸친 교정과 개정을 거친 뒤, 소설의 첫 두 권을 조이스에게 그의 생일 선물로 헌납했다.

『율리시스』의 출현은, 그의 출판의 권리에서부터 다양한 해설적 접근 및 편집 상태에 이르기까지, 작품을 둘러싸고, 세계의 학자들과 독자들에 의한 논쟁사(論爭史)의 시작을 기록했다. 이러한 논쟁은 오늘날도 계속되고 있다. 1923년 3월, 조이스는 그의 최후의 노작 『피네간의 경야(*Finnegans Wake*)』(조이스는 이를 자신의 걸작이라 주장하거니와)를 집필하기 시작했고, 그를 향후 17년에 걸친 그의 인생 일대의 대작으로 의도했었다(하버드 대학의 블룸 교수〔H. Bloom〕교수는 이 작품을 들어, 조이스를 단테와 셰익스피어에까지 고양시킨다고 말했다). 그의 빈번한 눈(眼)의 고통과 그의 9차례에 걸친 수술 및 딸 루치아의 계속되는, 심리적 악화(이는 의심할 바 없이 그의 계획을 지연시켰거니와)에도, 이 작업에 엄청난 정열과 거대한 양의 시간을 헌납했으니, 이는 그의 영웅주의의 발로 바로 그것이었다.

『피네간의 경야』는 애초에 영국의 『트랜스어틀랜틱 리뷰 (*Transatlantic Review*)』지와 프랑스의 전위 잡지인 『트랜지숑(*Transition*)』 지에 각각 연재되었다. 또한, 이는 1939년 이 작품이 완료되기까지 「진행 중의 작품(*Work in Progress*)」이란 임시 제목으로 알려졌다. 1924

년 4월 『피네간의 경야』의 단편 몇 편이 처음으로 책자 형식으로 출판되었는데, 이후 15년 동안 조이스는 이 작품의 대부분을 예비 판으로 출판할 계획이었다. 이들 단편의 문체는 조이스의 가장 강력한 감탄자들—가장 두드러진 건 파운드와 조이스의 동생 스태니슬로스—로부터 많은 주의와 날카로운 비평을 받았는데, 후자들은, 조이스가 그의 복잡한 문체와 실제로 무의미한 노력으로 자신의 재능을 낭비하고 있다고 느꼈다. 그러나 조이스는 한결같았으며, 그는 「진행 중의 작품」의 흥미를 촉진하는 것은 무엇이고 해냈다. 1929년에, 조이스의 격려로, 그의 일단의 친구들—사무엘 베켓, 유진 졸라스, 프랭크 버전 및 스튜아트 길버트를 포함하여—은 『피네간의 경야』에 대해 당시 「'진행 중의 작품'의 정도화(正道化)를 위한 그의 진상성(眞相性)을 둘러 싼 우리의 중탐사(衆探査)(*Our Exagmination round His Factification for Incamination of Work in Progress*)」라는 비평문집을 발간했는데, 이는 지금도 이 작품을 이해하는데 귀중한 자료가 되고 있다. 이들과 여기 수록된 논문들은 지금까지 성취된 『피네간의 경야』의 많은 비평에 대응하는 첫 시도였다. 베켓은 그의 글에서 다음의 유명한 말을 남겼다.

> 여기 형식은 내용이요, 내용은 형식이다. 독자는 이 작품이 영어로 쓰이지 않았다고 불평한다. 그것은 전혀 쓰인 것이 아니다. 그것은 읽게 되어 있지 않다—혹은 오히려 그것은 읽히기만을 위한 것이 아니다. 그것은 눈으로 보기 위한 것이요, 귀로 듣기 위한 것이다. 그의 필채는 어떤 것에 관한 것이 아니다. 그것은 어떤 것 그 자체이다.

그러나 거의 동시에, 조이스는 『율리시스』의 출판에서 예상치 않은 많은 어려움에 봉착해야 했다. 1926년에, 미국인 사무엘 로스는 『율리시스』의 해적판을 그의 잡지 『투 월즈 먼슬리(*Two Worlds Monthly*)』

지에 비밀리에 연재하기 시작했다. 조이스의 두 미국인 친구들인 루이손(Ludwig Lewishon)과 맥크리시(Archibold MacLeish)는 이에 국제적 항의문을 작성했는데—이 문서에 당시 서명한 저명한 사람들은 167명에 달했다—이는 로스의 사업을 비난하는 것이었다. 로스는 마침내 1927년 가을에 출판을 중단했으나, 이는 이듬해 말 뉴욕 주 대법원 판사 미첼(Richard H. Michell)이 로스의 조이스 명칭의 사용과 그의 승낙 없이 어떤 자료도 출판할 수 없다는 그의 법령을 발포한 뒤로부터였다. 1927년 7월 초에, 조이스는 「한 푼짜리 시들」의 두 번째 시집을 출판했다.

1930년에, 조이스의 친구였던 스투어트 길버트(Stuart Gilbert)는 그의 연구서인 『제임스 조이스의 율리시스(James Joyce's Ulysses)』를 출판했는데, 이는 소설 장별의 분석을 제공한다. 1927년 4월과 1929년 11월 사이에 『피네간의 경야』의 제1부와 제3부가 『트랜지시옹』지에 게재되었다. 1928년 10월 20일, 이 작품의 제8장인 「아나 리비아 플루라벨(Anna Livia Plurabelle)」이 출판되었다. 이후 앞서 「진행 중의 작품」의 여러 단편이 단행본 형식으로 출판되었다. 1931년 5월 조이스는 아내 노라 바나클과 함께 런던을 방문하고, 7월 4일 그들 아이들의 상속권을 보호하는 노력의 하나로 그녀와 정식 결혼했다. 조이스는 이때 영국으로 영구히 이주할까 생각했으나, 그가 예상했던 것보다 상황과 조건이 불리했는지라, 그의 가족을 데리고 다시 그해 가을에 파리로 되돌아왔다. 같은 해 12월 29일, 언제나 그와 밀접했던, 그의 부친 존 조이스가 사망했다. 이때 조이스는 부친의 영면을 기원함과 아울러 손자 스티븐의 탄생을 축하하는, 단시 「저 아이를 보라(Ecce Puer)」를 썼다.

1930년대 조이스의 딸 루치아의 건강이 극히 악화하였다. 1932년 3월 그녀는 정신분열증의 진단을 받았고, 이후 회복되지 못한 채, 런던의 정신병원에 사망 시까지 입원했으며, 조이스의 여생을 암담하게 만들었다. 그와 가족은 대륙을 여행했고, 다양한 전문가들과 상의하면서 많은 시간을 보냈다. 그의 눈 문제와 딸의 정신적 질환은 조이스를 한층 은둔하게 하였으며, 그는 점진적으로 친구들인 유진과 마리아 졸라스 및 루시와 폴 레옹에게 의존했다. 1930년대 초에 조이스의 실비아 비치와의 우정은, 부분적으로『율리시스』의 출판에 관한 재정적 오해 때문에, 급진적으로 냉각되었다. 1932년에 폴 리옹은 비치가 이전에 지녔던 관리자—고문—옹호자의 비공식적 역할을 떠맡기 시작했다.

한편, 법원의 통치와 대중의 압력은『율리시스』의 지금까지의 모호한 법적 상황을 해결하기 시작했다. 1933년 말에, 미국의 뉴욕 지방법원의 울지 판사(John Woolsey)는『율리시스』가 외설 작품이 아님을 판결했는데, 이는 미국 법원 사상 가장 기념비적 사건 중의 하나로 기록되었다. 이 유명한 판결은 이듬해(1934년), 뉴욕의 랜덤 하우스(Random House) 출판사에 의한 미국 최초의『율리시스』판을 출판하게 했다(판결문의 한국어 번역은『율리시스』제3 개정판 후면에 소개되었다. 서울 '생각의 나무 출판사 판', p. 1311~117 참조). 그의 최초 영국판은 1936년에 출판되었다. 1934년 조이스는 그 해의 대부분을 스위스에서 보냈으며, 당시 취리히 근처의 한 요양원에 수용된 딸 루치아를 돌보았고, 1930년부터 앓았던 그의 고질적인 눈병을 그곳 의사와 상의할 수 있었다.

조이스는『피네간의 경야』의 작업을 계속했으며, 향후 10여 년 동안 그의 단편을 계속 출판했다. 1938년 조이스는 프랑스, 스위스 및 덴마크 등지를 여행했다. 1939년 5월 4일 드디어 그의『피네간의 경야』가 영국의 파이버 엔드 파이버(Faber and Faber) 출판사에 의해, 그리고 미국의 바이킹 사(Viking Press)에 의해 출판되었다. 조이스는 이 책을 57세의 생일 선물로 미리 받았다.

비록 조이스는 그의 최후 작품 성공에 대해 커다란 희망을 품고 있었지만, 세계 제2차 대전의 발발은 그의 진전에 어두운 그림자를 던졌다. 1940년 프랑스가 함락된 뒤, 비록 조이스는 필사적으로 딸 루치아를 중립국인 스위스로 옮길 허락을 얻으려고 노력했으나, 결국, 그는 그녀를 프랑스의 한 정신병원에 남긴 채, 제1차세계대전 동안 그의 가족의 피난처를 제공했던 바로 같은 도시인, 취리히로, 아내 노라와 아들 조지를 데리고 재차 이주하지 않을 수 없었다.

조이스 가족은 1940년 12월 17일 취리히에 도착했으며, 그곳에서 정주할 채비를 갖추기 시작했다. 그러나 1941년 1월 10일에 조이스는 발병했고, 한 취리히 병원으로 급송되었다. 그곳 의사들은 그의 병을 장 궤양으로 진단했으며, 그에게 수술을 권했다. 조이스는 다음 날 수술을 받았으며, 그것은 성공을 거두는 듯했으나, 13일 아침 일찍, 그의 59회 생일을 3주도 채 남기지 못한 채, 그는 사망했다. 그는 취리히 공원 곁의 플룬테른(Fluntern) 묘지에 매장되었는데, 그가 평소 즐겨 듣던 공원의 요란한 호랑이 소리를 지하에서나마 영원히 듣게 되었다.

> *독자는 더 많은 정보를 위하여, 엘먼의 『제임스 조이스』, 고먼의 『제임스 조이스』, 체스터 앤더슨의 『제임스 조이스와 그의 세계』, 모리스 베자의 『제임스 조이스: 문학 인생』 및 피터 코스텔로의 『제임스 조이스: 성장기 1882~1915』를 참조할 것이다.

이상에서 조이스의 생애와 작품들에 대한 서술에 덧붙여 중요한 것은, 그의 아내 노라 바나클의 헌신인지라, 아랫글은 이를 입증한다.

20세기 아일랜드의 거장 작가 제임스 조이스는 그의 생애 동안 크고 작은 수많은 수난을 겪어야 했다. 이를테면 그의 초기 작품『더블린 사람들』이 재차 출판사에 의해 거절당했다. 런던으로부터의 편지들은『더블린 사람들』의 출판이 여느 때보다 한층 멀어졌음을 분명히 했다. 그는 홍채염의 공격에 시달렸다. 두 아이와 골난 아내 및 분개한 아우와 더불어 나누는 방들―자신의 "가정"이 소란스러웠다. 딸 루치아의 정신착란증은 조이스에게 인생 최대의 비극을 안겨주었다. 이러한 수난의 골난, 무정부적 세월 동안, 그가『영웅 스티븐』을『젊은 예술가의 초상』으로 개작하고,『율리시스』와『망명자들』을 고안하며, "죽은 사람들"을 끝내다니. 그것은 자기 자신의 영웅적 신념의 척도요, 철저한 목적의식이었다.

여기 오늘 필자에 의해 처음 번역되는 브렌다 매독스(Brenda Maddox)의 저서『노라 바나클의 전기(*A Biography of Nora Joyce*)』는, 한마디로 조이스의 아내 노라 바라클이야 말로 그의 애인이요, 동료요, 조력자로서, 격려와 영감의 원천이었을 말해준다. 그녀는 침착하고 참을성 있는, "당당한 존재"로서, 조이스와 일생 "그녀의 절대적 독립심을 견지했는지라." 그의 성취와 업적 뒤에는 언제나 그녀의 헌신적 뒷받침이 있었다.

노라는 육체적으로 아주 잘 생긴 여인이었다. 노만 메일러가 마릴린 몬로에 관해 쓴 대로, "사내들이 고개를 돌리고 혀를 나풀대는 용모와 태도를 가진 처녀들" 중의 하나였다. 그녀의 가장 두드러진 점은 그녀의 머리카락이었다. 노라는 하이칼라의 싱싱한 얼굴빛과 한 쌍의 눈을 가졌는데, 그들은 바깥 모퉁이에서 아래로 처지고, 왼쪽 눈시울로 수그러짐으로써 덧붙인, 정열적인 촉감과 함께, 그녀에게 조롱조의 태도를 안겨 주었다. 그녀는 멋진 체격을 가졌다. 그녀는 고개

|제임스 조이스 문학 읽기|

를 높이 처들고, 양팔을 흔들면서, 길고 자신 있는 발걸음으로, 걸었다. "우리는 모두 아일랜드인이요, 왕들의 후손들이지." 하고『율리시스』의 "네스토" 에피소드에서 디지 교장은 말하거니와 노라는 당당하게 걸었고 ("마치 여왕처럼." 조이스는 뒤에 말하곤 했다), 비할 바 없는 아일랜드적 자신감으로, 모든 사내의 눈 속을 곧장 직시하는 대담한 여인이었다.

또한, 조이스가 그 키 큰 젊은 여인을 처음 보았을 때 알아낸 모든 것이란 그녀의 움직이는 몸매, 그녀가 흔드는 양팔의 율동으로서, 이는 그를 감복하기에 충분했다. 그것은 자신 있는 여인, 그녀의 엉덩이가 치마 밑에 어떻게 움직이는 지를 보여주었다. 조이스가 자신이 근시안인데도 스스로 예술을 위한 본질적인 여인을 군중으로부터 잘 고른다는 것은 그의 천재성 중 한 부분이었다. 그의 모든 일생에서 자신이 필요로 했던 것을 선택하는 꼭 같은 확실성을 가지고, 그는 애초에 자기 자신을 그녀에게 소개했다. 그녀의 목소리와 넓고, 탁 트인 얼굴은 그녀가 서부 골웨이 출신임을 말해주었으며, 그녀가 입센으로부터 자신의 이름(Nora)을 따온 것을 들었을 때 그의 기쁨은 가슴을 벅차게 했다. 입센은 조이스에게 그의 연극들의 정직과 사실주의, 그리고 특히 여인에 대한 이해에서 그의 우상이었다.

노라는 십중팔구 스스로 행하는 대로 행동했으니, 왜냐하면, 그녀는 우정을 갈구했고, 그것을 열렬히 즐기려고 했다. 저 링센드에서 가진 첫날밤의 조이스 내외의 사적 감정은『율리시스』의 초기 한 구절에서 암시되는지라. 거기 조이스의 분신인, 스티븐 데덜러스의 생각은 그가 주는 것으로 상상할 수 있는 소녀의 목소리와 혼성됨을 우리에게 말해 준다,

나를 감촉하라. 부드러운 눈아. 부드럽고 부드럽고 부드러운 손아. 나는 여기 외로워. 오, 나를 곧 감촉하라, 지금. 모든 남자에게 알려진 그 말은 뭐더라? 나는 여기 아주 홀로, 슬프기도. 감촉하라, 나를 감촉하라.(U 41)

여기 그 '말'은 사랑이었다. 노라는 사랑하고 있었다.

조이스와 노라는 1904년 6월 16일에 그들 최초의 낭만적 랑데부를 가졌고, 이날, 조이스의 말대로, 그녀는 그를 "남자로 만들었다. 아일랜드는 중요함이 틀림없어요," 『율리시스』에서 데덜러스는 블룸에게 말하는데, "왜냐하면, 그것은 내게 속하니까요." 노라는 중요한데, 왜냐하면, 그녀는 조이스에게 속했기 때문이요, 또한, 그에게 결코, 속하지 않았기 때문이다(『율리시스』 제16장 참조). 그녀는 두 사람 중의 강자였거니와 그가 그녀에게 하는 것보다 그녀가 그에게 훨씬 더 영향을 준 확고부동한 정신이었다. 뒤에 『젊은 예술가의 초상』이 된, 조이스의 자서전적 소설 『영웅 스티븐』에서, 주인공 스티븐은 기도하거니와 그의 성공은 "구원의 한층 매력적인 그릇 같은 마리아 때문이었다." 조이스는 노라 속에 자신의 구원을 느꼈으니—노라야 말로 그를 구하고, 그를 만족하게 하고, 용서했던 마리아 같은 여인이었다.

노라는 37년을 조이스와 함께 동거하며 남편의 사망 시까지 그와 함께했는지라, 좀처럼 그와 떨어지지 않았다. 그들이 처음 만났을 때, 그의 부친 존 조이스는, 노라의 성(姓) Barnacle(삿갓조개)을 일러 받자, "그녀는 그를 붙들고 늘어질 거야." 그의 부친이 짓궂게 농담했듯, 그녀는 자신의 트리에스테, 파리 및 취리히의 오디세우스적 긴 방랑을 통하여, 그녀의 경이적이요 지속적인 용기와 지각의 힘을 가지고 그녀의 가정을 꾸려 나갔다. 그녀는 조이스의 창작을 위해 가장 중요하게도, 그가 자신 걸작들의 기초로써 사용했던 고국에 대한 삶의 연계인, 이른바 "휴대용 아일랜드(portable Ireland)"로서 봉사했다. 노라는 평정

|제임스 조이스 문학 읽기|

의 마음으로 자기 존재의 조건들을 감수하며 일상을 보냈다. 조이스가 세상을 떠났을 때, 평소의 조이스 내외의 친구였던, 켄네스 레딘은 노라에 관해『아이리시 타임스』지에 썼다: "나는, 조이스 부인의 아름다운 골웨이 목소리, 그녀의 후대와 한결같이 멋진 유머……그리고 더블린의 국외 이식에 대한 결코, 변하지 않는 감각을 기억한다."

노라는 조이스의 작품에 직간접으로 많은 영향을 끼쳤다.『피네간의 경야』의 종말에서 여주인공 아나 리비아의 사멸하는 말들은 노라의 것일 수 있을 것이거니와 1951년, 65세로 생을 마감한 그녀의 죽음은 세계의 신문에 의해 알려졌다. 같은 해 4월 23일 자의 미국의『타임』지는 노라에게 그녀 남편의 성취에서 그녀의 역할을 감동적으로 전했다: "사망, 제임스 조이스 부인(노라 바나클) 향년 65세, 그녀의 유명한 작가 겸 남편에 대한 오랜 막역한 친구요, 문학적 산파 격. 실질적인 여인으로, 그녀는 그를 안주시키고 그의 작품을 완성하게 했다."

조이스의 천재성에 비하면 노라는 무식했다. 그는 "무학의 여인"을 더 좋아했다. 조이스는 의심할 바 없이 노라의 단순성에 끌렸다. "나는 당신의 단순하고 명예로운 영혼의 힘에 엄청난 믿음을 갖고 있소," 그는 한때 그녀에게 말했거니와 예를 들면, 그의 평소의 영웅이었던, W. 블레이크 및 W. 셰익스피어의 부인들은 "개발되지 못한 고상한 야만인들(Uncultivated Noble Savages)"이었다. 노라에게『율리시스』는 부분적으로 그것의 언어 때문에 특별한 어려움을 일으켰다. 그러나『피네간의 경야』에 대한 그녀의 열성으로 입증되었듯이, 그녀가 조이스의 작품을 총체적인 것으로 무시하지 않았음은 그의 시들을 인용하는 그녀의 시적 감상력과 그에 대한 즐거움 속에 드러났다.

우리는 조이스의 작품들에서 그의 언어천재를 감탄하거니와 특히『경야』에서 조이스가 창조한. 이른바 '우주어(universal language)'의 기저는 노라가 말했던 방식임을 알 수 있다. 모든 그녀의 인생을 통해 그녀의 말씨는 한결같이 아일랜드의 음률을 지속했다. 만일 『피네간의 경야』의 다국적 언어와 언어유희가 『젊은 예술가의 초상』에서 학감에 의해 이야기되는 영어에 반(反)하는 스티븐의 불평에 대한 조이스의 승리의 대답이라면—"우리가 이야기하는 언어는 나의 것 이전에 그의 것이오." 또한, 조이스의 유일한 희곡 『망명자들』의 여주인공 버사를 비롯하여 『율리시스』의 몰리 블룸과 『피네간의 경야』의 아나 리비아의 말들은 조이스의 것 이전에 노라의 것임이 틀림없다. 우주적 진리를 언급하는 한 여성의 목소리를 사용함에서—만사는 죽고 재차 태어나는 것—조이스는 노라의 말씨를 우주적인 말로 만들고 있었다.

노라는 조이스의 작품에서 모든 주된 여성 인물들의 모델로서, 그리고 한층 더한 것으로서, 인식됨이 마땅하다. 20세기 문학에서 가장 유명한 여성 인물인 몰리 블룸의 모델로서, 노라의 언어를 비롯하여 그녀의 서간문들에서 보인, 느슨한 구문, 그 속의 구두점에 대한 무관심처럼, 이들은 조이스의 작가로서의 문학과 문체의 대담성에 그의 진로를 재현시킴으로써, 그것의 중요한 의미가 있게 한다. "자네 목격했나?" 그는 한때 그의 아우 스태니슬로스에게 물었다. "얼마나 많은 여인이 편지를 쓸 때 구두점과 대문자를 무시하는지? 어떠한 순수한 인간도 여태 그녀가 서 있듯 나의 영혼과 그토록 밀접하게 서 있지 않았어." 이렇듯, 조이스는 모든 여자를 본능적이요, 어리석은 피조물들로 생각하기를 좋아했다.

노라의 언어뿐만 아니라 그녀의 평소 거동은 조이스 작품 전역에서 점철하거니와 『젊은 예술가의 초상』을 제외하고 모든 작품에서, 최후의 말들은 그녀 같은 여인들에 의하여 이야기되기 마련이다. 『더블린 사람들』의 가장 감동적인, 종곡이라 할, "죽은 사람들"에서 말들은 그레타 콘로이의 것이요, 그의 희곡『망명자들』에서, 그들은 여주인공 버사의 것인즉, "당신, 딕. 오 나의 이상하고 거친 애인이여, 내게 다시 되돌아와요!" 나아가, 『율리시스』와『피네간의 경야』에서 최후의 언급에 이르기까지 모든 막다른 독백들은 노라 목소리의 모방이라 해도 결코, 과언이 아니었다. 특히 『율리시스』의 "페넬로페" 에피소드를 씀에서, 조이스 본래의 의도는, 엘먼에 따르면, 노라로부터의 일련의 편지 형식으로 그를 쓰려는 것이었다. 만일 그렇다면, 노라는 상상 이상으로 이 에피소드에 대해 심지어 더 큰 영향을 끼쳤고, 문체에 대해서뿐만 아니라, 그녀가 말하는 소재에 대해서 이바지했으리라.

노라와 조이스의 서로에 대한 충성의 토대는 그들의 더 깊은 의지함이요 사랑이었다. 그가 그녀를 만났을 때, 그녀는 그가 청년 시절 꿈꾸었던 천상의 미로부터 거리가 멀었으나, 이어 그는 더 깊은 미를 그녀로부터 발견함으로써, 그녀는 그의 성취와 지혜의 근원이 되었다. 조이스의 초기 시들은, 고로, 그녀를 위한 것이었다. "만일 내가 당신의 자궁 속에 안주할 수 있다면, 그땐 나는 과연 나의 종족의 시인이 되리라."

저명한 여성 전기가 브렌다 매독스가 쓴 노라 전기는, 『로스앤젤레스 서평』의 평대로, 그녀가 "커다란 성공으로 이룬 일종의 사랑 이야기이다." 노라가 매독스의 매력적이요, 가공할 전기의 활기찬 페이지들에서 그녀의 모습을 드러낼 때, 그녀는 엄청난 위트와 매력의 여인이요, 조이스에게 감명을 준 뮤즈 여신으로서, 조이스의 인생 및 그의 예술을 가능하게 했던 힘과 용기의 화신임을 보여준다.

매독스의 전기는, 그것의 탁월한 문학성과 그를 다듬는 문장력 및 유머, 성에 대한 숨김없는 묘사와 함께, 조이스 내외가 가진 숨은 사생활을 파헤친 전기 문학의 극을 이룬다. 그녀가 저간에 행한 조이스 연구를 위한 주도면밀하고, 철저한 탐구와 검색은 우리로 하여금 노라의 매력 및 그녀의 헌신과 함께, 조이스 작품들의 이해를 위해 큰 도움을 줄 것이다. 『뉴욕 서평』지가 보여주듯, "이는, 순수하게도 문학적 전기들의 주제들이 통상적으로 해내지 못한 많은 면에서, 생생하고, 개방된, 인간적으로 매력적이요, 인상적 초상화이다." 그녀의 전기는 한 아일랜드적 사건의 아주 철저한 연구로서(책의 1,260개에 달하는 수많은 주석과 300여 종의 참고서 목록이 보여주듯), "인생의 중앙 무대를 살았던 한 여성 인물"의 발자취를 생생하게 각인하고 있다.

매독스의 『노라 전기』는 "살아 있는 소설"로서 감명 깊고, 흥미롭다. 이는 일반의 전기를 초월하는 한 생생하고 탁월한 문학 작품이다. 리처드 엘먼의 기념비적 『조이스 전기』와 함께, 그녀의 전기는 조이스 내외의 헌신적이요 내구적 결혼 생활 및 그들의 인생, "그들의 상호 관계에서 부정할 수 없는 남녀 동성애적 요소"를 읽는 독자에게 일종의 신비로 다가오리라. 특히, 조이스의 수백 통에 달하는 서간문들의 출판에 대한 그녀의 총체적 연구(책의 부록)에서, 매독스는 "더욱 더하게도, 조이스의 천재성이 인간적 상상력의 금기(타부) 및 일상의 사상들을 프린트함으로써, 현대 문학을 해방시켰을 때, 그의 사적 편지들은 어떤 방도로도 그의 명성을 감소시킬 수는 없었을 것이라" 결론짓는다.

재론하거니와 여기 매독스의 책은 인간 흥미의 황홀한 이야기요, 한 아일랜드적 사건의 재생 불가능한 연구로서, 파란만장한 노라 내외의 일생을 그녀의 숙련과 동정을 가지고, 탁월하게 포착하고 있다. 그것은 페이지 하나하나를 읽을 가치가 있을지니, 왜냐하면, 그녀의 산문은 비판적으로 그리고 해석적으로 강력하고도 호소적이기 때문이다. 나아가, 조이스의 천재 이외 모든 것에 대한 불확실에 끈덕지게 대항하는 노라의 순수한 의지와 독창성을 한 진지한 학구의 문학 작품으로 승화시킨 그녀의 전기야말로 『젊은 예술가의 초상』의 스티븐 데덜러스가 더블린의 돌리마운트 해변에서 갖는 예술가적 사명의 다짐으로 읽어 마땅하리라: "살도록, 과오하도록, 추락하도록, 승리하도록, 인생에서 인생을 재창조하도록!"(제4장 말 참조)

Introduction to James Joyce

조이스의 시

조이스는 애당초 시인이 되려고 했으며, 그는 시종일관 시인이었다 해도 과언이 아니다. 그의 소설들은 엄격히 말해서 거의 모두가 시라 해도 지나치지 않으며, 산문과 시의 장르를 구별하기 가장 어려운 작가 중 하나가 바로 조이스요, 이는 시에서 모더니즘의 시발인 파운드(E. Pound)의 사상파적(Imagistic) 특징을 지닌다.

조이스는 자신의 유년시절, 즉 1890년대에 이미 「기분(*Moods*)」이란 운시를 비롯하여 1900년경에는 「빛과 어둠(*Shine and Dark*)」이란 시를 썼지만, 현재 남아 있지 않다. 잇따라 쓴 그의 서정 시집인 『실내악(*Chamber Music*)』을 비롯하여 13편의 단편 시편들로 구성된 『한 푼짜리 시들(*Pomes Penyeach*)』, 그의 원숙한 단편 시 「저 아이를 보라(*Ecce Puer*)」, 두 편의 해학 산문시인 「성직(*The Holy Office*)」 및 「분화구로부터의 가스(*Gas from a Burner*)」(나중의 이 두 편은 『조이스의 비평문집』에 수록되고 있거니와), 그리고 그의 유고 장편 산문시인 『지아코모 조이스(*Giacomo Joyce*)』 등, 모두 합쳐 6편의 시들이 현존한다.

『실내악』

모두 36수(首)로 된 조이스의 초기 장편시인『실내
악』은 그가 1901년에서 1904년 사이에 쓴 것으로서, 자신의 유
니버시티 칼리지 재학시절(1901~1902)과 파리 유학 시절 당시
(1902~1903) 및 노라 바나클을 만나기 전후(1903~1904)에 각각 쓰
인 것으로 알려졌다.

『실내악』이 조이스 당대의 시인 시몬즈(Arthur Simons)
의 도움으로 한 권의 책으로 출판된 것은 1907년의 일로서, 그
이전에 더블린의『스피커(Speaker)』지, 『다나(Dana)』지, 『새터데
이 리뷰(Saturday Review)』지 등, 여러 잡지에 단편적으로 게재된
바 있다. 전체 시들 가운데 맨 나중에 발표되었고, 젊은 조이스
가 연인 노라에게서 영향을 받은 것으로 추측되는 마지막 3수
들인, 제VI수, 제X수 및 제XIII수의 시들은『스피커(Speaker)』
지의 1904년 7월 호와 9월 호에 각각 실렸는바, 따라서『실내
악』은 조이스가 그의 익살꾼 친구였던 고가티(O. Gogarty)와 함
께 한, 마텔로(Martello) 탑을 떠나는 날(1904년 9월 19일) 이전에

모두 완료된 셈이다.

『실내악』의 특징들 가운데 하나는 시의 배열 순위가 작시의 시간과는 전혀 관계없이 그의 내용과 주제에 주안을 두고 있는데, 이는 조이스의 잇따르는 소설들의 집필 순서와 맞먹는다. 또한, 그의 복잡한 산문과는 달리, 이 시는 단순하고 명료하다. 한마디로, 조이스의 산문에 친숙한 독자는 이 시가 유달리 그 내용에서 비(非) 아일랜드적으로, 애인의 사랑과 배신을 다루고 있음을 알 수 있다. 그러나 비록 그의 주제나 시어(詩語)에서 비 아일랜드적이라 할지라도, 이는 조이스의 모든 산문에서와 마찬가지로 인류 공동의 보편적 주제들을 다룬다.

『실내악』은 처음부터 끝까지 일종의 모음곡 또는 조곡(組曲)(suite) 형식을 띤다. 최초의 3개 수(首)는 3수 1벌의 형식(ternary form)으로 된, 이른바 서곡(overture) 격으로, 조이스의 작품들, 심지어 소설 작품들(『젊은 예술가의 초상』의 첫 한 페이지 반, 『율리시스』의 「사이렌」 장의 첫 두 페이지 그리고 『피네간의 경야』의 첫 4개의 문단 등)에서도 볼 수 있는 현상이다. 이 서곡 속에 주인공인 "사랑(Love)"의 등장과 신(神)에 대한 그의 호소가 이루어진다. 여기 최초의 둘째 수의 시구인 "강을 따라 음악이 들린다, / 사랑이 거기 거닐기에"가 암시하다시피, 시의 세팅이 다분히 음악적임을 알 수 있다. 이 시를 애당초 감상한 바 있는 예이츠는 이를 "음악에 합당한 단어들"이라 평한 바 있는데, 이러한 음악성은 잇따른 수들에서도 마찬가지다. 시를 음악화하겠다는 조이스의 당초 의도는 한때 더블린의 작곡가였던 G. M. 파머(Palmer)에게 이 시에 합당한 곡을 의뢰한 사실에서도 드러난다. 또한, 조이스가 로마에서 그의 동생 스태니슬로스에게 보낸 편지 속에 드러나 있듯이, 그는 이 시의 제XIV수와 제 XXXIV수를 음악화하고 싶었다. 그의 이러한 의도는 더블린의 『이브닝 텔레그래프(*Evening Telegraph*)』지의 한때 음악 평론가였던 W. B. 레이놀즈(Reynolds)가 『실내악』의 일부에 곡을 부치면서 그의 소망을 들어주었다(우리는 오늘날 쿠색〔Cyril Cusack〕이 읽은, 『실내악』의 테이프 리코딩에서도 이러한 음률을 확인한다).

『실내악』의 음악적 효과 이외에도, 이 시가 담은 내용과 기법의 조화는 이른바 모더니즘의 정신을 그대로 반영한다. 예이츠가 지적한 데로, 이 시는 "기법과 정서를 동시에 담은 걸작"이 아닐 수 없다. 이러한 시적 기교성(poetic craftsmanship)은 조이스로 하여금 이 시의 일부를 당대 저명한 『이미지스트 앤소로지(*Imagist Anthology*)』지에 게재하게 함으로써, 일찍이 그의 이른바 시 "효과의 통일성(unity of effect)"을 인정받은 셈이다. 나아가, 이는 조이스로 하여금 파운드와 엘리엇 등 당대 시인들과 친교를 맺게 해준 간접적인 동기가 되기도 한다. 『실내악』에서 기법과 연관하여 우리의 주의를 끄는 것은 마지막 결구인 제XXXVI수로서, 이는 앞서의 다른 시들과는 달리 일종의 비 정형시다. 여기서 조이스는 시의 새로운 전통을 확고히 하는바, 이 시구가 강조하는 것은 시각적 효과와 더불어, "듣는다", "우렛소리", "외치다", "신음하다", "쨍그랑 울린다" 등의 청각적 효과의 결합이다. 그러자 시가 진전됨에 따라 이러한 청각적 효과는 "그들은 바다에서 나와 고함치며 바닷가를 달린다"와 같은 강력한 시각적 효과로 바뀜을 알 수 있다. 여기 조이스의 시에서 두드러진 현상은 파운드가 수립한 사상파(Imagism) 시인들(그들은 시의 객관성 및 산문과 시의 장르 붕괴를

강조하거니와)이 1910년대에 주장했던 그들의 시론 훨씬 이전,
즉 1890년대, 즉 모더니즘 초기에 조이스는 이미 낭만주의의 전
통을 깨고, 파운드와 엘리엇 등이 추구한 사상파의 이상을 달
성했다는 점이다. 이는 조이스가 그의 소설들에서처럼 그의 시
에서도 20세기 문학의 새로운 방향을 선도한 주역임을 암시한
다(참고로, 파운드의 사상파의 비평적 기준을 소개하면,

(1) 주관적이든 혹은 객관적이든, "사물"의 직접적 취급의 도모
(2) 진술에 이바지하지 않는 단어의 절대 금지
(3) 음률에 관하여 메트로놈(拍節器)의 연속이 아니라, 음악적 구절의
    연속으로 작시할 것 등.

이상의 기준은 1913년 『포이트리(*Poetry*)』지의 3월 호에 실린,
프랑스 분류학자 F.S. 프린트(Flint)의 기사를 참조한 것이다).

이제 『실내악』의 대체적인 내용과 그 주제를 살펴보자. 시가 시
작하자, 의인화(擬人化)한 '사랑'이 강을 따라 곡을 연주하면서 현장에
나타난다. 황혼이 짙어가면서 '사랑'의 상대가 나타나는데, 그녀는 낡
은 피아노를 치고 있다. 그러자 제III수에서 한 새로운 화자가 나타난
다. "만물이 휴식하는 저 시간에 / 오 하늘의 외로운 감시자여……"
이 주인공은 바로 젊은 조이스의 분신인 스티븐 데덜러스 격이다. 그

러자 시가 진행됨에 따라 의인화한 '사랑'이나 극의 화자는 결국, 시의 주인공 한 사람으로 귀일 되고 만다. 이어 주인공이 애인의 창가에 접근하여 사랑을 호소한다: "창문에서 몸을 기대요, 금발의 아가씨……"

제IX수에서 '사랑'은 애인과 행복을 꿈꾸며, 5월의 싱그러운 바람과 함께 춤을 춘다: "5월의 바람, 바다 위에 춤을 추니, / 환희에 넘쳐 이랑에서 이랑으로……" 이어 '사랑'은 혼자만의 명상, 애인에 대한 유혹, 그들이 서로 만나는 행복의 예상, 이별, 재회, 재결합 등, 그의 순례의 역정을 노래한다. 제XIV수에 이르러, 그는 애인을 데리고 두 사람만의 행복의 목적지인 어느 산골짜기에 당도한다. 지금까지 '사랑'은 다양한 환상의 무드에 잠기면서 결국, 그의 연인과 최후의 안착 지를 발견한 것이다.

그러자 시의 무드가 돌변한다. 즉 시의 후반인 제XVII수부터는 '사랑'이 그의 적수를 발견한 것이다: "그대의 목소리가 내 곁에 있었기에 / 나는 그에게 고통을 주었지……" 이러한 적과의 경쟁의식은 '사랑'으로 하여금 과거의 연인과의 추억에 잠기게 한다. 여기 주인공은 자신의 연인이 그에게 되돌아오기를 호소하며 스스로 자위한다. 주인공은 고독에 사로잡히기도 하며 때로는 바다, 파도, 날개 등을 명상하고 나는 새의 존재가 된다. 이들은 모두 도피를 상징하는 이미지들로서 그의 비상(飛翔)의 시간이 임박했음을 암시한다.

『실내악』의 후반부의 이야기 줄거리를 총괄하는 제XXVIII수는 시의 전반부에 있었던 사랑의 축복을 흘러간 사랑의 추억으로 응보(應報)하고 있다. 요컨대, 시의 후반은 '사랑'이 품은 그의 연적에 대한 의식과 경쟁에 의한 그의 좌절감, 고립과 고독, 마침내 그의 최후의 도피로 진행되고 있다. 이처럼, 『실내악』의 전 후반을 종합하건대, 시의

| 제임스 조이스 문학 읽기 |

일관된 주제는 '사랑'의 애인에 대한 명상으로 시작하여, 그의 유혹, 이별, 재회, 좌절, 고립 그리고 최후의 도피로서, 이는 조이스의 소설 『젊은 예술가의 초상』의 근본적 주제와 대동소이함을 알 수 있다.

그 밖에, 『실내악』에 대한 몇 가지 특이한 사항을 열거하면, 첫째로 시가 품은 상징성이다. 예를 들면, 이 시의 초기 해설자인 틴달 (W.Y. Tindall) 교수는 시를 상징적 및 분비학적(分泌學的)으로 분석한바 있다(비록 지난 30여 년 동안 조이스 비평은 이러한 분석을 실증하는 많은 부수적 증거를 생산해 왔음에도 불구하고, 대부분의 비평가는 틴달의 해석을 못마땅히 여기고 있다). 특히, 제I수에서 수음(手淫)의 암시가 그것이다. 그리고 제VII수에서 여성 배뇨(排尿)의 상징을 들고 있다. 특히, 『실내악』은 앞서 지적한 바와 같이, 그 주제나 상징 및 형식면에서 『젊은 예술가의 초상』의 토대가 되었다 해도 과언이 아니다. 두 작품은 주인공의 좌절, 소외 및 도피와 같은 공통된 주제를 가진데, 예를 들면, 시의 첫수는 소설의 서문 격이라 할 최초의 한 페이지 반과 일치하는바, 이 시구에서 스티븐 데덜러스 격인 '사랑'이 악기를 타면서 강을 따라 걸어가는 모습은 『젊은 예술가의 초상』의 첫머리에서 아기 타구(baby tuckoo)가 예술 창조의 상징인 자신의 노래 "오, 파란 장미꽃 피어 있네"를 부르면서, 예술가로서 인생을 출발하는 것과 대응을 이루고 있다 하겠다.

조이스의 유명한 전기가인 엘먼(Richard Ellmann)은 조이스가 『실내악』에 도입한 기법이나 서정성은 그가 파리 유학 당시 존슨(Ben Jonson)의 시를 공부함으로써 터득한 것이라며, 제IV수를 그 예로 들고 있다. 또한, 엘먼은 조이스가 당대 아일랜드 시인 그레간(Paul J. Gregan) 한테서 마지막 제XXXVI수의 시구를 배웠다고 주장한다. 『실내악』의 이 마지막 수는 가장 강력한 시구와 초자연적 꿈의 비전이 지배하고 있거니와 이는 예이츠의 유명한 시 "퍼거스와 함께 가는 자 누구냐?(Who Goes with Fergus?)"와 그 내용이나 서정성이 상당히 일치함으로써, 그의 영향을 깊이 받고 있음을 알 수 있다. 예이츠 시에서 퍼거스 왕은 5세기경 아일랜드에 이주한 스코틀랜드의 왕으로, 전설에 의하면, 그는 왕위를 버리고 친구들과 숲 속에서 함께 살기를 결심하는데, 이 시가 담은 현실 도피와 소외 및 낭만의 주제는 여기『실내악』의 그것과 거의 일치한다.

『실내악』의 제XII수는 조이스의 실지 경험의 단면을 읊은 시다. 어느 날 저녁 시인은 그의 대학 동창인 메리 쉬히(Mary Sheehy)라는 처녀와 그녀의 미에 현혹된 채, 호우드(Howth) 언덕에서 산책을 즐기고 있었는데, 이때 달을 보고 있던 쉬히가 달이 "눈물에 젖은 듯이 보인다."라고 하자, 이를 들은 조이스는 이내 그것이 "마치 명쾌한 살진 수도사의 고깔 쓴 얼굴"을 닮았다고 말함으로써, 그녀에게 응수했다. 조이스는 자신의 이러한 순간적인 에피파니(현현)를 담뱃갑에다 적어 두었는데, 이것이 후에 제XII수의 일부를 형성한다.

시의 제XXV수 또한, 앞서 메리와 시인의 교제에서 일어난 이야기의 복사이다. 제XXVII수는『젊은 예술가의 초상』에서 명시되다시피, 스티븐 데덜러스와 그의 친구 클랜리(Cranly)와의 연적 관계를 읊은 것이다. 또한, 제VI수와 제XXIII수는 조이스가 1904년 6월 10일 더블린의 나소(Nassau)가에서 만난 노라 바나클로부터 영감을 받아 쓴 시로 추측된다. 이러한 고증은 조이스가 노라를 만나 첫 데이트를 즐긴 날인 1904년 6월 16일(『율리시스』의 "블룸즈데이") 전후까지도 그가『실내악』을 쓰고 있었음을 입증한다. 또한, 제XXI수와 제XXII수는 조이스와 그의 익살꾼 친구인 고가티와의 불화를 암시한다. 여기 그들의 불화는, 그들이 함께 묻고 있던 마텔로 탑에서 유래하는데, 고가티가 당시 자신이 탑의 입주 세를 물고 있던 그곳에 젊은 조이스가 영원히 기숙하지 않을까 하는 그의 우려 때문이다. 그 외에도 조이스가 노라와의 친교 때문에 고가티를 제대로 대접하지 않은 데서 연유하는 듯하다. 이와 같은 두 사람의 불화를 눈치챈 조이스의 친구 코스그레이브(Vincent Cosgrave)는 때마침 『더블린 사람들』의 출판 계약을 위해 트리에스테에서 귀국한 조이스에게 자신이 노라와 치정(癡情) 관계가 있었다는 것을 농담으로 말함으로써(전출), 앞서 고가키의 불화와 함께, 그를 설상가상 몹시 실망하게 했다.

그러자 조이스는 트리에스테에 남아 있는 노라에게 질투와 실의의 편지를 보냈는바, 이의 소식을 엿들은 그의 또 다른 친구 번(John Byrne 〔『젊은 예술가의 초상』의 클랜리〕)이 앞서 코스그레이브의 이야기는 '경칠 거짓말(bloody lie)'이라 그에게 귀띔해 주었는데, 그러자 조이스는 이내 노라에게 자신이 품었던 오해를 풀기 위해 사과의 편지를 보냈다. 이 편지에 『실내악』의 제XXXIV수를 수록하여 그녀를 달랬다 한다.

이제 잠자요, 오 이제 잠자요,
오 그대 불안한 마음이여!
'이제 잠자요,' 외치는 한 가닥 목소리가
나의 마음속에 들린다.
나의 키스는 이제 그대의 마음에
평화와 고요를 안겨 주리라—
이제 편안히 계속 잠자요,
오 그대 불안한 마음이여!

그리고 1902년 10월 조이스는 파리에 유학하고자 첫발을 내디딘 직후, 친구 번(Byrne)에게 신시 한 수를 엽서에 적어 보냈는데, 이 시가 제XXXV수이다. 이 시는 조이스가 『젊은 예술가의 초상』의 말미에서 그의 예술가로서의 새로운 인생을 향한 야심에 찬 외침: "오, 인생이여, 나는 경험의 실현에 백만 번째 부딪치기 위해 떠나가노라."의 구절과 대응을 이룬다.

조이스가 『실내악』이란 시제(詩題)를 붙인 데는 재미나는 에피소드가 있다. 즉, 언젠가 조이스는 그의 익살꾼 친구인 고가티와 재니(Janny)라는 "어떤 즐거운 과부"를 방문하고, 기네스 흑맥주를 마시면서 자신의 시를 읽어주며 그녀를 환대했었다. 그러자 얼마 후 이 여인은 스크린 뒤의 요기(尿器)로 자취를 감추는 것이 아닌가! 이때 귀를 기울이고 있던 익살 군 고가티가 "자네에게 합당한 비평가야." 하고 소리쳤다. 조이스의 친구요 그의 초기 연구가인 길버트(Stuart Gilbert)는, "그녀가 나의 시의 타이틀을 마련해 주었네. 나는 나의 시를 '실내악'이라 부르기로 했지."라는 조이스의 말을 기록하고 있다.

개별적 시들의 해석에서, 틴달은 "배뇨", "수음", "가학성", 등과 연관하여 "치생내악(恥生內樂)의 순수한 서정주의(pure lyricism of shamebred music)"(FW 164:15~16)로서의 『실내악』의 프로이트적인 상징적 의미를 강조한다(실내 변기의 인유는 『율리시스』에도 나오는데, 여기서 블룸은 생각한다: "실내악. 그걸로 일종의 말재주를 부릴 수 있을 거야")(U 11.979~980).

『실내악』의 이들 서정시들은 다양한 감정적 운(韻)을 표현한다. 계절의 변화, 낮의 밤으로의 경과 불길한 달의 존재, 박쥐의 비상, 물과 새들의 이미저리, 색채, 소리, 시간과 공간의 결합, 많은 다른 생생하고, 감정적 이미지들과 상징들 가운데, 이들 모든 것은 조이스가

이 노래의 조곡 속에 창조하는 분위기와 변화무쌍한 기분들에 이바지
한다.

【XXXV】
종일 나는 파도소리를 듣는다,
신음하는,
바닷새가 슬플지라도,
홀로 날아갈 때,
그는 바람이 파도의 단조음(單調音)에 맞춰
외치는 소리를 듣는다.
희색의 바람, 차가운 바람이 불고 있다,
내가 가는 곳에.
나는 수많은 파도 소리를 듣는다,
멀리 저 아래.
왼 종일, 왼 밤을, 나는 그들이 이리저리 흐르는
소리를 듣는다,

【XXXVI】
나는 땅 위에 군대가 진격하는 소리를 듣는다,
그리고 돌진하는 말들의 우렛소리, 그들의 무릎 주변의 물거품
        소리를,

전차병들이
오만하게, 검은 갑옷을 입고, 그들 뒤에 서 있다,
말고삐를 무시하며, 휘추리를 휘두르며.

그들은 밤을 향해 외친다, 그들의 전쟁 구호를.

나는 잠 속에 신음한다, 멀리 그들의 맴도는 큰 웃음소리를 들
 을 때.

그들은 음울한 꿈을 쪼갠다, 한 가닥 눈부신 화염,

쨍그랑 울리며, 모루 위에서 마냥.

그들은 길고 푸른 머리카락을 의기양양 흔들며 다가온다.

그들은 바다에서 나와 해변 가를 고함치며 달린다.

나의 심장이여, 그대는 이토록 절망에 대처할 지혜는 없는고?

나의 사랑, 나의 사랑, 나의 사랑, 왜 그대는 나를 홀로

내버려두었는고?

위의 인용된 제 XXXV수에서 외로운 화자는, 마치 한 마리 고
독한 바닷새처럼, 황막하고 차가운 미래를 예언하는, 파도 소리와 울
부짖는 바람 소리만을 듣는다. 이 시에 잇따르는 제 XXXVI수는 조
이스의 『실내악』 본래의 1905년 배열에는 끼어있지 않았으나, 스태니
슬로스에 의하여 연속으로 첨가되었다(『서간문』 II.181 참조). 조이스는
1902년 12월경 "왼 종일 나는 듣노라, 신음하는 파도 소리"를 작시했
는데, 당시 그는 자신의 사진이 붙은 우편엽서에다 이 시의 한 수를
써서 친구 번(Byrne)에게 보냈다(『서간문』 II.20~21 그리고 엘먼의 『제임스
조이스』, 그림 VII 참조). 1902년 12월 조이스에게 보낸 한 편지에서, 예
이츠는 분명히 이 시에 관하여 주석을 달았다: "나는 자네가 보낸 시
가 그 두 번째 구절에서 매력 있는 음률을 갖고 있다고 생각하며, 그
러나 총체적으로 자네의 서정시들 가운데 최고의 것이라고는 생각지
않는다네. 내 생각으로 사상이 다소 빈약한 것 같군."(『서간문』 II. 23).
 제XXXVI수: "나는 땅 위로 근대가 진격하는 소리를 듣는

다……": 1906년에 첨가된 시로, 『실내악』 최후의 구절이다. 강력한 힘을 지닌 그것의 포괄적인 서술은 최후의 두 행에서 애인의 높은 개인적 호소와 배치(背馳)된다: "내 사랑, 내 사랑, 내 사랑아, / 왜 너는 나를 홀로 남겨 두었는고?" 이는 돌이켜 이 시를, 전체 시를 구성하는 한층 서정적 운시들과 날카로운 대조를 이루게 한다. 1903년 2월 8일에, 조이스는 이 시의 초기 판본을 그의 동생 스태니슬로스에게 보냈다. 타이난(Katharine Tynan)은 이 시를 그녀의 1913년 시 전집인 『야생의 하프, 아일랜드 시 선집』에 포함했다. 1913년 12월 15일에 에즈라 파운드는 조이스와 친교를 맺기 위해 그에게 편지를 썼고, 잇따라 "나는 땅 위로 군대……"를 『사상파들(Des Imagistes)』의 운시집에 포함하는 허락을 조이스로부터 구했다(조이스는 이를 허락했다). 이 시는 1914년에 출판되었다(『서간문』 II. 328 참조). 이러한 접촉은 조이스의 작품을 일반 대중의 주의를 환기 시려는 파운드의 열렬한 노력—근 10년 동안 지속된 바—의 시작을 기록했다.

* 더 자세한 정보는 『서간문』 I.67 참조.

Si. Lorem

『한 푼짜리 시들』

『한 푼짜리 시들』은 조이스 작 13편의 단편 시집으로, 작가의 산만하고, 총체적으로 개인적 주제를 담고 있다. 이 운시들은 1913년과 1915년 사이 트리에스테에서 쓰였으나, 그 중 몇 편은 1915년과 1919년 사이, 뒤에 취리히에서 그리고 잇따라 1920년 파리에서 각각 쓰였다. 실비아 비치가 소유하던, 그녀의 파리 서점인, 「셰익스피어 앤드 컴퍼니(*Shakespeare & Co.*)」가 1927년 전집을 출판했으며, 1932년 10월에 이 시들의 한정판이 나왔다. 텍스트는 조이스의 딸 루치아에 의하여 디자인된 글씨로 채색되었으며, 출판자 함즈워스(Desmond Harmsworth)에 의하여 런던에서 출판되었다. 조이스는, 위버(Weaver) 여사에게 보낸 1931년 12월 자의 편지에서, 여기 루치아의 참여가 당시 그녀의 고통을 겪고 있던 정신적 불안을 해소하는데 도왔다고 지적한다(『서간문』 I.308~309 참조).

시의 제목은 거리의 행상인이 조이스의 작품—한 펜스에 몇 개의 시들—을 지나가는 군중에게 소리쳐 파는 분명치 못한 발음을 상기시킨다. 선배 시인 파운드는 이 시편들을 처음 읽었을 때, 부정적 반응을 보였으나, 맥크리시(Archibald MacLeish)는 이 시에 대하여 열광적 반응을 보여, 조이스로 하여금 『한 푼짜리 시들』이란 겸허한 타이틀로 출판토록 격려해 주었다. 시집은 당대의 평자들과 대중들에 의하여 전반적으로 등한히 되어 왔으나, 그런데도, 각 시는 각각의 확고한 개성을 지니며, 또한, 오늘날 많은 역사적 흥미를 느낀다. 각 시에 대한 해석은 다음과 같다.

「틸리(*Tilly*)」

"틸리"는 게일 고유어로, 손님이 빵 가게에서 12개(한 다스)의 빵을 사면 하나 더 얹어 주는 "덤"이란 말이다. 조이스는 애초에 12수의 시에 1수를 더 써서 모두 13수를 한데 묶어 1권에 1실링씩 받고 팔았다 한다. 이 시는 본래 "카브라(Cabra)"라는 제목을 붙였는데, 이는 조이스의 가족이 1902년 10월 하순부터 1904년 3월 하순까지 성 피터즈 테라스에 살았던 더블린의 한 지역 이름이다. 시를 개작하는 동안, 조이스는 현재의 타이틀을 정하기 이전에도 "반추(Ruminants)"라는 제목을 붙였다. 시는 1903년 조이스의 어머니 메리 조이스의 사망 얼마 뒤에 쓰였다. 언젠가 이 시가 "카브라"라고 불렸을 때 조이스는 이를 앞서 『실내악』 시집에 포함할 의향이었다.

이 시의 내용은 조이스의 아버지 존 조이스가 그의 아내 메리 조이스에게 보낸 편지 속에서 그의 감정을 흉내 낸 것으로 전해지거니와 『젊은 예술가의 초상』의 첫 행인 "그 옛날 옛적 정말로 살기 좋은 시절이었지. 그때 음매 소가 한 마리 길을 따라 내려오고 있었지……"의 내용과 흡사한 데가 있다. 이 시는 집을 향해 우울하게 걸어가는 소들의 숙명적 무감각 상태와 대조적으로, 그들을 모는 목동의, 꽃가지를 꺾고 마음 아파하는, 그의 감수성을 노래한다.

「산 사바의 경기용 보트를 바라보며
(*Watching the Needleboats at San Saba*)」

『한 푼짜리 시들』 중의 하나로, 조이스는 이 시를 트리에스테 근처 아드리아 해안의 산 사바에서 보트 경기를 하는 그의 동생 스태니슬로스를 관찰한 연후에, 1913년 9월 초순에 쓴 것이다. 시는 보트를 타면서 청년이 노래하는 합창과 대조하여 조이스 자신의 연약해진 청춘에 대한 보다 깊은 개탄으로 엉켜있다. 조이스는 이 시를 1913년 9월 9일 그의 동생과 보트 클럽의 다른 구성원들에게 선물로서 보냈다. 시는 『셔터디 리뷰』지의 1913년 9월 20일 자 호에 출판되었고, 백쓰(Arnold Bax)에 의하여 곡화(曲化)되었다.

* 더 자세한 것은 『서간문』 II.352 및 III.276 참조.

「딸에게 준 한 송이 꽃(*A Flower Given to My Daughter*)」

이 두 연(聯)으로 된 시는 조이스에 의하여 1913년 트리에스테에서 작시되었으며, 미국의 시 잡지 『포이트리: 운시의 잡지(*Poetry: A Magazine of Verse*)』지의 1917년 5월 호에 출판되었다. 이는 주인공이 한 송이 꽃을 딸에게 선사하는 친절 및 한 젊은 소녀를 향한 그의 낭만적 감정을 드러낸다. 조이스의 사후에 출판된 그의 유작(遺作) 『지아코모 조이스(*Giacomo Joyce*)』를 통한 몇 구절과 그가 당시 지녔던 노트북에 의하면, 이는 조이스의 한 신원 미상의 사람과의 비밀리의 열정을 암시하며, 한 가지 주석은 그 젊은 여인이 시의 동기가 된 꽃을 루치아 조이스에게 선사했던 사건에 관해 특히 언급한다. 『지아코모 조이스』의 소개에서 그리고 그의 전기 『제임스 조이스』(p. 342)에서 엘먼은 이 소녀가 조이스의 학생 아말리아 포퍼(Amalia Popper)였을 것이라 암시한다. 그러나 피터 코스텔로(Peter Costello) 교수는 조이스의 초기 전기인 그의 『제임스 조이스: 성장의 해, 1882~1915(*James Joyce: The Years of Growth*)』(p. 308)에서 앞서 엘먼을 논박하며, 시의 젊은 여인은 조이스의 몇몇 학생들의 합작품 일 수 있음을 주장한다.

이 시는 조이스의 청춘에 대한 낭만적 동경과 부정(父情)을 담고 있거니와 그에게 영향을 준 19세기 유미주의 시인 스윈번(Swinburne) (『율리시스』 제1장 참조)의 유려한 운율시의 매력을 뿜긴다.

「그녀는 라훈을 슬퍼한다(*She Weeps Over Rahoon*)」

이 시는 조이스가 1912년 아일랜드의 라훈에 있는 마이클 보드킨 (Michael Bodkin)의 무덤을 방문한 직후에 쓰인 것으로, 여기 보드킨은 노라 바나클의 골웨이 어린 시절 연인이요, 조이스가 『더블린 사람들』 의 「죽은 사람들」에서 마이클 퓨리(Michael Fury)의 모델로서 사용했는 바, 이야기 말에서 여주인공 그레타 콘로이는 후자에 대한 기억을 떠 올린다. 이 시는 여인이 죽은 애인을 칭송할 때의 그녀 목소리를 기록 하며, 그녀 현재의 연인에게 그들 자신의 죽음을 상기시킨다. 이 시는 조이스의 전기적 견지에서 보아, 노라의 마음속에 아직도 도사리고 있 을 죽은 연인에 대한 그녀의 생각과 현재의 남편인 조이스의 미묘한 역학(삼각) 관계를 내다보는 미래의 비전을 묘사한다. 이는 조이스의 희곡 『망명자들』의 주제이기도 하다. 이 시는 잇따르는 「폰타나 해변 에서」 및 「홀로」와 함께, 『포이트리』지 1917년 호에 게재되었다.

「만사는 사라졌다(*Tutto e Sciolto*)」

이 시는, 조이스의 설명에 의하면, 1914년 7월 13일에 쓰인 것이 다. 제목(영어로 "All is lost now")은 이탈리아 작곡가 베리니(Bellini)의 오페라 『몽유병자(*La sonnambula*)』의 아리아(가곡)에서 따온 것으로, 오 페라의 아미나가 몽유병으로 거니는 동안, 그녀가 로돌포 백작의 거 실에서 발각된 직후 부른다. 시 자체는 화자가 알고 있던 한 젊은 소녀를 회상하는 것을 기록한다. 실패한 여인에 대한 유혹과 청춘의 상실한 기운이 운시의 마지막 행들을 삼투하고 있다. 시는 또한, 「단엽들」, 「만조」 및 「딸에게 준 한 송이 꽃」과 함께 『포이트리』지의 1917년 5월 호에 실렸다.

베리니의 아리아의 인유들은 『율리시스』의 사이렌 장(11장)에서 또한, 나타나는데, 여기 리치 고울딩은 그가 오먼드 호텔에서 리오폴드 블룸과 식사하면서 이 노래의 가락을 휘파람 분다. 「만사는 사라졌다」에 대한 언급들은 잇따라 서술을 통해 나타나는데, 이때 그것은 블룸이 아내 몰리 블룸과 자신의 관계에 걸친 그의 상실과 절망을 느끼게 할 뿐만 아니라, 그녀의 정부 블레이제즈 보일란과의 임박한 정사에 대한 그의 특별한 심적 혼란을 일으키는 주제가 된다.

「폰타나 해변에서(*On the Beach at Fontana*)」

이 시는 『포이트리』지의 1917년 11월 호에 「홀로」와 「그녀는 라훈을 슬퍼한다」와 함께 수록되었다. 시는 조이스가 트리에스테 근처 그의 아들 조지오를 데리고 즐겼던 수영의 회유(回遊)를 상기시킨다. 이는 순간적 강렬한 부정(父情)의 경험을 특히 강조하는데, 당시 이 회유가 이 시에 커다란 영감을 주었다 한다. 그의 트리에스테 노트북의 하나(로버트 스콜즈[Robert Scholes]와 캐인[Richard M. Kain]이 수집하고 편집한 『다이덜러스의 작업장[*The Workshop of Daedalus*]』에서 재인쇄 된)에서, 조이스는 그의 아들에 대한 사랑의 깊은 감정을 서술하는바, 그를 그는 이

시의 행들에 포착하려고 애를 쓰고 있다: "나는 폰타나의 바다 수영에서 그를 붙잡고, 겸허한 사랑으로 그의 연약한 어깨의 떨림을 감지했다."

「단엽들(*Simples*)」

이 시는 1914년경에 쓰인 것으로, 앞서 「폰타나 해변에서」에서 조이스가 아들 조지에 대한 그의 커다란 애정을 환기하는 순간을 서술하듯, 또한, 어떤 트리에스테의 정원에서 나무의 단엽들을 모으고 있는 그의 딸을 서술하며, 그가 딸에 대해 느끼는 심오한 애정의 순간을 다룬다. 동시에, 최후의 연(聯)의 모호성의 기미는 아이가 자신의 감정에 대해 갖는 강력한 장악에 대해 화자가 느끼는 일정량의 우려를 암시한다.

내 것이 되어 주오, 제발, 밀랍 봉한 귀여
그녀의 여린 중얼거림을 듣지 못하도록
내 것이 되어 주오, 방패 막은 심장이여,
달의 단엽들을 모으는 그녀를 위해.

「단엽들」은 「만사는 사라졌다」, 「만조」 및 「딸에게 준 한 송이 꽃」과 함께, 『포이트리』지의 1917년 5월 호에 수록되었다. 시는 아서 브리스(Arther Bliss)에 의하여 곡화(曲化)되었으며, 1933년에 그 세팅이

『조이스 책(*The Joyce Book*)』(휴즈[Herbert Hughes]가 편집하여, 1933년에 출판된 책으로, 조이스의『한 푼짜리 시들』의 음악적 세팅을 포함한다)에 나타났다.

「만조(*Flood*)」

1914년경에 트리에스테에서 쓰인 이 시는『포이트리』지의 1917년 5월 호에 수록되었다. 이는『실내악』의 몇몇 시들과 다른 운시들 속에 발견되는 에로틱한 주제를 반복한다. 이는 유혹보다 자기 연민에 한층 가까운 좌절된 욕망을 길게 읊는다.

「야경시(*Nightpiece*)」

조이스는 이 특별한 시에 대한 영감을 자신의 유고(遺稿) 시『지아코모 조이스(*Giacomo Joyce*)』에 기록했던 한 꿈의 묘사로부터 끌어냈다. 꿈은 그가 성 금요일의 예배 동안 파리의 노틀 댐 사원을 방문했던 회상에서 이루어진 것이다. 엘먼의 기록에 의하면, 주제 상으로 이 시는 트리에스테의 한 영어 학생(엘먼이 추정하는 대로, 필경 아마리아 포퍼)과 자신의 관계를 이상화하고 있으며, 형식상으로 조이스의 소설과 연결되고 있다. 그의 고딕풍의 음조는『율리시스』의「프로테우스」장(제3장)의 샌디마운트 해변에서 스티븐 데덜러스에 의하여 쓰인 시의 그것과 유사하며, 파리에 관한 그것의 서술은 같은 장에 있는 시의 비슷한 묘사를 상기시킨다. 에즈라 파운드의 권유로, 몬로(Harriet Monroe)는 이 시와 조이스의 다른 시들인 「단엽들」, 「만사는 사라졌다」, 「만조」 및 「딸에게 준 한 송이 꽃」을 『포이트리』지의 1917년 5월 호에 수록했다.

「홀로(*Alone*)」

이 단시는 조이스에 의하여 1916년에 쓰이고, 미국의 전기 간행물 『포우트리(*Poetry*)』지의 1917년 11월 호에 처음 출판되었다. 『한 푼짜리 시들』의 많은 다른 운시들처럼, 「홀로」는 화자의 욕망과 나태한 기분을 표현한다. 그것은 또한, 조이스의 트리에스테에서 1914년경 지은 그의 『지아코모 조이스』를 통하여 발견되는 것과 비슷한 수동적 에로티시즘의 예를 대표한다.

「한밤중 거울 속의 유희자들에 대한 기억
(*A Memory of the Players in a Mirror at Midnight*)」

이 시는 1917에 쓰인 것으로, 에즈라 파운드가 조이스의 앞서 『실내악』의 시 "나는 땅 위로 군대……"에 끌렸던, 꼭 같은 사상파(Imagist) 시의 구조를 따른다. 이 시는 또한, 노령인(老齡人)의 번뇌와 사랑에 굶주린 배우들의 갈증을, 그리고 세계 제1차 대전 동안 조이스가 함께 한 영국의 배우들, 취리히 토대의 아마추어 극장 패들과의 관련을 직접 야기시킨다.

이 시는 『율리시스』의 「키르케」장(제15장)에서 스티븐이 그의 모친 죽음의 침상 주변을 난무하는 유령들을 명상하는 장면을 연상시킴과 동시에, 특히 이 시에서 화자의 감정을 나타내는 아이러니한 조롱은 『젊은 예술가의 초상』의 빌러넬(villanelle)(19행 2운체 시)의 내용을 닮았다.

그대는 불타는 버릇에 지치지 않았느뇨,
타락한 천사에 유혹되어?
황홀한 날들의 이야기를 더는 마요.

그대의 눈이 남자의 마음을 불타게 하고
그대는 그대의 의지로 그를 사로잡았으니.
그대는 불타는 버릇에 지치지 않았느뇨?

불꽃 위에 찬양의 연기가
다 끝에서 끝까지 솟아오르나니.
황홀한 날들의 이야기를 더는 마요.

우리의 깨어진 부르짖음과 슬픈 노래는
성찬(聖餐)의 찬송 속에 솟아나니.
그대는 불타는 버릇에 지치지 않았느뇨?

성찬을 드리는 두 손이 높이 쳐드는 동안
넘치는 언저리까지 흐르는 성배(聖杯)를.
황홀한 날들의 이야기를 더는 마요.

여전히 그대는 우리의 동경하는 시선을 장악하니,
지친 시선과 방종한 팔다리로!
그대는 불타는 버릇에 지치지 않았느뇨?
황홀한 날들의 이야기를 더는 마요."

여기 시가 품은 유혹과 악의 상징인 여인에게 사랑을 간청하는
피동적 마조히즘 현상은 조이스 문학의 전(全) 영역을 커버하는 지배
적 현상 중의 하나다(이 시에 관한 보다 자세한 설명은 『서간문』 II.445~446
및 462를 참고할 것).

「반호프 가(街)(*Bahanhofstrasse*)」

이 짧은 시는 조이스가 1917년 8월에 취리히의 반호프 가(街)에서
자신 눈의 첫 녹내장을 알게 된 후, 1918년경 그곳에서 지은 것이다.
시 첫 행의 이미저리는 초기의 눈의 문제에 대한 반응을 기록한다:
"나를 조롱하는 눈이 / 저녁 때 내가 지나가는 길을 신호한다." 이는
잃어버린 젊음의 인식과 함께 어우러진다. 시의 구슬픈 기분은 조이스
의 더해 가는 맹목(盲目)과 노령의 과정에 대한 그의 이중적 관심을 반
영한다.

|제임스 조이스 문학 읽기|

「하나의 기도(*A Prayer*)」

조이스가 1924년에 파리에서 쓴 시요, 수년 동안의 최초 작시로, 애인이 그의 여주인에 대한 스스로 언급을 기록하며, 굴종과 수동성으로 충만 되고 있다. 그 효과는, 한층 덜 분명하지만『율리시스』의「키르케」장면의 벨라 코헨의 사창가에서 펼쳐지는 리오폴드 블룸의 사도마조히즘(加虐被虐性〔가학피학성〕)적 환상들과 유사한 성적 풍조를 불러일으킨다. 밤의 호격(呼格)으로 시작되는 이 시에서 화자는 여인에게 정복당하기를 갈구한다. 여인은 영원의 여성, 융(Jung)의 아니마, 대지의 어머니, 교회, 아일랜드, 영혼 등을 상징한다.

「저 아이를 보라(*Ecce Puer*)」

조이스가 그의 만년(1932)에 한 수의 독립적으로 쓴 것으로, 이는 가장 감동적인 성숙 시요, 시인의 부친 존 조이스의 죽음과 때를 같이하여 태어난 그의 손자 스티븐 조이스의 탄생을 함께 읊은 희비의 감정을 그 소재로 삼고 있다. 이 시의 서정적 함축미와 시가 품은 사상 파적 요소는 식자들 간에 높이 평가되고 있다.

시는 쌍의 음률로 4행의 4연으로 구성된다. 첫 3개 연의 각각에서, 첫 3개의 행은 그의 손자의 탄생이 가져오는 즐거움을 살피는 한편 최후의 2개는 그의 부친의 사망에 대한 고통을 개척한다. 마지막 연은 화자가 "오 버림받은 아버지, 당신의 자식을 용서하소서!"를 부르짖을 때 일종의 "마음의 함성(cri de coeur)"의 전경을 이룬다.

    이 시는 1933년 1월에 『크라이테리언』지에 처음(1933)으로, 그리고 나중에 「시집」(1936)에 각각 출판되었다.

『지아코모 조이스』

해설

　　이 장편 시는 조이스가 트리에스테에서 그의 개인 교
사 학생 중의 하나에게 품은 그의 열정을 기록한 스케치들의
모음이다. 이 미지의 여학생을 향한 조이스의 에로틱한 감정의
관찰과 표현은 1914년경 언젠가 그에 의해 두꺼운 양피지의 대
형 백지 안쪽 8장에 조심스러운 육필로서 쓰였다. 이는 1968년
에 리처드 엘먼에 의한 소개 및 노트와 함께, 바이킹 출판사에
의하여 유고로서 출판되었다. 작품의 내적 증거에 의하면, 조
이스는 이 단편 시들을 1914년 이전부터 수집하기 시작했음을
암시한다. 예를 들면, 트리에스테에서 쓴 1913년 날짜의 단시
「나의 딸에게 준 한 송이 꽃」이 이 시집의 한 짧은 항목으로 나
타난다. 이 시집을 완료한 다음, 조이스는 이를 잇따른 작품들
에 사용할 자료로서 분명히 보관했었다(우리는 사실상 이러한 스케
치들이 『젊은 예술가의 초상』, 『망명자들』 및 『율리시스』 속 여러 곳에 동
화되어 있음을 발견할 수 있다).

엘먼의 해설에서 보듯, 『지아코모 조이스』는 "독립적 생명"이요, "그것은 이제 자기 방식으로 하나의 위대한 성취 물로서 존재"한다. 이 장편 시는 조이스가 『젊은 예술가의 초상』을 탈고하고 『율리시스』를 쓰기 시작할 무렵, 그의 작품 활동 성숙기에 쓰였다는데 그 의의를 찾을 수 있다. 앞서 두 거작의 위력에 가려지지 않았던들, 이는 하나의 커다란 문학적 성취물로서 그 문학적 가치를 인정받을 만하다. 크기, 범위, 기법과 형식, 내용 면에서 엘리엇의 『황무지(*The Waste Land*)』나 파운드의 「휴 쉘윈 모우벨리(*Hugh Selwyn Mauberley*)」와 거의 대동소이하다.

시의 제복 『지아코모 조이스(*Giacomo Joyce*)』에서 이탈리아어의 "Giacomo"는 영어의 "James"요, 따라서 시는 작가 자신의 자전적 경험을 다루고 있다. 여기에서 그의 학생인 아마리아 포퍼의 감탄자인 지아코모는 30대 초반 나이의 시인으로, 박식하고 완곡한 인물이다. 시의 거의 종말에서 그는, "음탕한 신"이요, "간질병적 주"에게 항거하는 반항적 마왕 루시퍼의 화신으로, 애인과의 상반된 신분의 차이 때문에 서로 이룰 수 없는 사랑을 환상 속에 즐기고 이를 정복한다. 인간에서 사랑의 힘의 위대성과 그 자체를 만끽하려는 그의 우월성, 애인이 남기고 간 그녀의 "우산"마저 사랑해야 하는 사랑의 어쩔 수 없는 숙명은 인간이 고통스럽게나마 감수해야 하는 그의 처절한 현실을 새삼 느끼게 한다.

엘먼의 해설(필자의 역문)

　　아마도 『지아코모 조이스』는 제임스 조이스의 출판된 작품들 가운데 최후의 것처럼 보인다. 그는 트리에스테에서 반세기 전 넘게, 그가 『젊은 예술가의 초상』을 완료하고, 『율리시스』를 쓰기 시작하고 있던 인생의 단계에서 그것을 썼다. 따라서 『지아코모 조이스』는 두 작품 간의 축 위에 놓여있다. 결코, 읊어지지 않은 한 연애 시로서, 그것은 한 흑부인(黑婦人)의 감상적 교육을 위한 조이스의 시도, 그의 인생의 한 국면에 대한 자신의 작별, 그리고 동시에 상상적 표현의 새로운 형식의 발견이다.

　　원고는 조이스에 의하여 트리에스테에서 남겨졌으며, 그의 동생 스태니슬로스에 의하여 분실로부터 구조되었다. 이는 익명을 요구하는 한 수집자에 의하여 뒤에 획득되었다. 조이스는 이를, 변경함이 없이, 여덟 장의 원고지 양쪽에, 자신의 최고의 달필로 썼는데, 이들은 학생 노트북의 평범한 푸른 커버들 사이에 느슨하게 보관되었다. 이들 원고는 필기 숙제물을 위해서 오히려 더 연필 스케치를 위해 보통 사용되는 그런 종류의 큰 사이즈의 무거운 종이로 되어있다. 그들은 1909년에 조이스가 자신의 아내를 위하여 『실내악』의 시들을 그 위에 썼던 저 양피지 판본들을 아련히 상기시킨다. 정면 커버의 상단 왼쪽 모퉁이에 "지아코모 조이스"라는 이름이 다른 필체로 갈겨져 있다.

지아코모
조이스

그의 이 이탈리아어 형태의 이름은 조이스에 의하여 결코, 사용되지 않았으며, 여기 그것을 수용한 것은, 사랑의 탐구를 장식하기 위하여, 앙갚음을 갈망하는 한 트리에스테의 더블린 사람으로서, 그의 환경의 변화감을 두 개의 언어로 표현했음이 틀림없다. 그는 이러한 제자(題字) 아래 자신이 쓴 것을 보관하기를 만족했으며, 자기—낙담의 부대적(附帶的) 의미가 그러한 제자에 합당하기 때문에, 그러한 예를 따르는 것이 합리적이었던 것처럼 보였다. 조이스는 의심할 바 없이, 영웅을 자기 자신과 동일한 것으로 인정하는데, 그 이유는 그가 지아코모를 '잼지' 및 '짐'으로 부르며, '노라'로서 자신의 아내에게 한때 호소하기 때문이다.

『지아코모 조이스』는 영웅이 영어를 가르쳤던 한 소녀 학생에 대한 그의 에로틱한 감정을 드러낸다. 조이스는 트리에스테에서 많은 이러한 학생들을 가졌었다. 그러나 그는 자신의 주제를 특히 한 사람, 아마리아 포퍼와 연관시키는 것처럼 보이는데, 그녀는 상 마이클 가(街)에 살았다. 그녀의 아버지 리오폴도 포퍼는 『율리시스』의 블룸을 위해 첫 이름을 공급했으리라. 그러나 만일 그가 학생의 아버지의 모델 역을 한다면, 그는 자신의 당당한 코밑수염을 포기하고, 익숙지 못한 구레나룻을 달고 있어야 할 것이다. 포퍼 양으로, 뒤에 마이클 리솔로의 아내였던 그녀는 1967년 플로렌스에서 사망했다. 그녀의 남편은 조이스로부터 받은 그녀의 수업을 1907년과 1908년 사이로 날짜를 잡으며, 그녀가 비엔나와 플로렌스 대학을 다니기 위하여 트리에스테를 떠났기 때문에, 1909년 뒤로 조이스를 만나지 못했다고 설명한다. 만일 이러한 회고가 정확하다면, 그땐 아마도 조이스는 잇따른 만남을 창안했거나 아니면 포퍼 양의 모습을 자신의 학생들 가운데 어떤 상속자의 그것 속에 전용(轉用)했을 것이다. 아무튼, 사건은—사실

ㅣ제임스 조이스 문학 읽기ㅣ

상 — 1915년 그가 트리에스테를 떠나기 전에 끝났음을 작품은 분명히 한다.

조이스의 산문들은 너무나 아일랜드 장면에 맡겨져 있는데, 그들 가운데 『지아코모 조이스』는 대륙에 배경을 두고 있는 것이 분명하다. 트리에스테의 도시는, 더블린처럼, 다른 각도로서 제시되지만, 그러나 더블린과는 달리, 단지 이따금 몇몇 장소 이름들만으로 제시된다. 고지의 도로, 병원, 광장, 시장은 전적으로 이름 없이 나타난다. 그런데도 그들은 그 소녀 혹은 그녀의 가족이 그들을 지나갈 때 드러난다. 도시는 그의 상하 거리들, 갈색의 중첩된 지붕 기왓장들, 이스라엘계의 카메르 족속들, 오스트리아 — 헝가리 관례의 민족적 안달과 더불어 식별될 수 있게 되어 있다. 그를 배경으로 하여 『율리시스』에서처럼, 파리뿐만 아니라 파두아 및 베셀리 근처의 쌀 생산 지방의 이미지들이 대치되어 있다. 이러한 대륙적 장면들을 통하여, 한때 열화(熱火)같은 지아코모는, 이국의 그리고 욕망에 어려, 해수오염(海水汚染)된 채, 움직인다. 한 등장인물로서 그는 스티븐보다 나이 많으며, 덜 오만하고, 블룸보다 한층 젊고 한층 더 고의적이며, 그들의 문학적 가족에서 중간 아들 격이다.

원고는 날짜가 명시되어 있지 않지만, 그러나 그것은 조이스의 마음을 수개월 동안 틀림없이 사로잡고 있었던 일련의 느슨한 사건들과 부푼 감정들을 서술한다. 그것은 그의 새 학생들이 출석하는 첫 학급으로 시작한다. 언급되는 수 개의 사건들은 분명한 날짜가 부여되어질 수 있다. 예를 들면, 유대인의 묘지에서 조이스는 자신의 아내 무덤에 애도하려고 온 "여드름 투성이의 마이셸"과 함께한다. 이 자는 필리포 마이셸로서, 그의 아내, 아다 허쉬 마이셸은 1911년 10월 20일에 자살을 감행했다. 시간에 대한 또 다른 가리킴은 밀란의 라 스칼라에서 온 에토레 알비니라는 이름을 가진 음악 비평가의 추방에 관한 언급이다. 왜냐하면, 그는 이탈리아 왕국의 국가(國歌)인 「마르시아 릴레」가 연주되었을 때, 기립하지 않았기 때문이다. 알비니, 그는, 조이스가 말하는 대로, 튜린 일간지 『일세콜로』지를 위해서 오히려 더 로마의 사회주의 신문지 『아반티』지를 위해서 글을 썼는지라, 이탈리아의 적십자와 이탈리아가 터키와 전투하고 있던 리브야에서 전사 혹은 부상당한 병사들의 유족들을 위한 원호 콘서트에서 1911년 12월 17일에 쫓겨났다.

다른 언급들은, 순서대로 만큼 자주 순서를 벗어난 채, 더 많은 시간이 지나갔음을 나타낸다. 밤의 파두아의 서술은 1912년 4월 하순에 있었던 조이스의 그 도시로의 두 번의 여행에서 틀림없이 도래한 것인데, 당시 그는 한 이탈리아의 고등학교에서 영어를 가르칠 자격시험을 치르기 위해서 그곳에 갔다. 그가 언급하는 버셀리로부터 볼 수 있는 벼 들판은 밀란과 튜린 간의 기차에서 보일 수 있을 것이다. 그는 1912년 7월 아일랜드를 가는 도중, 이 궤도를 택했다. 또한, "단순한 트리에스테에게" 행한 「햄릿」에 관한 강연들에 대한 암시가 있는데, 당시 그의 청중들은 그의 예쁜 학생을 포함하고 있었다. 공포된 10번에서 12번까지 뻗은, 이들 강연은 1912년 11월 4일에서 1913년 2월 10일까지 행해졌다.

조이스의 책들에 대한 어떤 언급들은 『지아코모 조이스』의 창작을 한층 뒤의 날짜까지 확장한다. 그는 1914년 전까지 『율리시스』에 관한 꿈을 거의 꿀 수 없었는바, 그 해에, 그가 나중에 항상 말했던 것처럼, 책이 그의 마음속에 자리 잡았다. 그리고 그는 『젊은 예술가의 초상』의 적어도 얼마간을 자신의 학생에게 보여주었다. 그것이 솔직성을 위한 솔직함이 되지 못한다는 그녀의 비평은, 만일 그녀가 제3장

|제임스 조이스 문학 읽기|

을 읽었더라면, 특히 타당할 것인즉, 이 장면에서 스티븐은 자신의 죄를 상설(詳說)하고 뉘우친다. 이 장은 1908년 이래 원고 형태로서 존재했었으나, 단지 1914년 6월에서야 조이스는 그것을 타이핑하여 런던의 『에고이스트』지에 보낼 수 있었다. 런던에서 소설은 연재되었다. 당시 그는 분명히 다른 몇 카피들을 제본했는데, 그 이유는 그가 그중 한 카피를 그의 친구 스베보 이탈로에게 빌려주었으며, 다른 카피를 자신의 학생에게 빌려주었다고 여기 지적하고 있기 때문이다. 당시 그는 그 책의 다섯 개의 장 중 마지막 두 개의 장들을 여전히 작업하고 있었다. 『지아코모 조이스』에 배치된 사건들과 감정들은 1911년 후반 및 1914년 중반 사이에 일어나듯 보인다. 조이스는 아마 어느 범위까지 초기의 노트에 의존했지만, 1914년 말까지 총체적으로 그것을 적어둘 수 없었던 것 같다.

그는 그 뒤로 오랫동안 그것을 늦출 수가 없었다. 왜냐하면, 『젊은 예술가의 초상』의 제5장은 그가 1914년 11월 14일까지 완료했는데, 그것은 처음부터 끝까지 『지아코모 조이스』로부터의 직접적인 차용을 포함하기 때문이다. 약간은 축어적(縮語的) 말들이다. 대부분은, 예를 들면, "그녀의 마음속의 나의 말들: 진구렁을 통하여 가라앉는 차가운 닦은 돌멩이들" 같은 것은, 재차 작업 된 것이요, 이는 제5장에서 "무거운 덩어리 같은 글귀가 진구렁을 통하여 돌멩이처럼 들리지 않게 서서히 빠졌다"가 된다. 조이스는 스스로 되풀이하는 사람이 아닌지라, 1914년의 11월 중순 전에 언젠가 『지아코모 조이스』를 출판하기보다 오히려 없애 버리려고 결심했었다. 그는 『젊은 예술가의 초상』을 위해서 뿐만 아니라, 『율리시스』를 위해서 그리고 그의 희곡 『망명자들』을 위해서 그렇게 했다.

당시, 『지아코모 조이스』의 최후의 판본에 대한 가장 있을 법한 시기는 1914년 7월 혹은 8월이다. 작품을 완료할 충동은 그의 친구 스베보로부터 나왔을 법한데, 후자는 6월 26일 자의 조이스에게 보낸 편지에서 새로 출판된『더블린 사람들』에 관하여 그리고『젊은 예술가의 초상』의 첫 세 개 장들의 타자 고에 관하여 평하고, 이어 "언제 당신은 우리의 도회에 관해 이탈리아어로 작품을 쓸 참이오? 안 될 게 없지 않소?" 하고 질문했다. 조이스는 격려받는 것을 좋아했으며, 스베보로부터의 격려에 특별한 주의를 쏟을 이유를 지녔는데, 그 이유는 ― 기지를 통한 자기 ― 구원으로 뒤따르는 자기 ― 영락의 ― 스베보의 소설적 방법이 리오폴드 블룸에 대한 커지는 개념에 한 역할을 하고 있었기 때문이다. 더욱이, 스베보의 초기 소설『노령』(그를 위해 조이는『한 남자가 나이 들어갈 때』라는 영어 제목을 제의했거니와)은 실지로 오직 서른다섯의 나이보다 젊은 여인과 연애하는 중년 남자의 주제를 새로 개발한 것이었다. 어떠한 사람도 스베보보다 더 날카로움을 가지고 현격한 나이의 애인들을 에워싼 애태움을 항목별로 쓰거나 흉내 낸 사람은 여태까지 없었다. '나우시카' 주제의 이 현대적 다룸에서, 영웅 에미리코는 안지오리나의 유혹 남으로서 그의 역할을 그녀의 도덕적 교사가 되는 한층 있을법한 역할과 결부시킨다. 그는, 모두가 다 나쁜 것이 아닌, 반 ― 의식적 의도들의 바닷속에서 몸부림치는지라, 그것들을 지아코모와 블룸(특히 연애 희롱 자 "헨리 플라워"로서 그의 역할)은 인정할 수 있을 것이다. 조이스는 스베보의 책에 대하여, 특히 그의 아이러니에 대하여 커다란 감탄을 했었다.『노령』속에 자기 자신의 주제에 대한 예비적 암시들이 있었는데, 그러나 지아코모는 자기 ― 스타일의 선생이라기보다 오히려 실질적 선생이요, 그리고 자신의 애인이 하나의 스타일을 지니듯, 한 가지 고의성을 지닐지라도, 이들은 에미리코나 안지오리나에게는 부적합한 것이었다.

『지아코모 조이스』를 씀에서, 스베보가 30세의 나이 — 불길한 나이 — 를 넘었다는 사실은 비슷하게 조이스에게도 나타났다. 그는 자신의 친구들에게, 얼마간 학자인 척 — 로마인들은 17세의 나이를 「유년기」와 「청년기」 사이의 분계선으로, 그리고 31세를 「노년기」의 시작으로 삼았다는 것을 상기시키기를 좋아했다. 이제 더는 청춘이 아니라는 슬픔은, 심지어 로마인의 표준으로, 조이스를 너무나 마음 아프게 했기 때문에, 31세에서 그는 『실내악』이래 처음으로 시를 다시 쓰기 시작했다. 최초의 것은 「산 사바의 경기용 보트를 바라보며」였는데, 이 시에서 그는 자기의 후렴으로 푸치니의 『서부의 미소녀』를 골랐다:

나는 그들의 젊은 가슴들이 소리치는 것을 들었다
번쩍이는 노(櫓) 위로 사랑을 향해
그리고 초원의 풀들이 한숨짓는 것을 들었다:
"다시는, 다시는 돌아오지 않으리!"

오 가슴들이여, 오 한숨짓는 풀들이여,
너의 사랑으로 휘날리는 깃발을 헛되이 슬퍼할 지라!
지나가는 거친 바람은 다시는
돌아오지 않으리, 다시는 돌아오지 않으리.

1913년 9월에 쓰인, 이 시에 이어, 조이스가 『지아코모 조이스』에서 또한, 선보인 하나의 선물인, 「나의 딸에게 준 한 송이 꽃」, 그리고 「만사는 사라졌다」(1914년 7월 13일)와 「야경시」(1915년)가 뒤따르는데, 이들 후자의 양 시들은, 이 시와 한층 미미하게 연관되는 다른 시들과 마찬가지로, 꼭 같은 연애사건과 밀접하게 연관된다. 모두는, 그가 자신의 운시를 위하여 비축했던 오히려 무기력한 스타일로서, 『지아코모 조이스』에서 그가 클라비코드 악기를 위한 "젊음은 끝나다"의 스위린크의 변형과 연결하는, 저 주제를 추구한다:

나의 청춘은 끝나도다,
나의 기쁨과 슬픔 또한,
나의 가련한 영혼 또한,
나의 육체에서 재빨리 떠나갈지라.
나의 생명은 더는 확고히 서 있을 수 없나니,
그것은 아주 연약하고 틀림없이 멸망하리라
죽음의 번뇌와 고통 속에.

이러한 고통스러운 불행은 일련의 한때 무성한, 불모의 만남을 통하여 『지아코모 조이스』 속에 나타난다. 이들은 다른 공간적 수준에서, 언제나 거리를 유지하면서, 일어난다. 그 학생은 눈에 띄도록 키가 큰, 산 마이클 가의 언덕 위 그녀의 안락한 집에 사는 "양질의 젊은 여인"이다. 향내 어린 모피에 감싸 인 채, 그녀 자신은 이상하게도 향이 없으며, 그녀는 하이힐을 타닥거리면서, 오페라글라스를 통하여 노려보는 한편, 남자는 "밤과 진흙으로부터 위쪽으로" 눈짓하면서, 아래쪽에 있다. 한때, 오페라에서, 그는 그녀 위쪽에 앉아있었으나 거기 그의 위치는 심지어 더 한층 열악했으니, 왜냐하면, 그는 꼭대기층 갤러리에 있기 때문이요, 서민들과 그들의 냄새에 둘러친 채, 그리고 자기 자신이 눈에 띄지 않은 채, 아래쪽 값진 사람들 사이에 그녀의 차갑고 작은 아름다움, 그녀의 푸른 색 의상을 한 몸집, 뾰족한 머

|제임스 조이스 문학 읽기|

리카락을 내려다보기 때문이다.

이 변화하는 조망의 과정들에서, 조이스는 이제 더는 젊지 않음을 포착하자, 불만스런 사랑의 전범(典範)을 펼친다. 지아코모, 그의 망설임은, 아이러니로 받아들이지 않으면 습(濕)할지니, 그의 욕망의 다른 굴곡들을 기록한다. 그는 자신의 학생을 감탄하고 동정하는지라, 후원하고, 비밀리에 그녀를 조롱하고, 암시하고, 물러서고, 말하기에 실패하고, 스티븐과 블룸처럼 엉큼한 환락 — 작가들의 취미 — 에 굴복하며, 타는 듯한 숙달로서 자신의 익살맞은 실패를 진술한다. 언어는 때때로 셰익스피어의 화두(話頭)로 바뀌며, 사랑의 유약함뿐만 아니라 "매독에 오염된 창녀들"에게까지 적용되고, 그러한 화두를 가지고 성(城)들과 왕자의 거처, 문장(紋章), 궁전의 재산, 딸과 함께한『햄릿』의 포로니우스의 분위기를 유발한다. 그러나 이어 그것은 조이스 자신의 두 가지 양상들,『젊은 예술가의 초상』의 많은 경우에서처럼, "감정의 곡선"을 따르기 위한, 얽힌 반복의 중첩된 말들의 사림(死林), 그리고 그가『율리시스』를 위해 개발하고 있던, 기호화(記號化)의 강조가 필요 없는 날카롭고, 확실한, 속기의 어구들보다 새로운 양상으로 재빨리 바뀐다.

시작부터, 이 학생이 어디서 출현하는지 몰라, "누구세요?" 하고 그로 하여금 질문하게 할 때, 그녀는 거리가 멀고, 창백하고, 만져 알 수 없나니, 그녀의 안경에 의해, 그의 코를 결코, 풀지 않는 것에 의해, 그녀의 거미줄 같은 필체에 의해, 그녀의 유대성(猶太性)에 의해, 그녀의 은닉된 배후에 의해, 그녀의 타고난 특질에 의해, 그녀의 설명 불가의 그리고 넘을 수 없는 덕망에 의해, 그에게서 떨어져 있다. 자주 장면은 안개에 가리고, 구름이 끼고, 수연(水煙)에 어려, 다양한 정도의 계시(啓示)로 유령들에 의하여 둘러쳐 있는지라, 마치 불길하고 심지어 지독한 불확실 속에 그녀를 위해 그녀의 그리고 자신의 정열을 감싸는 듯하다. 『피네간의 경야』에서 조이스는 또 다른 딸, 아나 리비아의 것을 구름으로 변용하는바, 묘령(妙齡)의, 운모(雲母)의 어떤 연관성이 여기 그의 머릿속에 떠오르는 듯하다.

그런데도 구름 사이, 그는 자신의 학생의 뛰어난 존재, 자신의 겁먹은 돌격으로부터 그녀의 당혹한 사림, 그녀의 피곤한 섬세성, 그녀의 지적 야망, 그녀의 끝일 줄 모르는 욕망을 기복(起伏)의 정확성으로 불러오는 데 실패하지 않는다. 마지막 몇 페이지들에서 상황은 환각적이 된다. 꿈의 이미지들이 짙어 간다. 그는 그녀의 본질을 너무나 완전하게 측정하는데, 그들의 눈이(마치 단[Donne]의 꼬인 안광[眼光]처럼) 서로 엉킨다. 잠깐, 『망명자들』의 로버트 핸드처럼, 그는 그녀가 자기 것이 된 것인양 꿈꾼다. "잠 속에서는 왕, 그러나 깨어나며 딴판이라." 그를 깨우는 것은 그녀의 여왕다운 평결(評決)이니, 그로부터 한마디 단순한 말이 인용된다: "왜냐하면, 달리 당신을 볼 수 없었기에." 이러한 퇴짜는 이미 예상되었기에 더는 받아들일 수 없다. 하지만 지면(紙面)은 전적으로 사라지지 않는다: "그럼 무엇을? 글로 나타낼 지라, 경칠, 그걸 쓸 지라! 그 밖에 그대는 무슨 소용이냐?" 만일 그가 그리스도가 아니듯 햄릿 왕자가 아니라면(비록 두 평행이 그의 마음에 솟을지라도), 그는 적어도 셰익스피어와 공통의 뭔가가 있다. "가공의 돈 주앙주의도 그를 구하지 못할 거요," 마치 『율리시스』에서 스티븐이 자신의 동등한 찬탈과 무력의 셰익스피어에 관해 말하듯. 조이스의 모든 책처럼, 『지아코모 조이스』는 사랑의 힘이 심지어 마치 그것이 그걸 즐기는 우울한 인간적 시도를 나타낼 때처럼 그 힘을 심술궂게 부여한다.

작시의 마지막 행위에서, 페이지 위에 작품의 나타냄은 그것의 주체의 한 요소가 될 수 있었을 것이다. 아마도 말라르메를 마음속에 품고, 조이스는 다양한 길이의 공간에 의하여 측정되는 다양한 지속적 휴지(休止)로서 항목을 연결하거나 떼 놓았다. 공간(침묵)의 각기 다른 강도들은 간결하거나 혹은 굽이치는 말씨와 교체시키기 위하여 소집된 듯하다. 최후의 가장 가까운 페이지에서, 예를 들면, 응결된 이미지들은 짙은 필체와 휴지의 부재로서 강조된다.

조이스는 『지아코모 조이스』를 자신이 복사한 다음, 그것을 거의 출판하지 않으려 했다. 스티븐 데덜러스가 방금 문을 연 심미교(審美校)로부터 무단 결석자 역을 할 정도로 작품이 너무나 이탈된 데다가, 자신의 약점이 너무나 공개되어 있고, 거의 몰개성으로 되지 않은지라(비록 아이러니하게 유리되어 있을지라도). 조이스는 아마도 그의 포기를 생각하려고 한층 마음먹고 있었으리라. 그는, "나의 정신의 동기"를 노정 하는 동류의 목적으로 10년보다 더 이전에 쓰이고, 『영웅 스티븐』의 페이지들을 형성하기 위해 궁극적으로 버린, 그의 에피파니들(현현들)의 선례를 지녔었다. 하지만 그는 분명히 『지아코모 조이스』 자체를 너무나 좋아했기 때문에, 나중에 어떤 검약을 그가 행사할지라도, 하나의 쟁서 판을 만듦으로써 자신의 인정을 확약하기 전에는, 그것을 희생시킬 수가 없었다.

『지아코모 조이스』의 정신은 이제 확산되었다. 그의 여 영웅은, 지아코모는 그녀를 비아트리스(비아트리체) 포티나리와 비아트리스 센시(첸치)와 연관하거니와 『망명자들』에서 비아트리스 자스티스와 또한, 연관된다. 이 비아트리스는 마찬가지로 시력이 약한 눈을 가진다 — 아름다운 속눈썹들에 감싸 인 채 — 그것으로 그녀는 영웅의 초기의 작품들을 또한, 읽었다. 연극의 첫 막에서 그녀는 왜 자신이 리처드의 집에 왔는지를 설명하는데, 그녀가 사용하는 말들은 지아코모의 학생이 직접 말하는 유일한 말들과 거의 똑같다: "달리 당신을 볼 수 없었어요." 지아코모를 유린하는 그 말은 그것이 리처드를 우쭐하게 하는 문맥에서 다시 짜이는데, 그것은 조이스가 그 밖에 다른 곳에서 예술을 통해 자기 자신을 해방하는 힘이라 불렀던 것을 지적한다. 트리에스테의 패배는 더블린에서 승리로서 전환될 수 있다.

『지아코모 조이스』에 등록된 감정들은 『젊은 예술가의 초상』에도 또한, 적용될 수 있음이 입증되었다. 10년 전의 정서들을 쇄신하기 위해 이바지 된 새로운 에로틱한 것들이, 이제는 감쇠(減衰)되었다. 지아코모의 소녀가 유대인 종족에 속하듯, 스티븐의 소녀가 아일랜드 종족을 상징하는 것으로 상상이 되는 사실은 거의 장애를 주지 않는다. 『율리시스』에서 조이는 모든 가능한 기교 성을 가지고 두 종족의 상호 교환을 들어내려고 했다. 두 소녀는 비록 그들이(마치 『망명자들』의 버사처럼) 자신들의 감탄 자들의 마음에 의한 상상적 소유에 굴복해야 할지라도, 얼굴이 까만 처녀들이다. 『젊은 예술가의 초상』의 감정적 우선권을 견지함에서, 아일랜드의 소녀는 "야생적 그리고 음울한 냄새"가 주어지는데, 그것은 트리에스테의 소녀에게는 거부당한다.

그러자 스티븐은, 토마스 내시의 시구를 곰곰이 생각하면서, 그의 마음 앞에 엘리자베스 시대를 떠올린다:

욕망의 암흑으로부터 열리는 눈, 동트는 동녘 하늘을 어둡게 하는 눈. 그 눈에 넘치는 나른한 우아함이란 정사(情事)의 두려움이 아니고 무엇이랴? 그리고 그 눈의 아물거림은 방탕한 스튜어트 왕조의 시궁창을 덮은 찌꺼기의 아물거림이 아니고 무엇이랴. 그리고 그는 이 기억의 언어 속에 호박색의 포도주, 달콤한 노랫가락의 사그라져 가는 곡조, 당당한 무도곡의 맛을 보았다. 그리고 그는 코벤트 가든의 난간에서 입을 빨면서 사랑을 구하는 상냥한 숙녀들, 곰보 자국으로 얼룩진 술집 작부들, 그들의 겁탈자인 사내들에게 기꺼이 몸을 내맡기며 다시 몇 번이고 포옹을 거듭하는 젊은 아낙네들을 기억의 눈으로 보았다.

그가 이처럼 마음속에 불러일으킨 이미지들은 그에게 아무런 기쁨을 주지 못했다. 그들은 은밀하고 불타듯 열정적이긴 했으나 그녀의 이미지는 그들과 서로 엉키지 못했다. 그녀를 그런 식으로 생각해서는 안 되었다. 더구나 그는 그런 식으로 그녀를 생각하지도 않았다. 그렇다면 그의 마음은 그것 자체를 믿을 수 없었던가? 낡은 말들, 그것은 클랜리가 그의 번쩍이는 이빨에서 파낸 무화과 씨처럼 발굴된 달콤함으로 달콤할 뿐이다.

위의 첫째 문단은 『지아코모 조이스』로부터 단지 조금 변형된 것이다. 둘째는, 보다 나중의 문장들이 그러하듯, 첫째 것을 청산한다. 지아코모는 청산을 그토록 명백하게 성취하지 못한다. 그는 자신의 어휘들을 토론할 필요가 없는지라, 그는 단지 기분이 바뀜에 따라 그들을 바꾼다. 『율리시스』에서 조이스는 스티븐의 방법보다 오히려 자이코모의 것을 따른다. 말씨들의 격돌은 경쟁자들의 충돌처럼, 사실상, 조이스의 후기 작품들에서, 채색된 낱말들의 정교하고, 약간 값진 상호짜임을 대치하는 방책이 된다. 같은 방법으로, 『지아코모 조이스』의 변덕스러운, 망가진 자기 성찰은 『젊은 예술가의 초상』을 제3인칭 서술로부터 작품 말의 제1인칭 일기로 빗나가도록 도우며, 블룸과 스티븐의 내적 독백을 위해 준비한다.

『율리시스』에 다다르자, 조이스는 『지아코모 조이스』로부터 문장들을 택하여 그들을 전체 문단이나 보다 긴 단위로 만들었다. 몇몇은 쉽사리 작품에서 작품으로 미끄러져 갔다. 즉 트리에스테의 아침은 파리의 아침이 되었으며, 이는 지아코모에 의한 그것의 상호 연관보다 스티븐에 의하여 한층 원한에 사무치듯 관찰된다. 한 마리 암말이나 그의 망아지처럼, 어머니와 딸의 황혼의 이미지는 「태양신의 황소들」 삽화에서 전적으로 그리고 아름답게 말(馬)의 그것이 된다. 아일랜드인과 유대인의 대결은 이성적(異性的) 요염성의 문제보다 오히려 원천적으로 남성 우정의 그것이요, 그리고 지아코모의 나이 먹는 과정을 개탄하는 대신에, 조이스는 중년을 블룸에게 그리고 젊음을 스티븐에게 할당한다. 몇몇 장면들— 학급, 묘지, 파두아의 사창가들 —은 아드리아 해에서 리피 강으로 수입된다. 군중의 시장(市場)을 통한 학생 가족의 마차 타기는 총독의 마차 행렬로 고양된다. 장님은 구걸을 멈추고 대신 피아노를 조율한다. 영원의 적수, 고가티(Gogarty)는 트리에스테에서 지아코모에게 짧은 꿈의 방문을 하며, 벅 멀리건(Buck Mulligan)으로서 더블린에 다시 나타난다. 지아코모의 정열이 그와 더불어 솟는 발작과 출발은 『율리시스』에서 불연속의 삽화들 및 조망들과 동질이다. 또한, 두 작품은 무의식의 키르케적 이미지들을 향해 움직이는바, 거기 비행(非行)과 가책의 이중적 의미는 마왕적 은유로 기록되는 환각적 클라이맥스에 도달한다.

훨씬 뒤 『율리시스』의 창작에서, 1918년 말에, 조이스는 어떤 취리히의 거리에서 한 살결이 검은 처녀(브루넷)에 접근하고, 그가 더블린에서 보았던 소녀와 그녀의 닮음에 놀라움을 표현했다. 이 마르테 플라이슈만(Martha Fleischmann)과의 그의 잇따른 통신에서, 그는 그녀가 유대인이리라는 가능성에 비상한 중요성을 덧붙였다. 분명히 그는 자신이 트리에스테에서 사랑한 적이 있었던 저 유대—켈트적 합작품의 한 새롭고, 단연히 스위스계의 화신을 찾고 있었다. 한편으로, 마르테 플라이슈만은 「나우시카」 삽화에서 거티 맥도웰의 모델이 되었으며, 그는 원거리에 의해 지아코모가 트리에스테에서 허풍떨었던, 그리고 스티븐이 더블린에서 그에 대해 명상했던, 그 소유물을 패러디한다. 얼마간 점잖은 레벨에서, 블룸은 마사 클리포드에게 편지들을 씀으로써, 마찬가지로 그녀의 심리적 유혹을 시도하며, 그리하여 한 유사한 신비적 목표를 성취하기 위한 문학적 매개를 조이스가 스스로 사용하고 있음을 아이러니하게 흉내 낸다.

조이스의 많은 양의 글은, 적어도 방백으로, 그의 중년의 로맨스를 암시하는 것으로 보일 수 있다. 하지만 그는 『지아코모 조이스』에게 또한, 독립적 생명을 불어넣는지라, 그것은 이제 자기 나름으로 하나의 위대한 성취물로서 존재한다. 조이스에 의하여, 커다란 형식적 구조들에 익숙한 독자들에게, 소설들의 가장 섬세한 크기와 비공식은 특히 매력적일 수 있다. 그의 사망 얼마 전에 조이스는 자신이 아주 간단하고 아주 짧은 뭔가를 쓰고 싶다고 말했을 때, 그가 자신의 트리에스테 학생의 작은, 유약한, 무상의 완벽을 『지아코모 조이스』의 작은, 유약한, 영원의 완벽으로 어떻게 응고시켰는가를 아마도 생각하고 있었으리라.

리처드 엘먼

Introduction to James Joyce

조이스의
산문

『더블린 사람들』

조이스가 3년간(1904~1907)에 걸쳐 쓴 15개의 단편 소설집. 초창기 출판자를 발견하는 어려움, 작품 중의 문제가 된 구절들을 변경하기를 요구하는 출판자의 고집과 조이스의 그에 대한 거절은 근 10년에 걸쳐(1914까지) 이 작품의 출판을 지연시켰다. 초창기에 조이스는 이 이야기들을 주제적으로 연결된, 그리고 연대기적으로 순서를 이루도록 의도했었다. 본래 그는 10개의 이야기를 쓴바, 이들은 「자매(*The Sisters*)」를 비롯하여 「뜻밖의 만남(*An Encounter*)」, 「하숙집(*The Boarding House*)」, 「경기가 끝난 뒤(*After the Race*)」, 「에블린(*Eveline*)」, 「진흙(*Clay*)」, 「짝패들(*Counterparts*)」, 「참혹한 사건(*A Painful Case*)」, 「위원실의 담쟁이 날(*Ivy Day in the Committee Room*)」, 및 「어머니(*Mother*)」다. 1905년 말경 조이스는 런던의 그랜트 리차즈에게 두 개의 이야기들을 더 첨가했는데, 이들을 「애러비(*Araby*)」와 당시로는 마지막 이야기였던 「은총(*Grace*)」이다. 1906년 한 해 동안 그는 「두 건달들(*Two Gallants*)」 그리고 「작은 구름(*A Little Cloud*)」을 리차즈에게 제출했는데, 이로써 이야기들은 모두 14개를 기록했다.

리차즈는 1906년 4월 26일의 조이스에게 보낸 편지에서 「두 건달들」, 「짝패들」 및 「은총」의 몇몇 구절들에서 자신의 반대를 지적했다. 이는 『더블린 사람들』의 출판에 대한 일련의 장애들이 되었으며, 이 때문에 책의 출판은 또 다른 8년간을 지연시켰다. 조이스는 『더블린 사람들』의 지연에 대해 「별난 역사(*Curious History*)」라는 글을 써서 출판자에게 보냈는데, 이 글은 『더블린 사람들』의 출판의 지연에 대한 설명이다. 그는 이 단편집에서 어떤 구절들을 반대한 출판자들부터 그가 직면한 장애들을 상설한다. 이 설명은 『에고이스트』지의 1914년 1월 14일 자호에 짧은 서문과 함께, 처음 출판되었다. 그것은 뒤에 조이스의 뉴욕 출판자 휴브쉬(B.W. Huebsch)에 의한 선전용 격문으로서 재인쇄되었다.

「별난 역사」는 조이스에 의한, 1911년 8월 17일 자의 편지와 1913년 11월 30일 자의 편지의 대조를 포함한다. 처음 것은 『노던 윙(*Northern Wing*)』지(벨파스트)에 부분적으로 그리고 『신 페인(*Sinn Fein*)』지(더블린)에 전문으로 출판되었다. 둘째 것은 조이스가 처음 것을 포함한 것으로, 1913년 11월 에즈라 파운드에게 보내졌다. 엘먼에 의하면, 조이스는 「별난 역사」를 『더블린 사람들』에 대한 서문으로서 경신했으나, 그의 출판자인 리차즈가 이의 포함을 반대했다.

조이스는 또한, 『더블린 사람들』에 관해 앞서 「분화구로부터의 가스」(전출, 참조)라는 제목의 한 해학시를 썼는데, 이 시는 자신의 어려움을 한층 냉소적으로 기록한다. 조이스가

1906년 7월과 1907년 3월 동안 로마에 체재하는 동안, 또 다른 단편인 「죽은 사람들(The Dead)」을 구상하고, 이를 1907년 초에 트리에스테에 되돌아와 썼다. 이 때문에 『더블린 사람들』의 총 이야기 수는 15개 되었으며, 이 전집을 마감하는 데 이바지했다. 그러나 1907년 가을쯤에, 리차즈는 자신의 계약을 취소했으며, 그 결과 조이스는 출판업자가 없는 상태가 되었다. 1924년 봄에, 이 작품을 출판하려는 많은 실패한 시도들이 있은 다음, 조이스는 앞서 리차즈에게서 재차 출판 계약을 제안받았고, 그리하여 리차즈는 드디어 그해 6월에 『더블린 사람들』을 최초로 출간했다.

1906년 5월 리차즈에게 보낸 편지에서, 조이스는 이들 이야기를 쓰는 총체적 목적과 그 디자인을 아래와 같이 자세히 서술한다.

나의 의도는 우리나라 도덕사의 한 장(章)을 쓰는 것이었으며, 나는 더블린이 마비의 충심으로 생각되었기 때문에 이 도시를 이야기의 장면으로 택했습니다. 나는 무관심한 대중에게 다음과 같은 네 가지로 그 도시를 제시하려고 노력했습니다. 즉 유년기, 청년기, 성숙기 그리고 대중 생활이 그것입니다. 이야기들은 이러한 순서로 배열되었습니다. 나는 그를 제시함에서 보고들은 바를 변경하거나 더욱이 그 형태를 감히 망가뜨리려는 자는 대담한 자라는 확신을 갖고 그렇게 했습니다. 나는 이 이상 더 어떻게 할 수는 없습니다. 나는 내가 쓴 바를 변경할 수 없습니다.(『서간문』 II.134)

애당초 조이스는 "더블린의 세계"를 제시하는 것이 그의 의도였으며(『서간문』 II.122), 그는 서술적 요소들과 평범한 말투를 포함하는 직접적, 비 가식적이요 사실적 문체로서 그렇게 할 참이었는데, 이들은 모두 출판의 장애가 되는 것들이었

| 제임스 조이스 문학 읽기 |

다. 조이스의 세목에 대한 주의, 이야기들의 연대기적 배열, 다양한 마비의 도착적(倒錯的) 주제(감금, 환멸, 죽음 등)와 이야기들의 공동의 배경들은 이야기들 전체를 상호 연관되게 하고, 더블린과 그 시민의 포괄적 및 생생한 초상을 마련해 준다. 조이스의 "모랄(moral)"이라는 말의 의미심장한 사용은 그가 소위 의미하는 문체의 "꼼꼼한 비속성(scrupulous meanness)"에 새로운 조명을 던진다. 조이스의 "꼼꼼한……"이란 이 유명한 말의 정의는 식자들 간에 다양한데, 그중에서도 라프로이디(Patrick Rafroidi) 교수는 이를 다음과 같이 풀이한다.

1. 정확성(precision): 지형적 및 연대기적 미세한 것들에 대한 사실적 정확성
2. 등장인물들의 외모 및 의상에 보이는 추악성, 부조화하고 우스꽝스러운 요소들을 포함하는 초상화적 기법
3. 식탁의 묘사, 음식물 등에 보이는 어구적(lexical) 다양성과 정확성
4. 사회적 및 직업적 언어의 다양성을 묘사하는 능력

　　　여기 "모랄"은 윤리적 판단 혹은 평가를 의미하는 말이라기보다, 본래 라틴어의 "moralis(도의)"에서 파생된 것으로서, 이는 사람의 관습 혹은 행동을 의미하며, 따라서 조이스는 더블린 시민의 관습, 행동 및 사상들을 묘사하고 있다. 조이스에게 중하위급 더블린 사람들의 생활에 대한 종교적, 정치적, 문화적 그리고 경제적 힘의 억누르는 효과는 고통받는 사람들로서의 더블린 사람들의 꿰뚫는 듯 객관적이요, 심리적으로 사

실적 그림을 마련해준다. 조이스는 이야기들의 배열 및 전체 작품의 각 이야기 및 그것의 위치에 대하여 특별한 이미지나 상징주의를 사용함으로써, 마비된 도시 주제에 대한 변화와 다양성을 또렷하게 묘사하고 있다. "나는 많은 사람이 도시로 생각하는 '저 반신불수 혹은 마비의 영혼'을 묘사하기 위하여 이 일련의 이야기들을 더블린 사람들이라 부른다네."라고 조이스는 1904년 8월에 그의 이전 급우였던 카런(C. Curran)에게 썼다.(『서간문』 I.55)

「자매」의 첫 행들에서 전체 이야기들의 지배적 주제가 나타나는데, 이는 단순한 타성이나 전체 전집을 통하여 나타나는 절망, 포기 및 상실의 저변적(底邊的) 운(韻)의 흐름보다 한층 더 복잡함을 암시한다.

1905년 초기까지 조이스는 『더블린 사람들』의 이야기들을 각 3개씩 묶어 4개로 분류하는 작품의 구조를 수립했다. 이 구조는 이야기의 수가 증가함에 따라 약간 변경되었다. 그의 출판업자 그랜트 리차즈에게 보낸 서한에서 그는 작품의 이러한 구조를 다음의 4개의 양산으로 구분한다.

1. 유년기(childhood)……「자매」, 「뜻밖의 만남」, 「애러비」

2. 청년기(adolescence)……「에블린」, 「경주가 끝난 뒤」, 「두 건달들」, 「하숙집」

3. 장년기 (maturity)……「작은 구름」, 「짝패들」, 「진흙」, 「참혹한 사건」

4. 대중생활(public life)……「위원실의 담쟁이 날」, 「어머니」, 「은총」

"유년기"의 세 단편은 모두 어린 소년에 의하여 1인 칭으로 이야기되고, 젊은 작가(조이스)의 많은 경험을 구체화하는 것으로, 더블린의 도덕적 마비가 그의 천진난만한 관점에서 관찰되고 있다. 잇따라 "청년기"의 네 작품은 주인공들의 육체적 성장에 미진한, 오히려 정신적 미완성의 상태를 묘사한다. 예를 들면, 「경주가 끝난 뒤」의 주인공 도일은 26세이고, 「하숙집」의 도란은 34~5세인데, 그들의 나이에도 불구하고 정신적으로 성장하지 못하고 미숙한 채 머물러 있다. 그들은 자신들이 파 놓은 함정에서 헤어나지 못하고, 의지 박약으로 행동하기는커녕, 정신적 박약 속에 나날을 지내는 나약한 인물들이다. "장년기"의 네 이야기는 결혼 생활을 다룬 2개의 이야기와 독신생활을 다룬 2개의 이야기로, 이들 주인공은 정신적 황무지의 일상생활과 그들의 심리적 공허 및 좌절을 품은 생중사(〔生中死〕 death in life)의 인물들이다. 그리고 "대중 생활"의 세 이야기는 사회 공동체 생활의 정신적 마비 현상을 보여주고 있다.

위와 같은 구조에 초월한 듯, 이야기의 종곡(coda)이라 할 「죽은 사람들」은 『더블린 사람들』의 이야기들의 총체적 주제를 집약하는 고무적 작품이다.

비평가 왈즐(Florence L. Walzl)은 그녀의 논문 「『더블린 사람들』의 생활 연대기」에서, 조이스가 생활 단계에 합당한 점진적 단계로서 이야기들을 배열한 이유를 살피고 있다. 그녀가 말한 바로는, 조이스는 "유년기", "청년기", "장년기"란 말을 이들의 개념들과 일반적으로 동등한 분류에서보다는 오히려 이탈리아 로마의 생활 분류에 평행을 이루는 방식에서 따왔다는 것이다. 왈즐은 "조이스는 로마의 인생 기간의 분류에 대하여 강한 인식이 있었다. 그의 진술과 행동은 인생의 유년기 (pueritia)는 17세까지, 청년기(adulescentia)는 17세부터 30세까지, 장년기(juvetus)는 31세부터 45세까지라는 견해를 적용했음을 나타낸다."고 주장한다. 연대기와 나이의 구분에 대한 조이스의 관심은 그에게 자신의 예술에서 순서의 중요성과 맞먹는다.

　　어순이나 총체적 구조에 대한 조이스의 조심스러운 관심은 『더블린 사람들』보다 한층 이른 작품인 『실내악』과 더불어 시작하는 것으로, 조이스가 그의 모든 작품 속에 그리고 통하여 성취한 일관된 근본적 방법임이 틀림없다. 여기서 조이스가 취한 어떤 방법들이 그가 후기 작품들인 『젊은 예술가의 초상』, 『율리시스』 및 『피네간의 경야』에서 취한 것과는 뒤질지 몰라도, 『더블린 사람들』은 이들 작품을 특징짓는 기법들을 놀라울 정도로 훌륭하게 이미 개관하는 셈이다. 예를 들면, 「애러비」에서 종교적 탐색의 주제는 서술의 기본적 실마리를 강조함으로써, 젊은 화자의 탐색에 대한 아이러니하고도 직설적인 비평을 마련한다. 「뜻밖의 만남」, 「두 건달들」 및 「짝패들」에서, 더블린의 지지(地誌〔topography〕)는 이야기들을 풍부하게 만든다. 「어머니」, 「위원실의 담쟁이 날」 및 「죽은 사람들」에서, 더블린의 사회적으로 더 중요한 것들은 보편적 인류의 관심들을 반영한다. 이야기 전집을 통하여 일련의 풍부한 문학적, 신학적, 철학적 및 문화적 인유들은 텍스트에 많은 종류의 전망과 가능한 의미들을 가져다준다.

위하여, 『서간문』 I.55 및 60~64에서 그와 그랜트 리차즈와의 교신을 참조
할 할 것.

◆ 「더블린 사람들」의 각 이야기 해설 및 줄거리

「자매(*The Sisters*)」

『더블린 사람들』의 첫 이야기로서, 이는 책의 "유년기" 분류를
소개하는바, 전체 이야기 중 최초로 쓰인 것이다. 본래의 판본은 『아
이리시 홈스테드(*Irish Homestead*)』지의 1904년 8월 13일 판에 조이스의
당시 익명인 스티븐 다이덜러스(Stephen Daedalus)로서 수록되었다. 조
이스는 『더블린 사람들』이 1914년 출판되기 전에 그것을 크게 수정했
다(이야기의 초기 판본의 증쇄[增刷]를 위하여, 로버트 스콜즈[R. Scholes] 및
A. 월턴 리츠[Walton Litz]가 공동 편집한 『더블린 사람들: 텍스트, 비평 및 노
트(*Dubliners: Text, Criticism, and Notes*)』, Pengiun Books, pp. 243~252를 참조
할 것).

여기 「자매」는 이야기 전집을 특징짓는 많은 주제를 소개한다.
한 어린 소년인 화자의 심리에 대해 초점을 맞춤으로써, 이야기는 『더
블린 사람들』을 통하여 일관되게 서술되는 그의 "밀실공포증적(claus-
trophobic)" 환경 또는 "미로적(labyrinthic)" 분위기에 대한 초기의 영향
을 묘사한다. 「자매들」은 무명의 어린 소년이 한 늙은 신부 제임스 플

린의 죽음의 의미를 파악하려고 애쓸 때 자신의 반응을 답습하며, 나아가 『더블린 사람들』의 중요 등장인물들에게 공통된 갈등과 좌절의 모형을 개관한다.

이야기는 놀랄 정도로 모호한 구절로서 시작된다: "이번에는 그에게 희망이 없었다." 단아한 그러나 사람의 마음을 끄는 간략한 이 서술은 플린 신부가 그의 병의 3번째 발작에 임하여 그의 몸이 점점 쇠약해 가는 효과를 극복하기 위하여 애를 쓸 때의 고통을 포착한다. 조이스는 플린 신부의 생활을 둘러싸고 있는 듯한 무 희망의 개념을 완곡하게 소개한다. 마침내, "그에게"란 단어가 누구에게 언급하는지에 대한 일시적 모호성을 통해서, 이 구절은 또한, 이야기의 과정을 통하여 소년이 싸워야 하는 정신적 황량함의 위험을 암시한다. 마비, 노몬(평행사변형에서 한 각을 포함하는 그 닮은 꼴을 떼어낸 나머지 꼴) 및 성직매매란 말들은 모두 첫 문단에 나타나는데, 이들은 이야기에서 발견되는 육체적, 정신적 및 종교적 부패 및 마비를 강조한다.

어린 화자는 신부의 죽음을 예기(豫期)하면서 그의 집을 예의 주시하는데, 그는 노인의 죽음을 아는 최초의 외래자요 가장 가까운 이웃이 되는 것이 그의 목표다. 소년은 이러한 욕망에서 좌절되는데, 그 이유는 그가 외출로부터 함께 사는 자신의 숙부모의 집으로 되돌아오자, 그의 이웃인 고터 영감이 이미 그 소식을 가져왔기 때문이다. 이런 일 뒤로, 소년은 자기 자신의 즉각적인 실망뿐만 아니라, 그의 숙부의 그리고 코터 영감의 플린 신부에 대한 상반되는 감정을 함께 다루지 않으면 안 된다.

플린 신부의 죽음의 현실이 가라앉기 시작하자, 소년은 신부의 생활을 한 층 자세히 음미한다. 비록 플린 신부는 소년의 종교적 가르침에 열심이었지만, 이 아이의 회상은 가톨릭 교리에 대한 신부 자신의 반응은, 총체적으로 말하건대, 극히 이질적이었다는 것을 암시한다. 과연, 소년이 기억하는 신부가 저지른 행동의 현저한 요소들은 더해 가는 나이와 연관되는 것을 훨씬 초월하는데다가, 신념의 근본적 상실과 관련된 비참과 환멸을 반영하는 듯하다.

다음 날 저녁, 소년과 그의 숙모가 그들의 존경의 예를 표하기 위하여 그레이트 브리튼 가(街) 신부의 집을 방문할 때, 사자인 플린 신부가 그의 자매들과 함께 살았던 집의 비속함이 이야기에 스며 있는 수치스런 우울한 분위기를 가중시킨다. 마지막 끝맺는 페이지들에서, 그의 자매 일라이저가 플린 신부의 괴벽스런 행동을 서술할 때, 신부의 사회로부터의 심오한 소외는 너무나 명백하다. 일라이저는 그녀 오라버니의 행동에 대하여 단순한 틀에 박힌 문구로 그녀 자신의 분노를 극복하려고 애쓴다. "그이는 언제나 너무나도 면밀 주도했어요." 그럼에도 불구하고, 그녀는 오라버니가 어느 날 밤 "고해소의 어둠 속에 혼자 눈을 동그랗게 뜨고 조용히 웃고 있는 듯" 앉아 있는 것을 두 다른 신부들에게 어떻게 발견되었는지를 설명할 때, 그의 괴벽한 행동이 그의 자매들에게 가져다준 엄청난 긴장감은 너무나도 분명하다.

플린 신부의 최후의 수년을 고갈시켰던 절망과 반신불수를 스스로 극복하지 못하는 그의 분명한 무능, 그의 있을 법한 신앙의 상실 그리고 그의 어떤 정신적 붕괴 속에, 조이스는 『더블린 사람들』의 모든 이야기의 근저가 되는 정신적 마비의 개시를 암암리에 소개한다. 동시에, 그는 이 이야기에 대한 또는 이 작품의 다른 이야기들에 대한 한 가지만의 있을법한 접근을 교묘히 피한다. 플린 신부의 생활과 모든 다른 등장인물의 처절한 생활은 독자의 동정을 유발하지만, 심지어 여기 이 감정마저도 너무나 혼성적(混成的)이요 애매하다. 여기 『더블린 사람들』에서 모더니즘 작품의 특성인, 해석성의 모호성(ambiguity)

이 품은 "열린 결말(open ending)"이 있다.

이야기의 제목 자체도 모호한데, 이는 조이스가 가져오려고 뜻하는 아이러니의 정도를 우리로 하여금 불확실하게 만든다. 제목이 언급하는 두 나이 먹은 자매들은 관찰자의 역할을 넘어 행동상의 역할을 하지 못하는 듯하다. 결국, 「자매들」은 조이스 자신이 "재(灰) 구덩이와 오래된 잡초 및 찌꺼기의 냄새가 나의 이야기들 주변에 매달려 있다"(『서간문』 I.64)라고 서술한 의미를 예리하게 제공한다.

이야기의 모호성에도 불구하고, 「자매들」은 독자의 절망감을 금한다. 조이스의 등장인물들의 일상생활 속의 고유한 비극을 우리는 허무주의로서 볼 필요도, 정작 보아서도 안 된다. 과연, 이야기를 서술하는 바로 그 행동 속에, 무명의 화자는 이야기의 복잡성을, 그리고 플린 신부를 압도했던 세계 죽음의 효과를, 비록 오직 본능적일지라도, 저항하려는 그이 자신의 결심을 증언한다.

* 이 이야기에 관한 부수적 정보를 위하여, 『서간문』 II. 86, 91, 114, 134, 143 및 305~306쪽을 참조할 것.

「뜻밖의 만남(An Encounter)」

이 이야기는 『더블린 사람들』의 두 번째 이야기로서, 책의 "유년기" 분류에 속한다. 이는 1905년 9월에 창작되었으며, 아홉 번째로 쓰인 것이다.

비록 이 이야기는 당대 독자들에게 무해한 것처럼 보일지라도, 「뜻밖의 만남」은 조이스에게 그의 출판자들과 심각한 문제들을 일으켰다. 1906년에 『더블린 사람들』을 출판하기로 동의했던 출판자 그랜트 리차즈는 이 단편 속의 "꾀자 노인(a queer old josser)"의 이야기에 불안을 느낀 나머지 이를 생략할 의도였다. 그러나 조이스의 이에 대한 그리고 그 밖의 변경에 대한 거절은 리차즈로 하여금 이 책의 출판 제의를 철회하게 하였다. 그런데도 마침내 1914년 리차즈가 책을 출판했을 때는, 이 이야기는 조이스가 본래 의도했던 그대로 모두 포함되었다.

「뜻밖의 만남」은 광활한 서부의 모험을 꿈꾸는 두 소년이 밀실공포증적 또는 미궁적 도시(또는 엘리엇의 말을 빌려 "정신적 황무지") 더블린으로부터 도피를 시도하며, 그들의 모험을 추구하나, 결국에는 성인 세계의 두 가지 수치를 발견하고 꿈이 좌절되고 만다는 내용을 담고 있다. 무명의 주인공인 민감하고 상상력이 풍부한 1인칭 화자—소년은 마호니(Mahony)라는 친구와 함께 지루한 학교생활에서 벗어나 진짜 모험을 즐기기 위해 학교를 하루 까먹으면서(mitching), 더블린 만(灣)에 위치한 발전소인 "피전 하우스(Pigeon House)"에 가기로 한다. 다음 날 두 소년은 시내의 한 다리에서 만나 나룻배를 타고 리피 강을 건너 부두에 다다르고, 그곳에 정박한 노르웨이 상선에 접근한다. 소년들은 학교에서 배운 바이킹 해적의 모습을 상선의 선원에게서 기대하지만, 실제 그들이 만난 사람은 서투른 영어나 지껄이는 평범한 익살꾼에 불과함으로써, 그들의 최초 만남의 꿈은 좌절되고 만다.

그러자 이들 두 소년은 "피전 하우스"까지의 모험을 포기하고, 귀로에 그들이 들판에서 한 괴짜 영감을 만나는데, 그는 이때 그들에게 자신들의 여자 친구 이야기를 해 댄다. 소녀의 아름다움을 묘사하면서, 그는 지신의 말에 스스로 도취 된 듯, "그의 생각이 궤도를 따라 천천히 그리고 빙글빙글 맴돌고 있는 듯한 인상을 준다." 이어 괴짜 영감은 들판 한쪽으로 나아가, 괴상한 짓(아마도 수음행위)을 하고 되돌아와서는 다시 혼자 이야기를 중얼거린다. 그는 젊은 소녀들과 이번에는 매질(가학성(加虐性)의 표시)에 관해 이야기하기 시작한다. 홀로 남은 화자 ─ 소년에게 이 이야기는 받아들이기에 너무 지나친지라, 그는 홀로 두려움을 느끼고, 별안간 현장을 떠나 먼저 간 친구 마호니와 합세하기 위해 그를 소리쳐 부른다.

이야기는 구조상으로 소년들의 모험 계획과 꿈, 낭만적 모험의 실현, 그리고 결과적으로 그들이 경험하는 환멸과 꿈의 좌절로 양분되어 있다. 이야기의 종말에서 소년은 평소에 그가 무시한 마호니에 대하여 마음의 가책을 느낀다. 왜냐하면, 자신도 그와 조금도 다를 바 없는 비겁자임을 스스로 인지하기 때문이다. 이는 바로 자기 발견의 에피파니이다.

> 나의 목소리에는 억지로 용기를 내려는 기운이 어려 있었으며, 나는 나의 하잘것없는 잔꾀가 부끄러웠다. 마호니가 나를 보고 어이 대답하기 전에 나는 그의 이름을 다시 부르지 않을 수 없었다. 그가 들판을 가로질러 내게로 달려왔을 때 나의 가슴은 얼마나 두근거렸던가! 그는 마치 나에게 구원을 가져다주려는 듯 달려왔다. 그리고 나는 뉘우쳤다. 왜냐하면, 마음속으로 나는 언제나 그를 약간 무시하고 있었기 때문이다.

이 이야기는, 소년들이 부지불식간에 노인에게서 느끼는 정신적 마비 외에도, 독자에게 뭔가 불만감을 남긴 채, 끝난다. 그리하여 우리는 우리가 원하는 만큼 더 많은 의미를 텍스트에서 찾을 수 있을 것이다. 여기 해석의 복수성(plurality)이 존재한다.

「애러비(*Araby*)」

"유년기"의 마지막 이야기인 「애러비」는 1905년 10월에 쓰였으
며, 조이스의 전체 단편 중 11번째의 것이다.

「애러비」역시 앞서 두 단편처럼 내성적이고 책을 즐기는 소
년—화자가 경험하는 낭만적 모험이 좌절되는 비슷한 형태를 보이고
있다. 그는 이웃 친구인 맹건(Mangan)의 누이와의 젊음과 낭만의 심취
를 회상한다. 그러나 유년시절 사랑의 단순한 설명 이상으로, 이야기
는 상상력을 정당하게 사용하는 보다 큰 문제를 펼치는데, 즉 한 활동
적 마음이 심미적 즐거움의 근원으로서 생산하는 이미지들과 도피주
의의 한 형식으로서 창조되는 것들 사이에 존재하는 차이들이(만일 있
다면) 무엇인가 하는 것이다.

처음 열리는 문단들에서 화자는 그가 한 소년으로서 사는 노드
리치머드 가의 감금된 환경을 생생하게 묘사한다. 그는 이 막다른 골
목의 둘러싸인 한계와 "부엌 뒤의 황량한 방" 속에 발견되는 책들에
의해 제공되는 상상적 잠재력을 대조한다. 그러나 화자는 상상적 자극
에 대한 탐색을 책들에만 한정하지 않으며, 그가 학교에 가는 아침이
면 자신이 맹건의 누이가—그녀 자신 무명인지라—그녀의 집을 떠
나는 것을 앞 응접실의 낮은 창갈이를 통하여 자신이 어떻게 살펴보곤

했는지를 자세히 설명한다. 그는 자신이 그녀와 길을 걸을 때는 그녀의 갈색 몸집에서 조금도 눈을 떼지 않고 있다가, 길이 서로 갈라지는 지점까지 갔을 때, 발길을 재촉하고 그녀 곁을 지나가며 우연히 몇 마디 말을 나눈 일 이외에는 그녀에게 말을 건네 본 적이 결코, 없음을 서술한다. 그는 그녀와 더는 대화를 전혀 나눌 수 없었으나, 어느 날 저녁 그녀가 그에게 말을 걸며, 애아비 바자에 가지 않겠느냐고 물었을 때 몹시 당황한다. 그는 맹건의 누이가 바자에 흥미를 느끼고 있으면서도, 그녀의 교회 피정(避靜) 때문에 갈 수 없다고 하자, 자신이 바자에 가서 그녀에게 선물을 사다 주겠다고 자진해서 말한다.

비록 이러한 바자는 매일 일어나지 않았지만, 조이스 당시에 이러한 행사는 더블린에 아주 흔한 것이었으며, 이런 유의 "대 동양적 축제(Grand Oriental Fete)"가 1894년에 개최되었는데, 이는 이 이야기 시기와 비슷한 대응을 이룬다. "애러비"라는 말 자체는 아라비아의 시적 단어로서, 바자에 적용되어, 멀고 신비한 나라의 이국적 운(韻)을 이야기한다. 화자는, 그러나 애러비 본래의 번지르르한 한 상업성의 노출에는 별반 관심이 없다. 오히려, 그것은 그에게 자기 자신의 깨어나는 상상력을 불러일으키는 힘의 상징으로서 작용한다. 이 바자가 있기 전 며칠 동안 그것의 화려한 이미지들이 그의 생각을 지배한다. 애러비와 맹건의 누이를 그의 주변의 세속적 존재에 대한 대안 속으로 병합하면서, 소년은 그가 바자에 갈 수 있을 때까지 경과해야하는 시간에 자신의 주의를 힘겹게 고착시킨다.

이때 긴장은 바자의 토요일에 고조되는데, 소년이 바자에 가는 여행에 필요한 돈을 따기 위하여 숙부의 귀가를 기다릴 때이다. 시간이 늦어지자, 그의 숙부의 지연이 소년의 근심을 증가시킨다. 그의 숙부가, 얼마간 술에 취한 채, 소년의 계획을 잊어버리고, 귀가하자, 소년의 좌절과 숙부의 관심 부재가 애러비의 중요성이 대수롭지 않음을 암시해 준다.

화자는 그러자 어떻게 자신이 맹건의 누이를 위하여 선물을 사기 위해 낭만적 탐색을 시작하는지를 말한다. 도시를 통한 기차 여행 도중 서술은 소년이 통과해야 하는 도시의 불결과 추태를 강조하는데, 이는 독자로 하여금 소년이 거의 마감 시간에 현장에 드디어 도착하자, 그가 느끼는 실망을 마련한다. 전시회는 거의 끝난 상태인 데가 회장은 텅텅 비어 있고, 바자의 전시자들도 자신들의 매물에 별반 관심이 없다.

이야기는 좌절과 비참의 기미로 끝난다. 화자가 전시장을 떠나는 자기 자신을 서술할 때, 이 외견상 보다 성숙한 듯한 화자는 그의 의식 속에 짧지만, 한층 비참한 통찰력을 느낀다. "어둠을 꿰뚫어보면서 나는 나 자신이 허영에 의하여 몰리고 조소를 당한 짐승처럼 나 자신을 보았다. 그리고 내 눈은 번뇌와 분노로 불타고 있었다." 동시에, 이야기를 통하여 거듭 일어나는 조소적 기운은 독자에게 소년의 실망에 대한 의미를 해석하게 하는 작업을 남긴다. 그는 자신이 애러비 여행의 의미를 부풀리기 위해 얼마나 어리석었던가를 인식하기 때문에, 또는 그가 무료한 상상의 기만적 힘에 대한 보다 깊고, 보다 영원한 실망을 느끼기 때문에, 자신 풀이 죽어 있는가? 이야기는 이 문제를 해결하기 위해 너무나도 엉뚱하게 불쑥 끝나지만, 그러나 독자가 사고해야 하는 상상의 역할 문제를 교묘히 증진했다.

『더블린 사람들』의 다른 많은 이야기처럼, 「애러비」는 풍부한 종교적 이미지들을 포함한다. 가장 특별하게도, 그것은 가톨릭의 연도(連禱)나 성배 탐색을 야기하는 신화적 상징에 대한 인유들로 가득하다.

나는 번지르한 거리를 헤치며 걸어갔다. 나에게는 이러한 잡음들이 한데 모여서 생에 대한 안일한 감동으로 바뀌었다. 나는 성배를 붙잡고 수많은 적의 무리 속을 뚫고 무사히 운반하는 듯 상상했다.

종교와 낭만주의의 융합은 노스 리치몬드 가에 사는 상상적 힘을 지닌 사람이라면 누구나 느낄 수 있는 도피를 위한 충격을 예시한다. 나아가, 이러한 태도에 연관된 이미저리는 화자의 육체적 향락을 통한 그의 정신적 여로의 투쟁과 그의 고통스러운 인식에 대한 독자의 느낌을 한층 고양시킨다.

* 「애러비」에 대한 언급을 위하여, 『서간문』 II. 123~124 참조.

「에블린(*Eveline*)」

이 이야기는 『더블린 사람들』의 4번째 이야기로, 작품의 "청년기" 부류의 시작을 기록한다. 이는 젊은 조이스의 분신 격인 스티븐 다이덜러스라는 익명으로 『아이리시 홈스테드』지의 1904년 9월 호에 게재되었다.

이야기는 주인공 에블린 힐(Eveline Hill)양의 의식에 초점을 맞추는데, 그녀의 생활은 점원 서기로서 그녀의 직업과 가정부의 책임 및 그녀의 형제들에 대한 대리모(代理母)로서 둘러싸여 있다. 이러한 숨막히는 조건들에 긴장하면서, 그녀는 자신의 약혼자인, 프랑크와 부에노스아이레스로 사랑의 도피를 계획한다. 그녀는 현재 자신이 더블린에서 갖지 못했던 안정된 가정과 순수한 사랑을 그것에서 발견할 것이며, 거기서, 한 기혼녀로서, 그녀가 현재 즐기지 못하는 존경의 삶을 대우받을 것을 상상한다.

이야기는 자신의 집의 창가에 앉아 있는 에블린과 더불어 열린다. "그녀는 창의 커튼에 머리를 기댄 채" 자신의 의식을 추구하면서, 그녀가 "공포의 갑작스러운 충동에서 일어설 때"까지 저녁 내내 거기서 꼼짝 달싹 하지 않는다. 그녀는 주변의 외로운 땅거미가 내리는 것을 바라보자, 자신의 유년시절, 가족과 자신의 무의미한 존재에 관하여 음미한다. 그녀는 자신의 죽어 가는 어머니에게 가정을 지킬 것을 약속했으나, 더블린이란 사회가 그녀에게 맡기는 부담들로부터 오는 일종의 불안을 느낀다. 에블린은 생각에 깊이 몰입하자, 자신의 어머니 일생의 불쌍한 환영이 그녀 몸의 급소까지 사무치듯, 어머니가 살아 계실 때 되뇌던 목소리를 회상하며 새김질한다. "여성의 종말은 비극이려니!" 프랜크가 에블린에게 약속하는 생활은 그녀가 지금까지 알아왔던 생활과는 완전히 딴판이지만, 그녀의 의기소침이 그녀로 하여금 집을 떠나고, 어머니에게 행한 약속을 저버려야 하는 것이 옳은지 번민하게 한다. 역설적으로, 그녀가 자기 어머니의 죽음을 생각할 때만이, 그러한 생각이 가일층 분명해진다. 그녀는 "공포의 갑작스러운 충격"에 의하여 사로잡히며, "그녀를 구하고 그녀에게 생활을 부여할" 프랜크와 함께 도망할 긴박감을 인식한다. 그럼에도, 더블린 생활의 타성적 힘이 지극히 강함을 느낀다. 에블린이 프랜크와 함께 보트를 타기 위해 노드 월 부두에 도착할 때, 그녀는 갑자기 — 미지의 공포에 의하여 — 몸의 부동과 마비를 느끼고, 현장을 떠나지 못한 채, 그 자리에 남는다.

그는 난간 너머로 달려가며 그에게 따라오라고 소리쳤다. 사람들이 빨리 앞으로 나아가라고 고함을 질렀으나, 그는 여전히 그녀를 부르고 있었다. 그녀는 어쩔 수 없는 짐승처럼 아무런 반응도 없이 창백한 얼굴로 그를 바라보고 있었다. 그녀의 눈은 사랑이나 작별 또는 인식의 아무런 표시도 그에게 보여주지 않았다.

죽음의 마비가 그녀의 어머니 무덤을 넘어 도착한 것이다. 지금까지 비평가들은, 에블린이 더블린을 떠나는 그녀의 거절과 그녀의 결정에 따라 그녀에게 열려 있거나 닫혀 있는 선택들에 대하여, 광범위한 해석을 내려왔다. 단 한 가지 완전한 해석도 확실한 결말은 없다(아마도 가장 두드러진 것은, 프랭크가 에블린을 결코, 부에노스아이레스에 데리고 갈 의도가 없으며, 오히려 그녀를 창녀로 삼을 것이라는, 휴 케너의 비평일 것이다). 누가적(累加的)으로, 그러나 이러한 다양한 해석들은 서술을 통하여 흐르는 상반된 모호성들을 나타낸다. 이 이야기의 제목 인물이기도 한 에블린의 한정된 지엽적 조망을 위한 암묵적 비평에도 불구하고, 서술은 독자로 하여금 에블린이 어떠한 사실적 선택을 취해야 하는지를 생각하게 한다. 독자는 이야기의 비관론을 그것의 종말에 고착시켜야 할 것인지를, 또는 그녀의 가부장적 양육이 그녀에게 어떤 다른 대안의 가능성을 부정할 정도로 너무나 공황적(恐慌的)이라는, 보다 넓고 보다 어두운 견해를 취해야 할 것인지를, 결정하지 않으면 안 된다.

* 보다 자세한 정보를 위하여, 『서간문』 II. 34 및 91쪽 참조.

|제임스 조이스 문학 읽기|

「경주가 끝난 뒤(After the Race)」

"청년기"의 두 번째 이야기인 「경주가 끝난 뒤」는 『더블린 사람들』의 창작 순위로 보아 3번째에 해당한다. 그것은 『아이리시 홈스테드』지의 1904년 12월 17일 자 호에 처음 실렸다.

이 이야기는 3가지로 구분되는데, 1) 골든 벤네트라는 국제 자동차 경주, 아일랜드의 킬데어 주, 퀸즈 주를 거쳐 나스 가로, 인치 코어, 더블린 시내의 대임 가, 시 중심부의 아일랜드 은행에 이르는 그의 경기 과정, 특히, 한 대의 차에 타고 있는 네 명의 젊은이. 차 주인인 프랑스인 세구앵, 캐나다 태생의 젊은 전기 기술자 앙드레 리베에르, 헝가리인 빌로나 및 아일랜드인 도일의 묘사, 2) 앞서 동승한 선수 중, 프랑스 출신의 세구앵이 펼치는 경기 끝의 호텔 저녁 파티 장면, 3) 이들이 킹스타운 만에서 미국인 팔리 소유의 요트 선상에서 갖는 파티와 밤을 지새우는 카드놀이 현장 등이 그것이다.

우리는 「경주가 끝난 뒤」에서 이 이야기와 『더블린 사람들』의 다른 이야기 간의 차이가 거의 즉각적으로 나타남을 읽는다. 「경주가 끝난 뒤」는, 이 단편집의 대부분이 중하위급 더블린 사람들의 생활에 대한 자세한 견해를 제공하는 데 반해, 더블린의 한 벼락부자 가족 출신인 지미 도일이라는 인기 있는 젊은이의 이야기로 두드러진다. 이야기는 또한, 그의 줄거리의 본질적 특성으로서, 부유함과 외국의 탐나는 시민권이 아일랜드의 초라한 인물들로부터 거리를 두게 하는 여타 인물들을 통합하는데, 이는 그들에 대한 암암리의 비평적 대조를 창조한다. 이런 식으로, 조이스는 지미와 그의 가족이 도피하기를 희구하는 환경에 대한 현저한 차이를 드러낸다. 그러나 이들 차이는 다른 이야기들을 특징짓는 정교함이 없이, 날카롭게, 거의 교훈적으로 묘사되고 있다.

「경주가 끝난 뒤」의 열리는 구절에서, 서술은 아일랜드의 생활과 대륙의 템포 간의 아이러니한 대조가 묘사된다. "인치 코어의 고개 마루턱에는 구경꾼들이 결승점을 향하여 달려오고 있는 자동차들을 보기 위해 떼를 지어 있었다. 그리고 이 빈곤과 무기력의 길을 뚫고 유럽 대륙의 부와 공업이 속력을 내고 있었다." 지미와 그의 친구들의 태연함이 아일랜드 구경꾼들의 지방적인 호기심과 날카로운 대조를 이루고 있다. 비록 서술은 이야기의 행동을 진전시키기 위해 장면 너머로 급히 움직이지만, 이러한 열린 이미지들은 지미의 의식 속에 자리한 불확실한 갈등에 대한 상징적 인상을 형성한다.

처음 페이지들에서 물질성의 강조에도 불구하고, 「경주가 끝난 뒤」는 다른 이야기들과 마찬가지로 개인적인 정신적 소외와 결핍을 전제한다. 잇따르는 「참혹한 사건」의 제임스 더피가 직면하는 딜레마를 메아리 하면서, 이 이야기는 지미 자신의 물질적 안전이 거짓임을 나타내는 싸늘한 결말의 음조로서, 그의 함정 또는 마비를 묘사한다. 비록 이러한 주제들은 『더블린 사람들』 대부분의 주요 등장인물들에 의하여 구체화되어 있지만, 특히 이 이야기는 다른 이야기들에서 보다, 조이스가 영향을 받았다고 전해지는 러시아 작가들인 도스토옙스키 또는 투르게네프의 그것과 한층 가까운 모습으로 그의 중심적 인물들을 묘사한다.

종일을 통하여, 지미는 한 상황에서 다른 상황으로, 한 활동적 참여자라기보다 오히려 피동적 관찰자로서 움직인다. 많은 점에서 이것은 그가 택해야 할 가장 적합한 역할인지라, 왜냐하면, 그의 26세의 나이와 더블린 생활의 친숙함에도 불구하고, 이 이야기에 묘사되고 암시되는 상황들—케임브리지 대학 생활, 레스토랑에서의 사적이요 술 취한 만찬, 요트 선상의 밤늦은 카드 놀이—은 모두 그의 경험의 영역 밖에 있기 때문이다. 그가 행동에 임할 때, 그것은 언제나 자신의 사회적 실족(失足)의 가장자리에 있다는 느낌과 함께한다.

그리하여, 만일 부유한 지미 도일이 아일랜드 풍요의 전망을 구체화한다면, 그러한 전망은 불확실한 것이다. 자신 부친의 격려와 함께, 지미는 그의 유산의 상당한 액수를 "자동차 사업"에 투자하려고 계획하는 데, 이 계획을 그는 심각하게 받아들이지만, 이를—이야기를 통하여 그의 행동이 드러나듯—독자는 회의적 시각으로 받아들일 수밖에 없다. 이야기의 종말에서, 돈을 심하게 잃은 지미는 밤샘의 카드놀이 뒤에 지치고 빚에 몰리는데, 이는 그의 미래에 대한 적절한 상징이다. 새날이 "태양의 회색 빛살 속에" 동트는지라, 이는 지미에게 개인적 가책과 다가올 일을 예시하는 구실을 한다.

그는 아침이면 스스로 후회할 것이라는 걸 알았지만, 지금은 쉴 수 있는 것이 기뻤고, 자신의 우행을 들어 줄 무감각한 상태가 기뻤다. 그는 식탁 위에 팔꿈치를 괴고 두 손으로 머리를 붙잡은 채 관자놀이의 맥박을 세어 보았다. 선실 문이 열리고 헝가리인이 회색 빛살 속에 서서 외치는 것이 보였다. '동이 튭니다. 여러분!' 여기 지미가 느끼는 자기 인식의 에피파니는 아침의 회색 햇빛과 더불어 더욱 선명해진다. 후광을 업은 그리스도처럼!

지미의 사회적 신분과 『더블린 사람들』의 다른 인물들의 그것 사이의 의미심장한 차이에도 불구하고, 이 최후의 글귀들은 그들 모두가 함께 사는 꼭 같은 도덕적 풍경 속에 그를 자리하게 한다. 죄와 부정(否定)간의 자신의 상극 속에, 지미는 조이스의 다른 이야기들 속에 무수한 다른 인물들이 표현하는 확신에 대한 꼭 같은 결핍을 반영한다.

그것은 단지 그가 자신의 행동을 냉정하게 판단할 수 없거나 혹은 의
향이 없다는 것을 의미하지 않는다. 오히려, 그의 태도는 자신의 생활
에 대한 정확한 평가를 마련하기 위한 어떤 표준적 가치의 능력에서
신념의 철저한 결핍을 반영한다.

* 이 이야기와 그것의 창작 과정에 대한 조이스의 견해에 관한 부수적 정보
를 위하여 『서간문』 II.39n.4, 109, 151 및 189를 참조할 것.

「두 건달들(*Two Gallants*)」

『더블린 사람들』의 6번째 이야기로, 조이스의 책의 부류에 따르
면, "청년기"의 3번째에 속한다. 「두 건달들」은 창작 순위에서 13번째
요, 작가는 1905~1906년의 겨울에 걸쳐 이를 썼다.

「두 건달들」은 더블린의 한 저녁 동안 두 젊은 사내들인 존 콜리
와 레너헌의 행동을 자세히 서술한다. 그것은 명상과 빗댐을 통하여
간접적으로 표현되는, 콜리의 호색적 모험이, 텍스트에서 지리적으로
서술되는, 그의 친구 레너헌의 고독한 순례와 익살스럽게 대조를 이룬
다(두 인물은 『율리시스』에서, 각자 의미심장하게 축소된 환경에서 재등장한다).
비록 서술은 레너헌과 그의 비참함에 초점을 맞추지만, 그의 자기 연
민과 자기도취는 그에게서 우리의 동정을 위한 어떠한 요구도 박탈한
다. 나아가, 이야기의 종말에서 콜리와의 그의 금전상의 공모는 독자
에게 그의 행동의 타락한 성격을 뼈저리게 느끼게 한다.

첫 페이지들에서 「두 건달들」은 서술을 통하여 출현하는 무위(無爲), 무감각, 위선과 비참의 주제들을 소개한다. 레너헌과 콜리가 도시 주변을 돌며 하는 삭막한 산책의 종말이 가까워지자, 콜리는 다양한 젊은 여인들과의 그의 애정행각을 토론하고, 레너헌은 조롱하는 반응으로 그를 격려한다.

콜리는 성 스테반즈 공원 근처에서 레너헌 곁을 떠나, 부유한 가정의 한 젊은 하녀를 만나기 위해 그곳을 출발한다. 솔직한 야비 성을 심지어 보다 조잡한 관음증(觀淫症)과 결합하는 장면에서, 콜리는 사전 계획으로 레너헌으로 하여금 젊은 여인을 보다 분명히 볼 수 있도록 그들 커플을 지나 걸어가게 허락한다. 콜리와 소녀가 그들을 교외로 데리고 갈 도니브루크 행 전차를 타기 위해 떠난 다음, 레너헌은 거리를 통해 무심하게 움직이며, 두 사내가 다시 만나기로 약속한 10시 반까지 시간을 보내기 위해 자신을 구해줄 다양한 탈선 행위들을 모색한다.

레너헌의 산책은 대충 당일 그와 콜리가 진작 통과했던 꼭 같은 지역을 커버한다. 그리고 이 반복은 단지 그의 산책의 육체적 및 정신적 무축(無軸)의 방랑(앞서 「뜻밖의 만남」에서 "괴짜 영감"의 경우처럼)이 아니라, 그의 생활의 보다 큰 무의미를 의미한다. 그의 허세에도 불구하고, 레너헌은 자신이 타락한 상태에 있다는 것을 아주 잘 인식하는 듯하다. 레너헌은 콜리와 젊은 여인의 되돌아옴을 끈기 있게 기다리면서, 자신의 변경(邊境)의 사회적 신분을 생각하거나 안락한 중류 생활을 꿈꾸며 시간을 보낸다. 그는 그래프턴 가(街)의 군중을 통하여 움직이자, 자신을 스쳐 지나가는 남녀들로부터 소외를 날카롭게 느낀다. 과연, 이 위인은 자신의 동료 더블린 사람들로부터 뿐만 아니라, 자기 자신의 천성으로부터 이탈되어 있다. 그는 어떠한 상황에 대해서도 자신의 행동을 적응시키는 카메론적 능력 및 외견상 아첨(阿諂)의 무한한 자질을 전시하면서, 군중과 어울려 자기 자신이 즐길 수 있는 사람이다. 그러나 홀로 일 때, 그는 흥미의 자원이 완전히 고갈상태인지라, 그의 동료가 되돌아오는 몇 시간 동안 스스로 마음을 점령할 단순한 일마저 그를 좌절하게 한다.

레너헌이 루트랜드 관장 건너의 간이 바에서 뭘 먹기 위해 자신의 순례를 멈출 때, 그의 상황이 분명해진다. 그는 조반 이래 아무것도 먹지 않았는데다가, 2페니 반짜리 한 접시 땅콩과 맥주 한 병 이외 살 돈이 없다. 서술은 계급의 인식으로 그의 상태를 생생히 묘사한다. 자신의 제정으로 인해 보다 나은 레스토랑에 들어가는 것이 거절되고, 초라하게 보이는 간이 점에 들어가는 것이 발각될 것이라 당황한 채, 그는 "그가 점잖은 티를 안 내려고 일부러 거칠게 말함으로써" 스스로 궁지를 보상하려고 노력한다. 이 노동자 계급의 카페에서는 분명히 불안하고, 31세 나이의 이 방랑자는 자신의 중류계급의 기대와 자신의 줄어든 야망의 현실 사이에 사로잡히는바, 이를 그는 인정하기를 증오한다. 그의 미래가 삭막하게 보일지라도, 그는 여전히 멋진 일자리와 즐거운 가정을 꿈꾼다.

레너헌은 시청 근처의 지역을 향해 남쪽으로 방향을 틀면서, 몇몇 지인들을 만난다. 간접적 담론의 간결한 글귀 속에 개관(槪觀)된, 이 남자들의 혼수상태의 대화는 레너헌의 교재의 기계적 특성을 드러낸다. 그도 그의 동료들도 짧은 익살의 교환 이외에 우연한 대화에서 아무런 흥미를 갖지 않는다. 서술의 그리고 레너헌의 동작의 템포는 콜리가 젊은 여인과 함께 도회로 되돌아올 때 속력을 더한다. 콜리가 여인을 집까지 배웅할 때, 레너헌은 그녀의 문까지 이들 양자를 열렬히 뒤따른다. 여인은 집에 들어가지만, 이내 급히 되돌아와 콜리에게 뭔가를 준 다음, 집안으로 다시 도로 들어간다. 레너헌은 콜리와 합세하고, 극적 휴지 뒤에, 후자는 여인이 그에게 준, 손바닥 위의 작은 한 잎 황금 동전을 전자에게 보여 줄 뿐이다.

「두 건달들」에는 개척과 타협의 전반적 느낌이 배어 있다. 레너헌, 콜리 그리고 그들의 희생자인 듯한 젊은 여인까지도 마음속에 자기 — 봉사적 목적을 가지고 접근한다. 어떠한 인물도 이러한 포상적(褒賞的) 동기 없이는 아무것도 서로 나누지 못한다. 주시하기, 쳐다보기 및 관찰하기에 대한 조이스의 강조는, 이러한 더블린 사람들이 서로 연민을 느끼는 것을 암시하는 것이 아니라, 오히려 각자로 하여금 그 밖의 누군가의 물질적 이득을 세밀히 살피도록 촉진하는 계속된, 저급한 시기(猜忌)인 것이다.

그의 마비된 무기력 속에, 레너헌은 비참하고 자기 연민적 더블린 사람의 종류요, 그의 금전적 타락은 독자가 그에 대하여, 또한, 비슷하게 영향받은 다른 어떤 등장인물들에 대하여 원초적으로 느끼는 그 어떤 동정도 뒤엎는다. 확실히, 중하위 계급의 더블린 사람들의 생활의 야만적이요, 볼썽사나운 조건들에 대한 무자비한 탐사 및 더블린 거리의 삶의 리듬에 대한 그것의 강력한 표현 속에, 「두 건달들」은 전체 『더블린 사람들』 이야기들 가운데서도 한 예증적(例證的) 상황을 나타낸다.

1906년 5월 20일 자의 한 서한에서, 조이스는 그랜트 리차즈에게 「두 건달들」은 (「위원실의 담쟁이 날」에 이어) "나를 가장 기쁘게 하는 이야기이다."라고 말했다. 그러나 독자들은 이야기들에 대한 조이스의 애정을 언제나 나누지 않았다. 출판자들인 리차즈는 1906년에 그리고 조지 로버츠는 1912년에, 이들 다양한 구절들의 무례함에 대하여 강한 반대를 제기했으며, 양자들은 개정과 삭제를 요구했다. 비록 각 경

우에서 조이스는 어떤 반대할 수 있는 말들("경칠〔bloody〕"과 같은 말)
을 삭제하는 범위에서 서술을 수정할 의향을 보였을지라도, 그는 『더
블린 사람들』로부터 이 이야기를 완전히 삭제하려는 모든 노력에 거
세게 저항했다. 「두 건달들」에 대한 의견 불일치는 1906년에 리차즈
에 의하여 그리고 1912년에 로버츠에 의하여 작품을 출판하지 않겠다
는 결정에 이바지했다(로버츠의 결정은 부분적으로 그의 인쇄업자 J. 팔코너
〔Falconer〕에 의해 교사되었는데, 그는 자신이 어떤 구절들을 반대하기 때문에 그
것의 활자화를 완료하기를 거절했다). 그럼에도, 리차즈가 1914년 『더블린
사람들』을 마침내 출판하겠다고 동의했을 때, 「두 건달들」은 조이스
가 본래 제시했던 형식을 그대로 존속시켰다.

* 이 시비에 대한 그리고 이야기의 진전 과정에 대한 보다 자세한 견해를 위
하여, 『서간문』 II.130~138, 141~144, 184~185를 참조할 것. 특히, 『서간
문』 II.291~293 및 324~325 속에, 『더블린 사람들』, 289~292쪽에 재인쇄된
「별난 역사(A Curious History)」를 참조할 것.

「하숙집(The Boarding House)」

『더블린 사람들』의 7번째 이야기로, "청년기"의 마지막 부류의
것. 이는 작품 순서로 보아 5번째로, 1905년 7월 1일에 집필 완료하고,
1914년에 『더블린 사람들』 속에 최초로 출판되었다.
이야기는 더블린의 한 하숙집 여주인 무니 부인이 그녀의 집에

기숙하는 보브 도란이란 젊은이를 자기의 딸 폴리와 강제로 결혼시키려는 그녀의 의도와 노력에 초점을 맞춘다. 이야기의 사건들은 아일랜드 생활의 보다 광범위한 긴장감을 축소판으로 반영한다. 이야기의 계속되는 갈등은 한 가지 도덕적 선택으로서가 아니라, 오히려, 선택 그 자체의 문제로서 두드러지다, 독자가 무니 부인, 폴리 및 보브 도란의 생활의 세목들을 일별 할 때, 이들 등장인물 중 아무도 자기 스스로 행사할 어떤 참된 선택권을 갖지 못하는 것이 분명해진다. 오히려, 선택은 사회적 인습의 비중에 의하여 압도되어 있는데, 이는 각 인물에 의한 각 행동을 처음 서행들에서 마지막까지 기왕의 결론으로 삼고 있다.

비록 이야기는, 일요일 조반과 시 중심의 말버러 가(街)에 있는 성 메리 성당의 저녁 미사의 짧은 기간에 한정되어 있긴 하지만 그의 일련의 과거 회상(flashback)을 통하여 폴리와 보브 도란간의 점진적인 친밀한 관계를 답습한다. 그러나 서술은 유혹이나 종결의 직설적 설명이 아니다. 무니 부인과 도란 간의 대결을 궁극적으로 야기하는 사건들은 독자에게 과단적(果斷的) 무니 부인, 놀라고 골난 보브 도란 및 비록 개성 없이 굴종적이지만 자신에 넘치는 폴리의 여러 견해로부터 번갈아 드러난다.

세 사람의 인물들이 보여주듯 사실들은 모두 한결같은지라, 그것은 도란이 폴리와 잠을 잤다는 것이다. 폴리는 임신한 것 같지는 않지만, 그녀의 신분은 그럼에도 그들이 사는 더블린의 도덕적 세계가 본 바로는 급진적으로 변했다. 독자는 유리된 위치에서, 책임의 문제에 대하여 명상할 수 있지만, 과연 화자는 보브 도란을 그가 유혹자요, 유혹당하는 자로 보는 타당한 이유를 마련한다. 익살스러운 음조로서, 화자는 무니 부인이 "그(도란)가 상당한 돈을 갖고 있을 것이라 알며······그가 또한, 얼마간의 돈을 저축하고 있지 않나 싶었다."라고 서술한다. 보다 큰 스케일에서, 그러나 죄와 책임의 문제는 이야기의 배경 속으로 사라지는지라, 그 이유는 서술이 행동에 대한 보다 근본적 문제들을 야기하기 때문이다. 그것은 이 이야기에서 두드러진 역할을 행하는 모든 인물, 어머니, 딸 그리고 하숙인이, 복잡하고, 굳이 규범적 역할을 각자에게 부과하는 사회의 인습들을 어떻게 감수하느냐를 보여준다. 그들은 모두 동등하게 희생자들이요 약탈자들이다.

무니 부인, 폴리 및 도란은 모두 자신들의 행동을, 물질적, 사회적 또는 성적인, 근본적 필요 위에 두고 있다. 동시에, 각자는 사회적 인습만이 이러한 필요의 욕구를 합법화할 수 있다는 것을 인식해 왔다. 각자는 타자들의 안전을 먼저 도모함이 없이 행동해 왔으며, 이제, 장기적 대가가 무엇이든 간에, 이들 각 가해자는 보상을 치러야 한다.

결국, 우리는 등장인물들에 대한 사회적 준엄성과 기대의 영향에 대해 예의 주의하지 않고는 「하숙집」을 이해하기 힘들다는 결론이다. 조이스의 이야기는 중 하위급 인물의 유혹에 대한 상투적이요, 멜로드라마적(的) 견해를 조심스럽게 회피한다. 그 대신, 그것은 개인들의 행동이 아니라, 그러한 행동의 도덕적 상황, 즉 이야기의 가장 활동적이요 강력한 "성격"을 눈에 띄게 강조한다. 이 이야기는 주인공들을 둘러싼 인습과 전통의 굴레를 가장 생생하고 역력하게 묘사한 에밀 졸라 풍의 자연주의 소설의 별미에 속한다.

* 「하숙집」의 창작에 관한 부수적 정보를 위하여, 『서간문』 II. 92, 98, 115, 130쪽 등을 참고할 것.

「작은 구름(*A Little Cloud*)」

『더블린 사람들』의 8번째 이야기로, "성숙기"의 첫째를 기록한다. 1906년 초에 쓰인, 「작은 구름」은 창작 순위로 14번째이다. 「하숙집」과 함께, 이는 또한, H. L. 멘컨(Mencken)이 편집하던, 미국 잡지 『스마트 셋(*Smart Set*)』지의 1915년 5월 호에 출판되었다.

이야기의 제목은 성경의 「열왕기상」 18장 44절의 운시에서 도래한다. "일곱 번째에 이르러서는 저가 고하되, 바다에서 사람의 손만한 작은 구름이 일어나나이다." 이 구절은 하나님의 예언자 엘리야에 의하여 바알(Baal)의 예언자들의 패배를 설명한다. 이스라엘 백성을 괴롭혔던 긴 가뭄을 종결시킴으로써, 엘리야는 그들에게 하나님의 힘을 개시했으며, 아합의 백성에게 주님의 숭배를 되돌렸다. 조이스가 그로부터 제목을 끌어온 글줄은 바알의 예언자들과 엘리야의 싸움에서 전환점을 이룬다(조이스는 『피네간의 경야』에서 성 패트릭과 드루이드 족의 대결을 설명하면서, 아마도 이 싸움에 기초를 둔, 비슷한 시합을 묘사한다).

「작은 구름」은 그의 친구들과 화자에게 "꼬마 챈들러"로서 알려진, 법률 서기인 토마스 말론 챈들러(Chandler)의 감정에 초점을 맞춘다. 서술은 챈들러와 이그너티우스 갤러허라는 그의 옛 친구와의 만남을 상술하는데, 후자는 런던의 한 신문 기자로서 성공을 거둔 후에 더블린을 방금 재차 방문한다. 이야기는 꼬마 챈들러가 택한 인생의 패턴이 자신의 여생을 보낼 방도를 결정할 것이라는 것을 분명히 하는 한 가정(家庭)의 장면으로 결론짓는다.

이야기는 "자유 간접적 담론(free indirect discourse)"(지배적 서술 목소리 속에 타자의 언어적 특성을 합체시켜, 독자로 하여금 누가 말하는지를 결정하게 하는 문체적 기법)의 형식으로 전개된다. 화자는 사건들을 3인칭으로 서술하지만, 챈들러 견해의 관점에서 이끌린 통렬한 관찰들로서 구두점을 찍는다. 이 두 갈래로 갈라진 기법의 효과는 제목인물의 생활의 낡은, 인습적 특성과 그의 자라나는 불만족을 개괄하는 것이요, 또한, 자신의 젊음의 예술적 야망을 개발하는 자기 자신의 무능과 함께 그의 좌절을 강조한다. 짧은 방문을 위해 더블린으로 되돌아온 갤러허의 귀환은 챈들러의 불만의 감정을 머리에 떠올린다. 갤러허의 기자로서의 성공은 챈들러로 하여금 시인으로서 인정을 받으려는 자기 자신의 좌절된 노력을 상기시킨다. 나아가, 갤러허의 물질적 성공과 생활의 개방된 방식은 챈들러를 위해 자기 자신의 가정의 환경적 조건들을 과소평가한다.

독자의 조망에서 보아, 이그너티우스 갤러허의 성격은 눈으로 보기보다 덜 한 것처럼 보인다. 우리는, 갤러허가 버링턴 호텔(조이스 시절에는 그곳 지방인들에게 그의 지배인 토마스 콜리의 이름을 딴, 콜리 호텔로서 알려졌거니와)의 바에서 되뇌는, 달리 범속적이요, 직업적 및 개인의 성공을 내세우는 허세와 호통의 정도를 거의 어김없이 목격할 수 있다 (갤러허의 신문 기자로서의 탐색은 『율리시스』의 「아이올로스 에피소드」〔제7장〕에서 『프리먼즈 저널』지의 술 취한 편집장, 마일리스 크로포드에 의해 불확실하나마, "위대한 갤러허"라는 찬사의 형식으로 설명된다. "여기를 봐요. 이그너티우스 갤러허가 무엇을 했지? 내가 자네한테 말해 주지. 천재의 영감이야. 당장 케이블을 쳤지."〔U 7. 650~651〕).

독자가 갤러허의 성취를 의심스럽게 생각할지 몰라도, 그가 가졌고, 지금까지 택한 기회들은 챈들러에게 그 자신 인생의 소심함을 날카롭게 강조한다. 갤러허가 런던과 파리의 생활에 관해 말할 때, 도시들 자체의 단순한 서술은 자신의 이야기에 매력의 기품을 제공한다.

|제임스 조이스 문학 읽기|

챈들러의 매력은 표면적 가치에서 갤러허 이야기의 안이한 감수로부터가 아니라, 갤러허가 즐겼던 기회들에 대한 솔직한 경외(敬畏)로부터 나온다.

고통스러운 아이러니와 함께 이야기의 희망적 타이틀을 결말짓는 최후의 장면에서, 갤러허의 광적 독신 생활과 대조적으로 맞섰던 챈들러의 가정적 평온함은 이제 숨 막히는 것으로 표현된다. 챈들러가 갤러허와의 만남에서 취할 행복감이 무엇이든 간에, 자신의 아내 애니가 그가 집에 늦게 되돌아온 것을 꾸짖고 비우리(Bewley's) 점에서 커피를 사는 것을 소홀히 여긴 것을 비판하자, 그것은 재빨리 발산되어 버린다. 그녀가 차를 사기 위해 밖으로 황급히 나갈 때, 챈들러는 홀로 남아 그들의 유아를 돌보거나 젖을 먹여야 한다.

아내가 돌아오기를 기다리는 동안, 그는 일련의 절망적, 수사적(修辭的)인 의문들 속에 자신의 감정을 표현한다. "그는 자신의 작은 집에서 도피할 수 없었던가? 그가 갤러허처럼 용감하게 살려고 노력하는 것이 너무 늦었던가? 그는 런던으로 갈 수 없었던가?"(『율리시스』의 「이타카 에피소드」〔제17장〕에서 리오폴드 블룸은—그의 아내의 간음 뒤에 자신의 선택을 명상하면서—혼자 꼭 같은 기본적 질문들을 스스로 묻고, 챈들러보다 한층 가깝게 그들에게 자칫 대답할 뻔 한다. "그는 영원히 방랑하리라, 자기 자신에게 이끌려, 자신의 혜성적 궤도의 극한까지……공간의 극한까지. 이 나라에서 저 나라로……〔U 17. 2013~4〕) 이러한 명상 동안, 아이가 잠에서 깨어나 울기 시작한다. 그를 달래려는 챈들러의 시도는 단지 일을 더 악화하게 할 뿐이다. 애니가 돌아오자, 그녀는 남편의 효과 없는 노력을 꾸짖으며, 그를 따돌린다. 그가 수치와 분노 속에 살피고 있는 동안, 아내는 아기를 계속 위안하거나, 챈들러를 배제한 채, 아이를 얼런다. "아가야! 우리 아가!" 조이스는 이 마지막 장면을 마련했는데, 이는 그가 자기 자신을 위해 창조한 물질적으로 안락한 중산 계급의 가정 속의 그의 사로잡힘과 무력화의 감각을 챈들러와 독자를 위해 강조한다. 동시에, 조이스는 이야기의 충분한 의미를 간파하기 위해서 단 하나 만의 견해를 허락하지 않는다.

챈들러의 감정은 그가 자신의 가정생활을 지속하는 물질적 및 심리적 유대에 자신의 등을 돌릴 용기를 결하고 있음을 보여준다. 아이가 마구 울기 시작하자, 챈들러는 그의 울음의 터트림에 골이 나지만, 그는 또한, 눈에 띄게 근심을 느낀다.

그는 아기의 찡그러지고 마구 떠는 얼굴을 보고 갑자기 겁이 나기 시작했다. 그는 아기가 끊임없이 일곱 번이나 계속해서 흐느껴 우는 것을 헤아려보고, 갑자기 겁에 질려 아기를 가슴에 꼭 안았다. 혹시 이러다가 죽기라도 한다면……! 그가 어쩔 수 없이 곁에 서 있는 동안 애니가 아이를 달랠 때, 참된 이해가 그의 분개와 노여움을 대신한다. 그는 아기의 자지러지는 울음이 점점 가라앉는 동안 귀를 기울이고 있었다. 그러나 자책의 눈물이 그의 눈에 괴기 시작했다.

애니가 아이를 달래는 동안, 그가 속수무책으로 곁에 서 있을 때, 진정한 이해가 그의 분노와 노여움을 대치한다. "아이의 흐느낌의 발작이 점점 덜해지자, 가책의 눈물이 그의 눈에 나타나기 시작했다."

이야기의 마지막 행은 서술이 지금까지 과정을 통해서 너무나 조심스럽게 수립해 놓은 아일랜드의 부르주아 가정의 태도에 대한 거친 비판을 되찾을 수 없는 데 있다, 또한, 그럴 생각도 없다. 그러나 그것은 우리에게 챈들러의 감정의 복잡함을 분명히 한다. 만일 챈들러가 갤러허의 것과 같은 생활에 대조되는, 일종의 가정적 지옥에 살고 있다면, 그것은 그가 지금까지 세심하게 구축해 놓은, 그리고 자기 자신을 위해 의식적으로 유지해온 것일 것이다.

조이스는 이 이야기의 구조에서 본래의 심미적 복잡성을 충분히 인식한다. 그의 동생 스태니슬로스에게 보낸 1906년 10월 18일 자의 서한에서, 그는 그가 "「작은 구름」의 한 페이지가 나의 모든 운시들보다 내게 더 많은 기쁨을 준다."고 단언할 때, 이 이야기의 중요성에 대한 자신의 감정을 강조한다.

* 이야기에 대한 보다 상세한 설명을 위하여, 『서간문』 II.178~181, 184 및 199를 참조할 것.

「짝패들(Counterparts)」

『더블린 사람들』의 9번째 이야기로, "성숙기"의 두 번째를 기록한다. 창작 순위로 보아 여섯 번째요, 1905년 7월 12일에 완료되었다.

이야기는 어떤 변호사의 형언하기 어려운 서기 패링턴의 동작을, 그의 불만스런 오후의 작업을 통하여, 그리고 저녁의 방탕 과정을 거쳐 발생하는 일련의 회피와 수치 속으로 몰고 가는 과정을 서술한 것이다. 주인공 패링턴 행동의 서술 가운데 강한 흥미를 주는 요소는, 그가 자신의 가족이 달리 사용할 수 있는 그의 수입의 상당 부분을 술을 마셔 없애는 자기—방종 보다, 오히려 자기의 행동을 특징짓는 그의 생활의 무미건조함이다. 그는 음주를 즐거움이나 향락의 한 수단으로 간주하지 않는다. 그 대신 그는 단지 존속의 고통을 무마시키기 위해 술을 마신다.

「짝패들」은 — 상관의 명령적인 "패링턴을 올려보내."라는 말과 더불어 — 질책에 직면하는 패링턴과 더불어 — 노함과 좌절의 기미 위에 막이 열린다. 그것은 그가 견뎌야 하는 그리고 어떤 경우에서「크로즈비 앤드 앨런 법률 사무소」의 일에서 오후 과정을 통해 불운에 빠질지 모를, 일련의 수치들 가운데 최초의 것이다. 서술은 이러한 비방을 자기 자신에게 가져오는 패링턴의 음모를 조심스럽게 지적하는 반면에, 또한, 그의 고용자들의 무감각성과 야만성을 분명히 한다. 사장 앨런 씨는 패링턴을 그의 결점들과 함께 수차례 대면한 뒤에, 사태는 패링턴이 공공연하게 꾸중을 받고 부주의한 재담 때문에 사과해야 할 때 표면화된다. 두 사람의 대화의 교환은 패링턴을 극도의 분노 속에 몰아넣으며, 알코올을 위한 술맛을 자극한다. 그는 자신의 시계를 밤의 음주를 지급하기 위하여 전당포에 맡기고, 그날의 수치를 망각하려고 애쓴다.

패링턴이 도시 중심부에 있는 술집들을 순회할 때, 그는 앨런 씨와 자신이 나눈 이야기를 자기 자신을 보다 우월하게 보이기 위해 변경한다. 저녁이 흘러가자, 그러나 그는 자신이 술값을 치러 왔던 술집의 순례로부터 거의 만족을 느끼지 못함을 느낀다. 그는 머린 가 술집에서 한 젊은 여배우에 의하여 자기 자신이 놀림을 당하고, 이어 그가 술을 대접했던 한 젊은 사나이에 의하여 팔씨름에서 패배했음을 스스로 발견하자, 밤은 더욱 비참한 종말로 나아간다. 패링턴은 실쭉하고, 골난 상태에서 집으로 돌아온다. 그는 자신이 돈을 몽땅 다 써버림에도 불구하고, 응당 여전히 술에 취할 수 없음에 분노한다. 자신의 분노의 탈출구를 탐색하려고 노력하면서, 패링턴은 그의 아들 톰이 화덕의 불을 꺼버린 이유로, 그러나 사실은 그이 자신의 부당한 행실로 인한 좌절 속에, 아들을 위협하고 매질한다.

|제임스 조이스 문학 읽기|

이야기의 거친 현실적 주제는 중 하위급 더블린 사나이들의 생활을 삼투하는 심리적 좌절을 그린 복잡한 초상을 기록한다. 동생 스태니슬로스에게 한 1906년 11월 13일 자의 편지에서, 조이스는 이야기에 대해 다음과 같은 평을 썼다. "나는, 네가 알다시피, 폭력의 친구가 아니야. 그러나 많은 남편이 야만적이라면, 그들이 사는 환경 또한, 야만적이요. 아내들과 가정은 행복에 대한 욕망을 거의 만족할 수 없을 것이다."(『서간문』 II. 192)

이 이야기는 패링턴이 동경하는 한 젊은 여인에 대한 조이스의 서술 때문에, 그랜트 리차즈의 인쇄공이 식자를 거절한 이야기 중의 하나다.(『서간문』 II. 132쪽 참조) 조이스는, 사실상, 서술을 수정했지만, 리차즈는 이야기들을 여전히 출판하기를 거절했다.

* 「짝패들」의 창작에 대한 부수적 정보를 위하여, 『서간문』 II. 92, 98, 106, 131~134, 136~142, 176~177 등 참조.

「진흙(Clay)」

이 이야기는 『더블린 사람들』의 10번째 것으로, "성숙기"의 3번째를 기록한다. 창작 순위로 보아 4번째요, 이는 조이스가 「크리스마스이브」라 불리는 이야기를 포기한 직후인 1905년 초에 완료되었다. 그것은 본래 「만성일(萬聖日) 전야(Hallow Eve)」라는 타이틀이었는데, 조이스는 이 이야기가 1914년 6월에 『더블린 사람들』의 일부로서 나타나기 전 몇 차례 그의 출판을 시도했으나 실패했다.

「진흙」은 노처녀 마리아에 관한 이야기로서, 그녀는 더블린의 외곽 볼스브리지에 있는 개심(改心)한 매춘부들을 위한 신교도 기관인, "더블린 등불 세탁소"에서 한 설거지 하녀로서 일한다. 이야기가 일어나는 날―만성일 전야(모든 성인의 날[All Saints' Day] 전야(10월 31일 저녁)―마리아는 그곳 여인들에게 차와 케이크를 대접한 후에 저녁 외출을 할 수 있는 허락을 부여받는다. 그녀는 만성일 전야의 파티에 참석하기 위해 드럼콘드라에 있는 조 도널리, 그의 아내 및 그들의 아이들의 집을 방문할 계획이다. 마리아는 조와 그의 형제인 앨피가 아이들이었을 때, 그들의 가족을 위하여 일한 적이 있었으며, 소년들이 어른이 되자, 그들은 나중에 그녀에게 현재의 세탁소 일자리를 마련해 주었다.

도널리 가정의 방문은 분명히 마리아에게는 대단한 기대이며, 그리하여 그녀는 만사가 순조로워져 가는 것을 보기 위해 특별한 노력을 기울인다. 그녀는 그들을 방문하는 도중 전차에서 내려, 페니 케이크를 사기 위해 다운즈 점에서 우선 멈추고, 이어 "그곳의 케이크는 그 위에 아몬드 설탕이 충분히 입혀져 있지 않기 때문에" 헨리 가에 있는 다른 상점에 들려 플럼 케이크를 산다. 그녀의 조심스러운 계획에도 불구하고, 그러나 마리아는 쉽사리 당황하는 듯한 성미인지라, 그녀가 전차에서 술 취한 한 남자 곁에 앉자, 그녀는 너무나 당황한 나머지 자신의 프럼 케이크를 차 속에 그만 놓고 내린다.

도널리 댁에서, 가족들은 그녀에 대해 커다란 소동을 피우지만, 동시에 그녀는 모든 몸짓을 조심스럽게 음미하며, 파티의 축제 분위기를 망치는 일이 없도록 희망하면서, 분명히 마음이 몹시 불안하다. 마리아의 근심의 한 근원은 조 도널리와 그를 다시는 보지 않겠다는 그

|제임스 조이스 문학 읽기|

의 동생 간의 긴장과 갈등이다. 이는 그녀가 두 사나이 간의 싸움을 중재하기를 시도하나, 단지 조의 분노를 야기함으로써 한층 분명해진다. 그럼에도, 모두 파티가 즐겁게 진행되기를 바라며, 따라서 기분 전환으로 한판 경기가 벌어진다. 마리아는 접시 경기 놀이(미래를 점치는 경기)를 하는데, 이웃집 소녀들의 하나에 의한 속임으로 그 중 진흙을 선택하는바, 이는 죽음을 상징한다. 이는 도널리 부인으로부터 날카로운 질책을 가져온다. 비록 그 일은 잊어버린 듯하지만, 나중에, 마리아가 「내 살기를 꿈꾸었네」를 노래할 때, 그녀는 잘못하여 노래의 첫 구절을 반복한다. 이러한 실수가 잘못된 기억에 의해서든, 혹은 자신의 죽음에 대한 불유쾌한 기억을 피하기 위한 욕망에 의해서든 간에, 그것은 이야기를 한갓 모호하고 불안한 결론으로 이끈다.

　　주제의 분명한 온화함에도, 「진흙」은 중 하위급 더블린 여성들의 생활의 불길한 견해를 제시한다. 마리아의 존재가 질서 있고 안정된 듯 보이지만, 그녀가 저녁의 과정을 통하여 저지르고 느끼는 실수, 생략 및 조용한 당혹감은 그녀의 신분의 빈약함을 지적한다. 가족도 혹은 재원(財源)도 없는 한 여성으로서, 그녀는, 위협 아래 명민하지만 계속, 통렬하게 상처받기 일쑤다. 비록 그녀는 도널리 가족의 선의를 즐길지라도, 조의 우울한 기분과 이웃 소녀의 짓궂음은 그녀의 위치가 얼마나 많이 타자들의 관용 위에 놓여 있는지를 보여준다. 『더블린 사람들』의 다른 이야기들에서 등장인물들처럼, 마리아의 생활은 선택과 기회의 결여로 제한되어 있다. 그녀 신분의 불안정함을 인정하기를 피하고자 그녀가 동원하는 재치 있는 전략은 그녀가 얼마나 의식적인지를 불분명하게 남겨두지만, 독자는 그의 존재의 황당함을 부인할 수 없다. 이야기의 결구는 마리아를 "온당한 어머니"로서 이야기하는, 그러나 그럼에도 그녀를 노역과 감금 속에 살게 내 버려두는 사나이의

"말의 야비성" 속에 일종의 에피파니를 이룬다.

그러나 아무도 그녀의 잘못을 지적하려 하지 않았다. 그녀가 노래를 끝내자 조는 몹시 감동을 했다……. 그의 눈은 눈물로 가득 차서 자기가 찾고 있던 것도 찾지 못하고, 마침내 아내에게 병따개가 어디 있는지 찾아봐 달라고 말해야 했다. 여기 그녀의 행동에 "깊이 감동된" 조는 그녀가 부른 노래의 생략 의미를 직감한다. 그는 아마도 자기의 이러한 직감이나 이해를 삼키려는 듯 술과 병마개를 요구한다. 이는 마리아의 것이 아닌 조의 에피파니요, 불모와 사랑의 공허, 무질서, 손실 등을 암시하는 정신적 현현이리라.

* 「진흙」의 창작에 대한 부수적 정보를 위하여, 『서간문』 II. 77, 83, 87~88쪽 등 참조.

「참혹한 사건(A Painful Case)」

『더블린 사람들』의 11번째 이야기로, "성숙기"의 마지막을 기록한다. 창작 순위로 보아 7번째요, 1905년 7월 12일에 쓰였으며 거듭 개정되었다.

이야기는 제임스 더피 씨와 에밀리 시니코 부인 간의 정신적인 사랑과 그의 좌절 및 불모의 관계를 다룬 핵심적 사건을 기록한다. 시니코 부인이 애정과 우정을 혼합하기를 원할 때, 더피는 그녀를 거절하고 그녀와의 관계를 끊는다. 4년 뒤에, 더피 씨는 "참혹한 사건"이란 글을 담은 한 신문 기사를 읽는데, 그 내용은 시니코 부인의 죽음에 대한 법원의 판결문을 담고 있다. 즉 그녀는 시드니 퍼레이드 철도역에서 철로를 건너려고 애쓰다 기차에 치여 죽는다(톨스토이의 『안나 카레니나』의 종말을 강하게 상기시키거니와. 조이스의 동생 스태니슬로스는 조이스가 이 이야기에 대한 영감을 자기 자신보다 나이 많은 여인과의 경험을 바탕으로 하고 있다고 주장하는데, 이러한 주장을 그는 자신의 일기에 기록하고 있다).

이야기는 다소 익살스럽게 전개되기 시작하는데, 그 사건의 배경 지역은 더블린 시 외곽의 채프리조드요, 한 염세적 청년인 제임스 더피 씨의 거처로서, 여기는 『피네간의 경야』에서 예로부터 전해오는 한 쌍의 전형적 애인들인 트리스탄과 이솔트(chapel of Iseult)와 연관되는 현장이요(조이스 부친 존 조이스는 한때 이곳 양조장에서 일했다), 피닉스 공원 근처의 마을이다. 더피 씨의 방들에 대한 서술적 묘사는 대응하는 "산만한" 정신적 토대를 들어내기보다는 오히려, 그들의 "정연한" 금욕적 특질을 강조한다. 이 이야기에서 주인공들의 자신들을 위한 훈련과 자기부정(自己否定)에 초점을 맞추면서, 처음의 서술은 더피 씨를 신념이 결핍한 한 사나이로서 수립한다. "그는 동료도 친구도 없고, 교회도 신앙도 없었다."

그의 유리(琉璃)된 상태에도 불구하고, 더피 씨의 환상은 꾀나 투과적(透過的)이다. 에밀리 시니코 부인은 어느 저녁 로툰다(더블린 중심 역사 고원)에서 거행된 한 콘서트에서, 그와 우연히 대화를 시작한다. 두 사람은 얼스포드 테라스의 다른 콘서트에서 우연히 재회하는데, 이는 그들을 "절친해지려는" 기회로 다시 인도한다. 오늘의 독자들은 이 말을 이미 수립된 성적 관계의 암시로서 해석할지 모르지만, 이어지는 서술은 우리로 하여금 이러한 해석을 이내 불식시킨다. 이러한 있을 법한 오독(誤讀)에 대한 잠재성은, 그러나 이 이야기의 다변적 해석의 힘을 암시하기도 한다.

성적 친분, 또는 적어도 육체적 미묘함의 이러한 형태는 분명히 시니코 부인이 희구하는 것일 수 있지만, 더피 씨에게 그러한 욕망 자체는 개인적 심오한 관계에 방해된다. 그는 시니코 부인과 마지막으로 만난 지 두 달 뒤에, 책상에 놓인 종이에다 다음과 같은 글귀를 남겼다. "남자와 남자 간의 사랑은 성적 관계가 있을 수 없어서 불가능하며, 남자와 여자 간의 우정은 성적 관계가 존재하기 때문에 불가능하다." 이는 물론 더피 씨 삶의 향연에 대한 자의식적 동경에도 불구하고, 그가 고통 하는 어쩔 수 없는 남녀 간의 애증의 도덕적 괴리를 설명한다.

조이스는, 시니코 부인의 분명한 자살에 관한 신문 기사에 바짝 다가가기보다는, 오히려 이 사건을 이야기의 바로 중간지점을 지나 위치하게 한다. 이야기의 두 번째 절반은 이 뉴스의 충분한 영향을 흡수하려는 더피 씨의 머뭇거리는 노력에 대한 설명을 제공한다. 이러한 비극이 자신의 결정의 정확성을 강조하고 있음을 스스로 재확인한 다음, 더피 씨는 자신이 뉴스를 들은 시의 레스토랑으로부터, 별 뜻 없이 그가 뜨거운 위스키 펀치를 몇 잔 마시는 채프리조드 다리의 술집까지 움직일 때, 그의 점점 더해 가는 불안을 경험한다. 더피 씨는 술집을 떠나 피닉스 공원 속으로 걸어 들어간다. 거기 매거진 힐(유명한 군수물 창고 벽으로, 『핀네간의 경야』의 중요한 배경 중의 하나)의 꼭대기에 서서, 그는 도시를 내려다본다. "그는 아무것도 들을 수 없었다. 밤은 더할 나위 없이 고요했다. 그는 다시 귀를 기울였다. 완전히 침묵한 채. 그는 자기 혼자임을 느꼈다."

이 끝맺는 글귀에서, 더피 씨가 처음부터 경험해 왔던 소외감이 재확인된다. 그러나 그가 인류의 그 밖에 나머지 사람들과는 다른, 자

|제임스 조이스 문학 읽기|

신의 고독을 이전에 찬미했을지라도, 이러한 견해를 가능하게 했던 자신감은 이제 사라진 것 같다. 서술은 더피 씨가 느낀 바에 대하여 자세히 설명하지는 않지만, 그것은 인간관계의 복잡성에 대한 새로운 감각을 모호하게나마 알려주는 듯하다.

조이스의 이 작품에 대한 빈번한 개작은 그의 구조를 충분히 만족하지 못했음을 지시한다. 그럼에도, 「참혹한 사건」은 『더블린 사람들』의 전반적 패턴과 주제들을 쉽사리 적용하고 있다. 시니코 부인의 정신적 연금 생활과 더피 씨의 일상의 삭막한 생활은 이 전집의 모든 이야기에 삼투되고 있는 불모성 및 정신적 황무지를 예시한다. 동시에, 마지막 글귀에 담긴 의식적(意識的) 모호성은 더피 씨 자신의 쇠미적(衰微的) 허무주의가 자초하는 결말의 유형을 좌절시킨다. 더피 씨의 경험들과 새로운 통찰력이 그의 성격 또는 행동에 어떤 변화를 가져올 것인지는 이야기의 구조에 합당한 문제가 아니다. 왜냐하면, 어떤 인습적 형태를 통해 서술 속에 야기되는 문학적 결말에 대한 안이한 해법은 당시의 조이스의 작품 속에 출현하고 있던 모더니스트의 관념들과는 반대되기 때문이다. 모더니즘 문학은 "작가의 텍스트(writerly text)"가 아닌, 바로 "독자의 텍스트(readerly text)"요, 작가는 주인공들에게 근거 없는 극복 의지나 재활의 희망을 제시함으로써, 독자로 하여금 작품의 결구를 재래식으로 분석하게 하는 우를 범하지 않는다.

* 이 이야기에 대한 보다 자세한 정보를 위하여, 『서간문』 II. 81n. 3, 151~153, 314~315 등 참조.

「위원실의 담쟁이 날(*Ivy Day in the Committee Room*)」

『더블린 사람들』의 12번째 이야기로, 마지막 4개의 "대중 생활"의 첫 번째를 기록한다. 1905년 늦여름에 쓰인, 「위원실의 담쟁이 날」은 창작 순위로 8번째이다.

이야기는 특정 해가 아닌, 1901년이거나 춥고, 삭막한 비 오는 날인 1902년 10월 6일(담쟁이 날)에 일어난다. 행동은 1901년 1월의 빅토리아 여왕의 사망 후 그리고 1903년 7월의 에드워드 왕의 아일랜드 방문 전에 일어나는 것이 서술상으로 분명하다. 「담쟁이 날」은 찰스 스튜어드 파넬의 죽음의 기념일(기일)이기 때문에, 제목의 위원실은 런던의 영국 의회의 15호 위원실을 또한, 암시하는바, 그곳에서 1890년에 파넬은 아일랜드 자치당의 통제권을 상실당했다.

이야기는 다양한 정치적 거짓 충성을 띤 다수의 직업적 선거 운동원들(정상배들과 다름없는)을 중심으로 일어나는데, 이들은, 사리(私利) 추구란 이유로, "교활한 티어니"(왕립 거래소 선거구의 입후보자)에게 고용되고, 선거구로 하여금 그에게 찬성 투표하도록 광고하고 있다. 그날 종말에, 그들은 더블린의 위클로우 가(街)에 있는 왕립 거래소 선거구 사무실에 모여 있다. 그곳에서 그들은 맥주를 마시거나, 현재의 시의원 선거, 정치적 진행 상황 및 그를 위해 자신들이 일하는 후보들에 관한 냉소적 의견들을 표현한다. 그들의 비판적 태도에도 불구하고, 파넬의 기억을 위한 그들의 감정적 애정이, 이야기의 종말에서, "파넬의 죽음"이란 조 하인즈에 의한 시 낭송 뒤에 크게 부상한다. 이러한 감상적인 작품에 대한 무비판적 감수는 정치적 과거에 대한 그들의 붕괴된 이상화를 독자에게 지시한다. 이는 『율리시스』의 「사이렌」

|제임스 조이스 문학 읽기|

장과 「키크롭스」 장에서 우매한 대중의 편협한 민족주의가 블룸의 한 결같은 조소의 대상이 되는 것과 맥을 같이한다.

「위원실의 담쟁이 날」은 향수적 회상들로 충만되어 있으며, 이들은 다양한 화자들에 의하여 그들이 당대의 아일랜드 사회의 타락한 상태로서 간주하는 것과 자주 비교된다. 그러나 서술은 이러한 조망을 약화시킨다. 예를 들면, 늙은 잭은 사람들이 모여 있는 건물의 관리인이지만, 그가 처음 페이지들에서 솔직히 시인하듯이, 사실상 그는 자신의 생활을 거의 통제하지 못하고 있다. 특히, 그는 방 안에 있는 다른 남자 오코너 씨인, 자기 자신보다 별반 나을 것도 없는 자에게 자신의 쓸모없는 아들을 비난한다.

> 아, 그래요, 아이들을 어떻게 키워야 할지 참 힘이 듭니다. 그래, 내 자식이 그렇게 되리라고 누군들 생각이나 했겠소! 기독 형제 수도회에 보내고 그 녀석을 위해 할 수 있는 일은 다 했는데도 술고래가 되어 저렇게 돌아다닌답니다. 좀 점잖은 사람으로 만들려고 애를 썼는데도 말이오.

서술이 진행되고 다양한 정치적 일꾼들이 위원실의 안과 밖을 넘나드는 동안, 인간의 실패, 무능과 자기 기만의 패턴이 나타나기 시작한다.

한 무리의 사람들 — 오코너, 조 하인즈, 존 핸치, J. T. A. 크로프톤 및 라이온즈(아마 "반탐" 라이온즈로서, 뒤에 『율리시스』에 나오는 경마광) — 이 국민당 후보, 티어니를 위해 투표를 얻기 위해 왕립 거래소에서 일하도록 고용되어 있다. 남자들은 자신들의 개인적인 정치적 견해가 넓은 스펙트럼(영역)을 커버하며, 자신들은 얼마간의 재정적 이득의 약속으로 행동하고 있음을 자유로이 인정한다. 표를 얻으려는 그들의 실질적 노력은 이따금 화롯가에서 온종일 한가로이 앉아 잡담하거나, 후보자의 선전 삐라를 불붙여 담배를 피우는 것이 고작이다.

이러한 냉담성과 무관심은 그들을 전반적 정치 기관들이나 에드워드 7세에서 특히 티어니 자신에 이르기까지 광범위한 정치적 인물들을 탄핵하는 것으로부터 막지 못한다. 그들의 허세에도 불구하고, 그러나 각자는 "자기 과거의 찬미자(『젊은 예술가의 초상』제5장에서 스티븐의 그의 부친에 대한 묘사)"가 될 뿐이다. 결국, 냉소주의와 비참한 분위기가 그들 모두의 언행에 어려 있다. 조이스는 여기 서술을 예측할 수 있는 직선적 담론으로 자신을 꾸미는 것을 금한다. 남자들의 세계에 대한 자신들의 자조적(自嘲的) 비평이 최고조에 달했을 때, 알코올과 센티멘털리즘에 도취한 조 하인즈가 앞으로 나오며, 파넬에 관한 시를 낭송한다.

파넬의 죽음
1891년 10월 6일

임은 거셨네. 우리 무관의 왕은 가셨네.
오, 애린이여, 설움과 슬픔으로 애통하나니
임은 돌아가서 누워 있나니, 현대의 위선자들의
지독한 무리가 그를 쓰러뜨렸기에.

여기 시 자체는 위원실의 다른 사람들이 이야기를 통해서 내내 표현했던 꼭 같은 진부하고 나약한 감정으로 가득 차 있다(과연, 몇몇 비평가들은 하인즈의 운시를, 지금은 살아지고 없는, 조이스가 9살 때 쓴 시,「힐리여, 너마저」의 변형일 거라 추단한다). 이야기를 시로 끝맺음으로써, 조이스는 그의 작품에서 이러한 중요한 역할을 하는 상극성과 모호성의 쌍(雙) 양상들에 대한 독자의 경험을 강조한다. 운시의 범속한 특질은

｜제임스 조이스 문학 읽기｜

하인즈와 다른 사람들을 떠받치고 있는 파넬에 대한 극단적으로 단순한, 향수적 견해의 증거가 된다. 동시에 하인즈의 낭송, 그리고 운시 자체의 부정할 수 없는 성실성은 금일의 무감각과 위선에 대한 강한 대조를 이룬다.

주로 대화로 이루어진 문장들은(조이스의 당대 친구였던 E. 헤밍웨이의 단편인 「살인자들〔Killers〕」의 그것들을 상기시키거니와) 극히 극적 효과를 나타내며, 맨 처음 장면은 무대 지시(stage direction)처럼 무대 위에 등장인물들을 올려놓은 듯 묘사되고, 그에 나오는 불(화로)은 조광기(調光機)의 효력을 노린 듯하다. 『율리시스』의 「키르케」 에피소드에서 주점의 방향 잃은 무질서한 대화들처럼, 이 단편 속의 부질없는 대화에서 독자는 원칙과 질서가 파괴되고 신념과 희망이 결한 부정적 에피파니(negative epiphany), 즉 더블린 정계의 그릇된 현실의 현현을 읽을 수 있다.

1906년 5월 20일 자의 그랜트 리차즈에게 보낸 한 서한에서, 조이스는 이 이야기를 자신의 좋아하는 것으로 그 위치를 밝혔다. 여기 이야기 종말의 시는 또한, 가장 두통거리 시들의 하나였는지라, 왜냐하면, 출판자들인 그랜트 리차즈와 조지 로버츠가 조이스로 하여금 변경하도록 권고한 몇몇 시 중의 하나이기 때문이다. 그들은 이 이야기에서 웨일스 왕자의 간음적 습관에 대한 언급들에, 그리고 이야기의 몇 군데 저주적 "경칠(bloody)"이란 말의 출현에 특별히 반대했다. 비록 조이스는 그들의 몇몇 비평들을 유의할 것을 제안했지만, 그들이 요구하는 모든 것을 변경하는 데 대한 그의 강한 거절은 『더블린 사람들』을 1907년과 1912 동안에 출판하는 그들의 궁극적 무의지(無意志)에 이바지한다. 그랜트 리차즈가 마침내 1914년에 『더블린 사람들』 출간에 동의했을 때, 그는 자신이 이전에 했던 반대를 철회했으며, 이 이야기와 다른 모든 이야기는 조이스의 처음 의도대로 그대로 남겼다(전출).

* 조이스의 출판자들과의 교신에 대한 보다 자세한 정보를 위하여, 앞서
「별난 역사[Curious History]」참조, 또한, 『서간문』 II. 81n. 3, 151~153,
314~315 등을 참조할 것.

「어머니(*A Mother*)」

『더블린 사람들』의 13번째 이야기로, 마지막 4개의 "대중 생활"
의 2번째를 기록한다. 1905년 9월 하순경에 쓰인, 「어머니」는 창작 순
위로 10번째다. 「어머니」의 화자는, 제목의 어머니인, 키어니 부인과
그녀의 딸 캐슬린 키어니의 음악적 생애를 촉진하기 위한 노력에 초점
을 맞춘다. 이야기는 세기의 전환기 더블린에서 콘서트의 공연과 그
진흥을 둘러싼 무대 뒤의 간계 및 음모를 상술하거니와 이러한 표현을
통해서 조이스는 당시의 대중문화에 대한 아일랜드 문예부흥의 효과
에 관하여 정교한 그리고 익살맞은 비평을 내릴 수 있다.

이야기가 열리자, 키어니 부인의 성벽은 그녀의 태도가 잇따르
는 사건들을 형성할 방법을 넌지시 비춘다. "데브린 양은 홧김에 결혼
해서 키어니 부인이 되었다." 악의는 그녀의 남편에게 향하지 않는다.
왜냐하면, 그녀는 자신의 가족에 대하여 예리한 충정을 지녔는바, 그
러나 "그녀의 친구들이 그녀의 오랫동안의 독신에 대하여 혀를 마구
놀리기" 때문이다. 대중의 여론은 분명히 키어니 부인의 생애를 통틀

어 커다란 의미를 지녔으나, 그녀의 뿌리 깊은 프라이드가 또한, 다른 사람들의 지시를 따르기보다는 오히려 그녀의 스스로 방식대로 판단하는 방법을 추구하게 한다. 그녀의 행동을 꾸미는 것은 이러한 반대되는 힘인 것이다.

자신의 결혼 후로, 키어니 부인은 그녀의 욕망을 그녀의 딸 캐슬린에 대한 지역 사회의 평가에 집중하는데, 딸이 사회적으로 입지를 세우는 일에 아주 야심적이다. 아일랜드의 문예부흥이 그녀의 노력을 위한 편리한 도구를 자신에게 마련하자, 키어니 부인은 캐슬린의 음악적 재능이, 아일랜드 문화에서 커지는 대중의 관심을 그녀가 개척할 수 있을 것이라는 태도 속에 배양된다는 것을 알게 된다.

이러한 목적을 추구하기 위하여, 키어니 부인은 그녀의 딸을 "에이레 아부 협회"에 의하여 계획된 일련의 4번의 콘서트들을 위한 피아노 반주자가 되도록 허락하는 데 동의한다("에이레 아부"〔Eire Abu〕는 대충 "성숙한 아일랜드"란 뜻으로 해석된다. 조이스는 아마도 그의 독자로 하여금 이러한 허구적 협회를 당시 아일랜드 문예부흥의 파생물로서 우후죽순처럼 솟고 있던 비슷한 그룹들의 하나와 연관하도록 의도했던 것 같다). 키어니 부인은 그녀의 딸에게 콘서트를 위해 준비하도록 엄청난 노력을 퍼붓는데, 심지어, 어느 정도까지, 이를 촉진하기 위하여, 협회의 서기보인 "뛰는" 홀로한의 부조리한 노력을 돕는다. 그러나 키어난 부인은 콘서트의 성공 — 부가적으로 딸의 성공 — 의 많은 것이 조직과 연출자들의 공연에 책임을 가진 일군의 애매한 남자들의 에너지에 달려 있다는 것을 인식하기 시작할 때, 그녀는 이틀 밤의 허망스런 참가 뒤에, 금요일의 콘서트가 "토요일 밤의 대성공을 거두기 위하여" 취소된다.

그러나 최후의 연출이 있는 밤에, 서술은 커다란 정교함을 가지고 그것의 강조를 음악으로부터 한층 세속적인 사회적 관심을 향해 돌리기 시작한다. 이는 돌이켜 키어난 부인의 야망의 취약성(脆弱性)을 강조한다. 비록 서술은 키어난 부인의 견해에 풍부한 주의를 제공하지만, 그녀는 연출의 실질적인 질에 거의 또는 전혀 생각을 두지 않는 것이 드러난다. 오히려, 그녀는 콘서트가 얼마나 성공적으로 이루어질 가의 문제에 고착된다. 이 시점에서, 그녀는 참석할 관중의 수를 통제할 수 없게 됨을 알게 되고, 필경 보상으로서, 캐슬린이 그녀의 연출의 대가로 지급 받을 돈에 자신의 주의를 돌리게 되는데, 이 연출이야말로 키어난 부인에게는 자기 자신의 성공의 지표로서 간주한다. 끈질긴 결심으로, 그녀는 무대 뒤를 통하여 홀로한을 추구하며, 캐슬린이 계약상 합의한 연주료 8기니를 빠짐없이 받게 될 것을 확인하려고 애쓴다.

조직 위원들이 돈을 지급하기 위해 미리 나타나지 않자, 그녀는 자신의 딸로 하여금 무대 위로 올라가는 것을 거절함으로써 연출을 지연시킨다. 그러자 이어 타협에 의해, 키어난 부인은 4파운드를 받게 되고, 콘서트의 전반부가 진행된다. 막간에서, 그러나 조직자들은 "위원회가 다음 화요일에 모임을 한 후"까지 돈을 더는 지급할 수 없다고 한다. 키어나 부인은 재차 자신의 딸이 연주하는 것을 거절하지만, 이번에는 교체가 발견되어, 콘서트의 후반부는 캐슬린 없이 시작된다. 이야기는 키어난 부인이 홀을 뒤져 나가고, 다음 행동을 위협함으로써 결론 난다.

키어난 부인의 성격상, 「어머니」는 가족의 여가장적(女家長的) 영역 이내에서, 자신의 완전하고 의심의 여지가 없는 권위를 행사하는 한 횡포한 여성을 절묘하게 묘사한다. 『더블린 사람들』의 다른 이야기들처럼, 그러나 그것은 또한, 단지 한 사람 또는 심지어 한 유형의 개인의 것이 아닌, 오히려 전체 더블린의 소시민 계급(프티 부르주아)의 정신 상태를 비판한다. 서술을 통하여 키어난 부인을 독려하는 성격의 힘은 오히려 미약한 사회 구조에 의한 정당성의 심오한 불안전과 의존에 놓여 있다. 키어니 부인은 홀로한(그녀가 어떤 상황에서도 교제하기를 거절할 남자)과 같은 남자들을 괴롭히지 않을 수 없으며, 결과로서 그들의 바보 같은 행동으로 상처 입기에 십상이다.

우리는 이 이야기를 통틀어 키어난 부인의 행동을 쉽사리 그리고 정당성을 가지고 비난할 수 있지만, 그러나 그 점에서 멈추어버리면, 「어머니」의 힘은 사라지고 만다. 그녀는 억압자인 동시에 희생자라는 견해를 견지할만한 충분한 증거가 있다. 그녀가 자신의 남편, 자신의 딸 그리고 그녀가 할 수 있는 어떠한 정도까지, 콘서트를 조직한 남자들을 위협하는 반면, 단지 막연히 갈망할 수 있는 사회 계급과 연관된 일련의 가치들 때문에 스스로 폭력 당한다. 만일 우리가 그녀를 동정할 수 없다면, 우리는 적어도 그녀의 상황적 도덕적 복잡성을 인정하지 않으면 안 된다.

이 이야기에서 이 등장인물들의 다툼과 언쟁은 조그마한 금전 문제로 체면이고 애국심이고 손상해야 하는 아일랜드의, 이른바 민족주의자들과 키어니 부인 간의 행동이 더블린 문화계의 마비, 그 자체를 대변하고 있음을 암시해 주고 있다. 조이스는 그의 아들 조지오 조이스에게 한 1934년 12월 17일자의 편지에서, 「어머니」를 자기 자신의 경험에 기원하고 있음을 쓰고 있다. "나의 첫 대중 콘서트에서, 나 역시 궁지에 몰렸지. 피아니스트가, 여성 피아니스트였는데, 바로 콘서트한 중간에서 사라져 버렸어."(『서간문』 III. 340)

---

* 조이스의 편지들 속의 「어머니」에 대한 다른 언급들은 『서간문』 II. 111, 113, 114 및 117에서 발견할 수 있다.

「은총(*Grace*)」

『더블린 사람들』의 14번째 이야기로, 마지막 4개의 "대중 생활"
의 3번째를 기록한다. 1905년 하순경에 쓰인 「은총」은 창작 순위로
12번째요, 출판된 것은『더블린 사람들』에서 처음이다.

서술은 어떤 차(茶) 회사의 주문받는 외판원인, 톰 커넌 씨와 일
단의 친구들이 그의 술 마시는 버릇을 그로 하여금 고치도록 하는 노
력을 답습한다. 이야기는 커넌 씨가 술의 향연 동안 술집 계단의 층계
로부터 떨어진 것을 잭 파우어가 구출하는 설명으로 시작한다. 서술의
중심 부분은 마틴 커닝엄, 잭 파우어, C.P. 맥코이(이들은『율리시스』의
장의 마차 속에서 회동하는 "어이 — 잘 만났다." 하는 친구들) 그리고 식료품
상인인 포가티가, 건강을 회복하는 커넌을 개혁(改革)하기 위해 그를
방문하는 것에 초점을 맞춘다. 남자들은 다양한 종교적 주제들을 토론
하고, 이 대화가 저녁의 묵도를 행하도록 하는 그들의 의도로 방향이
바뀐다. 가톨릭교의 개종자인, 커넌 씨는 이 계획에 대하여 초기에 회
의주의를 보이지만, 이 최초의 혐오에도 불구하고, 그는 결국, 가디너
가에 있는 예수회 교회인, 성 프란시스 제비에르에서 저녁 기도를 위
해 타인들과 동행할 것을 동의한다. 여기 모인 사람들은 그들의 산만
하고 긴 신학적 이야기를 커넌 씨에게 들려준다.

> "아닐세," 커닝엄 씨가 적극적으로 말했다. "Lux upon Lux가 맞아. 그리
> 고 그의 전임자인 교황 비오 9세의 모토는 Cruc upon Crux — 즉 '십자가 위
> 의 십자가'였으니 그들 두 교황의 차이를 알 수 있지."

이러한 대화에 이어, 모두 커넌 씨를 예배에 참가하고 설교를 듣
도록 유도한다. 이야기는 퍼던 신부의 설교 개회사로서 끝나는데, 그

|제임스 조이스 문학 읽기|

는 자신이 그의 청중에게 "그들이 인생의 회개 장부를 펼치고 그것이 양심과 정확하게 부합하는지."를 살피도록 말함으로써, 회중의 정신적 생활에 대한 상업적 견해를 강조한다.

스태니슬로스 조이스는 「은총」의 넓은 구조적 디자인에서 이 이야기는 단테의 『신곡』의 구조적 패러디로서 읽을 수 있을 것이라 기록한다. 커넌 씨의 추락은 「지옥」의 하강을, 그의 건강 회복은 「연옥」과 유추되며, 성 프란시스 제비에 교회는 일종의 「천국」으로 비교된다는 것이다. 한층 효력 있게도, 그러나 서술은 상업과 종교 간의 관계에 예리한 비평을 제공한다. 남자들이 커넌에게 저녁 — "항아리를 씻는" 그리고 그들 자신의 죄를 정죄하는 시간 — 의 상관적 무해성(無害性)을 키넌 씨에게 확신시키는 안이한 태도 속에, 만사의 장면이 사업적 터전 위에 진행되는 감이 있다. 나아가, 정신적 변화를 위한 상업적 은유의 방법을 써서 교회를 사업과 연결하는 의식적(意識的) 노력을 행사하는 한 인물로서, 퍼던 신부의 전개 속에, 조이스는 또한, 또 다른 단테식의 주제, 성직 매매(simony〔『더블린 사람들』의 「자매들」에서 제시되듯, 전출〕)를 소개한다.

우리는 「은총」에서 단편집의 앞서 여러 이야기에서 볼 수 있듯, 그들의 두드러지게 특징짓는 중류 더블린의 가톨릭교의 분위기를 향한 일종의 냉소주의를 볼 수 있다. 여기에, 그러나 우리가 주목해야 할 일은 서술이 초기 이야기들의 경우처럼, 쉽사리 내세울 수 있는 어떤 정신적 또는 심리적 흠을 유독 택하지 않는다는 사실이다. 오히려, 중심인물들의 행동을 너무나 깊이 혼란하게 만드는 것은 이들의 자기만족, 자기들이 사는 생활양식을 비판하는 무능력으로 — 여기 마틴 커닝엄과 다른 사람들은 커넌 보다 한층 심한 비판을 받아야 할 것 같다.

「죽은 사람들(*The Dead*)」

『더블린 사람들』의 마지막이요, 가장 긴 이야기로, 흔히들 전집의 종곡(coda)으로 알려졌다. 길이나 그 강도에서, 그것은 사실상 중편 소설(novella)로, 조이스는 그가 노라 바나클과 그들의 아들 조지와 함께 1906년 7월과 1905년 3월 사이에 살았던 로마로부터 귀환한 직후 1907년 봄에 트리에스테에서 「죽은 사람들」을 썼다.

많은 점에서 「죽은 사람들」은 『더블린 사람들』의 전집을 위한 타당한 결론인 셈이다. 가장 분명하게도, 그것은 모든 이야기를 특징짓는 마비의 중요한 주제를 총괄하며, 완성한다. 그러나 앞선 이야기들에서보다 해석을 위해 한층 더 개방된 방법으로 그렇게 한다. 특히, 우리는 「짝패들」과 「참혹한 사건」과 같은 이야기들에서 너무나 분명한, 이른바 현상(status quo)에 영향을 주는, 주인공의 분명한 무능력이 지닌 비참함을 보는바. 이는 전집의 다른 이야기들에 나타나지 않는 가능성의 느낌, 선택의 인식과 대조를 이룬다. 「죽은 사람들」은 낙관주의를 거의 발산시키지 않지만, 전집의 다른 이야기들의 등장인물들을 외견상 분쇄하는 것 같은 환상적 비전 너머로 움직인다. 이야기의 시작부터, 풍요와 에너지의 감각이 서술을 그토록 많이 구성하는 주인공 게이브리얼 콘로이의 묵묵한 감정과 반응을 파고든다. 그것은 과장된 동작의 견해에서 장(章)이 열린다. "문지기의 딸, 릴리는 문자 그대로 발이 닳아빠질 지경이었다." 첫 이름(성) "릴리"만을 사용함으로써 생기는 부산떨고, 과장된 친근한 분위기 — 이들 모두는 독자로 하여금 서술의 흐름 속으로 무작정 들어간다. 최초의 몇 구절들은 몰칸 자매들이 정월 초하루와 정월 6일 (현현[에피파니]의 축제[12일 야]) 사이 언젠가 베푸는 연례 크리스마스 만찬 파티에 도착하는 무리의 예상되는 소동을 다룬다. 멋진 성품과 거만의 혼성을 가지고, 그들의 호의적 조카인 게이브리얼 콘로이는 자기 아내의 옷 입는 데 걸린 긴 시간에 대하여 불평하면서, 그리고 릴리에게 별반 재치 없이 인사하려고 애쓰면서, 현장(몰칸 자매 댁)에 도착한다. 두 가지 예에서, 콘로이는 익살 자가 되지 못한 채, 스스로 약간 어리석은 듯 보이거나 그렇게 느끼려고 애를 쓴다.

게이브리얼의 행동 및 파티의 다른 손님들의 행동을 강조하는 것은 서술적 목소리로서, 이는 이야기를 다양한 등장인물들에 대한 조망의 친근감을 가지고 말하지만 그런데도 그들 사이의 익살스러운 거리를 지속시킨다. 서술은 이리하여 독자를 이 개인들을 범주화하거나 이들을 독자의 동정으로부터 유리시킴이 없이, 그들의 성격 속을 드려다보는 예리한 통찰력으로 인도한다. 조이스는 잇따른 『젊은 예술가의 초상』에서 비슷한 서술적 기법을 사용한다.

저녁이 다가옴에 따라, 여주인들과 손님들에 대한 자세한 서술은 더블린 사회의 복잡성을 가리키는 데 이바지한다. 몰칸 자매들과 그들의 질녀 메리 제인은 향수(鄕愁)와 상실 양자를 불러일으키는 일종의 감정과 후대(厚待)를 의미한다. 주정뱅이 프레디 맬린즈의 즐거운 성격은 일종의 전형이요, 또한, 바로 참된 인간적 실패를 반영한다. 바텔 다시와 멜빈 브라운은 독선적 거만의 변형이지만, 몰리 아이버즈 양은 민족주의의 패러디인 동시에, 지역주의와 사적인 관계에 대한 아주 진실한 동경을 대표한다. 이런 모든 것을 통하여, 게이브리얼은 거위 고기를 자르거나, 만찬 후의 연설을 하면서 그리고 모든 행동에 대한 무언의 논평일지라도 선두에 나설 것을 제의하면서, 파티의 사건들을 활성화하는 주체적 정신으로서 작용한다.

파티의 종말에 이르기까지, 게이브리얼의 견해들은 이 특별한 『더블린 사람들』 이야기의 낯익은 요인들을 나열한다. 그러나 서술은 조이스가 이러한 조망을 수정하기 시작했던 것을 암시하는 일련의 사건들을 소개한다. 손님들이 집을 떠나자, 그레타 콘로이는 이제 죽은 마이클 퓨리에 관한 기억들—「오그림의 처녀」라는 버림받은 사랑의 민요(발라드)를 부르는 다시 씨의 노래로 점화된 기억들—의 형태로서, 어떤 종류의 현현(에피파니)이 있다. 그레타의 회상이 품은 함축된 뜻은 독자에게 또는 그녀의 남편에게 즉각적으로 분명하지 않다. 그러나 이 점에서, 서술의 음조에 두드러진 변화가 있다.

파티가 끝난 뒤, 게이브리얼과 그의 아내 그레타는 그레셤 호텔로 돌아가는데, 거기서 그들은 몬크스타운 자신들의 집으로 되돌아가기 전, 하룻밤을 보낼 것을 계획한다. 그들이 마차를 타고 도시를 가로지를 때, 아내에 대한 게이브리얼의 증가하는 성적 욕망은 분명해진다. 자기 생각에 마음이 사로잡힌 그레타는 게이브리얼의 감정을 외면한 채 유리되어 있다. 그녀는 자신이 골웨이의 소녀였을 때 그녀와 사랑에 빠졌던 한 젊은 청년, 마이클 퓨리의 기억에 자신의 주의를 집중시키고 있다(앞서 「한 푼짜리 시들」 중의 「그녀는 라훈을 슬퍼한다」 참조).

그들이 호텔에 도착할 때, 게이브리얼은 마침내 그레타의 강박관념과 대면한다. 자신의 아내에 대한 마이클 퓨리의 젊음의 헌신을 알게 되자, 그는 죽은 자가 그레타에 대해 지니는 장악과 그것을 푸는 자신의 무력감과 함께, 다른 사나이의 사랑의 깊이 및 자기 자신과 대조되는 천박성을 느끼지 않을 수 없다. 통찰력은 겸허하고도 설명적이다. 왜냐하면, 그것은 단순히 그의 감정의 비판으로서가 아니라, 인간적 감정의 가능한 심도의 계시로서 이바지하기 때문이다. 이 점에서, 이야기는 전집의 다른 이야기들에서 발견되지 않는 일종의 모호성을

|제임스 조이스 문학 읽기|

나타낸다. 마이클 퓨리의 감정들과 비교하여, 게이브리얼의 감정들을 천박한 것으로 치부하는 것이 비교적 용이할 듯한 반면, 그것은 그가 변화할 수 있을지의 여부가 분명하지 않은 채 남아 있다. 여기 또 다른 모호성의 주제가 있다.

가브리얼의 자기 성찰의 마지막 순간에서, 『더블린 사람들』의 주된 주제들 — 죽음, 마비, 성적 좌절, 무 희망 및 무모함 — 이 그의 사상과 감정을 관통한다. 마이클 퓨리에 대한 회상들, 자기 자신의 가치에 관계되는 의혹 감, 그레타에 대한 자신의 불만스런 요구 그리고 무 목적성에 대항하여 성장하는 감정은 게이브리얼을 압도하도록 위협한다. 그는 창문으로 나아가, 내리는 눈을 바라본다.

> 눈은 아일랜드 전역에 내리고 있었다. 눈은 검은 중부 평야의 구석구석에, 나무 없는 언덕 위에 내리고, 앨런의 늪 위에도 내리고 있었다. 눈은 또한, 마이클 퓨리가 묻혀있는 언덕 위 쓸쓸한 묘지의 구석구석에도 내리고 있었다. 비뚤어진 십자가와 묘비 위에도, 조그마한 대문 창살 위에도, 메마른 가시나무 위에도 눈은 바람에 나부끼며 수북이 쌓이고 있었다. 그가 눈이 우주 전체를 통하여 사뿐히 내리는 것을, 그들 최후의 내림처럼, 모든 생자와 사자 위에 사뿐히 내리는 것을 듣자, 그의 영혼은 천천히 이울어져 갔다.

게이브리얼을 위해 — 다른 『더블린 사람들』의 이야기들의 등장인물들과 대조적으로 — 이 위기의 순간은 또한, 계몽을 위한 잠재력을 지닌다. 이러한 글귀 속에 반영된 감정이입(感情移入)은 게이브리얼의 유아론에서 붕괴를 보여준다. 이것이 순간적인지, 혹은 영원한 변화인지의 여부는 분명하지 않다, 왜냐하면, 독자는 그것이 그에게 끼친 효과에 대하여 서술의 아무런 지시 없이 인식의 순간에 게이브리얼을 보기 때문이다. 독자는 게이브리얼의 가능한 도덕적 미래를, 그리고 부연(敷衍)하여, 전 작품의 진짜 주체인 아일랜드 사회의 미래를 생각하도록 남는다. 이처럼 서술의 부재(무 지시)는 독자의 해석상의 불확실성(uncertainty)을 초래하는바, 아마도 게이브리얼의 순간적 인식(에피파니)은 인간의 생과 사, 탐욕과 사랑, 과거와 현재의 갈등을 초월한 보편적 은총(하느님의) 그것일 것이다.

* 「죽은 사람들」의 창작 과정에 관한, 이야기를 둘러싼 사건들과 다른 세목들에 관한 조이스의 견해에 대한 부수적 정보를 위하여 『서간문』 II. 51, 56, 63~64 등을 참고할 것.

◆ 등장인물들

게이브리얼 콘로이 Gabriel Conroy

조이스의 이야기 「죽은 사람들」에 나오는 주인공. 그와 그의 아내 그레타 콘로이는 그의 숙모 케이트와 줄리아(몰칸 자매)가 정월 초하루와 현현(顯現)(Epiphany)의 날인 정월 6일 사이에 베푸는 그들의 연례 만찬 파티에 참가한다.

여러 면에서 게이브리얼은 『율리시스』에서 리오폴드 블룸에 의하여 상징되는, "감성적 보통 사람(l'homme moyen sensual)"의 보다 잘 교육받고, 한층 괴벽스런 변형을 대표는 젊은 예술가 스티븐 데덜러스 격이다. 게이브리얼은 그의 동료 더블린 사람들에게 블룸보다 한층 마음이 편할지언정, 그럼에도 자신

ㅣ제임스 조이스 문학 읽기ㅣ

이 사는 사회와 유리되어 있다. 호전적이지도 않고 융통성이 없으면서도, 그는 자신과 그의 조국을 묶고 있는 물질적 유대를 끊지 못한 채, 아일랜드로부터 자신의 독립을 요구한다.

콘로이는 선생이요, 서적 평론가로, 그의 숙모들은 그가 그들의 연례 축하에서 지적 역할을 할 수 있는 가부장으로서 그리고 사회자로서 이바지하도록 그를 의지하고 있다. 모든 면에서 그가 이러한 역할에 탁월하게 적합한 반면, 그는 심리적으로 지방적 습관에서부터, 그리고 그가 사회(司會)를 맡은 축하로부터 멀리 떠나있음이 서술로부터 분명하다. 그의 대륙적 성벽에서부터 아일랜드 문화의 혁신적 흥미를 향한 그의 적의에 이르기까지 — 몰리 아이버즈 양에 대한 그리고 그의 아내 그레타에 대한 그의 반응에서 분명한 — 그는 분명히 자신의 주위 것들과는 두드러지게 딴판인 세계에 살고 있다.

게이브리얼과 그의 동료 더블린 사람들 간의 커다란 차이는 「죽은 사람들」의 과정을 거쳐 점진적으로 분명해진다. 이야기가 결론으로 움직임에 따라, 그러나 성과 성욕이 게이브리얼의 의식을 지배하게 되며, 이들은 이야기의 다른 인물들로부터 그의 고립을 예리하게 노정 한다. 사랑과 욕망에 대한 그이 자신의 반응이 게이브리얼을 분리시켰던 단계는 그레셤 호텔의 최후의 장면에서 고통스럽도록 분명해진다. 거기, 몰칸 숙모 댁으로부터 호텔까지 그들 부부가 마차를 타고 가는 동안, 그레타는 남편의 마음속에 쌓이고 있는 성적 욕망을 알지 못한 채, 골웨이에서 젊은 마이클 퓨리와 오래전에 가졌던 그녀의 천진한 연애 사건에 대한 즉흥적 회상으로, 남편의 갈망을 불쑥 뭉개 버린다. 게이브리어은 이러한 사건을 알지 못할 뿐만 아니라, 그레타가 서술하는 것과 같은 심오한 사랑을 이전에 결코, 경험한 적이 없었다.

이야기의 종말에서, 독자는 게이브리얼의 마지막 상태를 파악하도록 남는다. 그는 분명히 거절과 고독감을 느끼지만, 동시에 독자는 그가 획득한 커다란 통찰력을 인식한다. 조이스의 기법은 이것이 보다 큰 감수성 및 보다 충만한 생활로 또는 단순히 그가 잃어버린 것에 대한 보다 날카로운 인식으로 인도할 것인지의 여부를 확실히 말할 수 없게 만든다. 과연, 이야기의 힘은 독자로 하여금 게이브리얼의 정신적 위기를 목격하게 하고, 이어 그것이 그의 의식에 행사하는 영향을 해석하도록 하는 그것의 의지로부터 나온다.

그레타 콘로이Gretta Conroy

조이스의 이야기 「죽은 사람들」의 한 중심적 인물이요, 게이브리얼 콘로이의 아내. 그녀는 남편의 교육이나 괴벽성을 결한 반면에, 그의 생활의 에로틱한 그리고 감정적 중심임이 분명하다. 그들이 파티에서 밤을 함께 할 호텔에 도착하자, 게이브리얼의 아내에 대한 성적 욕망이 점점 강해진다. 그가 자신의 욕망을 행사하기 전에, 그러나 그레타는 골웨이에서 오래전에 자기를 깊이 사랑했던, 죽은 한 젊은이, 마이클 퓨리에 관해 고백하며, 그를 위한 정신적 위기를 부연 중에 촉진한다. 그레타의 낭만적 비전 속에, 퓨리는, 그가 더블린을 향해 떠나기 전에 병상에서 일어나, 그녀를 방문하기 위해 비 내리는 밤 그녀의 창가를 방문하고, 그녀를 위해 죽었다. 조이스는 그레타의 모습들을 그의 아내 노라 바나클한테서, 그리고 마이클 퓨리의

성격을 노라의 과거의 연인 마이클 보드킨에게서 모델로 삼았
다 한다.

꼬마 챈들러Little Chandler

『더블린 사람들』의 「작은 구름」에 나오는 주인공으로, 법
률 서기요 우울한 시인 지망생. 그의 이전의 급우로서, 런던으
로부터 고국을 방문하는 이그너티우스 갤러허와의 열렬한 만남
뒤에, 챈들러는 그 자신의 삭막한 생활에 불만을 느낀다. 갤러
허의 외견상 성공한 생활과 괴벽스런 습관들—그의 말투, 그
의 태도, 그의 의상 등이 그 자신의 상황과 날카로운 대조를 이
룬다. 이야기는 꼬마 챈들러가 그의 우는 아이를 달래지 못하
자 아내에게 심한 질책을 당하고 수치심을 느낌으로서 종결되
는데, 이때 아내의 사랑과 관심은 단지 아이에게만 향해 있다.

릴리Lily

『더블린 사람들』의 「죽은 사람들」의 초두에 등장하는 작
은 인물. 문지기의 딸 릴리는 케이트와 줄리아 몰칸의 가정부
로서 일한다. 이야기가 열리자, 릴리는 몰칸의 연례 크리스마
스 파티를 위해 도착하는 손님들을 맞이하고 시중든다. 게이브
리얼 콘로이가 행사하는 여성에 대한 어색한 헌신과 남성들의
성질에 대한 릴리의 예기치 않은 날카로운 말대꾸—"요새 남
자들이란 입만 까져서 여자를 놀려줄 생각만 하는 걸요"—는
아일랜드 역사, 문화, 사회 및 남녀 간의 관계에 관한 게이브리
얼의 자기 만족에 대해, 모든 나이와 배경을 지닌 여성들이 그
에게 가하는, 일련의 공격 중의 최초의 것이다.

존 코얼리 John Corley

『더블린 사람들』의 단편 「두 건달들」 중의 주된 인물 중의 하나. 경찰 간부의 아들로서, 코얼리는 하녀를 그녀로부터 돈을 얻을 수단으로 우연히 유혹한다. 『율리시스』의 「에우마이오스」 에피소드(16장)에서, 코얼리는 직업도 없고, 잘 곳도 없이, 거리를 배회하는 인물로 나타난다. 스티븐 데덜러스는 그를 알아보고, 얼마간의 돈을 그에게 빌려준다. 리처드 엘먼에 따르면, 코얼리는 경찰 간부의 장남이었던, 조이스의 더블린 지인의 이름이었다.

마틴 커닝엄 Martin Cunningham

『더블린 사람들』의 이야기 「은총」에 처음 나오는 인물. 사람들은 그의 아내의 음주 때문에 그리고 그의 민감성과 설득력 때문에, 그에게 동정적이다. 그는 건강 회복기에 있는 톰 커넌을 묵도로 인도하고, 금주하도록 하는 책임을 진다. 그는 더블린 정청(Dublin Castle)의 한 관리로서, 『율리시스』에서 작은 인물로 여러 곳에 등장한다. 이를테면 「하데스」(제6장), 「배회하는 바위들」(제10장)과 「키르케」(제15장), 또한, 그는 「키클롭스」 장면(제12장)들에서 역할을 하는데, 최후의 장면에서 그는 리오폴드 블룸이 "시민"에 의하여 공격당할 찰라, 그를 주점에서 도망치도록 돕는다.

마리아 Maria

『더블린 사람들』의 「진흙」의 중심인물이요, 개종한 창부들을 위한 기구(세탁소)에서 요리사 보로 일하는 중년 여인이다. 마리아는 일상생활의 한층 야속하고 야만적 일들을 거의 의도적으로 모르는 척한다. 이야기의 초두에서, 그녀는 자기의 감독에 의하여 "정말 훌륭한 중재자"로서 서술되는데, 이러한 표현은 이야기가 전개되자 익살스러운 기미를 띠게 한다. 마리아는 대중의 주취(酒臭)와 같은 불쾌한 행동을 용납하지 않으며, 그녀 주위의 고통스러운 생활로부터의 이탈을 독자에게 절묘하게 상기시킨다. 「진흙」의 행동은 마리아가 볼즈브리지에 있는 "더블린 등불 세탁소"에서 일을 마감하는 시간에서부터 드럼콘드라의 도널리 집에서 만성절 전야의 말에 "내 살기를 꿈꾸었네."라는 그녀의 노래까지의 동작을 둘러싸고 맴돈다. 도시를 가로지르는 그녀의 여행에서, 마리아는 자신의 계획을 따르는데 퍽 까다롭다. 전차 속의 앞에 앉은 신사의 눈초리에 당황한 그녀는 더널리 가족을 위해 산 값비싼 케이크를 차 속에 두고 내린다.

그녀는 한때 파티에서 조 도널리를 그의 아우로부터 이간시키는 싸움 때문에 크게 불안을 느낀다. 나중에, 응접실의 게임에서 그녀가 한 조각의 진흙(죽음의 상징)을 고른 다음 느끼는 당황함과 심지어 고통은 그녀의 매력적 괴벽성의 허식 아래 놓인 취약성을 강조한다. 그녀가 부르는 노래의 둘째 소절을 계속하기보다 첫 소절을 반복함에서 저지르는 과오는 이야기를 낡은 감상으로 가져간다.

메리 제인Mary Jane

『더블린 사람들』의 「죽은 사람들」의 한 중심인물. 케이트 몰칸 자매들의 미혼 질녀인 그녀는 아주 인기 있는 음악 선생으로 해마다 앤티언트 콘서트 룸에서 그녀의 학생들을 위해 연주회를 개최한다. 그녀의 수입은 세 여인을 부양하는 중요한 자원이 되어 왔으며, 이야기는 막벌이로서 그리고 질녀로서, 긴장 때문에 그녀가 때때로 견디어야 하는 좌절을 조용히 암시한다. 메리 제인은 이야기의 행동을 지배하는 연례 크리스마스 파티의 주인 중의 하나의 역할을 맡아왔다. 그녀의 직업상 그리고 그녀의 태도에서, 제인은 그녀의 숙모들에 의하여 구체화되는, 그녀의 사촌오빠인 게이브리얼 콘로이에 의하여 그의 만찬 연설에서 생색나게 암시되는, 문화적 전통과 세련미의 계승을 반영한다. 제인은 이들 세 여인이 지니는 세계에 대한, 비록 신중하도록 낙관적이지만, 결정적 견해를 확언한다.

무니 부인Mrs. Mooney

『더블린 사람들』의 「하숙집」의 한 주된 인물. 딸 폴리 무니와 아들 잭 무니의 어머니로서, 그녀는 또한, 보브 도란이 사는 하숙집의 여주인이다. 서술이 분명히 하다시피, 무니 부인은, "식칼이 고기를 다루듯 도덕 문제를 다루었는지라", 냉소주의와 동물적 간계를 동등한 척도로 혼성하는 세계에서, 사납고 금권적(金權的) 견해를 지닌 당찬 여인이다. 그녀는 자신의 목적을 성취하기 위하여 타인들과 타협하는 일에 절대 주저하지 않는다. 동시에, 서술은 그녀를 오히려 단견적, 행동의 장기적 결과에 대한 참된 파악을 하지 못하는, 또는 무관심한 여인으로 묘사한다. 이리하여, 그녀의 딸과 도란 간의 성적 관계를 안 뒤로, 그녀는 행동 과정의 가장 탐색적 과정을 따르며, 자신이 스캔들을 일으키겠다고 위협함으로써, 그를 결혼으로 유

|제임스 조이스 문학 읽기|

인한다. 이 무모한 행위의 불행한 결과는 『율리시스』에서 다양한 인물들이 도란의 무질서한 결혼 생활에 대한 연민과 경멸을 뒤엉키게 하면서, 그녀를 논평하는 과정을 통해서, 분명해진다.(『율리시스』 12장, p. 245 참조) 그녀는 아마도 에밀 졸라의 "작은 나나(Little Nana)"적 인물이다.

몰리 아이버즈 양Miss Molly Ivors

『더블린 사람들』의 「죽은 사람들」에 등장하는 여성 인물. 그녀는 아일랜드의 열렬한 민족주의자다. 몰칸의 연례 크리스마스 파티에서 게이브리얼 콘로이와 춤을 추는 동안, 그녀는 콘로이의 아일랜드 문화에 대한 심한 결핍에 대해 그를 "친영파"로 매도한다. 그녀는 게이브리얼이 친영계의 『데일리 익스프레스』지에 서평을 썼기 때문에 그를 계속 조롱하고, 그로 하여금 자신의 켈트 문화에 대한 감각을 터득하도록 아란 섬에서 여름휴가를 보내도록 권유한다. 비록 좋은 의미이긴 하지만 그녀의 조롱은 민감한 게이브리얼을 크게 속상하게 만든다. 아마도 그녀 역시 그들 상호의 교환에서 타격을 받았기 때문인지, 저녁 식사와 게이브리얼의 연설 전에 그녀는 파티를 떠난다.

바텔 다시Bartell D'Arcy

『더블린 사람들』의 이야기 「죽은 사람들」에 처음 나오는 인물. 몰칸 자매댁의 크리스마스 파티에서 그는 부산떠는 불안한 자로서, 음악에 들뜬 더블린에 자신의 입지를 수립하려고 애쓰는 오페라 테너 가수이다. 그는 추위 때문에 저녁 파티의 군중 앞에서 노래하는 것을 싫어하지만, 종말에 「오그림의 처녀」라는 노래를 부르도록 설득되는데, 이 노래는 그레타 콘로이의 마음을 마이클 퓨리의 기억으로 이끈다. 다시는 『율리시스』의 「레스트리고니언즈」(제8장)에서 인유를 통하여 등장하는데, 여기서 블룸은 그를 "코밑수염을 밀랍 칠을 해서 위로 젖힌 채 으쓱거리는 녀석"으로 각하한다. 그는 또한, 「페넬로페」(제18장)에서 몰리의 독백 속에서도 등장한다. 리처드 엘먼의 조이스 전기에 의하면, 다시(D'Arey)의 인물은 조이스의 부친 시절의 가수 맥구킨(Barton M'Guckin)에 기초한다고 한다(『제임스 조이스』, 246쪽 참조).

이그너티우스 갤러허Ignatius Gallaher

『더블린 사람들』의 「작은 구름」과 『율리시스』에 나오는 인물. 런던의 일간지에서 일했던 자신만만한 기자로, 그는 이전에 『프리먼즈 저널』지에서 일했다. 「작은 구름」에서 갤러허의 자유분방하고 뽐내는 대륙적 기질은 꼬마 챈들러의 일상생활의 단조로움 및 감금과 대조를 이룬다. 갤러허는 일반적으로 아일랜드의 생활에 대하여 생색 부리는 태도를 드러낸다. 『율리시스』의 「아이올로스」(제7장) 장면에서 — "위대한 갤러허"의 제자 아래, 『이브닝 텔레그래프』지의 편집장인 마일리스 크로포드가 "피닉스 암살 사건"에 대한 갤러허의 기사를 자세히 열거한다.

에블린 힐Eveline Hill

『더블린 사람들』의 「에블린」에 등장하는 중심인물. 그녀의 더블린과 가정의 연금적(軟禁的) 생활로부터 도피하기 위하

|제임스 조이스 문학 읽기|

여, 자신의 약혼자 프랜크와 함께, 그녀가 기혼녀로서 새 생활을 시작하며, 응당 존경을 받을, 그곳 부에노스아이레스로 사랑의 도피를 계획한다. 그녀의 집을 떠나기 전에 에블린은 그녀의 가족, 그녀의 입정 사나운 아버지, 그녀 어머니의 죽음에 대하여 명상한다. 그러나 프랜크를 만나고 배를 타기 위해 그녀가 노드 월 부두에 도착하자, 떠날 자신의 의지를 마비시키는 압도적 공포에 사로잡힌 채 그녀의 의지는 끊어지고 만다.

제임스 더피James Duffy

『더블린 사람들』의 이야기 「참혹한 사건」에 나오는 주된 인물로서, 사설 은행의 금전 출납계다. 더피 씨는 자신의 세속적 면에서 퍽 개인적 인물로서, "동료도 친구도, 교회도 신앙도 없는" 자다. 그가 콘서트에서 처음 만나고, 교재를 시작하는 여인(시니코 부인)과의 낭만적 관계에서 자신에게 기회가 주어지자, 그는 그것을 거절한다. 뒤에 더피 씨는 자신의 사고(思考)의 개념을 다음과 같이 기록한다. "남자와 남자 간의 사랑은 불가능하다, 왜냐하면, 거기에는 성적 관계가 있을 수 없어서. 남자와 여자 간의 우정은 불가능하다, 왜냐하면, 거기에는 성적 관계가 존재하기 때문에." 조이스는 이러한 감정을 그의 동생 스태니슬로스의 일기에서 끌어왔는데, 분명히 그는 동생을 더피 씨의 많은 특질의 근원으로 사용했다. 그러나 스태니슬로스와 이 부분적 허구의 인물 간의 엄격한 평행을 가정하는 것은 잘못일 것이다.

조 하인즈Joe Hynes

『더블린 사람들』의 「위원실의 담쟁이 날」에 등장하는 중심인물로서, 신문 기자요 찰스 파넬의 열렬한 감탄자이다. 이야기의 종말에서 하인즈는 「파넬의 죽음」이란 시를 감상적으로 읊는다. 그는 또한, 『율리시스』의 「하데스」(제6장) 장면의 디그넘의 장례식 끄트머리에서, 조문객들의 이름을 그리고 비옷 입은 미지의 사나이를 매킨토시라 수첩에 기록하는데, 후자의 이름은 역마차의 오두막 (「에우마이오스」, 제16장) 장면에서, 리오폴드 블룸이 읽는 『텔레그래프』지 석간의 장례식에 대한 하인즈의 기사 속에 나타난다. 블룸이 하인즈를 보자 자기에게 빌린 3실링 빚에 대해서 여러 번 암시하나 성공을 거두지 못한다. 뒤에, 그는 다시 「키클롭스」 장면(제12장)에 나타나는데, 바니 키어넌 주점에서 「시민」과 이 장의 무명의 화자에게 몇 차례 술을 대접하기도 한다.

줄리아 몰칸Julia Morkan

『더블린 사람들』의 「죽은 사람들」의 한 인물로서, 메리 제인과 게이브리얼 콘로이의 숙모. 나이가 많지만, 그녀는 아직도 '아담 엔드 이브즈' 가톨릭교회의 인솔 소프라노다. 나이에도, 줄리아 몰칸은 (그녀의 자매 케이트와 함께) 이야기의 행동을 지배하는 연례 크리스마스 파티를 다스리며, 파티 향연의 일부로서 「신부(新婦)로 치장하고」라는 노래를 부른다. 이 노래 장면은 「진흙」의 이야기에서 마리아에 의한 비슷한 향연을 익살스럽게 메아리 한다. 두 경우에서 이 여인들이 택하는 노래들은, 전망과 재능이 나이에 의해 아직 영향을 받지 않는 젊은 소녀

|제임스 조이스 문학 읽기|

들에게 분명히 한층 어울린다. 그럼에도, 양자의 경우에서, 어떤 표현의 신랄함이 마지막 효과를 완화한다. 『율리시스』에서 블룸은 그녀를 독백 속에 명상한다. "'이 넓은 세상에 그토록 아름다운 계곡은 없다네.' 줄리아 몰칸의 멋진 노래. 최후의 순간까지 그녀의 목소리를 보존했지."(U 8 참조)

패링턴Farrington

『더블린 사람들』의 이야기 「짝패들」에 나오는 주된 인물로서, 패링턴은 「크로즈비 & 앨런 법률사무소」의 서사로서 일한다. 이야기를 통하여, 그는 처음에 그의 사무실에서 그리고 이어 술집에서 수모와 패배를 당한다. 술집에서 그는 한 젊은 영국인과 팔씨름에서 진다. 「짝패들」의 종말에서 패링턴은 그의 꼬마 아들 톰에게 분통을 터뜨리고 그를 매질한다. 그의 이러한 행동의 야만성은, 조이스가 그의 아우 스태니슬로스에게 보낸 1906년 11월의 한 서한에서 설명한바, 패링턴이 사는 세계에서 자기 자신이 경험하는 바로 같은 종류의 야만성을 반영한다(『서간문』 II. 192 참조). 즉, 그와 그의 아들 톰 ― 짝패들 ― 은 양자 무정한 세계의 변덕스런 야만성으로부터 부당하게 고통을 받는다. 패링턴은 자기 아들에게 아무런 동정심을 갖지 않을 뿐만 아니라, 폭력에 대한 아버지의 행동이 아들을 야만인으로 필경 만들 것이라는 아이러니는 바로 이야기의 제목 "짝패들"에 의하여 암시된다.

프랭크Frank

『더블린 사람들』의 「에블린」에 나오는 선원. 프랭크는 여주인공 에블린 힐 양과 부에노스아이레스로 사랑의 도피를 꾀하는 젊은이다. 그러나 이야기의 종말에서, 비록 그들의 여행이 예약되어 있을지라도, 프랭크는 그녀의 변화에 대한 무능한 공포 때문에 그녀 없이 홀로 떠나야 한다. 케너 교수에 의하면 그는 "포주", 바로 그 장본인이다.

케이트 몰칸Kate Morkan

줄리아 몰칸과 함께 「죽은 사람들」에 등장하는 여인, 줄리아보다 젊지만, 그녀는 분명히 원숙한 여인이다. 그럼에도, 케이트는 줄리아와 함께, 이야기의 주된 세팅인 크리스마스 파티를 관장한다. 그녀는 가정의 수입을 충당하기 위하여 초심자들에게 피아노 교습을 한다. 케이트 몰칸은 『율리시스』에서 스티븐 데덜러스의 대모로서 언급되기도 한다.

캐슬린 키어니Kathleen Kearney

『더블린 사람들』의 「어머니」에 등장하는 인물이요, 또한, 『율리시스』의 「페넬로페」 장면(제18장)에서 몰리 블룸의 독백 속에 언급된다. 키어니 양은 피아니스트요, 가수이며, 아일랜드 문예 부흥의 열렬한 지지자다. 비록 그녀는 「어머니」에서 그녀 어머니 위협의 희생자이긴 하지만 몰리 블룸은 그녀가 한 무리의 젊은 가수들의 대표로서 자신보다 한층 우대받는 데 대해 분개한다. 「어머니」에서 이야기 대부분을 통해 그녀의 호감의 분위기에도, 콘서트에 연출하는 소프라노인 마담 그린을 그녀가 무정하게 해고한 사실은 몰리의 분개심을 정당화하는 것 같다. "─어디서 사람들이 그녀를 발굴했는지 몰라…… 난 그녀에 관해 들어보지 못한 게 뻔해."

키어니 부인Mrs. Kearney

『더블린 사람들』의 「어머니」에 등장하는 주된 인물이요, (비록 비교적 겸허하기는 하나), 그녀의 두드러지고 의도적 공격성과 사회적 인식에 대한 타산적 욕구로서 특징짓는다. 그녀를 알리는 글귀의 첫 행들에서 ─ "데블린 양은 홧김에 키어니 부인이 되었다." ─ 이야기의 마지막 말들까지 ─ "아직 당신과 다 끝나지 않았어요" ─ 그녀의 행동은 자신의 범속한 야망을 달성하기 위한 결심, 무모함, 거침과 가장 및 우둔함으로 결합한다. 딸의 음악적 생애를 촉진함에서, 그녀의 고집은 이야기의 기동력이요, 사회의 여론을 위한 그녀의 상호 관심과 멸시는 자신의 노력에 생기를 부여한다. 그러나 마지막 이야기를 통하여 암시되고 분명해지는, 그녀 성격의 핵심적 특징은, 성공하기 위한 그녀 자신의 최선의 노력을 거듭 손상하는 비 융통성, 바로 그것이다.

퍼던 신부Father Purdon

『더블린 사람들』의 「은총」에 나오는 예수회의 한 신부, 그는 성 프란시스 제비에르 교회에서 상인들을 위하여 회상 혹은 정신적 반성의 설교를 집정한다. 퍼던 신부의 이름은 조이스 세대의 더블린 사람들에게 특별한 반향(反響)을 가진데, 그 이유는 퍼던 가(街)는 조이스의 젊은 시절 더블린의 홍등가의 중요한 통로였기 때문이다.

프레디 맬린즈Freddy Malins

『더블린 사람들』의 「죽은 사람들」에서, 케이트 및 줄리아 자매와 그들의 질녀 메리 제인이 베푸는 연례 크리스마스 파티에 참가하는 한 손님. 프레디의 술 취함은 파티의 다른 사람들에게 관심을 야기하고 흥미의 원천을 마련한다. 그러나 서술의 과정에서 프레디는 보다 중요한 작용을 한다. 그의 음주, 대중의 관습에 대한 심오한 존경 그리고 용솟음치는 감수성은, 유리되고 내성적 게이브리얼 콘로이와 날카로운 대조를 이룬다. 자기 통제의 결핍 속에 프레디는 보다 약한 인물로서 대두되며, 『더블린 사람들』의 다른 이야기들의 인물들을 방해하는 많은 꼭 같은 약점들을 반영한다. 동시에, 프레디의 상냥한 마음씨의 감정이입과 그의 노골적 개방성이 게이브리얼의 과민한 성질과 날카롭게 대치된다.

폴리 무니Polly Mooney

『더블린 사람들』의 「하숙집」의 한 주된 인물로, 무니 부인의 딸. 그녀의 어머니의 하숙생 중의 하나인, 보브 도란과의 그녀의 성적 친근감은 이야기의 위기로 그리고 도란을 폴리와의 강제적 결혼으로 인도한다. 비록 처음에는 단지 평범한 인물로 보일지라도, 그녀의 성격은 이야기의 사건들에서 자신의 참견이 기본적 이야기의 줄거리보다 한층 모호하게 그려진다. 폴리는 분명히 도란과의 친교를 시작하고, 확실히 그와 결혼하기를 바란다. 그러나 이야기의 종말에서, 적어도 그녀 인생의 이 단계에서 폴리의 의향은, 딸을 강제로 결혼시키려는 오만한 어머니의 그것보다 한층 이상적이요, 한층 덜 타산적이다. 『율리

｜제임스 조이스 문학 읽기｜

시스』의 「키클롭스」 장면(제12장)에서 폴리에 대한 잇따르는 언급들은 그녀가 어머니의 많은 특징을 닮기 시작함을 보여준다. "밴텀 라이언즈가 내게 말해 주었는데, 그녀는 새벽 2시에 몸에 실오라기 하나 걸치지 않고, 그녀에게 다가오는 사람 누구에게나 공평무사하게 문호를 개방한 채, 그녀의 몸뚱이를 드러내 놓고 그곳에 서 있더라는 것이다."(U 12장 참조)

『젊은 예술가의 초상』

『젊은 예술가의 초상』은 조이스 최초의 장편 소설로
서, 이는 본래 런던의 정기 간행물인 『에고이스트(*The Egoist*)』지
에 1914년 2월부터 1915년 9월까지 연재 형식으로 출간되었다.
잇따라 미국의 출판자 휴브쉬(B. W. Huebsch)가 1916년에 책의
형태로 출판했다. 그리하여 최후에 출판된 판본은 일련의 급
진적 변화를 통해 진화된, 창조적 과정의 오직 마지막 단계다.
『젊은 예술가의 초상』의 최초 단계는 1904년 초에 시작되었다.
당시 조이스는 『예술가의 초상(*A Portrait of the Artist*)』이란 일종
의 산문(논문)을 완성했다. 비록 문예지 『다나』지의 편집자들이
애초에 조이스에게 기고를 요청했으나, 그들은 『젊은 예술가의
초상』 인쇄를 거절했다. 이러한 거절이 있었던 거의 직후, 조
이스는 지금까지의 논문을 개편하고, 이를 책 길이의 작품으로
확장함으로써, 잠정적으로 『영웅 스티븐』이라 제목을 달았다.

소설의 판본에서, 조이스는 스티븐 다이덜러스(당시

그는 여전히 그렇게 불렸는지라)라는, 한 예술가의 생활을 유년 시절부터 대학 생활이 훨씬 지날 때까지 그의 진화를 답습할 의도였다. 이러한 계획은 그의 상상력을 분명히 포착했으니, 그 이유인즉, 조이스는 약 1년 반 동안 『영웅 스티븐』을 꾸준히 작업해 왔기 때문이다. 그러자 1905년 6월에, 자신의 계산으로, 작품이 약 절반에 다다랐을 때, 그는 그것을 포기하고 말았다.

우리는 단지 이러한 결정에 대한 이유를 추측할 수 있을 것이다. 그럼에도, 거기에는 텍스트상으로나 전기적으로 많은 단서가 있다. 조이스는 이미 『더블린 사람들』을 구성할 많은 이야기를 완료했으며, 이들은 『영웅 스티븐』보다 기법 상으로 한층 정교한 것이 분명했다. 소설의 정통적 및 형식상으로 한정된 문체 속에 감금된 채, 조이스는 쉽사리 좌절되었고, 그리하여 한층 창조적 선택을 지닌 계획을 위하여 그것을 포기해야 했다.

그러나 『영웅 스티븐』의 배후 생각은 극히 흥미로운 것으로 남아 있었으며, 결국, 조이스는 그것을 이전의 계획으로 끌고 갔다. 그리하여 1907년, 『더블린 사람들』의 마지막 이야기인 「죽은 사람들」을 완료한 다음, 조이스는 다시 한 번 이 이전의 소설을 되찾았다. 그러나 이번에 그는 소설의 사실적 형식의 한계를 벗어나, 오늘날 모더니스트들에게 친숙한, 형식 상 한층 유연하고 헐거운 문체를 실험하기 시작했다. 그리하여 『영웅 스티븐』은 결국, 『젊은 예술가의 초상』이 되었다. 1914년 2월에 『에고이스트』지는, 에즈라 파운드의 권고로, 그것의 연재를 시작했다. 조이스는 마지막 장들이 『에고이스트』지에 나타나기 직전, 1915년 중순에 최후의 개정을 완료했다.

『젊은 예술가의 초상』은 그것이 파생했던 작품과는 최후의 형식에서 아주 먼 거리가 있다. 작품의 모더니즘적 성향은 그의 이야기의 양식과 중심인물의 의식과 관련해서 아주 두드러진다. 형식적으로 그리고 그것의 주제에 관한 한『젊은 예술가의 초상』은『영웅 스티븐』보다 오히려『더블린 사람들』과 유사하다. 그럼에도, 초기 작품의 요소들이 사방으로 눈에 띄게 남아 있다. 그의 선행 작품처럼,『젊은 예술가의 초상』은 예술가 스티븐 데덜러스(본질적으로『영웅 스티븐』에 나타나는 꼭 같은 인물로서, 그의 이름이 약간 수정되었을 뿐이다)의 생활을, 그의 초등, 중등 및 대학 교육을 통한 유년에서부터 그가 아일랜드에서 출발하는 저녁까지 차례로 기록한다. 그러나『영웅 스티븐』과는 달리, 이 작품은 스티븐의 생활을 자세히 연속적으로 설명하지 않으며, 자연주의적 압박을 회피한다. 대신에, 그것은 행동을 불연속적 에피소드로 분쇄함으로써, 현현적(顯現的) 사건들을 하나하나 제시한다. 서술은 장에서 장으로, 심지어 장면에서 장면으로 돌연히 이동함으로써, 독자로 하여금 그들 간의 연관성을 책임 짓도록 내맡긴다. 그러나 총체적 서술은 주제적으로 연결되어 있다.

이야기는 젊은 예술가의 상상력을 억압하거나 통제하고 위협하는, 융통성 없는 사회로부터의 스티븐의 더해 가는 소외를 다룬다. 서술은 아일랜드 가톨릭 사회의 중심 제도들, 가족, 교회, 민족주의 운동 등에 대해 그가 느끼는 점진적 환멸을 자세히 기록한다. 능숙하도록 조화 있게 편성된 장들의 연쇄 속에, 스티븐에게 각 제도는 억압적이고 억제적 힘으로서 느끼게 한다. 그리하여 비평가들은『젊은 예술가의 초상』을 한 모범적 모더니스트 작품으로, 분명히 초기의 예술적 인습들로부터 이탈된, 한 도덕적 가치로서의 심미적 비전에 이바지하는 작품으로, 생각하게 되었다.

◆ 이야기 줄거리

제1장

첫 장은 스티븐의 대략 6살로부터 9살까지의 유년시절을 커버한다. 그는 클론고우즈 우드 칼리지의 학생으로 공부를 마치고, 방학 때가 되어, 크리스마스 휴가로 집에 돌아온다. 조이스는 이 기간에 스티븐 생활의 의미심장한 3, 4개의 사건을 자세히 설명한다. 즉, 스티븐이 한 무모한 급우에 의하여 시궁창에 떠밀린 후, 몸의 열로 인하여 학교 의무실에 입원한다. 이어 스티븐은 그의 가족과 크리스마스 만찬을 갖는데, 여기서 열띤 정치적 논쟁을 목격한다.

이 최초의 장은 스티븐의 아버지, 사이먼 데덜러스가 "아기 투쿠"라는 별명을 가진 그의 어린 아들에게 동화 이야기 식으로 말하는 것으로 그 막이 열린다. 이런 식으로 서술은 전통적 표현 양식으로부터의 급진적 이탈을 선언한다. 처음 열리는 행들로부터 서술의 원천과 성질이 문제로서 다가오며, 독자는 소설의 많은 의미가, 작가의 개입 없이, 자기 해석상의 선택에 따라 이루어짐을 재빨리 인식하게 된다.

『젊은 예술가의 초상』이 갖게 될 중심적 주제들에 대한 간략한 소개에 이어, 서술은 스티븐의 최초의 학교인, 클론고우즈 우드 칼리지에서의 그의 생활을 서술하기 시작한다. 그것은 스티븐을 다른 아이들로부터 떼 놓는 특별한 성격적 특징을 독자를 위해 개관하기 시작하도록 한다. 이 장은 두 개의 유명한 에피소드들로 끝난다. 즉 크리스마스 만찬에서 스티븐의 어른들과 식사를 하는 장면으로, 그것은 찰즈 스트웨드 파넬의 지지자들인 스티븐의 아버지와 케이시 씨, 그리고 파넬을 간음자로서 고발하는 댄티 리오단 부인 간의 격렬한 논쟁으로 난장판을 이룬다. 논쟁은 스티븐에게 아일랜드 당대의 제도들 ─ 가족, 교회 및 민족주의 운동 가운데 어느 것을 믿어야 할지를 의문으로 남긴 채, 결론 없이 끝난다.

이 제1장은 스티븐이 클론고우즈로 되돌아와 어떻게 그가 학감인 돌런 신부에 의하여 부당하게 매를 맞는지, 그리고 이로 인해 어떻게 그가 교장인 존 콘미 신부에게 항의하는지에 대한 서술로서 끝난다. 그것은 스티븐을 위한 회심의 승리를 기록하며, 그를 위해 사회적 제도들이 우리의 생활에 가져올 예언적 질서를 재확약한다. 독자에게, 그러나 질서와 권위주의(authoritarianism) 간의 유사성이 너무나 분명하게 나타나며, 잇따르는 극심한 갈등을 예고한다.

이 장의 첫 페이지와 그 절반은 전체 소설에서 극히 중요하다. 『젊은 예술가의 초상』의 모든 주제가 다 이 짧은 부분에 나타나고, 거의 모든 제목이 상징적 잠재력을 지닌다. 예를 들면, "엄매소 (moocow)"란 말은 시간에 대한 인식("옛날 옛적에……")에 이어, 스티븐이 이해해야 하는 첫 대상이다. 암소는 전통적으로 희생의 동물인 동시에, 다산 또는 창조를 대표한다. 스티븐 데덜러스의 이름 속에 함축된, 이 양자는 예술가를 위해 필요하다. "장미(rose)"의 주제는 중세의

| 제임스 조이스 문학 읽기 |

인습에서 도래하고, 소설에 중요한 차원을 첨가한다. 어린 스티븐은 노래를 부르려고 애쓰지만, 이를 혼동 한다. "오 파란 장미꽃 피어 있네." 파란 장미에 대한 언급은 다산에 대한 암시를 확장하지만, 또한, 미숙함을 암시하기도 한다. 이 장을 통한 장미에 대한 언급은 "적"과 "백"이란 색채에서 이루어지고, 여성에 대한 스티븐의 태도 또한, 성녀에 대한 백장미와 육체에 대한 적장미의 생각 속에 반영된다. 장미는 여인, 종교, 및 예술과 관련된 스티븐의 심미적 진행을 노정하며, 작품의 주제와 구조를 돕는다. 이야기가 진전됨에 따라, 백장미와 백색 자체는 불쾌함 및 젖은 감정과 연관되는 반면, 적 장미는 그것이 더욱 두드러짐에 따라, 정신을 초월한 육체를 대변한다.

　　단티(Dante〔안티 "Auntie"의 잘못된 발음이거니와〕)의 두 옷솔(brushes)에서 마이클 대비트는 파넬의 지지자요 아일랜드 토지 연맹의 창설자였다. 적과 녹색은 영국과 아일랜드를 상징하고, 실재와 상상, 질서와 반란을 또한, 암시한다. 서술을 통하여 이 두 가지 주제가 급진함에 따라, 그들은 스티븐의 마음속에 상속적인 갈등을 일으킨다. "독수리(eagle)". "오 스티븐은 사과할 거야"란 시행과 독수리에 대한 언급은 극히 중요하다. 스티븐은 필경 어떤 장난 때문에 책상 밑에 몸을 움츠리고, 독수리에 관해 일러 받는다. 이 사건은 조이스의 초기 『에피파니들』로부터 응용된 것이다. 스티븐이 느끼는 죄의식은 소설 대부분을 통해서 진행된다. 이 이미지는 또한, "날개"와 "미궁"을 함께 연결하거니와 책의 두 지배적 이미지들을 형성한다. 뒤에 날개는 스티븐이 "창조되지 않은 민족을 양심"을 위하여 도약하는 장익비상(張翼飛翔)의 전조가 된다.

제2장

스티븐은 이제 또 다른 예수회의 남자 학교인, 더블린의 벨비디어 칼리지에 재학하고 있다. 작품의 제2, 3장 및 제4장은 스티븐의 나이 11살에서 16살까지의 그의 생활을 커버한다. 우리는 종교에 대한 그의 의문의 각성 및 그의 책의 세계로의 몰두를 목격한다. 서술된 사건들은 한층 불연속적이고 덜 분명하게 정의된다. 스티븐은 학교 연극에 참가하고, 그의 아버지를 따라 코크로 기차 여행을 하는가 하면, 학교에서 수필 경쟁에서 상을 타기도 한다. 그의 개인적 좌절감과 자라나는 성적 본능은 그를 더블린의 사창가에서 최초의 성적 경험으로 인도한다. 이 부분은 소설의 3개의 비(非)극적 클라이맥스들 가운데 최초의 것이다.

이 장은 음조의 변화로서 열린다. 스티븐은 가족이 최근 이사한 블랙록의 남부 더블린의 교외에서 여름을 보내고 있다. 그는 또한, 가을에 클론고우즈 우드 칼리지로 되돌아갈 수 없음을 알고 있다. 가족은 다시 더블린 시로 이사하고, 서술은 사이먼 데덜러스의 더해 가는 재정적 위기에 대해 직접 언급하기 시작한다.

클론고우즈 우드 칼리지의 스티븐의 이전 교장인 콘미 신부가 다시 스티븐을 돕는데, 이번에는 더블린의 예수회 학교인 벨비디어 칼리지에 그를 위해 장학금을 마련해 주는 일이다. 스티븐은 재빨리 학교에서 아카데미시즘의 수완을 노출하는바, 장의 중간에서 스티븐의 반친구인 빈센트 헤론과의 그의 지적 및 사회적 경쟁을 이루는 일련의 사건들을 연대기로 나열한다. 제2장의 끝에서 두 번째 문단은 스티븐이 학교의 현상(懸賞)으로 받은 돈으로 가족의 운명을 개량하려는 그의 다소 부질없는 노력에 대한 확장된 설명을 제공한다. 끝맺는 에피소드

|제임스 조이스 문학 읽기|

는 스티븐이 더블린의 매춘부와 갖는 성적 유희에 대한 미려한 서술이
요, 시적 대목이다.

제3장

스티븐은 벨비디어 칼리지에서 3일간의 묵도(피정)에 참가한다.
신부의 달변의 설교가 그를 개심 하도록 감동을 주고, 자신의 죄를 신
부에게 고백한 뒤, 그는 신성하고 새로운 생활을 시작할 것을 결심한
다. 이 장의 절반은 벨비디어 칼리지의 학생들이 행해야 할 종교적 묵
도에 관해 거의 배타적으로 초점을 맞추는데, 그것은 특별히 아널 신
부에 의하여 행해지는 설교로서 이루어진다. 묵도의 형식은 교회의 시
간에 예시된 일정을 따르며, 학생들을 죽음, 최후의 심판, 지옥, 연옥
과 천국에 관한 일련의 명상을 통하여 개인적으로 자기를 평가하도록
인도한다. 서술적 형식은 스티븐이 자신의 지각을 통하여 설교를 추
적하게 한다. 종국에, 이러한 진술의 강조는 죄와 벌로 추락한다. 스
티븐이 자신의 병든 향락과 유사한 치명적 죄의 종말을 되새기자, 이
러한 심적 상태가 그를 후회로 이끈다. (조이스 학자인, 트랜(James R.
Trane) 교수는 아널 신부의 설교의 많은 것이 이탈리아의 지오반니 신
부가 쓴 『그리스도 교도들에게 열려 있는 지옥, 그것을 막기 위한 계
율』(1688)이란 기도서에서 유래한다고 주장한다(이 책의 영국판은 1868년
에 출판되었다).

이 장의 마지막 부분에서 특히 두드러진 현상은, 스티븐의 종교
적 위기가 클라이맥스에 달하자 일어나는 감정의 커다란 파동이다. 이
부분은 서로 대조되는 이미지들로 충만 되어 있다. 한편으로, 분뇨,
부패, 썩은 잡초, 어둠, 추한 동물과 악마의 이미지들이 충만한데, 이

들을 스티븐은 지옥과 자신의 죄 많은 영혼과 결부시킨다. 다른 한편으로, 성처녀, 고요, 성령과 그리스도는 그에게 죄 없는 영혼의 인습적 선(善)을 상기시킨다.

스티븐의 종교적 위기를 통하여, 그의 교회에 관한 그리고 신과 인간과의 관계에 관한 그의 견해가 여기서 고도로 낭만화된다. 백장미처럼 정화된 마음의 이미지는 같은 종류의 초기의 이미지들을 그에게 상기시키는가 하면, 교회는 자신의 낭만주의에 대한 유일한 일시적 피난처가 될 것임을 암시한다.

제4장

스티븐의 성실한 신앙심으로, 학교 교장은 그가 신부가 될 의향이 있는지를 묻게 한다. 스티븐 영혼의 갈등이 그의 생활의 치솟는 불만과 함께 계속된다. 최후로, 이 장의 말에서 그는 일종의 정신적 개시라 할, "새—소녀(bird-girl)의 "에피파니"를 경험한다. 이는 작품의 두 번째 비(比)극적 클라이맥스로서, 그의 행동의 전환점이 된다.

이 장에서 이야기는 스티븐이 자신의 죄를 회개하기 위한 노력 속에 자기 자신을 위해 정당화하려는 유사—피학대적(quasi-masochistic) 정체(正體)를 그가 일별함으로써 시작된다. 이러한 정체는 자기 부정의 기계적 과정에 의하여 구조(構造)되는 것으로, 육체의 치욕들이 가져오는 의도된 개화보다 오히려 그들 치욕 자체를 강조한다. 이어, 스티븐의 생각은 벨비디어 교장의 주의로 나아가는데, 후자는 스티븐에게, 특히 예수회의 회원으로서, 성직에 대한 소명의 가능성을 생각해 보도록 요구한다. 여기 스티븐의 교장과의 대화를 통해 수많은 이미지가 그의 마음을 사로잡는데, 그중에서도 자신의 과거의 생활과 성직의 특성에 대한 생각들이 최우선적이다. 이 장면은 서재에 있는 교장의 서술로서 시작된다. 여기 스티븐의 태도를 노정 하는 많은 중요한 이미지들이 있다.

> 교장 선생은 햇빛을 등지고 창틀에 서서 한쪽 팔꿈치를 갈색 차양에 기대고 있었다. 그가 다른 쪽 차양 끈을 천천히 달랑거리거나 고리 모양을 만들면서, 말을 하고 미소를 짓고 있는 동안, 스티븐은 그 앞에 서서, 잠깐 지붕 위로 서서히 사라져 가는 긴 여름 햇살 또는 천천히 교묘하게 움직이는 신부의 손가락의 동작을 눈으로 좇고 있었다. 신부의 얼굴은 완전히 그늘 속에 잠겨 있으나, 그의 뒤로부터 저물어 가는 햇빛이 그의 움푹 팬 관자놀이와 두개고의 곡선을 감촉했다.

위의 구절에서 읽듯, 휴 케너 교수는 "두개골", "빛", "차양"과 같은 중요한 단어들은 이 사건이 줄 수 있는 다양한 가변성(可變性)을 독자에게 암시한다고 지적한다. "두개골"은 소설 제1장의 교장 사무실의 그것을, 그리고 스티븐이 나중에 갖는 환멸을 회상시킨다. 신부가 그림자에 가려, 빛으로부터 부분적으로 차단된다는 사실은 교회의 어둠과 맹목(blindness)을 암시한다. 스티븐은 또한, 교장의 성의(聖衣)의 스치는 소리를 듣는데, 이는 도란 신부와 그의 회초리에 대한 초기의 장면을 반영한다. 여기 행동, 목적, 감정 등이 그들의 의미를 확장하거나 과속화 할 때, 독자는 그들의 정체를 다시 확인할 수 있다.

이들 대부분의 "상징들"은 스티븐이 마음속으로 회상하는 예수회의 행복한 인상들이지만, 그런데도 그와 교장 간 인터뷰의 진짜 의미는 판이하다. 따라서, 참된 단서는 표면의 반응에 있기보다 장면의 저변에 깔린 흐름에 있다. 이것을 포착하는 독자는, 스티븐의 교회에 대한 잇따른 거절로 스스로 경이감을 노출하지 않을 수 없다.

이상과 같은 교장의 암시는 스티븐 양심의 위기를 촉진한다. 그는 실지로 자신의 생활을 자극하는 가치에 대하여 활기찬 사고(思考)를 행사하는데, 이는 결국, 그로 하여금 자신의 인생에서 직업으로서의 종교보다 예술을 선택하게 하는 결정을 내리게 한다. 이 장에서 스티븐이 돌리마운트 해변에서 산책할 때, 그는 친구들이 부르는 자신의 이름을 듣는다. 이때, 그는 친구들과의 소외를 인식하지만, 그의 이름의 의미, 즉 공장(工匠) 다이덜러스의 예언과 태양을 향해 무모하게 치솟는 그의 아들 이카로스의 방종을 회상한다. 그의 이름은, 예술가의 소명을 알리는, 이른바 "가청적(可聽的) 에피파니(audible epiphany)"가 된다. 만일 우리가 이 소설을 철저하게 이해하려면, 이 장면을 극히 세심한 주의를 가지고 읽어야 한다. 왜냐하면, 그것이 스티븐의 심미적 발전과 그 동기를 노출하기 시작하기 때문이다. 스티븐은 여기 돌리마운트 해변에서 그의 비전을 통해서 궁극적으로 예술을 선택해야 하는 절대적 당위성을 확약하는바, 그가 향락의 감정을 자신의 글쓰기를 통해서 얼마나 절실하게 즐길 수 있는가를 마음속에 다짐하기 때문이다.

> 그녀의 영상은 영원히 그의 영혼 속으로 빠져들어 갔고, 어떠한 말도 그의 황홀경의 성스러운 침묵을 깨트리지 않았다. 그녀의 눈이 그를 불렀고 그의 영혼이 그 부름에 뛰었다. 살도록, 과오를 범하도록, 타락하도록, 승리하도록, 인생에서 인생을 다시 창조하도록! 한 야성적인 천사가 그에게 나타났던 것이니, 인간의 젊음과 아름다움을 지닌 천사, 생명의 아름다운 궁전으로부터 온 한 특사가, 한순간에 갖가지 과오와 영광의 문을 활짝 열기 위해, 그의 앞에 나타났던 것이다. 계속 계속 계속 계속!

그이 앞의 시간과 공간에 대한 비전과 함께, 스티븐의 감정은 여기 사실상 심미적이 된다. 그는 환희에 넘쳐 울부짖고 싶어 한다. 바닷가의 새(鳥) — 소녀는 그의 어머니, 메르세데스, 아이린, 성처녀, 창녀에 이르기까지, 그를 위해 그가 지금까지 알아왔던 그리고 상상했던 모든 여성의 총화요, 비전 그 자체다. 이어, 이러한 감정이 너무 힘겨운 듯, 그는 잠시 잠에 빠진 뒤(그의 수음의 결과라는 설도 있지만), 새로운 기쁨으로 깨어난다. 스티븐이 꿈꾸는 소녀의 비전은 바로 단테가 꿈꾸는 연인 비아트리체의 그것이다. 앞서 에피파니 장면들이나 이 새로운 비전의 장면들 묘사는 풍부한 이미지들 및 언어의 율동과 함께 사실상 산문이기보다 오히려 시에 가깝다. 여기 빈번한 동사의 — ing의 사용은 시간의 무상을 특징짓는 인상주의 문체 바로 그것이다(졸라 작의 『결작』에서 센 강의 풍경 묘사와 비교하라).

제5장

스티븐은 이제 유니버시티 칼리지 더블린에 등록하며, 여기 그의 17세부터 20세까지의 생의 기간을 커버한다. 스티븐의 심미 철학은 학감과 그의 급우들인 클랜리외 린치와의 대화 형식으로 펼쳐진다. 이 장에서 그는 기독교 교회, 그의 가족 및 그의 조국과의 최후의 결별을 선언한다. 작품은 소설의 최후의 반(反) 클라이맥스가 될 스티븐 망명의 찰나로서 끝난다.

서술은 스티븐의 도덕적 방향을 제시한 인습적 제도들 — 아일랜드의 민족주의, 가톨릭교회 그리고 가족으로부터의 그의 이탈을 답습하며, 그가 각 제도를 파열하는 이유를 나열한다. 그의 친구 대이빈(소설에서 스티븐이 그의 첫 이름〔성〕을 부르는 유일한 인물)에게, 스티븐은 아일랜드 민족주의 운동에 자신이 참여할 수 없음을 설명하는데, 그 이유는 자신의 의견으로는, 아일랜드의 애국적 노력을 에워싼 위선과 배신의 전(全) 역사야말로 아무리 합리적 인간이라 할지라도, 그들에 충성할 수 없기 때문이다. 스티븐의 냉소적 견해는 린치에 의해 차단당하고, 그는 여기서 때때로 학자인 채, 유머 없는 모습으로, 가톨릭교의 독선을 대치하게 될 자신의 우주의 중심으로서 심미론의 교의(敎義)를 개관한다.

유니버시티 칼리지의 다른 급우인 린치에게, 스티븐은 가톨릭의 교의를 그의 우주의 도덕적 중심으로 대치하게 될 심미론의 원칙들을 때때로 학자인 채 그리고 유머 없는 모습으로 개관하는데, 이러한 모습은 그의 냉소적 견해들에 대한 린치의 감탄성(感歎聲)에 의하여 빈번히 차단되기도 한다. 린치와 갖는 해박한 심미적 및 문학적 이론의 전개에 이어, 스티븐은 그가 지금까지 전개한 이 심미론을 실지로 자신의 시의 창작 과정을 통해 활용한다. 스티븐이 애인 엠마의 꿈으로부터 잠이 깨자, 그는 순간적으로 시적 영감을 느끼고, 이 비전에 대하여 빌러넬(19행 2운 시체)을 작시하고, 그의 마음속에 꿈의 사건들을 조람(照覽)한다. 그가 그녀의 이미지를 반성할 때, 그녀는 그가 자신의 생활에서 본 많은 여성의 몽타주를 이룬다. 그리고 동시에, 그녀는 성처녀와 연관되고, 젊은 여성과 그밖에 그늘진 모습들이 모두 6연(聯)의 시속에 묘사된다. 스티븐은 엠마 클러리에게 직접으로 말을 걸지만, 시는 이러한 경험 이상으로 한층 광범위한 언급이 있다. 시의 그늘진 여인은 스티븐이 지금까지 내내 탐색해 왔던 이상(理想) 그 자체다. 여기 언어는 장면의 아이러니를 강조하는 가운데서도 몹시 낭만적이다. 이어지는 장면에서, 스티븐은 부활절 의무를 수행함으로써 자신의 가톨릭 신앙을 공공연히 공언하지 못하는 그의 무의지(無意志)를 두고 어머니와 결별해야 했음을 그의 친구요, 막역한 동료인, 또 다른

｜제임스 조이스 문학 읽기｜

급우 클랜리에게 설명한다.

　소설의 마지막 부분은, 스티븐이 아일랜드로부터 비상(飛翔)할 준
비를 할 때, 그가 3월과 4월 사이에 쓴 일기의 형식으로 쓰인 것이다.
항목들은 아일랜드 땅에서 최근 며칠 동안 스티븐이 품었던 생각들을
다룬다. 소설의 모든 주제가 그의 출발의 찰나에 쓴 일기 속에 융합되
고 있다. 그의 일기 속의 문장들이 지금까지의 3인칭에서 1인칭의 문
체로 변형되어 쓰임은 의미심장한 일이다. 예를 들면.

　　4월 11일. 간밤에 내가 쓴 것을 읽어본다. 모호한 감정을 위한 모호한 말
　　씨들. 그녀가 그걸 좋아할까? 그럴 것 같군. 그러면 나도 그걸 좋아해야만
　　할 거야.

　아마도 이는 스티븐이 이제 그의 하느님, 가정, 조국, 애인(엠마)
및 친구(린치)로부터의 자신의 이탈이 거의 완료됨으로써, 자기 이외
대화의 대상이 없어졌기 때문일 것이요, 나아가 조이스의 작가로서의
그의 임박한 대작 『율리시스』(1인칭 "내적 독백")를 예고하는 것일 것
이다. 나중의 작품에서 보다 성숙한 스티븐은 가일층 "1인칭"의 유아
론적 자기반성(solipsistic reflexivism)에 함몰한다.

　소설은 스티븐이 파리로 가기 위해 아일랜드의 폐쇄공포적 분위
기를 벗어나, 자신이 선언하는 희망찬 외침으로 그 대단원의 막이 내
린다. "오 인생이여! 나는 경험의 실현에 백만 번이고 부딪치기 위해
떠나며, 나의 영혼의 대장간 속에서 민족의 아직 창조되지 않은 양심
을 버리기 위해 떠나가노라."

　여기 스티븐의 절규는 『피네간의 경야』의 제14장 말에서 "사랑하
는 대리자를 뒤로한 채," 커다란 사명을 띠고 이국으로 떠나가는 숀

의 그것을 닮았다. "그대의 진행 중을 작업할지라! 붙들지니! 지금 당
장! 승하라, 그대 마(魔)여! 침묵의 수탉이 마침내 울리로다! 서(西)
가 동(東)을 흔들어 깨울지니, 그대 밤이 아침을 기다리는 동안 걸을지
라……"(FW 473)

『젊은 예술가의 초상』의 진필판(眞筆版)이 조이스의 필생의 친구
요 후원자인 하리에트 쇼 위버의 관용에 의해 아일랜드 국립 도서관에
최근 소장되어 있음을 여기 부언해 둔다.

◆ 『젊은 예술가의 초상』의 몇 가지 특징들

"내적 독백(interior or internal monologue)"의 기법

이는 한 등장인물의 마음속 생각에 대한 진행의 감각을 독자를
위해 불러일으키도록 하는 서술 기법이다. "내(심)적 독백"은 논리적
전환, 구문적 및 문법적 정확성, 또는 연속적 인식의 진전에 구애됨이
없이 심상과 개념의 연속을 통한 의식을 표출한다. "내적 독백"의 외
견상 무정부적 구조는 한층 전통적 서술 접근보다 독자의 주의와 해석
의 기술에 보다 큰 요구를 두지만, 그것은 또한, 등장인물의 보다 한
층 친근한 표현이기도 하다.
이 기법의 예들은 『더블린 사람들』(예를 들면, 「자매들」의 그리고 「죽
은 사람들」의 첫 구문에서) 그리고 『젊은 예술가의 초상』(첫 서문의 아기 터
쿠의 이야기에서부터, 제5장 말의 일기체 구절에 이르기까지, 서술을 통한 한결같

｜제임스 조이스 문학 읽기｜

은 간격으로) 조이스의 초기 작품들에 나타난다. "내적 독백"은『율리시스』의 지배적 문체의 특징이다. 다양한 점들에서 서술은 이 기법을 통하여 스티븐, 블룸 및 몰리의 명상을 표현한다. "내적 독백"의 가장 길고도 한결같은 예는「페네로페」장으로, 거기 전장(全章)은 몰리의 내적 생각으로 몽땅 점령된다.

한편, 흔히들 말하는 "의식의 흐름(stream of consciousness)"은 윌리엄 제임스(William James)에 의해 그의 책『심리의 원칙(*Principles of Psychology*)』(1890)에서 신조(新造)된 말로서, 인간의 사상을 특징짓는 생각, 지각, 감정 및 회상의 흐름을 서술하기 위한 기법이다. 이 말은 잇따라 문학 비평가들에 의하여 작품들 속 인물의 생각의 흐름을 표현하기 위해 채용되었다. 비록 "의식의 — 흐름"은 "내적 독백"과 아주 비슷하여 자주 혼동되지만, 그것은 두드러진 기법적 양상들로 특정 지어진다. 이러한 혼돈의 이유는, "의식의 흐름" 또한, "내적 독백"에서와 마찬가지로, 논리적 진행이나 혹은 연속적 변전에 대해 거의 무관한 채, 토픽에서 토픽으로 급히 움직이기 때문이다. 그러나 "내적 독백"과는 달리, "의식의 — 흐름"의 필법은 문법과 구문의 기초적 법칙에 의하여 통제를 받는다. 비록 많은 비평가는 조이스를 "의식의 — 흐름" 기법과 연관시키지만, 그들의 노력을 오히려『젊은 예술가의 초상』및『율리시스』에서 "내적 독백"과 동일시하는 것이 더 정확할 것 같다.

『젊은 예술가의 초상』의 주된 기법인 "내적 독백"은 우리의 마음을 통하여 움직이는, 분명히 비조직적, 비논리적 연속의 사고(思考)들이나 이미지들을 기록한다. 이때 작가는 등장인물이 생각하는 바를 단순히 서술하는 대신, 마치 자신이 그 인물의 마음속에 있는 양 글을 쓴다. 그 결과는 "내적 독백" 또는 마음의 직접적 인용이다.『젊은 예술가의 초상』은 주인공의 실질적 "행동(action)"이 일어나고 그의 마음을 통하여 이야기 줄거리가 전개되는 기록이다. 스티븐 데덜러스의 모험은 감정적 및 지적 성질을 띰과 아울러, 참된 갈등은 그의 마음속에서 일어나고, 사고(思考)가 "행동"이 된다. 따라서, 그가 행하고 보는 것은 자신이 생각하는 것처럼 그렇게 중요하지 않다. 그의 심적 갈등은 보통 극화되지 않는다. 모든 연결 및 회상들과 함께 외적 사건이나 상황은 스티븐의 마음속에 거의 동시적으로 제시된다.

"내적 독백"과 연관하여, 우리는『젊은 예술가의 초상』에서 스티븐이 갖는 비상한 양의 산보([散步]특히 스티븐이 심미론을 토론하는 과정에서)를 유의할 필요가 있다. 왜냐하면, 이 과정 동안에 일어나는 모든 사실주의적 또는 자연주의의 외적 사항들은 그의 내적 의식을 발원하는 요인들이기 때문이다. 여기『젊은 예술가의 초상』에서 또한,『율리시스』에서와 마찬가지로, 주인공들이 답습하는 지지(topography)의 그리고 지리적 은유(geographical metaphor)의 중요성이 강조된다.

스티븐은『젊은 예술가의 초상』의 말에서 이렇게 말한다. "과거는 현재 속에 소모되고 현재는 미래를 초래하기 때문에 단지 살아 있다." 조이스는 언제나 현재에 대한 과거의 영향에 관심을 뒀다. 우리는 과거를 피할 수 없는데다가, 그것은 현대를 결정한다. 특히, 프루스트나 윌리엄 포크너 같은 20세기 그 밖에 다른 중요 작가들은 이러한 주제를 발전시켰다. 스티븐 데덜러스는, 엘리엇의 프루프록(Pru-frock) 같은 역사―의식을 지니며, 비록 그가 "나는 과거에 책임을 지지 않는다."라고 말할지라도, 자기를 둘러싸고 있는 과거의 결과를 현재에서 본다.『율리시스』에서도 스티븐은 같은 취지를 독백한다. "꼭 붙들어요, 현재와 여기를, 그들을 통하여 모든 미래가 과거로 뛰어든다."(U 153) 조이스의 글쓰기에서 과거와 현재의 이러한 만남은 "내적 독백"의 기본 양식이 된다. 여기『젊은 예술가의 초상』의 기법은 이른 바 "간접 내적 독백(indirect interior monologue)"(3인칭으로 된, 저자에 의해 서술된 과거 시제의 의식)으로, 저자가 계속 작품 속에 나타남으로써, 주인공의 성장 과정과 그의 의식을 외부 관점에서 볼 수 있게 한다. 이는 "교양 소설(Bildungsroman)"의 완벽한 기법의 하나로, 잇따른『율리시스』의 지배적 기법인 "직접 내적 독백(direct interior monologue)"과는 구별된다.

주된 "에피파니(epiphany)"(현현[顯現])의 예들

『젊은 예술가의 초상』의 제2장에서 스티븐의 두드러진 "에피파니"는 그가 코크에 있는 부친의 모교(킨즈 칼리지)를 방문했을 때, 해부학 교실의 한 책상 위에 칼로 새겨진 "태아(foetus)"라는 단어의 발견에서이다(조이스는 "에피파니"의 정의를『영웅 스티븐』에서 이미 밝히고, 이를 심미적 용어로서 현대 문학에 최초로 사용한다. 이는 아마도 그가 현대문학에 끼친 수많은 공헌 중의 하나일 것이다. 그러나 이러한 "에피파니"의 경험은 시공을 초월한 모든 작가 또는 독자가 공통으로 경험하는 "갑작스러운 정신적 계시"다). 스티븐의 마음은 이 단어, 즉 이 "가시적인 것의 불가피한 형태 (ineluctable modality of the visible)"(『율리시스』의「프로테우스」장의 스티븐의 의식에서)는 그에게 이른바, "가시적 에피파니(visible epiphany)"의 원천이 되고, 그의 부친의 부질없는 과거에 대한 비전을 그의 마음속에 불러일으킨다. 이러한 허망의 에피파니를 케너 교수는 "부정적 에피파니(negative epiphany)" 또는 "텅 빈 에피파니(empty epiphany)"라고 부른다. 조이스는 이런 현현적 경험을 40개의『에피파니 집』으로 수록하고 있다.

　『젊은 예술가의 초상』에서 다른 중요한 "에피파니"는 스티븐이 해변에 서서 미지의 한 새―소녀(bird-girl)를 바라볼 때 일어난다.

> 한 소녀가 그의 앞의 흐름 한가운데, 홀로 조용히, 바다를 응시하며, 서 있었
> 다. 그녀는 마술이 이상하고 아름다운 바닷새의 모습으로 바꾸어 놓은 사람을
> 닮은 듯했다. 그녀의 길고 가는 벌거벗은 두 다리는 학(鶴)의 그것처럼 섬세했
> 고, 에메랄드 및 한 줄기 해초가 살결 위에 도안처럼 그려놓은 곳을 제외하고
> 는 순결하게 보였다. 상아처럼 한층 부풀고 부드러운 색깔의, 그녀의 허벅다
> 리는 거의 엉덩이까지 벌거벗었고, 거기 그녀 속옷의 하얀 가장자리는 부드럽
> 고 하얀 솜털의 깃을 닮았다. 그녀의 청―회색 치마는 그녀의 허리 주변에 대
> 담하게 걷어 올려졌고, 그녀의 뒤쪽에 비둘기 꽁지 모습이었다. 그녀의 가슴은
> 한 마리 새의 그것처럼, 부드럽고 가냘프고, 어떤 검은―깃털을 한 비둘기의
> 가슴처럼 가냘프고 부드러웠다. 그러나 그녀의 길고 아름다운 머리칼은 소녀
> 다웠으니, 그녀의 얼굴 또한, 소녀다웠으며, 인간적 미의 경이로 감동되어 있
> 었다.

여기 스티븐이 바라보는 소녀는 "바닷새", "학", "비둘기", "상
아", "청―회색" 등 새의 이미저리와 함께 "상아", "하얀", "청색"
등 성모 마리아의 색깔을 띠고 있다. 기독교적 세례의 특질을 지닌 바
닷물의 이미저리(imagery)와 함께, 이는 그에게 예술을 위한 임박한 정
신적 재생과 미래의 상징이 된다. 이 새―소녀야말로 그가 자신을 둘
러싼 인습적 제도의 올가미에서 미래 세계를 향해 재생의 날개를 펼칠
순간이 다가왔음을 알리는 "현현"이다.

또 다른 중요한 "가시적 에피파니"의 예는, 작품의 제5장 초반에
서, 스티븐이 도서관 층계에 서서, 지팡이에 몸을 기댄 채, 머리 위로
나는 새를 바라볼 때 일어난다. 여기 새들의 비상 패턴은 그에게 자기
자신의 예술가로서의 미래의 비상, 밀랍 날개의 제조자인, 위대한 공
장 다이덜러스, 그리고 지혜와 언어의 신인, 토드 신을 암시하는 마음
속의 현현이 된다(스티븐은 『율리시스』의 도서관 장면 말에서 이를 다시 회상

|제임스 조이스 문학 읽기|

하거니와). 그가 새들을 볼 때, 그들은 스웨던 보그의 그들과의 지적 대응을 회상시킨다. 이러한 연상의 한복판에서, 스티븐은 창조자요 언어의 제작자인 자기 자신을 예견한다.

이상과 같은 "가시적 에피파니"의 예들에 이어, 다음에 스티븐의 "가청적 에피파니(audible epiphany)"의 예를 하나 들어보자.

> — 이봐, 스테파노스(Stephanos)!
> — 여기 데딜러스가 온다!
> — 아유!…… 애, 이러지 마, 드와이어, 글쎄 이러지 마라니까, 자꾸 이러면 입을 한 대 갈길 테다……오!
> — 잘한다, 티우저! 그를 물에 처넣어!
> — 이리 와 데딜러스! 보우스 스테파노우메노스(Bous Stephanoumenos)! 보우스 스테파네포로스(Bous Stepha- neforos)……!

스티븐이 돌리마운트 해변을 거닐 때 그는 수영하는 아이들로부터 이상과 같은 자신의 이름을 조롱하는 고함을 듣는다. 이 구절에서 "스테파노스"는 기독교 최초의 순교자 이름이요, "보우스"는 풍요의 상징이자 대표적 희생물인 "황소"란 뜻이다. 그리고 "스테파노누메스"는 "왕관을 쓴", "스테파네포스"는 "화환을 두른"이란 뜻의 그리스어이다. 스티븐은 귀를 통한 이러한 "가청적 에피파니"를 들음으로써, 자신의 이름이 그가 봉사할 목적의 예언, 예술가의 상징과 생의 소명임을 확신하게 된다.

이상과 같은 조이스의 "에피파니들"은 인간의 5관(시각, 청각, 촉각, 후각, 미각)을 통틀어 발원되는 것으로, V 울프의 말대로, "수많은 원자의 끊임없는 소나기(the incessant shower of innumerable atoms)"의 촉매작용에 의한 것이다. 이러한 에피파니의 경험들은 모든 감수성의 사람들이 경험하는 현상으로, 조이스는 단지 이를 기독교의 인유를 통하여 특별히 명칭화했을 따름이다. 예를 들면, 조이스의 이전 — 작가인 도스토옙스키는 그의 『백지』에서 당나귀의 울음소리를 "가청적 에피파니"로, 조이스의 이후 — 작가인 카뮈는 그의 『이방인』에서 목사의 설교하는 모습을 "가시적 에피파니"로 각각 매개한다.

신화 구조(mythical structure) 및 역사적 원형(historical archetype)

『젊은 예술가의 초상』의 신화적 내용은 『율리시스』나 『피네간의 경야』와 비교할 때 비교적 박약하지만 우리는 여전히 이 작품에서 이 기법의 토대를 발견할 수 있다. 스티븐의 최후의 이름인 데덜러스는 신화와 상징이 이야기에 도입되는 발단이다. 조이스는 다이덜러스와 이카루스의 신화를 『젊은 예술가의 초상』을 위한 일종의 배경 막(backdrop) 또는 등뼈(backbone)로서 사용한다.

우리가 회상하는 다이덜러스는 고대 희랍 지중해 영인 크레타(Crete) 섬의 천부의 건축가였는바, 그는 괴물 미노타우로스(Minotaur)를 감금하기 위한 장소로서 미궁(로)을 설계하도록, 미노스(Minos) 왕에 의하여 위임받는다. 다이덜러스는 미궁을 너무나 정교하게 고안하기 때문에 누구도 그로부터 도피는 사실상 불가능하다. 그러나 왕과의 불화 속에 빠지면서, 다이덜러스 자신도, 그의 아들 이카루스와 함께, 궁극적으로 그곳에 투옥된다.

이 "유명한 공장(工匠)" 다이덜러스는, 그가 이 미궁에서 풀려날 수 없게 되자, 그들의 도피는 육지와 바다에 의해 제지되어 있지만, 하늘은 자유로이 열려 있다고 그의 아들 이카루스에게 설명한다. 그는 두 쌍의 날개를 고안하고, 이를 사용하여 아들과 자신이 미궁에서 그리고 크레타로부터 탈출한다. 그러나 다이덜러스는 그의 아들에게 너무 높이 날라 날개를 붙인 풀(膠) 또는 밀랍이 태양열에 녹아, 추락하지 않도록 경고한다. 그러나 이 열혈아는 넘치는 자만심으로, 너무 높이 치솟아, 바다에 빠져 죽는다.

조이스의 상징적 언어에서, 더블린은 한 현대의 미궁(미로)이요, 스티븐이 그로부터 도피하지 않으면 안 되는 감금의 장소이다(재차 『더블린 사람들』의 "폐쇄 공포증"의 주제). 이 도시는 그에게 제약과 정신적 마비의 초라하고 불결한 세계를 대표한다.

『젊은 예술가의 초상』에서 조이스는 스티븐을 신화의 고대 영웅과 병치시킴으로써, 과거와 현재의 평행을 도모한다. 이의 신화 구조의 방법을 T. S. 엘리엇은 그의 유명한 논문 「율리시스, 질서와 신화(Ulysses, Order and Myth)」(1923)에서 "현재와 과거의 계속된 평행을 도모함으로써, 조이스씨는 다른 사람들이 뒤이어 추구해야 할 방법을 추구한다……그것은 통제와 질서의 방법이며, 현대의 역사인 무위와 무정부의 거대한 파노라마에 형태와 의미를 부여하는 방법이다."라고 설파한다. 여기 신화 구조의 의미가 구체화되어 있다.

"스티븐(Stephen)"의 이름은 기독교 최초의 순교자(protomartyr)인, 성 스티븐(St. Stephen)을 또한, 함축한다. 예술가인 스티븐은 자신이 말한 대로, "상상의 사제(교회의 사제 대신)"요, 대중의 박해로부터 소외와 오해를 받는 한 순교자인 셈이다. 그는 자신의 예술 창조를 위해 순교자로서 자기희생의 능력을 발휘한다. 따라서, "스티븐 데덜러스"는 희랍 신화와 기독교의 요소들의 분명한 결합이요, 이는 소설의 전체 구조를 형성한다. 조이스는 그의 주인공을 위한 신화적 및 기독교적 유추를 암시함으로써, 상징주의 기법을 사용하여 작품의 구조(도)를 달성하고 있다(비평가들은 스티븐의 미로적 더블린을 성서에서 모세의 "구속의 집"인, 이집트와 비교하기도 한다).

『젊은 예술가의 초상』에서 스티븐 데덜러스의 예술가적 성장의 여정은 인간의 서사적 원형의 의미와 경험을 띠는데, 예를 들면, 괴테의 위대한 작품『파우스트』의 주인공 파우스트의 지적 탐색을 우리에게 상기시킨다. 스티븐과 파우스트의 탐색은 본질적으로 내적이요, 양 작품들에서 그들은 인간 지식의 심연을 탐색해야 하는 운명 속에 있다. 스티븐은 그가 유럽으로 비상하기 전에, 자기 탐색의 목표를 성취하기 위해 아일랜드와 그 사회의 미로(궁)를 인식해야 한다. 파우스트는 그가 자신의 "저주하는, 벽돌에 갇힌, 객실의 구멍"으로부터 도피할 수 있기 전에, 그의 죽음의 상태인 미로를 인식하지 않으면 안 된다. 두 탐색에서 양자는 자기 자신들을 초월하여 도달해야 하는 욕망을 지닌다. 파우스트는 초인간적이요 초자연적 지식을 가질 것을 욕망하는 가하면, 스티븐은 위대한 예술 작품을 위한 거의 초인적 창조자, 공장(工匠)이 되기를 욕망한다.

파우스트와 스티븐은 양자 다 같이 "거짓 울혈(false stasis)"(거짓 정적 상태 또는 안정 상태)의 순간들을 경험한다. 『발푸르기스의 밤』의 파우스트는, 오우박의 지하실에서 그리고 마녀의 부엌에서 난취(爛醉) 장면의 인간 조건을 목격한다. 그는 마가렛과의 연애 사건에서, 이 "거짓 울혈"을 경험한다. 스티븐 역시 세속적인 지식을 경험함에, 한 매음녀와의 "거짓 울혈" 속으로 추락한다. 고전적『발푸르기스의 밤』의 파우스트 자신은 헬런과의 사건에서 일종의 울혈을 성취하지만, 그는 유포리안의 죽음에서 다시 "거짓 울혈" 속으로 몰락한다. 스티븐은 유월절의 축하에서 자신의 통회(痛悔) 뒤에 다가온 "거짓 울혈"을 경험한다. 그러자 그는, 파우스트처럼, 자신이『젊은 예술가의 초상』의 제4장에서 인식하게 되는 "신화적 미로" 속으로 다시 떨어진다. 파우스트는 마침내 바닷가에서 "방해받지 않은 광경"과 더불어, 일시적 울혈을 성취하지만 시가 끝나자, 그는 이내 사망한다. 그리하여 독자는 자신의 영혼이 날아간 "장소"에서 그가 울혈을 성취할 것이라 추단(推斷)한다.

스티븐 역시, 파우스트처럼, "장소"를 탐색하고 있다. 그는 자신의 울혈이(창조자인 예술가로서) 조국, 가족, 종교 및 정치의 "그물"을 탈피하는 "장소"일 것이라 인식한다. 그는 아일랜드를 한 예술가에게 필요한 것으로 간주하는 "정교한, 자유의 정신"을 위배하는 "함정"이라 생각한다. 독자는 재차, 파우스트에서처럼, 한때 다이덜러스 식의 비상을 감행했던 스티븐이, 한층 견고한 울혈을 성취할 것이요, 오직 "자신의 마음을 미지의 세계로" 헌납할 수 있으리라 추측한다. 양자의 탐색에서, 여정은 본질적으로 자기에 대한 실현과 세계와의 관계를 위한 한 내적 전환이다.

스티븐의 탐색은 또한, 호머의 『율리시스』의 그것과 평행 될 수 있을 것이다. 오디세우스의 탐색은 스티븐의 그것보다 한층 "외적" 또는 "동적(kinetic)" 의미가 있지만, 자신을 위한 "내적" 또는 "정적(static)" 탐색의 의미를 띤다. 전자는, 사실상, 미래의 역할을 위해, 그의 고국 이타카의 통치를 위해, 훈련된다. 스티븐 역시 마찬가지로, 공장(工匠)의 역할, 예술 작품의 창조를 위해 훈련된다. 오디세우스는 그가 다양한 신들과 매혹 자들과의 이국적 모험으로 봉착하는 일련의 사건들로부터 훈련을 받는다. 스티븐은 조이스가 통찰력이라 부르는 일련의 에피파니들에 의하여 훈련된다.

여기 스티븐처럼, 오디세우스는 궁극적, 한층 만족스러운 울혈을 획득하기 위한 내적 격려를 부여받는다. 오디세우스 역시 스티븐이 매음녀에 의해서처럼, 여신들과 매혹녀들에 의해서 "거짓 울혈"을 감수하도록 유혹된다. 그러나 양자는 그것을 초월한 다른 어떤 것을 탐색하기 위하여 이 "거짓 울혈"을 거절한다. 오디세우스의 한층 즉각적인 목표는 그의 충실한 아내, 페넬로페와 재회하는 것이요, 스티븐의 그것은 예술적 정신을 위한 부수적 육체의 자유를 성취하기 위해 아일랜드라는 그물로부터 그의 육체를 해방시키려는 것이다. 『젊은 예술가의 초상』(심지어 『율리시스』)에서 스티븐의 탐색 여정은 인류 공통의 원형적 의미가 있는바, 이는 이상에서 보듯, 비단 파우스트나 오디세우스의 것에 한정되지 않는다. 인류의 문학은, 엘리엇의 『황무지』에서 기사의 성배 탐색을 비롯하여 멜빌 작 『모비 딕』의 아하브 선장, 포크너의 주인공들의 그것들처럼, 비슷한 종교적, 성서적, 신화적 및 역사적 탐색의 유형을 지닌다.

『젊은 예술가의 초상』의 구조는 많은 비평가의 흥미를 자극해 왔다. 어떤 이들은 작품의 제4장을 클라이맥스로서, 그리고 제5장을 디미누엔도(점점 약해지는)로서, 아리스토텔레스의 5막 — 극적 구조로서 일치시켜 왔다. 다른 구조적 해석들은 소설을 단테의 『신곡』의 구조와 유사한 것으로 또는 성 이그너티우스의 『정신적 훈련(Spiritual Exercises)』에 입각한 구조로서 보아왔다. 『젊은 예술가의 초상』의 구조에 관한 한 어떤 해석을 내리든 간에, 주목해야 할 점은 각 장의 종말을 향한 스티븐의 발전이 "크레센도"로 단계를 대표한다는 점이다. 최후의 장을 제외한 모든 장은, 휴 케너 교수가 암시한 대로, 잇따른 장들에 의해 단지 역전(逆轉)되는, 울혈(정신적 안정)과 균형의 기미로 끝난다. 각 장의 종말에서 스티븐은 신분과 이해를 위한 탐색에서 장애를 극복한 것처럼 보인다. 그러나 그가 매달리는 그리고 일시적 평화를 제공하는 각 기관 또는 사람은 그것의 함정에서 한층 정교한 다른 그물을 짜고 있다.

미궁(로)의 이미지들은 소설 구조의 중심이 된다. 여기 우리가 주

|제임스 조이스 문학 읽기|

목해야 할 것은 스티븐의 최후의 미로적 감금은 자기 자신이란 사실이다. 제5장까지 스티븐은 자기 자신을 모든 외부적 연루(얽힘)로부터 차단해 왔으나, 그렇게 함으로써 오히려 그는 인정(人情)으로부터의 스스로 고립, 즉 자기 자신 주변에 새장을 구축해 놓았다. 작품의 종말에서, 그는 모든 외적 교제가 무실하게 되었기 때문에, 자신의 1인칭 일기로 돌아가야 한다. 그는 예술의 고사제(高司祭)인 공장(工匠) 역시 인간—신이라는 사실을 잊은 듯하다. 결국, 스티븐의 비상은 가정, 조국 및 종교의 그물로부터 뿐만 아니라, 그의 "나는 타자와는 다르다."라는 기존의 자존심으로부터의 이탈이기도 하다. 엘리엇의 주인공처럼, 자아의 감옥의 열쇠를 쥔 자는 바로 자신이요, 그는 스스로 동정의 손을 뻗어야 한다. "동정하라(Dayadhvam)!"

스티븐의 심미론(aesthetic theory)

스티븐이 『젊은 예술가의 초상』 제5장에서 설명하는 예술이론(심미론)은 부분적으로 아리스토텔레스와 아퀴나스의 작품에 기초하는데, 그의 이론은 다음의 본질적 원칙들을 주장한다. (1) 예술은 미의 형식적 리듬에 의하여 야기되고, 평온한 특질에 의하여 유발되는 일종의 "정적 상태(stasis)"(울혈)다. 그런고로 참된 예술은 모든 윤리적 사고로부터 구별되며, 따라서 선과 악은 욕망이나 증오의 "동적(kinetic)" 감정으로 우리를 움직이게 한다. (2) 심미적 미의 3가지 특질은 전체성(integritas, wholeness), 조화성(consonantia, harmony), 그리고 광휘성(claritas, radiance 또는 quidditas)이다. (3) 예술의 3가지 단계는 서정적(lyrical), 서사적(epical) 및 극적(dramatic)이다. 여기 심미론에 대한 부수적 설명은 다음과 같다.

(1) 스티븐은 그의 친구 린치에게 예술의 정의를 형식화하고, 토

마스 아퀴너스의 말로 "정적 상태"(stasis)와 "동적 상태"(kinesis) 간의 차이를 계속 설명한다. 예술은 관찰자에게 "정적 상태"를 생산해야 한다. 즉 그것은 심적 감각의 목적이 아니라 만족을 탐색한다. 예술은 "동적 상태"가 되어서는 안 되는지라, 즉 그것은 욕망이나 혹은 증오 같은 감정을 생산해서는 안 된다.

스티븐은 린치에게 아리스토텔레스의 『시학』(Poetics)에 관해, 특히 "연민"(pity)과 "공포"(fear)의 두 단어에 관해 토로하는데, 그에 의하면, 예술 작품과 직면한 마음은 명상, 심미적 "정적 상태"에서 포착된다는 것이다. 이 상태에서 마음은 "욕망과 증오 위에 솟는다."

여기 복잡한 철학적 토론에도, 스티븐은 여기 유머가 없지 않다. 즉, 린치가 그에게 만일 자신이 "어느 날 박물관에서 프라시텔레스의 비너스상의 엉덩이에 연필로 내 이름을 쓴다면," 그런데도 조각상이 그에게 "정적 상태"를 생산하지 않으면, 이를 욕망이라 할 수 있는지를 묻자, 스티븐은 자신이 예술 작품에 반응하는 정상적 특질에 관해 이야기하고 있을 뿐이라고 대답한다. 그는 예술은 동적 혹은 육체적인 것을 초월한 것을 우리 속에 자각시키기 때문에, 그것은 "이상적 연민 혹은 이상적 공포"라고 말하며, 다음과 같이 주장한다.

> 예술에 의해 표현되는 미는 우리의 마음속에 동적 감정이나 단순히 육체적인 감정을 불러일으킬 수 없어. 미는 일종의 심적 정지 상태, 일종의 이상적 연민 또는 이상적 공포, 이른바 내가 말하는 미의 음률에 의하여 환기되고, 지속되며, 마침내는 해소되는 정지 상태를 일깨우거나 일깨워야 하고, 또는 유발하게 하고 유발해야만 하는 거야.

스티븐은 린치에게 미와 진리는 관찰자의 마음속에 "정적 상태"를 생산한다고 설명하고, "미는 진리의 광휘"라는 플라톤의 말을 인용한다.

│제임스 조이스 문학 읽기│

(2) 이어 스티븐은 린치에게 심미적 미의 3가지 특질, 즉 "전체성," "조화성," 및 "광휘성"을 토론한다. 한 개의 바구니를 사용하여, 그는 미의 인지를 위해 필요한 이 3가지 특질을 상술하는바, 첫째로, 우리는 바구니를 하나(전체성)로서 보며, 둘째로, 우리는 그것을 부분들(개체들)로 된 한 개의 개체로 인식하고, 마지막으로, 우리는 그것이 바로 그 자체요, 다름 아닌 "바구니"로 본다.

미의 3가지 인식 단계를 스티븐의 예술가로서의 성장과 관련하여 생각해 보면, 첫째로, 그는 주변의 세계와 동떨어진 한 개인으로 존재한다(전체성). 둘째로, 우리는 그의 성품을 한 부분 또 한 부분, 전체와 연관하여 발굴한다(조화성). 마지막으로, 우리는 그가 다른 사람 아닌 그 자신(됨됨이, 본질)임을 본다(광휘성). (3) 이어 스티븐은 문학의 3가지 기본적 형식, 즉 "서정적", "서사적" 및 "극적"에 대하여 토론한다. 첫째로, "서정적" 이미지는 예술가가 자기 자신과 직각적 연관 속에 제시된다. 둘째로, "서사적" 이미지는 예술가와 타자들과의 직각적인 연관 속에 제시된다. 마지막으로, "극적" 이미지는 타자와의 직각적인 연관 속에 제시되며, 예술가의 개성은 존재를 감추고 정제(淨濟)된다(비개성적).

우리는 미의 3가지 형식을 또한, 스티븐의 한 개인으로서 성장하는 3가지 단계와 연관 지어 생각할 수 있다. 즉, 첫째로, 그의 유년 시절의 서정적 단계 동안에 만사가 그 자신에게 연관되고, 모든 표현은 자기중심적 개성에서 울려 나온다. 둘째로, 그의 청년기에는 타인을 의식하고, 그의 가족, 그의 친구들, 그의 학교 선생들과의 직접적 연관 속에 살며 부모와 거리의 여인들 및 신부들과의 어울려 살기 위해 스스로 적응시키려고 노력한다. 마지막으로, 그는 극적 상황, 즉 한 사람의 행동 예술가로서 승화한다.

저자의 비(몰)개성화(im[de]-personalization) 이론

스티븐의 예술가 역할에 대한 요점은 작품과 그의 관계에 대한 것으로서, 그에 의하면, 예술가는 자신의 작품을 통제하되, 언제나 그로부터 순화되고, 작품과 유리되어 있어야 한다는 것이다. 스티븐이 앞서 미의 3가지 형태를 계속 설명할 때, 그가 제기하는 가장 중요한 요점 중의 하나는 자신의 작품과 관련하여 예술가의 비(몰)개성화요, 이 말은 예술가는 제도적, 민족적 또는 종교적 모든 유대로부터 완전히 자유로워야 함을 의미한다. 그렇지 않고는 예술가는 창조에 필요한 예술적 양심을 소유할 수 없다. 스티븐의 유명한 몰개성의 지론은 다음의 유명한 구절이 대변한다.

> 예술가는, 창조의 하느님처럼, 그의 수공품 안에 또는 뒤에 또는 그 너머 또는 그 위에 남아, 세련된 나머지, 그 존재를 감추고, 태연스레 자신의 손톱을 다듬고 있는 것이다.

언어

20세기에서 어떠한 작가도 조이스만큼 언어와 말(단어)에 더 많은 흥미 그리고 그에 대한 실력을 갖춘 작가도 아마 없을 것이다. 그는 『젊은 예술가의 초상』에 이어, 『율리시스』와 뒤에 『피네간의 경야』를 계속 썼는데, 이들 작품은 우리 시대에서 언어의 가장 현저한 과시로서 존재한다. 심지어 『젊은 예술가의 초상』에서, 언어에 대한 조이스의 관심은 재빨리 분명하다. 스티븐은 이 작품에서, 예술의 방법이요, 그것의 초월적 힘인 말을 포착하려 무던히 애쓴다. 그는 작품의 제5장에서 이러한 감정을 다음과 같이 표현한다.

한 가닥 부드럽고 유동적 기쁨이 부드럽고 긴 모음들이 소리 없이 부딪치며 깨지는 말들을 통해 흘렀나니, 밀려오거나, 되돌아 흐르면서 그리고 묵묵한 선율과 묵묵한 울림, 그리고 부드럽고 나직한 이울어지는 외침 속에 그들의 파도의 하얀 종들을 흔들면서. 그리고 그는 회오리치며 돌진하는 새들한테서 그리고 그의 머리 위의 파리한 하늘의 공간에서 그가 찾으려 했던 전조(前兆)가 석탑에서 날아온 한 마리 새처럼, 조용히 그리고 날쌔게, 그의 마음으로부터 솟아 나왔음을 느꼈다.

위의 글에서 우리는 이 구절의 조심스러운 음률과 음이 작가가 사용한 언어의 섬세하고 의식적인 용도를 얼마나 재치 있게 들어내고 있는지를 인식한다.

조이스는 말과 그 기법의 대가였다. 바로 그의 주인공 스티븐이 말들의 힘과 삶을 변형하는 그들의 능력을 인식하게 되듯, 조이스는 언어를 새로운 형태로서 작동하고 예술로서 문학의 차원을 높이기 위하여 언어를 계속 실험했다. 단어 자체가 조이스의 작품에서 수많은 변화를 초래한다. 예를 들면, 조이스는 보통 부사인 것을 동사로, 통상 명사인 것을 부사로 사용하기도 하는데, 예를 들면, 『율리시스』에서 "거의(almost)"(부사)는 "거의 다되다(almosting)"(동사)로, "비스킷(biscuit)"(명사)은 "비스킷을 채운 채(biscuitfully)"(부사)가 된다. 심지어 단어의 변화 이상으로, 그는 단어의 음을 강조하기 위하여 구문상으로 언어를 수식하기도 한다. 조이스는 자신의 산문 속에 의성어 및 많은 다른 시적 방책을 사용한다. 그는 자신 속에 충분한 사실주의를 품고 있었기 때문에, 그의 경험을 가능한 밀접하게 그러한 경험을 반영하는 단어들로서 표현하기를 원한다. 플로베르의 정확성을 가지고, 그는 언어와 소리의 세련미를 통하여 정확한 의미를 구사하려고 애쓰는데, 예를 들면, 『율리시스』에서 고양이가 소리를 낼 때, 그것은 전통적인

"미야옹"이 아니라, 한층 세련되고 한층 의미심장한 "밀크야옹"(우유
를 원하는 고양이의 배고픈 소리)이 된다. 조이스에게 단어들은 살아 있으
며, 그들은 인간의 경험을 재생산한다. 그들은 그런고로 정확해야 하
고, 동시에 그들이 자연을 반영할 때, 인생의 소재로부터 조각되는 그
들의 의미론적 의미를 초월하여 표현되어야 한다.

　조이스의 언어에 대한 전대미문의 구사 및 신조어를 비롯한 새로
운 실험은 그의 최후 작『피네간의 경야』에서 그 극한까지 나아간다.

◆ 중요 등장인물들

　우리는『젊은 예술가의 초상』에서 스티븐 데덜러스의 존
재가 너무나 크고 지배적이기 때문에, 대부분의 다른 인물들은
극히 작다고 느낀다. 그럼에도, 그 많은 자는 그들 자신을 위해
서 보다, 그들이 얼마나 스티븐에게 영향을 주는가에 따라 중
요하다. 따라서 스티븐과의 그들의 관계는 그의 개성과 성장에
다양한 영향을 끼친다.

스티븐 데덜러스Stephen Dedalus

　『젊은 예술가의 초상』에서 스티븐 데덜러스는 주된 인물
이요, 작품은 세상에서 그의 위치 및 인생에서 그의 소명을 탐
색하는 과정을 다룬다. 그는 때로는 오만하고 교활하며, 때로
는 자의식적 및 극도로 자만심이 센 젊은이다. 그는 조야하고

주변 인물들과 무관하지만, 동시에, 그의 노력은 참되고 몹시도 고무적이다. 그는 자기 자신에게 정직하려고 무던히 애쓰며, 한층 중요하게도, 정신적으로 생생하게 살아 있다. 실지 생활에서, 그는 혼란스럽고 흥분하기에 십상이지만, 그의 뛰어난 지력은 우리에게 감동적이다. 세계 문학 사상, 햄릿 이래 한 허구의 인물로서, 스티븐만큼 잘 묘사되고, 그만큼 많이 이해되는 인물도 드물 것만 같다.

메리 데덜러스Mary Dedalus

스티븐의 어머니, 신앙심이 두텁고, 오랫동안 병고로 고통받는 여인이다. 비록 그녀는 소설의 배경에 머물러 있지만, 스티븐에게 한결같이 영향을 주는 인물이다. 그러나 그녀의 가정의 재정적 문제와 많은 아이의 양육은 스티븐과의 밀접한 관계를 위한 기회를 그녀로부터 박탈한다. 그녀는『젊은 예술가의 초상』에서 보다『영웅 스티븐』에서 한층 두드러지게 묘사되는데, 우리는 뒤에『율리시스』에서 스티븐이 온종일 그녀의 죽음으로 심한 양심의 가책을 느끼는 것을 알게 된다.『율리시스』의 환각 장면에서 우리는 그녀의 환영이 스티븐을 덮쳐 오는 장면을 소름 끼치듯 생생하게 느낀다.

사이먼 데덜러스Simon Dedalus

스티븐의 아버지로서, "어이 — 잘 — 만났다 — 친구" 하는 호탕한 인물(『율리시스』의「배회하는 바위들」에피소드〔10장〕, 제14 삽화 참조). 그는 사이비 정치가요, 스스로 "호인"으로 여겨지기를 바라고 있다. 아들 스티븐에게 사이먼은 아일랜드 부패의 상징을 대표하며, 그에 대한 아들의 감정은 혼합적이다. 즉, 아버지에 대한 그의 애정은 연민과 당혹감이요, 그러나 동시에 그는 아버지가 의미하는 많은 것들에 의하여 불쾌하게 여긴다. 조이스가 스티븐 아버지의 이름을 "사이먼(Simon)"이라 선택한 이유에 대하여 캐이 교수(Julian B. Kaye)는 그의 논문「성직매매, 세 사이먼 및 조이스의 신화(*Simony, the Three Simons, and Joycean Myth*)」(마빈 마가래너 편[編]. 『제임스 조이스 논문집』[뉴욕. 고탬 북 마트. 1957] 참조)에서, 이 이름을 성직 매매(simon)의 종교적 죄와 연결하는데, 『더블린 사람들』의「자매」에서 보여주듯, 이는 본질적으로, 성직자가 그의 물질적 향락과 이익을 위해 자신의 정신적 재능을 매매하는 것을 의미한다. 『젊은 예술가의 초상』에서 스티븐은 아버지의 속성을 길게 도열한다. "의과 대학생, 보트 선수, 테너 가수, 아마추어 배우, 고래고래 고함치는 정객, 소지주, 소 투자가, 술꾼, 호인, 이야기꾼, 남의 비서, 양조업계의 유지, 수세리, 지금은 파산자로서 자신의 과거를 찬미하는 자."

댄티 리오던Dante Riordan

신앙심이 두터운 스티븐의 어린 시절 가정교사로서, 그녀는 『젊은 예술가의 초상』의 제1장에서 크리스마스 만찬에 사이먼 데덜러스 및 케이시와 피넬을 두고 격렬한 논쟁을 벌인다. "단티(Dante)"라는 이름은 스티븐의 "안티(Auntie)"라는 유년시절의 잘못된 발음에서 유래하지만(전출), 거기에는 아이러니한 상징적 의미를 담고 있다. 즉, 그녀는 단테(Dante)의 『신곡』에서 묘사되는 성스러운 로마 가톨릭교의 권위를 스스로 더럽히

|제임스 조이스 문학 읽기|

는 한 퇴폐적 존재로서 부각되고 있기 때문이다. 이는 조이스가 시성(詩聖)(단테)이 노래한 것을 이제는 오만하고, 좌절된 여인의 감정적이요 병적 흥분으로 축소하고 있음을 암시하는 듯하다. 이처럼, R. 엘먼은 조이스의 전기 『제임스 조이스』에서, "단티"의 원형으로 이바지한 이 여인에 대한 흥미로운 배경 지식을 우리에게 제공한다(엘먼. 23~5쪽 참조).

존 케이시John Casey

『젊은 예술가의 초상』의 제1장에서 크리스마스 만찬에 초대되는 사이먼 데덜러스의 이웃 친구. 케이시는 파넬을 옹호하고 교회를 비난하는 과격한 이단적 애국자이다. 그는 아일랜드 정치에서 교회의 역할, 특히 리오단 부인의 파넬에 대한 교회의 비난에 대해 그녀와 심한 다툼을 벌인다. 조이스의 아버지 존 조이스의 친구인, 피니언 당원 존 켈리(Kelly)가 그 모델이다.

클랜리Cranly

그는 세계의 개혁에 흥미를 느낀 이상주의자로서, 한때 스티븐의 제일 가까운 친구였다. 그로부터의 스티븐의 결별은 스티븐이 아일랜드로부터 이탈하는 최후 단계를 의미했다. 앤더슨(C.G. Anderson) 교수는 그의 "희생의 버터(The Sacrificial Butter)"라는 논문에서, 『젊은 예술가의 초상』의 제1장에서 클랜리는 스티븐 — 그리스도에게 유다 역을 행사함을 지적한다(Accent 12〔1952〕, 3~13쪽 참조, 『조이스와 그의 세계〔James Joyce and His World〕』의 저자) 클랜리의 원형은 번(J.F. Byrne)으로, 후자는 그의 자서전에서 자신은 조이스에 의해 할당된 종교적, 인습적 역할보다 훨씬 괴벽하고 독창적 인물이라 서술한다.

대이빈Davin

그는 더블린의 유니버시티 칼리지에서 스티븐의 젊은 동료 학생이다. 스티븐이 "농부 학생"이라 부르는 그는 아일랜드 민족주의자요, 애국자다. 대이빈은 점잖고 원기 왕성한 듯 보이며, 조국의 청년을 대표하지만, 과거의 풍요와 찬미에 더 연관되어 있다.

린치Lynch, Vincent

더블린의 유니버시티 칼리지에서 냉소적이요, 기지가 넘치는 린치는 스티븐의 절친한 친구로서, 『영웅 스티븐』에서 여인들과 가톨릭교회에 대한 다이덜러스의 철학적 토론을 위해 일종의 공명상자(共鳴箱子) 구실을 한다. 『젊은 예술가의 초상』의 제5장에서 그는 심미론에 대한 스티븐의 설명을 청취한다. 『율리시스』의, 특히 '태양신의 황소들' 에피소드(상과 병원 장면)에서, 린치는 한층 적대적 위치를 취한다. 스티븐의 세대, 그의 업적이 궁극적으로 측정되는 그룹의 한 대표적 인물로서, 린치는 스티븐이 아직 달성하지 못한 것에 대한 한 상기 자로서 역할을 한다. 『율리시스』의 밤의 환각 장면(제15장)에서 린치는 홍등가의 벨라 코헌에 의해 경영되는 창가까지 스티븐을 동행하지만, 후자가 거리에서 두 영국 군인들과의 대결에 휘말릴 때 스티븐을 저버린다. 린치의 원형은 조이스의 친구 코스그레이브(Vincent Cosgarve)로서, 그는 조이스가 실제로 한때 싸움에 휘

｜제임스 조이스 문학 읽기｜

말렸을 때, "호주머니에 손을 곶은 채" 방관하며 서 있었다. 여기 조이스의 분개함은 아마도 "린치(사형[私刑])"라는 이름의 선택에서 암시된다.

E. C.

『영웅 스티븐』에서 그녀는 엠마 클러리로 불리는 데 반해, 『젊은 예술가의 초상』에서 단지 생략된 이름으로 불리는 것은 그녀가 이 작품에서 행하는 그늘진 역할을 암시한다. 비록 그녀는 이따금 스티븐의 마음속에 있긴 하지만, 한 인물로서 결코, 출현하지 않는다. 그러나 그녀에 대한 스티븐의 반성은 중요한 것으로, 『젊은 예술가의 초상』의 제5장에서 스티븐의 빌러넬의 에로틱한 원형이 된다.

『율리시스』

해설

　　『율리시스』는 조이스의 유사—영웅 서사시적 소설 (mock- heroic epic novel)로서, 작품의 주된 인물들인 리오폴 블룸(leopold Bloom)과 그의 아내 몰리 블룸(Molly Bloom) 및 한 젊은 예술가 스티븐 데덜러스(Stephen Dedalus)라는 3 더블린 사람들의 생활에서 하루(1904년 6월 16일)의 사건들을 다룬다. 이 6월의 하루는 오늘날 많은 사람에게 주인공의 이름을 딴 "블룸의 날(Bloomsday)"로서 알려졌다. 조이스의 40번째 생일(1922년 2월 2일)에 출판된, 『율리시스』는 20세기 문학의 한 이정표인 동시에, 현대 세계 소설사에서 한 분수령이요, 『피네간의 경야』 다음으로, 조이스의 가장 혁신적이요 창의적 노력을 대표한 수작이다.

◆ 배경과 출판의 역사

　　조이스는 1914년의 말기 또는 1915년의 초기에 걸쳐, 그의 문학적 경력과 사생활에서 중요한 전환으로 기록되는 시기에 『율리시스』를 쓰기 시작했다. 즉, 『더블린 사람들』은 1914년 6월에 출판되었고, 『망명자들』은 1915년에 완료되었으며(출판은 1918년), 『젊은 예술가의 초상』은(비록 『에고이스트』지에 미리 연재되었지만) 1916년 12월에 책의 형태로 출판되었고, 이때 『지아코모 조이스』 또한, 쓰였다. 1915년에, 조이스 가족은 트리에스테에서 취리히로 이사했는데, 거기서 그들은, 1919년 트리에스테로의 짧은 귀환 뒤에 1920년에 파리로 이사하기 전에, 4년을 살았다. 취리히에 있는 동안, 조이스는 눈의 심각한 고통을 받았고, 그리하여 1917년 8월에 몇 번의 수술 중 첫 수술을 받았다. 그 후로 그와 가족은 기후가 한층 온화한 로칼노에서 수개월을 보냈다.

　　　『율리시스』로 불리는 소설에 대한 조이스의 본래의 생각은 1906년으로 거슬러 오른다(『서간문』 II. 190 참조). 그것은 조이스가 유대인이라 믿었던 한 실재의 더블린 사람인 헌터(Hunter) 씨를 소재로 삼을 참이었고, 이를 『더블린 사람들』에 포함할 예정이었다(『서간문』 II. 168 참조). 그러나 조이스의 당시의 좋지 못한 환경 때문에, 그 이야기는, 그가 1907년에 동생 스태니슬로스에게 설명한 바대로, "제목 이상으로 결코, 더 진척되지 못했다."(『서간문』 II. 209 참조) 그러나 이 초기의 생각은, 조이스가 소설의 토대를 마련한 뒤, 한 급진적인 새로운 방법으로 그의 형태를 갖추기 시작하기 전까지 또 다른 7년 동안 그대로 남아 있었다. 1915년 6월까지, 조이스는 22개의 장들(현재의 18개 장 대신)을 포함하는 『율리시스』를 준비했으며, 한 장을 이미 완료했었다. 스태니슬로스에게 보낸 엽서에, 조이스는 다음과 같이 주석을 달았다. "나의 새로운 소설 『율리시스』의 첫 에피소드가 쓰였다. 「텔레마키아드(*Telemachiad*)」인, 첫 부분은 4개의 에피소드들, 두 번째 부분은 15개, 즉 율리시스의 방랑 장면, 그리고 세 번째 부분은 3개의 더 많은 에피소드들로 된, 율리시스의 귀향으로 구성된다."(『서간문 선집』, 209 참조) 이어 『율리시스』는 미국의 잡지 『리틀 리뷰』지에 연재되기 시작했다. 그보다 1년 전, 당시 이 잡지의 유럽 특파원이었던 에즈라 파운드는 조이스에게 도움을 주었고, 잡지의 편집인 마가렛 앤 더슨(Margaret Anderson)은 일찍이 조이스의 작품이 그녀가 지금 까지 인쇄한 가장 훌륭한 작품이 될 것이라는 걸 알고 있었다. 소설의 14번의 연재들—「텔레마코스」장(제1장)에서부터 「태양 신의 황소들」(제14장)의 첫 부분까지 — 이 23번의 연속 판으로, 1918년 3월부터 1920년 9월~12월에 걸쳐 출판되었다. 파운드는 또한, 위버(H. S. Weaver)의 런던 정기 간행물인 『에고이스트』지 에 『율리시스』가 출판되는 것을 크게 도왔다. 그러나 이 잡지 는 단지 3개의 에피소드들과 4번째의 일부(「네스토르」, 「프로테우 스」, 「하데스」 및 「배회하는 바위들」)를 인쇄했을 뿐, 이들은 1919년 의 1월-2월 호에서 1919년 12월 호를 통해 나타났다. 위버는 다 른 에피소드들을 기꺼이 조판해줄 영국의 인쇄업자를 더는 발 견할 수 없었다.

조이스의 창조적 생각들이 그가 소설을 창작했던 8년간의 기간에 걸쳐 성숙함에 따라, 그의 예술적 의도와 관심 들은 상당히 바뀌었다. 심지어 『율리시스』의 상당 부분이 연재 된 뒤에도, 조이스는 작품을 광범위하게 확장시켰고, 다른 부 분들을 개정했으며, 자신의 당시 만연했던 생각들에 대하여 구 조적 및 문체적 변화를 가져왔다. 그러나 텍스트의 다른 수정

|제임스 조이스 문학 읽기|

들, 파운드와 앤더슨에 의한 독단적 삭제들이, 또한, 이루어졌는데, 그들은 몇몇 구절들이, 만일 출판될 경우, 법적 문제들을 일으킬까 두려워했다. 그러나 그들의 전략은 이루어지지 않았다. 따라서 『리틀 리뷰』지의 4개의 호들은 미국 우체국에 의하여 몰수 및 소각되었으며, 이는 조이스로 하여금 그가 위버에게 보낸 1920년 2월 자의 편지에서 다음과 같이 쓰게 했다. "나는 지상에서 두 번째 소각당하는 기쁨을 가지는바, 나는 나의 수호성자 아로시우스 마냥 재빨리 연옥의 불길 속을 통과하기를 희망하오."(『서간문』 I. 137)

1920년 9월에, 「뉴욕 죄악 금지회」는 『리틀 리뷰』지의 1920년 7~8월호에 실린, "나우시카"(제13장) 에피소드에 대한 법적 불만을 제기했다. 사건은 법에 이송되고 심판을 받았는데, 앤더슨과 그녀의 합동 편집인 히프(Jane Heap)는 음란물을 출판한 데 대해 유죄 선고를 받고, 각자 50불의 벌금을 물었으며, 『율리시스』의 에피소드들이 더는 출판되는 것을 금지당했다. 그들의 변호사는 뉴욕의 법률가요, 1917년 조이스로부터 『망명자들』의 원고를 사들였던 예술 옹호가, 존 퀸(John Quinn)이었다. 그는 『율리시스』의 원고를 수중에 넣고 있었다. 비록 퀸은 앤더슨, 히프 및 예술적 재능을 발굴하는 그들의 잡지를 좋아하지 않았으나, 그럼에도 사건을 승소하도록 최선을 다했는데, 만일 이의 패소(敗訴)가 이루어지면, 작품은 전적으로 출판되지 못하리라는 것을 알았다. 그의 변호는 사람들이 소설을 사실상 이해하지 못하고 있음을 증명하려고 시도했다. 작전은 솔직했으나, 세 명의 재판관을 확신시키지 못했다. 두 피고 자신들도 또한, 퀸의 전략에 압도되었으며, 조이스는 당황했다.

그러나 퀸의 전기가인 레이드(B. L. Reid)와 다른 이들은 그의 전략이, 판사 울지(John M. Woolsey)가 소설의 판금을 해제시킨, 그의 1933년 법원 결정의 기초를 실지로 마련했음을 지적했다.

인쇄업자들이 가진 『율리시스』의 개별적 부분들을 조판하는 초기의 혐오뿐만 아니라, 『리틀 리뷰』지 및 그의 공동 편집자들에 반대하여 내린 법원의 결정은 조이스가 장차 소설을 한 권의 책으로 출판하는데 직면하게 될 난관을 예고했다. 작품이 거의 완료되자, 그는 출판자를 발견하는 많은 실패를 거듭했으며, 그러자 1921년 자신이 계획을 거의 포기하려 했을 때, 실비아 비치 여사는 그녀의 파리 서점 『셰익스피어 앤드 컴퍼니』에 의해 책을 출판할 것을 제의했다. 비치는 초판에 대한 예약자들을 적극적으로 찾아 나섬으로써, 계획을 재정적으로 지원하기 위한 충분한 자금을 마련하려고 애썼다. 그녀는 또한, 프랑스 남부의 도시 디종에서 한 출판자를 발견했는데, 그는 책을 있는 그대로 출판하는데 동의했을 뿐만 아니라, 조이스가 책의 출판 거의 마지막 날까지 자신의 소설을 계속 개정하거나 확장할 수 있도록, 그에게 다수의 교정쇄(교정의 목적을 위해 인쇄된 매엽지[枚葉紙])를 기꺼이 마련해 주었다.

비치 여사는, 비록 그것이 상업적으로 대단히 이익이 되는 사업이 되지 못될 것 같았지만, 1920년대를 통하여 『율리시스』의 판본을 계속 연속적으로 찍어냈다. 런던의 『에고이스트』지는 1922년 10월 프랑스에서 인쇄된, 최초의 영국판을 발간했다. 1932년에 조이스와 비치 간의 어려운 협상 뒤에, 독일의 『오디세이』 출판사(함브르크, 파리 및 보로그나에 지점을 둔)는 유럽 대륙의 출판을 도맡았다. 『오디세이』사는 1932년 12월과

1939년 4월 사이에 4번째 쇄(刷)를 발간했으며, 텍스트의 활자상의 과오들을 수정하여, 가장 신빙성 있는 판본의 하나로 만들었다. 1934년에 미국 "랜덤 하우스"사는, 공동 설립자인 베넷 써프와 그의 법률 고문 모리스 언스트의 예리한 노력을 통하여, 『율리시스』의 최초의 미국판을 출간했는바, 이는 1933년 12월 6일에 있었던 울지 판사의 판결 약 한 달 뒤의 일이었다. 1936년에 런던 출판자인 레인(Jon Lane)이 『율리시스』의 최초 영국판인, 『보드리 헤드』판을 출간했다. 1984년에 한스 월터 가블러와 일단의 독일 편집자들은 뉴욕과 런던의 『가랜드』 출판사에 의한, 3권의 「비평 및 개관」판으로, 작품 최초의 중요 개정판을 생산했다. 2년 뒤에, 가블러의 개정된 텍스트에 근거한 『율리시스』의 단권판(單券版)이 "랜덤 하우스"사에 의하여 출판되었다. 1992년의 유럽 판권 보호법의 소멸 거의 직후에 수많은 출판사는 『율리시스』 판본들을 출판했다. 그러나 이들은 대체로 자신들의 텍스트로서 이전의 판본들에 의존했다. 1988년에 아일랜드의 서지학자 대니스 로즈(Danis Rose)가 편집한 새로운 『율리시스』 판본이 영국의 "피카도어"사에 의하여 출간되었으나, 현재 개정상의 어려움을 안고 있다. 한편, 오늘날 몇몇 학자들은 커다란 규모의 편집 계획을 발표해 놓고 있지만, 가블러의 『가랜드』 판과 맞먹는 『율리시스』의 완전 규모의 개정판은 아직 나오지 않고 있다.

◆ 작품의 구조 분석

『율리시스』의 형식적 구조는 작품의 출판사(出版史)만큼 복잡한 창작 과장의 틀에 기초한다. 소설의 3주요 부분—「텔레마키아」(1~3장), 「율리시스의 방랑」(4~15장) 및 「귀향」(16~18장) — 은 호마의 『오디세이』의 그것들과 병행한다. 비록 조이스는 호머의 장들과의 순서에 엄격히 대응하지 않을지언정, 그들 가운데 어떤 모습들은 『오디세이』의 그것들과 다소 일치한다. 『율리시스』의 몇몇 초기 해설자들을 위하여, 조이스는 소설의 호머적 유추들과 대응을 보여주는 구도(schema) 또는 도해를 만들었다.

　　　다른 요소들이 소설의 창작상 이야기의 뼈대에 관계한다. 『율리시스』는 모더니스트 전통 속에 시작한다. 「텔레마키아」에서, 서술은 단일 등장인물의 의식을 따르나, 그것은 곧 이러한 원형, 즉 조이스가 『젊은 예술가의 초상』에서 수립했던 것을 초월한다. 「율리시스의 방랑」과 「귀향」에서, 서술적 초점은 복수적 등장인물들 사이에 자주 변전하는데, 이러한 서술적 목소리는 이따금 포스트 구조주의 비평가들이 칭하는 이른바, "상호텍스트성"을 야기한다. 이러한 다양한 조망들을 사용함으로써, 조이스는 많은 등장인물의 의식을 조명하는데, 이는 서로 반대되는 사건들을 서술 속에 출현하게 하는 것으로, 전통적 단일 견해의 우선권을 환치하는 기법이다.

　　　『율리시스』의 사건들은 서술적 복수성과 주제적 다양성에 대한 꼭 같은 강조로서 제시된다. 이리하여, 이 작품이, 1904년의 한 특별한 늦은 봄날의 과정에 걸쳐, 보통의 더블린 사람들의 일상의 세속적 사건들을 기록하는 동안, 그것은 등장인물들 및 그들의 생각과 그들의 사회적 행동이 독자에게 주는 궁극적 인상과 견해를 그들의 세속적 특성이 함유하는 것보다 한층 풍부하고 한층 의미심장한 것으로 들어내고 있다. 인물들

　　　　　　　　　　　|제임스 조이스 문학 읽기|

은 낮과 저녁을 통하여 먹고 마시고, 육체적으로 배설물을 쏟아내고, 목욕하고, 미사에 참가하고, 죽은 자를 매장하고, 일하고, 괴로워하고, 다투고, 선행을 베풀고, 배회하고, 서로 인사하고, 노래하고, 편지 쓰고, 술집을 드나들고, 술 취하고, 책을 읽고, 성적 행위에 종사하고, 간음을 저지르고, 출산하고, 사창가를 방문하고, 그리하여 지친 채, 침대로 되돌아간다. 여기서 조이스는 더블린의 일상의 하루를 예술로 그리고 더블린 사람인 리오폴드 블룸을 매인(每人) 또는 나아가 성인(聖人)으로 변형한다.

　　그러나 다른 조망에서, 1904년 6월 16일 하루는 더블린의 또 다른 날이나, 또는 블룸, 몰리와 데덜러스의 생활들의 보통의 날이 아니다. 예를 들면,「텔레마코스」에피소드(제1장)에서, 독자는 두 사나이가 한 익사체를 찾아 더블린 만(灣)을 헤매고 있음을 알게 된다. 서술이 열리자, 독자는 스티븐이 벅 멀리건과 함께 사는 마텔로 탑을 떠나는 것을, 그리고 가렛 디지 씨가 경영하는 달키의 초등학교에서 자신의 교사직을 그만둘 그의 분명한 결심을 읽게 된다.「페네로페」에피소드(제18장)의 몰리의 독백에서, 그녀는 블레이지즈 보일런과의 당일 일찍이 갖는 그녀의 간음이 자신의 결혼 생활에서 고도로 비상한 경험을 기록했음을 암시하는 듯하다.「키클롭스」에피소드(제12장)에서 주점의 싸움에 블룸이 휘말림은 달리 심각하고 철학적 인물에게는 격에 맞지 않다.「키르케」에피소드(제15장)에서 비폭력적 스티븐과 그의 친구들의 술 취한 방탕은, 혹시 그들의 음주상의 불가피한 결과일지라도, 매음가의 정면에서 주목할 만한 난투극의 절정을 이룬다. 그리고 최후로,「이타카」

에피소드(제17장)에서 스티븐이 이클레스 가 7번지 블룸의 집을 밤늦게 방문함은 일종의 후대의 관대한 배려로서 기록된다.

소설은 또한, 아일랜드의 역사적, 사회적, 문화적 및 지리적 특성에 대한 수많은 인유들을 함유한다. 조이스는 만일 더블린이 지상에서 사라지는 날, 작품 속의 서술에 따라 그것을 재건할 수 있을 것이라 주장했다(프랭크 버전, 『제임스 조이스와 '율리시스'의 제작』, 67~68쪽 참조). 그것의 가설에도, 그러한 서술은 소설의 특별한 텍스트상 성취의 본질을 포착한다. 세기의 전환기 아일랜드 문화의 거의 백과사전적 표현 속에, 조이스의 소설은 독자를 그것의 성격을 형성하는 요소들에 순응시킨다. 『율리시스』는 전통적 서술의 그것을 포함하여, 여러 개의 수준 위에 작동할 수 있을 것이다. 그것은―이야기 줄거리, 배경, 인물 묘사와 연대기의 광범위한 인습적 요소들을 마련하고 있으며, 그런 식으로(재래식으로) 작품이 읽힐 수 있도록 한다. 이는 소설의 가장 위대한 힘 중의 하나인지라, 다양한 그리고 때로는 모순된 독서를 지속하게 하는 그의 능력을 독자에게 제공한다. 이는 모더니즘, 포스트모더니즘 및 정신분석 이론과 같은 광범위한 문학적 범주들, 구조주의 및 "신비평"의 사이비 과학적 해석이나, 유사 언어적 접근, 행동주의 심리학적 분석과 같은, 그리고 해체주의 및 후기구조주의와 같은, 다양한 비평적 방법론들을 우리로 하여금 폭넓게 적용할 수 있게 한다(이는 오늘날 만연된 광범위한 그리고 다양한 학구적 비평의 현황이요, 일종의 보조문학이 되고 있거니와 셰익스피어의 그것에 거의 육박하고 있다). 이러한 해석의 다변적 개방성은 작품의 애당초부터 분명했었다.

『율리시스』의 첫 3개의 에피소드들인, 「텔레마코스」, 「네스토르」 및 「프로테우스」는 스티븐 데덜러스의 생활에 초점을 맞추는데, 그에 관해 조이스는 이미『젊은 예술가의 초상』에서 길게 서술한 바 있다. 이 「텔레마키아드」 장들에서, 스티븐은 아주 예언할 수 있는 선을 따라 한 예술가가 되기 위한 자신의 탐색을 계속하고 있다. 「텔레마코스」 장에서 벽 멀리건과의 상호 교환은 그가 보통의 야망과는 동떨어진, 경멸적 입장에 놓여 있음이 분명하다. 「네스토르」 에피소드(제2장)의 스티븐의 고용주인 가렛 디지 교장과의 대화에서, 그는 세계 일상의 물질적 가치를 거의 인정하지 않는 개인적 표준을 답보(踏步)하고 있음이 분명하게 된다. 샌디마운트 해변의 그의 백일몽이 지시하듯, 「프로테우스」 에피소드(제3장)에서 그는 자신을 둘러싼 생활에 대한 낭만적 및 상상적 견해를, 밀려오는 파도의 다양함처럼("파도는 9번째 구를 때마다 깨어진다"), 노정한다.

동시에, 「텔라마키아드」는 스티븐이 또한, 한층 복잡하고 내성적 인물로 성장했으며, 그가 자신의 예술적 야망을 수행하기 위하여 그리고『젊은 예술가의 초상』에서 예상했던 그런 종류의 인식을 성취하기 위하여 한층 덜 할 것(소극적인 것) 같은 충분한 증거를 부여한다. 예를 들면, 「텔레마코스」 에피소드 동안, 탑을 방문한 우유 배달 노파에 대한 자기 반응에서, 스티븐은 그가 보다 초기에 무시한 듯한 자기 민족을 시인하는 분명한 동경을 드러낸다. 「네스토르」 에피소드에서 자신의 학생 사전트에 대한 그의 명상에서, 스티븐은 지금까지 숨은 다른 사람들을 동정하는 자신의 능력을 보여준다. 그리고 「프로테우스」 에피소드에서 그가 샌디마운트 해안을 따라 산책할 때, 한 작가로서 그의 초기 가식(假飾)에 대한 자신의 냉소적 반성은 『젊은 예술가의 초상』에서는 어디고 분명하지 않은 일탈(逸脫)과 유머 감각을 보여준다.

비록 스티븐은 『율리시스』의 나머지 몇몇 다른 에피소드들에서 재현하지만 「칼립소」 에피소드(제4장)와 더불어 시작하는, 율리시스의 방랑 장면인, 제II부는, 한 신문의 광고 외무원인 더블린의 유대인, 리오폴드 블룸으로 독자의 주의를 돌려놓는다. 인종적 고정 관념은 예술적 야망이 스티븐에게 그랬던 것보다 한층 큰 정도까지 블룸을 고립시킨다. 블룸의 출현과 함께, 서술의 방향, 강조 및 속도는 현저하게 바뀐다. 그와 더불어, 우리의 흥미의 초점은 젊고, 궁핍한, 우상 숭배적 예술가의 관심으로부터, 자신의 아내, 자신의 딸과 많은 타자에 깊은 애정과 관심을 둔 중년의, 중급의, 중범(中凡)한 가족인의 그것으로 바뀐다. 자기 아내의 간음과 자기 딸의 성적 관심을 묵살할 수 없는 무능과 그를 대면할 무의지는 블룸의 하루를 형성하는 가정적 긴장 속에 존재하며, 소설의 나머지 행동의 많은 것은 이러한 관심들로부터 자신을 이탈시키려는 그의 노력을 둘러싸고 일어난다. 「로터스—이터즈」 에피소드(제5장)에서, 블룸은, 그가 친구인 패디 디그넘의 장례식에 참가하기 전에, 더블린의 도시 중심의 한가로운 산책을 시작한다. 그러나 그의 순례는 자신이 잊기를 애써 바라는 모든 암시와 계속 접촉하게 한다. 그는 자신의 비밀의 연인, 마사 클리포드로부터의 편지를 수집하지만, 편지의 연애를 위한 그녀의 가냘픈 시도는 오직 블룸에게 몰리의 성적 매력의 힘을 강조할 뿐이

|제임스 조이스 문학 읽기|

다. 그는 마코이를 뜻밖에 만나는데, 후자의 블레이지즈 보일런에 관한 이야기는 그에게 자신을 곧 오쟁이 지게 할 사나이를 상기시킨다. 「하데스」에피소드(제6장)에서 블룸은 장례식에 참가하고, 그에 이어, 「아이올로스」에피소드(제7장)에서, 『프리먼즈 저널』지사의 사무실에 들러, 한 상점의 광고 경신을 시도한다. 그리고 「레스트리고니언」에피소드(제8장)의 거의 종말에서, 그는 대이비 번즈 주점에서 점심을 먹는다. 그러나 다소 산만하기는 하나 이 한결같은 활동은 단지 그에게 자신의 사회적 고립과 자신의 가정적 우려를 상기시킬 뿐이다.

도시 주변의 몇 시간에 걸친 배회 뒤에(이는 「배회하는 바위들」에피소드〔제10장〕에 부분적으로 기록되고 있거니와) 블룸은 스티븐의 외숙부인 리치 고울딩과 마주친다. 다음 「사이렌」에피소드(제11장)에서 그들은 저녁 식사를 위해 오몬드 호텔에서 멈춘다. 블룸은 블레이지즈 보일런이 음료를 마시고 있는 바와 바로 인접한 디너 룸에 있다. 보일런은 몰리와의 간음 약속을 지키기 위해 블룸의 집으로 곧 떠난다. 그의 종착지와 의도를 충분히 알고 있는 블룸은 자기 자신의 침대에서 일어날 사건에서 마음을 멀리하기 위하여 그의 펜팔인 마사에게 편지를 쓰기도 한다. 비록 블룸은 아내의 오후 정사에 대한 생각을 계속 억제하려 하지만 진행 중의 사건에 대한 그의 전반적 감각은 자신의 행동에 점진적으로 효과를 들어내기 시작한다. 예를 들면, 「키클롭스」에피소드(제12장)에서, 블룸은 바니 키어넌 주점의 술집 부랑아(「시민」)와 대결하기 위해 그의 평소의 유순함을 팽개친다. 「나우시카」에피소드(제13장)에서, 그가 샌디마운트 해변을 배회하고, 한 젊은 여인을 바라보며 수음을 감행할 때, 그의 평소의 신중함을 회피한다. 거티 맥도웰은 그에게 그녀의 다리와 속옷을 노출한다.

이어 저녁이 늦을 지음, 블룸의 태도는 한층 우려의 기미를 취한다. 「태양신의 황소들」 에피소드(제14장) 동안, 그는 홀레스가의 산부인과 병원을 방문하고, 아기를 분만하려는 친구, 퓨어포이 부인을 방문한다. 거기서 그는 술에 몹시 취한 스티븐을 만나고, 그를 따라 더블린의 적선지대인, "밤의 거리"로 나아간다. "밤의 거리" 장면인, 「키르케」 에피소드(제15장) 동안, 스티븐은 첫째로 약탈 마담인 벨라 코헨과 더불어 돈의 시비에, 이어 두 영국 군인들과 거리의 싸움에, 휘말린다. 양 경우에 블룸은 모두 간여하고, 코니 켈러허의 도움으로 술에 취한 젊은이를 경찰로부터 구한다. 블룸은 「에우마이오스」 에피소드(제16장)에서, 스티븐을 맑은 정신 상태로 되돌리려는 노력 속에(그리고 부가적으로 자기 자신의 귀가를 지연시키기 위해), 그를 세관 건물 근처의 역마차의 오두막(포장마차 집)으로 데리고 가, 커피와 롤빵을 대접하지만, 후자는 이를 입에 대지도 않는다. 궁극적으로, 「이타카」 에피소드(제17장)에서, 블룸은 스티븐을 이클레스 가 7번지의 자기 집으로 데리고 간다. 거기서, 한 잔의 코코아와 산발적인 토론이 있은 후, 스티븐은 그곳을 떠난다. 이때 블룸은 "하늘이 낳은 대지를 밟고 멀어져 가는 발걸음의 이중 여음을, 그에 공명하는 골목길의 비파적의 이중 진동"을 듣는다. 그는 이제 자기 침대의 몰리에게로 되돌아가는데, 거기에는 보일런과 그의 아내가 간음한 흔적이 아직도 배어 있다. 그는 하루에 일어난 사건들과 스스로 타협하려고 애

|제임스 조이스 문학 읽기|

쓰면서 잠에 떨어진다. 소설은「페네로페」에피소드(제18장)에서, 몰리가 갖는, 블룸과의 그녀의 생활, 지브롤터에서의 그녀의 유년시절, 그녀의 간음을 둘러싼 사건들 및 그녀의 미래 계획에 대한 그녀의 긴 종작없는 "내적 독백"으로 끝난다. 몰리의 결구—"그리하여 그렇지 나는 그러세요 말했지 그러겠어요 네"—는 그 의미가 다소 모호하고, 독자에게 해결과 결말의 여운을 남긴다.

　　　우리는 조이스의『율리시스』의 창작 과정에 대한 풍부한 증거를 미국과 영국의 다양한 기관들에 보존된 자료 속에서 발견한다.『율리시스』최후의 자필 원고는 필라델피아의 로젠바크 재단에 의해 소장되어 있다. 조이스가 사용했던 노트북들은 대영 도서관과 버퍼로의 뉴욕 주립대학 도서관에 보관되어 있다. 다른 출판 이전의 자료들은 하버드 대학 도서관, 코넬 대학 도서관, 위스콘신—밀워키 대학 도서관, 프린스턴 대학 도서관, 텍사스 대학의 하리 랜섬 연구소, 남 일리노이 대학 도서관에 의해 각각 보관되고 있다.『가랜드』출판사에 의해 출판된, 엄청난 분량의『제임스 조이스 기록 문서』(총 12~27권)는 『율리시스』의 잔존 노트, 원고, 타자고 및 교정쇄를 총괄한다.

◆ 이야기 줄거리 및 비평적 코멘트

제1장. 탑

(텔레마코스〔Telemachus〕 에피소드)

『율리시스』의 첫째 에피소드인 동시에 「텔레마키아」 부분의 최초의 장. 이 장은 『리틀 리뷰』지의 1918년 3월 호에 연재되었다.

조이스가 발레리 라르보에게 임대한 구도(스키마)로는, 이 에피소드의 장면은 마텔로 탑이다. 액션이 시작하는 시간은 오전 8시요, 이 장의 예술은 신학이다. 이 에피소드의 상징은 상속자요, 그것의 기법은 서술(젊음)이다.

「텔레마코스」 에피소드는 그의 이름을 오디세우스의 아들에서 따왔는데, 그는 이타카로 부친이 귀환하기를 20년 동안 기다린 뒤에, 자신의 모친(왕비)의 구혼자들에 도전함으로써 그리고 그의 부친을 찾아 출발함으로써, 서사시의 액션을 초조하게 시작한다. 비슷한 양상으로, 스티븐 데덜러스, 그런데 그는 나중에 「에우마이오스」 에피소드(제16장)의 역마차의 오두막에서 리오폴드 블룸에게 말하듯, "불행을 찾기 위해"(U 16. 253), 그이 부친의 집을 이미 떠났는지라, 여전히 그의 모친을 애도하며 그리고 무의식적으로 한 정신적 부친을 추구하며 하루의 일과를 시작한다.

「텔레마코스」 에피소드에서, 스티븐은 자신이 추구하는 절박하고 심각한 프로그램보다 지적 반항을 띤 한층 안전하고 덜 분명한 것을 채용하려는 벅 멀리건의 초대를 거절함으로써, 소설의 상상적 액션을 시작한다. 이 문제를 둘러싼, 스티븐의 대답은 소설의 중요한 주제 중의 하나인, 부성(父性)의 그리고 창의성의 특성에 대한 의문을 그 대신 소개한다. 스티븐과 멀리건 간의 경쟁을 독자에게 알리는 것 이외에, 「텔레마코스」에피소드는 소설을 통해서 스티븐과 연관된 수많은 다른 중요한 주제들을 배열하는지라, 이들은 1년 전에 돌아간 그의 모친의 죽음과 연관된 상실감과 죄의식, 선택을 위한 분명한 감각 부재 적 그의 현재의 생활에 대한 불만, 그의 동료 더블린 사람들이 인식해 주기를 바라는 끊임없는 욕망 및 자신의 예술적 야망을 성취하려는 그의 분명한 무능력에 대한 스스로 좌절감 등이다.

"당당하고, 통통한 벅 멀리건이 층층대 꼭대기에서 나왔다……" (U 3). 이러한 말들과 함께, 1904년 6월 16일의 하루가 시작된다. 거기, 멀리건이, 샌디코브 해변의 마텔로 탑의 꼭대기에서 면도하며, 그가 일별하는 주위의 모든 것들에 축복을 빌면서, 그는 과연 불길한 하루의 시작을 예고한다. 그는 라틴어의 미사의 서문을 낭송하는, 한 가톨릭 신부의 패러디를 가지고 이 장과 작품을 연다. "나는 하느님의 제단으로 가련다(Introibo ad altare Dei)"(U 3). 멀리건은 성체의 축성(祝聖)의 행위를 모방하거나, 전질변화(transubstantiation)의 자기 자신의 형태에 영향을 주려는 척함으로써, 스스로 무언극을 계속한다. 사이비 신부 역을 행사하는 그는 과연 하느님의 엉터리 종자(從者)요, 스티븐과 그 밖의 사람들을 망자의 소굴로 쓸어 넣을 것만 같은 루시퍼(마왕)의 화신이다.

스티븐 데덜러스는 멀리건을 뒤따라 이내 현장(탑 위)에 나타난다. 그리고『젊은 예술가의 초상』의 독자들에게는, 이 작품의 속편에 대한 친근감이 이 시점에서 아주 강한 듯하다.『젊은 예술가의 초상』

의 결미에서 그는 되뇐다. "늙으신 아버지시여, 늙으신 공장이시여, 지금 그리고 영원토록 변함없이 저를 도와주소서." 이처럼, 조이스의 앞서 소설의 종말에서, 아일랜드로부터 비상하기 위하여, 비유적으로, 이카로스처럼, 균형 잡고 있었던 스티븐은, 이제, 셰익스피어의 햄릿처럼, 탑 꼭대기의 포상(砲床)에 음울하게 앉아 있다. 그는, 그 사이에, 파리에 갔었지만, 그러나 1년 전 모친의 임박한 임종을 알리는 우스꽝스러운 전보("보여주고 싶은 진귀품")를 받고, 고국의 도시로 되돌아왔다. "무(冊) 위독 귀가 부(父)(Nother dying come home father)"(U 33). 이제, 그의 계속된 애도의(그리고 상심한 햄릿 같은 침착의) 신호로서 검은 상복을 입은 채, 스티븐은 멀리건이 면도하는 것을 살펴보거나, 그가 고전 문화의 주입을 통하여 아일랜드를 헬레니즘화(희랍화)하려는 계획에 관해 거드름피우는 것을 듣는다. "아, 데덜러스, 그리스 사람들 말이야! 내가 자네한테 가르쳐 줘야겠어"(U 4).

이러한 담론이 계속되면서, 멀리건은 스티븐에게 그의 의복, 그의 태도, 그의 빈곤, 더블린을 둘러싼 그의 예술과 그의 전반적 명성에 관해 선심 쓰는 척한다. 이러한 모든 것에 대해, 스티븐은『젊은 예술가의 초상』에서는 두드러지게 보이지 않는, 간결한 기지를 가지고 대답하는데, 이는 멀리건(의과 학생)에 대항하여 자기 자신의 입장을 견지할 수 있는 이상의 것을 보여준다. "그는 나의 예술의 창(槍)을 두려워하는 거다, 내가 그의 것을 두려워하듯이"(U 4).

이러한 외견상 이른 아침의 경박한 조롱 밑에, 두 젊은이 간의 경쟁 증거가 출현한다. 처음에 그것은, 멀리건이 스티븐 어머니의 사망 후로 근 1년 전에 행한 즉각적이요, 무료한 말을 스티븐에게 상기시킬 때, 그리고 스티븐이 여전히 불쾌한 감정으로 회상하는 그의 냉담함에 의하여, 미묘하게 표출된다. 서술이 진행됨에 따라, 한층 크고 보

|제임스 조이스 문학 읽기|

다 긴 관심들은 두 젊은이 간의 관계에서 계속되는 갈등 감의 원천임이 분명해진다. 결코, 분명하게 또는 충분히 묘사되어 있지는 않을지라도, 그들의 대화의 가장자리를 넘나드는 적대감은 예술적 야심과 헌신에 초점을 둔 경쟁심에서 야기하는 것 같다. 스티븐이나 벅 멀리건이나 둘 다 예민하고 흥미로우며, 둘 다 주점의 재치를 초월한 야심들이 있다. 그러나 두드러지게 다른 태도는 창조적 행위에 대한 그리고 명성을 날리는 데 대한 자신들의 접근들을 조절하는 것이다.

스티븐은 예술에 대하여 자기 자신을 완전히 양도해 버리는가 하면, 대중의 감정과 기대를 고려하는 듯 전혀 보이지 않는다. 다른 한편으로, 멀리건은 인기 있고 쉽사리 접근할 수 있는, 예술에 의해 얻을 수 있는 명성을 솔직하게 찾으며, 예술적 원칙을 위해 물질적 안락이나 사회적 인정을 희생시킬 의향이 없다. 이리하여, 비록 그는 어떤 환경에서는 비속할지라도—이장의 말쯤에서 그가 낭송하는, "예수를 조롱하는 속요"(U 16)가 입증하듯—그는 자신의 대중을 평가하기 위해, 그것의 취미를 맞추기 위한 자신의 수행을 정당화하기 위해 언제나 조심스럽다(속요 자체로 말하면, 조이스는 그의 친구 빈센트 코스그레이브로부터 1905년에 이 시의 각본을 받았는데, 후자는 그것을 벅 멀리건의 모델인 오리버 St. 존 고가키로부터 미리 획득했다). 스티븐과 멀리건 사이의 경쟁은 멀리건의 옥스퍼드 대학 급우인, 영국인 헤인즈의 마텔로 탑에서 침입적(侵入的) 존재에 의하여 심각하게 악화한다. 아일랜드에 대한 영국의 전형적 침입자의 현대판이라 할, 헤인즈는 이번에는 지적 식민자로서 나타나는데, 그는 아일랜드 문예부흥의 영향을 공부하기를 바란다. 아일랜드의 민속 전통을 위한 그의 열성은 아이러니하게도 아일랜드의 문화와 정치에 대한 스티븐의 각성을 강조한다. 스티븐은 대륙의 지적 사조를 스스로 익히고 있다.

그러나 아일랜드 해(海)를 횡단하는 자신의 여행에서, 헤인즈는 대 영국 국민에 대한 원주민의 원한을 그토록 오랫동안 양육해 왔던 제국주의적 무감각 상태의 어느 하나도 잃지 않고 있다. 스티븐네 대한 헤인즈의 태도는 멀리건의 그것보다 심지어 한층 더 생색을 내고 있으며, 그리고 그는 대부분의 다른 아일랜드 사람들을 흥미와 사양 및 의혹의 혼성을 가지고 바라본다. 헨인즈의 이타적 —의식의 반유대주의는 단지 그의 천성의 저변에 깔린 기본적 국수주의와 문화적 불관용을 강조한다. 한층 세속적 수준에서, 헤인즈의 그리고 그의 앵글로 색슨적 태도에 대한 스티븐의 개인적 혐오는, 헤인즈가 잠을 잘 때, 그의 "검은 표범을 사냥하는 것에 관해 혼자 잠꼬대를 하면서, 신음을 내는 것"(U 4)에 의해 야기된, 수면(睡眠)의 결핍에 의하여 심각하게 악화하여 왔다.

헤인즈는, 사실상, 「텔레마코스」 장을 통하여 스티븐을 괴롭히는 많은 문제의 구체화가 된다. 아일랜드 국민에 대한 그의 자기 —축하적, 겸양의 견해는 그이 자신, 멀리건, 스티븐, 그리고 탑에서의 아침 조반 동안 우유를 공급하는 노파 사이의 상호 교환에서 가장 분명해진다. 그것은 스티븐에게 대영 제국 내의 아일랜드의 제2급의 상황을, 그리고 그토록 많은 자신의 동포들 사이에 자신들을 억압하는 바로 그 자들에 대한 분명한 불쾌한 굴종을, 상기시키는 비참한 상기자(想起者)로서 이바지한다. 스티븐의 천성적 과묵함은 노파가 헤인즈에게 수치심도 모른 채 아첨할 때, 그로 하여금 그것을 간과하도록 야기하거니와 여기 헤인즈는 그녀에게 아일랜드어로 말하는가 하면, 자의식적으로 멀리건을 향해 예의 바르고 한층 그를 존경한다.

|제임스 조이스 문학 읽기|

스티븐은 경멸적으로 침묵을 지키며 귀를 기울였다. 그녀는 소리 높이 자기에게 들려오는 한 가닥 목소리 쪽으로 그녀의 늙은 머리를 끄덕인다. 그녀의 접골의(接骨醫)이며, 그녀의 마술사에게. 그녀는 나를 경시하고 있다. 남자의 육체에 속하여 하느님의 형상과 닮지 않게 만들어진, 독사의 미끼, 그녀의 여성의 불결한 허리만을 제외하고 그녀에게 속하는 것을 참회하게 하고 성유를 발라 무덤으로 보내 버릴 그 목소리에. 그리하여 이번에는 의심스러운 듯 미덥지 못한 눈으로 그녀에게 침묵을 명령하는 그 커다란 목소리에.(U 12)

스티븐은 보통 이와 같은 한 개인의 의견에 별반 상관하지 않지만, 이 광경은 그의 마음을 몹시 상하게 하는지라, 그 이유는 비유적으로 그리고 문자 그대로, 그녀는 아일랜드를, 그리고 스티븐과 그의 예술에 대한 그의 잠재적인 반응을 대표하기 때문이다.

조반 뒤에, 그가 스티븐을 향해 무의식적으로 적용하는 우위의 음조에도 헤인즈는 계속, 가식 없는 호기심을 가지고, 아일랜드 지성의 역설적 체질을 개척하려고 추구한다. 세 사람이 멀리건의 수영을 위해 40피트 수영장을 향해 걸어갈 때, 둔감하고 유머 없는 헤인즈와 신랄한 스티븐은 아일랜드 국민에 대한 영국의 착취를 둘러싸고 감도는 활기찬 토론에 종사한다. 스티븐은 불안전한 위치에 있는바, 그 이유인즉, 그는 확실히 민족주의자 감정을 포용하기를 원치 않기 때문이다. 동시에 그는 아일랜드인의 생활을 둘러싼 정치적 어려움을 창조하는 데 있어서 영국의 역할에 대한 헤인즈의 의도적 억압을 거의 참을 수 없다.

스티븐은 자신이 봉착하는 문제를 절묘하게 은유적으로 환기시킴으로써, 이러한 딜레마를 재치 있게 해결한다. 그는 자신의 문제를 종합하는 예민한 경구로서, 자신을 상투적인 정치적 수사(修辭) 속에 사로잡히지 않고, 자신의 고독과 억압감에 관하여 말한다. "나는 두 주인을 섬기는 한 종놈이야……. 영국인과 이탈리아인 말이야……그리고 세 번째로는……내게 엉뚱한 짓을 요구하는 놈이 있어."(U 17) 비록 스티븐은 영국의 식민지 당국자들에 의하여 그리고 로마 가톨릭 교회에 의하여 요구된 복종에 대하여, 그리고 아일랜드 민족주의의 견인력에 대하여, 여기 약간 완곡하게 언급할지라도, 아일랜드 문화의 열애가인, 헤인즈는, 그러한 암시에 의하여 솔직히 좌절되어 있으며, "책임을 저야 할 것은 역사인 것 같아."(U 17) 라는 시들한 발언을 단지 제공함으로써, 그들을 인지할 수 있다.

멀리건이 수영을 시작하자, 스티븐의 이탈감은 성장한다. 멀리건으로부터 그리고 그의 탑의 집으로부터 소외된 채, 스티븐은, 비록 하루 그 자체가 단지 시작할 때라도, 자신의 선택권이 이미 닫히는 것을 본다. 에피소드는 마텔로 탑의 열쇠를 벅 멀리건에게 양도함으로써 끝나며, 그가 멀리건과 헤인즈를 떠날 때, 자기 자신의 소외의 고조감을 한층 더 느낀다. "찬탈자."(U 1. 745) 여기 독자에게 이 "찬탈자"의 신원은, 멀리건, 헤인즈, 또는 수영하는 신부 등, 해석의 복수성을 지닌다.

더블린 중심부에서 남동쪽 7마일에 위치한 더블린만의 샌디코브 (Sandycove) 해변에 위치한 마텔로 탑은 나폴레옹의 침공을 예상하여 1804년과 1806년 사이에 영국인들에 의하여 아일랜드 해안을 따라 건립된 일련의 방어 요새로 총 13개 중 하나다(이름은 1794년에 이러한 탑이 건립된 곳인, 이탈리아 서해안의 섬인 코르시카에 있는 모텔라[Mortella] 곳에서 유래함).

* 「텔레마코스」에 관한 부수적 세목을 위하여, 『서간문』 II. 126~127, 187n.1, 206n.1, 218n.3. 414 및 III. 240과 284를 참작할 것.

|제임스 조이스 문학 읽기|

제2장. 달키의 초등학교

(네스토르[Nestor] 에피소드)

『율리시스』의 2번째 에피소드요, 소설의 「텔라마키아」 부분의 제 2장이다. 이 에피소드는 처음 연재 형식으로 『리틀 리뷰』지의 1918년 4월 호에 출판되었다. 그리고 그것은 또한, 『에고이스트』지의 1919년 의 1월~2월 호에 게재되었다.

조이스가 발레리 라르보에게 임대했던 스키마에 따르면, 이 에피 소드의 장면은 가렛 디지 씨가 경영하는 달키에 있는 초등학교다. 행 동이 일어나는 시간은 오전 10시요, 이장의 예술은 역사다. 에피소드 의 상징은 말(馬)이요, 그의 기법은 교리문답(개인적)이다.

『오디세이아』 제2권에서 텔레마코스 왕자는 아테나의 지시에 따 라 부왕의 소식을 찾아 배를 타고 본토로 향한다. 제3권에서 텔레마 코스는 본토에 도착하여 충고를 얻고자 '우두머리 전사(戰士)'인 네스 토르에게 접근한다. 네스토르의 막내아들 피시스트라토스(Pisistratus) 가 텔레마코스를 맞는다. 네스토르는 오디세우스 장군의 귀향이 어려 운 운명에 처해 있기는 하나, 용기를 내도록 텔레마코스를 타이르며 그리스 영웅들의 귀환 이야기를 들려준다. 제5권에서 피시스트라토스 는 텔레마코스를 메넬라오스(Menelaus)의 궁전으로 안내하고, 그곳에 서 텔레마코스는 여신 헬렌(Helen)을 만나 메넬라오스의 귀향 이야기 를 듣는다.

여기 조이스의 디지 교장은 네스토르에, 학생 사전트는 피시스트 라토스에 해당한다.

이타카의 텔레마코스처럼, 스티븐 데덜러스는 자기 자신이 적의 남성들—냉소적 벅 멀리건과 우둔한 영국인 헤인즈—에 의하여 자신의 요새의 집, 마텔로 탑에 둘러싸여 있음을 발견한다. 스티븐은 그 밖에 다른 곳에서 지지(支持)를 찾지 못하지만 그 대신 그는 달키에 있는 가랫 디지 씨의 사립학교에서 중상류 계급의 고집 세고, 우직한 반(反)—지성주의에 봉착한다. 디지 씨 역시 스티븐에게 일정량의 원한을 품고 있는 듯이 보이지만, 그의 보다 분명한 역할은, 재정적 또는 그 밖에 다른, 자신의 사건들에 대한 실질적 관리에 부적절한 충고를 스티븐에게 부여함으로써, 호머의 네스토르에 대한 아이러니한 유추를 마련한다. 이리하여, 이 장은 독자들에게 스티븐의 대중적 자신 또는 적어도 그의 직업적 자신에 대한 인상주의적인 견해를 제공하며, 그것은 그의 생활의 이러한 국면이 앞선 장에서 개관된 사적 생활이 그러하듯, 더는 만족스럽지 않음을 보여준다.

「네스토르」에피소드의 처음 열리는 페이지들은 스티븐이 학급에서 한 무리의 소년들 사이에 얼마간의 질서를 유지하려고 애쓸 때, 그가 들어내는 무 효력을 강조하는데, 학생들은 그가 인도하려고 시도하는 지루한 암기 훈련에 전혀 흥미를 갖지 않는다. 그들 주의의 결핍은 스티븐 자신의 권태를 반영한다. 열리는 장면의「내적 독백」이 분명히 하듯, 그의 마음은 학생들의 마음들처럼 커리큘럼에서 유리된 듯 보인다. 암송의 지루한 일정이 진행될 때, 그는 아스커럼에서의 피로스의 승리의, 또는 그가 방금 가르치고 있는 소년들을 기다리는 사회생활의 세목을, 관음증에 가까운 흥미를 느끼고, 상상하는, 정교한 파노라마를 야기함으로써 자신을 이탈시킨다.

학급이 진행됨에 따라, 그러나 스티븐이 반에서 직면하는 많은 문제는 자기 자신의 사회적 어려움과 아주 단순히 연관된다. 비록 그는 자신의 기지를 통해서 소년들을 설득하려고 노력하지만 스티븐이 '실망의 다리'로서 킹스타운 부두에 관해, 또는 불가해한 대답을 가진 수수께끼 — "할머니를 감탕나무 숲 아래 매장하는 여우"(U 22) — 에 관해 행하는 암시에 대하여 그들은 어떻게 대응해야 할지 모른다. 종국에, 그의 행동은 그들을 당혹하게 하고 어리둥절하게 만든다. 그리고 그들은 시간이 끝나자 너무나 행복하게도 운동장으로 달려나간다.

학급이 해산된 뒤에, 스티븐은 그의 학생 중의 하나인, 시럴 사전트를 개인 지도하기 위해 잠시 교실에 머무는데, 후자는 자신의 산수 공부에서 뒤에 처져 있다. 자신의 무력함과 고립 속에 사전트는『젊은 예술가의 초상』의 제1장에서 클론고우즈 우드 칼리지의 한 학생으로서 젊은 스티븐의 이미지들을 상기시킨다. "보기 흉하고 무모한. 야윈 목과 짙은 머리털과 달팽이 흔적 같은, 잉크의 얼룩."(U 23) 스티븐 자신은 이와 관련을 지으며, 자기 자신의 학교 시절로부터의 사건들을 잠시 마음에 떠올린다. 종국에, 그는 필경 자신이 달리 들어낼 수 있는 것보다 한층 큰 인내와 동정을 가지고 사전트의 무력함에 대응한다.

학생과 선생 간의 차이점들은, 그러나 다른 유사성보다 훨씬 더 크다. 젊은 스티븐이나 시럴 사전트는 그들의 육체적 미약함에 대한 경멸을 인내하지 않으면 안 되며, 한 소년으로서 스티븐은 과거에 빠른 기지, 능동적 지력 및 확신의 용기의 이점을 지녔었다. 이 특질들 가운데 마지막 것은 결국, 급우들의 존경을 그에게 얻게 했는데, 당시 그는 크론고우즈의 교장인 존 콘미 신부를 방문하고, 자신이 도런 신부로부터 받은 부당한 형벌에 관해 불평했었다. 서전트는, 그가 육체적으로 그러하듯, 스티븐 자신과는 달리, 지적으로 무능하고 겁이 많으며, 사실상 우둔하고 바보 같아, 영원히 소심하기만 하다.

그럼에도, 스티븐은 세상의 위협으로부터 그녀의 연약한 소년을 두려움 없이 보호하는 한 여인으로 사전트의 어머니의 이미지를 떠올림으로써 그가 보는 평행을 지속시킨다. 광경은 전적으로 스티븐의 발명이지만, 그것은 독자를 위하여 그가 아직도 모성에 대해 지니고 있는 존경을 그리고 부연하여 자기 어머니의 기억에 대한 그의 경의를 강조한다. 과연, 키르케 에피소드(제15장)에서, 스티븐은 한 가지 환각을 갖는데, 그 속에서 그의 어머니는 그가 어린애였을 때 그에게 준 보살핌을 그에게 상기시키는 것처럼 보인다.

스티븐은, 혐오스럽고, 아직도 좌절된 서전트를 반의 나머지 학생들과 함께 필드 하키에 참가하도록 내보낸 다음에, 자신의 급료를 타기 위해 디지 씨의 사무실로 간다. 디지 씨가 스티븐에게 급료를 지급할 때, 경제학에 관한 생략된 연설을 전례(前例)와 통합하는 것을 그는 억제할 수 없다. 그러나 "영국인의 입에서 나온 그대가 지금껏 들을 가장 자만심 강한 말……나는 내 몫을 지급했다(I paid my way)"(U 25)란 말의 환기는 말의 수를 세는(한 마디가 아니고 네 마디의 말들) 무능력뿐만 아니라, 스티븐의 기질과 민족적 충성심에 대한 그의 극심한 오해를 보여준다.

디지 씨는, 사실상, 그가 자신의 통일주의자(Unionist) 견해를 아일랜드의 상속과 문화에 대한 넓은 위탁과 연결하려고 애쓸지라도, 그이 자신은 자신의 감정에서 아일랜드적이기보다 훨씬 더 영국적이다. 추상적으로, 이러한 논의는 장점들이 있지만, 디지 씨가 아일랜드 역사를 총괄함에서 드러내는 단점들은 그의 감정의 많은 힘을 과소평가한다. 가장 두드러지게도, 디지 씨는 존 브랙우드 경(卿)이 그가 사실상 반대했는데도, 영연방과 함께 통일당원을 지지했다고 잘못 생각한다. 그리고 그는 헨리 2세의 군대에 의한 아일랜드에 대한 영국 침공을 초래함에서 멕머로우와 오러크 양자에 의해 행해진 역할을 혼동한다.

이 장은 디지 씨 캔에서의 최후의 색다른 몸짓으로 결론 난다. 그는 잠재적 유행을 지닌 소의 아구창(鵝口瘡)의 병에 의하여 야기된 아일랜드 소들에 대한 위험을 전 국민에게 경고하기 위해 그가 쓴 편지를 스티븐에게 준다. 비록 이러한 노력에 대하여 회의적일지라도, 스티븐은 그가 아는 몇몇 편집자들에게 그들의 칼럼에 편지를 출판하도록 이야기할 것을 동의한다(「아이올로스」 에피소드〔제7장〕에서 그는 편집장 마일리스 크로포드로 하여금 『프리먼즈 저널』지에 그것을 삽입하도록 하는 데 성공한다. 그리고 「스키라와 카립디스」 에피소드〔제9장〕에서 그는 회피적 조지 러셀에게 부탁하지만, 그가 『다나』지에 그것을 프린트할 수 있을지는 불확실하다). 벅 멀리건의 반응에 대한 예상은 스티븐으로 하여금 자기 자신을 아이러니하게도 "우공을벗삼는음유시인"(U 29)이란 이름으로 특성 짓게 한다.

스티븐 쪽의 이러한 친절의 과시에도 이 장의 최후의 행들은 그와 디지 씨 사이의 문화적, 지적 및 감정적 간격을 드러낸다. 스티븐이 학교를 떠날 때, 헤인즈의 반유대주의를 메아리 하는, 그러나 거친 유머의 흔적을 지닌, 디지 씨는 아일랜드가 유대인을 결코, 박해하지 않았던 이유를 "그녀〔아일랜드〕가 결코, 그들을 나라 안으로 들여보내지 않았기 때문이다."(U 30)라고 말한다. 이러한 꾸밈 없는, 당황하지 않는 편견에 대하여, 스티븐은 아무런 대답을 하지 않는다.

문체상으로, 「네스토르」는 내적 독백 기법의 지속적인 발전을 제공하는바, 이는 첫 장인 「텔레마코스」에서 이미 소개되었었다(『율리시스』의 제1~8장까지의 문체는, 서술, 대화 및 내적 독백이라는, 이른바 "초기 문체(initial style)"로 특징짓는다). 「네스토르」는 또한, 전장인 「텔레마코스」 장(그리고 그 이전 『젊은 예술가의 초상』의 최후의 장들에서)에서 스티븐의 성격의 특징들로서 이미 출현했던 소외와 고집의 이미지들을 다시 새롭게 한다. 부가적으로, 스티븐은 자신이 몰두하는 상상적 여담에서, 그의 학급을 다스리거나, 사전트를 개인 교수하며 또는 디지 씨에 귀를 기울이는 동안—서술은 독자로 하여금 스티븐의 창조적 잠재력을 인식하게 하고, 이런 식으로, 다음 장인 「프로테우스」에피소드에서 상술(詳述)될 주제인, 그의 예술적 욕구에 대한 어떤 확인을 제공한다.

　「네스토르」장의 사건들은 조이스가 1904년 달키의 클리프톤에서 짧은 기간 동안 자신이 교실에서 가진 그의 경험에 느슨하나마 토대를 두고 있다. 조이스의 재직 동안 학교의 설립자요, 교장은 특질의 프란시스 어윈이란 자로, 그는 자신을 디지 씨의 모델로 마련했다. 그러나 아구창의 병에 대한 흥미는 어윈의 것이 아니요, 조이스 자신의 것이다. 1912년에, 트리에스테에 살고 있던 한 얼스터인 인, 프라이스([Henry N. Blackwood Price]그는 디지 씨의 또 다른 모델이거니와)는 이 병의 심각성을 조이스에게 알렸으며, 조이스는 잇따라 "정책과 소(牛)의 병"이란 글을 썼는데, 이 짧은 기사는 『프리먼즈 저널』지의 1912년 9월 10일 자 호에 출판되었다(이 기사는 서명되지 않았으나, 조이스의 동생 찰스가 스태니슬로스에게 보낸 편지에는 조이스를 저자로서 신분을 밝히고 있다).

* 「네스토르」에피소드에 관한 더 자세한 정보를 위해, 『서간문』 II. 223n.
  2.를 참고할 것.

　　　　　　　　　　　　　ㅣ제임스 조이스 문학 읽기ㅣ

제3장. 샌디마운트 해변

(프로테우스[Proteus] 에피소드)

『율리시스』의 3번째 에피소드요 「텔레마키아」 부분의 마지막 장. 그것은 처음 『리틀 리뷰』지의 1918년 5월 호에 연재 형태로서 나타났으며, 잇따라 『에고이스트』지의 1919년 3∼4월 호에 출판되었다. 『리틀 리뷰』지의 편집자 중의 한 사람인, 마가렛 앤더슨은, 그녀가 처음 「프로테우스」 장의 서열들을 읽었을 때, 그녀는 "이것이야말로 우리가 여태 갖게 될 가장 아름다운 것이야," 하고 부르짖었다 한다.

조이스가 발레리 라르보에게 임대한 스키마에 따르면, 이 에피소드의 장면은 샌디마운트 해안으로, 더블린의 링센드 지역의 동부 해변이다. 행동이 시작하는 시간은 오전 11시. 이 장의 예술은 언어학이다. 이 에피소드의 상징은 조수요, 그것의 기법은 독백(남성의)이다.

『오디세이아』 제4권에서 텔레마코스가 메넬라오스의 궁전에 있는 동안, 메넬라오스는 자신의 트로이 여행담을 그에게 들려준다. 그는 어느 신이 자기를 사로잡고 있는지 알지 못하며 어떻게 배를 타고 귀향해야 할지 모른다. 그리하여 그는 한 가지 예언을 성취하기 위하여 해변에서 '바다의 선조'라는 프로테우스 해신과 겨룬다. 프로테우스는 자신의 몸을 짐승, 물, 불 등으로 변용시키는 힘을 갖고 있다. 그러나 메넬라오스가 그의 계속되는 변용에도 불구하고 그를 사로잡을 수만 있다면, 프로테우스는 메넬라오스의 질문에 답할 것이다. 그 일은 결국, 성공한다. 그 결과 프로테우스는 메넬라오스에게 이집트가 그를 속박하는 마력을 파괴하는 방법을 알려 주며, 칼립소(Calypso) 섬에 고립된 오디세우스의 행방을 알려 준다.

여기 스티븐 의식의 다변성(多變性)은 프로테우스의 그것이요, 케빈 이건은 메넬라오스와 대응한다.

창조적 유동성의 이러한 특성은 스티븐 데덜러스가 더블린의 중심부를 향해 해변을 따라 산책할 때, 연속적으로 그의 의식을 통해 급히 지나는 상상적 개념들의 프로테우스적 특질 속에 전반적으로 반영되며, 이 장을 통하여 되풀이된다. 생생하게 소환된 일련의 이미지들 속에, 스티븐의 마음은 그의 숙부모의 가정에 대한 기억들로부터, 파리 자신의 열의 없는 의학 공부에까지, 자기 자신의 예술적 능력과 가식들에까지, 아일랜드의 민족적 전통에 대한 명상에까지, 민첩하게 도약한다. 호머의 서사시의 희랍 신에 의하여 취해지는 다양한 형태를 모방하면서, 스티븐의 사고들은, 단일 역할 속에 자기 자신을 고정함이 없이, 그의 광범위한 천성에 걸쳐 내왕한다.

「프로테우스」 에피소드의 열리는 글줄에서, 인간의 상상력과 육체적 현실 간의 관계에 대한 명상은 스티븐 마음의 안정되지 못한, 내성적 상태를 포착한다.

> 가시적인 것의 불가피한 형태. 적어도 그 이상은 아니라 할지라도, 내 눈을 통하여 그렇게 생각했다. 내가 여기 읽으려고 하는 만물의 기호들, 물고기 알과 해로, 다가올 조수, 저 녹슨 구두, 꼬딱기초록빛, 푸른은빛, 모두 채색된 기호들.(U 31)

이러한 선언으로부터, 스티븐은 제이코브 보험, 아리스토텔레스, 사무엘 존슨, 조지 버컬리, G. E. 레싱 및 윌리엄 블레이크로부터의 잡다한 철학적 및 심미적 비평들에 대한 회상으로 움직인다. 그들의 이러한 상상의 선택적 개관을 통하여, 그는 예술과 인식 및 미에 대한 그이 자신의 견해를 명시하려고 진력한다.

스티븐이 스트라스부르크 테라스와 그의 숙부모의 거처에 접근

｜제임스 조이스 문학 읽기｜

하자, 그의 사고들은 순간적으로 심미적 가치의 응용에서부터 숙모 사라와 숙부 리치 고울딩의 가정사(家政事)로 방향이 바뀐다. 조이스는 스티븐으로 하여금 그가 고울딩 가(家)의 방문에서 받게 될 대접을 상상하게 하는바, 이 장면은, 그가 그들의 집을 지나, 자신은 결국, 그들을 방문하지 않기로 할 때, 단지 스티븐의 마음속에 일어나는 사건임을 우리가 인식하도록 묘사된다. 스티븐은 재빨리 자신의 관계에 대한 사고들로부터 자신의 야망과 성취의 평가로 움직인다. 그의 냉소적 논평은 그가 지난 수년 동안 인생과 관계한 것들에 관해서 그가 현재 아무런 환상이 있지 않음을 분명히 한다. 그는 자신이 이미 예견했던 성취와 그가 실지로 현재 행한 것 간의 불일치를 곰곰이 생각할 때, 독자는, 어딘가 『젊은 예술가의 초상』과 『율리시스』의 시작 사이에, 스티븐이 자기 자신에 관한 유리된, 심지어 아이러니한 견해를 그에게 부여하는 일종의 유머감각을 획득했음을 알게 된다.

스티븐이 그의 초기의 야망에서부터 파리에서의 자신의 체류로 움직임은 일종의 쉬운 전환처럼 느껴진다. 그의 예술적 가장(假裝)을 인정하면서, 그는 국외 추방적 예술가의 인생을 살고 있다고 생각하면서, 그가 한때 취한 자의식적 자존심을 상기한다. "바로 가장 태연한 목소리로 말하는 거지. 내가 파리에 있었을 때, '불 마쉬'가에 살고 있었지……."(U 35) 그러나 프랑스에서의 그의 좌절과 나이 많은 피니언 당원인 케빈 이건의 슬픈 운명을 기억함에서, 스티븐에게 파리에서의 생활에 대한 감각은 한 예술가로서 자신이 성취한 그것처럼 환상적이다.

이 시점에서 스티븐의 내면세계는 그를 둘러싼 세계와 접하게 되며, 그리하여 이는 열리는 페이지들에서 이미 소개된 지각과 현실 간의 관계로 서술을 되돌린다. 두 새조개 따는 이들, 한 남자와 한 여자가 해안을 따라 빈둥거린다. 그들의 개에 의하여 놀라움을 당하는 세속적 경멸을 이겨낸 다음, 스티븐은 자유 연상의 과정에 의하여 자신의 상상력 속으로 그들을 합치시키기 시작한다. 그는 두 인물을 그들의 실질적 생활이 외견상 보이는 것보다 아마도 한층 이국적 및 확실히 비속한 집시 존재로서 단정한다. 표면상으로, 그것은 일종의 무해한 백일몽으로 존재한다. 그럼에도, 이러한 이미지들은 스티븐의 즉각적이요, 무 계획적인 창조적 계시(啓示)에서 나타나는 환기적(喚起的) 힘과 예술적 약속을 독자에게 다시 한 번 논증한다. 뒤이은 「아이올로스」에피소드에서 여기 새조개 따는 두 여인은 스티븐의 비전인, "피즈가 산의……조망"에 등장하는 인물이 된다.

아이러니하게도, 스티븐이 예술적 생산에 처음으로 솜씨를 시험할 때, 그 결과는 부자연스럽고 고통스럽도록 흠이 있는 듯 보인다. 해변을 따라 자신의 산책을 통해 그의 머리를 관통하여 지금까지 달려왔던 감정들을 심미적으로 표현하려는 시도 속에, 스티븐은 「네스토르」에피소드(제2장)에서 당일 아침 일찍이 가랫 디지 씨가 그에게 주었던 편지로부터 찢은 한 종이 쪽지에다 급히 명상을 메모한다. 이는 그의 '에피파니'를 추수(秋收)하는 행위요, 여기 그는 상징주의자 운동의 최악의 무절제를 합병하는 고도의 문체화된, 지극히 파생적 시의 서행들을 생산한다. 비록 독자들은 「아이올로스」에피소드(제7장)까지 스티븐의 작문의 모든 4행을 다 보지 못할지라도, 여기 발생하는 단편들은 스티븐이 그가 무 자의식적으로 작업할 때 훨씬 더 효과적임을 보여주기에 충분하다.

스티븐의 창조적 생산에 대한 그의 개념은 장이 결론을 향해 움직일 때, 심지어 한층 더 초보적이요, 저하되는 듯하다. 마지막 페이지들에서, 서술은, 스티븐이 장을 통해서 지금까지 보여준 창조적 야망에 대해 냉소적 견해를 강조하거니와 그것은 혹자들이 창조적 몸짓을 그것으로 적당히 둘러치는 성스러움의 분위기를 경건하게 풍자한다. 서술이 철학적 반성의 심령적(心靈的)[정신적] 세계로부터 물리적 물질성의 세속적 세계로 돌아갈 때, 그것은 스티븐의 소변을 내보면서 그리고 코를 후비는, 최후의 생산적 행위를 기록한다.

> 장 말에서 스티븐은 리피 강 하구에 정박된 세 개의 "가로활대(crosstree)"를 지닌 한 척의 범선을 본다. 여기 가로활대는 과연 스티븐의 영혼을 지배하는 모든 권능의 세 십자가요, "나는 두 주인의 하인이다……그리고 셋째는……"의 구절을 대변한다. 여기 배의 항해는 그리스도의 구원의 그것인 양, 그의 서술이 의식적(儀式的)이며 가식적 음률을 띠는지라. "그는 얼굴을 어깨 너머로, 배후면향(背後面向) 했도다."(U 42)

「프로테우스」장은 끝까지 스티븐 데덜러스의 재(再) 소개를 확장한다(만일 우리가 『젊은 예술가의 초상』을 읽었다면). 조심스럽도록 균형 잡힌 앞서 세 개의 장들에서, 서술은 스티븐의 사회적, 공적 및 사적 자신들에 대한 견해를 펼쳐왔는지라, 그들의 각각은 다른 양자와는 구별된다. 총체적으로 생각할 때, 그들은 그의 천성에 대한 고도로 복잡하지만 궁극적으로 접근할 수 있는 견해를 형성한다. 어떤 면들에서, 아마도, 「텔레마코스」는 소설에 대한 "위사출발(僞似出發[false start])"을 대표하는지라, 그 이유는 스티븐의 이 친근한 초상 다음으로, 서술은 일시적으로 역행하며, 리오폴드 블룸 씨의 대등하게 친근한 초상과 함께 오전 8시에 다시 시작하기 때문이다.

그럼에도, 이 부분은 중요한 문체적 및 문맥상의 작용들에 이바지한다. 그것은 스티븐의 천성에 대한 중심적 요소들과 관심들—그의 예술적 야망, 그 자신에 대한 냉소적 견해, 자기 어머니의 죽음에 대한 상실의 감각, 자기 자신의 신분에 대한 불안정 — 을 수립한다. 그리고 이러한 다양한 의식을 배열하면서, 서술은 그의 성격을 블룸의 대등하게 복잡한, 비록 덜 개발된 개성일지라도, 그것과의 긴장 속에 둔다. 몰리 블룸과 함께, 이러한 모습들은 모더니즘과 포스트모더니즘의 특징적 모양새로 서술의 초점을 쪼갠다.

샌디마운트 해변, 리피 강의 강구 남쪽 및 피전하우스 방파제 사이의 약 2마일에 달하는, 더블린 만(灣)의 해안(산책로로 유명함)을 스티븐은 달키에서 학교 수업을 마친 뒤, 대중교통 수단(전철 다트[Dart])을 이용하여 이곳에 도착, 해변에서 약 1시간 30분 동안 빈둥거린다. 그는 멀리건과의 '쉽 주점'에서 만나자는 약속을 여기서 어긴다.

*「프로테우스」에피소드에 관한 보다 자세한 정보를 위해, 『서간문』 II. 28, 49, 148 등을 참고할 것.

제4장. 이클레스 가 7번지

(칼립소[Calypso] 에피소드)

『율리시스』의 4번째 에피소드요, 「율리시스의 방랑」으로 알려진, 소설의 중간 부분에서 첫째 장이다. 「칼립소」 에피소드는 『리틀 리뷰』지의 1918년 6월에 연재의 형식으로 나타났다. 이 에피소드에서 조이스는 리오폴드 블룸과 그의 아내 몰리 블룸을 소개한다.

『오디세이』 제5권에서 우리는 오디세우스가 요정 칼립소의 포로가 되어 있음을 본다. 그러자 아테나는 오디세우스를 구하기 위하여 제우스신에게 중재를 부탁한다. 제우스신은 헤르메(Hermes)를 칼립소에게 보내어 오디세우스를 해방하게 하고 그의 안전한 귀환을 권한다. 오디세우스는 지난 7년 동안 이 섬에 감금된 채 해방과 귀환을 동경해 왔다. 칼립소는 제우스신의 지시에 응하고 오디세우스는 자유의 몸이 되어 항해를 준비하지만 '소나기 먹구름'의 형태를 지닌 포세이돈(Poseidon)의 반감으로 폭풍우에 휘말린다. 그러자 아테나가 다시 중재에 나서고 오디세우스에게 '침착의 선물'을 주어 폭풍우를 이겨내게 한다.

여기 조이스의 님프 요정은 칼립소 요정, 시온 산(山)은 이타카 격이다.

조이스가 발레리 라르보에게 임대한 스키마에 따르면, 이 장의 장면은 이클레스 가 7번지 블룸의 집이다. 행동이 일어나는 시간은 오전 8시요, 에소드의 기관은 콩팥이다. 예술은 경제학이요, 상징은 요정이다. 그리고 에피소드의 기법은 서술(성숙)이다.

『오디세이』와의 분명한, 비록 아이러니할지라도, 평행은 여성 인물로서 몰리를 칼립소와 대응하는 것인데, 전자는 그녀의 남편을 사로잡고 있으며, 그녀가 블레이지즈 보일런과 자신의 밀회를 수행할 수 있도록 혐오스러운 리오폴드 블룸을 하루 동안 집을 떠나 있도록 한다. 두드러지게도 블룸의 집에 한정된, 이 에피소드의 행동은 「텔레마코스」에피소드(제1장)의 탑 속의 한정된 행동과 동시에 일어난다. 사실상, 『율리시스』의 첫 6개의 에피소드들은 시간적 연쇄의 평행을 함유한다. 「텔레마코스」/「칼립소」(오전 8시), 「네스토르」/「로터스—이터즈」(오전 10시), 그리고 「프로테우스」/「하데스」(오전 11시). 이는 스티븐 데덜러스와 리오폴드 블룸 간의 비평적 비교를 야기하는 소설의 조직적 원칙을 마련한다. 비록 이들 두 주요 인물들은 급진적 다른 방법으로 세계를 인식하고 평가할지라도, 그들은 자신의 개성의 중요한 양상들뿐만 아니라, 소설 자체의 중요한 양상들을 함께 연결하는 데 충분히 공통점이 있다.

잭 보원(Zack Bowen) 교수는 『조이스 연구의 자매편』의 『율리시스』에 관한 그의 장에서, 스티븐과 블룸의 사상적 유형의 간명한 분석을 제공하는바, 그는 그들의 상오 연관성뿐만 아니라 그들의 차이를 지적한다. 보원에 따르면, 스티븐의 세계는 내적인 심리적 동력에 의해 대부분 지배되는 데 반해, 블룸의 것은 외부적 현실의 지각에 의하여 생기를 띤다는 것이다(447쪽 참조). 그러나 호기심 많게도, 비록 블룸의 사상들은 다른 사물에서 유출되며, 다른 결론으로 인도한다. 보웬은 다음과 같이 관찰한다.

> 그들은 스티븐의 것과 정교하게 서로 엉키게 된다. 또한, 둘은 수많은 공통의 주제들에서 경험과 흥미를 나눈다. 예를 들면, 소, 아일랜드, 정치, 여인들, 음악, 그리고 문학은 양자들의 사상에서 커다란 역할을 한다(Bowen 448쪽).

「칼립소」 장이 끝날 때쯤이면, 독자는 이 에피소드가 이전의 장들에 대한 단순히 시간적 평행보다 한층 나아감을 알게 된다. 그것은 스티븐 데덜러스의 저들 지배적 의식들과 평행하는 블룸에 관한 현안들에 초점을 맞춤으로써, 주제적 유추들을 소개한다. 즉, 부성에 대한 모호한 감정, 자신의 아들과 아버지의 상실에 대한 계속된 슬픔, 그리고 그의 즉각적인 미래에 관한 인식 등. 블룸은 스티븐보다 인생에 대한 한층 실질적이요, 심지어 범속한 견해를 취하는 경향이지만, 그들 두 사람은 비슷한 관심들에 의해 고통 받는 불안한 마음으로 1904년 6월 16일을 시작한다. 스티븐 역시 부성의 사상들에 의하여, 어머니의 상실과 그의 예술가적 미래에 관한 자기 자신의 이해에 의하여 지배된다.

그러나 「칼립소」 에피소드는 애초에 유리되고 금욕적 스티븐과 (비록 소외될지라도) 상냥한 보행자 블룸 사이의 차이를 강조한다. 이 장은 블룸의 육감적 천성의 생생한 서술로서 막이 열린다. 여기 요리의 소개를 견지하면서, 서술은 블룸을 몰리를 위해 조반을 준비하면서, 부엌에 있게 하는데, 후자는 아직도 잠자리에 있다. 그는 콩팥에 관해 생각하고, 고양이에게 밀크를 주며, 그리고 고양이의 천성을 명상한다. 그러나 몰리에게 그녀의 조반을 운반하기 전에, 그는 당일 양의 콩밭이 결한지라, 대신 돼지 콩팥을 사기 위해 들루가쯔 푸줏간으로 출발하기로 마음먹는다. 그는 몰리에게 자신이 잠시 외출한다고 말한다. 그가 집을 떠날 준비를 할 때, 그는 침대의 노쇠 고리가 징글징글 울리는 소리를 듣고, 지브롤터를 상기하는데, 몰리와 침대는 그곳 출신이다. 이 소리에 대한 언급은 잇따르는 「키르케」 에피소드에서 몰리와 보일런의 간음을 암시한다(U 383).

그러나 블룸의 행동은 어떤것도 제멋대로가 아니다. 문을 나서는 도중, 블룸은 "헨리 플라우어"—마사 클리퍼드와의 그의 비밀 통신에서 사용하는 그의 별명—라는 글씨가 그 위에 적힌 하얀 종이쪽지가 모자의 가죽 안 섶에 거기 안전하게 숨겨져 있는지를 자세히 확인한다. 홀의 문을 조용히 닫기 전에, 블룸은 문간 열쇠를 자신이 지니지 않음을 알아차린다. 그는 나중에 당일의 외출을 위해 집을 나설 때도 그걸 재차 잊어버린다.

블룸이 돌세트 가(街)를 따라 걸을 때, 서술은, 냉정한 아이러니를 가지고, 독자에게 블룸의 활동적이고 에로틱한 상상을 부여한다. 예를 들면, 블룸이 들루가쯔의 푸줏간에서 대기하고 있을 때, 그는 자기 앞에 서 있던 이웃집 하녀를 급히 뒤따를 생각을 한다. "블룸 씨는 재빨리 손가락으로 가리켰다. 만일 그녀가 천천히 걸으면 그녀를 뒤쫓아 따라가는 거다. 그녀의 흔들거리는 햄 같은 엉덩이 뒤를. 아침에 맨 먼저 그런 걸 본다는 것은 기분 좋은 일이야. 빨리해요, 쟁장. 햇빛이 비칠 때 건초를 만들어야 하는 거야"(U 49). 들루가쯔가 그의 주문을 애써 채우고 있는 동안, 블룸의 관음증은, 그가 처녀의 순경들과 공원에서의 있을법한 만남을 자신의 마음에 떠올릴 때, 표면에 나타난다.

블룸이 집으로 돌아오자, 문간의 아침 우편에서 두 통의 편지와 한 장의 카드를 발견한다. 편지들은 그에게 대조적이요 상극적 감정을 불러일으킨다. 블레이지즈 보일런에게서 온 한 통의 편지는 블룸이 종일 억제하려고 애쓰는 사건 — 그의 아내의 임박한 간통 — 과 함께 그를 대면한다. 방금 멀린거에서 사진사의 조수로 일하는 그의 딸 밀리 한테서 온 또 다른 한 편지는 그에게 아내와 딸에 대한 자신의 사랑 감정을 불러일으키는 반면, 밀리 자신의 솟아나는 성(性)에 대한 관심을 야기한다.

블룸은 몰리의 편지와 카드를 능직 이불 위 그녀의 굴곡 진 무릎 근처에 놓은 다음, 아내의 조반을 자신들의 침실의 그녀에게 가져간다. 그리고 그가 뒤쪽을 쳐다보자, 아내가 편지를 슬쩍 쳐다본 다음 그것을 베개 밑에 감추는 것으로 보는데, 이는 종일 동안 그의 마음을 오락가락하는 강박관념이다. 그는 그녀가 보일런과 함께 다가오는 연주 여행에서 부를 예정인 노래에 관해서 질문한다. J.C. 도일과 함께 부르는 이중창인, 이 노래는 모차르트의 오페라 「돈 조반니」로부터의 「라 치 다렘」(우리 손잡고 함께 가요)이요, 다른 하나는 대중가요인 「사랑의 달콤한 옛 노래」다. 이러한 노랫가락들에 대한 암시는 『율리시스』를 통하여 블룸의 생각 속에 다시 떠오른다. 몰리는 얼마간 외설적이요, 가피학성(加被虐性〔sadomasochistic〕)의 소설인, 리드(Amye Reade)

작의 『루비. 곡마장의 자랑거리』 속에 그녀가 발견한 단어, "윤회(Me-tempsychosis)"의 의미에 관해 블룸에게 묻는다. 블룸은 그것을 몇 개의 다른 방도로 정의한다. 그 말은 희랍어에서 유래하며, "영혼의 전생(轉生)" 또는 "재생(再生)"을 의미한다고, 그는 설명한다.

그 말에 대한 블룸의 학자연한 해명 동안, 몰리는 그녀 자신의 향락에 한층 직접적인 관심이 있는 문제로 그녀의 주의를 돌린다. 그녀는 약한 포르노(soft-core pornography)에 취미를 갖고 있으며, 블룸에게 에로틱한 저자인 뽈 드 꼬끄 저의 책을 한 권 사오도록 지시한다("그인 참 멋진 이름을 가졌어요", Kock와 cock는 동음이의어요, 후자는 남성 성기의 속어이기도 하다). ─꼬끄는 또한, 그녀가 이전에 즐겼던 소설들의 작가다. 몰리는 이때 뭔가 타는 냄새를 맡는다. 블룸은 그가 화로 위에 올려놓은 콩팥을 기억한다. 그는 급히 황새걸음으로 부엌으로 달려가 자신의 조반을 그것의 화장(火葬)으로부터 구한다.

그가 조반을 먹으면서 앉아 있는 동안, 딸 밀리의 편지를 한가로이 정독하는 즐거움이 있다. 그러나 그러한 경험은 만족만큼이나 우려 또한, 낳는다. 그녀의 15번째 생일을 방금 축하한 다음, 밀리는 편지에서 그에게 "멋진 생일 선물……새 모자"를 선사한 데 대해 감사하고, 몰리에게 "멋진 크림 상자"를 보내준 것에 감사하면서 그녀에게 답장을 쓸 것을 약속한다. 그녀는 멀린거란 도시 사진사의 가게에서 일하는 자신의 생활에 관해 말하고, 상점은 날씨가 좋아 산책하러 가는데, 어제는 "뚱뚱보 무 다리를 한 여인들이 모두 참석했어요(all the beef to the heels were in)."라고 말한다(여기 이 구절은, 기포드(Don Gifford)에 의하면, 멀린거, 즉 아일랜드의 소치는(beef) 지역에 상응되는, "women with stocky legs"란 뜻의 속어다). 여기 밀리는 이를 냉소 또는 풍자 없이 사용하는 듯하다. 블룸의 관심은 한층 증폭하는지라, 그때 밀리는 그녀의 편지에 밴넌(Bannon)이란 젊은 남학생에 대한 그녀의 흥미를 언급하자, 블룸은 이어, 블레이지즈 보일런을 「저 사랑스러운 바닷가의 소녀들」이란 노래의 작사자와 혼동함으로써 그에 대해 천진하게도 풍자적 언급을 계속한다.

에피소드의 거의 종말 가까이에서, 블룸은 옥외 화장실로 나아가는데, 이 장면은 에즈라 파운드와 많은 조이스의 다른 지지자들에게 충격을 주었던 장면이기도 하다. 이 고조된 자연주의는 단순히 서술의 (그리고 조이스의) 배설강박증(排泄强拍症〔cloacal obsession〕)을 나타내기 위한 예가 아니다. 그것은 우리 각자로 하여금 서술 속에 기록되느냐 않느냐에 대한 우리 자신의 가설과 대면하게 한다. 그리하여 이러한 대면의 결과는 우리로 하여금 우리가 추구하는 독서 행위의 주관적 접근을 한층 인식하게 한다.

블룸은 배설하는 동안 『팃비츠』 잡지에 나와 있는 필립 뷰포이 씨 작의 이야기 「맛참의 뛰어난 솜씨」를 읽는다. "요즈음 뷰포이(산모인 퓨어포이와 혼돈하기 일쑤인지라, 실지로 브린 부인은 그렇게 한다) 부인에 관한 소식 들으시오? 블룸 씨가 물었다. ─ 마이너 퓨어포이? 그녀가 말했다."(U 130) 블룸은 자신의 노력의 대가로 받는 지급에 인상을 받은 지라, 그는 자신의 영감으로서 몰리와 함께 비슷한 글을 쓸 것을 생각한다(이는 당일 코스를 걸쳐 블룸의 마음을 통과하는 일련의 돈벌이 궁리의 하나다). 여기 앞서 블룸이 이웃집 하녀에 대한 생각으로 야기되는, 자장가인 "임금님은 그의 회계실에 있었고……하녀는 마당에 있었다……."(「6페니짜리 노래를 불러요」의 구절)의 구절이 블룸이 배변하는 동안 계속 그의 의식을 통해 흐른다. 블룸이 배변으로부터 얻는 향락은 자장가의 즐거운 가락에 의하여 강조되거니와 이러한 즐거움은 블룸 부부의 글쓰기를 위한 시간 재기에 연달아, 이어 폰키엘리의 「시간의 무도곡」으로 나아간다.

뷰포이의 이야기가 품은 은연의 감상(感傷)과 그것의 몰리와의 연관은 블룸의 생각을 그녀의 보일런과의 만남으로 돌리는데, 이는 작품의 전 과정을 통하여 그의 의식으로부터 몰아내려고 애쓰는 한 주된 사건이다. 아마도 블룸은 그들의 밀회가 당일을 초월한 결과를 가져오리라 두려워하기 때문에, 보일런의 재정적 상태에 대해 의아하게 생각하기 시작하리라. 그러나 그는 유별나게 그 문제에 대해 곰곰이 생각하기를 거절하고, 자신의 마음을 한층 즉각적인 관심들로 돌린다. 장면에 타당한 결말의 형태로서, 블룸은 "현상 소설의 중간을 날카롭게 찢어." 그것으로 뒤를 훔친다.

그곳을 떠날 때, 성 조지 성당의 종소리는 블룸에게 패디 디그넘의 임박한 장례를 상기시키며, 독자를 위하여 잇따르는 장들에 대한 한 전환으로서 이바지한다. 앞서 폰키엘리의 아침에서 어둠을 통한 과정은 이제 블룸의 연관된 패턴 속에 침울한 죽음으로 인도하는지라, 이때 성당 차임벨의 주제적 의미는 17세기 형이상학 시인 단(John Donne)의 설교, "누구를 위해 종이 울리는지 묻지 마라."와 합류한다. 그러자 블룸은 대답한다. "불쌍한 디그넘!" 하고.

제5장. 목욕탕

(로터스―이터즈〔Lotus-Eaters〕 에피소드)

『율리시스』의 5번째 에피소드요 「율리시스의 방랑」 부분의 두 번째다. 그것은 『리틀 리뷰』지의 1918년 7월 호에 연재되었다.

조이스가 발레리 라르보에게 임대한 스키마에 따르면, 이 에피소드의 장면은 리오폴드 블룸이 패디 디그넘의 장례식에 참가하기 전에 방문하는 터키 목욕탕이다. 그러나 이 장 대부분의 행동은 블룸이 여기저기를 배회할 때 더블린의 거리에서 일어나며, 서술은 그가 실지로 목욕탕에 도착하기 전에 끝난다. 행동이 시작하는 시간은 오전 10시요, 장의 기관은 생식기다. 이 장의 예술은 식물학 및 화학이다. 이 에피소드의 상징은 성체요, 그의 기법은 자기 도취증(나르시시즘)이다.

오디세우스 장군은 칼립소의 섬과 바다로부터 도피한 후에 파이아키아인(Phaescian)에 상륙하여(제6권) 알킴노오스(Alcinous) 궁전에서 대접을 받고(제7, 8권), 알키노오스 왕에게 자신의 수년간에 걸친 항해에 관한 이야기를 들려준다. 그의 항해 초기에 그와 그의 부하들은 폭풍우로 로터스—이터즈의 섬에 떠밀리게 된다. 그러자 오디세우스의 몇몇 부하들은 로터스를 먹고 그들의 고국을 잊어버린 채, 그곳에 영원히 머무르기를 바란다. 오디세우스는 그들을 설득해 다시 배를 타고 출항한다.

여기 호머의 로터스—이터즈는 『율리시스』의 마차꾼들, 군인들, 환관들, 목욕자, 크리켓 구경꾼들에 대응한다.

『율리시스』의 「로터스—이터즈」 에피소드는 블룸의 대중적 인품에 대한 최초의 확장된 견해를 제시 하지만, 그것은 그의 사적인 관심들에 의해 지배되어 있다. 그의 아내 몰리에 대한 생각들은 그들이 온종일 그의 의식을 적시듯, 이 에피소드를 통해 계속 일어나며, C.P. 맥코이가 자신의 아내, 패니 맥코이와 몰리 사이에 행사하려고 시도하는 서로의 비교는 블룸의 분노와 그의 불안정을 동시에 자극한다. 블룸의 마사 클리퍼드와의 도락적 서신 교환은 그의 관음증과 그의 주의를 예상하게 하는바, 그 이유는 그가 그녀와의 자신의 얼마간 외설적 통신으로 신중한 향락을 얻기는 하지만 그 이상의 것을 바라지 않기 때문이다. 그것은 블룸의 자기—견제에 대한 독자의 느낌을 강화하는, 이 장의 몇몇 예 중의 하나인지라, 왜냐하면, 이 장을 통하여 다양한 지인들과 그의 빈번한 만남에도, 우리는 블룸의 두드러진 소외와 그의 동료 더블린인과의 의도적 고립을 알리는 많은 예를 보기 때문이다.

이 장을 통하여, 리오폴드 블룸은 트리니티 대학 근처의 지역과 리피 강의 남부에 있는 부두 주변을 산만하게 배회한다. 비록 블룸은 몇몇 심부름을 할지라도, 그는 패디 디그넘의 장례까지 시간을 보낼 때, 이 장의 비공식 타이틀을 견지하는 가운데, 혼수상태에서 사방으로 움직인다. 이 장에서 그의 첫 기록된 몸짓은—근처에서 담배를 피우고 있는 젊은이에게 아무 말도 하지 않기로 마음먹는—그의 성격과 일치한다. 즉, 그는 민감성과 관심을 스스로 행동하기를 회피하는 자신의 신중한 경향과 결부시킨다.

부두로부터 남쪽으로 움직이면서, 블룸은 "헨리 플라우어"라는 그의 익명이 붙은, 그에게 보내진, 마사 클리퍼드로부터의 편지를 찾기 위하여, 웨스틀랜드 로우 우체국을 방문한다. 그녀의 편지는 애초에 블룸이 서기의 도움을 위하여 신문에 낸 멍청이 광고에 대답하여 그녀가 그에게 쓴 것이다. 지금쯤 그녀는 한층 더 친근한 통신 자가 되었다. 블룸이 우체국을 떠나고, 편지를 읽을 수 있기 전에, 그는 C.P. 맥코이를 우연히 만나는데, 후자의 사업 경험이 블룸의 것과 평행을 이루고, 그의 아내 패니 마코이는 몰리 블룸처럼 소프라노 가수인데다, 그녀의 노래로서 상당한 지방적 유명세를 얻고 있는 처지다. 마코이는 블룸을 억제하는 무감각에 영향을 받은 듯, 암암리에 자신들 생활의 평행을 통해 대화를 지연시킨다. 블룸은 기식자(寄食者)로서 마코이의 명성을 알아차리고, 그의 우정은 단순히 어떤 종류의 성가신 제의에 대한 서곡임을 의심하면서, 마코이가 끌어내는 서로의 유사성을 받아들이기를 거절하고, 그를 냉정하게 저만치 따돌린다.

맥코이와 헤어진 다음, 블룸은 컴벌랜드 가(街)에서 한적한 곳을 발견하고, 그곳에서 마사 클리퍼드의 편지를 훑는다. 그의 내용은 블룸이 한 여인과 서간문(書簡文) 상의 연애 사건을 수행하는데다가, 글줄들 간의 읽음은 블룸이 갖는 성적 성질의 어떤 양상들을 들어내고 있음을 분명히 한다. 블룸의 가장 최근 편지에 응답함에서, 마사 클리퍼드는 그녀의 편지의 서두에서 성적 간지러움을 드러낸다. "저는 그 것 때문에 당신을 벌줄 수 있기를 바라요."(U 63) 여기 어떤 종류의 속물적 또는 가학성의 처벌이 그들이 나누는 상오의 매력의 심장부에 있는 듯하다. 그리하여 그녀는 그와 얼굴을 서로 대면하는 기회를 그에게 강요한다.

마사의 편지의 어떤 양상들은 블룸에게 즐거움을 부여한다. 그는 분명히 그녀의 편지가 은근히 암시하는 관음증적 만족을 즐기거나, 편지가 자극하는 다른 여성들에 대한 기억으로부터 한층 향락을 취한다. 그는 또한, 마사와 몰리를 비교함에서 한 뒷박의 만족을 느낀다. 동시에, 블룸은 자신들의 관계가 더 깊이 함몰되기를 원치 않는 것이 아주 분명하다. 그는 이 젊은 여인과 실질적으로 만남으로써 그의 인생을 복잡하게 할 의도는 없다.

마사 클리퍼드의 편지가 들어 있는 봉투를 조심스럽게 찢은 다음 (그러나 편지 자체는 그냥 두고, 왜냐하면, 「이타카」 장에서 보듯, 그는 그녀의 이전의 모든 편지를 보관해 왔기에), 블룸은 만성 성당으로 들어간다. 여전히 디그넘의 장례식 전까지 시간을 죽이기 위해, 그는 자리에 앉아 미사의 종말을 관찰한다. 그는 혼자 생각한다. "라틴어는 좋은 생각이야. 우선 사람들을 마비시키지". 블룸의 기독교에 대한 겸양의 태도와 가톨릭의 의식에 대한 기본적 무시는 그의 몰리와의 결혼 전에 그가 세례를 받았음에도 교회에 대한 그의 충성은 기껏해야 미미한 것임을 분명히 한다.

　미사의 종말에서, 블룸은 교회를 떠나, F.W. 스위니의 약방 건물을 향해 거리 아래로 배회한다. 그리하여 약방에서 그는 몰리의 보디로션을 위한 주문을 재계약하고, 그가 길 아래 터키 목욕탕에서 사용할 비누를 상점에서 한 개 산다. 스위니 점을 떠나면서, 블룸은 평소의 게으름뱅이 밴텀 라이언즈를 우연히 만나는데, 그는 블룸과 이야기하는 것에 별반 흥미가 없어 보이며, 그러나 최신 경마 뉴스를 위해 블룸이 지닌 신문과 상담하기를 원한다. 블룸이 신문을 버릴(throw it away) 참이라, 그걸 가져도 좋다고 그에게 말하자, 라이언즈는 애스콧 경마의 다크호스인, 「드로우어웨이」호에 대한 팁으로 오해하고, 그 말(馬)에 내기를 걸려고 급히 돌진한다. 그러나 그는 잇따라 신경을 잃고, 「드로우어웨이」호가 20대 1일로 우승할 때 돈을 걸 기회를 놓쳐 버린다.

　이 장은 최후의, 나른한 이미지로 종결되는데, 이 이미지는, 이 에피소드의 주제를 지속하면서, 블룸의 상상을 통해 야기된다. 즉 블룸은 레인스터 가의 터키 목욕탕에 가기로 마음먹는데, 마지막 구절에서 서술은 그가 거기 탕의 물속에 잠입할 때 자신이 느낄 향락에 대한 예상을 기록한다.

　　그는 자신의 하얀 육체가, 벌거벗은 채, 온기의 자궁 속에서, 녹고 있는, 향내 나는 비누에 의해 기름칠되어, 조용히 떠서, 탕 속에 한껏 뻗어 있는 것을 미리 그려보았다. 그는 자기의 몸뚱이와 사지(四肢)가 잔물결을 일으키며 한결같이, 가볍게 위로 떠서, 노란 레몬 빛을 띠고 있는 것을 보았다: 그의 배꼽, 육체의 꽃봉오리: 그리고 수풀 같은 까만 헝클어진 곱실 털이 떠있는 것을, 수천 자손의 무골(無骨)의 부(父)의 둘레를 흐르며 둥둥 떠 있는 털, 한 송이 나른한 꽃을 보았다.(U 71)

「로터스 ― 이터즈」 에피소드는 많은 이미지 ― 레몬 비누, 금배 경마, 「드로우웨이」 호 ― 를 소개하는데, 이들은 나중에 『율리시스』를 통하여 재현하며, 소설에 한 됫박의 문맥적 영속성을 마련한다. 앞서 4개 장의 서술을 특징짓는 "내적 독백" 또는 "의식의 흐름"의 꼭 같은 형태가 이 장의 문체를 지배한다. 「로터스 ― 이터즈」 에피소드는 블룸의 심리에 대한 자세한 표현을 마련하고, 소설에서의 그의 역할에 대한 독자의 이해를 확장한다. 그럼에도, 블룸의 행동을 작용하거나 세상에 대한 그의 인식을 형성하는 많은 것들이 숨은 채 그대로 남아 있다.

블룸의 여로는 이클레스 가의 자기 집으로부터 리피 강구 근처의 남쪽 둑의 서 존 로저슨 부두까지 약 1.25마일의 여행이다. 그는 웨스틀랜드 로우 정거장을 향해 남쪽으로 그리고 그곳에서 다시 북서쪽으로 레인스터(Leinster) 가의 목욕탕까지 배회한다.

* 부수적 세목을 위하여 『서간문』 II. 268 및 449 참조.

제6장. 장례 행렬과 묘지

(하데스〔Hades〕 에피소드)

『율리시스』의 6번째 에피소드요, 「율리시스의 방랑」 부분에서 3번째 장이다. 이는 『리틀 리뷰』지의 1918년 9월 호에 연재되었다.

호머의 『오디세이』 제10권에서, 오디세우스는 하데스들에 의하여 지배받는 사자(死者)들의 거처인, 하데스의 맹인 천리안이요, 제우스의 아우인, 틸레시아스와 상담할 것을 키르케에 의하여 지시받는다. 제11권에서, 오디세우스는 필요한 의식적 희생을 겪은 다음, 그는 하데스로 하강한다. 거기 틸레시아스의 유령이 나타난다. 그는 오디세우스에게 포세이돈이 그를 이타카로 귀환하는 것을 막고 있다고 설명하고, 오디세우스에게 그가 여행 도중 봉착해야 할 많은 위험에 관해 주의시킨다. 틸레시아스는 또한, 오디세우스가 자신의 집을 재탈환할 것이요, 오랜, 만족스러운 생활을 영위할 것이라 예언한다. 오디세우스가 사자들의 땅으로부터 출발하기 전에, 그는 자신의 어머니의 유령뿐만 아니라, 다른 중요한 인물들의 그것들을 만난다. 『오디세이』의 이 인물과 조이스의 『율리시스』의 유추상 에피소드 간의 병행은 리오폴드 블룸이 그가 친입자, 블레이지즈 보일런으로부터 가정을 재탈환하기 위해 귀환하기 전에, 1904년 6월 16일 하루 동안, 직면하는 투쟁들을 강조하고 논평한다.

여기 조이스의 4개의 강이 있는데, 장례 행렬과 블룸이 건너는 도더(Dodder)강, 그랜드 운하(Grand Canal), 리피강 그리고 로열 운하(Royal Canal)로, 오디세우스가 건너는 4강들에 해당한다. 사자 디그넘은 엘페노르, 파넬은 아가멤논 격.

조이스가 발레리 라르보에게 임대한 스키마에 의하면, 이 에피소드의 장면은 글레스네빈에 있는 프로스펙트 공동묘지다. 행동이 일어나는 시간은 오전 11시요, 에피소드의 기관은 심장이다. 에피소드의 예술은 종교요, 색깔은 흑과 백이다. 상징은 묘지 관리인이요, 그의 기법은 몽마(incubus)다.

장은 샌디마운트에 있는 망자 패디 디그넘의 집 전면에서 열린다. 잭 파우어와 사이먼 데덜러스, 그리고 그들에 잇따라 블룸이 장의 마차 안으로 들어오는데, 마차는 글라스네빈 장지까지 그의 여행을 시작할 참이다. 모두 마차가 움직일 것을 기다릴 때, 블룸은 자신이 뒤 호주머니에 있는 레몬 비누 위에 불안하게 앉아 있음을 발견한다. 마차가 일단 움직이기 시작하자, 남자들은 사망한 디그넘에게 존경의 표시로 행인들이 그들의 모자를 치켜드는 것을 창문 밖으로 목격한다.

블룸은 여기 한길의 스티븐 데덜러스를 보는데, 그는 샌디마운트 해변으로부터 『프리먼즈 저널』지의 사무실로 가는 도중이다. 그가 상복을 입고 있는 것을 목격하고, 블룸은 자신도 또한, 애도에 잠겨 있음을 생각한다. 블룸은 사이먼에게 그의 "아들이며 상속자"(U 73)가 걸어가고 있다고 언급하자, 이는 데덜러스 씨로 하여금 벅 멀리건을 악당으로서 매도하게 한다. "저 멀리건이란 녀석은 누구에게 들어 봐도 더러운 경칠 놈의 소문난 악당이더군그래. 녀석의 이름은 더블린 장안에 구린내를 풍기고 있어."(U 73) 그는 스티븐의 외사촌인 "그 술취한 꼬마 녀석과 아빠의 귀여운 똥 덩어리, 크리시."(U 73)를 얕잡는다. 아들이며 상속자가 있다는 생각이 블룸으로 하여금 순간적으로, 만일 그 자신의 아들 루디가 살았더라면 어떠했을까를 생각하게 한다. 블룸의 마음속에, 이러한 생각이 당시 생활의 성적 시작과 연관된다.

> 틀림없이 바로 그날 아침이었어. 아내가 레이먼드 테라스의 창가에서 소변 금지라고 써 놓은 벽 곁에서 두 마리의 개가 그 짓을 하는 것을 쳐다보고 있었으니……조금만 터치해 줘요, 폴디, 정말 하고 싶어 죽을 지경이에요. 이렇게 해서 인생은 시작되는 거다. 그때 임신했지.(U 73)

부자의 상관관계와 성적 주제는 소설의 중심 사상이거니와 이 장의 이 시점에서 서로 교합한다. 심지어 장례 마차의 좌석의 지저분한 상태 — 빵 부스러기와 다른 증거들이 최근의 성적 행동을 암시하거니와 — 이러한 광경에 기여한다. — "나의 추측이 크게 틀리지 않는다면……당신은 어떻게 생각하오, 마틴?"(U 74)

장의 마차가 이 장의 몇 개의 수로 중의 하나인 그랜드 운하 곁에 멈추는데, 이 수로는 호머의 하데스 강들에 대응을 이룬다. 블룸은 개 병원을 보며, 그의 부친의 개인 애도스를 보살펴 달라는 그의 최후의 소원에 대하여 생각한다.(U 595 참조) 마차 속의 대화는 전날 밤 벤 돌라드의 「까까머리 소년」의 노래로 그리고 신문에 실린 단 도우슨의 그에 대한 연설(이 연설은 「아이올로스」 장의 중요 화제가 된다)로 바뀐다. 노래의 토픽은 브레이지즈 보일런에 대한 생각을 블룸에게 불 지르는데, 이는 오후 늦게 있을 그의 몰리와의 약속이 블룸의 마음을 온종일 오락가락한다. 바로 그 순간, 마차 곁을 지나가는 보일런이 컨닝엄에 의하여 관측되며, 블룸의 친구들로부터 인사를 받는다. 친구들은 블룸에게 보일런과 몰리가 함께 갈 다가오는 연주 여행에 관해 묻는다. 이 연주 여행에 블룸은 동행할 수 없는데, 그 이유는 그가 부친의 사망 기일에 이니스를 방문할 계획이기 때문이다(소설을 통하여 블룸은 결코, 블레이지즈 보이런의 이름을 스스로 직접 언급하지 않는다).

고리대금업자인 루벤 J. 도드를 보자마자, 블룸은 도드의 아들에 관한 이야기로 상기된다. 만 섬에 아들을 보냄으로써, 한 소녀와 그의 관계를 끊으려는 부친의 결정에 충격을 받아, 루벤 J. 도드 2세는 리피 강에 뛰어들지만, 단지 한 보트 맨에 의하여 익사로부터 그의 목숨을 구하는데, 그 대가로 부친 도드는 그에게 수전노의 은화 한 잎을 준다. "1실링 8펜스라 너무 많은데,"(U 74)라는 사이먼 데덜러스의 평은 마차 속의 사람들에게 웃음이 터져 나오게 한다. 이 이야기는 부자(父子)의 주제에 대한 또 하나의 언급을 함유한다. 그러나 죽음에 대한 심각한 주제는 무리의 생각과 대화로 계속 되돌아간다. 파우어 씨는, 블룸의 부친이 자살했음을 당시 알지 못했기에, 그와 같은 죽음은 특별히 불명예스럽다고 판단한다. 민감한 컨닝엄이 간여하고, 블룸은 자살과 유아살해의 경우에서 기독교적 매장을 거절하는 교회의 규정을 명상한다. 컨닝엄의 의도를 알아차린 뒤, 블룸은 또한, 알코올 중독증의 아내와 살아가는 그의 궁지에 대해 동정적으로 생각한다.

장의 마차는, 다음 날 도살을 위해 도로 위로 끌려가는 소들과 양들 때문에, 멈추어 선다. 언제나 실질적인 블룸은, 이러한 동물들이 왜 도로를 메우지 않고, 보트까지 특별 열차로 운반할 수 없는지를 묻는다. 이 생각은 그로 하여금 장의 행렬을 묘지까지 직접 운송할 특별 열차 또한, 있어야 한다고 말하게 하는데, 이러한 생각에 마틴 컨닝엄은 호응함으로써, 영구차가 전복하여 관이 도로 위에 굴러떨어지는 꼴을 막을 수 있을 것이라 덧붙인다. 크로스건즈 교(橋)에서, 마차는 로열 운하를 건너는데, 운하는 더블린의 북서쪽에 있는 멀리건 시에서 시발한다. 이때 블룸은 딸 밀리(그녀는 그곳에서 사진술을 배우고 있다)를 불시 방문하는 가능성에 대하여 명상한다.

글래스네빈 묘지에 접근하면서, 행렬은 "기념비 건립자"인, 토스 H. 테너니의 석공의 뜰을, 그리고 살인 사건이 일어졌던 빈집을 통과한다. 묘지 문을 통과 한 다음, 마차는 멈추고 사람들이 밖으로 나온다. 블룸은, 그가 밖으로 나오기 전에, 재빨리 레몬 비누를 손수건 포켓으로 옮겨 넣는다. 블룸과 다른 사람들은 아이의 장례에 참가한 조객들이 지나가는 것을 살피거나, 패디 디그넘의 관을 기다린다. 사람들이 관을 어깨에 메고 묘지 성당까지 운반하자, 친구들과 묘지 관리인 코니 켈러허 및 디그넘의 꼬마 아들이 그를 뒤따른다. 컨닝엄이 파우어 씨에게 블룸의 부친이 음독자살했다는 것을 속삭이는 동안, 블룸은 커넌 씨에게 디그넘의 보험과 그의 과부 및 자녀에 관해 묻는다. 데덜러스 씨는 디그넘이 법률 변호사인, 존 헨리 멘턴을 위해 일해 왔으나, 음주 때문에 자신의 직업을 잃었다고 설명한다.

사람들이 묘지 교회 안으로 들어간 다음, 묘지 전담의 코피 신부가 기도를 시작하자, 블룸은 명상한다. "라틴어로 기도를 받으면 사람들은 한층 자신들을 중요하다고 생각하지."(U 85) 교회의 의식이 끝나자, 관이 무덤 파는 사람들에 의하여 운반되고, 그 뒤로 애도자들이 따른다. 디그넘 씨는 아내의 무덤 근처를 지나오는 동안, 흐느끼기 시작한다. 가톨릭교도로 개종한 신교도인, 커넌 씨가 블룸에게, 그 또한, 개종자인지라, 코피 신부의 예배 집정에 대해 그리고 예배 그 자체에 대해 못마땅한 평가를 한다. 존 헨리 멘턴은, 그가 수년 전 라운드타운의 매트 딜런 가(家)에서 블룸을 만난 적이 있는 것을 기억하지 못한 채, 그러나 몰리를 생생히 회상하면서, 그가 누군지를 묻는다. 묘지 관리인, 존 오코넬이 애도자들과 인사를 나누고, 친구의 무덤을 찾는 두 술꾼에 관한 농담을 그들에게 말한다. 무덤가에서, 블룸은 사자가 듣기를 좋아할 농담들에 관해 생각하기 시작하며, 『햄릿』의 무덤 파는 사람들의 장면을 마음에 떠올린다. 블룸은, 애도자들의 수를 헤아리기 위에 뒤로 물러서면서, 13번째로 비옷 입은 미지의 사나이(Macintosh)를 센다. 흙이 관 위로 던져지자, 블룸은 디그넘이 아직도 살아 있을지 염려한다. "아니야, 아니. 그는 죽었어, 물론. 물론 죽었단 말이야."(U 91) 그러나 살아 있는 사람을 매장할 가능성은 블룸으로 하여금 일어날지 모를 안전장치를 명상하게 한다. 기자인, 조 하인즈가 블룸에게 접근하여 그의 세례명을 묻는다. 블룸은 이를 대답한 다음, 앞서 「로터스―이터즈」에피소드에서의 차리 맥코이의 요구대로, 그를 신문에 싣도록 하인즈 맥코이의 이름을 댄다. 하인즈는, 블룸이 비옷 입은 자로서 신분을 밝힌, 그 미지의 사나이에 관해 묻자, 하인즈는 그것을 그의 이름으로 가정한다. 그것은 저녁 석간으로 『텔레그래프』지 난(欄)에 "비옷 입은 자"로 나타난다.

무덤 파는 자 중의 한 사람에 의해 사려지는 관의 띠는 블룸에게 인간의 탯줄을 암시하는바, 이는 「프로테우스」 에피소드의 초두에서 스티븐 데덜러스에 의해 일찍이 사용되었던 이미지다. 블룸이 묘지를 떠날 때, 그는 기념비들을 생각하고, 그들을 위해 사용되는 돈, 살아가기 위해 보다 잘 사용될 돈을, 보다 유효하게 쓰는 신중성에 대해 음미한다. 이 장을 통하여 블룸의 마음이 계속 향하는 것은 생활 자체에 대한 그의 현실감각이요, 그리하여, 여기 다시 한 번, 그의 생각들은 "충만 된 따뜻한 피의 인생"(U 94)에 대한 확신이다. 밖으로 나가는 도중, 블룸은 멘턴을 만나면서, 그의 모자의 움푹 팬 곳을 지적하지만 단지 그에 의해 퇴짜만 당할 뿐이다. 그러나 인생에 대한 새로운 감각을 가지고, 블룸은 생존의 세계로 들어간다. "감사하오. 우린 오늘 아침 얼마나 멋진가!"(U 95) "멋진가!"의 함축된 뜻은, 장례 자체, 블룸의 기분, 삶 자체, 등, 다양하다.

「하데스」 장은 독자가 블룸의 생활에 대해 갖는 최초의 지속적 견해를 기록한다. 그것은 우리가 애초에 그의 친구들로서 가정하는 사람들의 한복판에서 그가 고립되어 있음을 보여준다. 사실상, 이 에피소드가 펼쳐질 때, 그것은 서술을 통하여 이러한 생각이 서술될 것임을 은근히 심어준다. 이 페이지들에 출현하는 모든 더블린 사람들은 블룸처럼, 비록 역연(歷然)한 것은 아닐지라도, 강력한 소외로부터 고통을 받는다. 비록 친교와 우정의 일정에 의하여 표면상 함께 묶여 있을지라도, 이러한 삶들은 사실상 알코올에 대한 취미나 세상을 향한 비참함 외에 별로 나눌 것이 없다. 사실상, 독자가 블룸을 하루의 과정을 통해서 보다 자세히 관찰할 때, 그를 더블린 생활의 변경의 인물로서 바라보는 타자들의 경향에도 그는 그들이 사는 세상의 거친 감정적 및 물리적 요구에 그 누구보다도 한층 성공적으로 적응해 왔음이 분명해진다.

|제임스 조이스 문학 읽기|

제7장. 신문사

(아이올로스〔Aeolus〕 에피소드)

『율리시스』의 제7번째 에피소드요 「율리시스의 방랑」의 4번째 장이다. 그것은 『리틀 리뷰』지의 1918년 20월 호에 처음 연재되었다.

『오디세우스』 제10권에서 오디세우스는 "바람의 신"인 아이올로스가 지배하는 아이올리아(Aeolia)에 도착한다. 아이올로스는 자루 속에 모든 불길한 바람을 가둠으로써 오디세우스를 도우려고 애쓴다. 오디세우스는 이 자루를 배에 싣고 항해를 한다. 그러나 그의 조국 이타카가 시야에 들어오자, 그의 부하들이 자루 속의 보물을 의심하여 그것을 열자 바람이 마구 새어 나온다. 그러자 배는 도로 아이올로스로 돌아가게 되고, 그곳의 아이올로스는 이에 몹시 골을 내며, 오디세우스에게 더는 도움을 거절한다.

조이스의 크로포드 편집장은 호머의 아이올로스 격이요, 신문사의 윤전기는 부도(浮島) 격이다.

조이스가 발레리 라르보에게 임대한 스키마에 의하면, 이 에피소드의 장면은 『프리먼즈 저널』지의 사무실이요, 행동이 일어나는 시간은 정오이다. 이 장의 기관은 허파요, 예술은 수사학이다. 색채는 적색이요, 이 장의 상징은 편집자다. 그리고 그것의 기법은 생략 삼단논법이다.

이 장에서 신문사의 사무실에 모여 있는 떠들썩한 남자들은, 그들의 열변과 함께, 호머 에피소드의 풍자적 환기(喚起)를 마련한다. 사이먼 데덜러스와 네드 램버트를 포함하여, 몇몇 사람들은 오전에 있었던 디그넘의 장례식에 참석한 뒤, 이곳 신문사의 사무실에 당도한다. 레너헌과 맥휴 교수 같은 타자들은 아침 내내 산책을 즐겼다. 그러나 대부분의 사람은 자신들의 시간을 별반 점령하지 못하는 것이 그들의 대화에서부터 재빨리 분명해진다. 리오폴드 블룸은 — 그가 차, 주류 판매상인 알렉산더 키즈에게 팔기를 바라는 광고에 관해 조심스럽게 정보를 수집하는지라 — 이러한 상태에 놀랄 정도로 예외적이다. 따라서 그는 사무실의 빈들대는 자들에 의하여 조롱을 받는다. 대화 속에 구체화 된 풍성(風性)의 이미저리는 문의 열리고 닫히는 것과 같은 외견상 이들의 물리적 행동들에 의하여 촉진된다. 『이브닝 텔레그래프』지의 편집장인, 마일리스 크로포드의 술 취한 방해는 대화를 중단시키고, 장면에 무정부적 기미를 첨가한다.

이 장의 행동은 블룸이 『프리먼즈 저널』지의 고용인인, 존 "붉은"(레드) 머레이를 우연히 만날 때 시작되는데, 후자는 블룸을 위해, 신문의 편집장인 조지프 나내티에게 보여줄 이전의 키즈 광고를 찾아낸다. 블룸이 머레이에게 이야기하는 동안, 사주인, 윌리엄 브레이든이 사무실로 들어선다. 그러자 머레이는 브레이든의 얼굴과 "우리의 구세주"의 인기 있는 이미지들과의 소문난 유사성을 지적한다. 그러나 블룸은 성서에서 마리아와 마르타에게 이야기하는 그리스도를 생각하면서, 플로토 작의 「마르타」에서 아리아 「마파리」를 노래했던, 그리고 당시 더블린의 오페라광(狂)들에게 잘 알려진, 테너 가수인 마리오의 것과 닮은 또 하나의 다른 얼굴을 묘사한다.

이러한 연관은 『율리시스』를 통틀어 나타나는 많은 것 중에 특별한 것이다. 블룸의 서술 속의 플로토의 아리아의 소개는 11장인, 「사이렌」 에피소드의 오먼드 바에서 꼭 같은 아리아에 대한 사이먼 데덜러스의 연주를 예상하게 한다. 오페라의 타이틀은 또한, 블룸이 비밀의 연문(戀文)을 교환하는 여인의 첫 이름(마사 클리퍼드)이기도 하다.

키즈의 광고의 복사판과 함께 나네티의 사무실로 가는 도중, 블룸은 조 하인즈를 보는데, 하인즈는 그를 여기까지 선행했는지라, 분명히 디그넘의 장례비용을 전달하기 위해서이다. 하인즈는 장례 이야기의 출판을 위해 나네티와 주선하는 동안, 블룸은 나네티가 지금껏 이탈리아를 방문하지 않고 있는 이상한 행동(그는 이탈리아 태생인지라)에 대해 명상한다. "이상하기도 하지 그가 자기의 진짜 나라를 결코, 보지 않았다니. 아일랜드 나의 조국."(U 98) 블룸 자신은—비록 그가 더블린에서 태어났고, 몰리 블룸과 결혼하기 위해 가톨릭교도가 되었을지언정—그의 동료 더블린 사람들에게 자신의 나라 안에서 한 유대인이요 외국인으로, 즉 관용 받지만 감수되지 못하는 외래인으로 관찰되고 있다. 나네티는—편협한 더블린에서 그의 이탈리아 선조들은 블룸의 그것처럼 분명히 국외자로 보이기 일쑤인지라—현재 시의회 의원 및 국외자로, 심지어 장차 더블린의 시장 각하가 될 것이다.

하인즈가 떠나자, 블룸은, 그가 자신에게 빚진 3실링을 그에게 상기시키려고, 3번이나, 교묘히 애를 쓰지만, 그의 노력은 무위로 돌아간다. 블룸은 다음으로 키즈의 광고를 나네티에게 보여주며, 광고의 꼭대기에 상징으로서 한 쌍의 십자 열쇠를 첨가할 것을 설명한다. 블룸은, 스티븐 데덜러스처럼(그도 역시 국외자로, 「텔레마코스」에피소드에서, 열쇠를 벅 멀리건에게 빼앗긴다), 이날 자기 자신 열쇠를 지니지 않는다. 나네티는 이 광고에 동의하지만 3개월간의 계약 갱신을 요구하는데, 이는 블룸에게는 어려운 사업적 도전이다. 그는 나중에 국립 도서관에서 킬케니 신문으로부터 열쇠의 온종일 단지 2달 동안만의 광고 갱신을 손에 넣을 것이다(「스킬라와 카립디스」, 제9장 참조).

블룸은 밖으로 나오는 도중, 늙은 망크스가 식자를 말끔하게 하는 것을 살피는데, 그는 이를 뒤쪽으로 읽는지라, 그에게 유월절의 축제 때 헤브라의 성경을 오른쪽에서 왼쪽으로 읽던 자신의 부친을 상기시킨다.(U 101) 블룸의 의식은 기본적으로 가톨릭의 신분에 대해서 보다 유대인의 것으로 연결되어 출현하는데, 이러한 성벽은, 블룸의 산발적 저항에도 하루가 지나가자, 한층 강하게 정의된다. 블룸은 키즈를 방문하기 위해 전철을 타는 대신(그가 사무실에 있을지도 모르는지라), 전화를 사용하기 위해 온종일 『텔레그래프』지의 편집 사무실로 간다. 블룸이 들어가자, 그는 네드 렘버트로부터 갑작스러운 외마디 낄낄거리는 웃음소리를 듣고 놀란다. 그리고 이어 그는 맥휴 교수가 "유령이 걸어간다."(출납계가 월급봉투를 분배하기 위해 여기저기 돌아다님을 뜻함)라고 조용히 말하는 소리를 듣는다. 이는, 당일 아침을 통하여 드러나는 스티븐 데덜러스의 셰익스피어적 허식을 부여하거니와 — 비 육체의 블룸과 연관된 햄릿 부친의 유령에 대한 풍자적 환기(喚起)요, 소설을 통한 삼투적 부자의 주제를 상기시킨다. 이러한 예비적 글줄에 이어, 맥휴 교수는 곧 햄릿에 대한 여전히 다른 인유와의 연관성을 강조한다.

그러나 이 장에서 표현의 지배적 양상은 드라마가 아니라 수사(웅변)며, 그리하여 신문사의 남자들이 이러한 수사적 양상을 채택할 때, 그것은 단지 그들의 결점만을 강조할 뿐이다. 예를 들면, 네드 렘버트, 맥휴 교수 및 사이먼 데덜러스는 유명한 연설자들의 노력에 대해, 이따금 두드러지게 정확한 회상으로, 연달아 언급한다. 그들의 평가는, 그러나 이 남자들의 조야한 패러디들을 초월할 수 없다. 네드 램버트는, 예를 들면, 유복한 빵구이 (상인 정치가)의 전날 밤의 애국적 및 미사여구의 연설(앞서 「하데스」 장에서 언급된, 신문에 실린 단 두우슨의

　　　　　　　　　　　| 제임스 조이스 문학 읽기 |

것)을 조롱 조로 읽는데, 이는 데덜러스 씨와 맥휴 교수로부터 냉소적 반응을 불러온다. 뒤에, 맥휴 교수는 존 F. 테일러가 제럴드 피츠기번 판사의 아일랜드 언어 운동에 대한 공격에 응답하여 대학의 역사 학회에서 행한 연설을 회상한다. 테일러의 강연에 대한 존경을 표하려는 그의 욕망에도 맥휴 교수의 연출은 일종의 뽐내는, 서툰 만화로서 이해된다.

그러나 인물들의 호언장담은 생각 중인 표현의 가장 명백한 형태들을 단지 반영할 뿐이다. 몸짓의 미묘한 수사는 언어의 교환이 분명히 드러내듯 심오하게 행동을 하나하나 일구어낸다. 예를 들면, 변호사 J.J. 오몰로이가 돈의 대부를 위해서 마일리스 크로포드를 만나기 위해 들어올 때, 문의 손잡이가 블룸의 등을 치자, 그는 옆으로 비켜서지 않으면 안 된다. 오몰로이는 사실상 블룸의 위치를 찬탈하는데, 이는 상징적으로 당일 나중에 블룸이 블레이지즈 보일런을 자신의 집 안으로 들어 보내기 위해 비켜서지 않으면 안 되는 순간을 예상하게 한다.

장이 펼쳐지자, 블룸의 위치는, 이야기되지 않는 담론의 힘을 계속 강조한다. 블룸이 키즈와 접촉하기 위하여 전화를 사용하기 위해 마일리스 크로포드에게 접근을 시도할 때, 크로포드는, 술에 곤드레만드레한 채, 블룸을 무시하고, 참석한 모든 사람에게 입정 사나운 인사를 시작한다. 레너헌이, 그런데 그는 안쪽 사무실에 크로포드와 함께 있었는바, 골드 컵 경마의 「쉡터」호에 대한 확실한 팁을 제공하는 『스포츠』지의 페이지를 들고 들어온다. 그러나 이날 저 애스콧 경마장에서의 경기는, 승산 없는 말, 다크호스 「드로우어웨이」호가 이기게 될 것이다. 여기 성적 암시가 나타나기 시작한다—컵은 여성의 성을 그리고 「쉡터」(笏(홀))는 남성의 그것을 상징한다. 검은(다크) 외래자인, 블룸은, 마치 「드로우어웨이」 호처럼 몰리의 애인인, 보일런을 넘어 승리를 성취할 것이다. 블룸은 더 많은 정력(정액)을 가진 남자인지라(「페넬로페」 에피소드(18장)의 종말에서 몰리의 시인처럼), 그리하여 「이타카」 에피소드(17장)의 종말의 승자의 환(環)을 점령할 자는, 바로 그 자신인 것이다.(U 17.2332 참조) 결과는 분명한지라, 블룸은 몰리의 침대 속에 계속 눕게 될 것이다.

키즈에게 전화를 건 다음, 블룸은 배철러 산책로에 있는 딜런 경매장의 그를 찾아 퇴장한다. 크로포드는 그를 제외한 것이 기쁘다. 한편, 데덜러스 씨와 네드 렘버트는 술을 한잔하기 위해 현장을 떠난다. 남아 있는 사람들이 비평적으로 문화에 대한 고대 로마의 공헌을 평가하는 동안, 오머든 버크 씨는—"한 사람의 애원자를 호송해 왔소."하고 스티븐을 대동하고 들어온다. 얼마 전 샌디마운트 해변의 산책으로 기분이 상쾌해진, 스티븐은 가레트 디지 씨가 그에게 프린트하도록 요구한 소의 아구창에 관한 편지와 함께 나타난다. 편집자는 한 예술가로서의 스티븐의 야망을 무시한 채, 신문 사업에 합세할 것을 그에게 권고한다. 크로포드는 피닉스 공원 살해 사건에 대해 멋진 기사를 쓴, 이그너티우스 갤러허(『더블린 사람들』의 「작은 구름」 참조)의 위대한 업적에 관해 상기시킨다. 대화는 문학으로 잠시 바뀌는데, 이는 아주 많이 스티븐의 마음에 있는 주제지만, 곧 이 장의 중심 화제인, 웅변으로, 그리고 아일랜드 언어의 부활에 대한 테일러와 피츠기번 간의 토론으로 바뀐다.

스티븐의 제의로, 모두 신문사 사무실을 떠나, 근처의 오코넬 거리 건너편에 있는 무니 술집으로 간다(레너헌이 무니 술집을 제의한다). 그들이 걷고 있는 동안, 방금 키즈와의 만남에서 돌아온 블룸은 크로포드를 뒤쫓는다. 크로포드는 앞서 키즈의 광고에 관한 블룸의 전화에 대답하기를 거절했었다.(U 113) 크로포드는 재차 골이 나서 블룸을 퇴 짜 놓는데("그는 내 고귀한 아일랜드 엉덩이에 입 맞출 수 있지"), 이는 아이 올로스 신과 힐책당한 오디세우스 간의 호머적 유추와 같다. 다시 한 번, 블룸은 홀로 선 채 남는다.

무니 주점으로 가는 도중, 스티븐은 자신의 이야기, 하지만 연설 의 또 다른 형태라 할,「피즈가 산(山)에서의 팔레스티나의 조망」혹은 「자두의 우화」를 말함으로써, 그의 창의적 재능을 과시하려고 진력한 다. 그러나 그의 아버지와는 달리, 스티븐은 바룸의 이야기꾼의 통달 한 연설을 발전시키지 못한 채, 이야기는 맥휴 교수와 크로포드로부터 의 미지근한 환대를 받을 뿐이다. 이 장은 이러한 실패로 종결된다.

「아이올로스」에피소드의 가장 눈에 띄는 점은, 뒤따르는 소재 에 대한—직접적인, 냉소적, 희극적 또는 심각한— 일련의 비평들로 서술을 세분하는 제자(題字)들이다. 많은 비평가는 이 장의 나중 원고 에 삽입된 이러한 제자들을, 이 소설의 구조가 급진적 형식상의 변화 를 초래함을 역연(歷然)하게 보여주는 요인으로 생각한다(이러한 제자들 은 본래『리틀 리뷰』지의 1918년 10월 호에 연재된「아이올로스」의 각본에는 나타 나지 않았다. 조이스는 1921년의 늦여름 언젠가 텍스트의 그 밖에 다른 곳에 그들 을 첨가하고 또한, 변경하기 시작했다). 제자들은 너무나 두드러지게 서술 의 나머지와 분리되어 있기 때문에, 그들은 독서의 행위에 대해 주의 를 환기하는바, 조이스의 작품으로부터 의미를 파악하기 위한 시도로 서 추적해야 하는 원본을 우리에게 재삼 인식하도록 한다. 나아가, 그 들은 작품의 나머지를 특징짓는 문체의 진화 과정—장에서 장으로의 형식상의 변경—의 시작을 알린다.

문체상의 그리고 문맥상의 양 조망에서 보아,「아이올로스」는 분 명히 조이스가 좋아했던 에피소드 중의 하나임이 분명하다. 그것은 전통적 서술과의 결별을 뜻하는 공개적 증거를 제시하는바, 이러한 증거는 소설의 첫 페이지로부터 계속되기는 하나, 독자가 이 장을 선행하는 6장들의 순화를 경험한 다음으로만이 받아들일 수 있다. 조이스가 선호했던 한 반사(反射)로서, 그는 이 장의 "즉흥 연설"과 "조상으로부터"(U 117)의 부분에서 발췌문(拔萃文)을 직접 읽으려고 선택했는바, 당시 그는 1924년에 파리에서 『율리시스』의 한 부분을 축음기로 녹음했다.

* 이 에피소드의 부수적 정보를 위하여, 『서간문』 III. 111n. 1. 142n. 3 및 262n. 2.를 참작할 것.

제8장. 더블린 시 한복판

(레스트리고니언즈〔Lestrygonians〕에피소드)

『율리시스』의 제8번째 에피소드요, 「율리시스의 방랑」의 5번째다. 그것은 『리틀 리뷰』지의 1919년 1월, 2월 및 3월 호에 각각 연재되었다. 그러나 1월 호는 『율리시스』 초록에 대한 외설의 불만 때문에 미국 연방 우체국에 의하여 몰수되었다(『서간문』 II. 448 참조).

조이스가 발레리 라르보에게 임대한 스키마에 따르면, 이 에피소드의 장면은 데이비 번 주점의 블룸의 점심이다. 행동이 일어나는 시간은 오후 1시요, 이 장의 기관은 식도이며, 장의 예술은 건축이다. 에피소드의 상징은 순경들이요, 그의 기법은 연동작용(聯動作用)이다.

『오디세이아』 제10장에서 바람의 왕 아이올로스에게 퇴짜를 맞은 오디세우스 왕과 그의 부하들은 다시 한 번 바다로 출항한다. 그리하여 그들은 사람을 마치 물고기처럼 마구 씹어 먹는 거대한 식인종들인

레스트리고니언즈의 위협에 봉착한다. 이 식인종들의 왕은 거인 안티파테스(Antiphates)로서 오디세우스의 모든 부하를 위협하지만, 그들은 묘하게 이 위기를 모면하고 도피한다. 여기서 바닷가에 정박한 오디세우스와 그의 부하들을 안티파테스의 집으로 유혹하는 것은 안티파테스의 딸인 "건강한 젊은 처녀"다.

여기 조이스의 공복(空腹[Hunger])은 안티파테스, 이빨(Teeth)은 레스트리고니언즈에 해당한다.

「레스트리고니언즈」에피소드는 먹는 이미지들을, 그리고 부가적으로, 도시 생활에 만연하는 약탈적 요소들을 채용한다. 그것은 블룸이 앞서 「아이올로스」에피소드(7장)의 장면인, 『프리먼즈 저널』지사를 떠난 다음 그의 동작을 뒤따른다. 비록 블룸은 여전히 「알렉산더 키즈」의 광고를 외견상 추적하고 있을지라도, 그는 사실상, 몰리의 블레이지즈 보일런과의 임박한 간음으로부터 자기 자신을 별리시키려고 항시 늘쩍지근하게 애쓰고 있다.

그러나 이 장의 거의 모든 인물과 사건은 블룸을 방해하려고 공모하는 듯하다. 「레스트리고니언즈」에피소드가 시작되자, 블룸은 오코넬 가를 걸어 내려가고 리피 교(오코넬 다리)를 향하는데, 이때 YMCA의 음울해 보이는 한 청년이 그의 손에 한 장의 전도 삐라를 안겨 준다. 이 삐라는 시온 산 교회의 부활자인 존 알렉산더 도위 박사가 더블린에서 최근 설교하게 될 종교 단체의 선전 광고다. 이 '삐라'(throwaway)는 블룸에게 일부다처제에 관한 교시를 상기시킴과 동시에, 금배 경마의 「드로우어웨이」호를 회상시킨다. 이는 이와 연관하여 블룸의 마음을 잠시 그러나 두드러지게 몰리와 보일런에게로 되돌린다. 그는 그때 일종의 공황(恐慌)을 느끼는지라, 왜냐하면, 보일런이 성병을 가질 수 있다는 가능성에 관해 명상하기 때문이다. 이는 블룸에게 "시차(parallax)"라는 단어의 가능한 어원적 파생어를 생각하게 함으로써, 재빨리 그를 억제하는 무서운 생각이다. 이때 그는 다리 위에서 앞서 '삐라'를 리피 강 위에 떨어뜨리자, 이는 강물을 타고 떠내려간다.

블룸은 일단 오코넬 다리를 건너고, 남쪽으로 웨스트모어랜드 거리를 향하면서, 자신의 과거 몰리와의 보다 행복했던 시절에 대한 기억으로 마음을 점령하려고 시도한다. 그는 몰리의 옛 친구요, 정신병자 데니스 브린의 아내인, 조시 브린을 거리에서 우연히 만난다. 그러자 그는 그녀로부터 그녀의 남편의 최근 편집병을, 그는 누군가가 그에게 보낸, 「U. P. up(이제 끝장이다.)」이란 조롱 조의 글자가 새겨진 포스트 카드 때문에 명예훼손의 법조문을 찾아 변호사 사무실을 찾고 있다는 것을, 알게 된다. 브린 부인의 카오스적 생활에 관해 생각하자, 블룸은 순간 그의 마음과 근심에 진정적(鎭定的) 효과를 느낀다. 그러자 그들의 이야기는 마이너 퓨어포이 부인의 해산과 그녀의 9번째 아이의 임박한 출산으로 바뀐다.

브린 부인과 헤어진 다음, 블룸은 트리니티 대학 캠퍼스의 가장자리 울타리를 따라 그리고 점심시간의 군중을 쳐다보며, 그래프턴 거리로 들어선다. 조시 브린과의 자신의 대화를 여전히 마음에 둔 채, 블룸은 다양한 더블린 사람들과 그들의 불행한 가족 상황 등을 생각한다. 이러한 생각들은 그를 도시 생활의 어려움에 대한 한층 전반적 사료로 인도하며, 데니스 블린을 조롱하는 인간들의 잔인한 유머에 대해 놀라움을 드러낸다. 인간의 고통에 대한 다소 유리된 명산으로부터, 블룸은 출생 시 아기를 잃는 한층 개인적 고통으로 그의 마음을 돌린다(그는 결코, 그의 아들 루디 블룸의 죽음을 눈에 띄게 생각지 않지만, 그의 마음속에 일어나는 인유들은 그러한 연관을 독자에게 암시시킨다). 블룸은 다음

|제임스 조이스 문학 읽기|

으로 더블린 경찰서의 순경들의 야만성을 사고하며, 결과적으로, 경찰 스파이(내부자)로 의심받는 코니 켈러허의 책략에 대해 생각한다. 마지막으로, 그의 마음은 더블린 사람들의 정치적 지도자들, 특히 찰스 스튜어드 파넬에 대한 불확실한 충성심을 보여주는 일련의 사건들로 향한다.

이때 그가 바라보는 하늘의 한 점 구름은, 스티븐과 자신의 아침 구름과 마찬가지로, 인간의 황무지 장면을 연상시킨다. "노예들 중국의 만리장성. 바빌론. 큰 돌들의 유물 …… 바람으로 지어진 커원의 버섯 집들. 밤을 위한, 은신처. 어느 하나 뭣한 게 없다(No-one is anything)."(U 135)

블룸이 "집집이 차양이 쳐져 있는 화려한" 그래프턴 가로 걸어 들어갈 때, 그는 순간적으로 거리의 점심시간의 활발한 대혼잡에 의하여 스스로 따돌린 듯 느낀다. 상점 쇼윈도에 진열된 여인을 위한 의상들과 나상(裸像)의 마네킹들이 그의 성감을 자극한다. "따뜻한 인간의 포동포동함이 그의 두뇌를 점령했다. 그의 두뇌가 굴복했다. 포옹의 향기가 그의 온몸을 공격했다. 굶주린 육체로 어스레하게, 그는 묵묵히 사랑을 갈망했다."(U 138)

이제 그의 생각들은 음식을 향해 움직인다. 그가 듀크 가로 들어서자, 코를 찌르는 냄새가 그의 떨리는 숨결을 막히게 한다. 그의 감각 속에 섹스와 음식의 카니발리즘이 뒤엉킨다.

> 징글징글 울리는 말굽 소리. 향수를 뿌린 육체, 따뜻하고, 풍만한. 온통 키스를 받고, 억눌린 채: 우거진 여름 들판에서, 엉켜 짓눌린 풀밭, 셋집의 물방울 뚝뚝 떨어지는 복도에서, 소파를 따라, 삐걱거리는 침대.

— 재크, 여보!

　— 달링!

　— 키스해 줘요, 레기……!(U 138)

　　점심시간의 대중들의 짙은 육감이 블룸과 독자를 공격하고, 식사하는 사람이 품기는 그들의 상스러운 태도와 조야한 행동이 그를 거리로 도로 물러나게 한다. 잠깐 주저한 다음, 그는 방향을 돌려, 근처의 "단정한 주점"인, 데이비 번의 경양식점으로 들어간다.

　　데이비 번 점(店) 안에서 블룸은 고르곤졸라 샌드위치 치즈와 버건디 한잔을 주문하고, 건달인 노우지 플린과의 담화 속에 빠지는데, 블룸은 그에게 몰리의 다가오는 연주 여행에 대해서 이야기한다. 비록 블룸은 블레이지즈 보일런에 관한 언급을 피하면서, 연주 여행에 관해 이야기하려고 노력하지만 플린은 "마일러 키오가 포토벨로 병사의 저 군인한테서 재차 이긴," 권투시합의 내기에서 얻은, 최근 보일런의 재정적 성공을 상기시킨다. 블룸은 샌드위치 간이식사를 마친다. 그리고 그가 주점을 막 떠나려 하자, 바에 막 들어온 일단의 사내들은 당일의 지배적 화제 중의 하나가 된, 금배 경마에서 누가 이길지의 문제에 그들의 마음을 쏟고 있다.

　　블룸은 내기에 별반 흥미가 없지만, 레너헌의 외설적 농담에 자극을 받는다. 「드로우어웨이」 호 및 금배 경마는 나중에 「키클롭스」 에피소드(12장)에서 호기심의 연속을 형성한다. 데이비 번 점을 떠난 다음, 블룸은 거리에서 장님 풋내기 소년을 우연히 만나는데, 그는 「배회하는 바위들」 에피소드(10장)에 다시 나타나고, 「사이렌」 에피소드(11장)의 말에서 오먼드 호텔로 피아노 조율을 위해 귀환하며, 「키르케」 에피소드(15장)에서 한 환각으로서 출현한다. 블룸은 젊은이가 도우슨 가를 건너는데 돕고, 그를 북쪽 몰즈워드 가로 안내한다. 그때, 몰리스워드 가에서 동쪽으로 걸으면서, 그는 킬데어 가의 블레이지즈 보일런을 본다. 블룸은 자신이 알기로 당일 나중에 그를 오쟁이 시킬 사내와 막 부딪칠 생각에 당황한 나머지, 재빨리 근처의 국립 박물관 안으로 몸을 감춘다.

앞서 장인, 「아이올로스」에서 블룸의 대중적 신분에 대한 강조 다음으로, 「레스트리고니언즈」 에피소드의 서술은 그의 사적인 생각들과 관심들에 초점을 맞춘다. 이 장의 대부분은 내적 독백에 의하여 독자들에게 부여되는 특권적 조망에도 서술 그 자체는 블룸의 개인적 감정에 분명한 통찰력을 별반 주지 않는다. 블룸은 당일의 가장 임박한 사건인, 보일런이 갖는 몰리와의 오후 4시의 정사에 대한 생각을 억제하려고 분투하지만, 매번 그는 누군가 또는 그 무엇과 우연히 마주침으로써, 그에게 그걸 계속 상기시키게 한다.

브룸의 고통을 우리로 하여금 인식시키게 하는 암암리에 양태를 통하여, 서술은 블룸의 예리한 고통을 계속 강조한다. 그것은 또한, 블룸이 지닌 상황의 복잡성을 상기시키며, 그에게 개방된 선택을 포함하여, 몰리의 간음에 대한 자신의 반응을 위한 문제들을 야기한다. 이러한 문제들과 대척하는 블룸의 무의지로부터, 독자는 몰리의 간음에 대한 보다 광범위하고 보다 심층적 결과 및 블룸이 자신을 발견하는 어려운 처지를 감지하기 시작한다. 그녀의 부정(不貞)에 대한 지식과 함께 살아가는 것이 고통스러운 반면, 그녀의 행동에 대한 인식은 확실히 일종의 대결을 낳을 것인데, 이는 몰리와의 결별을 초래할 것이요, 블룸이 많은 면에서 만족스럽게 생각하는 인생에 종말을 가져올지 모른다. 이리하여, 보다 자세히 음미하건대, 블룸의 의도적 거절은 소심의 행위가 아니라, 양자 선택을 조심스럽게 저울질하는 자에 의한 더한 겸양의 행위처럼 보인다.

형식상의 수준에서, 조이스는 에피소드를 음식과 영향의 은유를 둘러싸고 구조(構造)했다. 이 장은 점심시간 동안 일어나기 때문에, 「레스트리고니언즈」 에피소드에 등장하는 대부분 사람이 음식에 대해서 언급하고, 그것을 염두에 두거나 혹은 직접 먹는 것은 조금도 놀랄 일이 아니다. 음식의 이미지들이 이 장을 통하여 너무나 철저하게 삼투되어 있기 때문에, 블룸이 "몰리는 지나치게 정말 통통한 것 같아(Molly looks out of plumb),"하고, 생각할 때 일어나는 동음이의적((同音異義的)plumb〔정말〕+plump〔통통한〕) 대응에서처럼, 심지어 서술이 그들을 분명히 하지 않을 때라도, 독자들은 서로의 연관들을 발견한다.

음식 이미저리의 주제적 의미는, 그러나 식욕과 소모에 대한 그것의 환기(喚起)에 놓여 있다. 거기에는 버튼 대중 음식점에서 점심을 먹는 사람들의 거친 이미지와 더블린 사람들이 그들의 시민 정신과 명성을 분렬하고 소진(消盡)하는 거칠고 포식성의 태도 간의 한 가지 분명한 유추가 있다. 이는 돌이켜, 블룸을 한 오쟁이 진 사내로 만드는 보일런과 몰리에 의해서 뿐만 아니라, 그가 당일의 과정을 통해서 만나는, 그를 다양한 정도의 경멸로서 대우하는, 그토록 많은 더블린 사람들에 의해서, 박해받고 학대받는 자로서의 그의 감각을 강화한다.

장면은 데이비 번(Davy Byrne) 경양식 집(듀크 가 21번지 소재)까지의 블룸의 소(小) 오디세우스적 여로로서 오코넬 교 근처에서 남쪽으로—리피 강—웨스트모어랜드(Westmoreland) 가—그래프턴(Grafton) 가—도우슨(Dawson) 가—몰리스워드(Molesword) 가—킬데어(Kildare) 가—국립 박물관 정문까지인데, 조이스 학도에게 답사를 위한 이상적 거리요 장면이기도 하다.

제9장. 국립 도서관

(스킬라와 카립디스[Scylla and Charybdis] 에피소드)

『율리시스』의 제9번째 에피소드로, 「오디세우스의 방랑」 부분의 6번째다. 장은 『리틀 리뷰』지의 1919년 4월과 5월 호에 연재로서 나타났다.

조이스가 발레리 라르보에게 임대한 스키마에 따르면, 이 에피소드의 장면은 아일랜드의 국립 도서관이다. 행동이 시작하는 시간은 오후 2시요, 장의 기관은 두뇌다. 장의 예술은 문학이요, 에피소드의 상징은 셰익스피어와 연관된 두 지역인, 스트랫보트와 런던이다. 장의 기법은 변증법이다.

『오디세이아』 제11권에서 오디세우스와 그의 부하들은 죽음의 땅 (황천)에서 키르케의 섬으로 귀환한다. 그곳에서 그들은 엘페노의 시체를 매장하겠다는 오디세우스의 약속을 이행한다. 키르케는 오디세우스에게 항해의 방향을 제시하고 사이렌(Siren)에 관해 말해 주며, 그가 나아갈 진로를 택할 것을 제의한다. 그 중 하나는 여태 새 한 마리도 통과할 수 없었던 "배회하는 바위들(Wandering Rocks)"이라는 진로요, 다른 하나는 스킬라와 카립디스 사이의 통로다. 스킬라는 메시나 해협을 굽어보는 날카로운 산꼭대기에 사는 여섯 개의 대가리를 가진 괴물로, 해협을 통과하는 배의 선원들을 하나씩 잡아 삼킨다. 카립디스는 시칠리 해협을 지나는 배와 선원들을 통째로 삼켜 버리는 큰 소용돌이를 의인화한 것이다. 키르케가 스킬라 쪽 절벽에 바싹 붙어 해협을 통과할 것을 충고하자, 오디세우스는 그녀의 충고를 받아들인다.

여기 조이스의 아리스토텔레스, 도그마, 스트랫포드는 호머의 괴물들에, 플라톤과 신비주의, 런던은 소용돌이 격이다.

『율리시스』 자체에서 「스킬라와 카립디스」 에피소드는 성공하기 위하여 선택해야 하는 필요와 위험을 피하지 않으면 안 되는 불가피성을 강조한다. 이 장은 아일랜드의 국립 도서관 관장실 사무실에서 일어난다. 그곳에서 스티븐 데덜러스는 윌리엄 셰익스피어의 작품의 창조적 힘에 대한 이론을 한 무리의(때때로 비호의적인) 더블린 지식인들 앞에 제시한다. 그들 무리는 애초에 관장인, 토마스 리스터를 비롯하여 또 다른 사서인, 리처드 베스트, 사서보인 존 이글링턴(윌리엄 매기), 작가요 편집장인 조지 러셀(A. E.) 그리고 뒤에 벅 멀리건으로 구성된다.

서술은 앞서 「텔레마코스」 에피소드(1장)에서, 멀리건의 영국인 친구, 헤인즈에게 미리 언급한, 스티븐의 셰익스피어 이론에 대한 그의 발표를 둘러싸고 조직된다. 스티븐의 이야기는 자신의 박식을 가지고 이러한 남자들에게 인상을 주려는, 그리고 아마도 그가 그날 저녁 조지 무어의 집에 초청받지 못하자 생긴 과오를 그들에게 보여주기 위한 무모한 시도인 듯 보인다. 이러한 인식을 위한 욕망은 벅 멀리건의 출현으로 최고조에 달하는데, 여기서 멀리건은 일종의 연출을 시작한다.

> 벅 멀리건은 다시 울적한 표정으로 잠시 스티븐을 흘겨보았다. 그런 다음, 그는 머리를 흔들면서, 가까이 와서, 접힌 전보를 호주머니에서 꺼냈다. 입술을 움직이며 그는 읽었다. 새로운 기쁨으로 미소하면서.
> ─ 전보다! 하고 그는 말했다. 놀랄 만한 영감이야! 전보다! 교황의 칙서야!(U 163~4)

짧은 시간 내에, 그들의 분담된 청중의 찬동을 얻기 위한 약간 은폐된 경쟁이 두 젊은 사나이들 사이에서 출현한다. 이 장의 에피소드

|제임스 조이스 문학 읽기|

는 러셀이나 이글링턴이나 그들의 태도에서 별반 분명한 변화 없이, 그리고 의심스러운 우정의 모호한 덮개 아래 곡진(曲盡)하는 스티븐과 멀리건의 경쟁심과 더불어, 종결된다.

　장은, 리스터, 베스트, 이글링턴 및 러셀이 정면에 출현하는 스티븐과 함께, "갑자기 이야기의 한가운데로," 서사시적 양상으로, 시작한다. 처음부터, 스티븐의 견해는 이미 이글린턴과 러셀의 적의를 야기하기 시작했음이 분명한지라, 이들 양자는 아일랜드 예술의 특성에 관해 거드름피움으로써, 스티븐의 말에 대응한다. 스티븐은 냉정함을 가지고, 단지 그들의 평가를 예리하게 논박하고 반박하는, 내심적이요 무성(無聲)의 변증법을 수행함으로써, 그들의 고도의 비평적 논평들을 참아 낼 수 있다. 스티븐의 마음은 러셀과 이글링턴에 의해 제공되는, 급하고 연속적인 경시와 모욕에 분노하며, 그의 지력은 마찬가지로 많은 가시 돋친 답변들을 불러낸다. 그러나 동시에, 그는 지방적 지적 영역 내에서 그들이 행사하는 힘을 충분히 알고 있는지라, 자신의 분노를 억제하며, 생각들을 스스로 자제한다. 대신, 그는 그들의 조소를 연마된 겸손과 예절로서 대응하는 한편, 토론을 셰익스피어의 창조성의 특질에 대한 자신의 이론으로, 그리고 셰익스피어의 창작 과정에 대한 그것의 결과적 효과로, 되돌리기 위해 결연(決然)히 노력한다.

　스티븐의 논고는, 사실상, 당대의 수많은 유명한 셰익스피어 비평가들로부터 따온 관념들의 혼성으로, 그중에서도 가장 두드러진 것은 조지 브란데스, 프랭크 하리스 및 시드니 리로서, 그들의 글들을 조이스는 이 장을 작업하는 동안 수없이 상담했다. 결과로 나타난 이러한 이론의 합성물은 투철한 논쟁 자체라기보다 오히려 셰익스피어의 인생과 작품의 다양한 상세함에 대한 스티븐의 광범위한 지식의 전시를 위한 경우를 형성한다.

스티븐의 이야기는 광범위하게 그리고 자유로이 사실적 및 출처 미상의 전기적 세목들 주변을 움직이는데, 이는 수태, 출생 및 부성의 광범위하고 원대한 메타포를 뒷받침한다. 표면상, 이러한 인유들은 스티븐의 학구적 박식을 가져올 뿐만 아니라, 그들은 또한, 예술적 창조의 자료들과 그의 선조들에 대한 한 예술가의 상상적 부채(負債)의 범위에 관계하는 그이 자신의 심오한 불안전을 무심코 드러낸다. 지적 독립에 대한 스티븐의 가차 없는 집중력, 예술적 영향과의 그의 근(近) — 강박적 관심, 그리고 심지어 삼위일체의 기독교적 이설들에 대한 그의 뛰어난 언급, 이들 모두는 자기 자신을 한 독립적 예술가의 힘으로서 수립하려는 그의 욕망과 관계한다.

그러나 스티븐의 감각의 강도와 그의 논쟁의 지적 기교성에도 불구하고, 대중으로부터의 반응은 기껏해야 혼성적이다. 러셀은 스티븐의 접근에 공개적으로 적의를 가진 듯하며, 스티븐의 해석적 방법에 대한 그의 광범위한 불만을 토로하는데 주저하지 않는다. 파괴적이 아니라 할지라도 한층 세심한 태도로, 이글링턴은 이야기 도중에 출현하는 다양한 문학적 및 전기적 세목들에 대한 스티븐의 취급에 대해 반대한다. 그는 공격적으로 성내는 음조로서, 다양한 점에 대해 트집 잡기 위해 스티븐의 논설을 거듭 차단한다.

스티븐의 예의 있는 외관에도 그는 자신의 논고를 거의 진척하지 않는다. 베스트와 리스터는 약간 마음이 산란할지라도, 예의 있게 그대로 남아 있는 반면, 러셀은 자신이 충분히 청취했음을 불쑥 작심하고, 현장을 떠나려고 무례하게 일어난다. 스티븐은 이글링턴의 비난에도 자신의 발표를 계속하지만 이제 분명히 논쟁의 힘을 잃은 듯하다. 멀리건이 관장의 사무실에 나타나자, 그러나 음조는 두드러지게 바뀐다.

| 제임스 조이스 문학 읽기 |

멀리건의 불경함이 이 시점까지 논쟁을 지배해 왔던 엄숙함을 종결시킨다. 그의 외설적 유머는, 이글링턴의 독선적 긴장감을 가로막고, 스티븐에 도전함으로써, 청중의 관심을 한층 견고하게 포착하기 시작한다. 대화가 계속됨에 따라, 연기자로서의 스티븐 및 멀리건의 역할은, 그들의 청취자들의 찬성을 위한 경쟁이 그러하듯, 한층 명백해진다.

그러나 종국에, 양자의 노력은 무모하게 된다. 유머 없는 이글링턴은 멀리건의 익살극에 감동되지 못하며, 동시에, 논쟁의 포괄적 견해를 취하려는 스티븐에 대해 자신의 분개함을 무시할 의향이 전혀 없다. 이야기가 끝나날 때, 이글링턴은 스티븐에게 그가 자신의 지금까지의 이론을 믿는지를 예리하게 묻는다. 스티븐은, 이 시점에서 더는 자제할 처지가 아닌지라, "천만에."하고 고무적인 부정적 대답을 한다. 이글링턴은 이 대답을 모든 비평과 모든 예술에 대한 주체성의 인식으로서 보다 액면 그대로 받아들인다. 결과로서, 만족의 두드러진 척도로서, 그는 스티븐이 말한 모든 것을 간단히 처리해 버린다.

벅 멀리건과 스티븐이 도서관을 떠날 때, "변덕스런 맬라카이"는 다시 한 번 이중의 역할을 하기 위해 입장을 바꾼다. 한편으로, 그는 스티븐이 자기 입장을 고수하는 데 대한 감탄을 토로하는가 하면, 다른 한편으로, 그는 친구의 섬세함의 결여에 대해 그를 나무란다. 멀리건은 보다 큰 척도의 외교를 예술가의 태도 속으로 혼성하도록 스티븐에게 실용주의적인 충고를 한다.

　　—롱워드가 대단히 속상하고 있어, 하고 그는 말했다. 자네가 저 늙은 수다쟁이 그레고리 할멈에 관해서 쓴 후로 말이야. 오 너 종교 재판을 받아야 마땅할 술 취한 유대인 예수회 교도여! 그녀가 자네에게 신문의 일거리를 구해

췄는데 자네는 그녀의 목소리를 "지이스스" 하고 혹평을 했으니 말이야. 자넨 예이츠와 같은 필치로 쓸 수 없었나?(U 178)

조이스는, 스티븐, 러셀과 이글링턴 간의 투쟁 형식상 및 문맥상의 특징들을 융합하는데 크게 애를 썼는바, 그들을 둘러싸고 그는 극적 구조를 능숙하게 배열시켰다. 일련의 문학적 언어의 익살과 극적 인유들이 「스킬라와 카립디스」 에피소드에 구조를 제공하는데, 이들 양자는 그것의 셰익스피어적 주제를 강화하며, 또한, 독자들에게 그것 자체의 변증법적 과정을 상기시킨다. 스티븐 자신의 창조적 잠재성에 관한. 모친의 죽음에 대한 죄의식에 관한, 그리고 그의 부친과의 불안한 관계에 관한 그의 무언의 관심들은 그가 셰익스피어의 생활과 창조적 방법들에 관해 그리고 그이 자신의 예술적 명성에 관해 상술하는 관심들을 반영한다.

이 장은 또한, 서술을 통하여 달리는 또 하나의 주제를 노정 하는 바, 즉 스티븐이 동료 더블린 사람들의 평가를 얻는 자신의 필요가 그것이다. 앞서 「아이올로스」 에피소드(7장) 동안 『프리먼즈 저널』지의 사무실에서 마일리스 크로포드와 맥휴 교수에게 그가 들려준 이야기, "피즈가 산의 팔레스티나 조망," 또는 "자두의 우화"와 함께, 우리는 수행해야 하고, 심각하게 취급되어야 할 격려의 증거를 스티븐 속에 보기 시작한다. 그의 셰익스피어에 대한 집착은 그와 같은 욕망의 또 다른 계시(啓示)요, 잇따르는 「태양신의 황소들」(14장)과 「키르케」 에피소드(15장)에서, 그는 재차 대중의 인식을 얻으려고 시도한다(그러나 이들의 예들에서, 그의 술 취함은 그 밖에 다른 어떤 것보다 그의 노력을 한층 웃음 거리로 만든다).

│제임스 조이스 문학 읽기│

문』 II. 38n. 1, 108n. 1, 110 등을 참고할 것.

제10장. 거리

(배회하는 바위들[The Wandering Rocks] 에피소드)

『율리시스』의 제10번째 에피소드요 「율리시스의 방랑」 부분의
7번째다. 그것은 『리틀 리뷰』지의 1919년 6월과 7월 호에 연재되었으
며, 에피소드의 첫 절반이 또한, 런던의 잡지 『에고이스트』지에 나타
났다.

조이스가 발레리 라르보에게 임대한 스키마에 따르면, 이 에피소
드의 장면은 더블린 거리요, 행동이 일어나는 시간은 오후 3시다. 이
장의 기관은 피(血)요, 장의 예술은 기계다. 이 에피소드의 상징은 도
시 시민의 혼잡이요, 그의 기법은 미로다.

『오디세이아』 제12장에서 오디세우스는 "배회하는 바위들"로 향
하기보다는 차라리 스킬라와 카립디스 사이의 통로를 택한다. 키르케
는 "배회하는 바위들"을 "불같이 사나운 바람과 들끓는 파도를 동반
한", "표류자들(Drifters)"로 묘사한다. 그리고 그녀는 지금까지 영웅
제이슨(Jason)이 황금 양털(Golden Fleece)을 찾으러 떠날 때 탔던 배 아
르고(Argo) 호(號)만이 그곳을 통과했다고 말한다. 이리하여 이 에피소
드는 『오디세이아』에서 실지로 발생하지 않는다. "배회하는 바위들"
은 흑해로 가는 입구에 있는 두 바위인 심플레가데스(Symplegades)라
일컬어지는데, 그들은 간헐적으로 서로 부딪치지만 아르고 호가 지날
때에는 움직이지 않는다.

여기 "배회하는 바위들"은 블룸이 빠져나가는 무축(無軸)의 방랑

자들인 더블린 사람들 격이다.

「배회하는 바위들」에피소드는 그 영역에서 넓은 앞뒤 지역에 걸쳐 일어난다. 그것의 몽타주 같은 서술은 더블린 시 주위를 움직이며, 일련의 급히 펼쳐지는 비네트(vignette[소품문])를 통하여, 독자의 주의를 소설의 중심인물들인, 리오폴드 블룸, 스티븐 데덜러스 및 몰리 블룸으로부터 바꾼다. 여기에는 19개의 짧은 장면들이 있는데, 이들은 비교적 소인물들을 다루는바, 그들 중 많은 이들은 첫 9개의 장에서 이미 소개되었다. 여기 그들은 매일매일 그들의 생활을 이루는 세속적 활동들을 수행하는 것이 묘사된다.

이 장은 (1) 예수회의 수도원장, 존 콘미 존사와 더불어 시작하는데, 그는 『젊은 예술가의 초상』의 독자들에게 이미 친숙하거니와 여기 그는 더블린의 동북부 외곽 마을인 아테인의 오브라이언 구빈 아동 수용소에 고(故) 패디 디그넘의 소년 중 한 명에게 일자리를 마련하려고 시도한다. 콘미의 "내적 독백"은, 그가 아테인을 향해 여행할 때, 자기 자신에 만족하고 있음을 보여주며, 그는 성직자임에도 약간 속물적이다. 그러나 벨비디어 칼리지 중등학교에서 나오는 세 소년과 그의 만남은 콘미에게 젊은이들에게 극히 친절하고, 『젊은 예술가의 초상』의 첫 장 말에서 스티븐을 두려워하게 했던 교장으로서 상기된다.

서술은 독자의 많은 등장인물에 대한 인상을 강화하는 일련의 짧은 장면들과 이어지는데, 이들은 또한, 자신들에 대한 새로운 정보를 마련한다. (2) 다음 비네트에서, 장의사 주인인 코니 켈러허는 한 경찰 순경과 산만한 대화를 위해 그의 작업을 잠시 멈추는데, 이 사건은 켈러허가 경찰 스파이(정보원)이라는 블룸의 초기의 의심을 확약하는 듯하다. (3) 이러한 이야기의 교환에 뒤따라 즉시, 서술은 이클레스 가(街)를 따라 구걸하는 외다리 수병의 서술로 바뀐다. 그가 블룸 댁의 창문 아래를 지나자, 몰리("포동포동하게 생긴 풍만한 벌거숭이 팔 하나")에 의해 던져진 한 잎의 동전을 줍는다. (4) 같은 시각에, 사이먼 데덜러스의 3아이들인, 케이티, 부디와 매기가 도시의 카브라 지역의 그들의 셋집에서, 자선원의 수녀가 그들에게 준 늦은 오후의 완두콩 수프의 식사를 위해 한자리에 모여 있다. 여기 수녀원은 가디너 가의 동쪽에 위치한다.

(5) 한편, 리피 강의 피안에서는, 블레이지즈 보일런이 그라프턴 가의 손턴 꽃가게에서 한 바구니의 과일, 단지에 든 고기 및 포트와인을 몰리에게 보내기 위해 산다. 그가 주문을 마련하고 카운터 뒤에서 소녀와 희롱하는 동안, 서술은 보일런의 최초의 직접적 모습을 독자에게 부여한다. 여기 그는 블룸의 농담이나 우려의 생각으로 전혀 영향받지 않고 있다. (6) 그 사이, 스티븐의 이전 음악 교사인, 알미다노 아티로니가 트리니티 대학 앞에 서서 스티븐에게 그의 가수로서의 생애를 개발할 최근의 기회에 관해 이야기한다. 알티포니의 관심과 스티븐의 친절성이 독자가 지금까지 보아왔던 젊은이의 성질의 아주 다른 면을 보여준다. (7) 이러한 대화가 일어나고 있는 동안, 더블린의 다른 지역에서, 보일런의 여비서, 단양은 그녀의 고용주 보일런으로부터 전화를 받는데, 그는 자신이 몰리 블룸을 위해 준비하는 연주 여행에 관해 전화로 자세히 묻는다. 보일런의 질문들에 대한 단양의 대답으로 미루어, 연주 여행은 블룸이나 몰리가 가상하는 것보다 한층 더 간소한 사업으로 보인다.

(8) 다시 리피 강의 북쪽으로, 비네트의 장면은 현재 고물상 네드 램버트의 창고로서, 본래 성 마리아 사원의 회의실이었는데, 애국자 피츠제럴드(별칭 "비단 토마스," 그의 추종자들은 비단〔아일랜드의 특산물로 존경의 상징〕을 가슴에 달고 다녔다.)의 사적을 집필하는 러브 사제가 자료

를 수집하기 위해 이곳을 방문하고, 뒤이어 램버트의 친구인 오몰로이가 역시 이곳을 찾아온다. 앞서 피츠제럴드는 킬데어 주의 10번째 백작으로, 성 마리아 사원에서 영국의 헨리 8세 왕에 대한 도전의 표시로 왕 앞에 자신의 권장(칼)을 사원 바닥에 팽개쳤다. (9) 강의 남쪽에, 레너헌과 C. P. 마코이가 톰 로치퍼드에 관해 재차 토론하면서, 리피 강 쪽으로 걸어간다. 그들은 로치퍼드와 방금 헤어지고, 몰리와 블룸에 관해 농담한다. (10) 이러한 일이 진행되고 있는 동안, 블룸은 부두 근처의 싸구려 서점에 멈추고, 몰리를 위해『죄의 쾌락』이란 외설적인 책을 한 권 산다.

(11) 다시 강의 반대편에, 스티븐의 누이동생 딜리 데덜러스가 오코넬 다리 곁의 딜런 경매장 근처에서 그녀의 아버지를 만나고, 가족을 위해 음식을 사기 위해 돈을 달라고 그에게 을러댄다. (12) 동시에, 차(茶) 주문 상인 톰 커넌 씨가 일리언 C. 크리민즈 차 주류상에 술을 한잔하러 들림으로써, 최근의 판매를 축하한다. 커넌 씨는 기네스 회사의 고객 대기실 모퉁이를 지나 웨틀링 가의 경사진 길을 걸어 내려간다. 더블린 주류업자조합의 창고 바깥에 승객도 마부도 없는 한 대의 유람 마차가 바퀴에 고삐가 메인 채 서 있다. "경치게도 위태로운 짓이야. 시민의 생명을 위협하는 어떤 티페러리 촌뜨기 같으니." (13) 거기서 얼마 후, 스티븐은 리피 강의 남쪽 한 책 가게에서 동생 딜리를 만난다. 그녀는 자신의 아버지가 밀크와 빵을 사도록 준 여분의 돈을 가지고 중고 책인,『불어초본』을 사고 있다. (14) 그 사이, 사이먼 데덜러스는 오먼드 부두까지 걸어 내려가는데, 그곳에서 그는 보브 카울리 신부와 벤 달라드를 "어이"하고 만난다.

(15) 동시에, 마틴 커닝엄, 잭 파우어 씨 및 존 와이즈 놀런이 — 콘미 신부의 그것과 유사한 자선의 사명으로 — 시 서기보 키다

|제임스 조이스 문학 읽기|

리 존 패닝을 만나러 가는 중인데, 그들의 목적은 디그넘 유족을 위해 돈을 마련하는 일이다. (16) 그동안, 벅 멀리건과 영국인 친구 헤인즈는 대임 가 33번지에 있는 더블린 빵집(D.B.C.)에서 점심을 먹으며, 장기를 둔다. 헤인즈가 진짜 아일랜드의 크림에 대하여 부산을 떨고 있을 때, 멀리건은 스티븐의 문학적 야망을 조롱하는 기쁨에 스스로 흥겨워한다. (17) 한 지방 기인인 카셀 보일 오코너 피츠모리스 티스덜 파랠이 걸어가는 장님 풋내기 피아노 조율 소년과 충돌한다. "—하느님의 저주받을 놈 같으니!……어떤 놈이든! 나보다 눈이 더 멀었군. 개자식 같으니!" (18) 그리고 고(故) 패니 디그넘의 아들 패트릭 앨로이시우스 디그넘 군이 맹건 정육점에서 1파운드 반의 포크 스테이크를 사자기고 집으로 걸어간다.

(19) 「배회하는 바위들」의 마지막 부분에서, 장의 중요 사건들을 일람하는 일종의 "커튼 콜"의 기법을 통해서, 서술은 시(市)를 통해 독자에게 서술하는바, 그것은 아일랜드 총독이 마이러스 바자의 개관을 관망하기 위하여 피닉스 공원의 총독 관저에서부터 링센드 근처의 펨브르크 마을까지 자신의 마차 행렬을 추구한다. 마차 행렬이 더블린 거리를 통과하자, 독자는 이 에피소드에 이미 언급된 거의 모든 인물을 만나게 된다. 그것은 또한, 행동 중의 다른 인물들, 예를 들면 맥킨토시(비옷 입은 사나이) 및 거티 맥도웰을 소개하는데, 그들은 이미 자신들의 역할을 했거나, 서술의 잇따른 진전에서 역할을 할 것이다.

처음 언뜻 보아, 「배회하는 바위들」 에피소드의 구조는 그것을 바로 선행하는 약간의 장들보다 한층 초기의, 덜 실험적인 것들로 복귀하는 듯 보인다. 그러나 시공간적(temporal-spatial) 요소들의 자의식적 조정은 이전에 발생했던 그 어느 것보다 아주 딴판이다. 예를 들면, 한 초기의 에피소드 초두에 블룸의 손에 쥐어진 전단이(「레스트리고니언즈」 장에서 이는 알렉산더 도위 전도사의 도착을 알리거니와) 리피 강을 따라 떠내려갈 때, 수로의 간퇴조(干退潮)를 따라 움직이는 동작 속에, 우리는 도시를 가로지르는 생활의 흥망을 나타내는 템포를 본다. 우리는 또한, 조이스가 소설의 외견상 산만하고 무의미한 행동들을 하나의 보다 큰 예술적 통일성으로 엮는 정교한 섬세성을 여기서 확인한다.

이 에피소드의 그 밖에 다른 곳에서, 서술은 도시의 한쪽에서 일어나는 사건들을 완전히 다른 지역들에서 발생하는 장면으로 융합시킴으로써, 동시성(同時性)의 감각을 우리에게 야기한다. 이러한 효과는 한 장면의 세목들이 잇따른 장면들에서 계속 나타남에 따라서 가속화된다. 부가적으로, 이 에피소드는 또한, 그것이 많은 군소 등장인물들의 생활 속을 독자로 하여금 짧고 의미심장하게 일별하게 함으로써, 더블린 생활의 다양성을 강조한다.

「배회하는 바위들」의 부수적 세목을 위하여, 『서간문』 II. 66, 193 및 436 그리고 III. 68을 참조 할 것.

제11장. 오먼드 호텔

(사이렌〔Sirens〕 에피소드)

『율리시스』의 제11번째 에피소드요 「율리시스의 방랑」 부분의 8번째이다. 그것은 『리틀 리뷰』지의 1919년 8월과 9월 호에 연재되었다.

조이스가 발레리 라르보에게 임대한 스키마에 따르면, 이 에피소드의 장면은 오먼드 호텔의 콘서트홀이요, 행동이 일어나는 시간은 오후 4시다. 이 장의 기관은 귀요, 장의 예술은 음악이다. 이 에피소드의 상징은 바걸들이요, 그의 기법은 전칙곡(典則曲)에 의한 "둔주곡(遁走曲)"이다.

｜제임스 조이스 문학 읽기｜

『오디세우스』 제12권에서 키르케는 오디세우스에게 그의 진로와 그에 따른 위험에 관해 충고하는 중에 "지나가는 사나이들을 유혹하기 위하여 미를 파는" 두 사이렌에 관해 경고한다. 노래를 부름으로써 사나이의 혼을 빼앗고 자신들의 섬 바위 해변에 배를 부딪치게 함으로써 그들의 목숨을 잃게 하는 사이렌의 이야기를 키르케는 오디세우스에게 들려준다. 만일 사이렌의 스릴에 넘치는 노래를 듣고 싶으면, 부하들의 귀를 밀초로 틀어막고 오디세우스 자신은 몸을 배의 돛대에 묶어야 하며, 어떤 일이 있어도 그 끈을 풀어서는 안 된다. 오디세우스는 키르케의 충고에 충실히 따른 덕분에 별 탈 없이 사이렌의 노래를 들으며 항해한다. 그는 뒤이어 스킬라와 카립디스 사이의 통로로 항해를 계속한다.

여기 조이스의 바걸들은 호머의 사이렌들 격이다.

「사이렌」 에피소드는 오먼드 호텔에서 일어나며, 이른바 오페라의 서곡(전주곡)이라 타당하게 불릴 수 있을 것이다. 즉, 이는 심포니의 서곡 또는 오페라가 한 특별한 작품의 중요한 주제들과 모티브들을 소개하는 꼭 같은 방식으로 장의 중심적 사건들을 총괄하도록 마련하거니와 모두 63행의 소개로서 시작한다. 음악, 연주, 유혹 및 파괴의 주제(토픽)의 변형들은 장의 나머지를 위한 문맥상의 포맷을 마련한다. 청취와 관찰이, 역설적 수동성 속에, 에피소드의 특성적 몸짓으로 두드러지게 나타난다. 바걸들은 고객들이 오가는 것을, 마치 귀머거리 패트가 그러하듯, 살핀다. 고객들은 바걸들 그리고 서로를 살핀다. 그리하여, 장의 끝머리에서, 거의 모든 눈은 벤 돌라드가 「까까머리 소년」을 노래 부를 때 그에게 고정된다.

장은 호텔에서 두 바걸인 청동색 머리카락의 도우스 양과 금빛 머리카락의 케네디 양과 더불어 열린다. 비평적 의견들은 장의 등장인

물들 신분에 관하여 이견이 분분하지만 이러한 여인들이 호머의 사이
렌들의 모든 속성을 지녔는지에도 그들은 비록 실지가 아닐지라도, 비
유적으로 남자들을 진정 파괴할 수 있다. 장의 시작에서 리디아 도우
스 양의 말, "그가 뒤돌아보자 죽음을 당하도다."(U 211) 에서부터, 그
들에게 차를 날라 오는 젊은 보이(사환)에 대한 그녀의 거친 꾸지람,
모이드 점의 늙은 약사를 조롱하는 것에 이르기까지, 그녀는 사내들을
포괄적으로 다룰 수 있는 듯하다. 마이나는, 레너헌이 희롱을 위한,
별 마음에 내키지 않는 노력을 할 때, 마찬가지로 그를 능숙하게 다
룬다.

다른 한편으로 보아, 그들이 남자들을 자신들의 포로로 삼을 수
있을지는 한층 덜 분명한 듯하다. 리디아는 바 속으로 배회하는 다양
한 남자들의 주의를 사로잡기 위해 몇 차례 노력한다. 그녀는 사이먼
데덜러스와 나중에 변호사인, 조지 리드웰과 희롱하며, 블레이지즈 보
일런과 레너헌의 흥미를 위해 그녀 허벅지의 양말 대님("타임"곡)을 대
담하게 퉁긴다. 각각의 경우에서, 그러나 도우스 양은 이러한 남자들
이 배회하기 전에 비교적 짧은 동안 이들의 주의를 단지 장악할 뿐이
다. 한편, 마이나 양은 유혹적 힘을 훨씬 덜 발휘한다. 그녀는 이러한
주고받는 행위에서 절대적으로 전혀 흥미를 보이지 않으며, 그 점에
관해서 리디아의 행동을 암암리에 시인하는 것 같지 않다.

부수적으로, 호머 사이렌들의 유추는, 독자가 이 여성들이 눈에
띌 정도의 음악적 재능을 갖지 않음을 인식할 때, 한층 모호한 듯 보
인다. 리디아 도우스 양의 양말 대님 퉁기기에 대한 애매한 예외 말
고는, 장을 통하여 나타나는 음악적 흥행을 마련하는 것은—당일 일
찍이 피아노를 조율하는 장님 풋내기에서부터, 피아노를 연주하는 사
이먼 데덜러스와 보브 카울리 신부, 노래하는 벤 돌라드에 이르기까

|제임스 조이스 문학 읽기|

지―단지 모두 남자들이다. 특히 사이먼 데덜러스와 돌라드가 장의 거의 종말에서 부르는 노래에서―사실상, 오먼드의 다른 남자들의 주의를 끄는 것은 그들 자신의 노력에 달렸다.

관찰과 청취 또한, 이 장의 행동에서 중요한 역할을 한다. 리오폴드 블룸과 리치 고울딩은, 바에 인접한 식당에서 이른 저녁 식사를 하고 있거니와 이러한 특성들을 구체화한다. 그들은, 아이러니하게도 블레이지즈 보일런을 포함하여, 호텔 바를 통해 지나가는 남자들의 퍼레이드를 관찰한다. 보일런이 레너헌 및 도우스 양과 희롱거리는 것을 보면서, 블룸은 그가 몰리 블룸과 그의 오후 4시의 간음을 위해 늦지 않을까 염려하는 듯하다.

그러나 보일런에 대한 블룸의 흥미는 재빨리 전환된다. 그와 리치 고울딩이 저녁 식사를 하는 동안, 벤 돌라드는 벨리니의 오페라 『몽유병자』로부터의 테너 솔로인, 「모든 것이 사라졌네」를 노래 부르기 시작한다. 다음으로, 사이먼 데덜러스는 플로토의 오페라 「마르타」로부터의 테너 솔로인 「마파리」를 부른다. 이러한 노래들이 펼쳐지는 동안, 그들은 마음을 달래는 영향을 발휘하기 시작한다. 블룸은 약간 감상적이 되며, 그러자 그는 사이먼 데덜러스와 리치 고울딩 간의 격리를 생각한다. 이는 돌이켜 블룸을 자기 자신의 사건으로 되돌린다. 그는 재빨리 자신이 당일 일찍이 마사 클리퍼드로부터 받은 편지에 응답하여 노트에 글을 갈긴다. 그러나 그녀는 몰리에 대한 희미한 대용품이요, 그녀에 대한 생각은 블룸으로 하여금 보일런을 생각하게 하고, 그가 이클레스 가의 블룸의 집을 향해 매정하게 여행할 것이라 상상한다.

장의 끝나는 페이지들에서, 모든 참석자의 재빠른 주의를 끌게도, 벤 돌라드는 「까까머리 소년」을 노래한다. 이들은 블룸과 변호사인 조지 리드웰을 제외하는데, 후자들은 바의 여급인 리디아 도우스―그녀는 가능한 최선을 다하여 사이렌 역을 하려고 재차 시도하는지라―가 수음(手淫)의 모습으로, 맥주 펌프를 두들김으로써 또는 훑어 내림으로써, 노래에 박자를 맞추는 것을 살핀다. 그러나 이 장의 최후의 음악곡은 희극적인 것으로서, 블룸이 그가 저녁 식사와 함께 마신 사이다로부터 쌓인 가스(방귀)를 오먼드 호텔 바깥 거리에서 배출할 때 나는, 그의 방귀 소리다.

음악은 이 장을 통하여 한결같은 대주제로서 연달아 나타난다. 노래와 멜로디들은 구두점을 찍는가 하면, 대위법을 이루고, 심지어 블룸과 다른 인물들의 감정을 축하하는지라, 그리하여 호머의 『오디세이』의 사이렌들의 노래처럼, 이 장의 음악은 강력하게 환기적(喚起的) 효과를 지니며, 광범위한 감정과 반응을 창조한다. 한층 의미심장하게도, 음악적 강조는 서술의 형식적 구조를 재구성한다. 서곡 격인 첫 63행들로 시작함으로써(앞서 「아이올로스」 에피소드 [7장]의 제자들과 동수임), 사이렌 에피소드들의 화법은 전통적 서술 구조로부터 계속 방향을 다른 데로 튼다.

제12장. 바니 키어넌 주점

(키클롭스[Cyclops] 에피소드)

『율리시스』의 제12번째 에피소드요, 「율리시스의 방랑」으로 알려진, 소설의 중간 부분의 제9번째이다. 그것은 『리틀 리뷰』지의 1919년 11과 12월 호 그리고 1920년 1월과 3월에 각각 처음으로 연재되었다.

조이스가 발레리 라르보에게 임대한 스키마에 따르면, 이 에피소드의 장면은 더블린의 리틀 브리튼 가(街)의 바니 키어넌 주점이요, 행동이 일어나는 시간은 오후 5시이다. 이 장의 기관은 근육이요, 장의 예술은 정치이다. 이 에피소드의 상징은 피니언 당원이요(피니언 형제단은 19세기 아일랜드의 민족주의자 및 혁명 그룹이었다.), 그의 기법은 "과장법(gigantism)"이다.

『오디세이아』 제9권에서 오디세우스는 애꾸눈의 거인들인 키클롭스들 사이에서의 자신의 모험에 대해 서술한다. 그들은 비옥한 땅에 살지만, 농사를 지을 줄 모르는 자들로서, 각자 개개인의 동굴 속에서 기거한다. 오디세우스와 그 부하들은 키클롭스 중의 하나인 폴리페모스(Polyphemus)의 동굴에 갇힌다. 그는 오디세우스의 부하들을 하루에 두 사람씩 잡아먹는다. 이튿날 밤 향연이 벌어지자, 오디세우스는 그에게 술을 마구 대접하며, 자신의 이름은 "무인(Noman)"(역설적으로, 말을 듣지 않는 사람의 뜻도 됨)이라 선언한다. 그리하여 애꾸눈의 거인이 술에 만취되어 이내 잠에 떨어지자, 오디세우스는 불붙은 올리브 막대기 끝으로 그를 찔러 눈멀게 한다. 다음 날 아침 오디세우스와 살아남은 부하들은 양 떼 사이에 몸을 숨김으로써 폴리페모스의 탐색을 모면한다. 그는 커다란 바위를 들어 오디세우스 일행의 배를 향해 던지지만, 배는 위험을 모면하고 항해를 계속한다.

여기 조이스의 "시민"은 폴리페모스요, 담배 토막은 막대기에 해당하며, 화자 "나"는 "무인(無人)"에 각각 대응한다.

블룸은 바니 키어넌 주점에서 마틴 컨닝엄과 만나, 죽은 남편의 보험 정책을 토론하기 위해 패디 디그넘 과부를 방문하기로 동의했다. 그러나 블룸은 이 장에서 마감 페이지들까지 비교적 적은 역할을 한다. 『율리시스』는 「키클롭스」 에피소드에서, 아일랜드의 민족주의 기질에 대한 폭넓은 견해를 취하기 위하여 블룸에 대한 하루의 밀접한 설명으로부터 뒤로 잠시 물러선다. 그것은 장을 통하여 산재한 두 화자의 언어 질책적(叱責的) 만담에 중심을 두고 있다. 첫 번째 서술적 목소리는 장의 열리는 행들에서 나타나며, 키어넌 주점에서 "시민"(페니언 당원인 마이클 큐색이 그 모델임)을 만나러 가는 도중 조 하인즈를 동행하는 한 기식자(寄食者)요, 집달관의 그것이다. 그들은 당일 일찍이 조 하인즈가 참가한 가축 거래자의 모임에서의 화제인, 소의 아구창을 주제로 토론할 참이다. 두 번째 서술적 목소리는, 다양한 패러디의 문체들의 일련의 병치(竝置)를 통하여 서술 속을 파고들면서, 장의 행동을 사이비 영웅시체로 과장하며, 조이스의 소재에 대한 유머러스한 취급을 확약한다.

주점 자체는, 마치 폴리페모스의 동굴처럼, 국수주의와 자기─기만의 정박소인 셈이다. 그것의 두려운 분위기는 많은 시민의 외국인 혐오감을 강화하고, 블룸의 무편견적 국제주의에 해가 되는 처절한 태도를 낳으며, "시민"과 블룸 간의 불가피한 갈등을 조성한다. 고양된 불관용(不寬容)이 에피소드의 끝에서, 마틴 컨닝엄으로 하여금 블룸을 육체적 대결을 막기 위해 주점 밖으로 인도하도록 강제한다.

에피소드는 무명의 화자가 조 하인즈를 만나는 것으로 시작한다. 화자는 한 은퇴한 경찰 간부와 잡담하고 있었으며, 그이 자신 경찰 스파이일 수 있다. 그럼에도, 조는, 당일 일찍이 『프리먼즈 저널』 지사에서 급료를 탔기 때문에, 그를 키어넌 주점에서 한잔하도록 그리고 "시민"과 잡담하도록 초대한다. 모든 이러한 것들이 지나가기 전에, 그러나 몇 개의 삽입들이 서술 속에 나타난다. 첫째 것은 마이클 E. 제러티라는 늙은 연관공이 상인 매도인, 모지즈 허조그(화자는 그로부터 수금에 실패하고 있거니와)에게 진 빚에 대한 법률 조문이다. 둘째와 셋째 삽입은 주점을 포위하는 지역을, 마치 그것이 신화적 지역인양, 목가적 용어로서 서술한다.

｜제임스 조이스 문학 읽기｜

조는, 키어넌 주점에 들어서자, 일련의 장식적 신호를 "시민"과 교환한다. 그들 사이에 통과하는 몸짓이나 어구들은 주점 대부분의 사람들 대화를 지배하는 아일랜드의 민족주의와의 강박관념을 소개한다. 이러한 교환은 또한, "시민"을 아일랜드의 민속에 나오는 고대 영웅 이상화의 말들로서 서술하는 또 다른 여담을 위해 길을 마련한다.

조는 재빨리 화자와 "시민"을 위해 한 차례 술을 주문한다. 앨프 버건(주정뱅이로, 더블린 시 부집행관 사무실의 서기)이 주점에 들어올 때, 대화는 산만하게 데니스 브린(편집병자)으로부터 블룸으로, 교수형을 당하는 마운트조이 교도소의 한 녀석으로, 바뀐다. 각각의 경우에서, 주점의 방랑객들은 타인들의 비참 속에서 한 됫박의 만족을 취한다. 그들의 대화는 술꾼인 보브 돌도런에 의하여 중단되는데, 후자는 처음에 패디 디그넘의 죽음에 대한 뉴스를 단지 희미하게 이해하지만 이내 그 때문에 아주 호전적이 된다. 도런의 감상적 반응과의 대조 그리고 그것의 비하(卑下)는 뒤에 남은 자들에게 말을 거는 디그넘의 영혼과 심령술자의 만남에 대한 고도로 문체화 된 설명으로 이루어진다.

이러한 설명의 한복판에, 블룸이 주점 안으로 들어오는데, 비록 그는 하인즈가 제공하는 음주를 거절하지만 한 개비의 권연(卷煙)을 절실히 받아들인다. 한편, 버건은 우두머리 이발사요, 수시의 교수자(絞首者)인 H. 럼볼트의 이야기를 하기 시작한다. 이러한 처형의 이야기는 피(彼) 교수자(죄인)의 육체적 발기(勃起)에 관한 이야기로 인도하는 바, 그러자 서술은 현상(現象)을 과학적으로 설명하는 블룸의 패러디를 삽입한다. "시민"은 대화를 단언적으로 민족주의로 되돌리고, 그러자 그것은 또 다른 삽입, 로버트 에메트의 죽음과 아주 유사한 상황하에 있는 한 아일랜드 애국자에 대한 처형의 설명으로 인도하는데, 후자는 1803년에 아일랜드의 봉기를 획책하려 성공을 거두지 못했다.

대화가 계속되자, 블룸에 대한 "시민"의 적의와 모든 사람에 대한 무명의 화자의 들리지 않는 악의가 점차 분명해진다. 조 하인즈가 계속 돌림 술을 사자, 주점 안의 나머지 사람들과의 블룸의 변경적(邊境的) 상관관계가 가일층 분명해진다. 서술적 삽입들은, 주점 안에 제공되고 있는 견해들을 아이러니하게 재서술하는 문체의 영역 속에, 진행 과정을 계속 산발적으로 평가한다.

결과적으로, 이야기는 브레이지즈 보일런이 최근 주최한 키오 대 베네트의 권투 시합으로 돌아간다. 보일런에 대한 언급은 예언적으로 블룸의 불안을 증폭시킨다. 동시에, 그것은 시합의 산만한 설명을 위한 경이적인 기회를 전율적 신문 기사체로 마련한다. J.J 오몰로이(파산한 변호사)와 네드 램버트(고물상)의 나타남이 담화를 최근의 법원 사건들로 돌리자, "시민"은 블룸이 무시하는 일련의 반 유대적 비방을 차단하려는 기회로 삼는다.

T. 레너헌이, 금배 경마의 결과에 구슬퍼하면서, 주점 안으로 들어서자, 화제는 내기로 바뀐다. 그러나 "시민"은 대화를 아일랜드 민족주의로부터 이탈하게 할 수는 없는지라, 조국의 무역을 방해하는 대영제국의 노력과 간계로 화제를 진입시킨다. 이것은 네드 램버트로 하여금 아일랜드를 적들로부터 보호하려는 대 영 제국 해군의 역할에 관한 냉소적 관찰을 유도하게 하며, 돌이켜, 화제를 해군의 체벌에도 가져간다. 여기 독자는 블룸이 얼마나 충격을 받는지에 대한 강한 느낌을 실감한다. 야만성에 대한 반대로 그의 예기된 입장이 어떠할지를 회피하면서, 그는 대영제국의 군사적 정당성에 대한 "시민"의 부정적 의견을 반박함으로써, "시민"과 대결을 모색하려는 듯 보인다.

그러나 이러한 태도의 전환은 오래가지 않으며, "시민"은, 특히 민족주의 운동에서, 물리적 힘의 이상(理想)에 대한 자신의 방어를 재삼 재빨리 취한다. 블룸이 이러한 전략의 효력에 대해 의문을 제기하자, "시민"은 블룸 자신이 애란 인으로 불릴 것인가의 권리에 대해 직접 질문한다. 블룸은, 그러나 후퇴하지 않을 것인지라, 사랑의 가치는 "혐오의 반대"라고 계속 주장한다. 그러한 최후의 공격과 함께, 블룸은 법원의 마틴 컨닝엄을 찾아 주점을 떠난다.

그가 문밖으로 나가자마자, 레너헌은 블룸이 금배 경마에 내기를 걸어 다량의 돈을 땄다는 유머를 퍼트린다. 블룸이, 소문에 의한 그의 승리와 함께, 되돌아온다. 그리고 그가 무리를 위해 한차례 술을 사지 않자, 격노한 "시민"은 전투태세를 취한다. 그러나 블룸은 그와는 화해할 기분이 아니기에, 동등한 호전적 태도로 응수한다. 블룸이 부재하는 동안, 그곳에 도착하여 술을 마시고 있는 마틴 컨닝엄이 블룸을 구하려 그를 세차게 문밖으로 밀어낸다. "시민"이 뒤따르며, 블룸이 타고 있는 마차에 비스킷 상자를 내던지자, ─이 몸짓은 『오디세이』에서 키크롭스가 떠나는 율리시스에게 돌을 던지는 순간과 직접 대응한다─그리하여 이 에피소드는 막이 내린다.

형식상으로, 「키크롭스」에피소드는 서술의 문체에서 또 다른 변화를 기록한다. 처음으로, 1인칭 화자의 목소리가 들리며, 서술에 고도로 주관적 신랄함을 고취한다. 대위법적으로, 많은 삽입이 주된 서술 속으로 뛰어든다. 그리고 그들은 주막의 사건들과 화자에 의하여 그들이 표현될 때의 토론 중의 주제들 위에, 동등하게 주관적이요, 산발적 코멘트를 제공한다. 전통적 해석상의 전략들 또는 독서법에 의존하는 독자들은 그들의 가설의 정당성에 대하여 직접적 도전을 받는다.

문맥상으로, 서술은 동등하게 복잡한 양상으로 진전한다. 우리는 몰리의 간음에 대한 블룸에 끼친 엄청난 감정적 효과에 대한 분명한 증거를 발견한다. 그의 "시민"과의 대결은 그가 한층 덜 조심스러우며, 경멸을 무시하기보다는 한층 더 그들에 도전할 것임을 보여준다. 그는 분명히 몰리의 부정에 의하여 야기된 고통을 예리하게 경험하고 있다. 이것은 타자들의 약점들에 대하여 그를 한층 더 민감하게 만들며, "시민"과 같은 자들이 분명히 이해하지 못하는 행동으로 인도한다. 넓은 의미에서, 그러나 우리는 또한, 서술 속에 만나는 대부분 사람들의 강한 소외를 느끼기 시작한다. 이 장을 통하여 되울리는 정열적인 민족주의자의 수사(修辭)에도 어느 진짜 지역 사회로부터 경험하는 이러한 개인들의 고립은, 마치 이러한 조건과 그것의 함축성을 인식하기를 피하려는 그들의 필사적 노력이 그러하듯, 분명하다.

이 에피소드에 관련된 부수적 논평을 위하여, 『서간문』 II.451-452를 참조할 것. 안테일(George Antheil)은 『율리시스』의 이 「키크롭스」 에피소드를 기초로 하여 오페라를 작곡하기 시작했다.

제13장. 샌디마운트 해변

(나우시카[Nausicaa] 에피소드)

『율리시스』의 제13번째 에피소드요, 「율리시스의 방랑」 부분의 10번째이다. 이는 『리틀 리뷰』지의 1920년 4월과 7월 호에, 1920년 5월과 6월 호에 그리고 1920년 7월과 8월 호에 각각 연재되었다. 미국의 우체국 당국자는 「나우시카」 에피소드의 결말 부분을 포함하는 7월과 8월 호를 몰수했다(비록 「태양신의 황소들」의 한 부분이 『리틀 리뷰』지의 1920년의 9월~12월 호에 나타났지만, 「나우시카」와 같은 에피소드들의 출판을 둘러싼 대소동은 소설의 연재화의 정지를 가져왔으며, 소설의 출판자를 발견하는 문제를 악화시켰다).

조이스가 발레리 라르보에게 임대한 스키마에 따르면, 이 에피

|제임스 조이스 문학 읽기|

소드의 장면은 샌디마운트 해안의 바위들이요, 행동이 일어나는 시간은 오후 8시이다. 이 장의 기관은 눈과 코이며, 장의 예술은 그림이다. 이 에피소드의 상징은 처녀요, 그의 기법은 점증법(漸增法) 및 점강법이다.

『오디세이아』 제5권에서 오디세우스는 칼립소의 섬을 떠나 포세이돈의 공격을 받고 마침내 파이아키아인인 전설적 뱃사공들이 사는 땅의 강어귀에 정박한다. 오디세우스는 풀숲에 숨어 피로를 풀기 위해 잠에 빠지지만, 혼수 감을 빨래하기 위해 그곳에 온 나우시카 공주와 시녀들에 의하여 이내 잠에서 깬다. 그를 잠에서 깨어나게 한 것은 아이들이 갖고 놀다 잊어버린 공이다. 오디세우스는 자신의 신분을 밝히고 어려운 처지를 호소한다. 나우시카에게 행한 그의 호소는 성공을 거두게 되고, 그녀는 그를 궁전으로 안내한다. 나우시카의 연정에도 오디세우스는 떠나야 하는 몸이기에, 마침내 그녀의 부왕은 이티카로의 안전한 귀향을 그에게 주선한다.

여기 조이스의 거티는 나우시카, 파이아키아 궁전은 "바다의 별" 교회 격.

「나우시카」 에피소드는 남동부 더블린에 있는 링센드 근처의 샌디마운트 해변에서 일어나는데, 이곳은 당일 일찍이 같은 해변에서의 스티븐의 산책을—특히 「프리테우스」 에피소드(3장) 동안, 오전 약 11시에—회상시킨다. 그것은 또한, 『젊은 예술가의 초상』의 제4장 말에서, 리피 강의 바로 북쪽에 있는 돌리마운트 해변에서 스티븐이 적어도 6년 전에 갖는 그의 새 소녀(birdgirl)와의 만남과 평행하다.

「나우시카」 장이 열릴 때, 리오폴드 블룸은 패디 디그넘의 과부를 막 방문했었다(이는 「키크롭스」와 「나우시카」 장들 사이에 지나가는 시간 동안, 서술 밖에서 일어나는 사건이다). 그는 어떤 형태의 기분 전환을 찾아, 해변 아래로 배회하는데. 이는 아내 몰리에게로 자신의 귀가를 지연시킬 것이다. 이 장은 견해의 교차점에서 거의 동등하게 양분되어 있는데, 이들은 첫째로 거티 맥도웰의 그리고 이어 블룸의 조망에서 사건들이 각각 서술된다.

장의 첫 절반에서, 서술은 독자들에게 중 하위급 젊은 여인인, 거티의 의식을 소개하는바, 에피소드를 통한 그녀의 행동은 그녀를 호머의 나우시카에 대한 현대의 유추로서 수립한다. 거티는 그녀의 두 친구인, 에디 보드먼과 시시 카프리, 그리고 에디의 사내 아기와 시시의 두 어린 형제들인, 토미와 재키와 더불어 해변에 앉아 있다. 소녀들은 아이들을 살피며, 따뜻한 여름의 해거름에 시간을 보내고 있다.

당내의 낭만적 소설들(조이스는 「나우시카」 에피소드를 준비하기 위해 많은 양을 읽었다)의 문체 및 기풍과 근접한 음조로서, 장의 이 부분은 거티의 생활과 생각들을 서술하는데 초점을 맞춘다. 그것은 그녀의 매일의 일과를 구성하는 요소들의, 그리고 그녀의 생활과 로맨스에 대한 견해에 영향을 주는 사실들의 설명을 아주 세세하게 제공한다. 그러나 이러한 발현의 친밀성과 솔직성에도 그것은 그녀가 사는 세계의 어떤 심오한 비전을 거티가 소유하는 증거를 별반 제시하지 않는다. 여기 화장이나 하의와 같은 속물 숭배적 물건들에 대한 그녀의 강박관념에 가까운 관심이 꽤 범속한 것처럼 보인다. 부수적으로, 서술을 이루는 화려한 산문은, 거티의 매일매일의 산문적 일과 및 결혼할 근사한 남자를 발견하려는 그녀의 예상할 수 있는 야망을 설명함에서 은연중에 아이러니를 강조한다.

서술의 문체 그리고 거티 및 그녀의 친구들이 실지로 서로 말하는 방식 사이에 날카로운 구별이 있기는 하지만 그럼에도 감상적 낭만주의에 의한 서술의 거의 완전한 지배는 서술 속에 공개적으로 표현되는 그 어느 것보다 거티에 관해 더 많이 암시해 준다.

이러한 거티의 의식상(意識上) 질(質)은 그녀가 블룸의 사생활에 관해 명상하기 시작할 때 가장 분명하다. 거티는 블룸이 멀리서부터 그녀를 노려보고 있었기 때문에 그를 눈치챈다. 이는 그녀의 호기심을 자극하며, 그에 대한 호의적 의견을 갖도록 한다. 결과로서, 그녀는 독자들이 지금까지 친숙해 왔던 것과 아주 딴판의 인물을 그녀 앞에 본다. 낭만적 소설로부터의 이미지들과 그녀 자신의 백일몽으로부터의 명상을 혼합함으로써, 거티는, 앞서 장인 「키클롭스」 에피소드에서 조 하인즈가 블룸에 관해 언급한 "신중한 인물"(U 244)에게 보다 낭만 속의 한 인물에게 한층 어울리는 바이론적 역사를 그 대신 불러일으킨다.

거티의 의식을 서술하는 부분이 결말에 이르자, 다양한 주제적 실타래들 ― 낭만주의, 부정(否定) 및 환경의 조야함 ― 이 엉켜 거티의 행동을 알려준다. 그녀의 친구들이 마이러스 바자의 결말을 장식하는 불꽃을 보기 위해 해변을 달려 내려갈 때, 거티는 자신이 지금까지 앉아 있었던 곳에 꿈적 않고 그대로 머문다. 그녀가 바위 위에서 몸을 뒤로 제칠 때, 마치 조명탄의 전시를 보기 위한 것처럼, 그녀는 사실상 자신의 속옷을 블룸에게 노출하기 위하여 충분히 계산된 노력을 한다. 그가 수음을 감행할 때 ― 서술은 이 행위를 거티가 잘 알고 있는 듯이 암시하거니와 ― 그녀의 마음은 불꽃의 행동으로 가득 차 있다. 서술은 그녀 또한, 성적 클라이맥스를 성취하는 것을 암시하는 식으로 이를 서술한다.

이 장의 두 번째 부분에서, 서술은 여태까지 소설의 한층 특별한 음조로 바뀐다. 장에서 처음으로, 블룸은 이름이 밝혀지고, 그리하여 "자유 간접 담론"의 기법적 변형을 통하여, 서술은 그의 의식 속으로 길을 개척한다. 산발적 개괄(요약)의 형식으로, 블룸의 마음은 에피소드의 초반에서 거티가 생각했던 많은 꼭 같은 토픽들을 개관하는데, 그렇게 함으로써, 거티의 많은 관찰에 대한 아이러니한 논평을 마련한다.

『율리시스』의 이전 장들의 그것과 눈에 띄게 다른 음조상의 굴절은, 그들이 주기적으로 서술적 담론 속으로 분쇄되면서, 블룸의 사상들에 대한 음률을 알린다. 그녀가 떠나고 있을 때 그가 단지 목격하는, 특히 그녀의 절름발이 관점에서, 그의 거티에 대한 평가는 독자가 그와 연관 지을 때보다 한층 거친 태도를 보인다. 어느 정도까지, 그의 태도와 몸가짐은 우리가 몰리의 간음에 의해 야기되는 성적 단언과 보복의 형태인, 그의 유사—대중적 수음과 넓게 연관시킬 수 있는 조야함을 반영한다. 특히, 그것은 몰리의 블레이지즈 보일런과의 사건에 대한 생각이 종일 블룸에게 기친 필살의 감정적 효과를 보여준다. 마치 이 사실을 강조라도 하듯, 「나우시카」 에피소드의 나머지의 많은 것 동안, 블룸은 소설의 그 어떤 다른 때보다 한층 냉소적 모습으로 여인들을 생각한다. 그의 견해는 자신의 인생의 과정을 통해서 그가 관찰해 왔던 여성의 결점들에 대한 전 영역을 반성하긴 하지만 그것은 타자들, 특히 여인들에 대한 블룸의 습관적 판단에 아주 특별한 감정이입(感情移入)을 보여주지는 않는다.

블룸이 아내의 부정에 대해 느끼는 고통이 거의 표면에 나타나는 데 반해, 그는 그것을 직접 대면하지 않기 위해 다양한 육체적 및 지적 전략들을 고용한다. 그러나 블룸을 위한 동정에도 화자는 종일의 사건들과 대면하는데 거의 주저하지 않는다. 해변의 어둠이 짙어짐에 따라, 이제 가시적으로 피곤한 블룸은 몰리에 대한 생각을 피함에서 별로 재치를 드러내지 못한다. 그의 생각들은 저절로 자신의 집에

|제임스 조이스 문학 읽기|

서 그날 오후에 일어났던 사건에 대한 ㅋ적의로 저절로 향한다. 그리고 장은 "바다의 마리아 별" 교구 내 사제관의 벽로대 위에 놓인 시계로부터 들리는 각 3번씩 3구절들로 된, 조소적 후렴, "뻐꾹" 소리로서 종결된다. 이러한 방책은 블룸이 이 장을 통하여 지금까지 알아왔던, 그러나 직면하기를 기피해왔던, 주제인, "그가 한 오장이 남편임"을 불연 듯 강조한다.

「나우시카」 에피소드는 조이스의 문체적 실험주의를 계속 취한다. 그의 첫 절반은 독자가 지금까지 익숙해 왔던 서술적 목소리와는 급진적으로 다른 음조의 어법으로 지배된다. 이들은 앞서 장들에서 일어났던 목소리와 서술 간의 상관관계에 대한 문제들을 독자를 위해 갱생한다. 해결해야 할 최대의 과제는 서술이 복수적(複數的) 목소리를 사용하는 단일 화자에 의하여, 또는 각자 자신의 목소리를 가진 복수의 화자들에 의하여 진전되는 지의 여부다. 독자의 대답은 이 장의 해석에 직접 영향을 끼친다.

주제 상으로, 장은 또한, 이전의 관심들을 초월하는데, 그렇게 함으로써, 그것은 두 가지 일을 달성한다. 거티에 대한 살핌은 독자에게 세기의 전환기에 중 하위급 더블린 여성들의 지루하고 이따금 저급한 생활에 대한 감각을 강조하며, 그것은 딜리 데덜러스로부터 밀리 블룸에 이르기까지 여성들 및 젊은 소녀들에 개방된 선택권을 설명하는 바, 이는 우리에게 그들이 살아왔던 거칠고 용서 없는 세계에 대한 보다 분명한 그리고 한층 냉담한 감각을 부여한다. 꼭 같은 글줄들을 따라, 「나우시카」 에피소드는 특히 몰리의 간음이 블룸에게 갖는 망연하고 조야한 효과를 강조한다.

* 부수적 세목을 위하여, 『서간문』 I. 134, II. 428 등을 참조할 것.

제14장. 홀레스가의 산과 병원

(태양신의 황소들〔Oxen of the Sun〕 에피소드)

『율리시스』의 제14번째 에피소드요 「율리시스의 방랑」 부분의 11번째다. 이야기의 첫 부분은 『리틀 리뷰』지의 1920년 9월과 12월 호에 연재되었으며, 에피소드의 마지막 발췌는 미합중국 우체국 당국자들이 잡지를 강제로 출판 금지하기 이전에 나타났다.

조이스가 발레리 라르보에게 임대한 스키마에 따르면, 이 에피소드의 장면은 홀레스 가(街)의 산과 병원이요, 행동이 일어나는 시간은 오후 10시다. 이 장의 기관은 자궁이요, 장의 예술은 의학이다. 이 에피소드의 색깔은 백색이요, 집합적 상징은 어머니들이다. 그리고 그의 기법은 태아의 발육 과정이다.

『오디세이아』 제12권에서 오디세우스와 그의 부하들은 키르케 섬을 출발하여 사이렌을 지나 스킬라와 카립디스의 시련을 겪은 뒤, 저녁 때쯤 태양신인 헬리오스(Hellios)의 섬(지금의 시칠리아 섬)에 도착한다. 키르케와 티레시아스는 오디세우스에게 이 섬을 피하고, 특히 헬리오스에게 속하는 성우(聖牛)를 살해하지 말도록 경고한다. 선원들이 바다에서 밤을 새우기를 거절하자 오디세우스는 그들로 하여금 성우를 건드리지 않을 것을 맹세하게 하고 섬에 상륙시킨다. 그러나 그가 잠에 빠지자, 부하들은 맹세를 어기고 그들의 식사를 위해 성우를 살해한다. 이에 헬리오스는 분노하여, 오디세우스 일행이 섬을 떠나자 번개와 뇌성으로 배를 파괴함으로써, 키르케와 티레시아스의 예언을 적중시킨다. 오디세우스는 파괴된 배의 잔해를 모아 뗏목을 만들어, 카립디스의 소용돌이를 지나 칼립소 섬에 도착하는 등 방랑을 계속한다.

여기 조이스의 병원장 "혼"은 황소, 다산은 범죄 격이다. 이 에피소드의 서술은 블룸이 나이나 퓨어포이를 문안하기 위하여 산과 병원을 방문할 때 그를 따른다.

「태양신의 황소들」 에피소드는 아마도 지금까지 『율리시스』에서 가장 도전적 서술 전략을 제시한다. 형식상으로, 그것은 라틴어와 아일랜드어의 병합으로 시작하여, 영국 산문의 고도로 압축된 문체적 개관을 달성한다. 그러자 그것은 연속적으로 앵글로―색슨(고대 영어)으로, 중세 영어로 그리고 15세기로부터 시작하는 토마스 말로이의 『아서왕의 죽음』의 그것과 유사한 문체로 바뀐다.

다음 서술은 16세기 및 『천로역정』의 존 버니언의 그것으로 시작하는, 17세기 영역을 재생시킨다. 거기서부터 그것은 17세기 일기 작가들인 존 에블린과 사무엘 페피스로 방향을 바꾼다. 이들은 다니엘 디포, 에디슨 및 스틸 그리고 조너선 스위프트와 같은 초기 18세기 작가들의 소환으로, 그리고 거기서 로렌스 스턴이나 헨리 필딩에 의하여 구사된 초기 18세기 소설 형태로 나아간다.

다음으로, 모델은 에드먼드 버크와 리처드 셰리단과 같은 잘 알려진 의회 연설가들에 의해 유명한 정치적 수사다. 소설 문체로 되돌아오면서, 서술은 그러자 18세기의 지난 40년 동안 인기 있던 고딕 형태를 취한다. 이를 이어 19세기 초의 수필가들인 찰스 램, 토마스 디퀸시 및 토마스 매콜리의 작품에 모델을 둔 해설적 문체가 뒤따른다. 장이 종말에 접근하자, 찰스 디킨즈, 카디날 뉴먼, 월터 피터 및 존 러스킨의 빅토리아 조의 산문이 나타난다. 마지막 페이지들에서, 장은 그것의 문학적 모델로부터 완전히 이탈하여, 거의 이해하기 어려운 더블린 방언의 혼합 속으로 몰입한다.

이 형식상의 "걸작"은 이 장의 동등하게 복잡한 주제적 진행을 반영한다. 「나우시카」 에피소드(13장)의 말에서 샌디마운트 해변을 떠난 다음, 리오폴드 블룸은 몰리에게로 귀가하는 것에 별반 마음이 없다. 그는 자신의 집을 향한 보통의 코스로 통하여 북쪽을 향해 걸어가다, 메리온 광장(공원) 근처의 홀레스 가의 국립 산과 병원에 들러, 마이너 퓨어포이 부인에게 안부를 묻는데, 후자는 산고(産苦) 중이며, 9번째 아이를 분만하려 하고 있다. 병원에서, 블룸은 일단의 술 취한 남자들을 만나는데, 이들 가운데는 스티븐 데덜러스를 비롯하여 빈센트 린치 및 레너헌이 끼어 있고, 모두 병원 휴게실 곁에 할당된 한 방에서 술을 마시고 흥청거리고 있다.

남자들은, 아마도 스티븐의 돈으로 구매한, 맥주를 계속 마셔왔는지라, 그리하여 분위기에 합당하게도, 출산, 피임, 임신(결말로 인도하는 다양한 조건들) 및 탄생에 관계하는 광범위한 사건들을 토론하고 있다. 남자 중의 몇몇이 성적 욕망에 대하여 조야하게 이야기할 때, 스티븐은 혼자 거리를 유지하고 있다. 그러자 그는 의견 교환의 다양한 시점에서, 산아 제한. 유산 및 산모의 생명을 구하기 위해 태아의 생명을 희생시키는 의학상의 진행에 대한 화제로 진입한다. 첫눈에 보아, 이러한 입장들은 스티븐의 전반적 사고방식과는 일치하지 않는 듯하나, 두 가지 의미심장한 요소들이 그의 동기를 설명한다. 즉, 그는 종일 동안, 비록 예술적이긴 하지만 창조에 관해 계속 생각해 왔는지라, 산모를 넘어 태아의 우선권을 주장함은 그것의 사회적 모체(母體)를 넘어 예술(또는 예술가)의 우선권에 대한 그의 견해와 일치한다. 더욱이, 스티븐은 종일 동안 장황하게 지껄여 왔는바, 이야기를 계속하기를 원한다. 고성과 술 취한 사나이들로 충만 된 방 속에서, 그들의 주의를 장악하는 한 가지 길은 그 밖에 다른 사람이 할 수 없는 자신의 입지를 획득하는 데 있다.

|제임스 조이스 문학 읽기|

이리하여, 스티븐이 앞서「아이올로스」에피소드(7장)의『프리먼즈 저널』지사의 신문사 사무실에서 그리고「스킬라와 카립디스」에피소드(9장)의 국립 도서관에서 행했던 것처럼, 그는 그런 종류의 대중적 연출을 통하여 자신의 지적 및 상상적 능력들을 과시하려고 시도한다. 그러나 이때 쯤하여, 그는 너무나 술에 취했기에 그의 이론에는 일관성이 없다. 부수적으로, 그에게 귀를 기울이고 있던 자들의 만취는 이야기의 아주 많은 전투적 차단으로, 많은 양의 만담과 주의의 총체적 결핍으로 인도한다.

이러한 소요를 통하여, 블룸은 경계적 침묵을 지속한다. 그는 음주를 피하는데(그에게 강요되는 알코올을 정중하게 처리하는지라, 거절을 통한 불쾌함을 주지 않기 위해서다), 그리하여 자신의 주변에 전개되고 있는 논쟁에 직접 휘말려 들지 않는다. 그러나 블룸은 목하의 진행 상황과 완전히 유리되어 있지는 않다. 그가 스티븐의 동작을 뒤따를 때, 상대가 분명히 너무나 취했기 때문에, 자신을 가눌 수 없는 이 젊은이를 위해 부정(父情)의 관심을 개발한다. 이 간절한 염려스런 관심은 블룸으로 하여금 스티븐을 뒤따르도록 재촉할 것인데, 후자는 이내 린치와 함께 벨라 코헨의 밤거리의 사창가를 향해 출발한다.

대화가 분명히 중단된 사이, 레너헌은 저녁 석간신문에 가렛 디지 씨의 편지가 실렸음을 언급한다. 대화는 소의 아구창으로, 이어 교황의 황소들 그리고 다음으로, 유추로서, 영국인에 의한 아일랜드의 침공으로(유일한 영국의 교황, 아드리안 4세에 의하여 공포된, 교황의 칙서〔Laudabiliter〕로 재가 된), 방향을 바꾼다. 약간 떠들썩한 양상으로, 방안의 남자들은 영국의 아일랜드 종속에 대한 중심적 사건들을 개관한다. 대화가 한층 화기를 띨 때, 이러한 분위기는,「스킬라와 카립디스」에피소드에서 언급된 대로, 조지 무어의 문학적 파티에서 갓 돌아온 벅 멀리건의 도착으로 파탄 난다.

멀리건은, 블룸을 제외하고는, 방안의 누구보다 술을 마시지 않고 있는지라, 그는 이내 자신의 입장을 설명하기 시작한다. 그는 자신이 모든 아일랜드를 위한 "수정매개 및 인공보육업자, 맬러카이 멀리건"(그는 명함을 찍어 가지고 있다)이 되기 위해 람베이 섬에 은퇴하는 자신의 계획을 언급함으로써, 대화를 대신 차지한다. 이러한 탐구는 마이너 퓨어포이 부인이 마침내 아들을 분만했다는 뉴스를 알리는 간호사 콜란 양에 의해 중단된다. 이 뉴스는 예언적으로 성적 습관에 대한 한 차례 조야한 명상으로, 처음에는 퓨어포이 부처의 그리고 이어 인류 전반의, 그리고 거기서부터 기형의 출생으로 나아간다. 멀리건은 대화를 장악하려고 시도하지만 그의 노력은, 헤인즈가 현장에 나타나, 웨스트랜드 로우 정거장에서 그와의 잇따르는 만남을 급히 주선하자, 좌절된다.

이 시점에서, 서술은 잠시 블룸의 생각들로 바뀐다. 아마도 난취의 젊은이들의 광경에 의해 자극되어, 그는 그이 자신의 청춘과 그의 최초의 성적 경험을 생각한다. 거기서부터 그의 생각은 자신의 현재의 상태로, 그리고 그의 아내 몰리 블룸과 그의 딸 밀리 블룸에 대한 성적 염려로 향한다. 그런 사이, 린치와 스티븐은 그들 자신의 학교 시절에 관해 이야기하고, 전자는 기회를 포착하여, 스티븐의 예술적 자부심에 대한 터무니없는 조롱을 제공한다.

다음 토론은 인간 조건의 타락으로 표류하는데. 이는 참석자들의 난취에 의하여 가일층 독선적이고도 예측불가가 된다. 그들이 병원 안으로 가져왔던 알코올이 바닥나자, 젊은이들은 밤 11시 문 닫을 시간 전에 몇 잔의 술을 더 마실 희망으로, 근처의 버크 옥(屋)으로 돌진한다. 버크 옥(屋)에서, 어지러운 감정이입 속에, 담화의 형태는 영국 산

|제임스 조이스 문학 읽기|

문의 다양한 문체들의 모방에서부터 일련의 거의 이해할 수 없는 더블린의 속어로 바뀐다. 무리가 술집을 떠나, 해산하기 시작하자, 스티븐은 린치를 밤의 홍등가로 초청하고, 이어 에피소드는 종결된다.

커다란 기교성을 가지고, 「태양신의 황소들」 에피소드는 태아, 임신 및 탄생의 생식적 과정으로부터 끌어낸 풍부한 은유들을 사용한다. 이 장은, 중세기로부터 20세기 초에 이르기까지, 영국 문학 문체들의 연속으로 쓰여 있으며, 독자로 하여금 그를 파악하기 어렵게 만들고 있다. 그것은 많은 술 취한 탈선과 더불어, 탄생, 유산, 피임 그리고 임신의 기다란 산만한 토론들로 구성한다. 조이스는 영국 산문의 계속적 진화적 문체들로부터 그의 형태를 취하는 변화무쌍한 담화로 이러한 수사를 결합한다. 이러한 요소들과 함께, 서술은 예술적 창의성과 개별성에 대한 소설의 보다 광범위한 관심을 설명하는 주제들을 다룬다.

이 에피소드의 형식은 이중의 의미를 지닌다. 이는 조이스의 창조적 예술 기교의 확실한 증거를 제공하는바, 상상할 수 있는 그 어떤 산문 문체의 통달을 사실상 보여준다. 부수적으로, 언어의 구조가 이 에피소드의 종말에서 거의 무모한 잡담으로 퇴화할 때, 그것은 언어적 표현에 대한 문체의 중요성을 강하게 나타낸다. 거기에는 다양한 문학적 산문 문체들을 통하여 여과된 담론의 고양된 음조와 외견상 예술가의 상상적 명상 없이(물론, 이 외견상으로 비명상적 문체는 그 자체가 커다란 기술의 형식적 표현이다) 제시되는 보다 기초적, 사실상 이해 불가능한, 방언적 문체 간의 극적 대조가 있다.

조이스 자신이 노트에 밝힌 대로, 「태양신의 황소들」의 구조 또한, 인간의 임신 9개월간의 리듬을 야기한다. 그것은 그로 하여금 물질적 및 상상적 창조성 간의 유추를 그의 특유의 모양새로 발전시키도록 허락한다. 이 장이 생물학적 재생의 함축성을 개척함에 따라, 스티븐의 예술가가 되려는 노력의 복잡성이 한층 더 분명해진다. 꼭 같은 유추가 또한, 언어의 창조에서 문학 전통의 작용을 전달하거니와 이리하여 스티븐이 소설 전체를 통하여 그토록 필사적으로 추구하는 그의 상상적 노력에 대한 비판적 평가를 얻어야 함을 밝히는데 도움을 준다.

* 「태양신의 황소들」에 관한 부수적 정보를 위하여, 『서간문』 I.139~40 등을 참조할 것.

제15장. 밤의 거리

(키르케〔Circe〕 에피소드)

『율리시스』의 제15번째 에피소드요 「율리시스의 방랑」 부분의 12번째이다.

조이스가 발레리 라르보에게 임대한 스키마에 따르면, 이 에피소드의 장면은 밤거리(홍등가)의 벨라 코헌이 경영하는 매음 가다. 행동이 일어나는 시간은 한밤중이요, 이 장의 기관은 기관차 장치며, 장의 예술은 마술이다. 이 에피소드의 상징은 창녀요, 그의 기법은 환각이다.

『오디세이아』 제10권에서 오디세우스는 키르케 섬에 상륙한 일을 서술한다. 이 섬의 해안에 도착한 그와 그의 부하들은 심신이 몹시 지쳐 실의에 빠져 있다. 오디세우스는 "고상한 뿔을 가진 사슴"을 잡아, 잔치를 베푼다. 그는 부하들을 두 그룹으로 나누어, 한쪽은 자신이 직접 지휘하고, 다른 쪽은 유리로커스(Eurylocus)의 지휘 하에 둔다. 그리

｜제임스 조이스 문학 읽기｜

고 유리로커스 그룹은 키르케 섬을 탐색하는 임무를 맡는다. 유리로커스와 그의 부하들은 섬을 탐색하는 도중 키르케의 홀을 발견한다. 그러나 유리로커스를 제외한 모든 부하는 키르케의 마력에 의하여 모두 돼지로 변해 버린다. 유리로코스는 혼자 도망하여, 키르케에 홀로 접근하고 있던 오디세우스에게 경고한다. 거기서 오디세우스는 헤르메스(Hermes) 신을 만나게 되는데, 그는 키르케의 마력에 항거할 마초(魔草)인 몰리(moly)를 오디세우스에게 선사한다. 헤르메스는 오디세우스로 하여금 키르케에게 그의 부하들을 풀어주고 자신이 "비인성화" 되지 않도록 맹세하게 한다. 오디세우스는 키르케와 대결하는데, 그녀의 마력은 그의 마초에 눌려 효력을 잃는다. 그러자 키르케는 그의 부하들을 풀어 다시 인간이 되게 함은 물론, 오디세우스를 충성스럽게 도울 것을 맹세한다. 그뿐만 아니라 그로 하여금 지하 세계(환천)를 방문하여 티레시아스와 상담하도록 충고해 준다. 오디세우스가 티레시아스의 예언을 가지고 돌아오자, 키르케는 사이렌 및 스킬라와 카립디스에 관한 충고로 그를 돕는다.

여기 조이스의 주된 창녀 벨라 코헨은 키르케에 해당한다.

장면은 더블린의 홍등가인 하부 타이론가 81, 82번지 소재의, 코헨(Cohen) 부인이 경영하는 사창가로서, 이 적선지대는 리피 강 북부, 애미언즈 가 기차역의 서쪽에 위치한다.

「키르케」 에피소드의 구조는 직입적(直入的) 형태, 즉 연극의 그것을 취하고 있다. 이 모형은 당일보다 일찍이 발생했던 많은 사건을 급진적으로 다른 형태들로 나누어지도록 그리고 철저하게 다른 조망들을 대표하도록 한다. 무대 지시나 연출자들이 분명히 지시되는 반면, 에피소드는 어떠한 해석이든, 그리고 궁극적으로 의미를 창출하기 위한 독자의 조처에 반복적으로 도전한다. 그것은 현실과 환상 간의 구별이 쉽사리 이루어지지 않으며, 초현실적 세계가 서술되는 "실재의" 사건들에 대한 우리의 인식을 바꾸어 놓고 있음이 점진적으로 분명해진다.

「태양신의 황소들」 에피소드(14장)의 말에서 버크 주점을 떠난 다음, 빈센트 린치와 스티븐 데덜러스는 거의 한밤중에 야도시(夜都市) 마보트 가(街)의 입구에 당도한다. 에피소드는 독자의 초기 인상들에 대한 정확성에 즉각적으로 의문을 제기하는 장소의 서술로서 막이 열린다. "산홋빛과 구릿빛의 눈(雪) 덩어리를 사이에 끼운 과자"를 지닌 "왜소한 남녀들"(U 350)은 아이스크림을 빠는 아이들이 된다. 동시에, 농아의 멍청이의 진짜 괴기함이 어떻게 기형의 현실이 될 수 있는지에 대한 현실감을 우리에게 제공한다. 시시 카프리 외 에디 보드먼 — 앞서 「나우시카」 에피소드(13장)에서 비교적 천진한 어린 소녀들로서 제시되었거니와 — 이 창녀들로서 재현할 때, 독자는 스스로 이 장의 어떤 지각에 대한 신빙성을 결정하도록 노력해야 함을 인식한다.

스티븐과 린치는 이 카니발적 분위기를 통하여 민첩하게 움직인다. 스티븐은 『젊은 예술가의 초상』의 마지막 장에서 두 사람이 심미론에 관해 가졌던 토론을 재차 다루려고 시도하는 것처럼 보인다. 린치는, 스티븐이 매음하려고 약속한 여인들에만 마음이 쏠려 있는지라, 기껏해야 이러한 변론에 두덜대는 주의를 부여할 뿐이다.

스티븐의 술 취함을 걱정하는, 블룸은 홀레스 가(街) 병원으로부터 두 사람을 뒤따라 왔으나, 밤의 도시의 입구에서 군중 사이에서 그들을 잃어버린다(사실 그는 모보트 가[街] 정거장을 지나, 다음 역에 갔다 되돌아오거니와). 블룸 자신은 방향을 잃은 듯 보이며, 텍스트는 그의 감각을 마보트 가의 환경에 대하여 고도로 조화하는 것으로 묘사한다. 그가 전차에 거의 치일 뻔한 다음, 일련의 분명한 환각들이 시작한다.

ㅣ제임스 조이스 문학 읽기ㅣ

그러나 에피소드는 이들의 경험을 너무나 정교하게 짜 맞추고 있기 때문에, 독자는 이따금 환각들과 현실을 구별하기가 극히 난처한다.

예를 들면, 재키와 토미 카프리, 이들 두 쌍둥이는, 「나우시카」 에피소드에서 해변에 나타나거니와 블룸이 그의 부친 루돌프 블룸과 그의 모친 엘렌 블룸의 환영들과 마주치기 직전 그와 충돌한다. 후자들은 분명히 블룸의 상상의 가공물들인지라, 이러한 그의 상상은 순간적으로, 좋지 않은 곳에 나쁜 사람들과 함께 있다는 수치에 의하여 야기되어 왔던 생각들을 지배한다. "나는 너더러 탈선한 술꾼 이방인들과 어울리지 말라고 항상 타일렀지. 그러니 몸에 돈이 붙질 않잖아." (U 357) 여기 쌍둥이 소년들의 신분은 분명하지 않은 채 남는다.

양자의 만남은, 그러나 블룸의 양친의 가치 그의 거절에 대한 그의 불안을 예리하게 강조하며, 독자에게 블룸이, 자신의 죄뿐만 아니라 그의 육욕을 반영하는, 그가 여인들과 함께하는 일군의 잇따른 만남을 마련한다. 첫째로, 그의 아내, 몰리 블룸의 환영은 그에게(그리고 우리에게) 그의 애처가적 피가학성의 경향을 상기시킨다. 그러자 브라이디 켈리(블룸이 최초로 성적 경험을 한 밤의 여인)와 거티 맥도웰과의 잇따른 만남은 블룸의 혼전의 및 혼외의 성적 경험을 보여주는 한편, 블룸과 밤의 도시 존재에 관해 그와 대면하는, 몰리의 친구, 브린 부인의 나타남은 그의 환상과 관계한다.

브린 부인는, 영국 군인들인 병사 카와 병사 콤턴을 포함하는, 일군의 야 도시의 시민의 나타남과 때를 같이하여, 살아진다. 이들 군인은 이 에피소드의 나중에 스티븐의 적대자들이 된다. 블룸이 잠깐 자신이 하는 일을 곰곰이 생각하자, 이어 일시 동요가 있었던 후, 그는 스티븐을 도우기 위해 자신의 노력을 계속할 것을 결심한다.

이건 날아간 기러기를 뒤쫓는 셈이군……뭣 때문에 나는 그를 뒤쫓고 있는 걸까? 하지만 그가 그 또래에서는 제일 나은 놈이야. 만일 내가 뷰포이 퓨어포이 부인에 관한 소문을 듣지만 않았더라도, 그곳에 가지도 않았을뿐더러 만나지도 않았을 거야. 운명이지, 그 돈도 그는 다 없애 버릴 거야……(U 369)

블룸이 스티븐 수중의 금전에 관해 생각할 때, 그는 자신이 얼마 전 "미지근한 돼지족발"과 "후추가 뿌려진 차가운 양 족발"에 낭비한 돈을 생각하는데, 이를 그는 방금 뒤따르고 있던 개에게 먹이로 선사한다. 이것이 블룸으로 하여금 두 경찰관의 주의를 끌게 한다. 그들에 의해 소환당하자, 블룸은 말을 더듬거리며, "나는 다른 이에게 착한 일을 하고 있소."라고 말한다. 그의 이름과 주소에 대해 묻는 경찰관들에게 응답하여, 블룸은 몇 가지 엉터리 대답을 댄다. 이러한 속임은 블룸의 죄의식을 자세히 설명하는 더 많은 환각을 자극한다. 마사 클리퍼드가 블룸을 그녀의 배신자로 대면한다. 이어 신문사의 편집장인 마일러스 크로포드가 블룸을 칭찬하기 위해 나타나지만, 즉시 『자유인의 소변기』의 저자인, 필립 뷰포이가 블룸의 표절을 비난한다. 재판이 계속되는 동안, 블룸의 이전 하녀인, 메리 드리스콜 양이 그의 성적인 나쁜 행실을 비난한다.

앞서 「아이올로스」에피소드에서 편집장 마일러스 크로포드로부터 돈을 꾸려고 애쓰던, J.J. 오몰로이가 여기 그의 변호사로서 나타난다. 오몰로이는 그의 변호를 블룸의 전적인 무능력에 기초하지만, 이는 다시 한 번 블룸의 과오들을 개관하는 기회를 마련한다. 엘버튼 배리 부인, 벨링엄 부인, 머빈 텔보이즈 부인 등이 모두 대부분 블룸의 성적 환상들과 죄에 중심을 둔 재판에서 더 많은 불륜의 행실들에 대해 그를 비난한다. 블룸은 자신이 패디 디그넘의 장례식에 참석한 알리바이에 필사적으로 호소한다. 그리고 디그넘 자신에 의한 확대된 논고가 있은 다음, 환각은 흩어진다.

여전히 스티븐을 추적하며, 블룸은 밤의 도회를 통하여 진행한다. 피아노가 연주되는 것을 들으면서 그리고 키를 치고 있는 것이 스티븐일 거라고 생각하면서, 그는 벨라 코헨의 창가 정면에서 멈추어 선다. 그는 사실상 스티븐과 린치가 창녀인, 조지나 존슨(스티븐의 옛 애인)을 탐색하러 갔던 그곳을 발견한 셈이다. 계단에서, 블룸은 벨라 코헨의 한 창녀인. 조위 히긴즈에 의하여 불러 세워진다. "누굴 찾고 계시죠? 그는 친구하고 안쪽에 있어요."(U 387)

블룸은 스티븐이 안쪽 방에 있다는 것을 그녀로부터 알아낸 다음, 안으로 들어간다 — 그러나 이러한 행동은 다른 환각들이 일어난 다음에야 이루어진다. 창녀 조위의 한 개비 궐련의 요구는 블룸의 학자연한 대답을 유발하는바, 이는 돌이켜 더블린의 시장 각하로서 그의 비전으로 유도한다. 찰스 스튜워드 파넬의 것을 유발하는 흥망성쇠 속에, 블룸의 환상은 하루의 전 과정에 걸쳐 그의 마음을 통하여 달렸던 사회적 복지를 위한 모든 계획을 그로 하여금 설명하도록 하는 정치적 생애를 답습한다. 블룸에 반대하는 감정이 치솟자, 벅 멀리건을 수반으로 하는 일단의 의사들이 그가 8명의 황백색의 남아들을 분만할 때 그를 돕는다. "오, 나는 정말 어머니가 되고 싶다."(U 403)마지막으로, 블룸은 아일랜드의 죄를 몸에 품는 그리스도 — 같은 속죄양이 될 때([그는] "I.H.S.라는 문자가 적힌 솔기 없는 옷을 입고, 불사조의 불꽃 속에 꼿꼿이 선다"), 환각은 끝난다.

야도회(夜都會)의 거리를 통하여 배회하는 동안 모든 이러한 지체 뒤에, 블룸은 마침내 매음굴의 객실에서 스티븐과 린치를 만난다. 거기 술 취한 스티븐은 모여 있는 매춘부들을 대접하려고 시도하는가 하면, 그와 블룸은 한 줄기 환각들을 경험하는데, 이 환각들은 이들 두 인물의 중요한 심리적 및 성적 관심을 강조할 뿐만 아니라, 소설의 중요한 주제들을 계속해서 개관한다. 스티븐의 주정(酒酊)은 가톨릭의 도그마의 인습에 대한 반 그리스도적 및 아마겟돈(세계의 종말의 날의 선과 악의 결전장.「요한 계시록」XVI. 16) 이미지들을 방사하는 혼합된 종교적 판타지를 생산한다.

다음으로, 블룸의 조부인, 리포티 비러그가 나타나며, 매음굴 창녀들의 냉정한 임상분석(臨床分析)과 더불어 블룸의 수치와 타락 감을 재생시킨다. 비라그는 블룸의 분신인, 헨리 플라우어로 무너지고, 그리하여 이는 가창(歌唱)의 노력을 관리하기 위해 나타나는 알미다노 아티포니에로의 스티븐의 환각에 대한 전환을 기록한다. 린치와 창녀들이 구체적으로 통상의 대화를 하는 동안, 블룸과 스티븐은 그들 각자의 환영들로 들락날락한다.

그리하여 매음굴의 문이 열리자, "덩치 큰 여포주, 벨라 코헨"이 들어온다. 그녀는 옷자락에 술 장식의 섶을 단, 상앗빛 스리쿼터 가운을 입고 있다.(U 429) 이때 블룸은 자신의 성적임에 중심을 둔 거대한 환각 속으로 몰입한다. 벨로는 블룸의 잠재의식을 오락가락하는 모든 경범죄에 대해 그를 비난한다. 그리하여 그는 그들의 폭로에 의하여 나타난 수치와 피가학적 향락과 다투기 위해 애쓴다. 블룸은 하나하나 차례차례로 수치에 굴복하고, 마침 나 자신의 침실의 벽에 걸린 님프(요정) 상과 대면한다. 님프 역시 블룸의 내심의 비밀과 욕망을 노정하며, 그의 수치를 하나하나 쌓는다. 그러나 블룸의 엉덩이 바지 단추가 예기치 않게 "툭"하고 터지자, 환각 — 그의 잠재의식으로부터의 이러한 모습들에 의해 행사되는 통제 — 은 깨어진다. 블룸은 님프를 추적하고, 이어 다시 한 번 여성의 벨라 앞에 냉정하게 재현한다.

이때 벨라가 스티븐에게 돈을 요구하자, 그에게로 주의가 몰린다. 블룸은 스티븐이 사기를 당하지 않았는지 보기 위해 개입하고, 그러자 이어 그는 스티븐의 돈을 대신 맡는다. 스티븐은 블룸의 친절에 별반 관심을 갖지 않는데, 그 대신 그는 린치가 "벌(罰) 매야,"(U 458) 하고, 말을 걸자, 그는 유년시절의 환상으로 빠져든다. 『젊은 예술가의 초상』의 등장인물들인, 돌런 신부와 돈 존 콘미 신부가 재빨리 연속적으로 나타난다.

조위가 점진적으로 흥분한 스티븐을 달래려고 시도하자, 블룸은 불레이지즈 보일런과 몰리를 포함하는, 특별히 불쾌한 환상이 있다. 정교한 표현 속에, 블룸은 단순히 자기 자신의 오장이 짐뿐만 아니라, 무능한 목격자 및 심지어 그 사건의 촉진자로서의 자신의 역할을 상상한다. 환각은 몰리의 부정에 대한 블룸의 복잡한 고통을 강조하는 음담성과 통렬함을 결합한다.

그동안, 스티븐은 파리의 일담(逸談)으로 창녀들을 환대해 왔다. 그의 서술은 한층 과장적이 되며, 그의 부친과 가레트 디지의 환영을 불러일으킨다. 조위는 춤을 제의하고, 스티븐이 방 주위를 빙글빙글 돌 때, 그의 돌아간 모친의 환영이 그이 앞에 나타난다. 그것은 의미심장한 발생사인지라, 왜냐하면, 그것은 그를 온종일 동안 미행해 왔던 많은 감정과 많은 죄를 구체화하기 때문이다.

자신의 어머니를 보는 충격은 스티븐에게 너무나 지나친지라, 그는 머리 위의 램프를 지팡이로 치고, 공황(恐惶) 속에 거리로 뒤져 나간다. 블룸이 벨라 코헨을 정연하게 진정시키고, 스티븐이 야기한 파괴를 지급한 뒤, 젊은이를 밖으로 뒤따른다. 거리에서 그는 스티븐이 두 영국 군인들인, 병사 카와 병사 콤턴과 시비에 휘말려 있는 것을 발견하는지라, 시시 카프리에 끼친 그의 상상의 모욕 때문이다. 블룸은 그러한 상황을 무마하려고 최선을 다하지만 만취한 스티븐은 현장을 그대로 떠날 것을 완강히 거부한다. 다양한 민족적 경향을 대변하는 줄지은 환영들이 텍스트를 종결짓는지라, 그리하여 최후로 동등하게 술에 취하고 고도로 분노한 병사 카는 스티븐을 길바닥에 때려눕힌다. 블룸은 더 많은 폭력을 방지하기 위해 개입하고, 이어 코니 켈러허와 두 떠돌이 상인들이 공중의 만취에 대한 스티븐의 체포를 막으려고 노력한다.

이 에피소드의 종말에서, 블룸은 스티븐과 함께 남는데, 후자는 거의 의식 불명으로 길거리에 드러 누워 있다. 그가 젊은이를 소생시키려고 시도할 때, 자신의 죽은 아들, 루디의 환영을 본다.『율리시스』의 제2부는 독자를 한 무리 부자(父子)의 이미지들과 대면하게 함으로써 종결되지만, 오디세우스가 이타카에 되돌아와 그의 텔레마코스 왕자를 만나는, 소설의 호머적 유추 속에 우리가 발견하는 결말을 제공하지는 않는다.

「키르케」장은, 그것의 연극적 구조와 함께, 소설의 나머지 부분의 형식적 산문 문체로부터 급격한 떠남을 기록한다. 비평가들은 이 장에서 프랑스 작가 플로베르의『성 안토니우스의 유혹』과 독일 작가 괴테의『파우스트』로부터의「발프르기스 전야제」와 같은 작품들 속의 환상적 표현에 대한 유추를 지적해 왔다. 이 장을 통하여 발생하는 환각들 속에서, 스티븐과 블룸은 당일 동안 그들에게 관계했던 많은 문제를 생각한다. 이들은 이제 스티븐의 그리고 블룸의 정상적 심리의 방어에 대한 개선 없이 나타난다. 그들이 소설 속에 자신들의 가장 직접적 대결에서 외상적(外傷的) 문제들과 직면할 때, 독자는 이전의 14개의 장에 걸쳐 누적되어왔던 인상들을 상술할 수 있을 것이다. 이 장 속에 소설의 많은 주제가 재생한다. 비평가 휴 케너는「키르케」에피소드의 종말에서 블룸은 "용기 있고, 마음의 준비가 된, 변화한

｜제임스 조이스 문학 읽기｜

블룸인것처럼 보인다", "분석자 없는 정신분석처럼"이라고 평한다.
케너는 계속 논평하거니와 "― 분명히 조이스가 '정신적 정화(카타르시
스)'로서 이해했던 것 ― 그의 비밀의 공포와 욕망의 뿌리들 사이에서
'키르케'가 샅샅이 뒤져낸 것은 한 가지 새로운 침착성을 낳는 것이었
으니, 그리하여 "시민"의 매도(罵倒)로 정신을 잃고, 냉소자들 사이에
서 쫓겨야만 했던, 옴 투정이 개와 나르는 비스킷 상자에 의하여 추적
당해야 했던, 그 위인은 평정(침착)하여 스티븐의 공격자들을 다스렸
다."(『율리시스』, p. 127, 1987)「키르케」에피소드는, 그럼, 그것이 소설
의 주제들과 하루의 사건들 총괄만큼이나, 블룸의 내적 자신(自身)의
재활 격이다.

그것의 극적 구조 때문에,「키르케」에피소드는 작품의 나머지와
독립된 표현의 잠재성을 지니는 것으로 간주되어 왔다. 이러한 특징을
개발하기 위한 가장 잘 알려진 노력은 1958년에 발생했는바, 당시 메
리디스(Burgess Meridith)는 마조리 바켄틴(Mariorie Barkentin)에 의한, 무
대를 위해 개작된 이 에피소드의 극화인, 『야도시의 율리시스』의 오프
브로드웨이 극의 연출을 지휘했었다. 여기 조이스의 옛 친구인, 시인
패드릭 코럼이 또한, 연출을 도왔다. 1974년에, 연극은 브로드웨이에
서 공연되었다.

* 「키르케」에피소드에 관한 부수적 정보를 위하여, 『서간문』 II. 126~27 등
  을 참조할 것.

제16장. 역마차의 오두막

(에우마이오스[Eumaeus] 에피소드)

『율리시스』의 제16번째 에피소드요, 소설의 세 번째요, 마지막 부분인, 「귀향(Nostos)」의 첫 에피소드다.

조이스가 발레리 라르보에게 임대한 스키마에 따르면, 이 에피소드 장면은 이전의 무적 혁명당원이요, "산양 껍데기"로 알려진, 제임스 피츠하리스에 의하여 평판으로 경영되는, 속칭 "역마차의 오두막"이다. 행동이 일어나는 시간은 자정 이후다. 이 장의 기관은 신경이요, 장의 예술은 항해다. 이 에피소드의 상징은 수부들이요, 그의 기법은 서술(늙은)이다.

『오디세이아』 제13권에서 오디세우스는 홀로 자신의 왕국인 아타카에 돌아온다. 그는 아가멤논(그는 자신의 아내에게 살해됨)과 같은 운명을 겪어야 할 심각한 위협에 직면한다. 그는 아테나 여신과 긴 상담을 하는 동안, 포위당한 궁전과 부왕을 찾아 본토를 떠난 텔레마코스 왕자의 소식을 듣는다. 아데나는 오디세우스로 하여금 노인으로 변장하여, 자신의 농장을 맡은 돼지치기 에우마이오스의 집으로 가도록 권고한다. 제14권에서 돼지치기는 오디세우스를 친절과 환대로 맞이한다. 제15권은 텔레마코스의 신중한 귀환과 오디세우스 및 에우마이오스와의 관계를 서술하고 있다. 제16권에서 텔레마코스는 어머니의 소식을 알기 위해 에우마이오스의 집으로 온다. 오디세우스는 텔레마코스의 부왕에 대한 그의 사랑의 성실성을 시험한 뒤, 자신의 신분을 밝힌다. 두 사람은 합심하여 자신들의 궁전에 접근할 것을 계획한다.

여기 조이스의 "산양 껍데기"는 에우마이오스, 수부는 율리시스 장군에 해당한다. 『오디세이』의 이 부분에서 변장은, 『율리시스』의 이 장을 통하여 그러하듯, 중요한 역할을 한다. 왜냐하면, 양 예들에서, 서술은 언어와 외양이 얼마나 쉽사리 진짜 신분을 노출함과 마찬가지로 감출 수 있는지를 보여주기 때문이다.

여기 역마차의 오두막은 루프 라인 철교 밑의 조그마한 커피숍(속칭 "역마차의 오두막" 또는 포장마차 집)으로, 세관 건물 서쪽, 리피 강 최 하류 다리인 버트 교 근처에 위치한다.

앞서 「키르케」 장에서 일어나는 탈진한 심리적 변신 뒤에, 리오폴드 블룸과 스티븐 데덜러스는 리피 강의 버트 교(橋) 근처, 속칭 "역마차의 오두막"으로 은퇴한다. 이곳은 아일랜드의 「무적 혁명단」에 의해 1882년 5월 6일에 발생했던 피닉스 공원 암살 사건 동안 마차를 몰았던 마부, 피츠하리스에 의하여 경영되는 것으로 소문나 있다. 이곳 포장마차의 소유자나 여기를 드나드는 많은 시민의 신분이 토론의 여지를 남기고 있듯이, 이 장을 통하여, 광범위한 관념적 정확성이 오도되거나, 모호한 조망들에 의하여 한결같이 도전받는다. 관념들이 파편화되는가 하면, 의도들이 오해받으며, 언어 자체가, 마치 서술이 너무나 지친 나머지 상상적 담론을 바로 행사할 수 없는 듯, 상투어로 파괴되는 듯하다.

「에우마이오스」 에피소드는 블룸이 스티븐에게 옷에 묻은 대팻밥을 털어 줄 때의 상투어적 서술의 얕은 패러디로서 그 막이 열린다. "무엇보다도 우선 블룸씨는……그가 몹시 필요로 했던 보편적 전통 파적 사마리아인다운 풍습으로 그를 격려 해 주었다……"(U 501). 글줄은 전통파로서 이탈한 사마리아 교파의 모순 당착적 서술에 대항하는 "선량한 사마리아인"(「누가복음 X. 30~37)의 상투적 이미지를 발산한다. 그것의 개시로부터, 이 장의 서술은 그것이 의미 있고, 예술적으로 기교적 담론을 창조하기 위한 경시된 낡은 언어 자체를 고용하고 있음을 주의 깊은 독자에게 신호한다.

　블룸과 스티븐은 이어 역마차의 오두막까지 그들의 짧은 여행을 시작한다. 비록 그들은 이 시점에서 육체적으로 함께 있지만(소설 작품에서 거듭 일어나는 부자의 주제를 구체화하면서), 지적으로 그리고 심리적으로 그들은 멀리 유리되어 있다. 스티븐은 여전히 음주와 병사 카의 공경의 밤으로부터 회복하고 있으며, 자신의 생각을 이제 입센으로 돌린다. 블룸은, 다른 한편으로—시간의 늦음을, 자기 자신의 피로와 초기의 공복(空腹)을 예리하게 지각한 채—제임스 로크의 근처 빵 공장 냄새에 마음을 집중하고 있다. "우리가 매일매일 먹는, 기본적이며 가장 불가결한 필수품인 대중의 일용품, 바로 그 진미의 빵 냄새를 마음으로부터의 만족감을 가지고 호흡했던 것이다."(U 502)

　이제 블룸은 스티븐의 무모한 행동의 가능한 결과를 조용히 암시함으로써, 그를 대화에 종사하도록 몇 차례 노력하지만, 쉽사리 성공을 거두지 못한다. 그러나 자신의 말이 어떤 효과를 볼 수 있기 전에, 두 사람은 자신들을 가로막는 몇몇 등장인물들 가운데 최초의 사람과 우연히 만난다. 그들이 루프 라인 철교 아래를 통과하자, 스티븐은 부친의 친구인, 검리라는 파수꾼과 얼굴이 마주치는 것을 피한다. 그러나 그는 이내 무일푼의 그리고 집도 없는 존 콜리의 부름을 받는데, 후자는 『더블린 사람들』의 이야기인 「두 건달들」의 주된 인물로서, 스티븐의 콜리에 대한 태도는 기껏해야 상극적이다. 스티븐은 냉소적으로 콜리에게 달키에 있는 소년 초등학교의 일자리를 알선한다. "—내일 아니면 모레쯤 일거리가 하나 생길 걸세……. 탈키 초등학교의 남자 조교 자리가 말이야. 가레트 지지씨 있잖아. 한 번 얘기해 봐요. 내 이름을 대도 좋으니."(U 16. 504) 이 일자리는 스티븐이 지금까지 종사했던 곳으로, 그는 분명히 이를 그만둘 참이다. 그들이 서로 헤어지기 전에, 스티븐은 자신의 포켓을 뒤져 돈을 찾는다. 그런데 콜리가 놀랍게도, 스티븐은 반 크라운짜리 동전 2개 중 하나를 그에게 건네준다.

블룸과 스티븐이 산책을 계속하는 동안, 그들 간의 기질의 차이가 가일층 분명해진다. 남자 공동변소와 인접한 곳에서 그들은 한 대의 아이스크림 차를 목격하고, 한 무리의 이탈리아 행상인들을 지나친다. 자신들이 건물 안으로 들어갈 때, 블룸은 그들이 지껄이는 이탈리아어의 아름다움에 대해 논평하지 않을 수 없다. 스티븐은, 다른 한편으로, 사내들이 돈 때문에 시비가 붙었다고 냉소적으로 블룸에게 주석을 단다.

"블룸 씨와 스티븐이 소박한 목조건물인, 역마차의 오두막 안에서" 일단 자리를 잡자, 스티븐의 나른함과 블룸의 시름이 가일층 명확해진다. 그들의 산만한 대화는 W.B. 머피에 의해 차단되는데, 머피는 바다에서의 모험에 관한 장광설로 지금까지 역마차의 오두막 속의 대화를 지배해 왔다. 수부로서의 머피의 직업과 「에우마이오스」 에피소드의 그의 출현은 오디세우스와의 연관을 암시한다. 그러나 그의 모순된 이야기는 그의 성실성에 의문을 던지며, 그를 허위의 또는 사이비 — 오디세우스적 인물의 역할로서 반영한다(여기 마찬가지로 멋진 아이러니가 수립되는데, 그 이유인즉, 비록 오디세우스가 이야기들을 날조하는 명수일지라도, 머피에 의해 서술되는 거짓말들이 너무나 투명하기 때문에 블룸은 머피의 전 독백을 뒷받침하는 그들의 허위에 대해 연속적인 평을 내릴 수 있다).

스티븐의 이름을 물은 다음, 머피는 "헹글러의 로열 서커스단과 함께 넓은 세상을 여행한,"(U 510) 사격의 명수, 사이먼 데덜러스를 자신이 알고 있다고 주장한다. 머피는 이러한 회상에서부터 동양과 남미에서의 그의 경험들을 추정하여 말한다. 모든 이러한 설명들 가운데, 그러나 그는 일반론에 의존할 뿐, 블룸에 의하여 상세한 설명을 요구

받자, 호전적이라 할 정도로 몹시 정신이 산란해 보인다.

포장마차 바깥에 앞뒤로 지나가는 한 늙은 거리 보행자의 광경이 머피의 대화 독점을 붕괴하며, 블룸으로 하여금 스티븐과 대화를 계속하도록 재촉한다. 일군의 산발적 언급들이 있었던 다음, 블룸은 대화를 몰리에게로 돌리려고 시도한다. 그러나 스티븐은 여전히 그의 대화의 목적을 수행하는데 별반 흥미를 보이지 않는다. 결국에, 오두막의 대화가 두서없이 흘러가자, 블룸은 자기 자신의 생각으로 빠져들며, 무적혁명단(無敵革命團)의 탐험 그리고 특히 피닉스 공원의 암살 사건을 회상하는바, 이때 심지어 그는 스티븐에게 그날 오후 키어넌 주점에서 "시민(Citizen)"과의 만남을 이야기하기 시작한다. 스티븐이 폭력과 아일랜드의 민족주의에 대한 자신의 혐오를 표시하자, 두 사람의 대화는 다음과 같이 이어진다.

> ─ 당신은, 하고 스티븐이 일종의 반(半) 미소를 띠며 반박했다. 간단히 말씀드려서 아일랜드라고 불리는 '포부르 쎙 빠트리쓰(성 파트릭 수호지)'에게 제가 속해 있기 때문에 제가 중요하다고 짐작하시는군요.
> ─ 나는 항 걸음 더 나아가서 말하고 싶어요, 하고 블룸씨가 완곡하게 말했다.
> ─ 그러나 저는, 하고 스티븐이 말을 가로챘다. 아일랜드가 제게 속해 있기 때문이 틀림없이 중요한 것 같거든요.
> ─ 우리는 자신의 조국을 바꿀 수는 없잖아요. 화제를 바꿉시다.(U 527)

블룸은 재차 말 없는 명상에 빠져들며, 스티븐의 행동 이면의 이유에 관해 숙고하기 시작한다. 결국에, 그는 일반의 관례적인 사건 가운데서 뭔가를 하나 골라, 「역마차의 오두막 탐방기」라는 글을 집필할 생각을 한다. 한 가지 다른 화제를 찾으면서, 그가 곁에 놓여 있는 『테레그라프』신문지를 보자, 패디 디그넘의 장례에 관한 조 하이즈의 기사를 읽는데, 그 기사에는 블룸의 이름이 "L. 붐"으로 오식(誤植) 되어 있다. 나아가, 비록 스티븐 데덜러스와 C.P. 맥코이가 장례에 참가하지 않았는데도, 양자의 이름이 맥킨토시의 그것과 함께, 기사에 나타나 있다. 이때 스티븐이 신문을 집어, 소의 아구창에 관한 가레트 디지 씨의 편지를 읽는데, 이는 신문의 편집장 마일리스 크로포드가 당일 일찍 스티븐의 요구를 받아들여 출판한 것이다. 이러한 일은 짧은 대화의 교환을 위한 기회를 제공하지만, 스티븐은 이내 재차 침묵한다.

오두막의 사나이 중의 하나가 찰스 스튜어트 파넬을 언급하자, 이것이 죽은 정치가의 회상으로 블룸의 마음을 사로잡는다. 파넬의 정치적 활동으로부터, 블룸은 파넬의 키티 오시에 부인과의 관통사건과 그것의 폭로를 둘러싼 감격으로 불가피하게 움직인다. 자기 자신의 가정적 상황이 주어지자, 블룸은 이 사건에서 파넬의 입장에 놀랍도록 동정적이요, 자신에게 고통스러운 연관성을 억제하기 위해 심오한 능력을 드러낸다. 그럼에도, 이러한 명상은 몰리를 자신의 마음에 회상시키고, 이 회상이 돌이켜 블룸으로 하여금 스티븐에게 그녀의 사진을 보여주며, 그녀의 미에 대한 그의 의견을 묻도록 인도한다. 무감각한 듯 스티븐이 말없이 사진을 쳐다보고 있을 때, 블룸은 파넬과 오시에 여인에 대해 생각하며, 아일랜드 국민이 파넬의 성적 불륜에 대한 분노를 표현했을 때 그가 참았던 학대를 기억한다.

이러한 고통스러운 사료(思料)가 블룸에게 마음의 정화적(淨化的) 효과가 있는 듯하다. 재빨리 그는 스티븐으로 하여금 집으로 그와 동행할 것을 암시하며, 커피와 빵 값을 치른 다음, 젊은이를 문밖으로 안내한다. 블룸이, 음악에 관해 이야기하면서, 이클레스 가 7번지의 자신의 집으로 향해 걸어갈 때, 그들 사이에 새로운 친교가, 그리하여, 잠깐, 분담된 친근감이, 진전된다. 이리하여 이 에피소드는 종결된다.

상투어 및 탈진한 듯한 언어에 대한 강조와 함께, 「에우마이오스」 에피소드는 조이스가 앞서 「키르케」 에피소드(15장)를 창작했던 엄청난 노력 뒤에 느꼈음이 틀림없을 피로를 반영한다는 것이, 수년 동안에 걸친 비평적 통념이 되어왔다. 최근에, 그러나 학자들은 이 장의 진부하고 상투적 대화는 조이스의 작가로서의 장인(匠人) 정신의 또 다른 예로서 평하게 되었다. 일상적 말씨의 가장 세속적 요소들로 이루어진 장의 언어를 단금(鍛金) 함에서, 그는 역마차의 오두막 속의 모든 사람이 느낀 심오한 피로와 탈진을 그를 통해 전한다. 밤의 이 시각에, 그 누구도 신선하고 상상적 표현을 할 수 없을 것이다. 여기, 『율리시스』의 그 밖에 다른 곳에서처럼, 서술의 전통적 형태―그리고 독자의 기대―에 영향을 끼치는 조이스의 능력은 그로 하여금 친근한 소재를 새롭고 계몽적 방법으로 사용할 수 있게 한다.

텍스트의 수준에서, 서술은 또한, 그것이 잇따른 「이타카」 에피소드(17장)에서 발생할 클라이맥스적 결정을 향해 움직일 때, 블룸과 스티븐을 위해 하루의 중심적 관심들을 반복한다. 스티븐의 무기력과 수동성은 우리에게 그가 선택으로부터 달려나와 마텔로 탑의 벅 멀리건에게 그리고 달키의 가레트 디지 씨의 학교의 교사직으로 되돌아가는 불쾌한 전망을 그가 방금 직면하고 있음을 상기시킨다. 어느 상황도 그에게 호소력을 지니지 않을 것임이 분명하다. 서술은 또한, 블룸 역시 집에 되돌아가, 아내의 부정의 증거와 대면해야 하는 시간이 가까워짐에 따라, 무미한 경험과 자신이 직면하고 있음을 우리에게 상기시킨다. 이러한 오히려 억압적 상황들은 블룸과 스티븐의 갑작스러운 친밀감을 그것이 달리할 수 있는 것 이상으로 덜 불가해 하게 만든다.

『오디세이』의 대응자로서 그러하듯, 여기 『율리시스』의 「에우마이우스」 에피소드는 서술의 휴지(休止)를 기록한다. 그것은 작품의 두 중심인물로 하여금 그들 앞에 놓인 선택들에 대하여 얼마 동안의 명상을 하게 하며, 그리하여 그것은 독자를 위해 이 남자들을 하루 내내 몰아왔던 상황과 감정들을 불급(不急)하게나마 개관토록 마련한다. 이 장은 오디세우스와 그의 아들이 꾸미는 것과 같은 결정적 행동 계획을 생산하지 않을지언정, 그것은 스티븐과 블룸을 결합(화해)시키며, 그리하여 개방된 행동의 가장 만족할 코스들을 향해 그들에게 지시한다.

* 「에우마이오스」 에피소드에 관한 부수적 정보를 위하여, 『서간문』 I. 141~144 등을 참조할 것.

제17장. 이클레스가 7번지

(이타카〔Ithaca〕 에피소드)

『율리시스』의 제17번째 에피소드요, 소설의 마지막 부분인, 「귀향」의 2번째다.

조이스가 발레리 라르보에게 임대한 스키마에 따르면, 이 에피소드 장면은 이클레스 가 7번지의 블룸의 집이요, 행동이 일어나는 시간은 자정 이후다. 이 장의 기관은 골격이, 장의 예술은 과학이다. 이 에피소드의 상징은 혜성이요, 그의 기법은 교리문답, 비인칭 및 고해(告解) 조의 문답 형식이다.

『오디세이아』 제17권에서 텔레마코스와 오디세우스는 자신들의 궁궐로 돌아가기 위해 각자 별도의 길을 택한다. 오디세우스는 여전히 거지로 분장하고 있다. 제17~20권에서 오디세우스는, 블룸이 그러하듯, "일종의 전술"을 써서 자기 집으로 들어가, 형세를 살핀 뒤 구혼자들을 죽일 준비를 한다. 그의 집의 상황은 이맛살을 찌푸리게 한다. 제일 주된 구혼자인 안티노우스(Antinous)는 변장한 오디세우스에게 화가 나, 그에게 의자를 던져 다치게 한다. 학살 당일 아침에 구혼자들은 오디세이의 활을 누가 당길 수 있을지 경쟁한다. 그러나 아무도 해낼 수가 없다. 마침내 변장한 오디세우스가 아주 쉽사리 그걸 당기자, 이때 제우스 신은 하늘의 천둥소리를 울려 줌으로써, 오디세우스의 기운을 돋운다―마치 블룸의 하루 동안에 일어난 성찬 배의 의식(건배)이 "얼룩 줄무늬 진 목제 테이블의 무지각한 물체가 발하는 짧고도 예리하고 의외로 높고도 외롭게 콩하고 울리는 한 가닥 소리"에 의하여 보상받듯이. 텔레마코스는 오디세우스를 도와 구혼자들을 궁궐의 홀 속에 가둔다―마치 블룸이 문에 자물쇠를 채우는 것을 스티븐이 돕듯이.

구혼자들에 대한 학살이 시작되며, 안티노우스(벅 멀리건 격)가 제일 먼저 살해된다. 잇따라 구혼자들의 제2인자 격인 율리마코스(보일란 격)가 학살된다. 학살이 절정에 달했을 때(제22권), 제우스신의 방패인 아테나의 아이기스(Aegis) 별이 구혼자들을 겁나게 하며 지붕 아래에서 빛난다―마치 블룸과 스티븐이 그들의 방뇨의 탄도 시합을 하며 바라보는 천공의 신호처럼. 학살이 끝나자 시인과 전령사는 용서를 받는다. 텔레마코스는 심부름을 보내고 오디세우스는 향을 피워 그의 집을 소독한다―마치 블룸이 스티븐을 떠나보내고 "조그마한 솔방울에 불을 댕겨……동양적인 향연이 어린 수직 뱀 같은 연기"를 피워 올리듯. 학살이 진행되는 동안 페넬로페는 잠들어 있어서 그 사실을 알지 못한다. 오디세우스는 변장해서 그녀가 몰라볼 때에도, 그녀에게 자신의 정체를 드러낼 때에도, 그녀에게 접근함에서 놀랄 만큼 신중하다. 페넬로페는 다 해진 누더기 옷차림을 한 거지를 남편으로 맞아들이기에 몹시도 느리다.

여기 간통자 보일런은 호머의 율리마코스에 해당한다.

이클레스 7번지로 리오폴드 블룸의 귀환은 한층 모호한 결과들을 생산한다. 그는 저녁의 후반부를 영웅적 또는 유사—영웅적 일들 속에 보내는바, 「키르케」에피소드(15장)에서 스티븐 데덜러스를 밤거리의 근접—체포로부터 구출하는가 하면, 「에우마이오스」(16장) 에피소드의 역마차의 오두막에서 블룸은 성공을 거두지 못할지라도 그를 취기에서 구하려고 애쓴다. 블룸은 새벽 2시경에 스티븐을 데리고 집으로 온다. 부엌에서 코코아를 마시며, 두 사람은, 하루 일로 지쳤지만, 아직도 잠잘 마음은 아닌지라, 광범위한 주제들에 대해 산만한 담론에 종사한다.

서술은 그로부터 그것이 결코, 탈선하지 않는 엄격한 문답식 유형으로 짜여 있기 때문에, 독자는 이 장에서 사건들의 윤곽을 이해하는데 어려움을 가질 수 있다. 이러한 난관은 수사적 구조의 복잡성으로부터 오는 것이 아니다. 왜냐하면, 조이스는 인습적으로 가톨릭의 교리문답에서 추구하는 것이나, 당시의 초등학교에서 사용되는 많은 교과서로부터 파생된 포맷(형식) 속에 서술을 투사하기 때문이다(맹갈 〔Richmal Mangal〕 저의 『젊은 사람들을 위한, 역사적 및 잡다한 문제들』은 이런 종류의 책으로, 조이스가 자신의 트리에스테 서재에 소장했으며, 필경 그는 이를 모델로 삼았다). 오히려, 이 장의 방대한 세목들은 우리가 스티븐과 블룸이 경험하는 것과 유사한 종류의 육체적 피로를 느끼기 시작할 정도로 사실을 쌓고 또 쌓는 중첩을 초래한다.

바로 몇 페이지 뒤에는, 단지 세심한 주의를 웬만한 수준까지 견지하는 것만도 일종의 지루한 일이 된다. 서술을 이처럼 고도의 인위적 형태로 형성하는 문답은 꽤 산만한 형태로 광범위한 소재들을 소개한다. 민감한 독자는 장(章) 내의 행동의 진전을 답습할 수 있다. 그러나 아마 한층 의미심장하게도, 서술의 탈선 자체는 두 남자가 겪는 깊은 감정적 상처와 당일로부터 그리고 그들의 생활의 과정으로부터, 고통스러운 주제들을 회피하지 않으면 안 되는 필요를 이러한 독자를 위해 강조한다.

6월 16일의 사건들로 정신이 마비된 채, 블룸은 그럼에도, 자신의 아내에 대한 깊은 사랑과 그녀의 부정 때문에 그들의 결혼에 야기될 관심을 계속 느낀다. 더욱이, 그는 부친의 자살에 대한 지속적 슬픔을 인내하며, 그의 딸 밀리의 싹트는(만일 그녀가 자신의 어머니를 닮았다면, 잠재적으로 무모한) 성에 대해 무엇인가 하지 않으면 안 되는 자신의 무능함에 대해 깊은 불안과 좌절을 감지한다. 스티븐은, 여전히 약간 취해 있는지라, 하루를 통한 자기 행동의 우둔함을 예리하게 느끼며, 한 예술가로서의 자신의 역할에 대해 깊이 불안해 하고, 자신의 모친의 죽음의 상황으로 죄에 고통 받는 채 남는다.

에피소드는 블룸과 스티븐이, 「에우마이오스」 에피소드의 행동이 일어났던, 역마차의 오두막으로부터 블룸의 집으로 되돌아가는, 시의 산만한 거리를 통한 그들의 산책으로서 시작한다. 서술은, 보통의 방법으로, 그들의 대화의 자료를 기록하며, 두 남자가 다른 친구들과 가져왔던 유사한 산책과 유사한 대화를 유추시키면서, 그들의 행동의 전망을 펼친다. 두 사람이 블룸의 집에 도착하자, 그는 자신이 진작 문 열쇠를 지니지 않음을 발견한다(「칼립소」 에피소드[4장] 참조). 차라리 몰리를 깨우는 대신, 그는 난간 울타리를 기어올라, 지하의 부엌을 통해 집안으로 들어간다. 거기서부터 그는 1층으로 나아가, 현간 문을 열고, 스티븐을 안으로 그리고 아래층 부엌으로 인도한다. 이때 서술은 스티븐이 블룸을 힐끗 쳐다보는 광경을 기록한다.

그동안 스티븐은 어떠한 불연속적인 영상을 목격했던가?
지하실 울타리에 기대서서 그는 부엌의 투명한 유리창을 통해 한 남자가 14촉광의 사스 등을 조절하는 것을, 한 남자가 1촉광의 양초에 불을 댕기고 있는 것을, 한 남자가 차례로 그의 신발을 하나씩 벗고 있는 것을, 한 남자가 한 자루의 양초를 들고 부엌에서 나오고 있는 것을 목격했다.(U 457)

일단 두 사람이 부엌에 자리하자, 블룸은 주인 역을 행사하고, 스티븐을 위해 코코아를 만들기 시작한다. 이러한 준비를 통하여, 서술은 세속적이요, 물리적 요소들, 동적 현상 및 물을 따르고, 그것을 끓이며, 코코아를 만들기 위해 그것을 사용하는 그의 능력에 이바지하는 시(市)의 설비와 시설을, 커다란 세목을 가지고 기술한다. 서술은 또한, 몰리의 블레이지즈 보일런과의 간음이래, 그가 처음으로 자신의 집에 들어가는 데 대한 블룸의 감정을 답습한다. 특히, 블룸은 당일 오후 자기의 침대를 점령했던 보일런의 존재를 알리는 다양한 증후들을 조심스럽게 살피지만, 그러나 그는 금배 경마 경기를 대신 생각함으로써 더 사색을 피한다.

어떠한 기억이 일시적으로 그의 눈살을 찌푸리게 했던가?
우연의 일치에 대한 기억, 즉 골든 컵 평지 장애물 경마의 승부, 그가 버트 교의, 역마차의 오두막에서, 『이브닝 텔레그래프』지의 핑크색 최종 판에서 이미 읽은 바 있는 공식적이고 결정적인 승부를 알리는 가공보다 한층 신기한 사실.(U 552)

이 시점에서, 서술은, 마치 아내의 부정 증거에 대한 블룸의 자라나는 불안에 응답이나 하듯, 또 다른 방심, 즉 블룸과 스티븐의 면식에 대한 세목을 설명한다. 그리고 그것은 그들의 보다 초기의 생애의 과정을 답습하는 사건들에 대한 양인의 회상을 스케치한다.

대화가 계속될 때, 그것은 두 남자에 의하여 펼쳐진 다양한 관심과 의견들을 무작위로 간여한다. 이러한 교환을 통하여, 블룸의 생각은 그의 가족에게로, 원천적으로 몰리에게로, 비록 밀리에 대한 점진적 빈번함에도 되돌아간다. 그의 반성은 두 여인에 대한 자신의 사랑의 깊이를 보여주지만, 그러나 그들은 또한, 자신들의 생활의 고통스러운 면모를 대면할 그의 무의지를 강조한다.

그러자 블룸은 스티븐이 그와 아내 몰리가 나누는 침실에 인접한 방에서 밤을 보낼 것을 제의한다. 스티븐은 재빨리 이를 거절하지만, 그는 별나지 않게 아주 흔쾌히 그렇게 한다. 두 사람은 스티븐이 몰리에게 이탈리아어의 수업을 하고, 몰리는 보답으로 그에게 성악 레슨을 맡도록 잠정적으로 합의한다. 나아가, 그들은 잠정적 계획들을 수립한다.

> ······ 정적, 일련의 반정적 및 소요학파적 지적 대화를 개시한 일, 장소는 대화자 쌍방의 자택(대화자 쌍방이 같은 장소에 거주하는 경우에), 또는 하부 애비가 6번지의 쉽 호텔 겸 주점(소유주., W. 앤드 E. 코너리), 킬데어가 10번지의 아일랜드 국립 도서관······.(U 571)

블룸은 집안으로 되돌아 들어온다. 그러자, 머리를 호두나무 찬장에 쿵 부딪치며(이는 스티븐이 약 15시간 전, 「프로테우스」에피소드의 첫 단락에서, 아이러니하게 그리고 무심코 예언했던 이미지이거니와. "그는 그 채색된 물체들을 알기 전에 그 물체 자체를 알았다. 어떻게? 확실히, 그의 머리를 그 물체에 들이받음으로써."(U 31) 이때 그는 정면 방의 가구가 옮겨져 있는

｜제임스 조이스 문학 읽기｜

것을 목격한다. 이것과 사방에 흩어져 있는 유기물들은 그날 오후 집안에서의 보일런의 존재의 증거를 한층 제공한다. 블룸은 기계적으로 허리를 똑바로 펴며, 그리고 침대로 갈 준비를 한다. 이러한 모든 과정을 통하여, 그는 당일의 사건들을 재고하며, 자신의 성공과 실패, 하루의 수입과 지출, 성취했거나 미완의 것들을 조심스럽게 기록한다.

　이러한 일과를 통하여, 블룸은 자신이 몰리와 집안에 함께 있도록 자신을 재―순응시킨다. 한층 중요하게도, 그는 또한, 자기 자신의 간접적 및 무언의 몸가짐으로, 몰리가 자신들의 침대에서 블레이지즈 보일런과 간음을 범하면서 오후를 보낸 명백한 사실에 직면한다. 그의 아내와 다투어야 하는 당일, 그의 가장 대담하고 최소한의 회피적 몸짓으로, 블룸은 아내의 부정에 비추어 스스로 취할 수 있는 행동의 다양한 과정들을 명상한다. 비록 그는, 자신이 만일 그녀를 포기하고 더블린을 떠난다면, 그의 인생이 어떠할 것인지를 생생하게 상상하지만, 그는 자신이 궁극적으로 해야 할 것이 무엇인지에 대한 확실한 결정을 내리지 못한다.

　블룸이 마침내 자신의 침대 속으로 기어들 때, 그는 보일런의 보다 이른 존재의 증거를, 그리고 몰리의 간음에 대한 그의 지각에 대한 그녀의 관심의 결여의 한층 먼 증거를 보는바, 그것은 침대보 아래의 빵 부스러기와 시트 위의 마른 정자(精子) 자국이다. 적어도 당분간은, 아무것에도 손을 쓰지 않을 것을 결심하면서, 블룸은 자신의 일상적 침실의 일과를 따르는지라, "그는 그녀의 포동포동하고 원숙한 노란색의 향기 풍기는 수박형의 엉덩이에 키스했다. 포동포동한 수박 형의 반구의 각각에, 그것의 원숙한 노란색의 고랑 상에, 몽롱하고 지속적이며 흥분을 돋우는 수박 냄새나는 입맞춤으로." (U 606). 이러한 몸짓은 그에게 성적으로 발기를 가져오게 하며, 몰리를 잠에서 깨운다.

블룸이 자신의 머리를 몰리의 발치에 두고 누워 있을 때 ─ 분명 히 침대에서의 그의 습관적 자세로서 ─ 그녀는 그가 하루를 어떻게 보냈는지를 그에게 질문하기 시작한다. 블룸은 고도로 짜 맞춘 그리고 어떤 경우들에서, 그가 당일 아침 집을 나선 이후로, 그의 동작들에 대하여 분명히 엉터리 설명을 하고 그녀에게 대답한다. 몰리는 의심을 하는지라, 이는 「페넬로페」 에피소드에 나오는 그녀의 대화의 회상으로부터 분명해진다. 블룸은 하루가 다하자 자신을 위해 이내 잠 속으로 몰입한다.

소설의 끝에서 2번째 장인, 「이타카」 에피소드는 소설의 중심적 문제들을 개관한다. 그것은 독자에게 스티븐과 블룸의 마음을 종일 토록 오락가락했던 무수한 문제를 상기시킨다. 즉, 모친의 죽음에 대한 간신히 억압된 스티븐의 죄를 비롯하여 동료 더블린 사람들이 자신의 예술적 능력을 인정하지 않는 실패에 대한 자신의 분개, 방향의 불안전과 결핍에 대한 그의 감각, 그리고 블룸의 부친, 루돌프 비라그의 죽음에 대한 그의 깊은 애도, 그의 딸 밀리와 그녀의 초기 성에 대한 그리고 아내의 간음에 대한 우려, 그리고 조용하고 유복한 생활을 위한 자신의 동경 등, 모든 것들이, 온갖 고통스러운 언급들을 억제하려는 자신의 노력에도 그의 생각의 서술적 설명 속에 출현한다.

이 장은 문 ─ 답과 같은 명백히 인위적이요 무망(無望)한, 수사적 형태로부터 통일적이요 강력한 서술을 형성하는 조이스의 전대 미증 유의 능력을 전시한다. 한층 의미심장하게도, 그것의 분명한 인위성에 의하여, 「이타카」 에피소드의 형식은 『율리시스』는 허구의 작품이 요, 독자로서 우리는 그의 의미 창조에 참여하고 있음을 상기시킨다. 문체적 자 ─ 의식은 전 소설을 통하여 독자에게 서술의 유아론적 자기 ─ 반성(solipsistic self-reflexivity)을 강조하는지라, 바로 모더니즘 문학

|제임스 조이스 문학 읽기|

의 특징 중의 하나가 아니겠는가!

* 「이타카」 장에 관한 부수적 정보를 위하여, 『서간문』 I. 175. II. 97n. l 등
을 참조할 것.

제18장. 침실

(페넬로페[Penelope] 에피소드)

『율리시스』의 제18번째 에피소드요, 소설의 마지막 부분인, 「귀
향」의 3번째다.

조이스가 발레리 라르보에게 임대한 스키마에 따르면, 이 에피소
드의 장면은 몰리와 블룸의 침대요, 행동이 일어나는 시간은 부정(不
定)하다. 이 장의 기관은 육체요, 장의 예술은 무(無)이다. 이 에피소드
의 상징은 지구요, 그의 기법은 독백(여성)이다.

『오디세우스』 제23권에서 페넬로페는 잠에서 깨어나 유모 에우리
클레아(Euryclea)로부터 오디세우스의 귀가와 그가 구혼자들의 처치를
전해 듣는다. 처음에 그녀는 유모의 말을 믿지 않는다. 그녀가 오디세
우스를 맞이하기 위하여 홀에 내려왔을 때에도, 그녀는 그를 맞아드리
기를 꺼린다. 오디세우스가 진짜 본인이라는 것을 마침내 페넬로페로
하여금 확신하게 하는 것은 그들의 침대 구조와 그것의 요지부동함에
대한 그의 지식이다. 그들은 다시 사랑에 넘쳐 침실로 물러가고, 잇따
라 이야기를 나눈다. 마침내 오디세우스는 일찍 일어나 섬을 진정시키
고, 이야기의 대단원의 막이 내린다.

여기 조이스의 몰리 블룸은 페넬로페와 대응한다.

조이스의 이 장의 침대는, 그것이 오디세우스와 페넬로페가 재회

하는 열쇠 구실을 하므로 주된 장면이 된다.

「페네로페」 에피소드는 작품에서 몰리 블룸의 최고로 긴 출현을 기록하며 8개의 길고도 무(無)구두점의 부분들(비평가들은 통상적으로 문장들로서 지정하거니와) 속에 제시된 산만한 독백의 형식을 취한다. 각 부분/문장은 수많은 오자를 비롯하여 신조어 및 오용어(誤用語)를 지닌 철자상의 및 문법상의 무정부적 폭동 그 자체다. 각 부분은 몰리가 갖는 미래에 대한 사색을 향한 회상에서부터 앞서 여러 장에 나타났던 다양한 인물들에 대한 계속적 논평으로 무작위로 움직일 때, 꼭 같은 많은 소재를 반영한다.

바로 조이스의 서사시적 또는 유사—서사시적 소설이 이야기의 한 가운데에서(in medias res) 시작하듯, 그의 최후의 장은 꼭 같은 돌연한 모습으로 그 시작이 열린다. "그래요 그이가 잠자리에서 달걀 두 개하고 아침을 먹겠다고 한 것은 시티 암즈 호텔 이래로 그전엔 한 번도 없던 일이었지."(U 608)라는 구절과 더불어, 서술은 우리 독자를 몰리의 내(심)적 독백의 한 가운데로 떨어뜨리며, 그녀의 이따금 신비스런 언급들과 그녀의 사고의 변덕스런 궤도를 우리로 하여금 따라잡게 하려고 급히 움직이도록 한다. 열리는 행들은 또한, 몰리의 독백을 시종(始終) 하기 위해 "그래요(yes)."를 사용함으로써, 장을 통한 담론을 구독(句讀) 짓는 문맥상의 형식을 시작한다.

몰리의 독백의 돌출한 개시는 또한, 블룸이 「이타카」 에피소드(17장)의 말에서 잠에 떨어질 때, 그가 다음 날 (6월 17일) 아침밥을 침대에서 대접받겠다고 그녀에게 요구하는데, 여기 그녀는 얼마간 놀라는 듯하다. 그러나 이러한 요구는 몰리에게 어느 정도 설득력을 지닌다. 달걀 2개하고의 아침밥의 의미는 앞서 「이타카」 장에서 블룸과 스티븐이 나눈 엡스(Epp's) 제의 코코아의 그것만큼 중요하다(비평가들은 블룸의 조반의 요구에 대한 해석상의 강한 의미를 부여해 왔다. 특히 엘먼은 블룸의 요구를 몰리와의 결혼 생활에서 그들의 임박한 변화를 예고한다고 한다(『리피 강상의 율리시스』 161쪽 참조). 여기 몰리는 블룸의 요구의 의미를 확인할 수는 없지만, 그의 있을 법한 취지에 아주 민감하다. 이러한 블룸의 행동은 그의 정신상의 습관적 변화로서, 지난 11년 이상 그에게 누적되어 왔다. 우리는 여기서 몰리가 이러한 요구의 중요성을 지나치게 강조하고 있다고는 볼 수는 없다. 왜냐하면, 블룸이 오랫동안 수립한 정신적 패턴의 변형은 이러한 작은 변화에서 시작되고 있음이 틀림없기 때문이다.

몰리의 이러한 초기의 놀라움은 블룸의 다양한 여인들과의 관계에 대한 그녀의 인지에서 자라나는 일련의 자유륜적(自由輪的) 연관으로, 그녀를 직접 인도한다. 이러한 연관은 돌이켜 그녀로 하여금 블레이지즈 보일런에 관해, 그리고 그들의 클라이맥스적 오후의 정사(情事) 전에 그의 내밀한 진행사항에 관해, 생각하기 시작하도록 야기한다. 이러한 회상의 연쇄는 이 장을 통하여 거듭될 하나의 패턴을 이루나니, 즉 블레이지즈 보일런과의 몰리의 오후에 대한 생각들은 그녀를 당일의 성적 만남에 대한 점진적으로 과장된 그리고 생생한 환기로 인도한다. 역설적으로, 이 부분은 또한, 몰리가 자신의 간음과 그 때문에 부담하는 개별적 죄의 정도에 대한 그녀의 양심과의 갈등을 시작할 때, 또 다른 명상적 바퀴를 돌리게 한다(나중에 그녀의 독백에서 그녀는 블룸에게 모든 비난을 돌린다. "만일 내가 간음녀라면, 그건 모두 그이 자신의 잘못이야."(U 641)).

몰리는 그녀에 대한 보일런의 감정을 평가하려고 노력한다. 놀랄 일은 아니나, 서술이 보일런의 물질적 천성에 관해 노정 하는 것을 보면, 그녀는 외견상 솔직히 금전적 성향을 취하는 듯 보인다. "내 손은 참 예쁘기도 하지. 내 탄생석 반지만 낀다면 먼진 아콰마린 반지 말이에요. 그이더러 하나 사 달래야지. 그리고 금팔찌도."(U 614) 보일런에 대한 몰리의 생각은 그녀를 블룸과의 비교로 인도한다. 그리고 이는 블룸이 그녀를 위해 품었던 근(近) 강박 관념적 매력에 의하여 구분되는 그의 구애의 회상으로 인도한다. 돌이켜, 이러한 기억은 그녀를 영국 군인의 스탠리 가드너 중위를 회상하게 하는데, 그는 몰리가 더블린에서 처음 만난 젊은이로 그와 그녀가 연애 사건을 수행했으나, 그것이 성교행위까지 인도했는지는 분명치 않다. 가디너는 남부 아프리카에서 보어 전쟁 중에 장티푸스로 사망했으며, 몰리는 그와의 이러한 기억을 애지중지한다. 가드너와의 군대에 대한 생각은 또한, 몰리를 지브롤티의 영국 식민지에서의 그녀의 초기 생활을 상기시킨다.

몰리의 마음은 그녀 자신의 관능과 그녀의 성적 매력에 대한 평가로 향한다. 그녀는 장을 통하여 그녀에 대한 남성들의 반응과 그녀의 자기 가치에 대한 자신의 느낌 간의 분명한 연관성을 보기 시작할 정도까지 이러한 관심을 되풀이한다. 동시에 육체적 미에 대한 몰리의 강박관념은 그렇다고 그녀를 육감적 세계에 대하여 신경 과민한 반응으로 유도하지는 않는다. 반대로, 그녀의 앞가슴에 대해 보일런이 갖는 매력에 대한 조심스러운 평가에서부터, 남성 생식기의 모양에 대한 명민한 사려에 이르기까지, 포르노 화(畵)의 블룸의 은닉에 대한 그녀의 경멸적 판단에 이르기까지, 자신의 차(茶) 속에 그녀의 젖가슴의 밀크를 타는 블룸의 욕망에 대한 솔직한 흥미에 이르기까지, 몰리는 무의식적으로 그녀의 타고난 에로틱하고 감성적 면을 개방된 욕망과 솔직한 기쁨을 가지고 광범위하게 커버한다.

먼 기차의 기적 소리 "프르시이이이이이이이프롱"은 몰리의 마음을 지브롤터의 그녀의 생활로 가져가는바, 거기서 그녀는 유년시절

|제임스 조이스 문학 읽기|

을 보냈으며, 지금 그녀는 당시의 헤스터 스탠호프와의 우정을 기억한다. 그녀가 회상에서, 그리고 그녀 기억의 분명한 간격에서, 몰리의 유년기의 암울한 양상들은 점진적으로 분명해진다. 그녀가 더블린에 처음 도착했을 때 느꼈던 향락은, 그녀의 지브롤터 생활이 어머니도 없이, 그녀 또래 나이의 친구들도 없이, 얼마나 어려웠던가를 가일층 강조한다.

몰리의 유년시절과 청년 시절에 대한 생각은 그녀의 마음을 그녀가 지브롤터에서 만난 왕립 해군의 중위인, 하리 멀비의 회상으로 몰고 간다. 몰리의 솟아나는 성적 호기심과 공개된 육감적 쾌락은 그와의 만남을 특징짓지만, 그러나 헤스터 스탠호프에 대한 그녀의 회상과 함께, 그녀가 자신들의 하루를 함께 한 사실을 여전히 마음에 떠올리는 상세함은 그녀의 인생의 그러한 시기 동안 실지로 일어난 것이 얼마나 미미한 것인지를 암시한다. 멀비로부터 그녀의 생각은 다시 한 번 스탠리 가드너로 되돌리며, 그녀가 그를 위해 지녔던 깊은 애정을 강조한다.

몰리는 자신이 다음 날을 위해서 그녀의 일과를 계획하기 시작할 때 주의를 한층 세속적인 문제들로 돌린다. 특별히 현명한 판단을 하고, 그녀는 아침밥을 차리도록 요구한 블룸의 새로운 요청에 대한 장기간의 결과를 예측하려고 시도한다. 그녀의 마음은 블룸에 대한 한층 먼 일화들을 상기하며, 그토록 개벽한 남자와 함께 살아온 시련을 온후하게 마음 아파한다. 그러나 한층 안달하게도, 몰리는 또한, 밀리와 그녀의 솟아나는 성에 의한 가정(假定) 속에 야기하는 긴장에 관해 생각하기 시작한다. 딸과의 경쟁 분위기가 몰리의 회상에 분명한지라, 아마 그것은 자신의 나이의 달갑지 않은 암시를 함유하리라. 그녀의 마음을 통하여 달리는 이러한 생각들과 함께, 그리고 자신이 월경을 치르고 있다는 인식과 함께, 몰리는 배뇨를 위해 요기(尿器)로 가는바, 이는 사우디(Robert Southey)의 시 「하호어의 폭포」의 서행들의 혼성된 환기 속에, 세속적 유머로서 서술된다. "으응 맙소사 정말이지 나도 남자가 되어서 아름다운 여자 위에 올라타고 싶어요 응 오 얼마나 떠들썩한 소리를 내는지 몰라 마치 저지의 백합 같아 으응 으응 오 라호어의 폭포 소리처럼 얼마나"(U 633)

몰리의 익살은 그녀가 갑자기 "내 몸속이 어떻게 됐는지 누가 알랴 몸속에 뭐가 생겼나 보지,"(U 633)하고 이상히 여길 때 증발한다. 비록 그녀가 그에 관해 곰곰이 생각하기를 원치 않지만, 그녀의 태도와 언급으로 보아, 그녀가 어떤 심각한 부인병이 있을까 봐 염려함이 분명하다. 이러한 신비스런 그리고 산란한 불평으로부터 생각을 돌리면서, 몰리는 재차 블룸과 그녀의 구애 사건들을 회상한다. 이러한 기억들은 돌이켜 또 다른 탈선을 야기하는데, 남자 전반의, 성적 및 그 밖의 특질에 초점을 맞춘다. 그러나 보다 일찍이 보여준 바와 같이, 어떤 젊은 소년을 유혹을 환상 화하려는 그녀의 경향은 그녀가 남자들을 묘사하는 충동을, 외견상 너무나 인간적인, 분명히 그녀 자신의 것 못지않게 조잡하게 한다. 그녀가 스티븐 데덜러스와 그로부터 이탈리아어 레슨을 받는 것에 관해 상상할 때, 순간적으로 그녀 자신의 죽은 아들 루디 블룸을 생각하는데, 후자는 11년 전 유아로서 사망했다.

육감에 관한 강조에도 몰리가 남성들로부터 정작 원하는 것이 무엇인지는 분명하지 않다. 확실히, 그것은 단순히 육체적 만족을 초월하는 것으로, 왜냐하면, 비록 그녀가 커다란 기쁨을 가지고, 신이 나서 보일런의 성교와 원기를 회상할지라도, 그녀가 지각하는 그의 성실한 존경의 결여에 깊은 불쾌함을 느낀다. 몰리는 남성의 행동에 관하여 거의 풍부하고도 진솔한 감수성을 지니는데, 이는, 그녀가, 지브롤터에서 성장하면서 그리고 블룸과 함께 살면서, 비교적 안정된 생활을 살아왔음을 상기시킨다. 그녀의 남자들과 성에 대한 모든 생각에도 몰리의 실질적 경험은 한정된 듯하다. 그녀 자신의 회상은, 자신은 확실히 자기를 레너헌과 사이먼 데덜러스 같은 농담이 그렇게 만드는, 외설적 천녀(賤女)가 아님을 드러낸다. 그리하여 많은 점에서 그녀는 지브롤터에서 자란 외로운 소녀를 마음에 상기시키는 개방성 및 냉소주의의 결여를 발휘한다.

그녀의 독백과 소설 자체가 종말에 다다르자, 몰리는 그녀의 피로를 보이기 시작하며, 서술은 그녀의 사상과 감성의 비틀대는 융합을 반영한다. 그럼에도, 어떤 근본적 감정은 바로 그 목적 자체를 위하여 드러나는지라, 이는 블룸으로 하여금 그녀의 부정을 알게 하는 자신의 욕망을 포함한다. "그이의 아내가 다른 남자에게 먹혔다는 것을 그에게 알려 줘야지 그래요 경치게도 멋들어지게 먹혔지 거의 목에 치밀 정도로 말이야……"(U 641) 동시에, 그녀는 한 사나이가 오페라 중에 가수에게, "간부(姦婦)다"(U 633) 소리를 지르던 것을 회상할 때의 자기 방어 감은 그녀는 한 뒷박의 죄를 과연 느끼며, 이전 진술의 대담성이, 어느 정도까지는, 한갓 허풍임을, 암시한다.

사실상, 몰리의 결핍 현상은 「나우시카」 에피소드(13장) 동안의 거티 맥도웰에 의하여 드러난 그것들과 두드러지게 비슷하다. 거티처럼, 몰리는, 필경 어느 남자도 자기에게 줄 수 없었던 감정과 욕망의 이상화된 결합을 찾는다. 몰리의 천성의 낭만적 요소는 그녀의 독백 과정을 통하여 점진적으로 분명해지며, 그리하여 블룸에 의한 그녀의 구애에서 주된 사건들, 특히 블룸이 그녀에게 프러포즈한 호우드 언덕의 순간을 회상하도록 유도한다. 아래 인용에서 보듯, 그녀의 생각들은(비록 필경 아주 다른 강조로서) 이 장이 시작했던 긍정의 꼭 같은 몸짓으로 돌아간다.

> ……그리고 나는 처음으로 나의 팔로 그이의 몸을 감았지 그렇지 그리고 그이를 나에게 끌어당겼어요 그이가 온갖 향내를 풍기는 나의 젖가슴을 감촉할 수 있도록 말이야 그래요 그러자 그이의 심장이 미칠 듯이 팔딱거렸어요 그리하여 그렇지 나는 그러세요 하고 말했어요 그렇게 하겠어요 네(yes)(U 644).

몰리의 독백은 독자에게 그녀의 생각에 대한 충만하고 다양한 시각을 허용한다. 그것은 블레이지즈 보일런과의 그녀의 간음에 대한 자신의 조망을 제공한다. 그것은 지브롤터에서의 그녀의 삶에서 중심적 사건들을 강조한다. 그것은 그녀의 딸과의 자신의 관계를 밝히며, 그녀의 어린 아들의 죽음에 대한, 비록 유동적일지라도, 지속적 분명한 슬픔으로의 어떤 통찰력을 부여한다. 가장 중요하게도, 그것은 리오폴드 블룸과 그녀의 결혼에 대한 자세한 청사진을 제시한다.

「페넬로페」에피소드는, 블룸의 애처가적 조망에 두드러지게 대조되는 몰리의 한 가지 견해를, 또는 6월 16일의 당일을 통하여 그녀에 관해 이야기하는 더블린 사람들의 외설적 재현을, 독자에게 부여한다. 그녀의 독백은 한 자기—중심적, 자기—방종적 요염한 여인으로서 몰리의 청사진을 완전히 반박하지 않으나, 그것은 그녀의 성격이 그녀의 비방자들이 인식하는 것보다 한층 미묘함을 과연 보여주며, 블룸의 감정 대해 그녀가 갖는 심오한 장악에 대한 보다 분명한 이해를 독자에게 제공한다.

한층 보편적 의미에서, 「페넬로페」에피소드는—그것은 소설의 대미(大尾)로 생각할 수 있으며, 그것의 즉각적 행동은 전(前)에피소

|제임스 조이스 문학 읽기|

드, 「이타카」 장의 말에서 블룸의 잠 속의 몰입으로 종결하거니와―
조이스가 작품을 통하여 의도하는 다양한 독서에 대한 얼림을 강조한
다. 소설에서 보다 초기에 암시되었던 무수한 사건을 생각함에서, 몰
리는 그들과 그들의 의미에 대한 그녀의 이해를 통하여 우리의 인식을
변경시킨다. 심지어 몰리가 호우드 언덕에서의 결혼을 위한 블룸의 제
의를 향해 무아경의 회상에 자기 자신 몸을 맡길 때라 할지라도, 조이
스는, 마치 인생 자체에 대한 서술적 모호성을 확언하는 양, 여기 어
떤 종류의 서술적 종말을 부과하기를 거절한다. 그리하여 결과로서,
비평가들은, 몰리가 여기서 분명히 단언하는 바가 진정 무엇인지, 그
리고 독자가 그것을 어떻게 수용할 것인지를, 토론하기를 계속한다.

*「페넬로페」 에피소드에 관한 부수적 정보를 위하여, 『서간문』 I. 164. II.
72 및 274 등을 참조할 것.

◆ 중요 등장인물들

스티븐 데덜러스Stephen Dedalus

『영웅 스티븐』과 『젊은 예술가의 초상』에서 우리에게 미
리 선보였던 스티븐은 이제 『율리시스』에서 다시 재현한다. 그
는 모친의 사망으로 파리에서 더블린으로 소환된 뒤로, 타성과
궁핍의 결합에 의하여 거기 사로잡혀 있다. 그는 『율리시스』의

주된 인물은 아니다. 지금쯤 조이스는 스티븐의 천성이 더는 개발의 여지가 있는 것 같지 않았기에, 이제는 리오폴드 블룸에 한층 많은 주의와 공간을 헌납한 듯하다. 그럼에도, 스티븐은 소설의, 특히 첫 3개의 장에서 많은 부분을 점령한다.

서술은 스티븐과 벅 멀리건 간의 트집 잡는 대화의 교환으로 막이 열리는데, 후자는 샌디코브 해변의 마텔로 탑에 스티븐과 함께 살고 있다. 이어 스티븐은 달키에 있는 가레트 디지 씨의 남자 초등학교에서 글을 가르치는 작업에 착수한다. 스티븐이 디지 씨로부터 급료를 탄 다음, 그는 샌디마운트 해변을 따라, 더블린을 향해 걸으며, 자신의 미래를 숙고하는 당사자가 된다.

스티븐은 『율리시스』의 나머지 부분을 통하여 산발적으로 재등장하는데, 그는 거기서 자신의 급료 대부분을 술을 마시는데 소비하거나, 더블린의 언제나 변화무쌍한 대중들에게 자신의 예술적 힘을 과시하려고 노력하면서, 시간을 보낸다. 제7장의 신문사 사무실에서, 스티븐은 자신의 이야기, "피즈가산(山)의 팔레스타나 조망" 혹은 "자두의 우화"의 낭송을 통해, 편집장 마일리스 크로포드와 타자들의 관심을 끌려고 하나 실패한다. 제9장의 국립 도서관 관장 사무실에서, 그는 셰익스피어에 관한 토론으로 더블린의 대표적 문학자들 그룹에게 인상을 주려고 시도하지만, 이 역시 성공을 거두지 못한다.

스티븐은 그가 제14장의 국립 산과 병원에 나타날 즈음에, 너무나 술에 취했기 때문에, 그의 재간의 시도는 거의 힘을 잃고 조리가 없다. 버크 주점에서 문 닫을 시간 직전까지 그의 친구들에게 마지막 술을 대접한 후에, 스티븐과 린치는 한때 자

|제임스 조이스 문학 읽기|

신의 난취(爛醉)의 상상력을 분명히 사로잡았던 한 매음녀인, 조지나 존슨을 찾아 야시(夜市)를 향해 출발한다.

이 시점에서, 소설을 통하여 산발적으로 나타나는 부정(父情)의 주제는 스티븐과 블룸의 우연한 만남과 더불어 서술의 중심으로 움직인다. 병원에서 스티븐을 뜻밖에 만난 뒤로, 블룸은, 부정의 관심으로 가동된 채, 그를 사고에서 보호하려는 시도 속에 그를 뒤따른다. 「키르케」 장에서, 스티븐은 벨라 코헨의 창가(娼家)를 배회하며, 자신의 심미적 견해를 술에 취해 설명하거나 자신의 망모(亡母)에 관해 환각(幻覺)이 있다. 최후의 환각은 스티븐을 너무나 공포로 몰았기에, 그는 자신의 막대기로 등 가리개를 깨고, 거리를 뒤져나가, 두 영국 군인들과 대결하는데, 이들 또한, 그와 마찬가지로 술에 취하여, 재빨리 그를 땅에 쓰러트린다. 블룸이 그의 구조에 나서고, 그의 체포를 막으며, 그가 밤을 보낼 안전한 곳을 찾도록 도와주려고 결심한다.

제16장의 「에우마이오스」 장에서, 블룸은 스티븐의 회복을 돕기 위해 역마차의 오두막(포장마차 집)으로 그를 데리고 간다. 그리고 이어 「이타카」 장에서 그를 자신의 집인 이클레스 가 7번지로 데리고 간다. 여기서 광범위한 대화는, 지치고 아직도 약간 술 취한 스티븐에게 보다 블룸에게 의심할 바 없이 한층 흥미를 주며, 이어, 후자는 밤에 잠자리 제공을 거절하고, 블룸의 정원과 소설로부터 걸어 나온다. 스티븐과 블룸이 부자(父子)의 역할들에 관해 느끼는 갈등이 미해결로 남는 동안, 그들의 상호 행동은 독자들에게 그들의 성격을 형성하는 복잡한 심리적 특징들에 대한 예리한 견해를 부여해 왔다.

리오폴드 블룸Leopold Bloom

　38세의 한 범속한 더블린 사람이다. 그의 1904년 6월 16일 (목)("블룸즈데이〔날〕〔Bloomsday〕"로서 이제 기념되고 있거니와)에 더블린 시를 둘러싼 하루 동안의 여행은 『율리시스』의 서술의 핵심을 형성한다. 그는 몰리 블룸의 남편이요, 밀리 블룸의 아버지다. 그의 방랑이나 사람들과의 상봉에서, 그는 현대의 오디세우스적 인물이다. 한 유대인이요, 이민의 아들로서, 그는 한 지역 사회에서 외국인의 형태로, 많은 사람에 의하여 외래자로 생각되고 있다. 블룸이 더블린 주위를 움직일 때, 그는 아내의 임박한 간음에 마음이 강박 되어 있으며, 딸의 움트는 성을 염려하고 있다. 그는 또한, 11년 전에 죽은 자신의 아들 루디의 사망에 대하여 그리고 자신의 부친 루돌프 비라그(그는 가족 명을 블룸으로 변경했다)의 자살에 대하여 계속된, 깊은 슬픔을 감지하고 있다.

　블룸의 문화적 배경, 그의 심리적 태도, 그의 물질적 조건에서, 그는 매인(〔每人〕Everyman)의 인물(『피네간의 경야』의 주인공 HCE의 만인〔萬人〕)처럼이요 — *감성적 보통 사람(l'homme moyen sensuel)*으로서 읽힐 수 있는데, 그의 생활은 『율리시스』가 묘사하는 현대 세계의 외상(〔外傷〕traumas)의 주제를 반영한다. 그는 또한, 조이스가 취리히 친구인 프랭크 버전과의 대화에서 설명하다시피, 완전한 한 인간이다. "나는 블룸을 모든 면에서 보고 있소, 그런고로 당신의 조각가적 인물의 의미로, 그는 만능이오. 그러나 그는 마찬가지로 완전한 한 사람 — 한 선량한 사람이오."(『제임스 조이스와 율리시스의 제작』, 17쪽) 이 완전한 사람의 고전적, 문학적 모델은, 물론, 오디세우스요, 후자의 인내와 귀향은 그의 궁극적 승리다. 이 서사시적 인물의 모험은『율리시스』의 많은 희극적 행동을 위한 원형적 토대를 마련한다. 그러나 조이스는 또한, 리오폴드 블룸의 창조에서 여타 인물들, 자기 자신과 그의 아버지 존 조이스를 포함하는 인물들을 다양하게 끌어들였다.

유대교의 전통에 의해 정의(定義)된, 가장 엄격한 의미로 보면, 블룸은 사실 유대인이 못된다. 그의 아버지는 유대계지만, 그의 어머니는 그렇지 않으며, 그는 할례를 받지도 않았다. 그는 유대인들 사이에서 성장했고, 한정된 방법으로 유대의 습관, 전통 및 종교적 의식들을 배웠다. 비교적 동질적인 더블린 사회의 융합을 위한 일련의 몸짓으로(처음에 그의 아버지에 의해서 그리고 다음으로 자기 자신에 의해서 이루어진), 블룸은 신교도로서, 그리고 이어 가톨릭교도로서 세례를 받았다. 그러나 대부분의 더블린 사람들의 판단으로, 그는 여전히 유대인이요, 자기 자신의 생각으로 자신을 유대인의 조상과 동일시한다.

이러한 신분은 텍스트를 통하여 그의 매인(毎人) 신원과의 연대 속에 나타나는 블룸의 외래자 신분을 강조한다. 블룸은 더블린 사회의 내외 양쪽에 서 있으며, 그것의 "시차(parallax)"의 견해를 견지한다. 서로 엇갈리는 시각들은 또한, 독자가『율리시스』의 정신을 이해하는 방식을 형성한다. 나아가, 블룸의 상극적 자기―신분은 그(그리고 독자)가 조이스의 소설에서 봉착하는 수많은 다른 인물들의 자기―지각에, 비록 줄잡아 말할지라도, 중요한 영향을 행사한다.

리오폴드 블룸의 범주주의적, 다문화적, 종교적으로 다기(多岐)한, 정치적으로 복수적(複數的), 성적으로 모순적 성격은, 한 개인으로서 그만큼 대표적이다(이러한 블룸의 다양한 속성은 『피네간의 경야』의 제6장 「수수께끼—선언서의 인물들」에서 셈의 첫 번째 질문에 대한 숀의 대답 속에 구체화 된 HCE의 성격의 다양성을 전조[前兆]한다). 그는 타자들의 속성들을 강조하기 위해서 뿐만 아니라, 더블린의 정신성을 설명하는 한 방법으로서 이바지한다. 그는 사회의 한 충분히 용납된 구성원의 신원을 결코, 성취하지 않을지라도, 자신의 동료 더블린인의 생활을 구성하는 속성, 태도 및 경험들을(자신이 행하는 것으로나 행하지 않기로 하는 것에 의해) 놀랍도록 뒷받침한다.

몰리 블룸Molly Bloom

그녀는 『율리시스』에서 리오폴드 블룸의 34살 난 육감적 아내요, 밀리 블룸의 어머니며 콘서트의 소프라노이다. 1970년 9월 8일(성처녀 마리아의 탄생 축일)에 지브롤터(스페인 남단의 항구 도시로 영국의 직할 식민지)에서 태어난 마리온 트위디로서, 그녀는 약 16세 때 그녀의 아버지 브라이언 트위디와 함께 더블린으로 이주했다. 그녀의 어머니 루니타 라레도는 몰리가 어린애이었을 때 사망했거나 아니면 집에 남아 있었다.

만일 리오폴드 블룸이 완전한 남자라면, 몰리 블룸 또한, 완전한 여자다. 『율리시스』의 「칼립소」 장에서 블룸이 행한 그녀의 아침 식사에 관한 질문에 "음(Mn)(즉, 아니)"하고 대답하는 최초의 말로부터 시작하여, 「페네로페」 장에서 그녀의 최후의 무아경의 "그래요(Yes)"—소설의 최후의 말—에 이르기까지, 몰리의 존재는 여성의 전형적 구체화로 천천히 그리고 삼투적으로 출현한다. 조이스는 1921년 8월 16일 자의 프랭크 버전에게 보낸 편지에서, 페네로페 장을 쓰는 광범위한 의도를 토론하고, 이 장의 약간의 구조적 요소들을 설명했다. 그는 이 장에서 여성의 말인 "그래요"로 시작하고 그로 끝나는데, 그것은 "크루(clou)"(중심 사상)로서, 전체 소설의 "별의 회전(star turn)"이며, 몰리의 독백에 빈번히 나타나는 "왜냐하면", "엉덩이", "여인" 및 "그래요"의 말들은 장의 4개의 기본 방위 점들(cardinal points)인 "여성의 앞가슴, 항문, 자궁 및 음문"을 표현한다고 강조했다. 이 편지에서, 조이스는 또한, "Weib, Ich bin der[sic] Fleish der stets bejaht"라는 독일어구를 포함했는데, 이는 "여성, 나는 계속 긍정하는 육체이다."라는 뜻이다. 리처드 엘먼은 이를 괴테의 『파우스트』로부터의 글귀인 "나는 언제나 부정하는 정신이다."의 유희로 보고 있다(『서간문 선집』, 285쪽 참조).

　『율리시스』의 최후의 장 속에 상술된, 그녀의 천성은 육체가 인생을 긍정하는 한 여성의 그것이다. 자기 자신, 과거와 인간의 열정에 대한 그녀의 긍정은 소설 그것 자체처럼 가능하게 이루어진다. 「페넬로페」 장에서의 몰리의 독백 —8개의 긴 무(無) 구독 점의 문장들— 은 그녀의 인생과 욕망의 과정에 반영되는 정신적 마음을 나타낸다. 이들 문장의 복잡성은, 하나의 연관성이 차례로 다른 것 위에 겹쳐 있거니와 몰리의 생각들 속에 빠른 전환에 의하여 확대된다. 그녀의 "내(심)적 독백"(전체 소설에서 가장 "내[심]적"이거니와)에서, 그녀는 외견상 연관되지 않은 단편들의 총체적 일람표를 서술한다. 즉, 지브롤터에서의 그녀의 유년시절, 18년 전 멀비 중위와의 그녀의 성적 경험, 사실의 및 상상 속의 다른 성적 만남들, 얼마 전 당일 블레이지즈 보일란과의 그녀의 성적 해후 그리고 블룸과 자신의 결혼 등.

서술의 전 과정을 통해서, 몰리의 성격은 환기적(喚起的) 힘의 전형으로부터 복잡한 개인으로 요동한다. 첫 17개의 장에서 대부분, 그녀는 그들의 성적 태도들을 강조하는, 블룸과 다른 더블린 남자들의 의식을 통하여 보인다. 그들 가운데, 모두 그녀의 마돈나/창녀라는 거의 있을 법한 온갖 전형들을 총괄한다. 그녀는 또한, 독자의 성적 전형을 향한 취향에 영향을 끼친다. 그러나 마지막 장에서, 그녀는 적극적이요, 소극적인 모든 보편화를 혼동하며, 그녀 자신의 극도로 복잡한 개인으로서 출현한다. 독자는 수수께끼 같은 그리고 그녀의 이따금 모순 당착적 의식 속을 수시로 들여다보게 되는지라, 그녀는 궁극적으로 조야하고 까다로운, 타산적이요 자연 그대로의 "대지의 여신(기이아 텔루스)", 그대로다. 그리하여 어떤 단 한 가지 양상도 그녀의 천성을 포착하지 못하며, 어떤 일련의 특징들도 그녀를 총괄하지 못한다. 그녀의 독백은 독자에게 『율리시스』의 총체적인 이해에 도달하도록 타협하지 않으면 안 되는 광범위하고 풍부한 인상들을 남긴다.

｜제임스 조이스 문학 읽기｜

『영웅 스티븐』

해설

이 소설은 조이스가 그의 22번째 생일인 1904년 2월 2일에 시작한 것으로서, 아일랜드의 『다나』지가 자신들의 잡지를 위해 부적합한 것으로 단정하고, 거절한 조이스의 논문 「젊은 예술가의 초상(*A Portrait of the Artist*)」 직후에 쓰인 것이다. 텍스트상의 증거는 조이스가 이 논문의 많은 것들을 개작하여 그들을 『젊은 예술가의 초상』 속에 합작시키고 있다는 사실이다. 비록 『영웅 스티븐』은 뒤에 『젊은 예술가의 초상』에 나타났던 등장인물들과 사건들의 많은 것을 포함하고 있을지라도, 이 초기의 작품은 전형적인 모더니스트 소설인 『젊은 예술가의 초상』의 것과 같은 문체상의 혁신은 없고, 오히려 19세기 사실 또는 자연주의 문체를 답습하고 있다.

1904년 4월까지, 조이스는 이 작품의 최초 11장들을 완료했으며, 그가 1905년 6월에 그것에 대한 작업을 중단할 때까지, 자신의 계산으로 "약 책의 절반"인, 원고의 914페이지들을 썼다(『서간문』 II. 132). 비록 조이스는, 1907년 9월에, 그가

|조이스의 산문|

339

『젊은 예술가의 초상』을 시작했을 때, 『영웅 스티븐』에 관한 작업을 본질적으로 포기했지만, 원고의 일부분을 적어도 존속시켰다. 1908년 언젠가, 조이스는 원고를 난로 속에 집어넣었지만, 몇몇 페이지들이 불에 탄 채로, 노라 바나클과 다른 사람들에 의하여 재빨리 구조되었다. 이 작품은 작품 나름대로 탁월한 내용과 월등한 문체를 지니며 조이스의 작품답게 퍽 난해하다(이 작품에 대한 보다 구체적인 해설은 작품의 초판 서두에 평한 시어도어 스펜서 교수의 유명한 소개문을 참조할 것이다).

◆ 이야기의 줄거리

제15장

1963년에 출판된 『영웅 스티븐』의 유고 판본에서, 원고는 문장 중간에 시작되는, 잘린 장(章)으로 이어진다. 서술은 더블린의 유니버시티 칼리지의 학장을 서술하고 있으며, 대학의 회계원과 학감인, 바트 신부에 관해 언급한다. 이 최초의 단편의 많은 나머지 부분은 스티븐 다이덜러스가 바트 신부의 영어 작문 반에서 갖는, 그의 작업에 기초한 움트는 명성을 자세히 기록한다.

제16장

이 장은 스티븐의 창조적 기술을 뼈대로 한 그의 정교한 작문의 연습을 다룬다. 그것은 그의 다른 학생들과의 관계와 그의 반에서의 흥미의 점진적 결여를 계속 서술한다. 이 장은 또한, 대륙의 작가들—마테를링크, 입센, 투르게네프 등에 대한 그의 특별한 흥미를 보여주는데, 이들의 작품들은 스티븐의 예술에 대한 견해 및 자기 자신과 대학에서의 타자들 간의 지적, 예술적 간격에 대해 영향을 끼쳤다. 특히 이들 대륙의 작가들에 대한 흥미는 일찍이 그의 문학 세계의 범주를 아일랜드의 민족주의적 편협성에서 벗어나, 「율리시스」 및 『피네간의 경야』의 범세계적, 모더니즘적 소우주를 건설하는데 크게 이바지한 것처럼 보인다.

제17장

이 장은 스티븐의 가정생활 및 논문을 준비하는 그의 노력에 대해 서술한다. 그것은 또한, 친구 매던과의 교제에서 스티븐이 아일랜드의 민족주의에 대하여 그가 최소한 굴종의 영향이 없음을 보여준다. 역설적으로, 스티븐은 아일랜드어를 공부하기 시작하여, 간접적으로 엠마 클러리(그녀는 『젊은 예술가의 초상』에서 단지 그녀의 대문자인 E—C—로 언급되거니와)의 호감을 얻으려고 노력한다.

제18장

이 장은 스티븐이 갖는 찰스 웰즈와의 만남을 서술하는데, 후자는 클론고우즈 우드 칼리지에서 스티븐의 옛 반 친구요, 『젊은 예술가의 초상』의 제1장에서 그를 시궁창 도랑(square ditch)에 밀쳐 넣는 골목 대장이다. 여기『영웅 스티븐』의 현재 시점에서 웰즈는 클론타프의 수도원에서 성직을 위해 수업 중이다.

제19장

이 장의 이야기는 스티븐의「연극과 인생」이란 논문과 그의 심미적 견해에 대해 친구들의 관심을 끌려는 그의 노력을 서술한다. 그것은 스티븐의 논문에 대한 자신과 대학 학장 간의 토론 및 그에 대한 후자의 반대로 끝나는데, 이 논문을 스티븐은 대학의「문학 및 역사학회」에서 발표할 계획이다.

제20장

이 장은 이상의 논문에 반대하는 분명한 해결 없이, 그것의 발표 및 그것이 다른 학생들로부터 일어나는 그들의 찬반된 반응을 다룬다. 또한, 거기에는 "러시아의 황제(차르)를 위한……찬사의 증명서"에서 스티븐이 반대하는 서명을 설명한다. 이 장은 가톨릭교회에 대한 스티븐과 클랜리 간의 토론으로 종결된다.

제21장

이 장은 스티븐의 클랜리와의 자라나는 우정을 답습하고, 로마 가톨릭교의 제도적 및 관습적 양상들로부터의 그의 점진적 이탈을 개관한다.

제22장

이 장은 스티븐의 엠마 클러리에 대한 변덕스런 구애를 다룸으로써『젊은 예술가의 초상』에서 그녀에 대한 추상적 접근과는 달리, 이 작품에서 보다 직접적이요 생생한 묘사는, 후기 작품을 읽는 그녀에 대한 독자의 판독의 모호성을 충분히 보완해 준다.

제23장

이 이야기는 스티븐의 누이동생인 이사벨의 죽음 및 매장에 대한 서술과 함께, 독자로 하여금 데덜러스 가문의 비참함을 뼈저리게 느끼게 한다. 그것은 또한, 스티븐의 대학 2학년으로 진급과 그의 감정의 점진적 불안을 다룬다.

제24장

이 장은 새로운 대학 잡지의 발간을 다루는데, 조이스는 이를 후에『성 스티븐즈』지의 기반으로 삼았다(이는 조이스 시절, 유니버시티 칼리지, 더블린의 비공식 문학잡지로, 1901년에 창립되었다. 아일랜드 문예 극장 내의 성장하는 지방색의 경향에 대한 항의로 쓰인, 조이스의 논문「소동의 시대〔The Day of the Rabblement〕」〔전출 참조〕를 그 해 10월에 잡지의 지도 교수인 H. 브라운 신부는 이 잡지에 게재할 것을 거절했다. 그러나 1902년 5월에 이 잡지는 19세기 초의 저 아일랜드 낭만 시인의 예술적 업적에 대한 스티븐의 상극적 찬사 논문인,「제임스 클레런스 맹건」을 게재했다). 또한, 이 장은 스티븐과 엠마 클러리와의 그들의 인습적 구애의 거절 및 그의 그녀에 대한 솔직한 성적 요구로 인한 두 사람의 마지막 결별을 다룬다.

제25장

이 장은 가톨릭교회의 권위에 대한 스티븐이 갖는 분명한 불복종의 의지에도, 그에 이끌리는 그의 그에 대한 지속적인 매력을 보여준다. 또한, 여기에는 『더블린 사람들』의 「애러비」의 종말과 유사한 현현(에피파니)의 실례가 서술된다. 거기 묘사된 스티븐의 "에피파니"의 "유명한" 정의를 다음에 싣는다.

> 이러한 사소한 일이 그로 하여금 현현(에피파니)이라는 책 속에 많은 이러한 순간들을 한데 모을 것을 생각했다. 에피파니란, 말이나 몸짓의 야비성 속에 또는 마음 자체의 기억할 만한 단계에서, 한 가지 갑작스러운 정신적 계시임을 그는 의미했다. 그는 문장가들이 지극한 주의를 가지고, 그들 자체가 가장 세심하고 덧없는 순간들임을 알고서, 이들 에피파니들을 기록하는 것이라 믿었다. 그는 밸러스트 오피스(수하물 취급소)의 자명종 시계가 한 가지 에피파니가 될 수 있다고 크랜리에게 말했다. 크랜리는 뜻 모르는 표정을 지으면서 밸러스트 오피스의 불가해한 문자판에 의심을 품었다(SH 216).

마지막으로, 스티븐은 클랜리에게 그의 최근 떠오르는 심미론을 서술한다(이는 『젊은 예술가의 초상』 제5장에서 스티븐이 빈센트 린치와 갖는 대화와 거의 유사하다).

제26장

이 장은 스티븐의 대학 봄 학기말의 최후의 몇 주들을 서술한다.

추가 페이지들

『영웅 스티븐』의 1963년 판본은 스티븐이 그의 대부요 후원자인 플햄 씨와 함께 멀린가(더블린 북부에 있는 작은 도시, 『율리시스』에서 블룸

| 제임스 조이스 문학 읽기 |

의 딸 밀리는 이곳에서 사진 수업을 하고 있다)에서 갖는 사건들을 서술하기 시작하는, 부가적 원고의 페이지들을 포함한다.

◆ 중요 등장인물들

스티븐 다이덜러스Stephen Daedalus

이는 조이스가 그의 초기 작품들(1904년에 『아이리시 홈스테드』지에 처음 실린 「자매들」, 「에블린」, 「경주가 끝난 뒤」 등)에 서명한 자신의 익명이다. 조이스는 또한, 이 이름으로 약간의 서간문들에 서명했다. 스티븐 다이덜러스는 조이스의 미완성 소설 『영웅 스티븐』의 중심인물이다. 희랍 신화의 원명인 다이덜러스(Daedalus)의 철자는 결국, 『젊은 예술가의 초상』과 『율리시스』에서 세속 명인 데덜러스(Dedalus)로 수정된다.

본질적으로, 다이덜러스는 두 판본에서 동일 인물이며, 『율리시스』의 스티븐 데덜러스가 『젊은 예술가의 초상』의 그것과 약간 다르듯이, 다이덜러스 또한, 데덜러스와 약간 다르다. 『영웅 스티븐』에서, 물론, 우리는 그를 대학 시절의 주인공으로 볼 뿐, 그의 전 생애를 통해 그를 보지 못한다. 그럼에도, 만일 우리가 그를 『젊은 예술가의 초상』의 5장의 스티븐과 대조한다면, 그는 한층 뻣뻣하고, 단순하며, 분명히 덜 분명하다. 그리고 엠마에 대한 애정 표현 역시 직접적이다.

다이덜러스 부인Mrs. Daedalus

『영웅 스티븐』에서 스티븐 다이덜러스의 어머니. 작품의 제19장에서 스티븐은 자신의 입센에 관한 논문을 그녀에게 읽어주며, 뒤에 입센의 연극 몇 편을 읽도록 그녀에게 건네준다. 『젊은 예술가의 초상』에서 볼 수 없는 문학에 대한 그녀의 의견 또한, 이 작품에서 보인다. 제1장에서 그녀는 스티븐이 더는 가톨릭교를 수련하지 않는 것을 알았을 때 압도당한다. 다이덜러스 부인은 『젊은 예술가의 초상』에서 메리 데덜러스의 전형이다. 양 작품들에서, 그녀는 자신의 아들을 아버지의 비평에서 보호한다.

엠마 클러리Emma Clery

『영웅 스티븐』에서 스티븐 다이덜러스의 낭만적 환상의 대상인 젊은 여인. 제24장에서, 스티븐은 자신의 성적 만족을 위해 밤을 그녀와 함께 보내자고 갑자기 제의하자, 그녀는 충격을 받고 그와 헤어진다. 『젊은 예술가의 초상』에서, 그녀는 E—C—일 수 있으며, 그녀와 더불어 젊은 스티븐은 하롤즈 크로스의 아이들 파티를 마친 뒤 전차를 타고 집으로 갈 때, 그녀에게 키스하고 싶은 충격을 느낀다. 그녀는 『젊은 예술가의 초상』을 통해 스티븐의 아일랜드 여성의 이상화된 비전으로, 그가 반항하는 여성의 전형적 태도의 전유물로서 나타난다.

클랜리Cranly

『영웅 스티븐』과 『젊은 예술가의 초상』에서 스티븐 데(다이)덜러스의 밀접한 친구로서, 그와 함께 스티븐은 심미론에 대한 생각을 토론한다. 클랜리는 조이스의 온화한 친구 존 F. 번 (Byrne)을 모델로 삼고 있다.

빈센트 린치Vincent Lynch

『영웅 스티븐』과 『젊은 예술가의 초상』에서 그리고 나중에 『율리시스』에서 의학도로 등장하는, 조이스의 유니버시티 칼리지의 친구다. 『영웅 스티븐』에서 린치는 다이덜러스를 위한 상담 역할로 이바지하며, 스티븐이 여성과 가톨릭교에 대해 갖는, 자신의 견해에 대한 설명을 한층 쉽게 한다. 조이스의 더블린 친구 빈센트 코스그레이브가 린치의 모델이다.

찰스 웰즈Charles Wells

『영웅 스티븐』과 『젊은 예술가의 초상』에 등장하는 인물로, 스티븐이 『젊은 예술가의 초상』의 제1장에서 처음 그를 만날 때, 그는 클론고우즈 우드 칼리지의 골목대장이다. "40개의 정복자인, 웰즈의 깡마르고 단단한 상수리 열매 대신 그의 예쁜 코담뱃갑과 바꾸지 않는다고 시궁창 도랑에 그를 미쳐 넣은 것은 바로 웰즈였다." 웰즈는 스티븐을 시궁창에 떠밀었기 때문에, 나중에 그가 학교 의무실에 가야 하는 병을 유발한다. 『영웅 스티븐』에서, 스티븐은 대학에서 다시 웰즈를 만나는데, 후자는 당시 클론리프 수도원에서 신부직을 위해 공부하는 견습생이다.

매던Madden

『영웅 스티븐』에서, 리머릭 출신의 솔직한 민족주의자. 유니버시티 칼리지에서 스티븐의 친구인, 그는 "애국 당의 대변자로 인정받는" 자요, 그의 아일랜드 민족주의와 스티븐의 범세계주의의 견해와 대조되는 학생이다. 조이스는 필경 인물의 상세함을 그의 친구 조지 클랜시에게서 추출했다.『젊은 예술가의 초상』에서 그는 비슷한 민족주의 감정을 지닌 대빈과 대치된다.

바트 신부Butt, S.J.

『영웅 스티븐』에서, 유니버시티 칼리지, 더블린의 학생감으로, 그는 그곳에서 영어를 가르친다. 그는 아마『젊은 예술가의 초상』에서 다시 등장하지만 여기 학생감은 무명이다. 조이스는 바트 신부에 대한 묘사를 그가 재학할 당시의 학생감이요, 영어 교수였던, 요셉 다링턴 신부에 모델을 두고 있음이 틀림없다.

｜제임스 조이스 문학 읽기｜

『피네간의 경야』

◆ 『피네간의 경야』의 타이틀

* 조이스는 그의 초기 작품인 『더블린 사람들』을 제외하고 여타 작품들, 『젊은 예술가의 초상』 등에서 그들의 각 장의 제목을 명시하지 않고 있다. 그의 최후 작품 『피네간의 경야』의 경우에서도 마찬가지이거니와 아래 그의 각 장의 제목은 J. 캠벨(Campbell)및 H. M. 로빈슨(Robinson), W. Y. 틴달(Tindall) 등 여러 학자가 수의로 부친 제목들을 참고하여 역자가 독자의 편의를 위하여 임의로 붙인 것이다.

I 부

제1장 피네간의 추락
제2장 HCE — 그의 별명과 평판
제3장 HCE — 그의 재판과 투옥
제4장 HCE — 그의 서거와 부활
제5장 ALP의 선언서
제6장 수수께끼 — 선언서의 인물들
제7장 문사(文士) 솀

제8장 여울목의 빨래하는 아낙네들

II 부

제9장 아이들의 시간

제10장 학습 시간 — 삼학(三學)과 사분면(四分面)

제11장 축제의 여인숙

제12장 신부선(新婦船)과 갈매기

III 부

제13장 대중 앞의 숀

제14장 성 브라이드 학원 앞의 죤

제15장 심문받는 욘

제16장 HCE 와 ALP — 그들의 심판의 침대

IV 부

제17장 회귀

◆ 장들의(약) 개요

I 부

I-1장

소개 — 웰링턴 박물관 — 편지의 발견 — 아일랜드의 선사시대 — 뮤트와 쥬트 — 잘 반 후터와 프랜퀸 — 추락 — 피네간의 경야 — HCE의 소개

I-2장

HCE의 명칭 — 캐드 (부랑자)와의 만남 — 부랑자에 의한 고원 이야기의 퍼짐 — 퍼시 오레일리의 민요

I-3장

필름 되고, 텔레비전 되고, 방송된, 이어위커의 이야기의 번안 — HCE의 경야 — HCE의 범죄와 도피의 보고 — 법정 심문 — 욕먹은 HCE — HCE 침묵한 채, 잠들다 — 핀의 예시된 부활

I-4장

네이 호반 속의 HCE의 매장 — 심판받는 페스티 킹 — 석방되다 — 그의 사기가 노정되다 — 편지가 소환되다 — ALP가 들어오다

I-5장

ALP의 모음서 — 편지의 해석 — 『켈즈의 책』

I-6장

라디오 퀴즈 — 다양한 인물들과 장소들에 관한 열두 가지 질문 — 숀과 셈 — 여우(묵스)와 포도(그라이프스) — 브루스와 카시어스

I-7장

문사 셈의 초상 — 그의 저속함, 비굴, 술 취한 오만 — 표절자 셈 — 유령 잉크 병과 셈 — 자스티스와 머시어스

I-8장

아나 리비아 플루라벨 — 리피 강둑의 빨래하는 두 아낙네 — 잡담 — 어둠 — 아낙네들이 돌과 나무로 바뀌다

II 부

II-1장

믹, 닉 및 매기의 익살극 — 그루그와 3가지 수수께끼 — 그루그와 추프 — 아이들의 경기가 끝나다 — 취침 전 기도

II-2장

야간 학습 — 셈, 숀 및 이씨 — 문법, 역사, 편지 쓰기, 수학 — 아일랜

드의 침공 — 돌프와 케브 — 에세이 숙제 — 아이들의 양친에게 보내는 밤
편지

II-3장

주막의 HCE — 양복상(제단사) 커스와 노르웨이 선장의 이야기 — 어
떻게 버클리 소련장군을 사살하는 지를 말하는 TV 코미디언들 바트와 타
프 — 4노인 복음자들(마마누요)이 HCE를 괴롭히다 — HCE에 대한 사
건 — 장례 게임 — HCE 술 찌꺼기를 마시고 퇴장하다

II-4장

트리스탄과 이졸트의 항해 — 4복음자들이 그들의 연애 장면을 염탐하
다 — 미녀 이졸트의 찬미가

III 부

III-1장

집배원 숀 — 개미와 베짱이의 대결 — 숀이 셈을 헐뜯다 — 통 속의 숀이
강을 따라 흘러가다 — 이씨가 그에게 사랑의 작별을 고하다

III-2장

죤 — 숀 — 성 브라이드 학원의 소녀들을 위한 설교 — 죤과 이씨 — 죤
에 대한 이씨의 연애편지 — 죤이 대이브를 소개하다 — 횬 — 죤

III-3장

4노인들에 의해 심문받는 욘 — 심문과 집회 — 목소리가 ALP를 포함하
여, 욘을 통해 말하다 — HCE가 소생하여, 증언하다 — HCE가 건립한 도시
및 그의 ALP의 정복에 대한 자랑

III-4장

양친 포터 — 마태, 마가, 누가 및 요한 — HCE 및 ALP의 구애의 4자
세들

|제임스 조이스 문학 읽기|

IV 부

H.C. 이어위커 가족 계보(Earwicker Family Tree)

H.C. 이어위커   혼(婚)   아나 리비아 플루라벨
(포터 씨) (남편)   (포터 부인) (아내)

숀(쌍둥이 아들)	셈(쌍둥이 아들)	이씨(딸)
(이하 별칭)	(이하 별칭)	(이하 별칭)
집배원 숀	문사 셈	페리시아
부루스	세머스	플로라
츱(천사 숀)	바트	이사벨
유제니어스	캐인(카인)	이솔드(이술트)
죤/돈 주앙/혼	카시어스(카이사르)	이조드
자스티스(정의)	무도자 대이브	곰팡이 리사
쥬트	그루그(닉크/악마)	뉴보레타
케브	베짱이	이쏘벨
믹	그라이프스(포도)	
온도트 개미	호스티	
피터 크로란	제리	
존즈 교수	제레미아스	
욘	머시어스(자비)	
추프	뮤트	
쥬바	뮤타	
케빈	돌프	
미크	성 패트릭	
에서	닉	
바트	야곱	
	쥬트	

|제임스 조이스 문학 읽기|

◆ 작품 소개

20세기 가장 혁신적 작가요, 모더니즘의 기수라 할 제임스 조이스(James Joyce)(1882~1941)의 마지막 작품『피네간의 경야』(그는 자신의 "걸작"이라 부르거니와)는 그의『율리시스』보다 한층 암난(暗難)할 뿐만 아니라 628페이지에 달하는 방대한 장편이다. 조이스는『율리시스』에서 한낮의 위대한 책을 썼는데, 한 보통 인간의 깨어 있는 마음의 무작위 연상(連想)에 대한 열쇠를 그의 "의식의 흐름"의 기법 속에서 발견했었다. 이제 그는 자기의 위대한 밤의 작품『피네간의 경야』에서 잠자는 자의 "무의식(또는 잠재의식)의 흐름"을 꿰뚫는 작업을 시작했다. 조이스는『율리시스』를 출간한 지 약 1년 뒤 1923년에 이 혁신적 작품인『피네간의 경야』(사실 그의 모든 작품은 혁신적이다)를 시작하여 1939년 그가 첫 출판을 하기까지 17년 동안 모든 힘을 모아, 하루 평균 14시간 이상을 이를 위해 작업한 것으로 전한다. 그동안 그는 딸의 정신 분열증과 자신의 9번에 걸친 눈 수술에도 이 희대의 거작을 완성하다니, 이는 그의 불굴의 정신력이요, 영웅심의 발로이며, 이 작품에 보인 그의 천재적 예술성은 세계 문학 사상 불멸의 금자탑을 이룩했다. 최근 펭귄 출판사의『피네간의 경야』의 신판 서문에서 J. 비숍(Bishop)은 이를 가르켜, "아마도 우리 문화가 생산한 가장 의도적으로 정교화된 단일의 문학적 가공물이라." 평한 바 있다. 조이는 이 작품에 자신의 명예를 걸었는데, 이는 확실히 세기의 가장 위대한 문학 작품 중의 하나임이 틀림없다.

조이스 자신이 "괴물(monster)"이라고 부른『피네간의 경야』에 대한 완전한 평가는 아직 이루어지지 않고 있다. 그 이유는 어느 작품이든 그의 평가는 완전한 이해가 있은 다음에 이루어지기 때문이다. 오늘날 학자들은 "경야 산업(Wake Industry)"이라 부를 정도로 그의 연구에 열을 쏟고 있으나, 여전히 장님이 코끼리 만지듯, 그의 수수께끼 같은 정체를 완전히 파악하지 못하고 있다. 이 작품의 어려움은 우선 그의 엄청난 양이요, 그것이 담고 있는 인간의 복잡한 꿈의 무의식인 백과사전적 지식(A. 버저스는 "조이스의 커다란 범죄는 그가 분명히 너무나 많이 아는 데 있다."라고 피력한다), 세계의 크고 작은, 성속의 문학을 비롯하여 『브리태니커』의 내용에서부터, 부루노, 프로이트와 융의 정신분석학, 신비주의(occultism), 강신술, 호머, 단테, 괴테, 와일드, 버클리 철학, 파넬의 역사, 스위프트, L. 캐롤, 아퀴나스 신학, 입센, 셰익스피어, 성서, 코란, 불교, 유교, 힌두교, 이집트의 『죽음의 책』 등, 그 밖에 대중가요, 농담, 개그에 이르기까지의 수많은 인유들 때문이다. 또한, 이 작품에서 작가가 새로 창안한 제3의 언어를 비롯하여 세계 문학 사상 그 유례가 없을 정도의 6만 4천 여자에 달하는 어휘와 60여 개의 외래어의 동원, 그의 천재, 작품의 혁신적 기법과 구조 등은 가히 혁명적이요, 초인적이라 할만하다. 조이스는 자신을 셰익스피어의 라이벌로—아마도 그의 최대의 라이벌로 보았다. 하지만 아서톤(James S. Atherton)의 지적처럼, "그의 시합에서 중요한 결함은 자신의 작품(경야)을 감상할 수 있는 대중을 발견하지 못한 데 있"다.

그러나 조이스가 『피네간의 경야』에서 우리에게 제공하는 이야기는 근본적 레벨에서 단순하다. 이는 HCE(이어위커)라는 주인공이 어느 토요일 밤 자신이 꾸는 한 꿈의 이야기이다. 그는 더블린 시의 외곽, 피닉스 공원 근처에 "멀린거 하우스(Mullingar House)"라는 한 주점을 경영하고 있다. 그의 아내 아나 리비아 플루라벨은 딸 이사벨(이씨)과 두 쌍둥이 아들, 숀과 셈의 어머니다. 그리하여 HCE의 꿈꾸는 밤의 무의식이 이 작품의 주류를 이루거니와 그 내용은 자신이 저지른 죄를 비롯하여 아내와의 사랑과 성, 자식들의 대결과 그들의 부정(父情) 및 그의 딸에 대한 친족상간적 애정 등이다. 또한, 이탈리아의 철학자 비코의 인류 역사의 순환 원리에 근거를 둔 인간의 탄생과 죽음, 결혼과 부활의 주제를 다룬 대 알레고리다. 이 작품의 복잡성은 이들 인물과 이야기들이, 과거의 신화와 전설, 역사, 종교 및 문예의 인물들과 서로 얽히고 맴도는 꿈의 메커니즘 때문이요, 이들 이미지와 인물들 및 사건들은 마치 만화경처럼 환중환(環中環[circle within circle])을 이루며 반복되고 반복된다. 또한, 작가는 HCE와 그의 가족들을 우주적 역사의 한 패러다임(모범)으로서 제시한다. 그리하여 한 인간의 광대무변한 꿈의 무의식을 다룬 『피네간의 경야』는, 『율리시스』보다 한층 광범위한 영역에서, 인류의 모든 역사를 일시에 포용하는 것을 목적으로 한다. 따라서 이 작품은 시공을 초월하고, 이야기 줄거리의 무화(無化), 직간접 화법이 뒤엉키는 "무의식의 흐름", 다양하고 광범위한 삶의 소재를 복합적으로 다룬 데다가, 작가가 새로 창안한 다의적(多義的), 다성적(多聲的), 다어적(多語的) 특성이 있는, 이른바 "꿈의 언어(language of dream)"로 쓰이고 있다.

조이스의 작품을 위한 현존하는 수많은 노트와 원고의 증거에 따르면, 그는 이 작품을 애초 아주 어스선 하게 시작했는데, 그 이유는 이들 자료가 그와 독자를 어느 방향으로 인도하는지 거의 알 수 없었기 때문이다. 계속되는 17년 동안, 그의 소재들이 합체되어 하나의 책(작품)으로 모습을 가출 때까지, 이는 「진행 중의 작품(*Work in Progress*)」이란 이름으로, 그 단편들이 여러 잡지에 발표되었거니와 조이스가 이 작품에 행사한 언어 유희와 수수께끼 같은 내용은 독자로 하여금 이 작품을 한층 이상하고 암담하게 만들었다. 그리하여 이 「진행 중의 작품」이 한창 진행 중일 때, S. 베켓을 비롯한 당대의 저명한 문인들 및 학자들이 그룹을 지어 이를 이해하기 위한 논문들을 쓰고, 『「진행 중의 작품」의 정도화(正道化)를 위한 그의 진상성(眞相性)을 둘러싼 우리의 중탐사(衆探査〔Our Exagmination round His Factification for Incamination of Work in Progress〕)』라는 비평문집을 당시 발간했는데, 이는 지금도 이 작품을 이해하는데 귀중한 자료가 되고 있다. 이들과 이들의 논문들은 당시 조이스 자신의 권고에 의한 것이다.

한편, 이 작품의 감탄자들은 그 속에 20세기 문화와 문학의 포괄적인 총화를 감지하는 반면, 그의 비방자들은 이를 엘리트를 위한 기형적으로 편집된 불가해한 "오만스런 편찬물"로서 간주한다. 이 비평의 양극화 현상처럼, 『피네간의 경야』는 한 거대한 수수께끼 같은 패러독스 책이다. 즉, 이는 "오문자(誤文字)의 아카데미 비희극(a comedy of letters)", "사이비 지식인을 위한 소극적(素劇的) 사도서간(farced epistol to the highbruws)"으로서, "아카데미 문학"에서 대체로 학자들을 위하여 마련된, 그리고 "인텔이 지식인을 위하여(to the high brows)" "히브리서 (first epistle to the Hebrews)"와 같은 성무서(聖務書)들 해설하는데 사용되는 것처럼 보이기 때문이다. 『피네간의 경야』가 너무나 어렵다고 생각하는 자들에게 조이스는 끈기 있게 말했거니와. "사람들은 그것이 암난(暗難)하다고 한다. 그들은 그걸 『율리시스』와 비교한다. 그러나 『율리시스』의 행동은 대낮에 주로 일어났었다. 나의 새 책의 행동은 밤에 일어난다. 밤에는 만사가 불명확한 것은 당연하지 않은가?"

한 예를 들면, 다음의 구절은 분명히 이들 엘리트주의를 대변한다.

사랑의 재사(才士), 트리스트람 경(卿), **단해(短海)** 너머에서부터, 그의 **남**

근반도고전(男根半島孤戰)을 **재휘투(再揮鬪)**하기 위하여 소(小) 유럽의 험준한 **수곡(首谷)** 차안(此岸)의 북 아모리카에서 아직 **재착(再着)**하지 않았으니. 오코네 유천(流川)에 의한 톱소야(정頂톱장이)의 **암전(岩錢)**이 그들 항시(恒時) 자신들의 **감주수(甘酒數)**를 계속 배가(倍加)(더블린)하는 동안 조지아 주(洲), 로렌스 군(郡)의 능보(陵堡)까지 스스로 과적(過積)하지 않았으니……. (FW 3)

위는 『피네간의 경야』의 주제를 알리는 초두의 글에서 우리는 다양한 문학적, 정치적, 종교적, 신화적, 역사적 등 인유들이 그 속에 함몰되어 있음을 알 수 있다. 다시 이를 상설하면, 주인공 HCE를 비롯하여 로마 제왕의 역사, 아서왕의 로맨스, 트리스탄과 이솔테의 사랑, 웰링턴과 나폴레옹 전쟁, 소설가 마크 트웨인, 성 패트릭, 조너선 스위프트의 연애 사건, 노아의 홍수, 접신론 등, 이처럼 여러 의미의 다층(multilayers of meaning)이 표면(surface meaning) 뒤에 숨어 있다. 원문에서 조이스의 신조어들은 그 속에 여러 다른 뜻이 한꺼번에 상층되어 있거니와 위의 역문에서 우리는 같은 취지(**굵은 글체**)의 많은 신조어의 한국어를 발견한다.

다음에 예를 하나 더 들면,

— 농도자(聾盜者)가 급생자(急生者)일수록 활액의지자(活液依支者)는 한층 안태자(安太者)인지라, 그러나 주대양(主大洋)이 강대하면 할수록 해협(海峽)은 한층 준협(峻峽)하도다. 광양(廣洋)으로 항행유희(航行遊戲)할지라! 그건 위그노교도(教徒)자그노트신(神) 크롬웰 악마소유자(惡魔所有者)에 의한 리투아니아 이교도들의 우회전(迂回轉), 아니면 캐벗 연안항해적(沿岸航海的) 탐험자의 대장장이 영웅주의에 대한 무문자(無文字)의 파타고니아인(人)의 맹목항복(盲目降伏)인고?(FW 512)

이는 작품의 주인공 HCE를 수부로 묘사한 구절인데, 여기 조이스의 신조어를 단금(鍛金)한, 이른바 그의 "언어의 영웅주의(herrera-ism)"가 엿보인다. 원문의 많은 신조어를 한어로 변역 해 보면. "농도자", "급생자", "활액의지자", "안태자", "주대양", "준협", "광양", "항행유회", "악마소유자", "우회전", "캐빗 연안항해자", "무문자", "맹목항복" 등이 된다.

위의 두 예의 분석에서 보듯, 이 작품은 독자에게 커다란 학구성을 요구하고 있다. 먼저, 그들에게 작품의 한 개의 단어, 한 줄의 글귀를 읽기 어렵고, 1페이지를 읽는 데도 1주일 이상이 걸린 판이다. 여기 우리는 조이스의 신기한 "혁명의 언어(word of revolution)"(학자들은 주장하거니와)를 이해하기 위해 이를 해체(deconstruction)하고 재 규합(reconstruction)해야 한다. 이는 일종의 언어 구성의 "파창행위(破創行爲〔decreation〕)"로서, 그 이면에는 깊은 사상과 철학이 숨어 있다. 예를 들면, "cropse(시곡체〔屍穀體〕)"란 경야 어는 영어의 새로운 혼성어(portmanteau word)이요, 이를 해체하면 crop(곡물)+corpse(시체)가 된다. 그리하여 이 단어는 죽음과 부활, 나아가, 원시적 종교와 의식, funferall(만흥장의〔萬興葬儀〕)(fun for all), 즉 언어의 현란한 의미와 그의 상징적 철학이 함께 담겨 있는데, 경야어의 절반 이상은 거의 이런 취지를 띤다.

그러나 다른 한편으로, 이상의 예들에서 보듯, 그의 모호성과 난해성 및 박식의 명성에도 『피네간의 경야』는 아주 "보통의 독자(the common reader)"를 위한 것이기도 하다. 여기 필자는 이 작품을 이른바 "본격문학"이 지닌 미적정조(美的情操)나 구극적(究極的) 순수성의 범주에서 해방시키고 싶은 것이다. "보통의 독자"에게 성경을 비롯하여 셰익스피어나 밀턴 그리고 그 밖에 문화적 추세나 유행 양식에 따라서 평가될 수 있는 다른 어떤 고전들과 마찬가지로, 조이스의 작품은 마치 한때 "읽을 수 없는(unreadable)" 『율리시스』가 오늘날 수많은 일반 독자들을 확보하고 있듯이(미국의 랜덤 하우스에 의한 일단의 비평가들은 그를 20세기 최대의 소설로 뽑았으며, 오늘날 북미에서 연간 1만 부 이상의 텍스트가 팔린다), 읽을 수 있다는 사실이다. 그 이유인즉, 그를 묘사한 언어가 아무리 낯설지라도, 그것은 근본적으로 영어요, 조이스가 자신의 제목을 그로부터 따온 애란 — 미국의 민요 「피네간의 경야(*Finnegan's Wake*)」에는 인류의 "보통의" 주제와 흥미를 내포하고 있기 때문이다 (There's lots of fun at Finnegan's Wake). 그리하여 『피네간의 경야』의 어려움의 신화가 작품에 접근하려는 많은 독자를 실망하게 할지 모르나, 이는 커다란 애석함이나니, 왜냐하면, 이 작품은 앞서 대중의 민요처럼, "보통의 독자"에게 극히 보편적이요 희극적이며, 작가가 한 세기 전에 나눈 그의 희비애락의 감정이 여전히 현대적 감각으로 그들에게 공감대를 형성할 것이기 때문이다.

이들 "보통의 독자"를 위하여 한 가지 예를 소개하거니와 작품의 제8장 "여울목의 빨래하는 아낙네들"에서 주인공 이어위커(Earwicker)를 묘사한 아래 구절은 그에게 "읽을 수 있는(readable)" 대목임이 틀림없다.

> …… 그는 마치 호우드마구릉(馬丘陵)처럼 머리를 얼마나 늘 높이 추켜세우곤 했던고, 유명한 외국의 노공작(老公爵)인 양, 걸어가는 현(賢)족제비 쥐, 그의 등에 장대한 혹을 달고. 그리고 그의 더리풍(風)의 자신의 느린 말투하며 그의 코크 종(種)의 헛소리 그리고 그의 이중(二重)더블린풍(風)의 혀짤배기 그리고 그의 원해구(遠海鷗)골웨이의 허세라. "How he used to hold his head as high as a howeth, the famous eld duke alian, with a humo of grandeur on him like a walking wiesel rat. And his derry's own drawl and his corksown blather and his doubling stutter and his gullaway swank."(FW 197)

위의 구절에서 그 쉬운 내용이나, 운율의 탄탄하게 짜인 구성, 감치며 돌고 도는 작품의 주제, 언어 등은, "보통 독자"에게는 그리 어렵지 않으리라. 이런 예는 작품을 통하여 수없이 발견되고 작품 또한, 이런 취지를 띤다.

이처럼 고전 중의 고전이라는 『피네간의 경야』에서 난중이(難中易)를 찾는 것은 그의 표면의(表面義〔surface meaning〕)의 추구에서 가능하고, 이런 식의 해독을 위해 『피네간의 경야』는 체질화되어 있는 작품이기도 하다(여기 우리는 "보통의 독자"를 어렵게 만드는 상징적 의미를 애써 찾을 필요가 없다). 사실상 이 작품의 매력은 그 해석의 다원성(多元性)에 있거니와 독자는 그 층에 따라 자신에게 걸맞은 해석을 선택할 수 있다.

심지어 한층 본질적으로, 『피네간의 경야』는 단순히 세속적 주막의 농담이요, "독한 양조주(釀造酒)를 위한(to the high brews)" 대화처럼 즐겁고 흥겨운 "문학적 코미디"며 애꿎은(?) "익살"이기도 하다. 그리하여 이 즐거운 코미디는 다음과 같은 장례와 그 경야를 다룬 대중 민요가 바탕에 깔려 있으며, 그의 가사들이 작품 곳곳에 흩뿌리듯 산재한다(이는 우리나라의 "아리랑"이나 "도라지 타령"처럼 인기 있는 민중의 가요이기도 하다).

「피네간의 경야」

팀 피네간은 워커(보행자) 거리에 살았대요,
한 아일랜드의 신사, 힘 쌘 자투리.
그는 작은 신발을 지녔는지라, 그토록 말끔하고 예쁜,
그리고 출세하기 위해, 팀은 한 개의 호두(나무통)를 지녔대요.
그러나 팀은 일종의 술버릇이 있었나니.

|제임스 조이스 문학 읽기|

술의 사랑과 함께 팀은 태어났대요,
그리하여 매일 자신의 일을 돕기 위해
그놈의 한 방울을 마셨나니 매일 아침.

코러스
철썩! 만세! — 이제 그대의 파트너에게 춤을!
마루를 차요, 그대의 양발을 흔들어요
내가 그대에게 말했던 게 사실이 아닌고,
피네간의 경야의 많은 재미를?

어느 아침 팀은 오히려 속이 거북했나니,
머리가 무겁고 그를 건들거리게 했대요.
그는 사다리에서 떨어져 두개골을 깨었으니,
고로 모두 그를 날았는지라, 그의 시체를 경야로.
모두 그를 말끔하고 깔끔한 천으로 단단히 묶었대요,
그리고 그를 침대 위에 눕혔는지라,
발치에는 한 갤런의 위스키를
그리고 머리맡에는 한 통의 맥주를.

그의 친구들이 경야에 모였대요.
피네간 마님이 식사를 소리쳐 불렀나니.
그리하여 맨 먼저 모두 차와 케이크를 들여왔대요,
그런 다음 파이프와 담배 및 위스키 펀치.
비디 모리아티 아씨가 소리치기 시작했나니.
"여태껏 이토록 아름다운 시체를 보았나요?
아아, 팀 내 사랑, 왜 당신은 죽었나요?"
"입 닥쳐요," 주디 매기가 소리쳤는지라.

그러자 페기 오코너가 그 일을 저질렀나니.
"맙소사, 비디", 그녀가 말했지요, "너의 잘못이야, 분명히."
그러나 비디는 그녀에게 입에 한 대 먹었대요

그리고 그녀를 마룻바닥에 뻗어 눕혔는지라.
쌍방이 이내 전쟁을 시작했나니;
그건 여자 대 여자 그리고 남자 대 남자;
몽둥이 법이 모두의 분노였는지라
그리하여 경칠 소동이 이내 시작되었대요.

미키 마로니가 그의 머리를 쳐들자,
그때 한 갤런의 위스키가 그에게 날렸대요;
그것이 빗맞자, 침대 위에 떨어지면서,
술은 팀 위에 뿌려졌대요.
"아흐, 그가 되살아났도다! 그가 일어나는 걸 봐요!"
그러자 티모시, 침대로부터 껑충 뛰면서,
말했대요, "그대의 술을 빙빙 날릴 지라 불꽃처럼 —
악마에게 영혼을! 그대 내가 죽은 줄 생각하는고?"

코러스
철썩! 만세! — 이제 그대의 파트너에게 춤을!
마루를 차요, 그대의 양발을 흔들어요
내가 그대에게 말했던 게 사실이 아닌고,
피네간의 경야의 많은 재미를?

   이처럼. 조이스는 『피네간의 경야』를 쓰면서, 적어도 그것을 극
히 대중적(또는 "저속한") 자료 위에 근거하고 있다. 작가는 이 대중의
속요로부터 인간의 죽음과 부활의 주제, 거리의 노래 속에 부동(浮動)
하는 무사(無死)의 영웅들과 부활의 신의 소재를 따왔다. 이는 『피네간
의 경야』 자체가 표면상 아무리 어려운 고전이라 하더라도, 대중의 보
드빌(희가극〔vaudeville〕)이 그 기저를 이루고 있는 이상, 그것은 단지 지
식인(highbrow)만을 위한 것이 아니요, "보통의 사람"을 위한 것임을
입증한다. 왜냐하면, 비록 지식인의 요소가 그 표면에 마치 다엽(茶葉)

처럼 부동할지라도, 그 본질은 다린(blew) 차(茶)에 불과하기 때문이다. 또한, 이 작품의 주인공 HCE는, 『율리시스』 블룸처럼, 극히 보통 사람이다.

『피네간의 경야』는, 그런데도(이는 "보통의 독자"에게 정말로 변명하기 당혹스런 "그런데도"이지만) 독자가 이 작품을 처음 접할 때, 그를 가장 읽기 어렵게 만드는 것은 그의 이상스런 언어다. 조이스는 여기서 인간 꿈의 변화무쌍함을 기록하기 위하여, 이른바 "꿈의 언어(language of dream)"를 발명한 것이다. 작품이 품은 언어는 그 절반이 영어요, 나머지 거의 절반은 세계도처의 언어의 메아리가 담겨 있는, 이른바 다국적어(polyglot language)다. 조이스는 꿈의 무의식의 다층적 특성을 나타내기 위하여 다어적 언어(polylingual language)의 유희를 사용하고 개발한다. 결국, 그는 밀턴이나 셰익스피어의 전통적 영어를 인계받아, 그것을 분쇄하고 재구성함으로써 인간의 무의식 또는 세계의 역사를 한꺼번에 다시 쓰고 있는 셈이다. 그는 이 작품에서 자신의 말대로, "전통 영어의 그림자 속에서 더는 연연하지 않는다." 작품의 제7장에서 작가의 분신인 셈은 영어를 지상에서 싹 없애겠다고 허풍떤다.

> 그는 악(惡)한 비(卑)한 패(敗)한 애(哀)한 광(狂)한 바보의 허영(虛榮)의 (곰) 시장(市場)의, 루비듐 색(色)의 성 마른 기질을 가진 정신착란증 환자인지라, 인과(因果)의 의과(意果)를, 십자말풀이 후치사(後置詞)로, 모든 그따위종류의 것들을 스크럼, 보다 크게 스크람, 최고로 스크럼을 짜 맞추어 선통(先痛)하게 하고, 만일 압운이 이치에 맞아 그의 생명사선(生命絲線)이 견딘다면, 그는 비유적다음성적(比喩的多音聲的)으로 감언(敢言)하거니와 모든(샛길) 영어 유화자(幽話者)를 둔지구(臀地球)(어스말) 표면에서 싹 쓸어 없애 버리려고 했도다.(FW 178)

조이스의 당대 동료 비평가인 조라스(Eugene Jolas)는 경야 어를

"언어의 혁명(The revolution of language)"로 불렀거니와 윈덤 루이스(그는 조이스의 적이었다.)는 『피네간의 경야』어의 "창조적 실험(creative experiment)"을 높이 평가했다. 그럼 조이스의 이 얽힌 "다국적어"의 구체적인 목적과 효능은 무엇인가? 이에 대해 작품의 초기 비평가인 레빈(H. Levin)은 다음과 같이 지적한다.

> …… 동시적 면 위에 인간의 경험 총화를 한꺼번에 품은, 즉 천 년(millennium)의 무시간성(timelessness) 속에 과거, 현재 및 미래를 동시화(synchronize)하려는 조이스의 필생의 노력……(Levin 165)

다시 말하면, 『피네간의 경야』의 언어는 시간과 공간을 초월하는 "초음속어(ultrasonic language)", 또는 "범 세계어(universal language)"로서, 동서고금을 단번에 총괄하려는 일종의 함축적 "경제어(economic language)"다. 따라서 그의 언어는 과거, 현재 및 미래를 상대성화(相對性化)하는데(작가는 당대의 아인슈타인과 자주 비교되거니와), 이는 인간의 꿈의 굴절성을 표현하기 위한 새로운 언어요, 그의 원리는 꿈의 그것이다. 『피네간의 경야』어의 구성은 작가의 순수한 신조어(neologism)를 비롯하여 여러 언어 및 그들의 합성어(portmanteau), 응축(compression), 또는 축약어로 분류할 수 있는데, 이는 마치 피카소(미국의 시사 주간지 『타임』지는 한때 그를 조이스와 함께 20세기 최고 양대 예술가로 선발했거니와)의 그림처럼, 언뜻 보기에 해독하기 극히 어렵다. 피카소의 그림은 시공을 초월한 다양한 이미지들을 동시에 나타내는 그의 응집된 모자이크 성 때문에 이해하기 어렵다. 그러나 우리는 이들의 총체적 비전(모더니즘 예술의 특징)을 감지하거나, 이들을 하나하나 분석하는 과정에서 그의 예술의 진수를 맛본다. 『피네간의 경야』어 또한, 같은 취지를 띠거니와 한 걸음 더 나아가, 이는 스트라빈스키와 같은 오케스트레이션

｜제임스 조이스 문학 읽기｜

의 특징을 지니며, 이는 일종의 음악이요, 오페라인 셈이다.

이처럼 『피네간의 경야』어는 그 단어가 지닌 모든 의미가 텍스트 해석에 적용되고 이해되는 일종의 "종합어(synthetic language)"로서, 텍스트는 그의 문장을 단지 문장으로 읽어서는 안 되며 그를 구성하는 단어 하나하나의 세밀한 연구와 해체 및 재구성 속에 읽어야 한다. 그가 발굴한 단어의 모호성은, W. 엠프선(Empson: 언어의 예리한 분석가요 뉴 크리티시즘의 선구자인 그는 자신의 유명한 저서 『의미의 모호성 7가지 유형』에서 언어의 의미의 중층성[重層性]을 분석한다) 교수가 지적한 대로, 문학예술의 즐거움 중의 하나가 아닐 수 없다. 『피네간의 경야』어는 그 해석의 복수성(plurality) 및 모호성(ambiguity)이 본질인지라, 이는 바로 그의 해독의 다양성을 의미한다.

◆ 이야기 줄거리

* 아래 『피네간의 경야』의 이야기의 줄거리 및 해설은 J. 캠벨 및 H.M. 로빈슨, W.Y. 틴달 및 A. 그라쉰, J. 비숍 등 여러 교수의 작품 분석들에서 일부 채취하고 그 밖의 것은 역자 자신의 것으로서, 이는 작품의 무궁무진한 이야기를 해독하기 위해서 도움이 될 것이다. 작품의 확정된 개요나 이야기의 줄거리는 사실상 불가능하다. 왜냐하면, 그의 언어적 복잡성과 다차원적 서술 전략은 너무나 많은 수준과 풍부한 의미 및 내용을 지녔기 때문에, 단순한 한 가지 줄거리로 유효적절하게 함축될 수가 없다. 어떠한 작품의 개요든 간에 그것은 필연적으로 선발적이요, 축소적인지라, 여기 『피네간의 경야』의 개요 또한, 그의 다층적 복잡성 때문에 가일층 그러할 수밖에 없다.

시간: 1930년대 (또는 역사의 순환)

장소: 더블린 교외 (체프리조드의 한 주막)

중요 등장인물

* 험프리 침던 이어위커(HCE 또는 포터 씨), 주막 주인
* 아나 리비아 플루라벨(ALP 또는 포터 부인), 그의 아내
* 셈(Shem) 문사(文士), HCE의 아들, 쌍둥이 형제 중의 하나
* 숀(Shaun) 집배원, HCE의 아들, 쌍둥이 형제 중의 하나
* 이씨(Issy) HCE와 ALP의 딸

『피네간의 경야』의 이야기는 저녁에 시작하여 새벽에 끝난다. 왜냐하면, 『율리시스』가 더블린의 한낮의 이야기이듯, 이는 더블린의 한밤의 이야기이기 때문이다. 아버지와 어머니 그리고 세 아이들. 그들 더블린 사람들은 시의 외곽에 있는 피닉스 공원의 가장자리인 리피 강가에 살고 있다. 아버지 HCE 이어위커는 "멀린거 하우스(Mullingar House)" 또는 때때로 "브리스톨(Bristol)"이라 불리는 한 주점을 경영하고 있다. 그는 언젠가 피닉스 공원에서 저지른 불륜의 죄 때문에 남들의 조소를 받고 있으며, 그 때문에 늘 괴로워하고 있다. 그는 "모든 사람(Everyman)" 격으로, 자신이 갖고 있는 잠재의식 또는 꿈의 무의식이 이 작품의 주맥(主脈)을 이룬다. 그의 아내 아나 리비아 플루라벨은 딸 이씨(이사벨)와 두 쌍둥이 아들, 숀과 셈의 어머니다. 늙은 죠는 주점의 잡부요, 노파 캐이트는 가정부. 주점에는 12명의 단골손님들이 문 닫을 시간까지 술을 마시거나 주위를 서성거리고, 그 밖에 몇몇 손님들도 주점 안에 있다.

날이 저물고, 공원의 동물원 짐승들이 잠자기 위해 몸을 웅크릴 때쯤, 3명의 아이들은 이웃의 어린 소녀들과 함께 주점 바깥에서 놀

｜제임스 조이스 문학 읽기｜

고 있다. 그들이 경기하는 동안 두 쌍둥이 형제들인 솀과 숀은 소녀들의 호의를 사기 위해 서로 싸운다. 여기 소녀들은 당연히 숀을 편든다. 저녁 식사가 끝난 뒤, 이 아이들은 이층으로 가서 숙제하는데, 여기에는 산수와 기하학 과목도 포함된다. 쌍둥이들의 경쟁은 계속되지만, 누이동생 이씨는 한결같이 홀로 남는다. 아래층에는, 이어위커가 손님들에게 술을 대접하거나 잡담을 나누는 동안, 라디오가 울리고 텔레비전이 방영되기도 한다. 마감 시간이 되어, 손님들이 모두 가버리자, 그는 이미 얼마간 술에 취한 채, 손님들이 마시다 남긴 술 찌꺼기를 마저 마시고 이내 잠에 떨어진다.

한편, 누군가가, 주점 안으로 들어오기 위해 닫힌 문을 두들기며, 주인을 욕한다. 캐이트가 그 소리에 잠이 깨어, 속옷 차림으로 급히 아래층에 내려가자, 그곳에 주인 나리가 마룻바닥에 쓰러져 있음을 발견한다. 이때 그는 그녀에게 침묵을 명한다. 이어 그는 침대의 아내에게로 가서, 사랑을 하려고 애쓴다. 아나는 옆방에서 잠자는 한 울먹이는 아이(솀)를 위안하려고 자리에서 일어난다. 이씨는 잠을 계속하지만, 쌍둥이들은 그들의 양친을 엿보는 듯하다. 닭이 울며 이내 새벽이 다가오고, 리피 강은 끊임없이 바다를 향해 흘러간다. 이어위커 내외는 곧 호우드 언덕으로 아침 산책을 떠날 참이다. 아나는 그녀의 의식 속에 강이 되어 노부(老父)인 바닷속으로 흘러들어 간다.

I 부
제1장. 피네간의 추락

소개 — 웨링던 박물관 — 편지의 발견 — 아일랜드의 선사시대 — 뮤트와 쥬트 — 후터 백작과 프랜퀸 — 추락 — 피네간의 경야 — HCE의 소개

> 강은 달리나니, 이브와 아담 교회를 지나, 해안의 변방(邊方)으로부터 만(灣) 의 굴곡까지, 회환(回還)의 광순환촌도(廣循環村道) 곁으로 하여, 호우드 성(城) 과 주원(周園)까지 우리를 되돌리도다.(FW 3)

『피네간의 경야』의 제1장은 작품의 서곡 격으로, 그의 주요한 주 제들과 관심들, 이를테면, 피네간의 추락, 그의 부활의 약속, 시간과 역사의 환상구조(環狀構造), 트리스탄과 이졸테 속에 구체화된 비극적 사랑, 두 형제의 갈등, 풍경의 의인화 및 주인공 이어위커(HCE)의 공 원에서의 범죄, 언제나 해결의 여지를 남기는 작품의 불확실성 등을 소개한다. 암탉이 퇴비더미에서 파헤쳐 낸 불가사의한 한 통의 편지 같은, 작품 전반을 통하여 계속 거듭되는 다른 주제들이 또한, 이 장 에 소개된다. 주인공 HCE를 비롯하여 그 밖에 다른 주요한 인물들도 소개된다.

『피네간의 경야』는 그 시작이 작품의 마지막 행인 한 문장의 중 간과 이어짐으로써, 이는 부활과 재생을 암시한다. 조이스는 위버 (H.S. Weaver) 여사에게 보낸 한 편지에서, "이 작품은 시작도 없고 끝 도 없다."라고 말한 바 있는데, 이는 작품의 구조를 이루는 비코(Vico) 의 인류 역사의 순환론을 뒷받침한다. 이 작품의 첫 페이지에서 100개 의 철자로 된 다어음절(多語音節)의 천둥소리가 들리는데(작품 중 모두

ㅣ제임스 조이스 문학 읽기ㅣ

10개의 천둥소리가 들리고, 각 100개의 철자로 되지만, 최후의 것은 101개다), 이는 완성과 환원을 암시한다. 이 천둥소리는 하느님의 소리요, 여기 피네간의 존재와 추락을 선언하는 격이다.

이야기는 신화의 벽돌 운반공인 피네간의 인생, 추락과 경야로서 시작된다. 그의 경야 자체의 서술에 이어, HCE(피네간의 현대적 변신)의 잠자는 육체가 더블린 및 그 주원(周圍)의 풍경과 일치된다. 그곳에는 피닉스 공원에 있는 윌링돈(웰링턴의 이름이 수시로 변형한다) 뮤즈의 방(그의 박물관)이 있다. 한 여성 안내원이 일단의 관광객들을 이 뮤즈의 방으로 안내하고 그를 소개한다.

이제 이야기는 잠에서 깨어나고 있는 신화의 거인 피네간으로 되돌아간다. 화자는 그가 자리에서 일어나지 말고 그대로 누워 있도록 일러준다. 왜냐하면, 그는 에덴 성시(城市)의 신세계에 순응해야 하기 때문이요, 그곳에는 그의 교체자(交替者)인 HCE가 "에덴버러 성시에 야기된 애함성(愛喊聲)에 대하여 궁시적(窮時的)으로 책무(責務)할 것이기 때문이다." 이어 뮤트와 쥬트가 등장하는데, 이들은 솀과 숀의 변신이요, 그들의 대화가 더블린의 단편적 침입사(侵入史) 및 아일랜드의 크론타프 전투에 관한 의견 교환과 함께 시작된다. 알파벳 철자의 형성에 대한 별도의 서술이 뒤따르고, 이어 반 후터 백작과 처녀 프랜퀸의 이야기가 서술되는데, 그 내용인즉, 프랜퀸이 영국에서 귀국 도중 호우드 언덕에 있는 백작의 성을 방문하지만, 백작이 저녁 식사 중이란 이유로 그녀에게 성문을 열어주기를 거부한다. 골이 난 프랜퀸은 백작에게 한 가지 수수께끼를 내는데, 그가 답을 못하자, 그의 쌍둥이 아들 중 하나를 납치한다. 이러한 납치 사건은 3번이나 계속되지만, 결국, 그들은 서로 화해에 도달한다. 이때 다시 천둥소리가 울린다.

제2장. HCE — 그의 별명과 평판

HCE의 이름 — 부랑당과의 만남 — 부랑당의 이야기 전파 —
퍼시 오레일리의 민요

  이제 HCE가 현장에 도착하고, 서술은 독자에게 그의 배경을 설명한다. 아주 타당하게도, 이 장은 처음에 그의 이름의 기원, "하롤드 또는 험프리 침던의 직업적 별명의 창세기"를 보여준다. 그리고 이는 독자로 하여금 그가 과거 어떤 두드러진 가족과 잘못 연관되어 있다는 소문을 불식시키기를 요구한다. 사람들은 그의 두문자 HCE를 미루어, "매인도래(每人到來〔Here Comes Everybody〕)"라는 별명을 부여하는데, "어떤 경구가들"은 그 속에 "보다 야비한" 뜻이 함축되어 있음을 경고해 왔다. 그들은 그가 지금까지 "한 가지 사악한 병에 신음해 왔음"을 지적한다.
  여기 HCE는 "언젠가 민중의 공원에서 웰저 척탄병을 괴롭혔다는 웃지 못할 오명"으로 비난을 받고 있으며, 그의 추정상의 범죄(무례한 노출)가 표출되고 지적된다. 그는 한때 피닉스 공원에서 "파이프를 문 한 부랑아"를 만났을 때, 그에게 자신의 이러한 비난을 강력히 부인한다. 그런데도 이 부랑아는 소문을 여러 사람에게 퍼트리고, 그 결과 이는 걷잡을 수 없을 정도로 사방에 유포된다. 소문은 트리클 톰, 피터 클로란, 밀듀 리사 그리고 호스티 도그 등 여러 사람의 입을 통해 퍼져 나간다. 그 중 호스티는 이의 내용에 영감을 받아 "퍼스 오레일리의 민요"라는 노래를 짓기도 한다. 이 민요의 내용은 HCE를 대중의 범죄자로 비난하고, 그를 조롱 조로 험프티 덤프티(땅딸보)와 같은 인물로 간주한다. HCE에게 자신의 명성을 회복하는 것은 사실상 불가능하다. 3번째 천둥소리가 속요 직전에 들린다.

제3장. HCE—그의 재판과 투옥

이어위커의 이야기의 각본이 텔레비전 및 방송으로 보도되다.
—HCE의 경야—HCE의 범죄와 도피의 보고—법정 심문
—HCE가 매도되다—HCE 침묵된 채 잠들다—핀의 부활의
전조(前兆)

공원에서의 HCE에 대한 근거 없는 범죄의 이야기가 탐사되지
만, 거기 포함된 개인들이나 그 사건을 둘러싼 사건들이 분명하게 확
인되지 않기 때문에, 탐사는 사실상 무용하다. 가시성이 "야릇한 안개
속에" 가려져 있고, 통신이 불확실하며, 분명한 사실 또한, 그러한지
라, 그러나 여전히 HCE의 추정상의 범죄에 관한 스캔들은 난무한다.
이때 텔레비전 화면이 등장하는데, HCE가 자신의 공원에서의 만남의
현장을 스크린을 통해 제시한다. 이는 "장면이 재선(再鮮)되고, 재기
(再起)되고, 결코, 망각되지 않을 것이기" 때문이다(텔레비전은 통신의 수
단으로서 1926년에 영국에서 바드[John L. Bard]에 의하여 소개되었는데, 이를 조
이스는 정통하고 있었다).

HCE의 범죄에 관하여 몇몇 회견이 거리의 사람들을 통하여 이루
어지고 의견이 수렴되지만, 모두 근거 없는 소문들일 뿐, 아무것도 결
론에 도달하지 못한다. 공원의 에피소드의 번안(飜案)이라 할, 막간의
한 짧은 영화 필름이 비친 뒤, 아내 ALP가 남편 HCE에게 보낸 편지
와 도난당한 한 관(棺)의 신비성에 관해 다양한 심문들이 이어진다. 그
리고 HCE에 대한 비난이 계속된다. 이때 주점에서 쫓겨난 한 "불청

객"이 주점 주인 HCE에게 비난을 퍼붓자, 후자가 받아야 할 모든 비난명(非難名)의 긴 일람표가 나열된다. 장의 말에서, HCE는 잠에 떨어지는데, 그는 핀 마냥 다시 "대지(大地) 잠에서 깨어날 것이다."고 한다.

제4장. HCE—그의 서거와 부활

내흐 호반의 HCE의 매장—심판받는 페스티 킹 — HCE
방면되다—그의 사기(詐欺)가 노정 되다—편지가 요구되다
—ALP가 소개되다

HCE가 잠이 든 채, 자신의 죽음과 장지(葬地)를 꿈꾼다. 여기 잊힌 관이, "유리 고정판별 널의 티크 나무 관"으로 서술되어, 나타난다. 이 장의 초두에서, 미국의 혁명과 시민전쟁을 포함하여, 다양한 전투들에 대한 암시가, 묵시록적 파멸과 새로운 시작의 기대들을 암시한다. 부수적인 혼돈(카오스)은 비코 역사의 "회귀(recorso)"에 해당함으로써, 새로운 시대를 예시한다. 그러나 새로운 시대는 아직 발달 중이다, 왜냐하면, 과부 케이트 스트롱(제1장의 공원의 박물관 안내자)이 독자의 주의를 "피닉스 공원의 사문석(蛇紋石) 근처의 오물더미"로 되돌려 놓으며, 사실을 있는 그대로 자세히 설명하기 때문이다. HCE가 불한당 캐드와 만나는 사건의 각본이 뒤따른다.

비난받는 페스티 킹(HCE의 분신) 및 그의 공원의 불륜 사건에 대한 심판을 비롯하여 그에 대한 혼란스럽고 모순된 증거를 지닌 4심판관들의 관찰이 잇따른 여러 페이지를 점령한다. 목격자들은, 변장한 페스티 킹 자신을 포함하여, 그에게 불리한 증언을 한다. 그의 재판

도중 4번째 천둥소리가 울리며, 앞서 "편지"가 다시 표면에 떠오르고, 증인들은 서로 엉키며, 신원을 불확실하게 만든다. 4심판관들은 사건에 대하여 논쟁하지만 아무도 이를 해결하지 못하고 결론에 도달하지 못한다. 그에 대한 불확정한 재판이 끝난 뒤에, HCE는 개들에 의하여 추종 당하는 여우처럼 도망치지만, 그에 대한 검증은 계속 보고된다. 이어 우리는 ALP와 그녀의 도착에 주의를 집중하게 되나니. "고로 지여신(地女神)이여 그녀에 관한 모든 걸 우리게 말하구려." 마침내 그녀의 남편에 대한 헌신과 함께 그들 내외의 결혼에 대한 찬가로 이 장은 종결된다.

> 무광자(無狂者)가 네부카드네자르와 함께 배회할지라도 나아만으로 하여금 요르단을 비웃게 할 지로다! 왠고 하니 우리, 우리는 그녀의 돌 위에 이불을 폈는지라 거기 그녀의 나무에 우리의 마음을 매달았도다; 그리하여 우리는 귀를 기울였나니, 그녀가 우리에게 홀쩍일 때, 바빌론 강가에서.(FW 103)

제5장. ALP의 선언서

ALP의 선언서 — 편지의 해석 — 켈즈의 책

이 장은 "총미자(總迷者), 영생자, 복수가능자(複數可能者)의 초래자인 아나모(母)의 이름으로"라는 아나 리비아에 대한 주문(呪文)으로 그 막이 열린다. 이어 "지상지고자를 기술 기념하는 그녀의 무제(無題) 모언서(母言書)," 즉 그녀의 유명한 편지에 대한 다양한 이름들이 서술된다. 편지는 보스턴에서 우송되고, 한 마리 암탉이 피닉스 공원의 퇴비 더미에서 파낸 것이란 내용의 이야기에 집중되는데, 이는 제1장과 앞서 제4장의 페스티 킹의 재판 장면 직후의 구절에 이미 암시되었다. 이 장은 또한, 5번째 천둥소리를 포함하고 있다.

이 편지의 본래의 필자, 내용, 봉투, 기원과 회수인(回收人)에 대한 조사가 이야기의 기본적 주제를 구성한다. "도대체 누가 저 사악한 편지"를 썼는지 그리고 그 내용을 해석하기 위해 독자들은 상당한 인내가 필요하다. 이 편지의 해석에 대한 다양한 접근과 이론 및 모호성은 경야 그 자체와 유추를 이룬다. 이 편지의 복잡성에 대한 토론에 이어, 한 교수(화자)의 그에 대한 본문의, 역사적 및 프로이트적 분석이 뒤따른다. 이 편지의 "복잡 다양한 정교성을 유사심각성(類似深刻性)으로" 설명하기 위하여, 조이스는 아일랜드의 유명한 초기 신앙 해설서인 『켈즈의 책』(현재 트리니티 대학 도서관 소장)에 대한 에드워드 살리반의 비평문(진필판)을 모방하고, 특히 이 작품의 '퉁크(Tunc)' 페이지를 고문서적(古文書的)으로 강조한다. 이 장은 편지, 그의 언어 배열 및 그의 의미의 판독에 관한 것이지만, 또한, "재통(再痛)하며 음의(音義)와 의음(義音)을 다시 예통(銳痛)하기를" 바라는 작품으로서, 이는 『피네간의 경야』의 해독과 이해에 관한 것이기도 하다.

제6장. 수수께끼 ― 선언서의 인물들

라디오 퀴즈 ― 다양한 인물과 장소에 대한 12가지 질문 ― 숀과 셈, 묵스(여우)와 그라이프스(포도) ― 브루스와 카시어스의 소개

이 장은 12개의 문답으로 이루어지는데, 그들 중 처음 11개는 교수(셈)의 질문에 대한 숀의 대답 그리고 마지막 12번째는 숀의 질문에 대한 셈의 대답이다. 질문들과 대답들은 이어위커의 가족, 다른 등장

인물들, 아일랜드, 그의 중요한 도시들 및 『피네간의 경야』의 꿈의 주제와 연관되고 있다. 이 장의 구조는 작품의 주된 주제 중의 하나인 형제의 갈등, 즉 셈과 숀의 계속되는 상극성(相剋性)을 강조한다.

첫 번째 질문은 기다란 것으로, 신화의 뛰어난 건축가인 이어위커를 다루고 있다. 여기 셈은 이어위커의 속성인 인간, 산(山), 신화, 괴물, 나무, 도시, 달걀, 험티 덤티, 러시아 장군, 외형질(外形質[ecto-plasm]), 배우, 카드놀이 사기꾼, 환영(幻影), 영웅, 성인, 예언자, 연대기적 단위, 과일, 식물, 다리(橋), 천체, 여관, 사냥개, 여우, 벌레, 왕, 연어 등, 다양하게 묘사하는데, 숀은 이를 들어 아주 쉽게 그의 신원을 확인하고 그를 "핀 맥쿨"로서 결론 짓는다. 셈의 두 번째 질문은 가장 짧은 것 중의 하나로서, 그들의 어머니 아나 리비아와 연관된다. "그대의 세언모(細言母)는 그대의 태외출(怠外出)을 알고 있는고?" 숀의 대답은 그녀에 대한 자신의 무한한 자랑을 드러낸다. 세 번째 질문에서 셈은 숀에게 이어위커의 주점을 위한 한 가지 모토(표어)를 제안하라고 요구한다. 숀은 더블린의 모토이기도한, "시민의 복종은 도시의 행복이니라"를 제시한다.

네 번째 질문은 "두 개의 음절과 여섯 개의 철자"를 지니고, D로 시작하여 n으로 끝나는, 또한, 세계에서 가장 큰 공원, 가장 값비싼 양조장, 가장 넓은 거리 및 "가장 애마적(愛馬的) 신여(神輿)의 음주빈민구(飮酒貧民口)"를 지닌 아일랜드 수도의 이름을 요구한다. 여기 대답은 물론 더블린이지만, 숀의 대답은 아일랜드의 4개의 주요주(主要州)를 비롯하여 4개의 주요 도시를 포함한다. 이들 4도시들은 "마마루요(4복음자의 합일명)"처럼 abcd로 합체된다. 다섯 번째 질문은 이어위커의 주점의 천업(賤業)에 종사하는 자(시거드센)의 신분을 다룬다. 주어진 대답은 "세비노(細貧老)의 죠"이다. 여섯 번째 질문은 이어위커 가족의

가정부와 관계하며, 대답은 캐이트라는 노파이다. 일곱 번째 질문은
이어위커 주점의 12 손님들에 초점을 맞추며, 대답은 잠자는 몽상가들
인, "어느 애란수인(愛蘭睡人)들"이다. 여덟 번째 질문은 이씨의 복수개
성(複數個性)들이라 할 29소녀들(윤녀[閨女])에 관하여 묻는데, 이에 대한
대답으로 숀은 그들의 특성을 일람한다.

　셈의 아홉 번째 질문은 한 지친 몽상가의 견해로서. "그런 다음
무엇을 저 원시자(遠視者)는 자기 자신 보는 척하려고 하는 척할 것인
고?" 대답은, "한 가지 충돌만화경"이다. 열 번째 질문은 사랑을 다루
는데, 여기 두 번째로 가장 길고도, 상세한 대답이 알기 쉽게 서술된
다. 열한 번째 질문은 존즈(숀)에게 그가 극단적 필요의 순간에 그의
형제(셈)를 도울 것인지를 묻는다. 즉각적인 반응은 "천만에"다. 여기
이 장의 가장 긴 대답은 3부분으로 나누어지는데, 1) 잔돈―현금 문
제에 대한 존즈 교수의 토론, 2) 묵스(여우)와 그라이프스(포도)의 우화
로서, 두 무리 사이의 해결되지 않는 갈등의 이야기, 3) 줄리어스 시
저(카이사르)를 암살한 두 로마인, 브루투스와 카시우스를 암시하는,
궁극적으로 숀(브루스)과 셈(카시어스)에 관한 이야기이다. 최후의 가장
짧은 열두 번째 질문은 숀에 의하여 이루어지는데, 여기서 그는 셈을
저주받는 형제로서 특징짓는다.

제7장. 문사 솀

문사 솀의 초상—그의 저속, 비겁성, 술 취한 오만—표절자 솀
—유령 잉크병—정의(자스티스)와 자비(머시어스)

　　HCE의 쌍둥이 아들 솀(Shem)의 저속한 성격, 자의적 망명, 불결
한 주거(住居), 그의 인생의 부침(浮沈), 부식성의 글 등이 이 장의 주된
소재를 형성한다. 이는 그의 쌍둥이 형제인 숀(Shaun)에 의하여 서술
되는데, 한 예술가로서의 조이스 자신의 인생을 빗댄 아련한 풍자이기
도 하다. 숀의 서술은 신랄한 편견을 내포하고 있다. 그는 첫 부분에
서 솀에 관하여 말하고, 둘째 부분에서 그의 전기적 접근을 포기하고
그를 비난하기 위해 직접 이야기에 참가한다. 이 장의 종말에서 솀은
자신의 예술을 통하여 자기 자신을 변호하려고 시도한다.

　　이 장은 전체 작품 가운데 비교적 짧으며, 아주 흥미롭고, 읽기
쉬운 부분이다. 초중간(初中間)에 나타나는 "퍼시 오레일리의 민요"풍
의 경기가(競技歌)는 솀의 비겁하고 저속한 성질을 나타내는 악장곡(樂
章曲)이다. 솀은 야외전(野外戰)보다 "그의 잉크병(전〔戰〕)의 집 속에 코
르크 마개처럼 틀어박힌 채," 지낸다. 그의 예술가적 노력은 중간의
라틴어의 구절에서 조롱당하는데, 잉크를 제조하는 이 분변학적(糞便
學的) 과정에서 솀은 "그의 비참한 창자를 통하여 철두철미 한 연금술
자"가 된다. 그리고 그는 자신의 예술로 "우연변이(偶然變異)된다." 자
비로서의 솀은 정의로서의 숀에 의하여 그가 저지른 수많은 죄과(罪過)
에 대하여 비난받는다. 솀은 철저한 정신적 정화가 필요하다. 이 장의
말에서 이들 형제의 갈등을 해소하기 위해 그들의 어머니가 리피 강을
타고 도래하며, 자비는 자신의 예술을 통해 자기를 변명하려고 시도
한다.

결국, 여기 이들 쌍둥이 형제간의 갈등은 그들의 어머니 아나 리비아 프루라벨(ALP)의 도래로서 해결되는 셈이다.

> ……살리노긴 역(域) 곁을 살기스레 사그렁미끄러지면서, 날이 비 오듯 행복하게, 졸졸대며, 졸거품일으키며, 혼자서 조잘대며, 그들의 양 팔꿈치 위의 들판을 범람하면서 그녀의 살랑대는 사그렁미끄럼과 함께 기대며, 아찔 어슬렁대는, 어머마마여, 어찔대는 발걸음의 아나 리비아여.
> 그가 생명장(生命杖)을 치켜들자 벙어리는 말하도다.
> ─ 꽉꽉꽉꽉꽉꽉꽉꽉꽉꽉꽈!(FW 195)

제8장. 여울목의 빨래하는 아낙네들

아나 리비아 플루라벨 ─ 리피 강둑의 빨래하는 두 아낙네의 잡담 ─ 어둠 ─ 아낙네들 돌과 나무로 바뀌다

이 장은 두 개의 상징으로 열리는데, 그중 첫째 것은 대문자 "0"으로서 이는 순환성 및 여성을, 그리고 첫 3행의 삼각형으로 나열된 글귀는 이 장의 지속적인 존재인 ALP의 기호(siglum)이다.

두 빨래하는 아낙네들이 리피 강의 맞은편 강둑에서 HCE와 ALP의 옷가지를 헹구며 그들의 생(生)에 대하여 잡담하고 있다. ALP의 옛 애인들, 그녀의 남편, 아이들, 간계, 번뇌, 복수 등, 그 밖에 것들에 대한 그들의 속삭임이 마치 강 그 차체의 흐름과 물소리처럼 진행된다. 옷가지마다 그들에게 한 가지씩 이야기를 상기시키는데, 이를 그들은 연민, 애정, 및 아이러니한 야만성을 가지고 자세히 서술한다. 주된 이야기는 ALP가 아이들 무도회에서 각자에게 선물을 나누어줌으로써 그녀의 남편(HCE)의 스캔들을 다른 곳으로 돌리려는 것이다. 이어 그

|제임스 조이스 문학 읽기|

녀의 마음은 자신의 과거에 대한 회상에서부터 그녀의 아들들과 딸의 떠오르는 세대로 나아간다. 강의 물결이 넓어지고 땅거미가 내리자, 이들 아낙네는 셈과 숀에 관하여 듣기를 원한다. 마침내 그들은 서로가 볼 수도 들을 수도 없게 되고, 한 그루의 느릅나무와 한 톨의 돌로 변신한다. 이들은 그녀의 두 아들 셈과 숀 쌍둥이를 상징하는데, 잇따른 장들은 그들에 관한 이야기다. 강은 보다 크게 속삭이며 계속 흐르고, 다시 새로운 기원이 시작할 찰나다.

이 장은, 마치 음율과 소리의 교향악이듯, 산문시의 극치를 이룬다. 700여 개의 세계의 강(江) 이름이 이들 언어 속에 위장되어 있으며, 장말의 몇 개의 구절은 작가의 육성 녹음으로 유명하다.

> 푸른 유성(乳星)이 전도한 곳에 나의 성도(星圖)가 높이 빛나고 있나니. 그럼 이만실례, 나는 가노라! 빠이빠이! 그리고 그대여, 그대의 시계를 끄집어낼지라, 나를잊지말지라(물망초). 당신의 천연자석(天然磁石). 여로(旅路)(우나 강)의 끝까지 하구(賀救) 하소서! 나의 시경(視景)이 이곳으로 그림자 때문에 한층 짙게 난영(亂泳)하는지라. 나는 나 자신의 길, 나의 골짜기 길을 따라 지금 천천히 집으로 돌아가도다. 나 역시 갈 길로, 라스민.(FW 215)

II 부

제1장. 아이들의 시간

믹, 닉 및 매기의 익살극 — 그루그와 세 가지 수수께끼 —
그루그와 추프 — 아이들의 경기가 끝나다 — 취침 전의 기도 선술집 주인(HCE)의 아이들이 해거름에 주점 앞에서 경기하며 놀고 있다. 셈과 숀이, 그루그와 추프의 이름으로 소녀들의 환심을 사기 위해 싸운다. 경기는 "믹, 닉 및 매기의 익살극"의 제목 아래 아이들에 의하여 번갈아 극화된다. 이 경기에서 그루그(셈)는 애석하게도 패배하는데, 그는 장말에서 추프(숀)에게 복수의 비탄시(悲嘆詩)를 쓰겠다는 원한과 위협을 지니며 후퇴한다. 아이들은 저녁 식사를 하고 이어 잠자도록 집안으로 호출된다. 다시 잠자기 전에 그들의 한바탕 놀이가 이어지고, 이내 아버지의 문 닫는 소리(여섯 번째 천둥)에 모두는 침묵한다.

이 장은 환상 속 환상의 이야기로, 전 작품 가운데 가장 어려운 것 중의 하나이다. 아이들의 놀이는 그루그(셈-악마-믹)와 추프(숀-천사-매기) 간의 전쟁 형태를 띤다. 그러나 그들 싸움의 직접적인 목적은 그들의 누이동생 이씨(이찌)의 환심을 사는 데 있다. 그 밖에 플로라(28명의 무지개 처녀들, 이씨의 친구 및 변형)을 비롯하여 HCE와 ALP, 주점의 단골손님들(12명의 시민), 숀더숀(바텐더) 및 캐이트(파출부)등이 등장한다. 그루그는 3번의 수수께끼(이씨의 속내의의 빛깔을 맞추는 것으로, 답은 '헬리오트로프—굴광성')를 맞추는 데 모두 실패하는데, 그때마다 무지개 소녀들이 추프의 편을 들며, 춤과 노래를 부르고 그를 환영한다. 이처럼 이 익살극은 그루그와 추프의 형제 갈등을 일관되게 다루고 있지만, 그러나 장 말에서 아이들은 서로 화해의 기도를 드림으로써 종결된다.

제2장. 학습 시간—삼학(三學)과 사분면(四分面)

야간 학습—셈, 숀 및 이씨—문법, 역사, 편지 쓰기, 수학—

|제임스 조이스 문학 읽기|

침공받는 아일랜드 — 돌프와 케브 — 에세이 숙제 — 양친들에
대한 아이들의 밤 편지

돌프(솀), 케브(숀) 및 그들의 자매인 이씨가 자신들의 학습에 종
사한다. 그들은 모두 이 층에 있으며, 이씨는 소파에 앉아 노래와 바
느질을 하고 있다. 아래층 주장에서는 HCE가 손님 12명을 대접하고
있다.

그들의 학습은 전 세계의 인류 및 학문에 관한 것으로, 유대교 신
학, 비코의 철학, 중세 대학의 삼학(三學[문법, 논리 및 수학])과 사분면
(四分面[산수, 기하, 천문 및 음악])의 7교양과목 등이, 편지 쓰기와 순문학
(벨레트레)과 함께 진행된다. 그들의 마음은 우주의 암울한 신비에서부
터 채프리조드와 HCE의 주점에까지 점차적인 단계로 안내된다.

이어, 꼬마 소녀 이씨가 소파에서 그녀의 사랑을 명상하는 동안,
돌프는 기하 문제를 가지고 케브를 돕는데, 그는 ALP의 성(性)의 비밀
을 원과 삼각형의 기하학을 통하여 설명한다. 나중에 케브는 돌프의
설명의 어려움을 느끼고, 홧김에 그를 때려눕히지만, 돌프는 이내 회
복하고 그를 용서하며 양자는 결국, 화해한다. 수필의 제목들이 그들
학습의 마지막 부분을 점령하지만, 아이들은 이들을 피하고 그 대신
양친에게 한 통의 "밤 편지"를 쓴다.

본문의 양옆에는 두 종류의 가장자리 노트와 각주가 각각 붙어
있다. 전반 부분의 왼쪽 노트는 솀의 것이요, 오른쪽 것은 숀의 것이
다. 그러나 후반에서 이는 서로 위치가 바뀐다. 이들 중간 부분은 솀
(교수)에 의한 아일랜드의 정치, 종교 및 역사에 관한 서술로서, 양쪽
가장자리에는 노트가 없다. 각주는 이씨의 것으로, 모두 229개에 달한
다. 아래 인용구는 돌프가 케브에게 수학을 교수(教授)하는 장면으로,

우리는 그 속에 담긴 다양한 수학적 용어들을 읽을 수 있다.

중앙선, hce che ech가, 부여된 둔각물(鈍角物)의 시차각(視差脚)를 직각에서 발교차(勃交叉)하여, 후부의 곡현(曲弦)에 있는 쌍방 호(弧)를 이등분하는 것을 증명할지라. 벽돌욕탕. 가족분산(家族紛傘). 전신총림주(電信叢林柱)가 피어(恐)만 주(州)로 씨족경각(氏族傾角)을 드러내나니 그리하여 모나칸(君主) 저주(低州)의 모든 함수를 나타내는 도표구획(圖表區劃)은, 동일물(同一物)이 야시(夜時)에 천분할가(川分割可)한데 대하여, 영웅시체(零雄詩體) 속으로 함유(含流)될 수 있을지라, 그의 칠천국(七天國)의 먼 장막이 마치 무배영원(無培永遠) 영원의 기호 가로누은 '8'과 등가(等價) 하나니, 발견할지라, 만일 그대가 문자 그대로 구(鷗) 유능하게 못하면, 얼마나 많은 조합(組合)과 순열(順列)이 국제적 무리수(無理數)에 따라 작용할 수 있는지! 청천벽력(靑天霹靂)!!(FW 283~4)

제3장. 축제의 여인숙

주막의 HCE ― 양복상 커스와 노르웨이 선장의 이야기 ―
바트와 타프. 버클리가 소련 장군을 사살한 이야기를 하는 텔레
비전 코미디언들 ― 4노인 복음자들이 HCE를 괴롭히다
―HCE 사건 ― 경야 경기 ― HCE 술 찌꺼기를 마시고 잠에 빠
지다

이 장은 전체 작품 가운데 1/6에 해당하는 거대한 양으로, 두 번째 긴 부분이다. 그의 배경은 HCE의 주막이요, 그 내용은 두 가지 큰 사건들, 1) 노르웨이 선장과 양복상 커스에 관한 이야기, 2) 바트(솀)와 타프(숀)에 의하여 익살스럽게 진행되는 러시아 장군과 그를 사살하는 버클리 병사의 이야기로 이루어진다.

1번째 장면에서 우리는 노르웨이 선장과 연관하여 유령선(희망봉

주변에 출몰하는)과 그의 해적에 관한 전설적 이야기를 엿듣게 되는데, 그 내용인즉, 한 등 구분 노르웨이 선장이 더블린의 양복상 커스에게 자신의 양복을 맞추었으나, 그것이 몸에 잘 맞지 않는다. 이에 그는 커스에게 항의하자, 후자는 선장의 몸의 불균형(그의 커다란 등 혹) 때문 이라고 해명한다. 이에 서로 시비가 벌어진다. 그러나 결국, 양복상은 선장과 자신의 딸과의 결혼을 주선함으로써, 서로의 화해가 이루어진 다. HCE의 존재 및 공원에서의 그의 불륜의 행위에 관한 전체 이야기 는 이 유령선 이야기의 저변에 깔려 있다.

2번째 장면에서 우리는 텔레비전의 익살극인 "바트와 타프"의 연재물을 읽게 되는데, 등장인물들인 바트(솀)와 타프(숀)는 크리미 아 전쟁(러시아 대 영국. 프랑스. 오스트리아. 터키. 프로이센 등 연합국의 전 쟁. 1853~56)의 세바스토폴 전투에서 아일랜드 출신 버컬리 병사가 러 시아의 장군을 어떻게 사살했는지를 자세히 열거한다. 병사 버클리는 이 전투에서 러시아 장군을 사살할 기회를 갖게 되나, 그때 마침 장군 이 배변(排便) 도중이라, 인정상 그를 향해 총을 쏘지 못하다가, 그가 뗏장(turf, 아일랜드의 상징)으로 밑을 훔치는 것을 보는 순간 그를 사살 한다는 내용이다. 이 장면에서 "경기병대의 공격"의 노래의 여운 속 에 장군이 텔레비전 스크린에 나타난다. 그는 HCE의 살아 있는 이미 지이기도 하다. 텔레비전이 닫히자, 주점의 모든 손님은 버클리의 편 을 든다. 그리고 이어 앞서 타프와 바트는 동일체로 이울어진다. 그러 나 주점 주인은 러시아의 장군을 지지하기 위해 일어선다. 무리는 그 들의 주인에 대한 강력한 저주를 쏟는데, 그는 공직에 출마하는 듯이 보인다.

이제 주점은 거의 마감 시간이다. 멀리서부터 HCE의 범죄와 그 의 타도를 외치는 민요와 함께, 접근하는 군중의 소리가 들린다. HCE

는 자신이 다스릴 민중에 의하여 거절당하고 있음을 느끼면서, 주점을 청소하고 마침내 홀로 남는다. 자포자기 속에서 그는 손님들이 마시다 남긴 모든 술병과 잔들의 술 찌꺼기를 핥아 마시고, 취한 뒤 마루 위에 맥없이 쓰러진다. 여기서 그는 1198년에 서거한 아일랜드의 최후의 비운의 왕(그는 영국에 자신의 나라를 양도한다)과 자신을 동일시한다. 마침내 그는 꿈속에서 배를 타고 리피 강을 흘러가는데, 결국, 이 장면(주점)은 항구를 떠나는 배로 변용된다.

일곱 번째 천둥이 이 이야기의 초두에 그리고 여덟 번째 것이 그 말에 각각 울리는데, 이는 HCE(피네간, 퍼시 오레일리)의 추락의 주제를 각각 상징한다.

제4장. 신부선(新婦船)과 갈매기

트리스탄과 이졸테의 항해 —4복음자들이 그들의 연애 장면을 염탐하다—미녀 이졸트(이씨)의 찬미가

앞서 장과는 대조적으로 이 장은 전체 작품 가운데 가장 짧은 것이다. 조이스는 이 장의 내용을 두 이야기, "트리스탄과 이졸테" 및 "마마루요(마태, 마가, 누가 및 요한의 함축어)"에 근거하고 있다. 이 장의 초두의 시는 갈매기들에 의하여 노래되며, 무방비의 마크 왕에 대한 트리스탄의 임박한 승리를 조롱 조로 하나하나 열거한다. 이때 HCE는 마루 위에서 꿈을 꾸고 있다.

이 장면에서 HCE는 이졸테와 함께 배를 타고 떠난 젊은 트리스탄에 의하여 오장이 당한 마크 왕으로 자기 자신을 몽상한다. 이 연인들은 신부선의 갈매기들 격인 4명의 노인들 "마마루요"에 의하여 에

|제임스 조이스 문학 읽기|

위싸여지는데, 그들은 네 방향에서(각자 침대의 4기둥의 모습으로) 그들의 사랑의 현장을 염탐한다. 장 말에서 이들은 이졸테를 위하여 4행시를 짓는다. 여기 상심하고 지친 HCE는 자신이 이들 노령의 4노인들과 별반 다를 것이 없음을 꿈속에서 느낀다. 이 장에서 1132의 숫자가 다시 소개되는데(처음은 제1장), 여기 가장 빈번히 나타난다. 이는 1132년(그 절반은 566)의 대홍수의 해를 가리키는바, 성경의 원형에서처럼, 소멸과 부활의 주제를 이룬다. 32는 추락(율리시스의 블룸이 셈하는 낙체의 낙하 속도), 그리고 11은 아나 리비아의 숫자인 111의 경우처럼 재생의 상징적 증표이다. 아래 인용구는 HCE와 ALP가 서로 나누는 섹스의 클라이맥스 장면이다.

애수(愛愁) 극위(極危)스도의 쾌소성(快小聲)을 가지고 그녀는 그들의 분리(分離)를 재무효(再無效)했는지라, 끈적끈적하게 루비홍옥(紅玉) 입술로서 (사랑 오 사랑!) 그리고 애별인(愛別人)의 생이별시(生離別時)의 황금주기회(黃金主機會)인지라, 그러자 그때, 될 수 있는 한 급히, 유지(油脂)의 돈피(豚皮)있었나니, 아모리카(阿模理作) 참피어스(선수), 한 가닥 오만스런 돌입(突入)으로, 생식남승(生殖男勝)의 거설근(巨舌筋)을 흠인시켰나니, 전위(前位)(포워드)의 양치선(兩齒線)(라인) 돌파 (하이버상아[象牙] 다운, 애들아!) 당(堂)딸랑쿵쾅포성(砲聲) 그녀의 식도(食道)의 골(득점) 안으로. (FW 395)

III 부
제1장. 대중 앞의 손

집배원 숀―개미와 베짱이의 대결―숀이 셈을 헐뜯다―
통 속의 숀이 강을 따라 흘러가다―이씨가 그에게 사랑의 작별을 고하다이 장은 제 III부의 첫째 장에 해당한다. 이는 한밤중의 벨 소리의 울림으로 시작된다. "정적 너머로 잠의 고동"이 들려오는 가운데, "어디 멘가 무향(無鄉)의 혹역(或域)에 침몰하는" 화자(나)는 잇따른 두 장의 중심인물인, 우체부 숀에 의하여, 자신이 성취한 대중의 갈채를 묘사하기 시작한다. 화자는 한 마리 당나귀의 목소리로, 자신의 꿈을 토로한다. HCE가 ALP와 함께 한밤중 그들의 침실에 있다. 또한, 이야기는 숀의 먹는 습성에 대한 생생한 서술을 포함한다. 그는 자신을 투표하려는 대중 앞에 서 있다.

그러나 이 장의 대부분은 대중에 의하여 행해진, 모두 14개의 질문으로, 숀에 대한 광범위한 인터뷰로서 구성된다. 이들 중 여덟 번째 질문에서 숀은 그의 대답으로 "개미와 베짱이"의 이솝 우화를 자세히 설명하는데, 이는 실질적인 개미(숀)와 비현실적 탕아인 베짱이(셈)에 관한 상반된 우화이다. 이 장을 통하여, 셈/숀의 형제 갈등의 주제가 많은 다른 수준에서 다시 표면화되는데, 그의 대부분은 질문들에 대한 숀의 대답으로 분명해진다. 여기 아홉 번째 천둥소리 우화가 시작되기 전에, 숀의 헛기침과 동시에 울린다.

이들 대중의 질문들에 대한 숀의 대답은 이따금 회피적이다. 그 가운데는 숀이 지닌 한 통의 편지에 관한 질문이 있는데, 이에 관해 그는 아나 리비아와 셈이 그것을 썼으며, 자신은 그것을 배달했을 뿐이라고 대답한다. 또한, 그는 편지의 표절된 내용을 극렬히 비난한다. 숀의 최후의 대답이 있었던 뒤에, 그는 졸린 채, 한 개의 통 속에 추락하는데, 통은 리피 강 속으로 뒹굴며 흘러간다. 이씨가 그에게 작별을 고하고, 모든 아일랜드가 그의 소멸을 애도하며 그의 귀환을 희구한다. 최후로 그의 부활이 확약된다.

제2장. 성(聖) 브라이드 학원 앞의 죤

죤으로서 숀—성 브라이드 학원의 소녀들에 대한 설교—
죤과 이씨—죤에 대한 이씨의 연애편지—죤이 대이브를 소개하
다—혼으로서의 죤

숀이 죤의 이름으로 여기 재등장한다. "한갓 숨결을 자아내기 위
하여……그리고 야보(夜步)의 후(厚)밑창 화(靴)의 제일각(第一脚)을 잡
아당기기 위하여" 멈추어 선 뒤에, 죤은 "성(聖) 브라이드 국립 야간학
원 출신의 29만큼이나 많은 산울타리 딸들"을 만나, 그들에게 설교한
다. 그는 이씨에게 그리고 다른 소녀들에게 성심을 다하여 연설하기
시작한다. 화제가 섹스로 바뀌자, 죤은 자신의 관심을 그의 누이에게
만 쏟는다. 그는 셈에 관해 그녀를 경고하는데, 그를 경멸하고, 자제
하도록 그녀에게 충고한다. "사랑의 기쁨은 단지 한순간이지만 인생
의 서약은 일엽생시(一葉生時)를 초욕(超慾)하나니."

그의 설교를 종결짓기 전에, 죤은 공덕심(公德心)을 위한 사회적
책임을 격려한다. "원조합(園組合)에 가입하고 가간구(家間口)를 자유로
이 할지라! 우리는 더블린 전역을 문명할례(文明割禮)할지니." 그런 다
음 그는 자신이 좋아하는 주제 중의 하나인, 음식에 대하여 초점을 맞
춘다(음식에 대한 관심은 숀의 특징이요, 장의 시작에서 음식과 음료에 대한 그
의 태도가 당나귀에 의하여 생생하게 묘사된 바 있다). 장 말에 가까워지자,
이씨는 처음으로 이야기를 시작하며, 떠나가는 죤을 불성실하게 위안
하는데, 여기서 후자는 낭만적 방랑탕아 후안으로 변신한다. 죤은 그
의 "사랑하는 대리자를 뒤에 남겨둔 채," 마치 떠나가는 오시리스 신
(神)처럼, 하늘로 승천을 시도하는데, 이때 소녀들은 그와의 작별을 통

곡한다. 그러나 그는 성공을 거두지 못하고, 떠나기 전에 연도(連禱)가 암송되면서, 그의 정령이 "전원(田園)의 혼"으로서 머문다. 앞서 장에서 손은 정치가 격이었으나, 이 장에서 한 음탕한 성직자의 색깔을 띤 돈 주앙(시인 쉘리의 영웅이기도)이 된다. 그의 설교는 몹시도 신중하고 실질적이며, 냉소적, 감상적 및 음란하기까지 하다. 그는 자신이 떠난 사이에 그의 신부(이씨[新婦])를 돌볼 셈을 소개하며 그녀에게 그를 경계하도록 충고한다. 그는 커다란 사명을 띠고 떠나갈 참이다. 그의 미래의 귀환은 불사조처럼 새 희망과 새 아침을 동반할 것이요, 침묵의 수탉이 마침내 울 것이다.

암흑세조(暗黑界鳥)가 그의 실모(殺母)를 침(沈)시키기 전에 불사조원(不死鳥園)이 태양을 승공(昇空)시켰도다! 그를 축(軸)하여 쏘아 올릴 지라, 빛나는 밴뉴 새여! 아돈자(我豚者)여! 머지않아 우리 자신의 희불사조(稀不死鳥) 또한, 역시 자신의 회탑(灰塔)을 휘출(揮出)할지니 광포한 불꽃이 (해)태양을 향해 활보할지라. 그래요, 이미 암울의 음산한 불투명이 탈저멸(脫疽滅)하도다! 용감한 족통(足痛) 혼이여! 그대의 진행 중(進行中)을 작업할지라! 붙들지니! 지금 당장! 승(勝)하라, 그대 마(魔)여! 침묵의 수탉이 마침내 울리로다. 서(西)가 동(東)을 흔들어 깨울지니, 그대 밤이 아침을 기다리는 동안 걸을지라, 광급파(光急破) 경조식운반자(輕朝食運搬者)여, 명조(明朝)가 오면 그 위에 모든 과거는 충분낙면(充分落眠)할지로다. 아면(我眠).(FW 473)

제3장. 심문받는 욘

4노인들에 의하여 심문받는 욘—심문과 집회—목소리가 ALP를 포함하여, 욘을 통해 말하다—HCE가 소생하여 증언하다—그가 건립한 도시 및 그의 ALP의 정복에 대한 자랑

|제임스 조이스 문학 읽기|

여기 숀은 욘(Yawn)이 되고, 그는 아일랜드 중심의 어느 산마루 꼭대기에 배를 깔고 지친 체, 울부짖으며, 맥없이 쓰러져 있다. 4노인 복음자들과 그들의 당나귀가 그를 심문하기 위해 현장에 도착한다. 그들은 엎드린 거한(巨漢)에게 반강신술(半降神術)로 그리고 반심리(半審理)로 질문을 하자, 그의 목소리가 그로부터 한층 깊고 깊은 성층(成層)에서 터져 나온다. 그리하여 여기 욘은 HCE의 최후의 그리고 최대의 함축을 대표하는 거인으로 변신하여 노정 된다. 그들은 욘에게 광범위한 반대 심문을 하는데, 이때 성이 난 그는 자기방어적 수단으로, 한순간 프랑스어로 대답하기도 한다.

4심문자들은 욘의 기원, 그의 언어, 편지 그리고 그의 형제 셈과 그의 부친 HCE와의 관계를 포함하는 가족에 관하여 심문한다. 추락의 다른 설명이 트리클 톰과 다른 사람들에 의하여 제시되지만, 이제 욘에서 변신한 이어위커는 자기 자신을 옹호할 기회가 있다. 한 무리의 두뇌 고문단이 심문을 종결짓기 위하여 4심문자들을 대신 점거한다. 그 밖에 다른 질문자들이 재빨리 증언에 합세한다. 그들은 초기의 과부(寡夫) 캐이트를 소환하고, 마침내 부친(HCE)을 몸소 소환한다. HCE의 목소리가 거대하게 부풀면서, 총괄적 조류를 타고 쏟아져 나오고, 전체 장면은 HCE의 원초적 실체로 이울러진다. 그는 자신의 죄를 시인하지만, 문명의 설립자로서 스스로 이룬 업적의 카탈로그를 들어 자신을 옹호한다.

이처럼 이어위커가 그들에게 자신을 변호하는 동안 그의 업적을 조람(照覽)하지만 "만사는 과거 같지 않다." 그는 자신의 업적 속에 그가 수행한 많은 위업과 선행을 포함하여, 아나 리비아(ALP)와의 자신의 결혼을 자랑한다. "나는 이름과 화촉 맹꽁이자물쇠를 그녀 둘레에다 채웠는지라." 그러나 지금까지 그가 길게 서술한 자기방어의 성공은 불확실하다. 여기 초기의 아기로서의 욘 자신은 후기의 부식(腐蝕)하는 육신의 노령으로 서술된다. 그리하여 그는 인생의 시작과 끝을 대변한다. 그는 매기로서 수상(隨想)되는 구류 속의 아기 예수인 동시에, "오점형(五點型[quincunx])의 중앙에 놓인" 십자가형의 그리스도이기도 하다.

제4장. HCE와 ALP—그들의 심판의 침대

양친 포터—마태, 마가, 누가 및 요한—HCE 및 ALP의 구애(성교)의 4자세

이 장의 첫 몇 페이지는 때가 밤임을 반복한다. 독자는 현재의 시간이 포터(이어위커) 가(家)의 늦은 밤임을 재빨리 식별하게 된다. 포터 부처는 그들의 쌍둥이 아들 제리(솀)로부터 외마디 부르짖는 소리에 그들의 잠에서 깬 채, 그를 위안하기 위하여 이 층으로 간다. 그들은 그를 위안하고 이어 자신들의 침실로 되돌아와 그곳에서 다시 잠에 떨어지기 전 성교하지만 만족스럽지 못하다. 창갈이에 빛인 그림자가 그들 내외의 성교를 멀리 그리고 넓게 비추는데, 이는 거리의 순찰 경관에 의하여 목격된다. 새벽의 수탉이 운다. 남과 여는 다시 이른 아침의 선잠에 빠진다.

이러한 시간 동안 이들 부부를 염탐하는 무언극은 이들에 대한 4가지 견해를 각자 하나씩 제시한다. "조화의 제1자세(姿勢)"는 마태의 것으로, 양친과 자식들에 대한 그들의 관심을 서술한다. 마가의 "불협화의 제2자세"는 공원의 에피소드를 커버하고 재판에서처럼 양친의 현재 활동들을 심판한다. "일치의 제3자세"는 무명의 누가에 속하는

것으로, 새벽에 수탉의 울음소리에 의하여 중단되는 양친의 성적 행위를 바라보는 견해다. "용해의 제4자세"는 요한에 의한 것으로 가장 짧으며, 이 장의 종말을 결구한다. 이 견해는 비코의 순환을 끝으로, 잇따른 장으로 이어지는 회귀(recorso)로 나아간다.

용해(溶解)의 제사자세(第四姿勢). 얼마나 멋쟁이! 지평(地平)으로부터 최고의 광경. 마지막 테브로(장면화(場面畵)). 양아견(兩我見). 남(男)과 여(女)를 우리는 함께 탈가면(脫假面)할지라. 건에 의한 여왕재개(女王再開)! 수자(誰者) 방금 고완력(古腕力)을 취사(臭思)하나니. 새벽! 그의 명방패견(名防牌肩)의 목덜미. 사람 살려! 그의 모든 암갈구(暗褐丘)를 고몽(鼓夢)한 연후에. 훈족! 그의 중핵(中核)의 한 인치까지 노진(勞盡)한 채. 한층 더! 종폐막(鍾閉幕)할지라. 그동안 그가 녹각(鹿角)했던 여왕벌은 자신의 지복(至福)을 축복하며 진기남(珍奇男)의 축하일(祝賀日)을 감촉하도다. 우르르 소리.

행갈채(行喝采), 층갈채(層喝采), 단갈채(段喝采). 회환원(回環圓). (FW 590)

IV 부
제1장. 회귀

회귀 — 신기원의 여명 — 케빈의 축하 — 공포된 HCE의 경솔,
재현된 범죄의 장면 — 뮤트와 쥬바, 성 패트릭 성자와 켈트 현자
(버클리)간의 논쟁 — ALP의 편지 — 아나 리비아 플루라벨의 독백

경야의 최후의 IV부는 한 장(章)으로 구성된다. 산스크리트의 기도어(祈禱語)인 "성화(聖和〔Sandyas〕)"(이는 새벽 전의 땅거미를 지칭하거니와)의 3창으로 시작되는 이 장은 새로운 날과 새 시대의 도래를 개시하는 약속 및 소생의 기대를 기록한다. "우리의 기상 시간이나니." 이

는 대지 자체가 성 케빈(숀)의 출현을 축하하는 29소녀들의 목소리를 통하여 칭송 속에 노래된다. 그리하여 성 케빈은, 다른 행동들 가운데서, 갱생의 물을 성화 한다. 천사의 목소리가 하루를 선도한다. 잠자는 자가 뒹군다. 한 가닥 아침 햇빛이 그의 목 등을 괴롭힌다. 세계가 새로운 새벽의 빛나는 영웅을 기다린다. 목가적 순간이 15세기 아일랜드의 찬란한 기독교의 여명을 알린다. 날이 밝아 오고, 잠자는 자들이 깨어나고 있다. 밤의 어둠은 곧 흩어지리라.

그러나 이 장이 포용하는 변화와 회춘의 주요 주제들 사이에 한 가지 진리의 개념을 위한 논쟁 장면이 삽입된다. 그것은 바켈리(고대 켈트의 현자, 셈 격)와 성 패트릭(성자, 숀 격) 간의 이론적 논쟁이다. 이들 논쟁의 쟁점은 "진리는 하나인가 또는 많은 것인가," 그리고 "유일성과 다양성의 상관관계는 무엇인가?"라는 데 있다. 이 토론에서 버클리는 패드릭에 의하여 패배당한다. 이 장면은 뮤타(셈)와 쥬바(숀) 간의 만남에 의하여 미리 예기된다. 여기 뮤타와 쥬바는 형제의 갈등, 쥬트/뮤트 — 셈/숀의 변형이다. 바켈리와 성 케빈의 토론에 이어, 이야기의 초점은 아나 리비아로 그리고 재생과 새로운 날로 바뀐다.

아나 리비아는 처음으로 그녀의 편지로(이를 "알마 루비아, 폴라벨라"로 서명하거니와), 그런 다음 그녀의 독백으로 말한다. 그러자 여인은 자신이 새벽잠을 자는 동안 남편이 그녀로부터 떨어져 나가고 있음을 느낀다. 시간은 그들 양자를 지나쳐 버렸나니, 그들의 희망은 이제 자신들의 아이들한테 있다. HCE는 험티 덤티의 깨진 조가비 격이요, 아나는 바다로 다시 되돌아가는 생에 얼룩진 최후의 종족이 된다. 여기 억압된 해방과 끝없는 대양부(大洋父)와의 재결합을 위한 그녀의 강력한 동경이 마침내 그녀의 한 가닥 장쾌한 최후의 독백을 통하여 드러난다.

|제임스 조이스 문학 읽기|

이제 아나 리피(강)는 거대한 해신부(海神父)로 되돌아가고, 그 순간 눈을 뜨며, 꿈은 깨어지고, 그리하여 환(環)은 새롭게 출발할 채비를 갖춘다. 그녀는 바닷속으로 흐르는 자양(滋養)의 춘엽천(春葉泉)이요, 그의 침니(沈泥)와 그녀의 나뭇잎들과 그녀의 기억을 퇴적한다. 최후의 장면은 그녀의 가장 인상적이요 유명한 독백으로 결구 된다.

나는 사침(思沈)하나니 나는 그의 발 너머 넘어져 죽으리라, 겸허하게 벙어리로, 단지 각세(覺洗)하기 위해. 그래요, 조시(潮時). 거기가 거기인지라. 우선. 우리는 풀을 통과하고 조용히 수풀로. 쉿! 한 마리 갈매기. 갈매기들. 먼 곳의 부르짖음. 다가오면서, 멀리! 여기서 끝일지라. 우리를 그런 다음. 핀, 다시(어겐)! 택할지니. 그러나 살며시, 기억수(記憶水)할지라! 수천송년(數千送年)까지. 들을 지니. 에게 열쇠. 주어진 채! 한 길 한 외로운 한 마지막 한 사랑받는 한 기다란 그 (F 628)

◆ **중요 등장인물들**

험프리 침던 이어위커 Humphrey Chimpden Earwicker(HCE 또는 포터 씨), 주막 주인

『피네간의 경야』의 주된 인물. 이어위커는 잠자는 영웅으로 자주 동일시되는데, 그의 꿈 꾸는 마음은 『피네간의 경야』의 중심적 의식이요, 작품의 행동이 차지하는 심리적 공간이다. 그의 존재, 신분, 직업 및 역사(그의 아내 아나 리비아 플루라벨, 및 그들의 세 명의 아이들―쌍둥이 형제 솀과 숀 및 그들의 딸 이씨

의 그것들과 마찬가지로)는 작품의 꿈같은 역학 내에서 일어나는 다양한 변화와 변전(變轉)을 받고 있다. 작품을 통틀어, 이어위커와 그의 아내는 서로 양극이요, 피차의 신원과 그들의 존재 자체를 위해 상호 구별되지만, 그러면서도 서로 의존하는 힘으로서 나타난다. 즉, 이어위커는 공간과 시간의 원칙이요, 그의 아내 아나 리비아는 재생과 생명의 원천으로서 작용한다. 셈과 숀은 이어위커 자신의 고통스러운 상극적 충돌 양상들, 그리고 노령의 공포에 찬 자신의 쪼개진 구체화로서 자주 출현한다. 그의 딸과의 관계에서, 그녀는 보다 젊은 아나 리비아를 그에게 상기시키거니와 친족 상관적 함축을 지니는지라, 딸은 그의 성적 욕망을 자극하는 듯하기 때문이다.

이어위커의 두문자 HCE는 『피네간의 경야』를 통하여 수없이 나타나거니와 때때로 다른 순서로서, 그리고 이들은 다양한 이름들, 관념들과 장소들을 의미한다. 예를 들면, Haroun Childeric Eggeberth, Here Comes Everybody, Howth Castle and Environs, 그리고 —거꾸로— ech 등. 그의 다양한 역할들 가운데, 이어위커는 때에 따라서 여관 주인, 노르웨이 선장, 건축 청부업자(입센 작의 연극 제목처럼) 그리고 러시아의 장군 등으로 변신한다. 서술은 또한, 이어위커를 아일랜드의 최후의 로더릭 오코노(Roderick O'Conor) 왕으로, 땅딸보(Humty Dumty)로, 그리고 벽돌 운반공인 팀 피네간(Tim Finnegan)으로 동일시하는 데, 후자의 추락과 부활은 아일랜드의 희극적 민요 「피네간의 경야」의 주제이기도 하다.

작품을 통하여 나타나는 이러한 추락한 인물에 대한 동음이의적 언급들은 작품의 핵심 주제인, 피닉스 공원에서의 이어위커의 추정상의 몰락과 범죄의 분명한 특성을 암시한다. 비록 그의 범죄의 정확한 실체는 결코, 노출되지 않을지라도, 이어위커는 그 결과로 몹시도 심기가 불편한 것이 분명하다. 과연, 이는 그의 마음속에 심오한 수치감을 불러오며, 자신에 대한 언급이 야기될 때마다 거의 즉흥적인 심적 혼미를 그에게 불러오는 듯하다.

그의 신화적 화신인 핀 맥쿨(Finn MacCool)을 통하여, 이어위커는 더블린의 풍경으로 동일시된다. 조이스는 이어위커를 더블린의 저 아래, 그의 머리가 호우드 언덕 꼭대기요 그의 발은 피닉스 공원 근처의 두 언덕인, 잠자며 누워있는 전실적 거인과 동등하다. 그는 또한, 퍼시 오레일리(Perse O'Reilly)로서 나타나는데,「퍼시 오레일리의 민요」라는 해학시의 주체이다. 이런 식으로, 서술은 독자로 하여금 행동의 규범적 과정을 제시하지 않은 채, 그의 이름의 의미를 한층 멀리까지 이끈다. 퍼시 오레일리는 프랑스어의 perceoreille(집게벌레 또는 지렁이)의 영어화 된 형태로서 나타나며, 이러한 연관성은 독자를 다른 말의 익살인 곤충(insect) / 친족상간(incest)으로 안내하거니와 이는 『피네간의 경야』의 여러 주제를 결속시킨다. 1940년 8월에 니노 프랭크(Nino Frank)에 보낸 한 엽서에서, 조이스는 "집게벌레"에 관해 글을 쓴 저자에 관해 질문하며, 프랭크에게 『피네간의 경야』의 주인공이 "퍼시 오레일리 이어위거(집게벌레)"라고 언급했다(『서간문』 III. 483).

아나 리비아 플루라벨Anna Livia Plurabelle(ALP)

HCE의 아내, 『피네간의 경야』의 여가장이요, 셈, 숀 및 이씨의 어머니다. 아나 리비아는 리피 강뿐만 아니라 『피네간의 경야』에 나타나는 모든 강을 대표한다(오늘날 그녀의 조각상이 더블린 중심가인 오코넥 거리 한복판에 누워 있다. 그녀의 옷은 물결처럼 굽이치고, 손과 발 그리고 머리칼의 물 흐르듯, 그의 유연미가 행인의 시선을 끈다). 그녀는 또한, 생과 재생의 상징으로 역할 한다. 아나(Anna)는 "강"을 의미하는 아일랜드어로부터 그리고 리비아(Livia)는 강의 원류인 리페(Liphe[Liffey])로부터 각각 유래한다. 플루라벨(Plurabelle)은 "가장 아름다운"이란 이탈리아어이기도 하다. 조이스는 자신이 『피네간의 경야』를 집필하고 있을 때 아나 리비아를 의미하는 삼각형의 부호(siglum)를 사용했다. 그녀의 기호는 자신의 이름을 지닌 작품의 제8장의 서두에서 삼각주(delta)의 디자인 속에 발견될 수 있다.

오
내게 말해줘요 모든 걸
아나 리비아에 관해! 난 모든 것을 듣고 싶어요(FW 196)

이 부호는 또한, 제10장의 「학습 시간」 장면에서 그녀와 관계되는 구도(그림) 속에 로마자의 두문자(ALP)와 희랍의 알파벳과 함께 나타난다.(FW 293) 여기 돌프는 케브에게 그녀의 기하학을 설명한다. 『피네간의 경야』를 통틀어, 성숙한 여성의 전형 역을 행사하면서, 아나 리비아는 그녀의 다양한 형상과 실체를 거쳐 일련의 모성적, 성적 및 상호적 연관성을 불러일으키는데, 그중에서도 가장 중요한 것은 아마도 만인의 어머니라 할 성서의 이브일 것이다. 작품을 통하여 아나 리비아의

|제임스 조이스 문학 읽기|

존재는 두드러지다. 작품의 처음과 마지막 페이지들에서 그녀의 이미지와 목소리를 자아내게 함으로써, 조이스는 그녀 속에 재생과 부활의 모든 것을 포용하는 여성상을 강조한다. 아나는 『피네간의 경야』에서 가장 서정적이요, 시적 구절들이 그녀와 연관되고 있는데, 이들은 특히 아나 리비아 플루라벨 장(제8장)에서 발견된다.

　　조이스는 아나 리비아의 신체적 서술을 그의 트리에스테 친구인, 에또레 슈미츠의 아내 리비아 슈미츠(Livia Schnitz)에 기초했는데, 그는 의도적으로 그녀의 첫 이름과 더블린의 심장부를 통하여 흐르는 리피 강 사이의 밀접한 연관성을 이용했다. 1924년 2월 20일 자의 슈미츠에게 보낸 편지에서, 조이스는 "이름의 제안. 나는 슈미츠 부인의 이름을 내가 쓰고 있는 책의 주인공에게 부여했소. 그러나 강철이든 불이든 무기를 들지 않도록 요구하오. 왜냐하면, 내포된 이름은 아일랜드(혹은 오히려 더블린)의 피러(Pyrha)(희랍 신화에서 듀칼리온[프로메테우스의 아들]의 아내, 그들은 함께 홍수에서 살아남아 인류의 조상이 됨)요, 그녀의 머리칼은 그 곁에 세계 기독교의 제7도시가 솟아 있는 강(그의 이름은 아나 리피)이라오⋯⋯"(『서간문』 I.211~212)라고 했다.

　　조이스는 또한, 『율리시스』에서 그가 몰리 블룸에게 행사했듯, 아나 리비아의 많은 특성을 그의 아내 노라로부터 따왔다. "그러나 많은 점에서,"라고, 노라의 전기가인, 브렌다 매독스(Brenda Maddox)는 언급한다, "그녀는 몰리보다 한층 노라에 가깝다. 아나 리비아는 여성의 모든 단계를 걸쳐 살아왔으며, 환멸의 노령에 도달하고, 그녀의 가족들을 돌보느라 스스로 지쳤다. 노라와의 어떤 육체적 상관성은 밀접하다. 아나 리비아는 아름다우면서도 못생겼다. 그녀는 붉은 머리칼을 가지거나 가졌었다. 그녀는 마르셀식 웨이브로 다듬었다."(『노라』, 253쪽) 중세의 신비극의 문예인 인, 노아의 아내, 엘리자베스까지도 아나 리비아의 모델로 이바지했다(『서간문』 I. 224 참조).

『피네간의 경야』에서 가장 서정적이요, 시적인 몇몇 구절들은 아나 리비아, 특히 「아나 리비아 플루라벨」 장에 발견되는 것들과 연관된다. 그것은 조이스가, 1929년 여름에, 런던의 언어교정소(Orthological Institute)에서 녹음하기로 선택한 구절(FW 213~216)이다.

* 아나 리비아의 인물 창조에 대한 보다 상세한 정보를 위해 『서간문』 (I.212~213)을 참조할 것.

셈Shem **문사**文士, **HCE의 아들, 쌍둥이 형제 중의 하나 또는 세머스 ― 바트 ― 캐인(카인) ― 카시어스(카이사르) ― 무도자 대이브 ― 그루그 ― 베짱이 ― 그라이프스(포도) ― 호스티 ― 제리 ― 제레미아스 ― 머시어스(자비) ― 뮤트 ― 뮤타 ― 돌프 ― 성 패트릭 ― 닉 ― 야곱 ― 쥬트(셈의 별칭들)**

숀(Shaun)과 함께 쌍둥이 형제 중의 하나. 셈은 한 꿈 많은, 보헤미아의 예술적 실패자로 묘사되고 있다. 그는 숀과는 대조적으로, 상상적 인물을 대표하며, 한결같은, 이따금 소심할지라도, 강직한 문학적 비평가다. 그러나 그는 자신의 형제(동생)를 특징짓는 상상적 자유와 관용을 결한다.

셈은 한 전형적 예술가요, 『피네간의 경야』를 통하여 나타나는 비슷한 개성의 문학적 및 역사적 대표자 중의 하나다. 베쨩이, 성 패트릭, 제레미아스, 조이스 자신, 카인, 닉, 야곱, 쥬트 및 카시어스(카이사르) 등. 셈과 숀의 경쟁 관계, 그리고 그들이 의미하는 바는 작품의 중요한 주제 중의 하나이다.

조이스는 1925~1926년에 발표한 『피네간의 경야』의 제7장을 「문사 셈」이라 칭한 바 있거니와 이 장은 셈의 특수한 천성 및 모든 예술가의 그것과 연관된 전반적 특성을 분석한다. 이 장은 셈의 육체적 및 감정적 취약성을 단호한 냉엄성을 가지고 검토함과 아울러, 숀을 통하여 그의 성격의 상투적 요소들을 가능한 한 가장 "꼼꼼한 비속성(scrupulous meanness)"으로 묘사한다. 동시에, 그를 최하위로 묘사할 때에도—예를 들면, 그의 분뇨(糞尿)에서 잉크를 제작해 낼 때처럼, 서술은 셈의 예술에 대한, 그리고 최후의 페이지들에서 "자비(Mercius)"로서의 묘사를 통해서, 일반적으로 생의—긍정적—죽음의—부정적 활동들에 대한 확고한 헌신을 확약한다.

이 장의 서행(序行)에서부터, 숀은 셈의 천성에 대한 부정할 수 없는 과오를 강조한다.

그가 토착적으로 존경할 만한 가문 출신임을 확신하는 몇몇 접근할 수 있는 완수자(頑手者)도 있는지라……그러나 오늘의 공간의 땅에서 선의의 모든 정직자라면 그의 이면 생활이 흑백으로 쓰일 수만은 없음을 알고 있도다.(FW 69)

그의 육체적 기형 및 그의 전도된 성격의 결함에서 — "셈은 가짜인물이요, 저속한 가짜다." — 이는 그에 대한 독자의 초기의 개념을 지배한다.

그러나 그 이상으로, 서술은 셈을 한 사람의 배교자로 묘사한다. 비록 그는 성상(우상) 파괴자의 위세를 결하고 있을지 모르나, 언제나 사회의 영역 밖에서 그리고 그와는 본질적으로 상반되게 활동하고 있다. 그럼에도, 셈이 그의 동생들에게 묻는 "우주에 대한 수수께끼" —'사람이 사람이 아닌 것', 즉 위선자가 되는 것 —에 대하여 이 장이 마련하는 집중적인 대답을 우리는 반드시 그의 기질상의 부정적인 특질로서 해석할 수는 없다. 이 이야기가 반복적으로 단언하듯, 셈은 보통의 범속한 인물이 아닌지라, 그의 천성의 유독성은 예술가적 기질의 핵심적 요소로서 노출되고 있다.

「문사 셈」의 장에서 서술은 애초부터 셈에 대한 부정적 서술을 거듭해서 초래하거니와 그것은 셈의 성격에 대하여 아주 축사적(縮寫的)이요, 퉁명스럽게 경멸적인 견해를 기록한다. "그는 방랑시인적 기억에서 저속하다." 그러나 숀이 갖는 셈의 성격에 대한 공격의 저변에는 그의 한 예술가로서의 커다란 투쟁심이 깔려있다. 숀은 유럽을 세계 제1차 대전 속으로 몰아넣었던 민족주의자의 충동을 일으킴에서, 셈의 그에 대한 관심의 결여를 통렬하게 응징한다. 그런가 하면 셈은 자기 자신이 스스로 구축한 천성의 유아론적 관심 속으로 함몰하는데, 이는 그 자신의 창조력을 장악하는 데 보다 큰 도움을 주기 때문이다.

「문사 셈」에서 대표되는 많은 갈등을 강화하는 한 가지 방법으로서, 종교적 신념과 이단에 대한 언급들은 그가 받고 있는 지적 및 정신적 갈등을 반영하는 중심 주제로서 대두된다. 『젊은 예술가의 초상』의 제4장에서 스티븐 데덜러스처럼, 셈은 그의 우주의 도덕적 중심으로서 예술 감각에 다다르며, 나아가 여기에 그가 자신의 인생을 그에 의해 다스리기를 희망하는 심미적 신앙의 교의를 한층 분명하게 명시하려 한다.

이러한 지적이요, 예술적 노력은 이 장의 한 짧은 라틴어로 쓰인 구절 속에 함축되어 있는데, 여기서 영원한 상상의 사제로서 솀의 위치를 확인하는 한 가지 세속적 성찬 의식이 서술된다.

첫째로 이 예술가, 탁월한 작가는, 어떤 수치나 사과도 없이, 생여(生興)와 만능(萬能)의 대지에 접근하여 그의 비옷을 걷어 올리고, 바지를 끌어내린 다음, 그곳으로 나아가, 생래(生來)의 맨 궁둥이 그대로 옷을 벗었도다. 눈물을 짜거나 낑낑거리며 그는 자신의 양손에다 배설했나니(지극히 산문적(散文的)으로 표현하면, 그의 한쪽 손에다 분(糞)을, 실례!). 그런 다음 검은 짐승 같은 짐을 풀어내고, 나팔을 불면서, 그는 자신이 후련함이라 부르는 배설물을, 한때 비애의 명예로운 증표로 사용했던 항아리 속에 넣었도다. 쌍둥이 형제 메다드와 고다드에게 호소함과 아울러, 그는 그때 행복하게 그리고 감요(甘饒)롭게 그 속에다 배뇨했나니, 한편 그는 나의 혀는 재빨리 갈겨쓰는 율법사의 펜이로다로 시작되는 성시(聖詩)를 큰 소리로 암송하고 있었느니라(소변을 보았나니, 그는 가로대 후련하도다, 면책(免責)되기를 청하나니). 마침내, 혼성된 그 불결한 분(糞)을 가지고, 내가 이미 말한 대로, 오리온의 방향(芳香)과 함께, 굽고 그런 다음 냉기(冷氣)에 노출시켜, 그는 몸소 지워지지 않는 잉크를 제조했도다(날조된 오라이언의 지워지지 않는 잉크를). (FW 185)

즉, 솀은 자신의 분(糞)과 요(尿)를 함께 혼합하여, 이 육체의 배설물로부터 얻은 잉크의 형태를 성별(聖別)한다. 그는 이 퇴화된 창조물을 사용하여 고양된 형태로 "그 자신의 육체의 모든 제곱인치에다 글을 썼나니, 마침내 그의 부식적 승화 작용에 의하여 하나의 연속 현재 시제의 외피로서 모든 결혼 성

가를 외치는 기분형성의 원윤사(圓輪史)를 천천히 개필(開筆)해
나간다."

이러한 몸짓으로, 셈 자기 자신은 한 신약성서의 인물인,
"자비(Mercius)"로 변용하는데, 그는 이 장의 마지막 페이지에
서, 한 구약 성서의 양심을 대표하는 숀 "정의(Justius)"에 의하
여 심문받기도 한다. 비록 숀이 셈을 매도하는 데 있어서 보여
주듯, "정의"가 "자비"를 고발하기 위해 예리하다 할지라도,
이러한 갈등은 훨씬 덜 편향적이다. 자신의 위험을 초월한 자
기—확신을 반영하면서, "자비"는 직접 또는 "정의"의 야만성
의 현물(現物)로서, 응답하기를 거절한다. 결국, "자비"를 억제
하려는 "정의"의 죄에 지던 노력은 여기서 효력을 잃는다. "그
(자비)가 생명 장을 치켜들자 벙어리는 말하도다." 그리하여 적
어도 일시적이나마, 자기 긍정의 예술가의 충동은 승리한다.

숀Shaun **집배원, HCE의 아들, 쌍둥이 형제 중의 하나**
또는 부루스―추프―유제니어스―죤―돈 주앙―혼―자스
티스(정의)―쥬트―쥬바―케브―믹―온도트 개미―죤주
교수―욘―케빈―집배원(숀의 별칭들)―에서―바트

『피네간의 경야』에서 주된 남성 주인공 중의 하나요, HCE
와 ALP의 셈과 함께 쌍둥이 형제 중의 다른 하나다. 그는 중산
계급의, 물질적으로 성공한 남성 인물로 대표된다. 그는 실질
적 인물로서, 예술적 셈과는 정반대다. 그는 형 셈의 상상적 그
러나 훈련되지 못하고 무책임한 인격을 한결같이 비판한다.
전형적 실용주의자인 숀은 다양한 문학적 및 역사적 변장

|제임스 조이스 문학 읽기|

으로 묘사된다. 즉, 개미, 드루이드교의 현자, 스태니슬로스 조이스, 윈덤 루이스(조이스의 비판자요 당대 문인), 성 케빈, 츄프, 미크, 성서의 에서(이삭의 장남), 바트와 부루스(브루투스) 등. 그러나 이러한 유형에도 작품의 시초에서 아주 분명하듯 보이는 숀과 셈 간의 쉬운 구분이 때때로 흐려 보일 때도 있다. 그 대표적 경우는 아이들의 수업시간 장면(제10장)의 방주(旁註)들로, 이 방주들은 중간에서 서로의 위치가 좌우로 바뀐다. 이러한 그리고 그 밖의 무수한 예에서, 이야기 서술의 자의식적 변동은 독자로 하여금 이 쌍둥이 형제들 간의 현저한 유사성을 느끼게 한다.

숀은 우체부 배달원이다. 그의 이름 "숀(Shaun)"은 더블린 출신의 애란 극작가 디온 보우시콜트(Dion Boucicault, 1822~1890)의 『아라─나─포그(*Arrah-na-Pogue*)』(입맞춤의 아라) 극에서 유래된 것이다. 이 극에서 하층 신분의 여주인공 아라는 옥중에 있는 상류층의 양형(養兄)에게 그녀의 키스를 통한 메시지를 전함으로써 그의 탈옥을 돕는다. 그녀는 나중에 같은 계급의 한 유머러스한 인물인, 집배원 숀과 결혼한다. 『피네간의 경야』의 제12장 「신부선과 갈매기」의 처음 페이지들에서 트리스탄이 이슬트를 포옹하고 키스하는 것이 4복음자들에 의하여 염탐 되는데, 이 장면은 바로 『아라─나─포그』와 디온 보우시콜트를 상기시킨다.

『피네간의 경야』의 제Ⅲ부(13, 14, 15, 16장)는 꿈을 포괄하는데, 그의 중심인물은 숀이다. 여기 그는 다양한 형태 속에 이어위커의 야망과 자신의 생활을 괴롭히는 실패들을 극복하려는 희망의 구체화로서 출현한다. 이 꿈은 숀의 미덕뿐만 아니라 그의 흠들을 기록하며, 그의 승리와 함께 패배를 차례로 서술한다. 그의 꿈이 미래를 위한 욕망을 노정하지만 강제적 실용주의가 그들을 전수(傳受)하는 낙관론으로 한결같이 대치된다.

제III부의 첫째 장(13장)에서 숀은 선거를 탐하는 한 정치가로서 자신을 표출하는데, 이 역할에서 그는 자신의 반대자인 솀을 비방하면서, 투표자들에게 연설한다. 둘째 장(14장)에서 숀, 이제 죤(돈 주앙의 변신)은 28명의 여학생과 그들의 공주격인 이슬트(이씨)와 함께하는데, 여기서 그는 그들에게 인생의 신비에 대하여 연설한다. 셋째 장(15장)에서 그는 욘으로 변신하고, 이 이름과 함께, 아일랜드 중부의 한 언덕 위에 지친채 뻗어 누워 있다. 4복음자들과 그들의 당나귀가 그를 심문하기 위해 도착한다. 그들의 심문이 그의 과오들을 분석하자, 마침내 욘이 된 그는 현장에서 살아지며, ALP 곁에 잠자는 부(父)—HCE로 변신한다. 마지막 장(16장)에서 HCE 부부는 아이 중의 하나(솀)의 고함으로 잠이 깨고, 그들을 돌본 뒤, 침실로 되돌아와 성교를 시도하지만 그들의 행위는 불만스럽기만하다.

이씨Issy HCE와 ALP의 딸
또는 이쏘벨 ― 페리시아 ― 플로라 ― 이사벨 ― 이솔드 ― 이조드―곰팡이 리사―뉴보레타

『피네간의 경야』에서 ALP 다음으로 젊고 주된 여성인물이요, 솀과 숀의 누이동생이다. 작품을 통하여 그녀는 젊은 여성의 전형이요, 천진성과 관능성, 자유분방과 금제(禁制), 약속

|제임스 조이스 문학 읽기|

과 거부의 결합체다. 『피네간의 경야』에서 남자들과 그녀의 관계에서, 이씨는 하나의 자극적 및 고무적 역할을 한다. 그녀는 자신의 아버지와 형제들에게 친족상간적 표적이요, 그들의 충동에 부응하며, 만족을 번갈아 약속하거나 이러한 관심을 수치로서 경멸하기도 한다. 그녀는 부수적으로 감각과 감성을 향하는 일련의 조숙한 태도를 드러내며, 클레오파트라, 살로메, 잔다르크 및 마타 하리와 같은 탁월한 여성들을 연상시킨다. 유혹녀요, 무구(無垢)의 귀감으로서, 이씨는 젊은 여성들을 향한 남성들의 다양한 태도의 논평자로서 작용한다. 그녀는 또한, 그녀의 어머니 ALP에 대한 자의식적 대조 역을 행하며, 이런 점에서 전형적 모녀간의 경쟁적 입장을 대변한다.

『피네간의 경야』의 한 핵심 인물이요, 딸, 자매, 라이벌 및 유혹녀로서 그녀의 복합적 역할 속에, 이씨는 수많은 가장된 인물로 나타나며, 이들의 다양한 성격적 특성과 태도를 구체화하는데, 그녀 이름의 변형된 철자들(이쏘벨, 이솔드, 이씨, 이사벨 등) 속에 이들은 입증된다. 「수업 시간」 장면(제10장)에서, 수많은 각주(脚註)들(모두 229개)은 그녀에 의하여 쓰였으며, 이들은 독자에게 그녀의 독립된 성격과 유머(이들은 분명히 그녀의 쌍둥이 형제들의 변주(邊註)와 병치되거니와)에 집약적인 초점을 제공한다. 조이스는 여기 그녀의 인물 창조를 돕기 위하여 필경 자기 자신의 딸 루치아 조이스(Lucia Joyce)의 성격에 의존하거나, 그의 자매들의 젊은 시절의 회상에서 따왔으리라.

◆ 존 비숍의 「피네간의 경야」 안내(번역)

　『피네간의 경야』가 무엇에 관한 것인지, 그것이 어떤 것에 관한 것인지, 또는 심지어 그것이, 그 말의 어느 통상적 의미로, "읽을 수 있는" 것인지에 관해, 일치되는 의견이란 아무것도 없다. 1922년에 고안되어, 1939년까지 17년이란 기간 이상에 걸쳐 면밀 주도하게 작업된, 이 작품은 조이스가 그의 문학 인생의 절반을 통하여 강박하고 있었는지라, 『율리시스』의 출판과 1941년의 그의 사망의 기간 사이에 그의 창작적 에너지를 몽탕 흡수했었다. 그것은, 아마도, 우리 문화가 생산한, 가장 의도적으로 정교화 된, 단일의 문학적 가공물임이 틀림없다. 이 작품을 조이스는 그의 가장 위대한 작품으로 생각했으며, 그것에 자신의 명성을 온통 걸었다. 그리하여, 이는 분명히, 20세기 실험 문학의 가장 위대한 기념물들의 하나임이 틀림없다. 조이스의 현존하는 무수한 노트북과 원고의 판본들—그것 자체가 "조이스 산업"의 특수한 부산물을 이룬 소제 뭉치이거니와—의 증거에 따르면, 이 책은 조이스가 불길하게 시작한 작업이거니와 당시 그는, 흩어진 어구들과 스케치들이 도대체 그를 어디로 끌어가고 있는지 충분히 알지도 못한 채, 그들을, 영어로, 적어두거나, 수집하기 시작했었다. 계속되는 17년에 걸쳐, 그가 자신의 소제들이 수집되고, 한 권의 책으로 그 형태를 갖추기까지, 그것은 「진행 중의 작품(*Work in Progress*)」이란 이름 아래 진화되었으며, 조이스가 그것을 언어유희와 수수께끼의 언어로써 쓰려고 결심했을 때, 점점 암담한 것으로 성장해 갔다. 그는 60개 내지 70개의 언어들을 그것의 "기본적으로 영어"인 어휘와 혼성함으로써, 그를 가일층 암담하게 만들었다. 그리하여 작품 속에는 11번째

　　　　　　　　　　｜제임스 조이스 문학 읽기｜

의 『브리태니커 백과사전』의 내용에서부터 『읽고 울 지라(Read 'Em and Weep)』와 같은 책으로부터 수집한 대중가요, 말장난 및 개그에 이르기까지 모든 것을 언급하는, 부단히 은유적 문체를 차용한다. 책의 감탄자들은 그 속에 20세기 문화와 문학의 포괄적 총화를 보는 한편, 그의 비방자들은 문학적 엘리트들의 흥미를 위하여 기벽(奇癖)되게 편집된 비밀의 소제들을 품은 오만스런 집괴(集塊)로서 간주한다. 이러한 말들이 함축하듯, 『피네간의 경야』는 거대한 역설(패러독스)의 책인지라, "문자들의 (비)코미디(a comedy of letters)", "지식인을 위한 소극적(笑劇的) 서한(farced epistol)"으로서, 마치 "헤브라이인을 위한 최초의 서한(first epistle to the Hebrews)"처럼, 어떤 정전본(正典本〔canonical text〕)을 해설하는 "하이브로우(지식인〔highbrow〕)"를 위한 것이요, 대체로 "문자의 아카데미(academy of letters)"로서, 한정된 학자들을 위해 의도된 듯 느껴진다. 그러나 심지어 한층 본질적으로, 그것은 또한, 단지 "문학의 코미디"요, 소극인지라, 마치 세속적 주막의 농담이나 대화의 연속처럼 즐겁고도 흥미롭다.

그것의 암담성과 박식성의 명성에도 『피네간의 경야』는 아주 "공동의 독자(the common reader)"를 위한 것이다―우리가 그 말의 이해를 현대화한다면, "공동의 독자"란, 다른 사람들과 공동으로, 『성서』, 고전, 셰익스피어, 밀턴―그리고 문화적 흐름과 유행에 따라 가치가 평가될 수 있는 여하한 작품들이든 간에, 이들로 구성되고 있는 텍스트의 분담된 총체 속에 교육을 받는, 저 가설적 인물로서 지적되는 것이 상례다. 그러나 우리의 다문화적으로 다양한 20세기 후반에서, ―그리고 오늘날 심지어 문학의 부류 내에서―어느 두 독자가 어느 공동의 것을 더는 읽기란 분명치 않다. 문학반의 한 교수는 상시 블레이크의 예언적 장시(長詩)를 들여다보지 않고도, 라캉이나 라캉 식의 분석을 열성적으로 연구할 수 있을 것이요, 한편으로 그의 옆집 이웃 사람은 단지 『피플(*People*)』지를, 그리고 『TV 가이드』만을 읽을 것이며, 그의 이웃 사람은 번갈아 과학 소설이나, 컴퓨터 입문서를 읽을 것이다. 이러한 조건하에, 오직 『피네간의 경야』와 같은 책은―그것의 표지 사이에 모든 이를 위한 공동의 어떤 것을 포함함으로써, 심지어 그 어떤 것이 꼭 같은 페이지 위에, 또는 꼭 같은 페이지의 꼭 같은 장소에 나타나지 않을지라도, 필경 "공동의 독자"에게 호소력을 발휘할 수 있을 것이다. 조이스는 자신의 책의 일반적 호소일 거라고 그가 희망했던 것에 너무나 자주 주의를 촉진하거나 환기했다―예를 들면, 그가 『피네간의 경야』에 관한 자신의 생각을 가장 유창하게 나누었던 사람 중의 하나인, 스위스의 작가 쟈크 메르깡똥(Jacques Mercanton)에게 말했듯이. "당신은 아일랜드인이 아니지요……그리고 당신은 어떤 구절들의 의미를 아마도 이해하지 못할 테지요. 그러나 당신은 가톨릭교도인지라, 고로 당신은 이러 저러한 인유를 식별할 거요. 당신은 공평하게 행동하지 않고 있소. 이 단어는 아마도 당신에게 무의미할지 모르오. 그러나 당신은 음악가인지라, 고로 당신은 이 구절을 쉽게 느낄 거요. 나의 아일랜드 친구들이 파리로 나를 방문하러 올 때, 그들을 즐겁게 하는 것은 나의 책의 철학적 정교성이 아니라, 오코넬의 굽높은 모자에 대한 나의 회상이란 말이오. 이러한 논리로서, 남녀 독자누구나 한 곳에서 모든 것을 발견한다거나, 혹은 보충적으로, 그것 주변에 나타나는 그 밖에 모든 것을 이해하려고 기대하지 않는 한―독자는 누구나 『피네간의 경야』에 들어갈 수 있고, 그를 빨아들이는 뭔가를 발견할 수 있을 것이다. 이러한 꼭 같은 논리로, 『피네간의 경야』는 『율리시스』―혹은 그 문제에 관해서는, 『전쟁과 평화』 또는 『잃어버린 시간을 찾아서』―보다 일반 독자에게 한층 가까이 접근할

|제임스 조이스 문학 읽기|

수 있으리라 주장하는 것이 가능하리라 — 왜냐하면, 우리는 그것을 총체로서 이해하거나 즐길 필요가 없기 때문이다. 특히 문학도는, 자신이 읽는 모든 산문 작품의 모든 문장에서 대부분의 말을 이해하는데 익숙할지라도, 이러한 글줄들을 따라 구조된 텍스트를 읽는 데 있어서 좌절을 경험하기 쉬우리라. 그러나 만일 거기에서 우리가 단일 페이지에서 한두 문장의 의미만을 이해하기만 해도, 우리는 때때로 극히 잘하는 듯 느껴진다. 만일 우리가 이 이상하고도 의미심장한 책에서, 모든 것 — 또는 심지어 대부분 것들의 달인(達人)이 될 필요를 포기한다면, 그것은 많은 보상을 쏟아 내리라. 조이스가 그로부터 제목을 따온 아이리시 — 아메리칸의 민요 속에 이르듯, 결국, "피네간의 경야에는 많은 재미가 있다."

가장 단순히 생각하건대, 『피네간의 경야』는 하나의 거대한 "X 마스 수수께끼 — 보따리(crossmess parzel)"로서. — 말장난, 수수께끼, 언어 게임, 언어적 호기심, 그리고 모든 곳에, 적어도, "십자말풀이 (crossword puzzle)"(또는 모든 사람을 위한 귀중품인, '크리스마스 꾸러미'가 거기 있기에)의 기쁨을 주는 문화적 삼학(三學〔trivia〕)이 담긴, 작은 단편들의 엄청나게 흥미로운 편집물로서 — 간주될 수 있다. 누구인들, 다음과 같은 『피네간의 경야』의 구절에서, 조이스의 귀에 익은 경계적 격언(cautionary proverb)에 대한 장난기 어린 단일 문자의 재구성을 즐기지 않을 것인가?. "누뇨(淚尿)하기 전해 눈여겨 살펴봐요, 애야(look before you leak, dear)"(FW 433. 34) (역주. leak.=누설+방뇨); 경근하고, 포타주 죽을 갈망하는 에서(Esau)와 그의 교활한 아우 야곱(Jacob)을 "Jerkoff and Eatsoup"(FW 246. 30~31)으로 부르는, 그의 재개명(改名); "전자의 그리고 후자의 그리고 그들의 전번제의 이름으로. 전인(全人)아멘"(FW 419.9~10)"과 같은 가톨릭의 삼위일체 및 헤겔 유의 변증법의 합병; 또는 음식의 씹음을 서술하는 구절에서 혼성된 요소들—"무른 캔디, 스테이크, 완두콩, 쌀 및 왕 오리에 곁들인 양파와 양배추와삭와삭 그리고 삶은 감자우적우적 우쩍우쩍"(FW 456 22~23)—은 "오리 고기의 스테이크, 완두 콩, 베이컨, 쌀과 양파 그리고(만일 그대가 x를 자음으로, o를 모음으로 재배치한다면), 양배추와 삶은 감자"와 같은 단순히 글자 수 수께끼의 그러모음; 이와 같은 단어 게임들은 바로 『피네간의 경야』의 소재, 매체 및 본질이다. 특히 작품은 강요된 서술이 아니기에(조이스는 "책은 시작도 끝도 없다……그것은 문장의 복판에서 끝나고, 같은 문장의 중간에서 시작한다."라고 지적했거니와), 『피네간의 경야』는 이론적으로 그를 어느 위치에서도 읽기 시작하고, 여전히 기쁨을 끌어내고, 그로부터 보상을 얻는 것이 가능하다. 아마도 『피네간의 경야』를 즐기지 않는 유일한 길은 우리가 연대기적 순서대로 모든 것을 의미 있게 만들기 위해, 말 하나하나를 통해 의미를 꾀하는 것을 기대하는 것이리라.

작품의 전체 구절들은 주제적으로 연결된 말장난과 단어로 구성된지라, 어느 독자에게나 쉽사리 접근할 수 있다. 어떤 독자든, 예를 들면, "개미와 베짱이(The Ondt and the Gracehoper)(The Ants and Grasshopper)"(FW 414.20~419.08)의 이솝 우화에 대한 조이스의 재 번안(飜案)을 풀어나가는 것을, 즐길 수 있다. 이는 한 무리의 곤충들의 이름들과 곤충학적 용어들로 쓰여 있다. 비교적으로, 작품의 제8장—"아나 리비아 플루라벨"(FW 196~216)—은 수백 개의 강 이름들로 짜여 있다. 제III부 제3장을 결론짓는 도시의 축하(祝賀)는 세계의 위대한 도시들의 이름들, 그들의 현저한 시민적 특징들과 기념비들, 그리고 도시 개발의 진화적 기록들로 굳혀져 있다. 『경야』에서 비교될 수 있는 단편들은—그리고 이들은 다수인지라—아이들의 음률과 게임들, 작곡가들과 음악, 크리켓과 크리켓 선수들, 신화적, 및 실지의 나무들, 웰링턴 공작의 전투와 군대의 생애, 모하메드의 생애와 설교, 바티칸과 교황권의 역사, 그리고 유클리드 최초의 원리를 복습하는 구절에서 수학과 더불어 작용한다. 만일 상대가 낙농장의 생산물에 관해 많이 안다면, 부루스와 카시어스의 불화의 관계에 대한 조이스의 번안된 설명에 대해 전문가가 될 수 있다. 왜냐하면, 그는 두 경쟁자를 "bútýrum과 cáseus"("버터"와 "치즈"의 라틴어)로서 재배역하고, 시저(Caesar)(물론, 셀러드)를 전복하기 위해 그들이 함께 단합하도록 묘사하고 있기 때문이다. 『피네간의 경야』는 또한, 많은 독자가 주목해 왔듯이, 거대한 음악의 책으로, 그것은 대중적 및 수준 높은 고전적 레퍼토리로부터 보편적으로 끌어 온 노래들과 곡목들에 대해 사방에 언급되고 있기 때문이다. 이름을 대어보라, 그러면 호기심 많은 독자는 『피네간의 경야』속에 어딘가, 더 많은 것과 더불어, 그를 발견할 것이다. 같은 것이 조이스의 언어 사용에도 적용된다. 아무도 그들 모두를 이해하지 못하지만, 그들을 알고 또는 그들을 개척하기를 원하는 사람들의 흥미나 즐거움을 위하여, 작품 속의 불연속적 구절들이, 예를 들면, 홀란드어, 노르웨이어, 루마니아어, 체코슬로바키아어, 우크라이나어, 알바니아어, 아르메니아어, 스와힐리어, 심지어 폴리네시아어(335쪽의 16행과 20행 간의 이상스런 언어는 분명히 마오리어의 전쟁 구호일지라)의 선율들로서, 줄무늬 져 있다. 비록 아무도 조이스가 얼마나 많은 언어를 『피네간의 경야』에 도입하는지 알지 못하지만(추산컨대 60개 내지 70개 사이), 그들을 발견하고 그들로 수수께끼를 푸는 것은 작품의 흥미 중의 한 부분이다.

　이러한 관찰들에 의한 한 가지 추론은 어느 독자든 간에 『피네간의 경야』를 쉽게 탐독할 수 있고, 남녀 독자가 알기를 원하거나 혹은 이미 알고 있는 것은 무엇이든 그 속에 어디서나 발견할 수 있다는 것이다. 한 가지 악명 높은 자명한 이치인즉, 작품은 로르샤흐 점자 테스트(Rorschach test)에 대한 중요한 것으로서 이바지하거니와 그것은 독자의 편집성, 공경성(恭敬性), 및 전문 지식의 특수하고 소소한 영역을 드러낸다. 오스카 와일드 혹은 윌리엄 그래드스턴에 관해 모든 것을 아는 독자는『피네간의 경야』의 사방에서 와일드와 그래드스턴에 대한 인유들을 발견할 것이다. 헝가리어나 아랍어를 아는 독자는 모든 페이지에 헝가리의 그리고 아라비아의 언어유희를 발견할 것이다. 그리고 탈구조주의 또는 정신분석 이론을 공부한 독자는 그가 보는 모든 곳에서 탈구조주의 또는 정신분석 이론의 확약과 예증을 발견할 것이다. 또한, 심지어 아주 공동적으로 일어나는 것이 일이거니와 특수한 종류의 전문적 지식을 가진 독자는 조이스가 아마도 알 수 없었으리라는 것도『피네간의 경야』속에서 발견할 것이다. 인공 두뇌학자들은 최근에 작품 속에 인공두뇌학의 사전 윤곽을 발견하는데 한편으로『계몽적 3부극(The Illuminatus Trilogy)』의 저자인, 로버트 앤턴 윌슨(Wilson)은 분명히 포스트모던 독자의 '저자의 힘'을 드러내는 그의 독서에서,『피네간의 경야』속에 수소폭탄을 위한 공식과 DNA(생화학 분석)의 중복 나선(螺線)의 분자구조를 발견했다. 의미를 위한 이러한 무한히 융통성 있는 그리고 복수적 개방에는 조금도 잘못된 것이 없다. 즉 이는『피네간의 경야』가 품은 영광의 역할이니, 그것은 보편적으로 어떻게『피네간의 경야』가 공동의 모든 독자의 참여를 초대하는가를 이제까지 또 다른 방법으로 드러내며, 그리고 그것은 또한, 독서와 해석의 어떤 행위로도 의심할 바 없이 계속되는 그런 류의 미리 예정된 발견을 반영하고 있다 할 것이다. 애란 문화와 정치를 다루는 학도들은, 특히 최근에, 작품의 특징 속에 아마도 포스트 — 민족적 20세기 후기에서 공동의 삶에 필요한, 그런 종류의 이해 모델을 보아왔다. 즉, 신분의 분괴적(崩壞的) 정책에 집착하거나, 단일의 말들("Irishman" 같은)이 단일 종류의 사건에 분명히 그리고 본질적으로 언급되어야 함을 주장하기보다 오히려, 조이스는 그들의 의미를 자유롭고 포괄적 확장으로 초대한다. 그는 또한, 독자가, 말의 암당 성과 수수께끼의 끝없는 흐름에 직면한 채, 이는 작품상으로 의미의 생산에서 필연적으로 활동적 역할을 하리라는 것을 이해한다. 여기에서 의미는 그런고로 (작가와 독자의) "반(反) 합작자들의 계속 다소 상호 오해하는 정신들(the continually more and less intermis understanding minds of the anticollaborators)"로부터 발하는 것으로 이야기된다. 그리하여 그는 그런고로 그의 독자들로 하여금 원칙들이 "가상할 수 있는 최광(最廣)의 방법으로(in the broadest way of immarinable)" 살아 있는 이 작품에서 의미의 확장에 적극적으로 참여하기를 요구한다.

『피네간의 경야』의 한층 흥미로운 특징들 가운데 하나는 그것을 읽는 것이 정확하게 무엇을 의미하는지에—또는 의미할 수 있는지에—대한 우리의 이해를 심지어 넓히도록 격려하는 것이다.『피네간의 경야』의 단 한 페이지를 탐구하고 해설하는데—공동의, 즐길 수 있는 훈련 및 그것 자체의 작은 교양교육으로서—여러 주일을 보내는 독자는 꼭 같은 시간에 전(全) 작품을 간단히 해치우는 독자처럼 꼭 같은 일을 하는가? "독서"는『피네간의 경야』에서 의미의 해석이나 발견처럼 복수적으로 가단적(可鍛的)(벼릴 수 있는)(malleable) 과정이 되도록 이루어진다. 조이스 자신은 작품을 통해서 독서의 상실된 그리고 이종적(異種的) 양상들에 주의를 호소하는바—이는 그가, 예를 들면, Kabbalah(秘敎)를 환기하여 우리로 하여금『피네간의 경야』에서 숫자나 수수께끼를 의미 있게 가독(可讀)하도록 하기 때문이다. 또는 "SORTES VIRGINIANAE(버질 시대의 접치기)"는 우리가 무작위로 시인 버질의 책을 열고, 우리의 손가락이 닿는 운시(韻詩)의 어떤 예언을 그 탓에 축출하는 독서 연습법이다. 그는, 심지어 한 점에서 『피네간의 경야』를 경전(經典)이 아니라 "경전 씹기(scripchewer)"로서 부르는데—이는 만사가 읽힐 수 있는 단계에서 유아 탐색가들(많은 꼬마 스미스들, 존네스들 및 경야의 피네간들)에 의해 세계 곳곳에 여전히 수행되고 있는 본문의 진행 형태를 회상기 시킴으로써, 적어도 사자(死者)의 기억을 우리의 독자를 위해 불러일으킨다. 다른 독자들은 "독서"에서 내재하는 새로운 가능성들의 가능성을 개척하는 데 있어서 조이스의 영도를 적극적으로 따랐다. 음악의 새로운 형태들을 위한 관념들에 덧붙여, 존 캐이지(Cage)는 『'피네간의 경야'를 통한 글쓰기(*Writing through 'Finnegans Wake'*)』에서 이 작품과 함께 그의 저술의 이합체적(acrostic) 독서("mesostic")의 새로운, 페이지의 중간—형태를 발견하고 개척했다. 그리고 많은 독자는 『피네간의 경야』를 읽는 최선의, 가장 값진 방법은—아마도 유일한 방법—그룹에 있다고 강력하게 주장해 왔거니와 여기서 모든 참석자의 개별화된 전문성이 텍스트를 활기 있도록 그리고 조명하도록 할 수 있으며, 여기서 텍스트는 그 밖에 다른 모든 이의 이익을 위해 각 참가자의 특별한 재능과 특질을 번갈아 조명할 수 있을 것이다(누구든 『피네간의 경야』의 한 문단을 해석하도록 요구해 보라. 그럼 당신은 그 사람에 관한 많은 것을 알게 될 것이다).

『피네간의 경야』의 자유 개방성이 모든 형태의 의미와 해석적 흥미에 주어진 채, 작품을 통찰하는 데 있어서 어떤 안내를 구하는 공동의 독자는 그것을 설명하기를 원하는 그 누군가에 얼마간 좌우되거니와—특히 그중에서도 어떤 권위를 유념하지 말도록 우리에게 말하는 많은 권위자들—왜냐하면, 그것은 실지로 단지 가만히 앉아서, 읽기에, 세계에서 가장 어려운 책 중의 하나일 것이요, 한편으로, 세계

｜제임스 조이스 문학 읽기｜

에서 개관할 수 있는 가장 쉬운 책 중의 하나이기 때문이다. 이러한 상황에서, 『피네간의 경야』를 의미 있게 만들도록 애씀에서 조이스 자신의 권위를 따르는 것이 현재 필자의 의향(심지어 편집병)이나니, 왜냐하면, 조이스 자신의 작품에 관한 그의 많은 서술된 진술들에 주의를 기울이는 유일하고 참된, 실질적 대안은, 작품과 무관한, 그 밖에 어떤 이의 권위에 맡기는 일일지라. 그런데 그는―"저자의 죽음(the death of the author)", 및 세상의 그 밖에 모든 일에 관해 아무리 명석하고 유식한 자라 할지라도―조이스가 『피네간의 경야』에 관해 아는 것보다 언제나 덜 알고 있을 것이기 때문이다. "저자의 죽음" 및 독자의 자유를 선언하는 시대에서, 이것은 아마도 유행에 뒤진 행동일지 모른다. 그러나 "문자의 비(非) 코미디(a comedy of letters)"로서 『피네간의 경야』는 문학적 유행에 대해 반항적(反抗的)으로 편향적(偏向的)이요, 심지어 역(逆)의 관계 속게 언제나 서 왔으며, 그리하여 "저자의 죽음"에 대한 호소는, 더욱이, 발작(Balzac)과 같은 비교적 비(非) 자의식적 작가, 프로이트 혹은 헤켈과 같은 진리―토대의 및 권위주의적 작가, 및 여러 면에서 이제까지 이론화되지 못한 작가성(作家性)의 개념을 당연히 변경시켰을, 조이스와 같은 작가에 의해 행사되었던(조이스의 텍스트는 적어도 바드[Barthes]의 그것처럼 재미있거니와), 권위주의의 실질상 다른 형태를 거의 결코, 충분히 구별하지 않는다. 조이스는, 더욱이 『율리시스』의 증거가 보여주듯이, 청취하려는 어떤 누구와도 자신의 작품과 의도를 언제나 열렬히 토론했을 뿐만 아니라, 그는 또한, 자기 자신의 최선의 독자였다. 프랭크 버전, 루위 지에, 및 쟈크 메르깡 뚱 같은 친구들 및 문학적 동료에게(리처드 엘먼이 추단하는 이들은, 만일 조이스가 살았더라면, 『피네간의 경야』에 대해 꼭 같은 작용을 했을 것이니, 마치 프랭크 버전이나 스튜어트 길버트가 『율리시스』를 대해 그랬듯이), 그는 가일층―그리고 특히 그가 『피네간의 경야』의 완성에 가까웠을 때 그리고 끝마친 후에도, 자신이 하는 바에 관해 많은 것을 말했다. 그리고 그가 말한 많은 것은, "낮에 관한 『율리시스』를 쓴 다음에 밤에 관한 이 책을 쓰기 원했다."라고 한, 의미를 지지한다. 초기에, 작품의 작업 역사에서, 프랭크 버전이 보고하거니와 "『율리시스』 속에 생활―실지 생활―낮의 생활이 있고, 여기 현실―밤의― 초현실이 있다 …… 조이스는 인간의 밤의 마음, 잠에 대한 그의 무시간적 존재, 꿈에서 전달 불가한 경험들 속으로 파고들었다."

말할 필요도 없이, 당연히 "밤 생활의 재건(reconstruction of the nocturnal life)"으로서 『피네간의 경야』를 읽는 것은 마찬가지로 그것을 다른 것들(또는 심지어 그 밖에 모든 것)에 관한 존재로부터 막지 못한다. 왜냐하면, 꿈에 관한 프로이트와 다른 학자들이 기술하듯, "본질적으로, 꿈은 사고(思考)의 특별한 형태에 불과한지라, 잠이 지닌 상태의 조건들에 의하여 가능하게 이루어지기 때문이다. 이러한 정의(定義)의 모든 요소는 중요한데, 왜냐하면, 조이스의 잠자는 영웅의 마음을 통하여 구르는 우주의 사물들은 낮에 의해 마음속으로 나타날 수 있는 모든 것을 포함할 것이기 때문이다.―한편으로 동시에, 조이스는 밤에 꿈꾸거나, 욕망에―넘치는 마음속의 이러한 소재들을 휩쓰는 재구성적인 일그러짐 및 이러한 일그러짐을 일어나게 할 수 있는 잠의 저변에 놓인 상황들을 환기하고 있다(사무엘 베켓이 『우리의 중탐사(衆探査〔Our Exagmination〕)』에서 조이스에 관해 말하듯, "감각이 잠일 때, 말(言)은 잠자기 시작한다"). "뮤트"와 "쥬트"라는 두 인물 간의 대화에서 언급되는 한 가지 단순한 어구, 예를 들면, "한 단안흑인(One eyeoneblack)"이란 말은―적어도 모든 이러한 3가지 것들의 양상들을 가져오나니, 즉 (1) 그것은 한 화자에 의해 타인을 잠깐 기다리게 하는 요

|제임스 조이스 문학 읽기|

구(독일어의 Ein Augenblick), "잠깐", 문자 그대로 "단안(one eyeblink)"이요 (2) 그것은 원초적 공격의 임박한 발로(發露)를 암시하나니 "한쪽 눈이 검게 되다(one eye gone black)", 특히 대화는 뮤트와 쥬트와 같은 동굴인에 의하여 동굴 벽에 조각된 회화적 인물들의 현대적 유추인 만화적 인물들, "뮤트와 쥬트"와 불분명한 두 인물들 사이에 일어나기 때문에, 그리고 (3) 그것은 조이스가 『피네간의 경야』를 통하여 짜는 잠의 감각적 탈선과 폐쇄의 한결같은 저변적 상기자들을 예증하는지라, 왜냐하면, 우리는, 밤에는 눈이 감겨 있고("eye gone black"), 실지로 말하거나 혹을 들을 수 없기 때문이다(따라서 이 대화의 참가자들인 뮤트 ─ 및 ─ 쥬트처럼, "벙어리[mute]"와 "귀머거리[deaf]"가 된다). 또한, 이러한 특별한 것들을 초월하여, 이 구절은 20세기 초의 대중문화 ("뮤트와 쥬트")와 아일랜드의 선사시대를 공히 다루기 때문에, 그의 문맥상 그 말은 인류학, 고고학, 애란 역사 혹은 그 밖에 독자가 그와 관계할 수 있는 것들에 대한 지식에 의해 부여될 수 있는 전반적 확대를 초래한다.

위의 예가 암시하다시피, "인간의 밤의 마음"의 연구서인, 『피네간의 경야』에 관해 생각함은 사고는 유동체의 흐름 및 다양한 암시적 신조어들로서 작품을 쓰는 조이스의 결정을 설명하거나 정당화하는데 도울 것이다. 왜냐하면, "야간 생활을 제건 함"에서 그의 흥미는 사물들이 단번에 몇 개 국면에서 동시에 일어나게 하도록 그에게 요구했으리라. 그리고 꿈의 형성을 가장 기계적으로 설명하는 것을 제외하고라도, 꿈은 총체적으로 "복수의 요건에 의해 결정짓기" 때문이다. 즉, 다 같이 소립자화(素粒子化) 되어 있는 그들의 이미지들은, 다시 말해, 복합적 방도로 복합적인 것들에 대해 언급하는 듯, 그런고로 최소한 "단번에 두 가지 생각"을 언제나 의미하고 있기 때문이다. 프로이트의 꿈의 이미저리에 대한 통속적 설명에 의해 대중화된 고정 관념적 설명에서, 예를 들어, 꿈속의 뱀은 뱀을 당연히 가리키지만, 그것은 또한, 남근(phallus)을 의미할 수 있다. 고로『피네간의 경야』에서도 마찬가지로서, 여기서, 트로이의 몰(추)락에 관해, 또는, 한 우연한 구절에서, "슬롯머신에 페니(동돈[pennis])"를 넣고 있는 인물들에 관해 읽을 때, 우리는 역시 "바지의 추락"을 목격하고, 이러한 어둑한 인물들이 "슬롯머신에 페니"를 단순히 넣고 있는 것 이상의 행동을 하고 있음을 추정할 수 있다.『피네간의 경야』의 첫 페이지에서, 우리는 "공원의 녹아웃(knock out in the park)"에 관해 비교적으로 읽는다. 더블린 사람들과 학자들에게 이것은 더블린의 피닉스 공원의 서부 가장자리에 있는 한 지역이요, 언덕인, "녹 성(Castle Knock)"에 대한 언급임을 그들은 정당하게 지적한다. 그러나 "knock out"은 또한,"knock out"을 의미하는지라, 고로 그 말은 책의 첫 페이지에서 매장된 것으로, 우리가 보는 엎드린(성층 화 된) 인물이, 녹아웃되어(뻗어), 무의식이 되고, 마찬가지로 완전히 죽은 것임을 우리에게 말한다.

사고(思考)의 한 가지 분명한 형태는 밤의 합리적, 타산적 의식을 대신하기 때문에,『피네간의 경야』는 그의 독자에게 총체적인 정신적 조정(調整)을 경험하도록 요구한다. 즉, "꿈의 심미론"에 어울리기 위해, 작품은 등장인물들, 연속적 이야기 줄거리 및 서술적 관례들을 제거해 버린다. 조이스가 언급한 대로, 말하자면, "작품에는 어떤 개인도 없다─그것은 마치 꿈길에서처럼, 문체가 미끄러우며, 실제 같지가 않다. 만일 우리가 작품 속의 한 인물에 관해 말하면, 그것은 어떤 노인 남자에 관한 것일지니, 그러나 현실에 대한 그의 관계는 의심스럽다." 현실에 대한 의심스러운 관계를 지닌 이 노인은『피네간의 경야』의 꿈꾸는 자일 것인즉, 그의 회피적 존재는 작품을 통해 사방에 느껴지지만, 그러나 그는 어디에도 결정적으로 인물화되지 않으며, 또는 심지어 단 하나의 결정적 이름도 주어져 있지 않다. 한 족장이요, 가족의 우두머리인, 그는 따라서 — 작품의 첫 페이지에서, 다른 것들 가운데, 아담, 패트릭, 이삭, 노아, 핀, 그리고 팀 피네간과 같은 여하한 족장적 인물의 이름으로 지적된다. 타당하게 말하면, 한 심리적 상태보다 한층 덜한, 한 "인물"로서, 그의 존재는 또한, 작품을 통하여 이합체적 두문자인 HCE의 재현에 의해 지시되는데, — 예를 들면, 작품의 첫 페이지의 "Howth Castle Environ"이라는 말에, 또는 두 번째 페이지에서 "hod, cement, and edifice" 및 "Haroun Childeric Eggeberth"라는 말에, 또는 둘째 장의 "Here Comes Everybody" 또는 "H.C.Earwicker"라는 이름에서 그러하다. 『피네간의 경야』의 우주가 이 붕괴된 족장의 꿈꾸는 마음 안에, 그리고 번갈아, 그의 잠자는 육체 안에 있는 한, 이 우주의 만사는 육체화(그리고 사육체화〔謝肉祭化〕) 되어 있으며, 거인처럼 포괄적인 육체와 그의 식욕 및 욕구의 편재성(偏在性)을 반영하게 되어 있다. 이 육체성은 한 작가로서 조이스의 충만(充滿)을 나타내는 극히 중요한 부분인즉, 왜냐하면, 『피네간의 경야』는 — 비록 모든 이런 것들이 확실히 거기 있을지라도, 그의 독자에게 새로운 관념, 결정적 명상 및 도덕적 반성만을 꼭 제공하지 않는다. "얼뜨기 진중(塵中) 속에(in muddyass ribalds)" — 그리고 "사건 중심으로 (in medias rebus)"(순서에 의하지 않고) 모든 곳을 개방하면서 — 그것은 그의 독자를, 만사(everything)의, 세계 속 최고 및 최저의 사물들의 심중에 몰아넣는다.

『피네간의 경야』의 언어처럼, 그의 "인물들" 역시 적어도 "한 번에 두 가지 생각들"을 의미하도록 되어 있다. 비록 조이스는 그의 연관이 현실과 의심스럽다고 한, 한 사람의 노인 이외에 『피네간의 경야』에는 인물들이 없다고 말했지만, 작품은 사실상 제2의 이상한 인물들의 광범위한 역(役)으로 작용하기에, 그들의 많은 출현은 어떤 독자들에게 전체가 단일 인물의 야간 생활의 설명이 되는 것이 될 법하지 않은 것처럼 생각하게 해 왔다. 그러나 잠의 특성에 관해 조금만 생각하건대, 이는 이러한 개념이 반드시 필연적이 아님을 보여줄 것이다. 왜냐하면, 우리는 자기 자신 이외 거의 아무것에 관해서도 결코, 꿈꾸지 않으며, 대신 많은 다른 사람들의 이미지들과 기억들을 마음속에 계속 품고 있기 때문이다. 『피네간의 경야』에서도 역시 마찬가지로, 작품의 제2의 인물들은 HCE의 "실지의" 생활에서 의미 있는 사람들에 대한 회상으로서, 그리고 심리하의 상태와 힘을 대표하는 상상적으로 야기된 형태들로서, 이해될 수 있다. 이들 제2의 "인물들"은 여성 인물인, "아나 리비아 플루라벨"을 포함하거니와 그녀는 HCE와의 관계에서 아내 및 어머니로서 동시에 자리하고 있으며, 그리고 그의 생각 속 그녀의 존재는 이합체 문자인 ALP의 재현에 의하여 사방에 지시된다. 두 아들, 셈(Shem)과 숀(Shaun), 첫째는 사회 ― 외적 도당이요 예술가이며, 둘째는 전형적 아들이요 상속자다. 딸, 이씨는 언제나 거울 속의 그녀 자신의 반사를 주시하거나, 그것에 이야기하는 것으로 나타난다. 마마누요(마태, 마가, 누가, 요한[Mamalujo]) 또는 4노인들은 역사가들이요, HCE의 "4분자들"을 불러일으키는 복음자들로서, 이들은 그가 그 속에 기거하는 역사적으로 충만 된 공간 구실을 한다. "Joe"는 가족의 하인이요, HCE의 노쇠한 변형이며, 가족의 하녀인 캐이트(Kate)는 ALP의 노쇠한 변형이다. 12인들(단골손님들, 배심원들, 경야의 애도자들, 또는 사도들)은 널리 대중의 대표자들이다. 그리고 무지개 소녀들(또는 "매기들"), 이씨의 28명의 반(班) ― 그리고 놀이 친구들이 있다. 『피네간의 경야』에서 인물들에 관해 알기 시작할, 그리고 작품을 총체적으로 개척하기 시작할, 좋은 장소는 비교적 독립적이요, 직접 배열된 I 권의 제6장 내에 있다(FW. 126~168).

『피네간의 경야』의 실험주의와 다의성에도 불구하고, 작품은 한 특별하고, 결정적인 연대기적 순서를 갖는데―어떤 독자들은 그로부터 "이야기 줄거리(plot)"를 축출하려고 애를 써왔다. 고로 잇따르는 글의 내용은『피네간의 경야』의 연대기적 노정(路程)의 짧은 개관으로, 독자가 작품에서 그가 움직일 때 찾고 추구하는 어떤 대안을 주기 위해서다. 어떤 개관(槪觀)과 마찬가지로, 그것은 해석을 수반하는바, 그리하여 고로 만일 그것이 산만한 것이 입증되면, 비평을 받을 것이요, 무시될 것이다. 압축적이라기보다 도움이 되기를 의도하면서 그리고 작품의 결정적 및 연대기적 순서의 어떤 의미가 있기를 희망하면서, 『피네간의 경야』가 "밤에 관한 책"으로서 어떻게 드러날 수 있는지를 보여줌으로써, 이는 다른 여느 개요나 골격 열쇠와는 판이하다. 『피네간의 경야』의 연대기적 움직임 또는 "이야기 줄거리"는, 이러한 전망에서부터, 심층적 배열(제I권)과 부활(제II~IV권)의 하나로서 단순히 이해될 수 있을 것이다. 작품은, 이런 견해에서, 포물선의 내리막 코스를 따르는데, 그의 시작에서, 잠으로의 추락으로부터 가장 어두운 중심 속으로 하강하면서, 그리고 이어 새벽, 빛을 향해 재 상승하면서, 그리고 그것이 끝으로 접근하자 다시 일어난다(조이스는 이런 곡선을 산을 관통하는 터널의 구멍 뚫기로 비유했거니와). 작품의 시작에서, 그의 중심인물은 "침대에서 일찍이", "knock out" 되자, 고로 의식을 잃고, 그의 직각(直覺)은 객관적 세계로 접근하고, 그의 육체의 내부 속으로 후퇴하는데, 거기서 세계는(이제는 "회오리의[whirled]", "회오리 세계[whirlworld])", 조상(彫像)으로 투입되어, 욕망에 의해 작동되고, 이미지, 기억 및 언어 속에 재창조된다. 작품의 종말에서, 상보적(相補的)으로, 그의 최후의 말(정관사 "the")을 따르면서, 낮의 세계의 정관사성(한정성[定冠詞性])과 의식적 지각이 되돌아온다. 그들 사이에, 꿈꾸는 자의 사물체(事物體) 내에, 작품을 통해 토루(土壘), 웅덩이, 혹, 폐총(廢塚), 이토(泥土), "턱 수염의 산(the Bearded Mountain)"으로서 다양하게 특정 지워 진 채—이 잠자는 인물은, 마치 쥐 재방 속에서 인양, 동시에 개인적, 문화적, 및 언어적, 과거로부터 자신 내에 모여 왔었던 물질들에 관해 명상한다.

『피네간의 경야』에 대한 비코(Giambattista Vico)의 『새 과학(New Science)』의 개념적 중요성을 알리는 한 가지 방법으로서, 작품의 장들은 4개의 그룹으로 정렬된다. 『피네간의 경야』는 4부로 분할되는데, 그의 첫째는 8장들(또는 4장들의 두 세트)을 가지는바, 한편 II와 III부들은 각각 4장씩을 갖고, IV부는 홀로이다. I부의 첫 4개의 장들에 걸쳐, HCE가 『피네간의 경야』의 원초적 인물로서 소개되고, 이어 점차로 시야에서 물러나, 살아지며, 자기 자신의 그리고 자기 자신에 대해 무의식적, 문자 그대로, 부재의 주체가 된다. 작품의 첫 장은 우리를 『피네간의 경야』의 밤의 하부 세계 속으로 인도하고, 한 남자의 성층화(成層化)된 육체의 내부에 초점을 맞춘다. 그리하여 그는 세계(world)에 대하여 죽었거나(경야에서, 침잠했거나), 또는 세계(world)에 대하여 죽었는지라(침대에서, 경야가 아니고)—그러나 어느 경우에서도 의식이 없다. 작품의 첫 페이지에서 "육봉구두"로부터 "땅딸보발가락"에 이르기까지 뻗어 보인 채, 그의 가로누운 육체는 이 장을 통하여 시야에서 들락날락거린다. 시체에 대한 이 전반적 초점은 I부 ("민요")의 두 번째 장에서 청각적 기관 속으로 수축하고 내부로 끌어 들여 진다—그리하여 그것은, 소문(所聞)과 과문(過聞)에 관해 온통, 꿈꾸는 자의 귀(첫째 장에서 "암흑의 눈"으로 불렸거니와) 속으로 내부의 후퇴를 신호한다. 여기 청각적 영역의 초점화(focalization)가 부분적으로 일어나는데, 그 이유인 즉 조이스가 지적한 대로, "잠 속에서 우리의 감각은, 청각의 감각 이외에는 잠자는바, 청각은 언제나 깨어있는지라, 왜냐하면, 그대는 귀를 닫을 수 없기 때문이다." 따라서 H.C. 이어위커(Earwicker)라 불리는 한 주인공에 중심을 둔 채 — 그의 성(姓)은 "상시경각자(everwaker)" 또는 "감시자(watchman)"를 의미하는 고대 영어의 파생된 것이요, 분명히 귀를 환기시키는지라 — 이 장은 아주 그 말의 모든 의미에서, "과문(overhearing)"에 관한 것이며, 소문과 풍문을 통해서 — 엿듣는 것(eaves- dropping) 또는 애란 — 영어로 "집게벌레 짓(earwigging)"을 통해서 — Earwicker가 자신의 사회적 관계와 아일랜드에서의 그의 신분에 관해 들어왔던 감각을 부분적으로 그의 독자에게 제공한다(음악의 단편들로 끝나면서, 이 장은 또한, 음악과 소리에서 『피네간의 경야』의 깊은 근원을 설명하는데 돕는다). 제I부의 3장과 4장은 『피네간의 경야』의 첫 두 개의 장들보다 읽기에 한층 음산하고 한층 딱딱하다. 부분적으로, 그 이유인 즉, HCE는 심지어 한층 더 깊이 의식 생활로부터 물러나고, 이제는 "거의 살아진 채," 문자 그대로 부재하게 되며, 그런고로 소문, 농담 및 보고에서 단지 간접적으로 제시되기 때문이다. 캠벨(Campbel)l과 로빈선(Robinson)에 의해 "HCE의 서거와 재판"으로 제자(題字) 된, 제I부, 제3장은 의식으로부터 HCE의 살아짐 뿐만 아니라, 밤의 세계에서 그의 부동성, 즉 그의 육체적 "체포(逮捕)"와의 관계를 행사하는 듯하다. 한편 작품의 의미심장한 전환점인 제4장에서, "용해(disselving)"와 확산의 과정이 시작하는데, 이때 HCE가 중심적 초점으로부터 먼 배경 속으로 이울어지고, 이때 대신 이상하고 합성적 인물들 — 캐이트, 4노인들, 셈과 숀 및 아나 리비아 — 이 그의 위치를 점령한다.

이러한 제2의 인물들의 출현은 HCE의 변화된 신분 — 이제는 문자 그대로 부재의 실체 속으로 — 그리고 그의 무의식의 심층적 탐사를 공히 의미하는 듯하다. 왜냐하면, 만일 단호한 가부장적 남성 신분의 날에 의한 지속이 무법적, 여성적 및 아이의 특질들의 억압을 필요로 한다면, 이러한 특질들은 분명히 — 그런고로 HCE의 무의식의 양상들 — 『피네간의 경야』의 연속적 다음 4장들에서 크게 부상하는 것들이기 때문이다. 작품의 변통성(變通性)은 또한, 이 점에서 그것의 진전에서 변화하는지라, 즉 연대기적, 역사적 서술처럼 읽는 것보다 오히려, 『율리시스』의 어떤 독자도 놀라지 않을 움직임으로, 대신에 그것은 각각이 새로운 주제와 형식을 취하는, 일련의 장(章) — 길이의 동위적(同位的) 소품문(小品文)들(비네트)을 통하여 진화하기 시작한다. 『피네간의 경야』에 대한 뭔가 중요한 분석 평론이라 할 제I부, 제5장은 — 오렌지 향의 진흙더미의 핵심 속에 잠들어 누워있던 매몰된 편지 그리고 경야의 "외상기(外傷記)"(traumscript)를 위한 암호로서 부분적으로 이바지하는 것 — 그 자체가 결국, 일종의 "매장된 편지"인, ALP의 "모음서(mamafesta)"를 개척하는데, 왜냐하면, 우리는 그의 본문의 표면하에서 잠재적 의미를 발견하지 않으면 안 되기 때문이다. 밤의 의식 속에 일어나는 것은 일종의 수수께끼요, 그런고로, 프로이트에 따르면, 꿈이다. 나아가, 서술의 연속성을 포기한 채, 고로, 제I부의 제6장은 수수께끼의 형태를 택한다 — 이는 무시간적 마디 — 또는, 하층 타당하게, 12수수께끼들, 그들 각각은 『피네간의 경야』의 주된 인물들 혹은 논제들의 하나를 그의 해결로서 가진다(조이스는 이 장을 "가족 앨범의 그림 역사"로서 언급했다). 제I부의 7장과 8장은, 최후로, 『피네간의 경야』의 밑바닥에서, 솀과 숀 및 아나 리비아 프루라벨의 인물들을 각각 음미하는데, 이들은 극악하게 "저속하고," 무법적인 것의 대

|제임스 조이스 문학 읽기|

표자들이요, HCE의 모성적 및 여성적인 차원들이다.

조이스는 제II부의 첫 장을 ─ 이는 『피네간의 경야』의 구조적 한 가운뎃점이니, 8개의 장들은 그를 선행하고, 8개의 장들은 그를 뒤 따르는지라 ─ 『믹크, 닉크 및 매기의 익살극』이란 제목으로 출판했 는데, 이는 한 아이 ("악마")가 다른 아이들 ("천사들")에 의하여 선택 된 한 가지 색깔을 마치도록 되어있는 "천사들과 악마들" 또는 "색깔 들"이라 불리는 아이들의 게임에 기초를 두고 있다. 그것이 『피네간 의 경야』 속에 재연될 때 ─ 그리고 여러 가지 상호 연결된 이유들 때 문에 ─ 이 경기는 HCE의 아이들인 솀, 숀 및 이씨에 의하여 놀이되는 데, 이들은 이제 자신들의 양친을 대신하고, 작품에서 중심 단계를 점 령한다. 그들이 아마도 그렇게 하는 이유는, 민속에서 그리고 대중 관 용구에서, 잠은 "회춘(rejuvenating)"으로 말해지기 때문이리라. 한편 정 신분석적 용어로, 잠은 "유아 복귀(infantile regression)"를 수반한다. "꿈 은 단순히 우리를 다시 한 번 우리의 생각과 감정 속에 아이들로 만든 다." 작품이 아침 부활의 순간을 향해 그의 중심을 지나 움직이기 시 작할 때, 환언하면, "경야(wake)"란 말의 원자(原子)가 장례(葬禮)로부 터 부활로 바뀐다. 인생을 마감한 한 노인의 경야에 중심을 두기보다 는 오히려 (『피네간의 경야』의 I부에서처럼), 그것은 이제 "깨어남" 및 수 많은 작은 피네간들의 깨어남의 "빛을 향한 마음 열기"를 개척하기 시작한다. "천사들과 악마들" 또는 "색깔들"의 아이들의 게임이 『피 네간의 경야』의 이 장에서 끝까지 연출될 때, 더욱이, 암담한 인물인 솀은, 숀, 이씨 및 이씨의 놀이 친구들에 의하여 선택된 색깔의 이름 을 마치려는 일로 분담된다. 그는 "담자색(굴광성)"이란 이 숨은 색깔 을 발견하는 데 실패하고, 자신이 암흑 속으로 도로 떨어지는 사실은, 나아가, 작품 자체가, 이 장으로 시작하여, 이제 "담자색적으로(굴광성적으로)"되어가고, 태양, 부활 그리고 의식의 재탄생을 향해 움직이고 있음을 암시하기 때문이다.

제II부의 2번째 장을 조이스는 "야간 수업"이라 불렀거니와 그는 인간의 지식과 지각의 토대를 회상하거나, 기록함으로써, 이러한 진전들을 따른다. "여기 기법"은, 조이스에 따르면, 쌍둥이들에 의한 가장자리 주석들, 소녀에 의한 각주들, 그리고 유클리드 도표와 이상스런 그림들 등으로 메워진 남학생(그리고 여학생)용 옛 교과서의 재생으로, 쌍둥이들은 절반쯤에서 그들 주석의 위치를 바꾸지만, 소녀는 그렇지 않다. 아라비아 숫자와 구문(그리고 "죄화〔罪話〕"(sintalk) 및 요약해서, 문자의 신비스런 어려움과 봉착하는 아이들이 어떠한가를 우리 하여금 마음속에 두게 하면서, 이 장은 공히 반초본(反初本〔antiprimer〕) 및 아내서, 인류의 학문과 문화의 기초 분석 그리고 지식의 기본적 원리의 복귀에 해당한다. 최후로, 아이 마음의 형성을 위한 재구성은 작품의 보다 초기에서, 무의식과 경야로 나아갔던, 깨어나는 강렬한 자들의 힘을 보여주는 두 장으로 뒤따른다. 제II부, 제3장 ("주막 장면")은, 그의 배경적 세목이 나이 먹은 HCE가 그의 주점의 일을 걱정하는 것을 보여주는지라, 가정과 노쇠에 순차적으로 굴복하는 노인을 나타내는 세 이야기를 제공하는데, 이제 그는 쇠락했기에, 클라이맥스에서, 그의 아들들에 의하여 압도되고, 대치된다. 제4장은, 상보적으로("마마 누요"), 트리탄과 이솔드의 로맨스를 암담하게 회상하면서, 노인이 자신 없는 미래 속으로 출항하는 젊은 애인들에 의해 그에게 거절되고 방기되는 마크 왕의 처지를 불러일으킨다.

조이스는 초기 『피네간의 경야』의 창작에서 작품의 제III부에 대해 "숀의 망보기(Watches of Shaun)"로서 언급했거니와 그를 이미 서술된 사건들을 통하여 밤 속에 뒤를 향해 여행하는 한 우체부에 대한 서

술로서 특징 지웠다. 그것은 14개의 정거장들의 "순항(via crucis)"의 형
태로서 서술되지만, 사실상 단지 리피 강을 따라 아래로 흘러가는 한
개의 통(桶)일뿐이다. 신세계와 우편물의 배달을 위해 여행하는, 한 우
체부로서, 숀은 모든 교양인이 할 수 있는 것을 行한다. 즉, 그는 단순
히 우편부대 속에만이 아니고, 그의 머릿속에 그리고 혀끝으로 편지를
나르며, 바로 편지처럼, 아침에 그들을 나를 준비를 갖춘다. 제III부를
통한 그의 성장하는 탁월성은, 따라서, HCE의 학식 있는 그리고 편지
를 지닌 의식의 심야에서부터 그리고 차례로, 그의 자기 인식과 자기
보존을 위한 능력의 깊이로부터 재상승하는 것 같은 어떤 중요한 인
물을 대표한다. 비록 1인칭 서술이『피네간의 경야』의 보다 초기에 나
타났지만 — 제8장에서 가장 길게 그리고 숀에 의해 또는 그와 관계가
있는 구절들에서 — 그것은, 마치 유식한 의식(意識)과 함께, 꿈꾸는 자
의 "자아(ego)(라틴어의 "나")"가 스스로 회상하려고 서술하는 듯, 제
III부의 지배적 형식이 된다. 제III부의 과정에 걸쳐, 사실상, 숀이 자
신의 사명을 띠고 한층 멀리 그리고 차례로 여러 세월에 걸쳐 여행할
때, 그는 더욱더 강하게 HCE와 닮아 가고 — 드디어, "Haveth Childers
Everywhere"라는 제목 아래 출판된 구절에서, 그는 마침내 HCE와 동
일한 인물로 바뀐다. 그의 부친의 기품(氣品)과 이미지로서, 이를 또
다른 식으로 서술하면서, 숀은 제II부와 III부의 과정을 걸쳐 성장하
여,『피네간의 경야』의 시작에서 살아졌던, 그리고 제III부와 제IV부
의 마지막 두 장에서 재기를 준비한 채, 재현하는 인물이 된다.

　　제III부의 첫째 장에서, "숀의 첫째 망보기"인, 숀의 꿈같은 인물
이, 연대기적 시간의 식욕을 일으키는(그의 서술 속으로 서로 얽히는 음식
에 대한 무수한 말장난들은 작품이 아침과 조반으로 한층 가까이 움직일 때 공복
[空腹]의 잠 내에 솟아오름을 암시한다), 그리고 끝내야 할 필요가 있는 일

의, 성장하는 감각과 더불어, 공허에서부터 출현한다. 숀의 출현은, 편지를 나르는 의식(意識)의 상승과 함께, 종교에 대한 감각과 개인적 및 시민적 도덕성의 재 각성을 한층 신호하는지라 ─ 우리는 모두 십자가를 지탱해야 한다. 이 도덕가적 인식의 상승은 제III부의 제2장인 "숀의 둘째 망보기"에서 진행되고 견지되는데, 여기서 숀은 ─ 이제 십자가의 성 요한, 돈 쥬앙, 그리고 존 맥콜맥을 포함하는 일련의 유명한 "요한들(Johns)"을 소환하는 죤으로 불리는지라 ─ 그는 설교하는 신부 또는 세속적 형제 역할을 취하는데, 후자는 오르간의 부푸는 소리 너머로(아마도 또 다른 부푸는 오르간의 저변에 놓인 존재 때문에), 사명을 띠고 신세계로 자기 자신이 출발하기 전에 29소녀들(성 브라이 학원의 이씨와 그녀의 반 친구들)에게 경고의 엄한 말들을 구사한다. 국가적 신원과 현실에 대한 상승하는 한 갓 의식(意識)은 숀의 "셋째 망보기" (제III부. 3장)에서 도덕성에 대한 여전히 솟는 감각을 대신하는데, 여기서 숀은(이제 "욘"이 된) 자신이 『피네간의 경야』의 첫 4개의 장에서 살아 갔던 자와 동일한 흙 덤이 또는 성충 화한 육체 내에서부터, 4노인들에 의해 행해진 심문 또는 집회에서, 연설하며, 성 패트릭의 국가적 ─ 종교적 역할을 재차 취한다. 그리하여 그것의 내부에서부터, 이 장이 진행함에 따라, 작품의 시작에 살아졌던 HCE가 재현하고, "Haveth Childers Everywhere"에서 생산적 시민과 시민적 지도자로서 자신의 역할을 확인한다.

제III부의 과정을 통해 일어나는 모든 요소의 재 응집적 자아 인식과 의식은 그것의 최후 부분인, 제4장에서 마침내 합병하는데, 여기서 조이스는 그들의 생활이 『피네간의 경야』의 꿈을 위한 작업의 기초가 되는, 가족의 "진실한," 세속적 환경과 분위기를 서술하기 위해 가장 가까이 접근한다. 여기, 어둠 속에서 그의 아이 중 하나의 부르짖음이 꿈꾸는 자 — 이제 "포터 씨"로 불리거니와 — 에게 자기 자신의 침실과 환경의 희미한 감각을 불러일으키자, 그는 차례로 그의 아내를 침대에서부터 일어나도록 하고, 그의 여인이 보다 젊은 사내(셈)의 침대를 향해 자기를 포기하리라는 긴 밤의 공포를 사실상 느낀다. 조이스는 이 끝에서 두 번째 장에 관해서 말했다. "나는 도로들에 관한 것, 새벽과 길들에 관한 모든 것을 알고 있다." 그것은 의심의 여지가 없거니와 왜냐하면, 새벽의 임박함은 식별할 정도로 친근한 공간성의 복귀뿐만 아니라, 포터 씨의 침실 밖 도로상의 교통 및 소음을 초래하기 때문이다. 접근하는 새벽과 깨어남의 비교되는 표식들이 — 수탉 울음소리, 성당의 종소리, 그리고 교통과 배달 트럭의 소음들을 포함하여 —『피네간의 경야』제IV부의 최후의 장 속으로 확장되는데, 이는 햇빛. 여명 의식과 활동, 부활과 창조 신화, 그리고 임박한 깨어남의 다른 증후들로 넘친다. 작품의 맨 끝에서, 다시 한 번, 한정(限定)된 임박한 출현을 가리키는 최후의 말—정관사 "the"—를 따르면서, 의식적인 깨어나는 실재의 건고 하고도 한정된 세계가 필경 되돌아온다.

　『피네간의 경야』의 연대기적 흐름의 개관은 작품의 총체적 작성 및 형태를 대체로 관찰하고, 이해하는, 적어도, 한 가지 방도를 제공한다. 모든 독자는 뉘앙스 및 초점의 진전과 이러한 변화의 행(行)들을 따르거나 논하면서, 작품의 처음부터 끝까지 다 읽을 시간, 스태미나 의향을 갖지 못할 것이다. 비록 그렇더라도, 우연한 독자는, 작품의 이러한 보다 큰 디자인의 그 어떤 중요한 것을, 극소로, 독력으로 여전히 경험할 수 있을 것인지라 — 왜냐하면, 『피네간의 경야』의 최단(最短)의 접촉은 우리를 공상 전동 장치 속으로 집어넣거나, 당황스러운 자기 —상실, 어의적(語義的) 회복, 그리고 작품을 통해 상세히 기록된 개안(開眼)의 재각성의 과정을 내적으로 유인하기 십상이기 때문이다. "여기 매인 도래(Here Comes Everybody)"에 관한 작품, 다시 한 번, 『피네간의 경야』야 말로, 경험들의 가장 공동의 그리고 가장 암담한 것을 탐구하나니, 그리하여 그것은 더 많은 사람이 즐길 수 있고 당연히 그래야 할 책이다.

◆ Tindall의 『피네간의 경야』 안내(번역)

『피네간의 경야(Finnegans Wake)』는 『피네간의 경야』에 관한 것이다. 그것의 의미인 즉, 작품은 모든 것에 관한 것일 뿐만 아니라, 모든 것을 기록하고, 그들을 해석하는 것에 관한 것이다. 이러한 기록들과 그들의 쓰기, 그리고 그들의 읽기는 작품을, 또는 그것의 많은 부분을, 구성한다. 그리하여, 『피네간의 경야』는 그것 자체에 관한 것이라 말함은, 우리의 현실을 포함하여, 『피네간의 경야』야 말로 그것에 관한 우리의 관념들에 관한 것이요, 그들이 『피네간의 경야』임을, 말하는 것이다. 하지만 우리의 모든 수고를 포함하여 그것 자체에 몰입하는 것은, 전적으로 위대한 일이다.

한 가지 수고는 만사가 그 밖에 만사를 함유하는 어떤 중요한 것이 만사의 주의를 동시에 요구하는 것이다. 조이스가 감당할 수 있었던, 이 요구는 분명히 독자를 초월하는 것이다. 하지만 아무리 엄청나다 할지라도, 『피네간의 경야』는 처음 들어다볼 때보다 덜 엄청나다. 아무리 그것이 친근하지 않은 듯 보일지라도, 적어도 『율리시스』 및 초기의 작품들에만큼 독자에게 친근하다. 왜냐하면, 『피네간의 경야』는 그들의 결과요, 주제와 마찬가지로 방도에서 그들의 논리적 진전

|제임스 조이스 문학 읽기|

이기 때문이다. 『율리시스』를 읽을 수 있는 자는 누구든 『피네간의 경야』는 충분히 읽을 수 있음을 발견할 것이다. 『율리시스』를 즐기는 자는 누구나 『피네간의 경야』에서 많은 재미를 가질 것이다.

처음에 우리를 미루게 하는 것은, 그러한 재미를 미루는 듯, 말 또는 언어(word or language)의 무절제인지라, 그것은, 그러나 『율리시스』에서 여기 그리고 저기 만나게 되는 말의 방법상의 정교성일 따름이다. "유령에 달린 데쳐 놓은 눈(Poached eyes on ghost)"(U 135)은 파넬의 형인, 파넬과 문맥이 요구하듯, 음식과 연결된다. 블룸 씨의 "가정지배인(menagerer)"(U 359)은 한 개의 탁월한 단어 속에 지배인, 가정, 블룸 부인, 그리고 블레이즈 보일런을 함축한다. 이러한 언어유희의 함축은, 재치 있고 효과적인지라, 『피네간의 경야』의 전반적 방도를 예고하거니와 그 속의 말의 일그러짐(붕괴)은 ─「까까머리 소년」의 "해 허머니허이 안한식을 휘해 기도하아지 한았도다(Horhot ho hary ho rhother's hest)"(U 485)처럼 ─ 적지 않게 보편화한다. 그러나 여기저기 쉽사리 만나게 되는 것은, 『율리시스』에서처럼, 『피네간의 경야』의 현기증 나는 풍요를 받아들이는 것이 한층 어려울 것이다. 독자는, 마치 피네간 자기 자신처럼, "경쾌노동자(gaylabouring man)"가 되어야 하는 바, 추락하는 아담처럼 풍부한 지식을 기진, 솟아나는 아들처럼 민첩해야 한다,

우리를 애초에 미루게 하는 또 다른 하나는 습관적인 표면적 이야기의 결여다. 한 편의 소설에서 ─『피네간의 경야』는 소설이라 거의 말할 수 없지만 ─ 우리는 분명한 이야기(서술)를 기대하는지라, 그것은 우리를 끌고 가면서, 부분들을 함께 뭉치게 하나니, 한편 그것은 다른 요소들이 작동하는 동안, 함께 그들을 제공하고 우리의 주의를 고착시킨다. 『율리시스』에서, 스티븐과 블룸 씨의 이야기는 그들의

하루의 미로를 실처럼 끌고 간다. 그러나 이 "야마(夜魔[nightmare])"인 『피네간의 경야』(411)는 어쩐단 말인고? 이야기 줄거리를 결하면서, 『피네간의 경야』는 하나의 붕붕이요, 지독한 혼돈이다. 우리는 그러한 모든 나무에도 불구하고 숲을 시야로부터 잃어버린다. "그대는 자신이 수풀 속에 잃어버렸듯 느끼고 있는 고, 자네?" 하고 기록들과 평설들을 지닌 진지한 감독관은 묻는다. "숲이 무엇인지 그가 모두 의미하는 "조류의 개념" 없이, 그대는 그것을 "새가 삐악거리는 숲의 샘플 정글이라"(112) 부른다. 고로, 어떤 독자고 간에, 그를 위해 습관이 요구하는 표면적 의미는, 소리, 음률 그리고 다양한 암시들의 표면에 굴복해 왔다. 더욱이, 그는 회피적 어떤 것과 숨은 어떤 것 사이의 상호작용을 의심한다.

『율리시스』로부터 『피네간의 경야』로 나아감은 마치 세잔의 그림으로부터 최근의 추상화로 나아가는 것과 같다. 실체를 파악할 수 있는 이야기의 표면의 부재 속에, 질서의 출현을 꾸준히 기다리면서, 얼룩, 홈집, 및 할큄을 우리가 가능한 이용해야 하는지라, 그 질서는, 비록 있을 법할지라도, 즉각적으로 눈에 보이지 않는다. 그러나 이러한 유추는 불확실하기에, 왜냐하면, 『피네간의 경야』는, 독자에게 큰 소리로 읽을 것을 요구하며, 눈이 아니라 귀에 호소하기 때문이다. 다시 시작해 보자. 『율리시스』로부터 『피네간의 경야』로 나아감은 마치 바흐로부터 버르토크(Bartok)로 나아가는 것과 같다. 그러나 이러한 유추는 또한, 불확실하거니와 왜냐하면, 딜런 토마스의 시처럼, 『피네간의 경야』는 말들과 말들이, 비록 그들 자체에서 값질지라도, 본질적으로 참조적(參照的)(대상적[對象的])이기 때문이다. 말들이란, 아무리 습관적 질서로부터 자유로울지라도 그리고 아무리 조화적일지라도, 소리라는 것 혹은 색깔이란 것의 자율성이나 추상성에 결코, 접근할 수 없다.

그러나 그림과 음악의 유추는 전적으로 황당하지 않다. 왜냐하면, 어떤 작문처럼, 『피네간의 경야』는 그것의 타당한 소재들의 한 가지 배열이다. 이들은 단어들(말들)이다. 그것의 분명한 추상성과 자율성이 무엇이든 간에, 나는 거듭하거니와 말이란 것은 언제나 다른 것들(사물들)에 관해 언급한다. 그것의 소재들에 값을 두는, 그리고 다른 어떤 예술 작품이 기필코 그러하듯, 그것을 둘러싼 것으로부터 분리한 것이란, 의미에서만이 자율적임으로, 『피네간의 경야』는 우리의 가장 깊은 관심에 대해 이해와 동정을 가지고 언급한다. 문학은, 음악이 아니기에, 『피네간의 경야』는 존재할 뿐만 아니라, 말을 한다. 더는 사적이 아니듯, 자율적이 아닌지라, 이 급진적 구체화는 단지 어려울 뿐이다.

『켈즈의 책』의 "퉁크"페이지는, 그런데 조이스에게 모델로서 이바지한 듯 하거니와 그것은 정교하고도 공허한 디자인처럼 보인다. 그러나 사방 뛰노는 것은 — 부분적으로 그것 자체를 위하여 필경 — 또한, 놀이를 준비하는 것이다. 아라베스크 무늬는 숨거나, 수놓기도 하고, 복음의 페이지를 드러내기도 한다. 미(美)의 작품들인, 『켈즈의 책』 및 『피네간의 경야』는, 디자인들로서, 그들은, 동시에 형식적이요 도덕적인 것으로, 인간의 조건에 관한 뉴스를 가져온다. 얼마 전에, 어떤 출판사가 그의 독자들에게 "지혜, 멋진 유머, 사랑과 인류의 양심을 가장 잘 구체화하는" 10가지 책들의 이름을 대도록 요구했을 때, 많은 자는 성서를 대었음이 틀림없다. 『피네간의 경야』를 댈 수 있는 사람은 거의 없으니, 왜냐하면, 그것을 읽은 사람은 거의 없기 때문이다. 그러나 심지어 『켈즈의 책』에 전시된 성구들도 지명(指名)을 위해서 더 나은 특질을 갖지 못한다.

비록 분명히 한 가지 문학 작품으로 그리고 그것의 독자들의 판단에 따라서, 분명히 10개의 빛나는 저들 책들의 하나로서, 『피네간의 경야』는 분류하기 어렵다. 그것은 소설의 광대한 풍요, 시의 본질, 음률 및 농도를 지니지만, 그러나 그것은 이것도 저것도 아니다. 그것은 또한, 그것의 인물들, 갈등, 추락 및 승리에도 불구하고 하나의 연극이 아니다. 『피네간의 경야』는 그것 자체만이요─책들 가운데 바로 불사조이다.

조관자(鳥觀者)들은 많거니와─왜냐하면, 많은 사람은 오늘날 거실의 테이블 위에 한 권을 호기심 또는 문명의 대상물로서 지니기 때문이니─그러나 책을 읽는 독자는 거의 없다. 나는 『피네간의 경야』에 관한 어떤 수필을 쓴 사람을 알고 있는데, 그는 그것을 읽지도 않고, 다수의 존경하는 사람들에게 추천한다. 그러나 나는 또한, 한두 독자를, 텍사스의 한 가정부, 에반스턴의 한 변호사, 그리고 프로빈스타운의 화랑의 한 소유자를 알고 있다. 이들은 그 밖에 것은 거의 읽지 않는다. 왜냐하면, 모든 것은 이것 다음으로 사소한 듯하기 때문이다. 그리고 손턴 와일더가 있거니와 그는 한 진정한 독자로서 독서의 거의 1천 시간을 헤아린다. 이 드문 사람은 텍스트를 통하여 앞으로 그리고 뒤로 가며, 그들의 시간을 보냈나니, 부분들 사이의 연관성을 기록하며, 부분들로부터 전체로 그리고 전체에서 부분들로 진행하며, 마침내 어떤, 그러나 많지 않은 확신으로 자신의 길을 탐색할 수 있었다. 그러나 심지어 이런 면으로도 저 행복한 사람은 즐거움을, 그리고 『피네간의 경야』가 가장 우연한 독자에게 거의 제공하는 아버지, 딸, 아내, 아들(그리고 그 밖에 장모 이외에 누가 있는고?)에 대한 예리한 인식을, 발견할 수 있다. 1백 시간 또는 심지어 그 미만으로 그대를 환(環) 속으로 들어가게 할 것이다.

일단 작품의 이 환(環), 그리고 한층 큰 환속에 들어가면, 그런데 그것은, 몰리(Molly)의 독백처럼 깨어지긴 해도, 시작도 끝도 없는 듯

그와 닮았는지라, 그대는 『율리시스』의 그것처럼 조이스의 분명하고 자비스런, 그리고 심지어 한층 경쾌한 인간성의 온정적 비전을 나눌 수 있을 것이다. 그러나 경쾌함 속에는 체념이 있다. 이것이야말로, 조이스가 말하듯, 우리가 매달릴 수밖에 없다. 그는 우리의 치욕과 불안, 우리의 불굴의 정신 그리고 모든 우리의 작은 승리를 공평하게 노정한다. 모든 것을 이해하면서, 그는 자신이 감수하듯 용서한다. 그리고 저 감수야말로 쾌적한 것이다. 『피네간의 경야』는 몰리의 "yes" 위의 아라베스크 무늬다.

이러한 디자인은 너무나 광대하고 정교하기에, 그것을 답습하는 어떠한 시도도 전적으로 타당할 수 없다. 보통의 독자는 절망할 필요가 없으니, 왜냐하면, 알맞은 수습 기간이 지난 뒤에, 그의 독서는 거의 전문가의 것처럼 훌륭하게 될 것이다. 일단의 비평가들은 말들을 비교하고, 사실들에 이바지하면서, 그리고 혼성된 언어들로 서로서로 크게, 지루하지 않게 읽으면서, 『브리태니커 백과사전』처럼 길게 혹은 더 길게 뭔가를 생산할 수 있을 것이다. 과연, 나는 한 문단에 대한 50페이지에 달하는 연구를 알고 있다. 심지어 이런 평설도, 그러나 부적합하거나 할 것이다. 여기 필자의 짧은 평설은(그런데 짧든, 혹은 지루하게 양이 많든 무슨 상관이랴?) 손의 흔듦에 불과하다. 그러나 예리한 선생은, 격려를 부르짖으면서, 또한, 손짓하는 자로서. "이론은 거기 두고 여기 것은 여기에 되돌리도록 할지라. 자 들을지라."(76)

야마(夜魔)작품의 중심에는 아버지, 어머니, 그리고 세 아이로 구성되는 한 가족이 있다. 이들 더블린 사람들은 리피 강가의 피닉스 공원의 가장자리, 도시의 외곽지역인 채프리조드에 살고 있다. 아버지인 H.C. 이어위커는 멀린가라 불리는 주점 또는, 때때로 브리스톨이라는 주점의 주인이다. 그의 아내 아나는 이사벨과 두 쌍둥이 아들들인 숀과 솀으로 알려진, 케빈과 제리의 어머니다. 늙은 조는 잡역부 또는 주점의 경비원이요, 늙은 캐이트는 잡부(雜婦)이다. 주점의 12고객들은 폐점 시까지, 거기 있을 수도 혹은 실지로 없을 수도 있는, 다른 고객들과 함께 주위를 서성인다. 4노인들은, 때때로 12고객들 사이에 포함되어 있으며, 그리고 28소녀들이 있는데, 후자들은, 만일 진짜라면, 이웃의 아이들이다. 바로 언덕 위, 피닉스 공원의 숲 속에, 2소녀들과 3군인들이 있다. 이어위커 가족의 다섯 구성원에 대응하여, 이들은 비록 등장인물 역에서 꾀 중요할지라도, 나머지 사람들보다 덜 실질적인 것처럼 보인다.

비록 실지를 증명하기는 결코, 쉽지 않을지라도, 내가 이미 말한 대로, 분명한 이야기 줄거리는 없지만, 유령 같은 줄거리가 점차로 나타난다. 이 이야기 줄거리는—만일, 과연, 그렇게 불릴 수 있다면, 『더블린 사람들』의 이야기의 그것과 닮은 것으로, 약간 분명하게, 하지만 실질적이요, 끝없이 암시적이다. 여기 "실질적" 행동에 대한 추측이 있는바, 이는 만사가 여기 불확실하기 때문이다: "모든 이러한 사건들은 그들이 전적으로 불가능한 것이라 할지라도 일어났을지 모를 그것들과 마찬가지로 품위를 결코, 떨어뜨리지 않는 다른 어떤 것이 여전히 일어날 것 같기 때문이다."(110)

저녁에 시작하여, 이야기는 새벽에 끝난다. 왜냐하면, 이는 『율리시스』가 더블린의 낮의 이야기이듯, 더블린의 밤의 그것이기 때문이다. 해거름에, 공원의 동물원의 동물들이 잠을 위해 몸을 구부릴 때, 3아이들은 이웃 꼬마 소녀들과 함께 주점 바깥에 놀고 있다. 그들의 경기를 하는 동안, 솀과 숀은 소녀들의 호의를 위해 라이벌이 된다. 숀은 그들의 당연한 선택이다.(II-1장, FW 219~59) 저녁 식사 뒤에, 3아이들은 그들의 숙제를 하기 위해 이 층으로 가는데, 이는 기하학의 공부를 포함한다. 쌍둥이들의 경쟁은 계속되지만, 그러나 이사벨은 — 한결같이 홀로 남는다.(II-2장, 260~308) 아래층에는, 이어위커가 단골손님들에게 음료를 대접하며, 라디오가 붕붕대는 동안 이야기들을 말하면서, 주점을 관장한다. 폐점 시간 뒤에 모든 손님이 물러가자, 이어위커는, 이미 술 취한 채, 제임슨 위스키든 또는 기네스 맥주든, 공평하게, 찌꺼기를 모두 마신다.(380~82) 그러는 동안 누군가가, 주점으로의 입장 허락을 위해 닫힌 대문을 쾅쾅 치면서 주인을 비방한다.(70~73) 그 소리에 잠이 깬 채, 케이트가 치맛바람으로 급히 아래로 내려오자, '주인 자신'을 발견한다: "그건 차례차례 변매인(變每人)이었나니, 자신의 허니문 세장복(洗裝服) 차림에, 자신의 지수(指首)를 쳐들면서, 자신의 권구(拳球)에 사실(私室)열쇠를 쥐고 …… 그녀에게 침묵을……그의 경건한 백안구(白眼球)가 그녀에게 궁내정숙(宮內靜肅)을 쿠쿠 구성(鳩聲)으로 서언(誓言)했도다." 분명히 나신인 채, 그는 마루 위에 곤드라져, "왕좌에 푹 쓰러져있다.(382, 556~57) 그리고 그렇게 침대로 가, 거기 이어위커와 아나는 사랑을 하거나, 하려고 애쓴다. 그녀는 울음으로 훌쩍이는 아이를 달래기 위에 잠자리에서 일어난다. 이사벨은 계속 잠자지만, 저들 두 쌍둥이는 그들의 양친들을 염탐해온 듯 보인다.(III-2장, 555~590) 새벽이 다가온다. 또 다른 날이 시작하고, 그녀의 남편을 언제나 소박하게 보는, 아나는 재차 그를 관철한다.(IV부, FW 593~638) 이어위커의 밤은 블룸의 날처럼 평범한 것이었다.

집을 떠나고 집으로 되돌아오는 블룸의 이야기가 매인의 이야기인 것처럼, 이어위커의 그것 또한, 그러한지라, 그는 죄인이요 소문의 희생자로서, 마루 위에 추락하고, 잠자러 가고, 또 다른 날을 시작하기 위해 일어난다. 버지니아 울프가 불평했듯, 만일 그들의 이야기가 범속한 것이라면, 우리는 우리 자신을 그에 맞추려고 노력해야 한다. 결국, 만인은, 자명하게도 범속하기 마련이다. 주점으로 말하면, 주점은, 하로우의 늙은 소년들, 역시, 또는, 심지어, 이턴(Eton)의 나이 먹은 소년들—어느 음료 자에게도 개방된, 대중적 장소다. 채프리조드는, 더블린의 여타 지역처럼, 모든 곳, 모든 때이다. 이제 더블린 속에 우리 자신을 생각하면서, 우리는 "서(西)중앙국(WC), 더블엔, 낙원 베리의 하이드"(66) 안에 우리자신을 발견하는데, 이곳은 3도시들, 그리고 에덴의 도움으로, 두 번 결합한다. 이어위커의 가족은, 전형적이 되면서, 세계의 사람들을 포함한다. 행동은 사실상, 어느 때고 모든 것을 암시한다. 가족 내의 긴장, 아들들과 아버지 그리고 어머니 간의 변화하는 상호 관계—요약해서, 가족의 과정—는 역사의 과정이다. 조이스는 특별한 것을 보편화하면서, 『율리시스』를 모든 이의 이야기를 만들었을 때, 그렇게 그는 더블린의 한 먼 지역의 한 남자와 그의 가족의 이야기를 모든 시대의 것으로, 그들의 행동을 모든 역사로, 그들의 갈등을 모든 전쟁과 언쟁으로, 만들었다. 모든 신화, 모든 문학, 모든 시간과 공간—우리의 보편화의 이야기는 이러한 배경으로부터 출현한다.

이것은, 요약해서, 가족의 진행사인 즉, 아버지는 쌍둥이 아들들을 낳자, 그들은 싸운다. 아버지에 대항하여 마침내 결합하면서, 그들은 그가 추락하자 그를 대치한다. 솟아나는 아들(싸우는 쌍둥이들의 결합)은 자기 차례로 아버지가 되고 두 아들을 낳고, 그리하여 그들은 싸우고, 결합하고, 그리고 그의 추락 다음으로, 아버지가 된다. 그를 유혹하면서 그리고 분할된 아들들을 끌면서, 딸은 다툼과 추락의 원인이 된다. 왜냐하면, 이어위커의 가족은, 프로이트의 가족처럼, 다소 친족 상간 적이다. 그러나 딸은 어머니가 되고, 그녀는 전쟁과 추락 다음에 잔해들을 모아 재결합한다. 아버지는 일어나고, 추락하고, 분할하고

|제임스 조이스 문학 읽기|

결합하지만 어머니는, 유화적이요 갱생하면서, 한결같다. 이 과정은, 어떤 가족이든, 그들 간의 것인지라, 철학자들과 신학자들을 매혹했던 문제들을 암시하는바, 즉 하나 및 많은 것, 창조주와 그의 창조로부터의 후손, 행복의 혹은 창조적 추락, 상대성, 재발, 영원성과 변화, 추락과 재생이다. 더욱이, 이 가정적 과정은 또한, 우리 현실의 관념들을 구체화하면서, 바지들, 기관들, 벽돌들 및 왕조들이 일치하는 형태다: "뿔 따귀(〔음경〕〔희랍〕)가 서면 바지(트로이)는 추락이라(언제나 그림에는 양면이 있기에) 왜냐하면, 높은 무사려(無思慮)의 측로(側路)에서 그것은 생업(生業)을 살게 할 가치가 있게 만들지니."(11~12)

그의 가족을 보편화하고, 그것을 시간과 시대 속에 두기 위하여, 조이스는 그가 『율리시스』에서 가졌던 유추와 평행을 사용했다. 거기 호머는, 보편적 의미를 특별한 블룸에게 첨가하면서, 그의 날의 구조를 마련한다. 고로 여기, 조이스는, 18세기 철학자인, 지암바티스타 비코(Vico)의 제도를 초청하는데, 후자는 역사가 환적(環的)임을 알았다. 그의 환의 각 혁명은 영원히 반복하는, 4시대들로 구성하는데, 즉 신성 시대, 영웅시대, 인간 시대 및 동시에 낡은 환의 종말이요, 새것의 시작인, 혼돈의 시대다. 종교로 특별하고, 우화와 상형문자로 기록되는 신성 시대는 원초적이다. 이것은 「창세기」의 기간이다. 결혼, 갈등 및 은유로 두드러진, 영웅시대는 트로이 전쟁의 또는 아서 왕의 기사들의 시대이다. 매장, 민주주의 및 추상적 언어로 특징짓는 인간시대는 페리클레스, 몰락하는 로마 및 현대의 그것이다. 갱생을 예고하는 "회귀(recorso)" 또는 혼돈의 시대는, 로마의 추락 뒤에, 기독교의 승리 또는 새로운 신성시대를 선행하는, 암흑의 시대로서 대표된다. 이어위커 가정의 창조적 아버지, 싸우는 아들들, 그리고 혁신의 어머니는 이러한 유형에 멋지게 적합하다—또는 오히려, 비코의 유형은 이어위커 가정의 과정에 멋지게 적합하다. 왜냐하면, 결국, 비코는 단지 도시 외곽의 가정의 의미를 거의 넓히고, 그것에 시간적 차원을 부여하는 평행 또는 유추이기 때문이다. 이 과정은, 특히 더블린에서 보편적이다.

"비코 가도는 뱅뱅 돌고 돌아 종극이 시작하는 곳에서 만나도다. 하지만 원환(圓環)들에 의하여 계소(繼訴)되고 재순환에 의하여 놀라지 않은 채, 우리는 온통 청징(淸澄)함을 느끼는바, 그대는 결코, 조바심 하지 말지니……"(452) 지방과 우주의 성공적 결합을 위하여, 더블린의 바로 남쪽, 달키 마을이 비코 가도를 지니며, 그리고 더블린 자체가 '브라운과 노란(Browne and Nolan)'이라 불리는 한 서점을 가지다니 다행이거니와 후자는 우리를 노란 출신의 부르노로 가져가는데, 그의 철학은 비코의 그것을 보충한다.

조이스에게, 지오다노 브루노는 하나와 다수, 극대와 극소의 상관관계를 의미했다. "일종의 이원론"이라 조이스는 브루노의 제도에 관해 말했거니와(『서간문』, 224~25), 즉 "자연의 모든 힘은 그것 자체를 실현하기 위하여 반대를 도출해야 하나니, 그리하여 반대는 재결합을 가져온다." 분명히 이러한 개념은 이어위커 가족에서 아버지와 자식 및 자식 대 자식의 갈등을 확장하는데 편리함을 입증했다. "나는 이들 이론에 대해 지나치게 주의를 기우리지 않으리라,"하고 조이스는 말했거니와(『서간문』, 241) "그들의 가치에도 불구하고 그들을 이용하는 것을 초월해서 말이오." 『피네간의 경야』를 위하여 그들은 평행뿐만 아니라 구조를 넓히는 데 값지다.

비코의 역사처럼, 조이스의 『피네간의 경야』는 4개의 큰 부분들로 나누어지는데, 그들은 신성시대, 영웅시대, 인간시대 그리고 갱생의 시대를 대표한다. 그러나 이러한 4부분들 안에 17장들이 있는데,

그들 중 각각은 비코의 시대들의 하나에 대응한다. I부의 8장들은 2개의 하부―환을 구성한다. 더 많은 2장이 II부와 III부 내에서 회전하는데, 그들은 각기 4장들을 지닌다. IV부는 그것의 단일 장과 함께, 전반적 '재귀(recorso)'다. 그것에 이어, 우리는 되돌아가, 작품은 다시 시작한다. 보다 작은 환들로 구성된 하나의 환으로서, 『피네간의 경야』는 하나의 커다란 윤(輪)의 형태, 즉 "운명의 수레바퀴"(405), "수차륜(水車輪)의 비코 회전비광측정기(回轉備光測程器)"(614), "그건 물론 재차 조잡(粗雜)과 조악(粗惡)의 조행(粗行)이었나니"(89), "오래된 질서는 변화하고"(486), 모두는 "비코의(惡의) 순환(16)으로 움직이나 동일(同一)을 재탈피하도다."(134) 하지만 조이스에 따르면(『서간문』, 251) 그의 큰 윤은 "사각"이다. 이것은 혼란스럽지만, 그러나 계속, 계속―"우리는 계속 손으로 더듬지 않으면 안 되는 도다."(107) 비코의 바퀴(wheel)의 4양상들을 암시함은 아마도, 끝없이 덜거덕거리며 지나가는, 조이스의 사각(square)의 바퀴일지니, 또한, 언제나 주위에, 염탐하는 4노인 남자들을 함축하리라. 이들 4는 연대기가들, 역사가들, 정통의 대표자들 및 기록자들이요, 애란 역사의 저자들이다. "마마누요"(397)로서, 그들은 4복음서의 저자들인, 마태, 마가, 누가, 요한이다. 요한을 뒤따르는 당나귀에 대한 독자의 추측은 필자의 것과 마찬가지다. 그러나 우리는 확신할 수 있거니와 관찰하면서, 판단하면서, 잡담하면서 그리고 스스로 반복하면서, 이들 4인들은 비코의 과정과 이어위커의 사건들을 관장한다. 요한은 한 의뢰자가 그러하듯 종합적 3인들 뒤에 약간 뒤떨어져 있다. "정겨운 지난날을 그리워하며." 이들 4주병자(酒餠者)들의 즐거운 노래는, 기네스 술통과 제임슨 위스키의 술병 및 옛 시절을 위한 한 두 눈물방울 사이 ― 묵은해의 종말과 새해의 시작을 함축한다.

이러한 감찰자들의 눈 아래, HC 이어위커는 비코의 인간이 된다: "한 인간의 악역(惡役)이 돌고 돌아 (輪〔륜〕!) 그리고 다시 돌으니 …… 여기 그가 다시 나타났도다!"(99) 보편적 인간으로서, 그의 별명은 만인도래(Here Comes Everybody)(32)다. 왜냐하면, 우리 모두처럼, 그는 "인간적이요, 과오하고 용서할 수 있기 때문이다."(58) 그가 다양한 이름 아래 모든 곳에 그리고 모든 때에 나타난다는 것은(여기처럼) 그의 두문자의 재발 때문에 보여진다. 유추들과 인유들의 다수성은 저 "유형심(類型心)", 우리의 "선조"의 편재를 확언한다. 창조주로서, HCE는 "대승합(大乘合) 버스 내의 대혹하자(大或何者)"(415)다. 프레이저(Frazer)의 죽어서, 재생하는 신처럼, 그는 사철나무, 담쟁이 및 겨우살이 나무와 친하다. 추락자로서, 그는 아담, 땅딸보, 및 입센의 건축 청부사이다. 부활하는 자로서, 그는 그리스도이다. 한 주점의 주인으로서, 그는 성체 또는 성찬이다. 우레 어(魚) 뿐만 아니라, 그는 고래요, 곤충, 산양 및 성스러운 나무다. 유명인으로서, 그는 크롬웰, 노아, 마르크 왕이요, 교황(대신관 또는 교각 건축가)이다. 그는 수부요, 재단사요, 소련 장군이다. 외래자 및 덴마크 침입자 또는 영국인으로서, 그는 또한, 로리 오코노 왕이요, 핀 맥쿨, 타라의 백두(白頭) 소년이다. 아서로서, HCE는 아서 웰슬리 경 또는 웨링턴 공작, 알맞은 원탁의 아서 왕 그리고 아서 기네스 경과 합치하는데, 후자는 또한, 두 아들인, 이바 및 아디론 경들을 가진다. "일어나시오, 폼키 돔키 경(卿)!"(568) 이제 채프리조드의 한 개인으로서, 이어위커 씨는 약간 귀가 먹었고, 등이 조금 굽었으며, 곱사등이다. 그리고 소문의 한 희생자로서(법정의 재판에서), 그가 얼마간 죄를 느끼자, 말을 떠듬거린다. 요약해서, 그는 전적으로 매인이다. "전능하신 자여", 저들 4노인들은 그를 찬양하며, 부르짖으니, "내재론자(內在論者)여."(504) 그대 당사자인고?

｜제임스 조이스 문학 읽기｜

우리는 부르짖는다.

이제, 늙은 코핑거 또는 오글토프(또는 그를 뭐라 부르든 간에)는 두 아들, 셈과 숀(또는 그들을 뭐라 부르기를 원하든 간에)을 가졌는데, 그들은 그에게 고통을 준다. 이 쌍둥이들은 경쟁자들이요 혹은 모나드(Monad)를 탐색하는 브루노의 다투는 요소들처럼 동등한 반대자들이다. 셈은 외부자요, 내성적, 예술가 그리고 실패자다. 숀은 내부자요, 외향적, 부르주아 그리고 성공자다. 셈은 나무요, 숀은 돌이다. 셈은 빵 구이요, 숀은 푸주인 이다. 셈은 술을 마시고, 숀은 음식을 먹는다—예를 들면, "세탁소에서 간과 베이컨을 스테이크와 돼지콩팥 파이와 번 갈아 즐긴다."(59) 그들의 양립 불가성은 모든 갈등을 종결하기 위해 갈등을 생산하고, 그들은 야곱과 에서(또는 "우리의 양념병과 포리지 죽"〔489〕)의, 카인과 아벨("나는 불가〔不可〕〔가인〕)이지만 그대는 가(可)한(아벨)인고?"(287)의, 내가 "그대의 훈제형(燻製兄)"이라면?(305) 뮤트와 제프의, 그리고 개미와 베짱이의 것들이다. 이러한 쌍둥이들은 톰 소야 및 헉 핀, 마이클과 사탄(또는 믹과 닉), 피터와 파울, 트위들덤과 트위들디, 로무러스와 레머스, 성 토마스 베켓과 선 로렌스 오클, 성 패트릭과 승정 버클리임을 주목하라. 그들의 논쟁은 모든 전쟁, 특히 클론타프, 워터루, 및 바라크라바, 조이스의 인기 물을 낳는다. 그들 속에 "오래된 깃털 제기 채와 깃털 공치기"(390)는 밀턴의 "두 손잡이 전무기(戰武器)"(615)를 휘두른다. 그들의 다툼은 존재와 존재하는 것 그리고 귀와 눈 또는 시간과 공간의 그것이다. 하지만 아무도 영웅이나, 악한도 아니요, 아무것도 전혀 선하거나 악하지 않다. 왜냐하면, 양자는 매인의 양상들—사람들보다 오히려 원칙들이기 때문이다. 조이스는 그들을, 공평하게, 어느 한 쪽을 더 좋아하지 않고, 아이러니와 동정을 가지고 취급한다. 재차 유리된 채, 그는 자신의 거리를 유지한다, "쌍자굴"에 의해.

셈 또는 제임스는 또 다른 스티븐이요, 이기적, 문필적으로, 『율리시스』와 조이스의 다른 작품들의 저자다. 숀과 존은 다른 멀리건과 크랜리다. 그러나 브루노 노란과 노란 브라운은 "눈의 깜박임"(620)사이 바뀐다. "교환의 아들들" 또는 "바꿔진 아이"로서, 그들은 변덕스럽다. 성공적 셈은 숀이 되고, 실패하는 숀은 셈이 된다. 조이스는 자기 자신의 생애의 세목들을 셈에게 적용하고, 그가 숀을 T.S. 엘리엇, 존 맥콜맥, 윈덤 루이스, 스태니슬로스, 오리버 고가키, 프랭크 오코너 및 많은 타자와 연관시키고 있음이 사실이다. 그러나 셈이, 『율리시스』의 저자로서, 애란인들에 의해 갈채 받을 때, 그는 숀이다. 그 밖에 다른 곳에서 조이스와 엘리엇은 자리가 엇바뀐다. 아들로서, 조이스는 환경과 상대성 원리가 요구할 때 셈이나, 또는 숀이 된다. 그러나 그는 언제나 HCE이다. 조이스가 셈을 위해 자기 자신의 세목을 사용하고 있음은 당연한데, 왜냐하면, 예술가는, 자기 자신의 이미지를 사용하면서, 언제나 자기 자신을 투영하기 때문이다. 자기 자신은 간편하고 가장 낯익어 있다. 하지만 조이스가 조이스를 알았듯이 자기 자신을 아는 자를 위해, 자기 자신의 경험은 여타 자의 그것임이 틀림없다. 에토니언과 보웨리는, 모든 이는 매인이기 때문에, 웃더껑이(皮膜) 하의 형제들이다.

개미 숀은, 베짱이 셈처럼 시인으로 아주 많이 어울리기 때문에, 시인처럼 그의 형제와 자기 자신에 관해 노래한다: "이들 쌍양인(双兩人)은 평인(平人)을 진드기 군(群)하는 쌍둥이로다." 하지만 "저주받은 채" 그들은 싸워야만 한다, "노오란우유부단자가 비행하고 브루노안(眼)이 청래(靑來)할 때까지…… 전자의 그리고 후자의 그리고 그들 양자의 전번제(全燔祭)의 이름으로. 전인(全人)아멘."(418~19)

브루노가 이러한 동등한 반대자들의 다툼을 관장하듯, 고로 헤켈과 함께, 그는 HCE에서 그들의 종국의 결합을 다스리는데, 후자는 셈과 숀의 총화요 또는 두 "합동의" 자들이다. 그들의 아버지는, 아나가 그녀의 아들들에게 말하나니, "통틀어 그대 모두"요, 이들 "반대의 동등 자들"은 하나의 힘으로 진화된 채, 그에게로 돌아온다. "투석변증법적(透析辨證法的)으로," 주제와 반(反)주제는 종(綜)주제가 된다. 외향적으로 부르주아의 숀을 닮으면서, 커다란 혼성은 내부의 셈이다. 단지 아서 기네스 부자 주식회사뿐만이 아니고("최고 지독한 최암울[最暗鬱] 석모[夕帽] 크롬웰"), HCE는 존 제임슨 주식회사다. 만일 셈이 시간 또는 귀요, 숀이 공간 또는 눈이라면, HCE는 그의 이름이 함축하듯, 시공간이다. 이어위커는(집게벌레를 의미하며, 아무리 크더라도 하인을 닮은 곤충이요 또한, 애란의 기거자이니) "귀" 또는 시간을 "마을"과 장소로 결합한다. 그의 주점에서 "시간입니다, 제발"은 "시간입니다, 장소!"가 된다.(546) 만일 조이스가 『피네간의 경야』 속의 하자(何者)라면, 그는 이어위커요, 고로 하자(何者) 또는, 적어도 선의의 하인(何人)으로서, 그밖에 누가 도대체 이를 읽으리오?

채프리조드에 살았고, 그녀의 이름을 장소에 붙인, 바그너의 이솔드처럼, 조이스의 이사벨은 노인과 젊은이 간의, 마크 왕—이어위커와 트리스탄—숀 간의 라이벌의 원인이다. 이 유혹녀는 또한, 라이벌—아들들 간의 다툼의 원인이다. 이사벨은 언제나 솟는 아들(숀)에게 돌아오기 때문에 그녀의 꽃은 굴광성(연보라 빛)이다. 28꽃 아가씨들은 그녀를 둘러싸고 있으며, 한 달과 4무지개들을 구성하기에, 그녀의 확장인 듯 보인다. 29번째 소녀로서, 그녀는 윤년을 대표한다. 이 "나풀대는 소녀"는 언제나 겨울 앞에 앉아, 거울 속 그녀의 골두(骨頭)를 감탄하고 있다. "아가씨, 넌 매력녀야." 그녀가 주변에 있을 때, 음률과 어법, 운(雲) 처녀의 흉내를 내는 것들은 "스트립쇼"가 된다. 요약건대, 이 "결합의 거울 소녀"는 또 다른 거티 맥도웰, 또는 밀리 블룸, 마린가 출신의 또 다른 소녀다. 아무리 아이러니할지라도, 조이스는 이사벨을 이해와 동정으로 다루는데, 이 소녀야말로 미래를 위한 우리의 희망이기 때문이다.

이어위커 부인 또는 아나 리비어 플루라벨(ALP의 두문자는 그녀의 편재성을 노정하거니와)은 비코의 회귀를 재생의 대리자 및 원칙으로서 관장한다. 1,001명의 아이들과 함께, 아브나 나 리페는 "복수 가능성(複數可能性)의 초래자"(104)요, 융의 "아니마"(생명) 또는 우리의 꿈을 왕래하는 위대한 여성 인물로서, 그녀는 또한, 바스 회사 맥주병에 붙은 붉은 삼각형이기도 하다. "예산술(藝算術)의 여거장양(女巨匠孃)"(112)으로서, 그녀는 기네브뿐만 아니라 예술가의 뮤즈 여신이다. "가조(家鳥〔암탉, 창녀, 및 웅덩이〕) 뿐만 아니라, 그녀는 또한, "위"(작은, 쉬 쉬, 요〔尿〕인지라, 왜냐하면, HCE는 창조적 배변과 연관되듯, 그녀는 요〔尿〕와 연관된다). 그녀는 이브요, 성처녀 마리아, 판도라, 노아의 아내, 나폴레옹의 조세핀, 그리고 저들 28월녀들과 그들의 무지개를 지배하는 달(moon)이다. "천국옥여왕(天國獄女王)"인, 그녀는 동시에 천국의 여왕이요, 로마의 레지나 코엘리 감옥이다. HCE가 알파이듯, 그녀는 오메가이다. 그녀를 상냥함과 불만의 혼성으로 다루면서, 조이스는 자신의 리듬을 그녀의 존재와 천성에 적응시킨다. 딴죽거리거나, 조용히 흐르며, 이러한 음률들은, ALP를 구체화하면서, 숙녀인 그녀 자신이다.

HCE가 그의 아들들의 그리고 도약자(늙은 HCE)인 조(Joe)의 총화이듯, ALP는 젊은 이사벨, 이어위커 부인 및 늙은 캐이트의 총화이다. "아나 있었고, 리비아 있나니, 플루라벨 있을지라."(215) 여기 로버트 그레이브스의 코 아래 — 아마도 목격하기에 너무나 가까이 — 고대인들의 위대한 어머니 그리고 또 다른 몰리 블룸인, 그의 세 겹 여신이 있다. 『피네간의 경야』의 모든 여성은, 그들이 무슨 이름하에 가장하고 있을지라도, ALP의 모습들로서, 이는 모든 남성이, 그들의 이름이 무엇일지라도, HCE와 같음과 마찬가지다. 『피네간의 경야』에는 단지 두 인물이 있는데, "할멈과 할범 우리는 모두 그들의 한패 거리나니."(215) 이사벨은 레투시아, 마가리나, 실비아 사이런스, 밀디위 리사(트리스탄을 따서), 또는 뉴보레타로 불릴 수 있을지니, 그러나 그녀는 이사벨로 남는지라, 이 소녀는 젊은 ALP다. 자신의 거울 곁에 있는 "쓰레기통 시튼스"는, HCE에 관해 잡담 하는, 어머니와 딸의 분명한 결합이다. "ALIKE"(165)는 아나, 리비아, 이사벨, 캐이트, 이어위커를 의미한다. 숀과도 그러하다. 필리 텀스톤, 피터 코란, 존즈 또는 욘으로 잠깐 분장되어 있을지라도, 그는 언제나 HCE의 바깥 부분이다.

지리적 은유는 조이스의 아담과 이브의 보편성을 증진한다. 호우드 언덕에 머리를 두고, 피닉스 공원의 매가진 벽에 그의 발(그의 발은 아들들이다)을 둔, HCE는 경치와 평균한다. 호우드는 한 개의 언덕이요, 매가진은 또 다른 꼭대기인지라, 그는 "두개의 토루(土壘)"를 결합한다. 그가 언덕이듯, 그녀는 강이다. ALP는 위클로우의 원류로부터, 채프리조드 바로 아래의 아일랜드 교까지 흐르는 리피 강으로, 거기서 그녀는 자신의 조류를 만난다. 강은 시간이요 생명이다. "생명의 여울"로서, 그것의 "저 외음부(外陰部)의 초미균열(超微龜裂)"(229)을 통하여 흐르면서, ALP는 기네스 맥주와 제임슨 위스키를 위해 물을 공급하고, 그의 흐름에 연어가 도약한다. 불결하고, 지친 늙은 강은 캐이트와 함께 바다로 흐르고, 재차 구름으로 흡인(吸引) 된 채, 재차 비로서 상부 리피 강 속으로 떨어진다 — 마치 수력의 주기에서 비코의 환처럼. 리피 강의 양 둑은 경쟁자 또는 셈과 숀이다. 한편, 저 강둑의 빨래하는 아낙들은, 불결한 옷을 빨래하며, 만사를 새롭게 만드나니, "모두 밤새도록 해마도(海馬濤)를, 넘실거리는 해마도를 세목(洗目)하고 있었도다. 백(白)하얗게."(64), 왜냐하면, 그것은 모두 빨래 속에 흘러나가기 때문이다.

빨래의 운동은 오르내린다. 이는, 환(環)을 제외하고, 『피네간의 경야』의 전반적 운동인지라—비록 이러한 비교는, 온통 짤까닥거리거나, 맞물리거나, 왕복 운동에 충실 하는 동안, 그토록 인간적 얽히고설킴에 서로 용납되지 않을지라도, 그것은 어떤 커다란 엔진처럼, 끊임없이, 뱅글뱅글, 아래위로 맴돈다. 추락과 봉기의 음률은, 작품이 그것의 이름에 신세 진, "피네간의 경야"의 민요에 의하여 "창세"의 첫 부(部)인, 제1장의 시작에서 선포된다. 벽돌 운반공인, 팀 피네간은 어느 갈증의 아침 사다리를 오른다. "만취락(滿醉落)했도다. 그의 호우드 구두(丘頭)가 중감(重感)이라, 그의 벽돌 몸통이 과연 흔들렸도다.(거기 물론 발기(勃起)의 벽 있었으니) 쿵! 그는 후반(後半) 사다리로부터 낙사(落死)했도다. 댐! 그는 가사(假死)했는지라! 묵(黙)덤! 석실분묘(石室墳墓)……"고로 그들은 발치에 제임슨 위스키를, 머리맡에 기네스 맥주통을 대령하고, 그를 경야로 눕힌다. HCE의 가장 적절한 대리자들 가운데 하나인, 피네간은 아주 멋진 이름을 갖는데, 이는 핀 맥쿨 자기 자신을 상기시킨다. "경야" 그건 또한, 멋진 이름인지라, 이는 죽음을 축하하고, 경야 또는 부활을 의미한다. 핀은 더는 아니나니, 어떤 죄인처럼, 재차 핀(Finn)일지라. 경야의 한 애도자가 "극성(極聲)의 환희를 가지고" 강주 술통을 강을 가로질러 던지자, 술이 뿌려진 시체가 재생한다. "그대 내가 죽었다고 생각하는 고?" 피네간이 묻는다. 『피네간의 경야(Finnegans Wake)』에는 소유격이 없는데, 왜냐하면, HCE처럼, 동시에 소유격이요, 복수이기 때문이다.

"인도할지라, 애절한 가금(家禽[닭])이여!"(112) 뉴먼의 이 패러디는 "본래의 암탉"이요, "패러디(흉내)의 새"인, ALP가 HCE로부터 새 사람을 만들어 냄을 함축한다. 그녀의 추락한 남편을 쪼아 깨우면서, "부족함 없이 그를 깨워준 그리고 예(銳)카인(Cain) 양주(良酒)를 준 그리고 그를 유능 아벨(Abel)로 만든"(102) 자가, 바로 그녀다. 그가 추락한 것은 확실하지만 왜 그리고 어떻게는 불확실로 남는다. 아마도 그의 추락은, 아담, 오스카 와일드, 또는 어느 실내 변기 제작자의 그것들처럼, "그의 뒤쪽 경내(境內)의 붕괴가 원인일지 모르나니."(5) 타자들이 그를 느끼는 대로 그가 죄가 있음을 느끼는 것은 확실하다. 그러나 잡담이 저 죄인을 못 박는 것은 공허할지니, 법정의 — 4노 판사들, 12배심원들, 다수의 목격자들, 변호를 위한 예리한 변호인의 노력은 공허할 따름이다. 이 죄는 아담의 그것처럼, 문학적 세미나에서 토론의 여지로, 클론고우즈 우드의 "거드름 피는" 소년들의 그것처럼 부정확하게 남는다. 이어위커의 확실성과 불확실성은, 그러나 그것을 모든 사람의 모든 죄가 되겠끔 — 우리의 죄를 갖은 노력을 다하도록 공모하기에, 왜냐하면, 알프레드 히치콕이 말하듯, 우리의 최선 속에는 어떤 선(善)이 있기 때문이다. HCE의 죄가 무엇이든 간에, 그것은 3상봉자(相逢者)들, 고원의 2소녀들과 3군인들, 공원의 어떤 캐드라는 자, 그리고 공원 가장자리의 마린가 주점의 마루(floor)를 포함하는 듯하다. 피닉스 공원은 중심적이다.

동시에, 그의 에덴과 일종의 퇴비더미인, 피닉스 공원은, 거기 "행복불사조 죄인"(23)이 추락하는 곳이다. 그러나 그것의 이름이 함축하듯, 피닉스 공원은 또한, 그가 잠에서 일어나는 곳이기도 하다. 행복 불사조 죄인이 그의 프라이팬에서 나와 화장용 장작더미 속으로 뛰어들 때, 그의 죄는 "행복 불사조"가 되거나, 혹은 부활절에 앞선, 성 토요일을 위한 미사의 행복한 과오가 된다. 아담의 추락은 행운이었으니("오 불행 중 다행!")(175), 그것은, 우리의 그리스도의 부활을 약속하면서, 우리의 생활을 위해 땀 흘리도록, 창조하기 위해, 땀 흘리면서, 세계를 우리 앞에 내보내는 것을 의미한다. 죄로부터 성자와 문명의 경이들이 나오나니, 그것은 "과일을 담은 예쁜 멋진 솥인지라."(금단의 열매, 보상의 물고기, 및 만물의 전반적 덩어리가 이 빛나는 어구 속에 융합한다. 행복한 추락자, 우리의 "불사조 자체"는 더블린과 또한, 뉴욕을 건립한다. 총체적 HCE인, 우리의 총체적 제조자는 사방 자식을 가진다. 〔Haveth Childers Everywhere〕)

그러나 "피닉스 공원"으로 되돌아가거니와 그리하여 저들 3상봉자들, 이제, 크레브트리 및 포모나 에블린 또는 루피타 로레트와 루펄카 라토쉬(혹은 그들을 뭐라 부르든 간에), 두 소녀는, 이어위커가 염탐하거나 혹은 스스로 노출하는 동안, 메가진 벽 근처 숲 속에서 "깔깔거리며 유혹하는데", "놀리듯" 탈의한다. "그는 그들을 위해 추락했도다." 속옷들, 엿보기, 배뇨, 및 노출이 그의 추락 속에 함유됨이 분명하다. 왜냐하면, 그에 대항하여 "백나(白裸)"는 3인 아래……쌍의 탈의요, 한편 "엿보기"는 가장 부적한 물의 만남이라…… 한편 3군인들은, 아마도 염탐자를 염탐하면서 혹은 또 다른 이야기에 따라, 그의 전진을 거절하면서, 주위에 있도다. "샘, 그이 및 모화트"(또는 그들의 이름이 무엇이든 간에), 이들 노아의 아들들은 또한, 죄인을 반대 증언한다. "탕 그리고 쿵 그리고 탕쿵 재차"로서(58), 그들은 『율리시스』의 풋내기 장님, 성 패트릭, 브루노의 반대의 번복, 그리고 비코의 환을 포함한다. 하지만 이러한 거절 곁눈질자들은 이어위커 및 그의 아들들인 듯하다(그이 속에 3사나이들이 있었는바, 2소녀들은 이브 및 릴리스와 마찬가지로 ALP이요 이사벨이듯 하다. 죄는 가족의 사건이기에 — 그리하여 아무도 그의 자신의 무리에서 불명예가 없는 자는 없다).

공원으로부터 멀지 않는 곳에, 웰링턴 기념비 가까이, ("거기 어첩〔嬖妾〕아다리스크가 추락할 때 방첨탑 오벨리스크가 솟았던 곳에,"〔335〕), 이 어위커는 어떤 캐드라는 자를 만나는데, 후자는 그날의 시간을 묻는다.(35) 늙은이와 젊은이의, 아버지와 아들의, 이 분명히 무해한 만남은, 이어위커의 죄를 야기시킨다. 말을 더듬거리며, 무구(無垢)를 항변하면서, 그는 불필요하게 자신을 옹호한다. 술 취한 채, 무치(無恥)하게 — 마루(floor)와의 그의 세 번째 만남은 장관이다. 그것은 일종의 추락이다.

우리는 『율리시스』로부터 32가 추락의 숫자로, 11이 솟음(봉기)의 숫자임을 알고 있다. 우리는 조이스가 숫자학에 매료되었음을 알고 있거니와 1132는 『피네간의 경야』의 숫자요, 솟음과 추락뿐만 아니라, 그것은 모두를 함유한다. 아일랜드는 거기 32개의 주들을 지니며, 또한, 그것은 대중의 가족이다. 아라비아 숫자를 합하면, 1132는 7이 되고, 마린거의 가족 숫자가 된다. 1132는 아버지와 아들들의 숫자다. 11은 솟는 숀 또는 케빈이요(K는 11번째 문자), 32는 추락하는 이어위커요, 21은, 그들의 차이로서, 셈을 위한 것이다. 제리인(J는 10번째 문자), 셈은 또한, 10으로서, 완성을 위한 유대 신비철학의 숫자요, 고로 창조자로서, HCE의 것이다. 여인들을 위한 숫자는 566으로, 틀림없이, 더 나은 사람(아내 — better half)인, 1132의 절반이다. 비코의 환을 구성하는 연쇄인 1132, 566, 566, 1132는 이 솟는, 추락하는 가족의 역사를 포함한다. ALP 자신은 다른 숫자들을 갖는지라, 노아의 40일 밤낮의 비(雨)로부터의 40을, LIV로부터 54를, 그리고 갱생과 창조를 위한 111 또는 1001을 가진다. 이 뮤즈 신에 의해 영감 된, 『1001 야화』는 『피네간의 경야』다.

숫자들, 캐드, 소녀들과 군인들 모두는 주제들이 된다. 어떠한 장도 없는바, 과연, 거의 한 페이지도, 이들 소녀와 군인들에 대한 어떤 언급 없는, 또는 그들을 수반하는 말의 태그의 어떤 암시도 없는 것은 없다. 즉 "모슬렘 벽. 핌핌 핌핌", "조준, 경계 및 쏘아." 이러한 순환적 모티브들과 몇몇 다른 것들은 너무나 강박적인 것으로, 『피네간의 경야』는 — 마치 블룸의 "결코, 변하지 않는 언제나 변하는" 물처럼 — 약간의 변형과 함께 재삼재사 반복되는, 한정된 소재들의 거대한 배열처럼 보인다. 그러나 그것 말고 인생은 무엇이며, 그것의 바로 이미지들 말고『피네간의 경야』는 무엇인고?

더 작은 주제들 가운데는 안개, 나무, 및 의상(衣裳)이 있다. 『삭막한 집』의 "특별한 런던"을 회상시키는, 그리고 덜 펼쳐지고 의미심장한, 안개는 개인을 확약하거나 심지어 그에 관해 확신을 가지고 잡담하기에 어렵게 만든다. 나무는 생명의 나무, 피닉스 공원의 "융성목(隆盛木)", 지식의 나무 또는 "한 그루의 윤락 사과나무", 북구의 물푸레나무 또는 "두경존재(豆莖存在)" 그리고 가족의 나무다. HCE는 "북구세목(北歐世木)"이요, 그의 아이들은 "소화(素花) 블루머들", 그리고 그의 아내는 한 잎사귀: "나는 말 하는 잎사귀나니" 하고 리피 강은, 마치 한 권의 책 인양, 말한다. 셈은 느릅나무 또는 그녀 곁의 버드나무요, 숀은 한 톨 돌멩이: "피에타(베드로)의 신앙심과 함께 나뭇가지 잘리니(바울), 사울은 단지 돌멩이 예(禮)일 뿐." 의상(衣裳)의 주제는 재단사와 빨래하는 아낙들을 함유하거니와 카라일의 『의상 철학』과 스위프트의 『터무니없는 이야기』에 대한 언급에 의해 지지된다. 편지에 대한 봉투요, 고로 의상은 육체에 대한 외피이기에, 즉 시간과 장소에 따른 외부적 현시(顯示)다. "나의 인생 하나의 의복"은 아마도

HCE, 블룸 그리고 조이스에 맞는 바지일지니, 따라서 그들은 무화과 나뭇잎 사이의 "아몬드 눈을 한 무화과나무 한 쌍"(94)이다.

　모자, 지팡이, 경주, 사냥 및 차(茶)는, 『율리시스』로부터 운반되어, 주제들의 복잡성과 합체한다. 『피네간의 경야』에서, 그러나 침투적 연무성(煙霧性)에도 불구하고, 이들 상속적 이미지들은, 마치 전반적 불확실성이 많은 작은 확실성의 산물인양, 『율리시스』에서 보다 한층 가까이 한정적인 듯하다. 모자를 예로 들어 보자. 블룸 씨의 모자는, 우리의 명상을 초청하거니와 웰링턴이 그의 큰 백마의 엉덩이에 매단 반모(半帽)가 된다. 이 잘못 놓인, 결함된 모자인 리포리움의 재산은, 세 모서리요, 3군인들을, 반모는 쌍둥이들의 총화의 절반 또는 그중 하나를, 암시한다. 4노인들은 그들 가운데 반모를 가진다. 한 개의 완전한 모자는 개인적 신분, 성숙, 타당성 혹은 결합의 증후처럼 보인다. HCE는 자신의 관모(冠帽)를 그의 아들의 각자에게 내기한다. 신분들을 교환하면서, 뮤트와 쥬트는 마치 고도(Godot)를 기다리는 양 "모자를 교환한다." 지팡이는, 여기 셈의 재산으로, 마치 한때 스티븐의 그것인 양, "생장(生杖)"이 된다. 셈이 이 창조적 도구를 치켜들 때, "벙어리는 말한다."(195) HCE가 두 절반 관모에 내기를 거는, 경주(race)는 분명히 비코의 환이요, 인류(human race)다. 뾰족탑 추적에 비유되는, 금배(골드 컵) 경주는 암난(暗難)하다. 존 필과 "고기 사냥꾼인 램로드"가 말을 타는, 여우 사냥은 『율리시스』의 「키르케」장에서 스티븐과 블룸 대신, 죄지은 HCE를 사냥물로 삼는다. 블룸 "가족의 차(茶)"로서, 그것은 "둘을 위한 차" 또는 여기 결혼이 된다. 때때로 HCE는 차로 적실 수 없다. 때때로, 그러나 그는 "따름을 더 따라 내게 한다." 그러나 차는 공통적으로 아나 리치의 음료다: "지고신(至高紳) 산나여! 차(茶)는 지고로다!"(111) 그녀의 편지는 신세계의 보스턴티파티에서 심각하게도 차로 얼룩지고 있다.

말의 주제들, 때때로 친근한 또는 친근하지 않은, 말꼬리 그리고 때때로 단일 단어들은, 또한, 부분과 부분을 나르거나, 병치하거나, 연결하는, 커다란 디자인을 복잡하게 한다. 회상들 또는 대중가요들 및 시(詩)들의 파괴는, 더는 재발하지 않을지라도, 각 문맥에 의미를 첨가하거나, 그로부터 그를 떼놓는다.

그러나 재삼 공원으로 되돌아가거니와 여기, 그것의 토루(土壘) 꼭대기에, 메가진 탄약고가 있으니, 그것은, 한때 스위프트에게 예술을 위한 소재를 마련했거니와 이제 조이스에게 더 많은 것을 마련한다. 이들 두 소녀에 의해 출몰된 채, 그런고로, 이어위커의 죄와 추락의 장면인, 스위프트의 탄약고는 『피네간의 경야』에서 이어위커의 캐드와의 만남의 장면인 웰링턴 기념비가, 박물관이 되기 위해 결합한다. 그대가 이 혼성물을 탄약고, 박물관 또는 분묘로 생각하든지 안 하든지, 이 "뮤즈 동산"은 과거의 편린들이나 기록들, 역사와 문학의 모든 소재, 그리고 아다 성배 및 『켈즈의 책』과 같은 예술 작품을 포함한다. 동시에, 무덤과 자궁은, 과거의 그릇이요 미래의 창조물인지라, 이 "뮤즈의 방"은 또한, 기억의 딸들인, 뮤즈 여신들의 가정이다. 버크, 쇼, 및 예이츠(그는 아버지의 이미지로서 계속 이바지하거니와)를 환영하면서, 늙은 캐이트는 우리를 안내하는데, 왜냐하면, 관리자와 문지기로서, 그녀는 "납세공"을 책임지고 있기 때문이요, 한 내보자(tip)로서, 그들을 기꺼이 전시한다.

그러나 "tip"은 박물관의 말의 주제로서, 또한, 무더기(더미)를 의미한다. 박물관은 매장의 토루 또는 무덤일 뿐만 아니라 "패총"으로서, 그 속의 "찌꺼기 더미"는 그것의 주스(즙) 속에서 익을 때까지 대지(大地) 요리하고 있다(terracooking). 이 퇴적의 한복판에서, "간략한,

|제임스 조이스 문학 읽기|

배변"은 "병아리들의 똥, 고양이들의 냄새, 송아지의 젖통, 부패한 마녀거품, 곪고 있는 부대"……더 고약한 것은 아닐지라도 ……퇴비에 지배된 과거로부터의(팁팁팁!)로서. 그러나 또한, "오리브, 사탕무, 킴멜, 각시들"을 포용하면서, 이 "시당(時場)"은 "알파벳"이요, "점토본"으로, 그것을 룬 문자주(文字走)하는 자는, 네 발로 기어서 읽을 수 있도다. 고로 "만일 그대가 abc 기초마음이라면, 그대는 허리를 굽힐지라", "재발 구부려요"는 4노인들처럼, "퇴비 탐색"을 기꺼이 맡을 자들을 위한 주제이다. 선사시대의 과거 곪고 있는 물체일 뿐만 아니라, 이 쓰레기는 예술이요 혹은 인간의 기원, 생애 그리고 룬 문자의 환경, 설형문자, 타입 및 종잇조각들을 기록하기 위한 인간의 시도다.

3군인들의 출몰지로서의, 탄약고는 군대의 연관을 지닌다. 웰링턴 기념비는, 그런고로, 전쟁의 잔여물들로서 흩어진, 워터루의 또는 클론타프의 전장(戰場)이기도 하다. 청소부로서, 캐이트—ALP는 "등색" 또는 "손수레" 속에 이들 단편들을 주워 모은다. 분투의 그리고 추락의 희생자로서, HCE는 여기 "잡물의 수레를 떨어뜨렸다." 죄, 추락, 분투, 쇄신, 오물의 장소는 에덴, 피닉스 공원인지라, 친애하는 불결한 덤프린이다. 만사가 됨으로써, 이 "쓰레기"의 퇴적은 또한, 『피네간의 경야』다.

팀 피네간은 사다리(latter)로부터 추락했다. 사다리로부터 "잡물(litter)"은 오고, 잡물로부터 편지(letter)는 온다. 그것은 모두 작동한다. 암탉에 의해 퇴비 속에서 발견된 채, 편지는, "종이처럼 작은 인류의 이야기를 잘도 나르듯, 흐트러진다." 오물의 본질로서, 그것은 마찬가지로 가공물이요, "혼질서(chaosmos)"니, 이어위커의 가족의 뒤엉킨 사건들은, 알파에서 오메가까지 집중된다. 그것 속에 함몰될 뿐만 아니라, 그의 가족의 구성원들은 그것의 글쓰기, 발견에 함몰하고, 배달을 시도한다. 왜냐하면, 이 편지는 HCE의 아들인 숀에 의해 송달되고, 숀의 형제인 솀에 의해 쓰이고, 솀의 어머니인, ALP를 위해, 숀의 아버지인 Hek을 위해, 언급된다. ALP는, 뮤즈 여신으로서, 그것을 영감하고, 그것을 발견한다. 문사인 솀은 그것을 쓴다(그것의 "요점은 숀의 요점인지라," 그것의 손[hand]은 "세머스의 손이도다."). 우체부인 숀은, 편지를 발견한 것을 주장하는데, 그것을 읽거나, 배달할 수는 없다. 왜냐하면, HCE는 모든 알려진 주소로부터 이사했으며, 편지는 배달부에게 희랍어이기 때문이다. 그런고로, 그는 자신이 배달한 것을 비난하기에, "멋지기"는커녕, "필생(필생)의 공포"의 혼성은 "난필의 혼란……한바탕 부는 찌꺼기의 허튼소리"에 불과하다.

우리는 부르주아적 숀을 동정할 수 있다. 왜냐하면, 분명한 극소의 실체가 무엇이든 간에, 편지는 해석하기 너무나 어려움으로, 모든 학자가 만연히 추측하기 때문이다. 어떤 이들은 이것이 그 실체임을, 타자들은 저것이 그것임을 말한다. "아무리 기본적으로 영어라 할지라도," 수수께끼 같은 문서는 "온통 만설(萬舌)로 쓰인 듯하다." 더욱이, 우리의 눈 아래 그것은 계속해서 변전하는 듯하다. 비록 결코, "점들과 얼룩들……굴렁쇠들과 꿈틀거림과 병치의 낙서의 비효율적……음모"가 아닐지라도, 그것은 마치, "음감과 음향"으로 결합하고 있는 듯한, 이 편지는, 그럼에도, "이상적 불면증으로 고통받는 이상적 독자에 의해 그의 코를 가라 앉히거나 방영(芳詠)할 때까지 영원히 그리고 한밤을 코를 비비적거리도록" 입증되는 듯하다. 아라비아 무늬에 의해 혼돈된 또 다른 재발된 『켈즈의 책』과 마찬가지로, 우리는 "다수의 의미 전체, 총체적인 어느 자구의 해석, 그로부터 지금까지 판독해낸 구절의 모든 단어의 의미를 의심할지라도," 그러나 "우리는 그의 진지한 저작성과 단번의 권위성에 대하여 어떤 부질없는 의혹을 허풍

|제임스 조이스 문학 읽기|

떨어서는 안 되도다." 편지는, "비식적임자(非食適任者)에 의한 아연(啞然) 어이없는 불가독물(不可讀物)"이라 할, 인생의 이미지 바로 그것처럼 보이는데, 그와 더불어 그것은 "아담 원자구조(原子構造)"를 분담한다. 그러나 우리는 묻나니, 그건 예술인고? 분명히 이 엄청난 복음은, 그것이 생성한 더미처럼, 『피네간의 경야』 바로 그것이다. 주로, 그것 자체에 관하여, 이 책(편지)은 이 작품의 사방에 산재한다. HCE에 관한 호스티의 민요는, 예를 들면, 그것을 그리고 그것의 저자의 또 다른 설명을 포함하는 작품의 또 다른 개략이다.

과연, 『피네간의 경야』의 글쓰기, 방법, 특성 및 감수(監修)는 『피네간의 경야』의 주된 관심처럼 보인다. 어느 날 밤 귀가하면서 그리고 낯선 도구들의 것처럼 "한 폭음폭주병(暴飮瀑酒甁)의 파마왕(破魔王)의 폭음"을 내면서, HCE는 모리스 베한(숀, 조, 및 스태니슬로스)의, 이사벨의, 그리고 늙은 하마의, 분노를 야기한다. 이 "폭음폭주병의 파마왕"은 『피네간의 경야』다. "조묘(猫)"요, "눈먼 돼지"인, HCE, 그것의 저자는 분명히 조이스다. 셈―조이스가 HCE 속에 잠재할 때, 그는 저자요, 숀―조이스가 잠재할 때, 그는, 만일 있다면, 청중이다. 그의 재판 뒤로, HCE는 자신의 눈에 안대를 두른 "파리의 새침데기"인지라, 임금님의 영어를 살해한다. "그대 그리고 우리의 무색의(無色衣)에 대한 그대의 차고다변재능(車庫多辯才能)이여!"하고 28소녀들이 말한다. "곁말 자 숀!" 자신의 주점에서 술 찌꺼기를 마시면서, HCE는 『피네간의 경야』를 다시 쓰고 있다. 재채기하며, 방귀를 뀌며, 노래하며, 다양한 언어로 홀로 중얼거리면서, 그는 음료와 문학의 찌꺼기를 빨아 드린다. HCE의 문학적 측면인 셈은, 그의 배설물로 잉크를 제조하여, 자기 자신의 피부에다 글을 쓴다: "마침내 그의 부식적(腐蝕的) 승화 작용에 의하여 하나의 연속 현재시제의 외피(外皮)로서 모든 결혼성가

(結婚聲歌)를 외치는 기분경토(氣分耕土)의 환윤사(環輪史)를 천천히 개필(開筆)해 나갔나니…… 유일 인간자(人間者)." 그것의 1,001층을 그리고 언어들의 혼란을 지닌, 바벨탑을 건립하면서, 건축청부업자인, 피네간은 『피네간의 경야』를 건립하고 있다. "어떤 세계의 의미에서" 언어가 아니고, 바벨의 떠듬거림 그리고 그것의 추락의 산물인, 『피네간의 경야』의 언어는 "모든 인류의 혈족 언어가 어떤 만화자의 말더듬이의 뿌리로부터 모든 가장 건전한 감각을 크게 발견되도록 잎 피워왔듯" 하다. "전승인물화(傳承人物化)된 채", "그 단신화(單神話)"는 "희비극체계적(喜悲劇體系的)으로", 나아간다. 마침내 성공으로, 『피네간의 경야』의 저자가, 아일랜드의 박수갈채를 받을 때, 그는 손인지라. "용감한 족통(足痛)의 흔!" 그들은 더블린에서 부르짖는다: "그대의 진행을 작업할지라!" 『피네간의 경야』는 『피네간의 경야』에 관한 또는 거반임이 지금쯤 거의 분명해 짐이 틀림없다.

　　"언어예성"(言語銳性)의 한 가지 예인, 이 책은 "장난으로 따돌린 날조" 또는 사기다. "그대는 휨 경기(競技)의 위조품으로부터 명성의 다손실(多損失)을 입으리라." 심지어 편지는 일종의 표절이니, 그것의 발견에 대한 손의 요구는 가짜다. 『젊은 예술가의 초상』의 마지막 페이지에서 우리가 만나는 표절과 훔침의 주제는 여기 클라이맥스에 달하는데, 그리하여 거기 문학적 창조는 두 가지 의미에서 사기니, 즉, 모방의 아리스토텔레스적 의미에서, 둘째로, 대중의 추산에서 그러하다. 이야기 또는 이루어진 어떤 것뿐만 아니라, 소설(허구)은 일종의 거짓말이다. 우리 시대의 대중은—심지어 올리버 고가티나 프랭크 오코노와 같은 탁월한 대표자들도— 조이스의 예술은 사기임을 확신한다. 보통의 독자는 자신이 속임을 당하고 있음을 확신한다. 그런고로 HCE 및 솀은, 『피네간의 경야』의 저자들로서, "동양사기한(凍梁

詐欺漢)"이요, "소인배"다. 다이덜러스 자신처럼, HCE는 "신석기 시대의 대장장이다." 숀의 "유사 가짜"인 솀은 "가짜"요, "변기 제작자"다. 또 다른 "사이비 재미 소극사(笑劇師)"인, 솀은 "읍아쳐마표절자(泣兒炊馬剽竊者)"다. 문사 짐인, 솀은 자신의 이름을 그로부터 따왔거니와 악명 높은 표절자였다: "단조(鍛造)하라, 양쾌(陽快)한 심(Sim)신(神)이여!" 이 창조주의 "제작"(fecit)은 날조(faked)를 의미한다. 그러나 HCE는, 하느님으로서, 천지의 창조주인지라, "불타는 도시구(都市球)처럼 자기 자신을 단조전진(鍛造前進)했도다." 그럼, 그것은 거의 놀랄 일이 아니나니, 이어위커의 가족들이 그의 육체를 성찬적(聖餐的)으로 먹어치울 때, 그들은 "거품 사주(詐酒)를 꿀꺽 잔 들이키도다."

표절을 위한 말의 주제는 "주저(hesitency)"인지라, 이는 피닉스 공원의 살인에서 파넬을 관여하는 편지들을 표절한 데 대한 리처드 피곳의 재판에서 유명하게 된 말이다. 피닉스 공원에서 캐드와 만나는 동안 적당하게도 발생하면서, "주저"란 말은 창조자들의 자격으로 솀과 "주저폐하(躊躇陛下[HeCitEncy])"와 함께, 그리고 심지어 숀과 함께 연관된다. "최고로 예언하는 자가 최고로 둥쳐먹는 자라." 하고 조이스의 노 수부는 말한다.

언어에 관하여, 이를 우리는 약간 뒤에 목격하게 되거니와 조이스가 확언한 대로, 다수의 예들이 틀림없이 이제쯤 분명하게 만들고 있으며, 『피네간의 경야』는 "육지부하물(陸地負荷物)의 및 또한, 설유기물(舌遺棄物)의, 석금폐물(昔今廢物)"로, " 편설실언(片舌失言)"로, "허의(虛意)의 아담 비가(悲歌)"로, "저질 다변자"로, "온통 하나의 용해어의 어느 단어들이고 간에, "다성의 단어들"로―요약해서, 언어유희, 또는 이중화(二重話) 및 다양한 붕괴어로, 구성된다. 언어유희의 수호자인, "성 칼렘보우머스"는 프로이트의 기지와 꿈을, 또는 그것의 중첩어의 단어들을 지닌 루이스 캐럴의 "마약주사어"를 통제하듯, 이러한 혼란과 응축을 통제한다. 이 언어는, 동시에 효과적이요, 의미 있는 그리고 흥미로운지라, 이는 조이스가 자신이 하기 위하여 선택한 유일한 중죄자다. 많은 언어로 이루어진 채, 그것은 우주적이다. 마치 17세기의 "기상(conceit)"처럼, 부조화의 조화로서, 이 언어는 존 단이 찬양하고, 존슨 박사가 개탄했을 방법으로, 기지적(奇智的)이다. 만일 응축이 문학적 덕목이라면, 어떤 이가 말하듯, 여기 작품들은 최고의 덕목이다.

우리가 인지해 왔던 어떤 아름다움들 그리고 약간의 더 많은 것을 재차 인지해 보자. "상록의 대 정원 연회(goddinpotty)"를 예로 들어 보자. 이 재치 있는 함축어는 에덴의 가든 파티 혹은 아담의 추락 및 성배의 성찬 혹은 예수를 포함하거니와 추락과 부활을 총괄하면서, 이 복합어는 플럼트리의 통조림 고기를 마음에 되새긴다. 그것의 표면에서, "goddinpotty"는 사무엘 베켓의 『종경(終竟)(Endgame)』의 저들 점령된 재(灰) 깡통처럼 불합리하고 불길한 듯하다. 『피네간의 경야』의 같은 페이지에는 "홈믈렛(homelette)"이 있는데, 이는 오믈렛과 홈의 응축으로, 험프티 덤티의 추락과 요리 또는 합체와 갱신, 가족을 이루는 행복한 또는 창조적 추락을 함축한다. "거나한 맥주들이(Wet Pinter)"는 웨스트 포인터(West Pointer)이요, 술 취함이다. 이 함축은, 알맞게도 캐드와 사관생도(cadet)에 적용된 채, 신세계 또는 갱생 및 무질서적 고대의 성쇠를 포함한다. "이중견의 씨앗(Doubleviewed seeds)"은 (삼각형 ALP 또는 엄마의 문제를 구성하는) 가정의 기하학적 문맥에서 관찰할 때, 엿보는 이중 또는 쌍둥이에 의해 개관된 채, 모성적 삼각형의 각(角) P는 WC 또는 씨앗과 섹스를 위한 장소를 결합함을 의미한다. 두 단어는 결코, 덜 예의적이거나 혹은 한층 효과적이지 않다.

｜제임스 조이스 문학 읽기｜

이제 한 두 단어로부터 구절과 문장의 단어들로 진전하면서, 이들—그리고 이러한 우리의 최초의 예를 인지해 보건대: "유혹된 자를 위하여 우리의 수제시녀(手製侍女)를 주시할 지라(Behose our handmades for the lured)!"(239)는, 삼종기도(Angelus)로부터의 "주님의 시녀를 보라(Behold the handmaid of the Lord)."에 대한 분명한 유희다. 성처녀를 함축하면서, 이 혼성어는 엿보는 저들 두 소녀와 함께 수세공과 속옷을 결합한다. "유혹된 자"는 그들의 희생자요, 우리의 아버지인, HCE이다. 이것은 간단하다, 그러나 다음을 생각해 보자: "구치 판관(判官)은 우정당(右正當)하고 드럭해드 판관은 좌악당(左惡黨)이었나니!" 리피 강의 문맥에서 생각할 때, Reeve Gootch와 Reeve Drughad는 파리 센 강의 Rive Gauche로서, 라틴 가(街) 또는 예술가들의 거리, 그리고 드로이트 강 또는 부르주아의 그것이다. 쌍둥이들은 경쟁자이기 때문에, 그들은 강의 양 둑들이다. "Cootch"는 좌(左)를 뜻하는 부패된 프랑스어다. "Drughad"는 우(右)의 게일어다. 고로 우리는 파리의 망명자와 인습적 더블린 사람과 함께 예술가의 갈등을 지닌다. 그러나 구치 또는 "좌"는 "우"인지라, "드럭해드" 또는 "우"는 "불길"이요 혹은 라틴어로, "좌"이다. 고로 세 번째 예는 한층 우스꽝스럽다: "우리는 육담영어(陸談英語)를 말하는 고, 아니면 그대가 해독어(海獨語)를 말하는고?" 이 질문은, 프랑스어와 독일어, 땅과 바다, 영어와 그것에 대한 조이스의 경쾌한 개량(改良), 그리고 모든 쌍둥이의 갈등을 함유하는바, 모든 독자의 문제다.

『피네간의 경야』의 첫 문장(혹은, 한층 정확하게, 열림으로써 이바지하는 절반 문장)은 조이스의 서막들이 그러하듯 의미로 충만하다: "강은 달리나니, 이브와 아담 성당을 지나 해안의 변방으로부터 만(灣)의 굴곡까지, 우리를 회환(回還)의 넓은 비코 촌도(村道)로 하여 호우드(H)

성(C)과 주원(周圓)(E)까지 귀환하게 하도다." 최초의, 가장 중요한 단어인 "강은 달리나니,"는 작품의 거의 열쇠이거니와 왜냐하면, 그의 두문자가 마지막 3단어들로 나타나는 H.C.E가 언덕이듯, ALP는 시간과 생의 강이기 때문이다. 이 위대한 함축적 문장은 더블린 또는, 과거 시간의 총체적 현실을 지닌 우리의 시간 속의 특별한 현실과 결합한다. "이브와 아담즈"는, 리피 강 가까이, 대법원 맞은편의 한 더블린 성당뿐만 아니라, 우리의 총체적 양친의 에덴동산이다. 더블린 만뿐만 아니라, 만은 남쪽으로, 킬라니 만으로, 그를 따라 "비커스" 또는 비코 가도가 달린다. 언덕 발치에 있는 호우드 성은 더블린의 북쪽 극한을 기록한다. "회환과 비커스"는 분명히 비코와 그의 제도를 선언하지만 "넓은"이란 말은 교묘하다. "commode"는 실내 변기 또는 요르단(또 다른 강)이다. 그리고 비코의 쌍인, 브루노의 첫 이름은 지오다노 또는 요르단이다. 『율리시스』가 하나의 변기(commode)를 끝나듯, 『피네간의 경야』는 같은 흐름을 축하하면서, 또 다른 것으로 시작한다.

예를 들면, 문장에서 문단으로 그리고 거기서 페이지로의 진전은 여기와 당장을 위해 거의 지나친 듯 보인다. 왜냐하면, 조이스는 "얼마나 모든 단어가 종(從) 이중블린의 책을 통하여 3 × 20 및 10의 극특수(極特殊)의 독서를 수행하기 위해 서로 묶혀 있는가를" 말하기 때문이다. 시간과 공간은 이것이 요구하는 검토를 위해 부족하다. 아무튼, 조이스는 한두 페이지를 스스로 설명했거니와(『서간문』, 247~48), 그의 제자들은 『우리의 중탐사』에서 페이지를 연달아 설명했었다. 모든 잇따른 비평가들은 더 많은 것들을 설명해 왔다. 이러한 예들은 예시적이다. 심지어 필자의 말과 문장은 충분하리라. 독자는 생각을 득하리라. 그대 자신 한 두 페이지를 설명해보라, 또는 보다 잘, 그대가 또 다른 책을 자리에 앉아, 읽어보라. 왜냐하면, 조이스가 우리에게 확신하듯, 『피네간의 경야』는, 비록 "끝에서 끝까지 가독성(可讀性)의 것일지라도, 꼭지에서 바탕까지 모든 거짓 뒤범벅이 일지라도," 그대가 따를 수 있는 것을 즐길지니, 그리하여 만일 그대가 그것을 모두 이해할 수 없다면, 위로를 받을지니, 왜냐하면, 그대는, 모든 것을, 심지어 자기 자신을 이해했던 조이스를 제외하고, 모든 학자와 마침내 하나가, 통틀어 하나가, 될 것이기 때문이다. "그대가 알고 있는 것을 가지고 광안경어휘(光眼鏡語彙)를 훔칠지라," 마치 이사벨이 충고하듯, 또는 그대가 아는 것을 가지고 그대 자신을.

부분적으로 프로이트에 기초를 둔, 그리고 꿈의 시(詩)인, "원숭이 턱의 언사"와 협동된, 하나의 언어는 꿈에 합당하다. 인간의 어두운 면에 대한 조이스의 비전, 그의 영혼의 밤, 낮에 의한 자신의 출현은, 단테의 비전처럼, 하나의 거대한 꿈이다. 안개와 말의 암담함은 이러한 "외상극작(外傷劇作)"의 분야에서 기대되어 질것이다. 왜냐하면, 우리의 밤의 꿈 꾸기는, 단테의 것에서가 아니라 할지라도, 그것이 노정하는 바를, 그리고 상당한 이유로서 감추려고 시도하기 때문이다. 스티븐의 "꿈" 또는 키르케 에피소드, 우리 앞의 "몽환(夢幻)" 또는 "몽극"을 예견하는 꿈의 연극은 밤의 생각들로 긴 선입견을 증명한다. 과연, 지금 코넬 대학에 소장된 원고는 조이스 자신의 꿈의 기록과 분석을 포함한다. 여기 조이스를 대치하면서, 4노인들은 침대 대신에 토루 위에 번듯이 누운, 잠자는 욘의 마음으로부터 "이미지들"을 살피는바, 왜냐하면, 이러한 분석에 의해 우리는 인간의 마음에 그리고 모든 그의 동기에 도달하기를 희망할 수 있기 때문이다. "얼마나 기묘한 에피파니이람!"(508) 이들 4분석가들은 말한다.

주된 몽자(夢者)는, 그러나 아마도 HCE이다. 『피네간의 경야』는

"어찌 우리의 주신(主神)동양지재가 낙충면(落充眠) 했던고…… 그는 모든 자신의 영혼피(靈魂皮) 위에 그늘진 잠재의식적인 암(暗)지식을 폭로하는 도다." 우리가 듣는 목소리는 "외상행위자"의 그것인지라. 만일 그의 학문과 언어학적 성취가 어떤 보통의 주점주의 그것들을 초월한 듯한 한다면, HCE는 또한, 매인(조이스를 포함하여)이요. 그의 꿈은 모든 인간의 꿈임을 우리는 기억해야 한다. 그의 "수면화(愁眠話)"를 듣기 위해 우리의 귀를 가리나니, 그의 눈은 그의 "몽사통신(夢寫通信)"을 위해 의도하고, 우리는 그를 따르나니, 우리가 "면혹처(眠或處)의 수풀을 암통(暗通)할" 수 있을 때, "코모 호상(湖上)의 기면발작환자(嗜眠發作患者)들"처럼 느끼면서. "잠을 느끼고, 일어나다니," 그에 관한 "초야(超夜)"는 없을지라. 그것은 우리의 자연적 음률이라. 그리하여, 잠의 책을 닫으면서, 우리는 새벽의 "안개 낀 잠"으로부터 깨어나도다, 왜냐하면, "하나님은 우리의 주(主)이시니." 우리는 묻는지라: "당신은 우리가 신화왕(神話王) 마냥 깊은 밤잠을 이루었다고 볼 참인고?"

꿈을 통해 모든 인간의 경험과 우리의 만남에서, 우리는 경험하는 것의 느낌 그리고 우리의 경험과 그것의 기록을 해석하려고 노력하는 느낌을 또한, 만나 왔다. 『피네간의 경야』는 교활하게도 우리에게 이 두 가지 느낌들, 즉 생을 만나는 것과 그것의 기록을 읽는 것을 주려고 기획되고 있다. 이 작품에서, 우리는, 우리의 일상생활에서처럼, 어떤 것들을 쉽사리 해석할 수 있다. 그러나 어떤 것은 계속 우리를 좌절시킨다. 만일 조이스가 우리에게 현실의 그리고 그것의 시도에 대한 느낌을 부여한다면, 『피네간의 경야』는 틀림없이 쉽거나, 어렵거나, 그리고 차례로 관통할 수 없을 것이다. 작은 승리들의 그리고 궁극적 좌절의 혼성된 느낌은 흥미의 일부다. 만일 작품이 전적으로 이해될 수 있다면, 그것은 그것의 의도된 효과를 결할 것이다. 『피네간의 경야』는 인생의 모방이다. 인생에서 또는 인생의 이 작품에서 우리를 초월한 것에 의해 낙담되지 않은 채, 우리는 사무엘 베켓의 룸펜들처럼 계속 노력하고, 우리의 최선을 다해야 한다. 어떤 것들이 어떤 의미를 아무튼 언젠가 부여하리라. 『피네간의 경야』는 그럼, 현실의, 그것을 설명하는 인간의 시도의 기록이요, 설명하기 위한 초대이다. 『피네간의 경야』는 『피네간의 경야』에 관한 것이다.

대중은 확신을 가지고 이어위커의 주막에 들어갈 수 있을 것이다. 거기에는 마감 시간까지 누구를 막론하고 그를 위한 하느님의 다양한 향락이 있을 것이다.

다음 페이지들은 17개의 장들에 대한 짧고, 전반적 견해를 마련한다. 구조의 그리고 약간의 부분들의 뭔가를 아는 것은 다른 부분들과 전체를 도울 것이다. 어떤 설명도 적합할 수는 없기에, 그러나 약간의 설명은 도움이 될 것이다. 부(部)들과 장(章)들에 대한 서술적 타이틀은 나의 것이다.

경계해야 하는 위험은 자유분방한 해석이다. 어느 단어나 구(句)의 의미에 관한 독자의 추측은 즉각적이고도 전반적 문맥에 의해 틀림없이 정당화된다. 텍스트는 그것의 해석을 제한한다. 관념뿐만 아니라 음절 및 동작(경쾌한 또는 내맡긴, 가벼운 또는 무거운)은 문맥을 제한함으로써 이바지할 수 있다.

◆ 『피네간의 경야』 작업 개요(버나드 벤스톡 제작)

(『피네간의 경야』의 이야기는 마치 얽힌 난마 마냥 복잡하고 헷갈리기 일 쑤다. 그러나 그 실 끄트머리만 잡으면 잘 풀린다. 아래 벤스톡의 "작업 개요[A Working Outline]"는 그 역을 위한 것이다.)

제I부

제1장 (I부. 1장, 3~29쪽)

3. 주제의 서술

4. 천국의 전쟁과 피네간의 소개

5. 피네간의 추락과 부활의 약속

5~6. 시(市)

6~7. 경야

7~8. 풍경은 HCE와 ALP를 예시하다

8~10. 위링던 뮤즈 방(房)의 방문

10. 이어위커 집

10~12. 암탉 비디가 퇴비 더미에서 편지를 발견하다.

12~13. 더블린 풍경

13~15. 아일랜드의 선사시대 ─ 친입자들(셈과 숀의 탄생을 포함하여, 14쪽)

15~18. 뮤트와 쥬트가 클론타프의 전투를 상술하다.

18~20. 알파벳 및 숫자의 개발

21~23. 잘 반 후터 및 프랜퀸의 이야기

23~24. 추락

25. 피네간의 경야 재방문

25~29. 들떠 있는 피네간이 현대에 관해 이야기하다.

29. HCE가 소개되다.

제2장 (I부. 2장, 30~47쪽)

제3장 (I부. 3장, 48~74쪽)

제4장 (I부. 4장, 75~103쪽)

75. 포위된 이어위커가 꿈을 꾸다.

76~79. 네흐 호반의 매장(전쟁 간주곡을 포함하여, 78~79쪽)

79~81. 캐이트 스트롱이 피닉스 공원의 퇴비 더미의 옛 시절을 회상
하다.

81~85. 공격자와 대항자간의 만남이 HCE-Cad의 만남을 반복하다.

85~90. 공원의 불륜을 위한 재판상의 페스티 킹

90~92. 폐거(말뚝 박이) 페스티는 폭력의 어떠한 행위도 거부하며, 이씨
의 사랑을 획득하다.

92~93. 풀려난 킹이 자신의 사기를 토로하자, 소녀들에 의하여 비방
받다.

93~94. 편지

94~96. 4 노인 판사들이 사건을 개작하고 과거에 관해 논쟁하다.

96~97. 여우 사냥 — HCE를 추적하여

97~100. 루머가 HCE의 죽음 또는 재출현에 관해 만연하다.

101~103. 여인들이 ALP를 안내하다.

제5장 (I부. 5장, 104~125쪽)

104~107. ALP의 무제(無題)의 선언서를 위한 소명과 암시된 명칭들의
일람표

107~125. 아래 사항을 포함하는, 서류의 음미.
초조함에 대한 주의(108)
편지 봉투에 관하여(109)
편지가 발견된 장소의 인용(110)
발견자 비디에 관하여(110~111)
편지의 내용(111)
편지의 상태(111~112)
편지의 다양한 형태의 분석. 역사적, 텍스트적, 프로이트적, 마
르크스주의자적 등(114~116)
켈즈의 책(119~124)

|제임스 조이스 문학 읽기|

｜제임스 조이스 문학 읽기｜

| 제임스 조이스 문학 읽기 |

|제임스 조이스 문학 읽기|

제 IV 부

Introduction to James Joyce

조이스의
희곡

『망명자들』

조이스의 『망명자들』은 그의 현존하는 유일한 희곡으로, 이는 1914년과 1815년 사이에 트리에스테에서 쓰였으며, 1918년 런던에서 그랜트 리차즈에 의하여 처음 출판되었다. 조이스는 『젊은 예술가의 초상』이 1916년 책의 형태로 나타난 후까지 이 연극을 출판할 것을 고의적으로 기다렸다(조이스의 이전의 두 가지 극적 시도인 『찬란한 생애〔Brilliant Career〕』와 『꿈의 작품〔Dream Stuff〕』은 오늘날 세상에 더는 존재하지 않는다). 많은 면에서 『망명자들』의 구조는 조이스가 10년 전에 일찍이 감탄했던 입센의 연극들의 그것들과 닮았다. 이 연극은 조이스와 그의 가족이 당시 대륙에서 아일랜드로 귀국했는데, 그때의 그들의 생활이 어떠했는지를 보여주는 자서전적 투영이다. 그러나 전반적으로, 연극은 아일랜드에서 자신의 기교를 행사하려고 노력하는 어떤 예술가의 불안한 위치에 대한 작가의 감각을 총괄한다.

◆ 이야기 줄거리

제1막

때는 1912년 6월, 어느 오후. 아들 아치의 피아노 레슨 여선생인 비아트리스 저스티스(Beatrice Justice)라는 27세 미모의 여인이 등장한다. 그녀는 이른바 "예술 소녀" 격으로, 주인공 리처드 로우언(Richard Rowan)이 로마에 가 있는 동안 서신을 교환하고, 리처드 또한, 그녀를 자신의 작품의 모델로 삼기로 했다. 이 여인은 리처드를 사랑하나 용기의 부족으로 내색을 못 하는 자로, 잇따라 등장하는 로버트 핸드(Robert Hand)와는 고종사촌 간이며, 한때 그와 약혼한 사이이기도 하다(친족상간의 주제). 핸드로 말하면, 그는 리처드의 학교 동창생이요, 현재 모 일간지 신문 기자로서, 이른바 "동적(kinetic)" 기질을 띤 미남 청년이다. 그는 친구 리처드의 부인 버사를 그녀가 남편과 아일랜드를 출국하기 전부터 사랑했던 자로, 그녀가 재차 귀국했다는 소식을 듣고 그녀를 만나기 위해서 리처드의 집을 방문하고 그녀에게 자신의 변함없는 사랑을 다시 토로한다. 그는 "정적(static)" 기질의 소유자인 리처드와는 대조적이요, 한 관능적 인물이다. 버사는 애당초 두 구혼자들인, 현재의 남편 리처드와 로버트 가운데서 전자를 택하여 로마로 떠났으나, 남편의 그녀에 대한 모호한 심중과 자신에 대한 불확실한 사랑 때문에 그에게 환멸을 느끼고 있는 처지다. 그녀는 남편의 이러한 태도가 앞서 비아트리스와 남편과의 교제 때문이라 믿고 있다. 로버트는 버사를 다시 유혹하기 위해 당일 저녁 8~9시 사이에 자신의 별장에서 그녀와 밀회할 것을 제의하고, 이어 그녀에게 오랜 포옹과 키스를 제공한다. 버사는 별반 반항 없이 이에 응한다. 그때 우체국에서 돌아오는 리처드는 로버트와 마주친다. 로버트는 그간 리처드가 외국에 나가 있는 동안, 신문의 사설을 써서 그를 옹호해 왔으며, 모교 대학의 이탈리아 문학 강좌를 그가 맡도록 대학 부총장과 면담하는 등, 그를 위한 저간의 자신의 여러 노고에 대하여 그에게 실토한다. 실지로 당일 저녁 8시에 리처드가 대학 부총장과 면담하도록 시간 약속을 정해 놓은 상태다. 그러나 리처드는 이러한 호의의 이면에는 친구에 대한 배신, 즉 그와 버사와의 사랑의 저의가 숨어 있음을 눈치챈다. 로버트가 자리를 떠나자, 버사는 남편에게 로버트가 그녀에게 보인 얼마 전의 사랑의 행위, 즉 포옹과 키스 등을 상세히 보고하지만, 남편은 이에 별반 반응이 없는 데다가, 로버트가 그녀를 그의 별장으로 초청에 응하는 것은 전적으로 버사 자신의 자유에 달렸다고 말한다.

제2막

당일 저녁, 로버트의 별장 장면. 로버트는 버사와의 밀회를 위해 그녀를 초조히 기다리고 있다. 그러나 막상 그때 현장에 나타난 것은 버사가 아니라 그녀의 남편인 리처드다. 로버트는 처음에 버사와의 밀회를 남편에게 은폐하려 했으나, 도리어 리처드는 모든 것을 아내에게 들었다고 말하며, 그녀에게 "완전한 자유"를 허용했다고 로버트에게 말한다. 이때 버사가 현장에 등장한다. 그녀는 리처드를 보자, 그도 질투에서 벗어나지 못하는 범인(凡人)임을 조롱한다. 그러나 리처드의 여전한 무관심에 회의를 느낀 버사는 자신의 로버트와의 접근을 허

|제임스 조이스 문학 읽기|

락하는 남편을 맹렬히 공박하며, 그 원인을 지금도 비아트리스에 대한 그의 사랑 때문이라며 그를 다그친다. 그러자 남편은 아내에게 "원한다면 로버트를 사랑하라"고 그녀에게 말하고 현장을 떠난다. 그동안 정원에 숨어있던 로버트가 다시 등장하고, 9년 전에 자기를 버린 버사를 원망하면서도 여전히 변함없는 자신의 사랑을 그녀에게 호소한다. 버사는 그의 사랑의 행위에 피동적으로 응한 뒤, 비 내리는 밤을 뚫고 그녀의 집으로 돌아온다.

제3막

때는 이튿날 아침, 다시 리처드의 응접실 장면. 뜬눈으로 밤을 새운 버사가 등장한다. 잇따라 비아트리스가 사촌오빠인 로버트의 리처드에 관해 썼다는 신문 기사를 들고 현장에 나타난다. 리처드가 이른 아침 바닷가의 산책에서 돌아오자, 버사가 자신의 정절을 증명하기 위해 간밤의 로버트와의 밀회를 실토하지만, 그는 여전히 무관심하다. 남편의 사랑의 증거를 탐색하는 데 실패한 그녀는 다시 한 번 환멸에 빠진다. 이때 로버트가 들어 와 자신은 과거 사랑의 패배자임을 고백하고, 그 상처를 치유하기 위하여 일시적으로 외국(영국)으로 떠나겠다고 리처드에게 말한다. 버사는 남편에게 눈물로 다시 사랑을 호소하지만, 리처드의 태도는 여전히 모호하다. 그는 지금까지 사랑에서 영육(靈肉)의 결합을 주장함으로써 상대방에게 사랑의 진가를 강조해 왔다. 그러나 그도 역시 한 인간, 아내의 성적(사랑의) 자유를 허용하느냐, 아니면 통속적 인간의 본능(질투)에 괴로워해야 하느냐의 기로에 선 채, "치유할 수 없는 깊은 회의와 상처"에 빠진다. 연극은 다음과 같은 버사의 사랑을 향한 애타는 호소로서 그 막이 내린다.

절 잊으세요, 딕. 절 잊고, 처음에 그랬듯이 절 다시 사랑해 주어요. 전 애인
이 필요해요. 그를 만나고, 그에게로 가서, 나 자신을 그에게 주기 위해. 딕. 당
신. 오, 나의 이상하고 거친 애인이여, 저에게로 다시 돌아와 줘요!

◆ 연극의 비평

『망명자들』은 의당 그 자체에서 중요한 걸작이요, 그것은 또한,
『젊은 예술가의 초상』과 『율리시스』 사이에 놓인 가교적(架橋的) 중요
한 존재다. 이 연극은 조이스 작품을 통하여 발견되는 몇 가지 의미심
장한 주제들에 대하여 거의 배타적으로 집중하고 있거니와 즉 망명,
우정, 사랑, 자유, 배신과 의혹 등이 그것이다. 『더블린 사람들』, 『영
웅 스티븐』 및 『젊은 예술가의 초상』(이들은 모두 『망명자들』이전에 쓰였
다)에서 그리고 『율리시스』와 『피네간의 경야』(이들은 모두 『망명자들』이
후에 쓰였다)에서, 이들 주제들은 다른 것들과 경합하는데, 그런 점에
서, 다소 과소 평가 된다. 그러나 『망명자들』을 통하여, 이들 주제들
은 조이스 문학의 중심 무대에 그대로 남아 있다.

망명의 주제는 사실 그대로 그리고 비유적으로 작동한다. 사실적
수준에서, 리처드 로우언의 9년 동안의 자의적 망명(self-willed exile)은
아일랜드로의 귀환으로 끝남으로써, 일시적이다. 비유적 수준에서, 망
명은 중요 인물들 사이의 소외의 하나다. 그것은 한 사람을 다른 사람
으로부터 이탈시키며, 나아가, 연극의 종말에서, 로버트 핸드를 일시
적 퇴거 또는 망명으로 강제하는 정신적 망명이기도 하다. 조이스는

소외의 망명이야말로, 장소에 묶여있지 않은 채, 어느 때고 일어날 수 있음을 우리로 하여금 인식하게 한다. 그것은 한 나라가 그의 백성을 존속시키는 실패로부터가 아니라, 우정과 사랑을 존속시키는 무제한적 자유의 실패로부터 결과 함을 의미한다. 망명의 이러한 깊은, 한층 원초적 형태는 조이스 연극의 중요한 관심사요, 중심적 은유다.

조이스는 무제한의 자유가 자양(滋養)이 될 수 있듯이, 그것은 영혼에 부담을 주고 마음을 마비시킬 수 있음을 또한, 인식한다. 버사는, 리처드에 의해 자기에게 주어진 자유 속에 스스로 버림받고 있음을 느끼면서, "정신적 마비"로 고통을 겪는다. 이 말은 조이스가 연극을 위해 작품 말에 첨가한 그의 「노트」에서 그녀에 관해 사용한 어구다. 버사의 마비는 제1막의 종말에서 분명하게 되는데, 이때 그녀는 리처드에게 자신이 로버트를 방문해야 하는지, 또는 하지 말아야 하는지를 결정하도록 요구한다. 그러자 리처드는 이를 거절했다. 이러한 자유는 대가를 강요하는바, 왜냐하면, 그것은 정직을 하나의 무기로 쉽사리 전환할 수 있기 때문이다. 버사는 로버트의 별장으로 가는데, 그곳에 리처드가 그와 함께 기다리고 있지만. 로버트는 버사와 리처드를 함께 대면할 수 없어서, 리처드가 떠날 때까지 몸을 숨긴다. 배신은 리처드의 혹독한 자유의 세계에서 불가피한 것처럼 보이며, 그 세계 속에 그도 또한, 희생자가 된다. 연극의 종말에서, 조이스는 이 극을 "쫓고 쫓기는 술래잡기 3막 극"으로 언급하거니와 여기서 리처드는 버사에게 다음과 같이 시인 한다.

"당신 때문에 난 영혼에 깊은 상처를 입었소 — 결코, 치유할 수 없는 의혹의 깊은 상처를."

조이스가 자신의 노트에서 연극의 제목을 설명하면서, 그는 이렇게 썼다. "한 민족은 그를 감히 떠난 사람들에게 그들이 다시 되돌아올 때 지급해야 할 속죄를 요구한다." 이는 우정과 사랑에도 적용될 수 있는 말일 것이다. 망명의 주제는 조이스에게 그의 일생을 통하여 의미심장한 것이었으며, 그는 그밖에 다른 곳에서, 예를 들면, 그의 이탈리아어의 연설인 「아일랜드, 성인들과 성자들의 섬」에서 그것에 관해 회고한다. 거기서 그는, 이민이 국내에 머물러야 하는 자들에게 갖는 효과와 같은, 또한, 리처드에 관한 신문 기사 속의 메아리치는, 생각들을 언급한다.

『망명자들』을 위하여, 조이스는 분명하고 광범위한 무대 지시를 썼으며, 풍경들을 상세히 설명하고, 연도를 특기하며, 계절을 명시했다. 연극은 1912년의 여름 동안에 일어난다(사실상 이는 한 망명자로서 조이스의 생애의 중요한 날짜다. 조이스는 그 해의 7월과 9월 초순 사이에 더블린과 골웨이를 방문한 후에, 아일랜드를 떠나 다시는 결코, 되돌아오지 않았다). 자전적 소재들 그리고(어느 정도에서) 개인적 그리움들이 작품 속에 동화되어 있다. 어머니의 죽음, 내연의 처와 그들의 아이를 가진 한 망명 작가의 귀환, 책의 출판 및 재정적 안전은 조이스의 생활과 야망에 평행을 이루듯 보인다. 이러한 자전적 자료의 사용은 조이스로 하여금 그가 언젠가 꼭 아일랜드로 돌아와야 한다는 생각에서 해방되는 것을 도왔을 것이요, 자신의 가장 혁신적 작품들인 『율리시스』와 『피네간의 경야』를 단금(鍛金)하도록 자유롭게 했을 것이다.

비록 극적 양상이 조이스의 심미론과 작품들 속에 의미심장하게 그 모습을 지닐지라도, 『망명자들』은, 아마도 부분적으로 연극 자체에 의하여 부과된 어려움 때문에, 작가가 희망했던 성공을 거둘 수 없었을 것이다. 조이스에게 보낸 1915년의 한 편지에서, 에즈라 파운드

ㅣ제임스 조이스 문학 읽기ㅣ

는 연극은 "무대 공연을 위해서 적합하지 않으며," 심지어 "그것을 읽기 위해서는 아주 밀접한 집중력을 요구한다. 나는 대중이 그것을 따라오거나, 받아드릴 수 있을지 의문이다."(『서간문』 II. 365)라고 솔직히 논평했다. 그러나 파운드는 조이스가 연극을 런던의 무대협회에 보내도록 진정으로 제의했다. 파운드는 『망명자들』이 애비 극장(Abbey Theatre)의 공연을 위해 적합할지를 의심했으며, 그리고 사실상, 연극은 1917년 8월 예이츠에 의해 거절되었는데, 그 이유인즉 그것은 아일랜드의 민속극이 아니요, 그런고로 그가 믿기에, 그의 배우들이 잘 공연할 수 있는 연극의 유형이 아니었기 때문이다. 1995년 현재까지만 해도, 『망명자들』은, 극단이 1974년 10월 2일 에이레 방송국이 방영한 합동 텔레비전 연출에 참가하긴 해도, 애비 극장에서는 공연되지 않았다.

　『망명자들』의 최초의 공연은 1919년 9월, 독일의 뮌헨에 있는 뮌체너(Munchener) 극장에서 영어가 아닌 독일어로 이루어졌었다. 1925년 2월에, 뉴욕 시의 이웃 극장(Neighborhood Playhouse)은 최초의 영어로 된 극본을 무대 위에 올려놓았다. 그것은 41회의 공연을 기록, 연극의 최장기 기록을 수립했다. 이어 무대 협회(Stage Society)는 1926년 2월에 런던의 리전트(Regent) 극장에서 『망명자들』을 공연했는데, 이는 조이스의 초기 요청 이래 거의 10년 만의 일이었다. 연극의 두 번째 미국 공연은 보스턴의 무대 협회(Boston Stage Society)에 의한 것으로, 1926년 보스턴의 반(The Barn)에서 이루어졌다. 1930년에, 『망명자들』은 이번에는 베를린의 도이치 복스(Deutsches Volks)극장에서 재차 독일어로, 그리고 밀라노의 콘베노(Convegno) 극장에서 이탈리아어로 각각 공연되었다. 1945년 9월에, 런던의 토치(Torch) 극장이 『망명자들』을 공연했다. 뉴욕 퍼블릭 라이브러리의 허드슨 파크 브랜치(Hudson Park

Branch)에서 에쿼티 라이브러리 극장(Equity Library Theater)이 1947년 1월 이 연극을 공연했다. 『망명자들』은 개이어티 극장이, 조이스의 사망 7년 뒤인, 1948년 1월 18일 공연할 때까지 더블린에서 공연되지 않았다. 런던의 Q 극장이 1950년 5월에 이 극을 무대 위에 오려 놓았다.

영국의 저명한 실존주의 극작가, 핀터(Harold Pinter) 역시 1970년에 런던에서 『망명자들』을 무대 위에 올려놓았다. 다른 연출들, 한두 공연을 위한 많은 것들이, 유럽에서 그리고 미국에서 이따금 무대 위에 올려졌다. 최근의 두 연출은, 한번은 1991년 후반에 시카고의 칼로(Calo) 극장에서, 다른 한번은 1995년 가을에 뉴욕의 보워리(Bowery)의 성 메리 교회에서 온토로지칼 극장(The Ontological Theatre)에 의하여 각각 이루어졌다.

만일 『망명자들』이 자주 연출되지 않는다면, 그것은 또한, 자주 읽히지 않거나 연구되지 않음을 의미한다. 그러나 이 극은 조이스의 전 작품 영역에서 그리고 그의 예술의 진전에서 극히 중요하다. 한 극적 작품으로서, 그것은 조이스의 심미론의 한 중요한 원칙, 그가 자신의 『파리 노트북(*Paris Notebook*)』에서 수년 전(1903년 3월 6일) 형식화했던 것을 구체화한다. 이는 아리스토텔레스의 연극 형태로서, 조이스는, 스티븐의 심미론을 통하여, 예술의 서정적, 서사적 및 극적 형식들 간의 차이를 특정 지었거니와 극적 형태는 가장 비개성적인 것이요, 가장 순수한 것이다. 즉, "예술은 예술가가 이미지를 타자들과의 직접적인 연관 속에 두기 때문에 극적이다." 극적 양상에 대한 특별한 관심은 『젊은 예술가의 초상』에서 스티븐 데덜러스의 사상에서뿐만 아니라, 조이스의 초기 심미론에서 발견될 수 있다.

◆ **중요 등장인물들**

리처드 로우언Richard Rowen

조이스의 연극 『망명자들』의 중심적 인물 중의 하나. 리처드는 조이스와 같은 예술가로서, 대륙에서 자의적 망명 뒤에 아일랜드를 되돌아온다. 조이스는 그의 연극에 붙은 「노트」에서, "리처드는 보다 높은 세계에서 떨어졌으며, 그가 남녀들의 저속함을 발견하자 분노 한다."라고 말한다. 어떤 면에서든, 리처드 로우언은 조이스가 자신을 그렇다고 느꼈던 작가의 유형을 구체화한다. 그리고 아일랜드 사회에 대한 로우언의 반응은 그가 봉착할 조건들에 대한 조이스 자신이 지닌 가정들의 많은 것 및 그가 조국에 되돌아오면 받게 될 길을 반영한다.

작가와 그의 등장인물간의 유사성들이 존재하지만 마찬가지로 거기에는 커다란 차이가 있다. 예를 들면, 연극에서 리처드는 버사와 로버트 핸드 간의 성적 만남에 대한 잠재성을 격려하는 듯하며, 그리하여 궁극적으로 그것의 가능한 극치를 피하도록 간섭하기를 거절한다. 조이스는 실지로, 비슷한 가능성이 그의 생애에서 노라 바나클과 로베르토 프레지오소(Roberto Prezioso〔이탈리아 출신 기자〕) 간에 일나듯했을 때, 그것을 막기에 재빨리 행동했다(비록 어떤 점에서, 노라는 조이스가 그런 사건에 관해 글을 쓸 수 있도록 자신이 그것을 향해 그녀를 후원하고 있다고 느끼는 듯했지만).

대화를 통한, 일연의 고도로 부담스런 상봉들에서, 연극은 리처드의 비아트리스 저스티스, 버사 및 로버트 핸드와의 관계에 대한 그의 폭로(때때로 불행하게도 무뚝뚝하고 과장되지만)를 통하여 리처드의 천성의 다양한 요소들을 개발한다. 비록 버사는 그의 천성을 아주 가까이 이해하게 되지만, 이들 인물들 가운데 아무도 리처드의 지적, 감정적 및 성적 기질에 대한 충분한 의미를 갖지 못한다. 단지 청중들만이, 모든 다른 인물들과의 그의 상오관계를 본 연후에, 리처드의 가치에 대한 타당한 의미를 찾는다.

연극의 「노트」에서, 조이스는 리처드를 "자기 신비적(automystic)" 인물로서 특징짓고, 버사와 리처드의 관계에 대하여 말한다. "리처드의 질투는…… 사랑의 제단 위의 소유의 향락에 대한 제물 바로 그것으로서 노정 된다. 그는……자기 자신의 불명예를 알고 있다."

버사_{Bertha}

『망명자들』의 중심적 인물 중의 한 사람으로서, 연극에서 그녀의 성(姓[첫 이름])이 주어지지 않은, 버사는 작가 로우언의 결혼하지 않은 반려자요, 아들 아치의 어머니다. 비록 그녀의 사회 계급이 리처드보다 하위에 있다는 사실이 많이 드러날지라도, 그녀는 그와 자신의 복잡하고 짙은 관계에서 만만치 않은 인물이다. 버사의 인생에 대한 직접적이요, 끈질긴 접근은 리처드가 갖는 불투명하고 때로는 소극적 위치에 대한 해석을 마련한다.

리처드의 인식 및 암묵적 승낙과 함께, 그녀는 리처드의

|제임스 조이스 문학 읽기|

친구 로버트 핸드와의 관계를 발전시킨다. 비록 이는 사건으로 비화할 조짐이지만, 성적 관계가 여태껏 이루어졌을지의 여부는 확실치 않다. 비록 리처드 자신은 버사에게 여러 차례 부정(不貞)했지만, 그녀의 리처드와의 밀회는 그에게 정신적으로 상처를 주었으며, 그에게 자유가 허락하는 한 배신의 불가피성을 확신시킨다. 연극에 대한 조이스의 「노트」에 의하면, 버사의 성격의 어떤 양상들은—가장 현저하게 분명한 것은 한 아일랜드 작가의 내연의 처요, 그녀의 성적 매력의 신분이다—그의 아내 노라 바나클에 모델을 두고 있음을 암시한다.

로버트 핸드Robert Hand

『망명자들』에서 신문사의 기자요, 리처드 로우언의 오랜 친구이며, 비아트리스 저스티스의 사촌오빠이자 그녀의 전 약혼자다. 로버트는 조이스의 글을 통한 배신자 또는 유다적 인물의 표본이다. 그의 연극의 「노트」에서, 조이스는 로버트를 "자율적 인물(automobile)" 그리고 "탕아의 우화에서 형제"로 다양하게 서술한다. 자율적 인물로 남는 것은 모호하지만, 로버트와 형제의 유사는 분명하다. 양자는 그들의 조국에 남는 반면, 타자들은 그곳을 떠나, 갈채 속에 되돌아왔다. 조이스가 "세 고양이와 쥐의 행위(幕〔막〕)"로서 특정 짓는 연극에서, 그는 리처드 로우언의 박편(薄片〔자취〕〔돋보이게 하는〕)격이다. 연극 속에서 여러 다른 때에 각 인물은 한두 다른 동물의 역할을 가장한다. 『망명자들』을 통하여, 로버트는 버사를 유혹하고 리처드로부터 그녀를 뺏으려 한다. 비록 극의 종말에서 자신이 실패하는 듯 보이지만, 결과는 분명치 않다.

비아트리스 저스티스Beatrice Justice

『망명자들』의 한 인물로서, 그녀는 버사 및 그녀의 내연의 남편 로버트 로우언의 아들 이치에게 피아노를 교습하는 여교사다. 한층 중요하게도, 그녀는 리처드가 버사와 나누는 동등하게 복잡한 육체적 및 정서적 관계를 보완하는 정신적 및 지적 유대를 리처드와 함께 견지한다. 비아트리스의 리처드에 대한 유대는 한때 그녀가 그녀의 사촌인 로버트 핸드인, 연극 당시 버사와 깊이 애정에 빠져있는, 인물과 비밀리에 약혼을 했다는 사실로서 한층 복잡하다.

비록 조이스는 『망명자들』의 다른 중요 인물들을 당대의 있을 수 있는 더블린의 친구들이나 지인들에 모델을 삼았지만, 어떤 비평가도 비아트리스에 대한 유추는 암시하지 않았다. 이러한 부제는 그 자체에서 그녀의 행위와 태도에서 어떤 모호성을 설명할 수 있을 것이다. 조이스는 그러나 그의 연극의 「노트」에서, 그녀 성격의 부수적인 것들을 개관한다. "비아트리스의 마음은 버려진 차가운 사원이요, 그 속에서 먼 과거에 찬가(讚歌)가 천상을 향해 솟았으나, 거기에는 이제 중풍 걸린 사제가 홀로 지고자(至高者)에게 구혼하고 희망 없이 기도한다"(「노트」, 119쪽) 조이스는, 비록 비아트리스가 제2막 동안 무대에 나타나지 않은 사실에도 불구하고, 그때 그녀의 이미지를 대중의 마음속에 심을 필요성을 계속 명시한다.

브리지드Brigid

조이스가 다른 두 인물에 붙인 이름으로, 그들 양자는 가족의 하녀들이다. 『망명자들』에서, 브리지드는 로우언 가족의 늙은 하녀로서, 로우언이 가족의 주거를 그의 어머니로부터 유증 받은 후로 계속 그를 위해 일한다. 『젊은 예술가의 초상』에서, 브리지드는 데덜러스 가문의 하녀요, 비록 소설에 나타나지 않지만, 젊은 스티븐은 그가 클론고우즈 우드 초등학교의 병원에 앓아누워있는 동안, 그녀가 그에게 가르쳐 준 죽음과 매장에 관한 노래의 가사들을 회상한다.

◆ 「노트」에 대한 해설

조이스는 그의 『망명자들』의 말미에 약 10페이지에 달하는 긴 「노트」를 첨가하는데, 이는 상당히 고답적인 내용을 담고 있다. 또한, 이는 작품 해석에 상당히 도움을 주는데, 그 현학적 내용은 마치 그의 『비평문집』 중의 하나를 연상시키거니와 그 자체에서 하나의 연극 이론을 수립하는 데 중요한 의미를 지닌다.

이 글은 조이스가 두 가지 의도에서 썼다고 볼 수 있다. 첫째, 희곡 『망명자들』을 무대 위에 올릴 때 연출을 돕기 위해 썼다고 볼 수 있다. 이 극에 등장하는 인물들에 대한 세심하고도 심층적인 작가의 분석은 상당히 난해하지만, 연출가로 하여금 인물들에 대한 성격 분석을 보다 섬세하고 밀도 있게 하도록 하기 위한 배려로 볼 수 있다. 그러나 연출가는 그 나름대로 작품을 분석하고 인물을 자신의 의도대로 적당히 변형할 수도 있다. 그것은 연출가의 특권이라고 할 수 있으니까 말이다. 그럼에도 작가의 빈틈없는 분석은 오히려 연출가에게는 부담될 수도 있다. 왜냐하면, 일단 이 글에서 보여준 조이스의 치밀함은 연출가의 몫까지 차지하여 연출가의 상상력과 창작력(물론 제2의 창작력을 말하지만)이 발휘될 공간마저 빼앗아 버릴 수가 있기 때문이다. 아무리 뛰어난 연출가라 할지라도 작가의 이러한 분석의 틀을 벗어나기란 쉽지 않을 것만 같다. 더욱이 작가가 의도적으로 설정한 치밀한 분석을 벗어났을 경우 이 작품의 예술성이 제대로 살아날지 의문이다.

둘째, 이 글은 일종의 탁월한 비평문이다. 이 글은 단순히 작가에 의한 작품의 해설이나 소개서 정도의 수준을 넘어선 작가 스스로 비평문이라 볼 수 있다. 조이스는 이 글에서 주로 인물들의 성격 분석에 초점을 맞추고 있지만, 방법론에서 여러 가설과 다른 상황을 문제 제기 식으로 제시하면서 객관적인 판단을 유도한다. 작품에서는 드러나지 않는 인물들의 의식 세계를 세심하게 설명함과 아울러 이들의 의식 세계와 다른 작품 속의 인물들의 그것과 비교 분석함으로써 인간의 복잡한 의식 세계가 지니고 있는 보편성을 보여주려는 것 같다. 결국, 이 글은 매우 세밀한 정신 분석적 비평으로 간주할 수 있다.

이 글은 조이스의 번뜩이는 통찰력과 치밀한 분석력을 유감없이 보여주고 있다. 따라서 짧은 글임에도 불구하고 상당한 박식을 요구하고 표현 자체가 난해하기 때문에 작가의 진정한 의도를 파악하기란 쉽지 않다. 또한, 연출가와 비평가의 몫을 차지한 글이기도 하지만 이 작품을 분석한 양자에게 단순히 '노트' 이상의 훌륭한 배려임을 무시할 수 없다.

|제임스 조이스 문학 읽기|

◆ 해리 렌빈 교수의 작품 해설

    조이스의 연극 『망명자들』은 조이스가 『젊은 예술가의 초상』을 완료한 직후 그리고 『율리시스』에 착수하기 전 그의 가장 큰 수확의 해였던 1914년에 쓰였다. 이 작품은 1918년 별반 어려움 없이 출판되었고 큰 성공을 거두지 못한 채 이따금 공연되기도 했다. 『젊은 예술가의 초상』에서 조이스가 서술하다시피, 예술적 충동은 개인적 감동에서 시작하여 비개인적 창조로서 끝난다. 그의 초기의 표현은 그런고로 서정적이요, 그의 궁극적 수단은 극적이다. 서사시적 요소는 마치 『율리시스』가 스티븐과 블룸 사이에 걸려 있는 것처럼 저자와 그의 등장인물들 사이의 등거리인 중간 단계를 대표한다. 조이스의 말을 빌리면 그의 모든 작품은 서정성에 커다란 원천을 두고 있다.

    조이스가 지금까지 참된 극작가의 객관성에 통달했는지 못했는지는 이 연극의 독자가 파악할 문제다. 그는 『율리시스』 가운데 괴테의 『파우스트』 제1막 21장인 「마녀들의 안식일(*Walpurgisnacht*)」의 장면이라 할 '키르케' 장면에서 뛰어난 심리적 극작법을 계속 개발하였음을 우리는 인정해야 한다. 그러나 『망명자들』은 조이스가 대륙의 연극으로부터 배운 여러 가지 것에 힘입고 있음을 알 수 있다. 젊은 극작가 자신의 영혼에 이바지한바 있는 『빛나는 생애』라는 초기의 작품에서 보인 그의 극작가적 노력은 저명한 연극 평론가 윌리엄 아처(William Archer)로부터 격려를 얻었다. 조이스의 최초의 논문은 입센의 최후작인 『우리 죽은 자가 깨어날 때』에 이바지한 바 있다. 이 연극은 『망명자들』의 상황과 밀접한 평형을 가진데, 한 예술가와 그의 아내, 그리고 또 다른 부부의 상관관계가 그것이다. 지적 주인공인 리처드와 그의 세속적 친구인 로버트는 여성적인 비아트리스라는 처녀와 서로 짝을 이루고 있다. 이 극의 줄거리는 너무나 섬세한 나머지 만일 그것이 단련된 인물 묘사에 의하여 구성되어 있지 않은 한 기계적으로 된 위험에 처해 있다. 감정적으로 그의 주인공과 동일한 조이스는 그의 다른 등장인물들과는 아주 거리가 멀다. 리처드 로우언은 지나치게 복잡한 인물이고 다른 인물들은 지나치게 단순하기만 하다. 이들 중 세 사람은 로우언을 이해하려고 애를 쓰는 반면, 그 자신은 그들을 이해하는 데 무관심하다. 결국, 그는 자신의 아내에게까지 낯선 사람으로 남는다. T. S. 엘리엇이 「햄릿」에 대하여 결론을 내렸던 것처럼 작가 조이스는 '객관적 상관물'을 발견하지 못하고 있다고 결론지을 수 있다.

조이스가 자신의 극적 형식에 대하여 스스로 순응하지 못하고 있기 때문에 이는 그의 개인적인 문제로 남는다. 그러나 극장 안에서가 아니라 안락의자에서라도 독자는 대단한 흥미를 느끼고 이 극을 따라갈 수 있다. 왜냐하면, 리처드의 딜레마는 스티븐의 그것의 재서술이며, 이 극이 소설보다 덜 자서전적이라 할지라도 후기의 조이스 자신의 초상을 스케치하고 있기 때문이다. 극의 배경은 여전히 더블린이요, 시기는 조이스가 아일랜드를 최후로 방문했던 1912년이다. 또한, 여러 가지 상황, 예를 들면 어머니의 죽음, 아들 사랑의 도피 등 낯익은 주제들로 이 연극이 짜여 있다.

그는 고국에 정착하여 그의 모교 대학에서 로망스어(라틴어 계통의 근대어, 즉 프랑스어, 이탈리아어, 스페인어 등)의 교수직을 받아들일 것인가, 그리하여 아일랜드를 유럽화하기를 시도할 것인가! 아니면 그가 스위프트처럼 비참하게 정신적 소외의 상태에 처할 운명을 감사할 것인가? 우리는 『망명자들』이 그것을 제시하지 않는다 하더라도, 조이스의 대답을 알고 있다. 그것은, 그로 하여금 망명의 불안을 감수하고 단조로운 마음으로 자신의 예술에 이바지하도록 도와주었던 것은 바로 그의 확고한 가정적 충실임을 암시하고 있다.

Introduction to James Joyce

에피파니
40편

에피파니 40편

R. 스콜 및 R. 캐인의 「에피파니들」에 대한 노트

조이스는 그의 편지에서 그리고 그의 작품 『영웅 스티븐』에 대한 작품 구상에서 『에피파니들』에 대해 언급하고 있지만, 우리가 그 형식에 대해 찾을 수 있는 유일한 정의(定義)는 스티븐 데덜러스가 한 말의 그것으로서, "말이나 몸짓의 통속성 속에 또는 마음 자체의 기억할 만한 단계에서, 한 가지 갑작스러운 정신적 계시(啓示)"를 뜻한다. 여기 수집된 40개의 『에피파니들』은 날짜가 밝혀진 조이스의 모든 작품을 이런 형식으로서 대표한다. '에피파니'를 '형식'이라 부름은 조이스의 의도를 초월하여 그것을 아마도 과칭(過稱)한 것인지 모른다. 왜냐하면, 스티븐은 "이러한 『에피파니들』을 지극한 세심성을 가지고 기록하는 것이 문필가의 일이라" 믿었고, 이는 예술적 상상력의 문제가 아니라, 단지 이해와 기록의 문제이며, 필연적으로 예술가에 의해서만 가능한 것이 아니라, '문필가'에 의해서 이루어질 수 있음을 지시하고 있기 때문이다. 그럼에도 조이스는 단지 기록이나, 어느 작가가 한 저널에 기록할 수 있는 것과 같은 관찰로만 만족하지 않는 증후들이 있다. 오히려, 그는 자기의 『에피파니들』에서 무형의 것에 형태를 부여하고, 분명히 실체가 불분명한 것에 어떤 실체를 부여하려고 시도했던 것 같다. 후에 조이스는 자신의 마음에 떠오르는 대화나 혹은 구절들의 토막들을 적어두는 알파벳순의 노트북과 같은 한층 통상의 방안으로, 그리고 단순한 종이 조각을 의존했는바, 이는 『율리시스』나, 『피네간의 경야』와 같은 작품으로 형상화되었다. 그러나 그는 자기의 초기의 『에피파니들』을 그들의 "정신적" 자산들에 걸맞도록 경건하게 다루었는데—이는 그가 나중에 『율리시스』에서 스티븐 데덜러스의 회고적 내적 독백을 통해 조롱한 경건함을 의미한다. "초록빛 타원형 잎사귀에, 깊이 깊이 몰두하여 쓴 현현들, 만일 내가 죽더라도 알렉산드리아를 포함하여, 세계의 모든 큰 도서관들에다 기증하게 될 나의 책들을 기억하라……"

지금까지 보관된 『에피파니들』은 쉽게 두 가지 부류로 분류되는데, 이는, 많은 점에서, 『영웅 스티븐』에서 스티븐 다이덜러스의 정의의 두 국면과 일치한다. 한 부류에서 작가의 마음은 가장 중요하다. 이러한 『에피파니들』은 서술로서 불릴 수 있겠지만(비록 어떤 경우는 얼마간을 서정적이라 불릴 수 있게 이루어질지라도), 조이스가 관찰하고, 회상하고 명상할 때—그의 마음의 '기억할 수 있는 국면들'을 대부분 제시한다. 두 번째 부류의 『에피파니들』은, 극적으로 불릴 수 있겠으나, 서술자를 배제하고, '말씨나 몸짓의 통속성'에 한층 초점을 맞춘다. 「에피파니」의 두 종류 간의 구분은 조이스의 자기 자신에 대한 초기의 비전, 그리고 그의 세계의 대응자인 스티븐의 비전을 분명히 반영하고 있다. 즉 예술가의 마음은 '기억할 수 있고', 그의 상대들과 상황은 '통속적이다' 예술가와 그의 비천한 주변 환경간의 갈등은 조이스가 쓴 『젊은 예술가의 초상』의 세 번째 개정본 기저에 깔려있다. 그는 영웅적 예술가와 비천한 환경간의 손쉬운 갈등을 재빨리 탈피했고, 이러한 갈등에 대한 그의 견해는 마지막 판본에서 충분히 복잡하게 되었는지라, 고로 비평가들은 스티븐의 초상이 최후로 아이러니한 것인지 혹은 낭만적인 것인지에 대해 이제 논쟁할 수 있다. 그러나「에피파니」(현현)의 초기 개념은, 정의산(定義上), 예술가의 마음을 향한 동정 및 둘러 싼 세계의 적의(敵意)를 안고 있는 듯 보인다.

　　「에피파니」라는 말에 대한 그리고 조이스가 기록했던 실지의 『에피파니들』에 대한 상관관계는 몇 가지 어려운 문제들을 제기해 왔다. 이 용어는, 특히 『더블린 사람들』에서 전집의 각 이야기가 구성되는 원칙을 지칭하듯 작용되었다. 만일 비평이 이런 의미에서 그 용어를 유용하다고 생각한다면, 비평가들은 의심의 여지 없이 그를 계속 사용할 것이다. 그러나 그들은 그 용어를 조이스 자신이 사용했던 식과는 달리 사용하고 있다는 충분한 인식 속에서 그렇게 해야 할 것이다. 그에게는 그것은 예술에 대해서가 아니고 단지 생활에 대한 언급이었다. 하나의「에피파니」는 관찰된 생활로서, 논평 없이 의미심장한 순간을 생산하는 일종의 카메라의 눈 속에서 포착된다. 하나의「에피파니」는 구조될 수 없으며, 단지 기록될 뿐이다. 그러나 이러한 순간들은, 일단 기록되면, 예술가적 틀 속에 놓여질 수 있으며, 현실과 함께 작품의 서술을 풍요롭게 하기 일쑤다. 몇 개의 『에피파니들』은 실지로 『더블린 사람들』 속에 그렇게 사용된 것이 가능하지만, 지금까지 알려진 「에피파니」는 작품 전집 이야기들 속에 실지로 하나도 발견되지 않고 있다.

　　최근 피터 스필버그가 버퍼로 대학에서 조이스의 메모를 목록화 하는 과정에서 발견한 사실은, 조이스가 실지로 그의 「에피파니」를 사용했던 방식을 우리로 하여금 상당한 정확성을 가지고 재구성할 수 있게 한다. 버퍼로에는 원고 상태의 22개의 메모가 있다. 스필버그 씨는 22개의 메모의 이면에 1에서 71에 달하는 숫자가 적혀 있음을 목격했다. 만일 우리가 『에피파니들』을 이런 숫자의 순서에 따라서 배열한다면, 그들은 조이스의 생애에서 발생한 날짜와 그의 자전적 소설에 사용된 날짜 사이의 일종의 타협을 보여주는 질서정연한 패턴에 빠져든다. 이러한 숫자들을 쓴 필적이 적극적으로 확인된 바 없으나, 편자(編者)는, 그 숫자가 조이스에 의하여 혹은 그의 지시에 의하여 쓰였거나, 그들이 조이스에 의하여 틀림없이 쓰인 『에피파니들』의 총수임을 우리에게 잘 알려주거니와 그들은 이러한 자료들이 제임스 조이스에 의하여 마련된 한 의미 있는 순서를 우리에게 마련한다는 가설을 여기서 제출하기를 바란다.

　　우리는 이제 조이스가, 그의 동생 스태니슬로스의 도움으로, 『실내악』의 시들의 몇몇 의미 있는 배열을 어떻게 철저히 시험했는지 알게 된다. 그는 『에피파니들』을 같은 방식으로 취급했을 것이다. 그는 『영웅 스티븐』을 초안하기 시작하자마자, 작품에 그의 『에피파니들』을 적용하려고 의도했음을, 그리고 그가 실질적으로 그들 중 많은 것들을 사용했음을 알게 된다. 버퍼로의 숫자가 71에 달하며, 65번이 정확히 1903년 4월 11일로 날짜가 적힌 사실은, 그 총수가 70여 개에 달하며, 아마 약간 그보다 더 많을 것임을, 시사해 준다. 조이스가 그의 원(原) 소재들을 하나의 완성된 형태로 변경하기 시작하면서, 1904년 1월에 『영웅 스티븐』에 일단 착수하자, 그는 아마 『에피파니들』을, 설사 있다 해도, 별로 기록하지 않았을 것이다. 그들 중 대부분은 1900년에서 1903년까지의 작품처럼 보인다. 1902년 말에 그들은 원고집(原稿集)의 상태로 이루어졌고, 감탄하는 친구들에게 돌려졌으며, 조지 럿셀과 같은 문인들에게 보여주었는데, 후자는 조이스가 파리를 떠나기 전에 한 부를 받았다. 원고 집은 아마도 『실내악』의 우아한 운시의 사실적 산문 대구(對句)로 여겨졌을 것이다. "나는 군대를 듣노라"(『실내악』의 36수)와 같은 시에서, 그것은 1903년 초에 한 갓 꿈에 기초하여 쓰인 것이거니와 그리고 그 속에 운시는 사이비 에리자베스 조(朝)의 다른 초기 시들보다 한층 자유스러운지라, 우리는 지금까지 다른 형태의 「에피파니」와 노래의 화해를 시도하고 있음을 알 수 있다. 대략 날짜가 이 시기로부터 추정되는 「꿈—에피파니들」은 『실내악』의 마지막 시의 자유로운 형식의 시구와 크게 다르지 않은 일종의 산문시의 형태를 취한다. 실질적인 것을 재생산하고, 미를 창조하려는 조이스의 상반된 요구들 간의 화해는 그의 성숙한 예술의 많은 힘에 기초한다.

　　1903년의 『에피파니들』의 현황은 조이스가 파리에서 그 해 3월에 그의 동생 앞으로 쓴 편지에 드러나 있다. 그는 자신이 15개의 새로운 『에피파니들』을 썼는데, 그중 12개는 삽입을 위한 것이고, 나머지 3개는 첨가를 위한 것임을 기록했다.

이로 미루어 『에피파니들』은 이미 어떤 기분적인 배열을 가지고 존재하며, 그것의 삽입은 물론 첨가에 의해 수정될 수 있었음이 분명하다. 그들은 자신의 제작 순서로서 단지 수집된 것이 아니라, 의미의 진전에 따라 배열되었다. 나중에 『영웅 스티븐』을 위해 『에피파니들』을 사용함에서, 조이스는 의심할 바 없이 이러한 배열로부터 어떤 출발을 했으나, 보존된 번호에 의하면 그는 그것을 아주 밀접하게 따랐음을 보여준다. 확실히 『에피파니들』은 재배열되었고 이따금 다시 번호가 매겨졌다. 그리고 우리가 현재 가지고 있는 번호들은 단지 이러한 배열을 보여준다. 그러나 그것이 71번까지 매겨져 있는 것으로 보아, 그것은 최근의 것임이 틀림없다. 그리고 그것은 조이스가 『영웅 스티븐』을 위한 계획의 부분으로서 아주 치밀하게 정리해 놓은 것임이 틀림없다. 우리는 그 작품의 첫 478페이지의 원고를 갖고 있지 않아서, 그곳의 『에피파니들』의 초기 사용을 체크 할 수는 없지만, 「에피파니」 1번은 『영웅 스티븐』에 최초로 사용되었음이 틀림없는 것으로, 『젊은 예술가의 초상』의 제2페이지에 나타난다. 조이스가 그의 70여 개의 『에피파니들』을 배열했을 때, 『영웅 스티븐』의 자신의 개요에 대한 탁월한 부록을 자기 앞에 지니고 있었다(제I부, 아래 3부분에 나타나는 확장된 단편 참조). 이러한 『에피파니들』은 소설을 위한 그의 주된 건축 부록이 되었다.

　　코넬 대학에 있는 18개의 추가 『에피파니들』은 버퍼로 대학의 22로 대표되는 숫자가 매겨진 세트에서 나온 것이 아니지만, 그들을 순서대로 배열해 보면 그럴듯한 자리에 그들을 할당하기란 어렵지 않다. 여기 이렇게 배열함으로써, 40개의 『에피파니들』은 조이스가 그의 수필 「예술가의 초상」을 『영웅 스티븐』으로 개작하기 시작했을 때, 자기 앞에 가졌던 71개또는 그 이상의 것들의 본래의 배열을 가능한 정확하게 반영한다. 그들을 이러한 순서로 읽어보면 우리는 조이스의 소설의 형태가 이루어지는 것을 볼 수 있다. 버퍼로의 22개의 『에피파니들』은 조이스의 필체로 쓰인 분리된 종이 쪽지의 매끄러운원고들이다. 코넬의 것들은 올리버 고가티에 관한 한 개를 제외하고는(조이스 초고의 40번), 스태니슬로스 조이스의 일상 노트에서 온 것으로, 이를 그는 "다양한 저자들의 산문 선집"이라불렀다. 브레이크, 사무엘 존슨 그리고 다른 사람들의 글들 가운데, "제니스. A. 조이스"의 24개의 『에피파니들』이 있다. 이들 중 17개는 버퍼로의 그것들과 다르다. 다음의 텍스트에는 원고의 소재가 각 「에피파니」의 주석으로 나타나 있다. 버퍼로와코넬에 있는 원고 속에는 똑같은 「에피파니」가 있고, 버퍼로에있는 조이스의 텍스트가 그다음에 나온다(버퍼로와 코넬의 텍스트들 간에는 중요한 차이가 없다). 「에피파니」에 관한 두 약간 상반된그러나 아주 유익한 견해들(올리버 고가티 및 스태니슬로스 조이스에 의한)을 『에피파니들』 자체의 서문적 자료로서 다음에 기재한다.

올리버 St. 존 고가티의 「에피파니들」에 대한 노트

레이디 그레고리가 그에게 쌀쌀하게 등을 돌렸을 때그가 '극장'의 자리를 잃는 것이 얼마나 큰 것이었는지 누가 추정할 수 있으랴……? 그런고로 율리시스는 자신이 독력으로활동을 개시하지 않으면 안 되었다. 더블린의 단테는 자기 자

|제임스 조이스 문학 읽기|

신의 지옥을 빠져나갈 길을 모색해야 했다. 그러나 그는 비결을 잃었다. 제임스 오가스틴 조이스는 "실례하네!" 한마디 말을 남기고 술집에서 몰래 빠져나갔다.

"쉿! 그인 모든 걸 다 적어 놓았어!"
"뭘 적어 두었단 말이야?"
"우리를 적어 두었지. 메모를 적어두는 얄미운 놈. 그리고 진정, 그는 그걸 출판할 거야."

그런데 그것은 제임스 오가스틴 조이스의 한 새로운 면모였다. 나는 너무나 단순해서 심지어 레이디 그레고리가 없는 동안, 번성하는 "극장 운동"과 동시대의 사람들이 적어 둔 메모들이 나중에 판매할 가치가 있으며, 심지어 역사적 관심을 두게 되리라는 것을 알지 못했다……

나는 조이스가 어떤 멋진 생각을 했을까 혹은 무슨 "민속 어구"를 엘우드나 혹은 나에게서 긁어모아, 밖으로 나가 몰래 기록해 두었을까, 회상하려고 애를 쓰고 있었다.

어떤 종류의 비밀이든 그것은 서로의 성실한 관계를 망친다. 나는 뭐라 기록되든 상관하지 않지만, 그의 『에피파니들』 중의 하나에 본의 아니게 끼어들다니 짜증스런 일이다.

아마도 다링턴 신부가, 그의 라틴어 반에서 방백으로, 「에피파니」란 마음의 드러냄이라는 걸 그에게 가르쳤을 것이다──왜냐하면, 조이스는 희랍어를 몰랐으니까. 그런고로 조이스는 「에피파니」란 낱말 밑에다 마음의 어떤 드러냄이라 기록하고, 사람은 그 탓에 자신을 노출하는 것으로 생각했었다.

우리 중 어느 쪽이 그에게 「에피파니」를 제공하고,

그를 화장실로 보내 그걸 적어두게 했던가?

"존", 나는, 한 동조자를 찾으며, "그 친구가 우리 두 사람을 속이고 있어." 하고 말했다.

그러나 존을 분개하도록 끌어 드일 수 없었다.

"위대한 예술가야!" 그는 "예술가"란 말을 더블린에서 말하는 괴상한 녀석이나 커다란 얼간이라는 의미로 사용하면서, 부르짖었다. 즉, 그의 친구들의 기분전환을 위해 자기 자신의 위신 따위 희생시키는 자, 유쾌하고, 비위선적 허풍쟁이 말이다……

"얼간이란 말은 그만두고, 존, 왜 그는 메모를 적고 있을까?"
"우리는 모두 같은 처지에 있어 — 젠장, 우리는 그 늙은 여인(고가티)이 그를 내던진 이래 모두 같은 처지에 있단 말이야……"

스태니슬라우스 조이스의 『에피파니들』에 관하여

우리가 글렌가리프 패레이드 32번지의 주소에 살고 있었을 때 그의 문학적 충동이 야기한 또 다른 실험적 형식은 기록상 소위 그가 부른 『에피파니들』로 이루어졌는데 — 현(顯顯) 또는 현시(顯示)가 그들이다. 짐은 언제나 비밀을 경멸했다. 그리고 이들 기록들은 애초에 — 단지 바람 속의 티 검불같이 — 사람들이 아주 조심스럽게 감추려고 했던, 바로 그것들이 저도 모르게 새어나오는 것들, 즉 끽다기 같은 아이러니한 관찰, 작은 과오 및 몸짓이었다. 『에피파니들』은 언제나 길이에서 몇 줄 안 되는 소품이지만, 아무리 사소한 문제라 할지라도, 언제나 아주 정확하게 관찰되고 기록된다. 이러한 모음

|제임스 조이스 문학 읽기|

집은 예술가에게 스케치 — 북 구실을 했으며, 혹은 스티븐슨의 노트 — 북이 그의 문체의 형성에서 그에게 도움이 되는 것과 같다. 그러나 그것은 어떤 의미에서 일기가 아니다. 존 이글린턴은, 『아이리시 문학 초상』 속의 나의 형에 대한 짧은 메모에서, 형의 일기를 마치 『더블린 사람들』 혹은 『율리시스』의 그것처럼 알려진 뭔가의 존재처럼 서술하는가 하면, 심지어 형이 그의 일기를 위한 메모를 부지런히 모으기 위하여 문필가들과 친교를 도모하고 있다고 서술한다. 그 이야기는 일종의 몰염치하게 꾸민 것이다. 스케핑턴에 관계하는 한 가지 「에피파니」의 경우에서 이외는, 그러한 스케치의 주제는 결코, 어느 중요한 인물들이 아니며, 그가 뒤에 만난 사람들 가운데 아무도 이 모음집에 언급되지 않는다. 더구나 짐은 그의 일생 어느 때고 일기를 결코, 적지 않았다. 그러한 따분한 습관은 나의 것이요, 나는 마치 다른 사람들이 담배를 피우듯, 그걸 일단 시작했기 때문에 그걸 지속했다(그런 광증을 해롭다고 생각지는 않는지라). 뿐만 아니라 번즈의 시를 인용할 이유도 없었다.

만일 코트에 구멍이 나면.
나는 네게 그걸 메우라고 권하리라.
너희 중 한 얄미운 놈이 노트를 적고 있으니,
그는 틀림없이 그걸 출판할 거야.

나의 형의 목적은 달랐으며, 그의 시각은 새로운 것이었다. 잠재의식의 계시와 중요성이 그의 흥미를 사로잡았던 것이다. 『에피파니들』은 한층 자주 주관적이 되고, 꿈을 포함했는바, 그는 어떤 점에서 그 꿈을 계시적이라 생각했다.

그는 『젊은 예술가의 초상』에 기회가 닿는 곳에 여기
저기 몇 개의 이러한 『에피파니들』을 소개했는데, 그중 몇몇은
작품 말에 상상적 일기 속에 포함되고 있다. 다른 것들을 그는
간직할 만큼 충분한 흥미가 있는 것으로 생각하지 않았다. 그
러나 나는 그의 의견에 동조하지 않았으며, 그중 몇 개를 간직
해 왔다.

「영웅 스티븐」에서의 스티븐의 「에피파니들」 정의

……그는 어느 저녁, 어느 안개 낀 저녁, 이러한 모든 생각과 함께 그의 두
뇌 속에 불안한 춤을 추면서, 이클레스 가를 통과하고 있었을 때, 한 가지 사
소한 사건이 그가 「유혹녀의 19행시」라는 제목을 붙인, 한 수의 열정적인 운
시를 짓게 했다. 한 젊은 아가씨가 아일랜드의 마비의 바로 화신처럼 보이는
저 갈색 벽돌의 집들 하나의 층계에 서 있었다. 한 젊은 신사가 그곳의 녹 쓴
난간에 기대 서 있었다. 스티븐이 탐색하며 지나가고 있었을 때 다음과 같은
대화의 단편을 들었는데, 그는 자신의 감성을 아주 민감하게 자극하기에 충
분한 한 날카로운 인상을 그로부터 받았다.

젊은 여인: (신중하게 느릿느릿)…… 오, 그래요…… 저는……예…… 배……
당…… 에 있었어요
젊은 신사: (들리지 않게)…… 나는…… (다시 들리지 않게) …… 나는……
젊은 여인: (부드럽게)…… 오…… 그러나 당신은…… 아…… 주…… 심
술…… 궂어요……

이러한 사소한 일이 그로 하여금 현현(顯現[에피파니])이라는 책 속에 많은
이같은 순간들을 한데 모을 것을 생각하게 했다. 에피파니란, 말이나 몸짓의
통속성 속에 또는 마음 자체의 기억할 만한 단계에서, 한 가지 갑작스러운 정
신적 계시(啓示)를 그는 의미했다. 그는 문장가들이 지극한 세심성을 가지고,
그들 자체가 가장 세심하고 덧없는 순간들임을 알고서, 이들 현현들을 기록

|제임스 조이스 문학 읽기|

하는 것이라 믿었다. 그는 밸러스트 오피스(저하물 취급소)의 자명종 시계가 한 가지 에피파니가 될 수 있다고 크랜리에게 말했다. 크랜리는 뜻 모르는 표정을 지으면서 밸러스트 오피스의 불가해한 문자판에 의심을 품었다.

　― 그래, 스티븐이 말했다. 나는 몇 번이고 그를 지나면서, 그것을 암시하고, 그것을 언급하고, 그것을 관찰할 거야. 그건 단지 더블린의 거리의 가구의 목차에 있는 한 항목일 뿐이야. 그러자 나는 갑자기 그것을 보며 이내 그 실체를 알게 되지. 즉 에피파니를.
　― 뭐라고?
　― 그의 비전을 정확한 초점에 맞추려는 정신적 눈의 탐색으로서 시계를 내가 언뜻 본다고 상상해 봐. 초점이 사물에 닿는 순간이 현현화(化)하는 거야. 내가 제3의, 미의 지고의 특질을 발견하는 것은 바로 이 현현에서야……
(『영웅 스티븐』 제25장에서)

Introduction to James Joyce

조이스의
비평문집

조이스의 비평문집

1. 겉모습을 믿지 말라(Trust Not Appearances)

조이스가 14살 때 벨비디어 칼리지 시절에 쓴 것으로 전한다. 이는, 학교 과제의 주제를 다룸에서, 조이스가 당시 그의 독서의 범위와 그의 창조적 실력의 아직 발달하지 않은 상태를 보여주는 그의 자의식적 문체에 의거한다. 논문은 자연의 이미지들로부터, 상투어의 반복, 어느 판단이고 외부의 형태들에 근거하는 어리석음을 통해 드러나는 인간성의 그것들로 움직인다. 이 논문의 자필 원고는 현재 코넬 대학의 조이스 문집에 수록되어 있다.

2. 힘(Forces)

논문은 조이스가 더블린의 유니버시티 칼리지 시절 학급의 과제로서, 1898년 9월에 쓰인 것이다. 그것은 물리적 힘에 의한 복종의 특성과 효과를 분석한다. 조이스는 자연력의,

동물들의 그리고 인간 집단의 복종과 같은 것들의 몇몇 전반적
유형들을 다룬다.

3. 언어의 연구(The Study of Languages)

이는, 조이스가 UCD에 재학하는 동안, 필경 1989년
과 1899년 사이에 쓰인 논문으로, 현재 코넬 대학 도서관이 소
장한다. 비형식적 문체, 주제적 보편성 및 경향을 노정하면서,
논문은 그럼에도 조이스의 수사적 논의들과 작문 과정의 초기
샘플로서 비평적 가치를 지닌다. 우리가 기대하는 만큼, 논문
자체는 언어학 연구에 대한 특별히 놀랄만한 통찰력은 제시하
지 않더라도, 그것은 조이스의 성장하는 박식과 지적 자신감을
생생하게 보여준다.

4. 아일랜드 왕립 아카데미 「이 사람을 보라」
(Royal Hibernian Academy 「Ecce Homo」)

조이스가 1899년 9월에 UCD의 정규 학습 과정
의 일부로 쓴 논문으로, 글은 헝가리의 화가 마이클 멍가시
(1844~1900)가 그린 그림 「Ecce Homo」(라틴어, "이 사람을 보라."
성서의 요한복음 19장 5절에서 면류관을 쓴 예수에 관해 언급하는 빌라도
의 말)에 대한 그의 분석이다. 그림은 당시 더블린의 왕립 아카
데미에서 전시되고 있었다. 이 비평집의 편집자들인 엘먼과 메
이슨은 그들의 소개문에서, 그림 창작의 극적 요소에 관한 조
이스의 평을 칭찬한다. 그러나 대부분의 독자에게, 이 논문은
조이스의 드라마에 대한 견해를 결집한 초기작품(juvenilia)으로,
그것의 전기적 가치 이외 별반 흥미 없는 결과물로 생각한다.

5. 연극과 인생(Drama and Life)

이 글은 드라마의 특성과 인생에 대한 그것과의 관계에 관한 것으로, 조이스가 그의 18세의 생일 직전, 1900년 1월 29일에, UCD의 문학 및 역사 학회(The Literary and Historical Society) 앞에서 발표한 것이다.

논문은 무대 위에서 일어나는 것 및 우리 일상의 존재 속에 지나가는 것 사이의 인습적 상관관계를 질문한다. 조이스는 새 극에서 "진리를 묘사하는 정열의 상호 작용"이 이제 극작가와 청중의 의식을 지배함과 아울러, 이 새로운 형식은 "미래를 위해 인습과의 싸움이 될 것이라."고 주석한다. 이 변화하는 상관관계에서, 그는 주석을 다는지라, 우리가 드라마를 보는 방법이 바뀌고 있다는 것이다. "예를 들면,『야생의 거위』를 비판하는 것은 거의 불가능하다. 우리는 그것을 개인적 고뇌처럼 단지 곰곰이 생각할 수 있다." 이런 점에서, 조이스는 서술적 석명(釋明)을 위해 심미적 반응을 억압하는 드라마에 대한 접근을 거역한다. 약간의 수식과 함께, 이 논문의 어떤 요소들의 미숙임에도 불구하고, 조이스가 논문에 제시하는 개념은 그의 후기 작품, 특히『영웅 스티븐』과『젊은 예술가의 초상』의 스티븐의 성격이 분명한지라, 그들은 젊은 나이로부터 그의 모든 글쓰기를 생동 있게 하는 심미적 및 예술적 견해에 대한 일종의 유용한 관택으로서 이바지한다.

6. 입센의 신극(Ibsen's New Drama)

조이스의 헨릭 입센의 최후 극작품인『죽은 우리가 깨어날 때』에 대한 그의 최초로 출판된, 솔직하고, 상찬적(賞讚

的) 에세이다. 이 논문은 『포트나이트리 리뷰』지의 1900년 4월 1일자호에 나타났다. 논문은 입센의 주의를 끌었으며, 영어 통역자인, 윌리엄 어서를 통해서 조이스에게 감사를 표현했다. 이러한 권위 있는 영어 잡지에 논문을 발표함은 조이스를 UCD에서 유명하게 만들었음은 물론, 더욱 중요하게도, 그것은 그이 자신의 천재에서 스스로 자신감에 대한 보증으로서 이바지했다. 논문은 1930년 3월, 런던의 율리시스 서점에 의해 재인쇄되었고, 『조이스 비평문집』에 포함되었다.

7. 소동의 시대(The day of the Rabblement)

이 글은 아일랜드의 민족주의와 지방의 태도의 요구에 굴복하는 아일랜드의 문예극장에 대해서 품은 조이스의 환멸을 표시한다. 논문의 제목인 즉, 「상업주의 및 야비성과 전쟁하는」 권리를 주장하는 극장의 실패를 고발하고, 소동과 타협하는 극장 운동을 향한 조이스의 냉소주의를 반영한다. 조이스는 이 기사를 10월에 써서, UCD의 새로 설립한 학부 잡지인 『성 스티븐즈 매거진』지의 편집자에게 제출했다. 기사는 잡지의 지도 교수인 예수회의 헨리 브라운 신부에 의해 거절되었다. 조이스는 그러한 결정을 대학 학장에게 호소했으나, 만족을 얻지 못했다. 그러자 그는 급우인 프란시스 스캐핑턴와 합세했는데, 후자의 논문인, 여성의 권리에 관한 「대학 문제의 잊혀진 양상」 또한, 이전에 브라운 신부에 의해 거절당했었다. 그러자 조이스와 스캐핑턴은 함께 그들의 논문들을 사적으로 인쇄하여, 스태니슬로스의 도움으로, 약 85부를 동료에게 배포했다.

8. 제임스 클레런스 맹건(1)(James Clarence Mangan[1])

이 논문은 대학생으로서 조이스에 의해 쓰인 것으로, UCD의 "문학 및 역사학회"의 1902년 2월 2일의 모임에서 처음 발표된 것이다. 그것은 잇따라 같은 해 5월에, 비공식 대학 잡지인 『성 스티븐즈』지에 출판되었다.

논문의 목적인 즉, 비록 1980년대를 통하여, 클레런스 맹건이, 특히 시인 W.B. 예이츠와 유명한 영국 시인이요, 수필가인 라이오넬 존슨으로부터 과거 상당한 지적 및 예술적 관심의 대상이었을 지라도, 19세기 애란 시인으로서 맹건의 작품을 소개하는 데 있다. 동시에, 조이스는 이 논문에서 한 헌신적 신참자(新參者〔acolyte〕)의 역할을 피하고자 유념한다. 비록 조이스가 맹건을 그의 운시의 상상적 힘 때문에 칭찬을 위해 그를 골랐을지라도, 그는 시인에 대한 자신의 평가를 제한하려고 애를 쓴다. 그는 특히 자신이 맹건의 작품에서 발견하는 아일랜드적 우울의 숙명적 감수에 대해 비판적이다. 조이스에게, 문학적 성공의 가장자리에서 사는 군소 시인으로서 맹건의 인생은, 아편과 알코올의 탐닉에 의해 상처 입은 채, 아일랜드 사회의 예술가에 대한 모호한 태도에 의해 야기된 그의 좌절감을 설명한다.

9. 아일랜드의 시인(An Irish Poet)

기사는 1902년 12월 11일 자의 『데일리 익스프레스』지에 실린 윌리엄 루니(W. Rooney) 작 『시와 민요』에 관한 조이스의 평으로, 루니는 신페인 운동의 설립을 강하게 지지했으며, 그것의 신문인 『유나이티드 아이리스만』지에 빈번히 기고

했다. 조이스는 그의 평에서 루니의 운시의 저속한 특성을 비판하고, 그것의 국민적 주제 때문에 시를 칭찬한 자들을 힐책한다.

10. 조지 메러디스(George Meredith)

월터 저롤드가 지은 소설가 매러디스의 비평적 전기인『조지 메러디스』에 관한 조이스의 평으로, 이는『데일리 익스프레스』지의 1902년 12월 11일 자 신문에 처음 나타났다. 조이스는 메러디스의 소설을(비록 그는 또한, 그에 대해 비판적일지라도) 기쁨으로 읽었으며, 저롤드의 "표면적 분석"보다 메러디스의 예술에 대한 보다 나은 평가를 더 좋아했고, 책은 "읽을 가치가 있다."라고 결론지었다.

11. 아일랜드의 오늘과 내일(Today and Tomorrow in Ireland)

스티븐 권(Stephen Gwyne) 저의 동명의 책에 대한 조이스의 서평으로, 책은 1903년 1월 29일 자의『데일리 익스프레스』지에 나타났다. 책은 민족주의자의 조망에서 아일랜드와 아일랜드의 생활에 관련된 토픽을 지닌 10편의 수필들로 이루어진다. 조이스는 아일랜드의 서부의 어업에 관한, 아일랜드의 낙농업에 관한 그리고 아일랜드의 카펫 제조에 관한 권의 설명에 대한 면식을 보여준다. 그러나 그는 아일랜드의 문학에 관한 권의 광범위한 상찬적(賞讚的) 비평에 별반 자신 없는 견해를 보여주는바, 권의 비평을 "덜 두드러진 것"으로 평한다.

12. 경쾌한 철학(A Suave Philosophy)

H. 필딩 홀의 책 『인민의 혼』에 관한 조이스의 서평으로, 이는 더블린의 신문인 『데일리 익스프레스』지의 1903년 2월 6일 자에 "사고의 정확성을 위한 노력" 및 "식민지의 운시들"과 함께 나타났다. 책은 불교의 기본적 교의(敎義)를 음미하는데, 조이스의 견해는 필딩 홀의 주제를 위한 그의 파악에 대한 약간 가려진 회의주의에 의해 강조된다. 책의 주제적 문제에 대한 조이스의 열성적 반응은 불교철학을 알리는 평화주의자의 특성에 대한 그의 동정적이고도 본질적 힘을 보여준다.

13. 사고의 정확성을 위한 노력
(An Effort at Precision in Thinking)

제임스 안스티(James Anstie)의 『보통 사람들의 대화』에 대한 조이스의 평으로, 이는 두 다른 평들인 「식민지의 운시들」 및 「경쾌한 철학」과 함께, 『데일리 익스프레스』지 1903년 2월호에 실렸다. 이 평에서, 조이스는 안스티의 형식적 대담집 또는 대화집을 사실상 비범한 사람들의 논술로 가득한 작품으로 각하했는지라, 그의 견해로, 어떠한 평범한 사람도 작품의 화자들이 야기하는 미세하고 외견상으로 부적절한 세목을 띤 지루함과 매력의 수준을 지속할 수 없다는 것이다.

14. 식민지의 운시들(Colonial Verses)

클라이브 필립스 — 울리(Clive Philips-Wolley) 작의 『어떤 영국 에서(Esau)의 노래』에 대한 조이스의 서평으로, 이 100개 단어 내외의 간결한 평가는 『데일리 익스프레스』지

|제임스 조이스 문학 읽기|

1903년 2월 6일에 ─ 조이스에 의한 다른 두 평론인, H. 필딩홀 (FildingHall) 저의 『사람들의 영혼』 중의 「경쾌한 철학」과 제임스 안스티 저의 『보통 사람들의 대화』 중의 「사고의 정확성을 위한 노력」과 함께 나타났다. 조이스의 짧으나 냉소적 평가는 필립스 ─ 울리의 운시들의 음운과 주제에 초점을 맞춘다. "그의 운시는 대부분 충성스럽고, 그것이 그렇지 못할 때는, 캐나다의 풍경을 서술한다."

15. 카티리나(Catilina)

입센의 초기 연극인 『카트리나』의 프랑스 번역본에 대한 조이스의 평으로, 이는 1903년 3월 21일에 영국의 문예지 『스피커』지에 나타났다. 조이스는 번역자의 서문을 짧게 개관함으로써 시작하는데, 그것은 극작가가 20살의 학생이었을 때 쓴 연극의 역사에 관한 전기적 정보를 포함한다. 조이스가 언급하는 대로, 『카타리나』의 입센은 후기의 사회적 드라마의 입센이 아닐지라도, 이 연극은 그의 후기 작품들에서 발견되는 자연주의적 및 사회적 요소들을 함유한다. 조이스는 입센의 비평가들이 그의 작품들을 정확하게 평가하는 실패를 판단하기를 삼가하지 않으며, 그는, 만일 『카트리나』가 예술 작품으로서 장점을 덜 가졌다 할지라도, 그것은 그럼에도 입센의 초기 극적 경향의 한 가지 예를 함유하고, 감독이나 출판자가 간과한 바를 드러낸다. "자신의 것이 아닌 형식과 다투는 독창적이요 유능한 작가."

16. 아일랜드의 영혼(The Soul of Ireland)

이는 오거스타 그레고리 부인(Lady Augusta Gregory)
이 쓴 『시인과 몽상가』란 책에 대한 조이스의 서평으로, 『더블
린 데일리 익스프레스』지의 1903년 3월 26일 자에 나타났다. 그
레고리 부인의 책은 서부 아일랜드의 농민들로부터 수집한 이
야기들, 애란어의 시 번역물 그리고 더글러스 하이드 작의 단
막극인 애란어 연극들을 포함한다. 그레고리 여인의 작품의 광
범위한 영역에도, 조이스는 켈트의 부활의 열성을 향한 그의
반감을 분명히 하는 음조로서 그레고리 부인의 노력을 각하시
킨다.

리처드 엘먼에 따르면, 그레고리 부인은 『데일리 익
스프레스』지의 편집인인, E.V. 롱워스에게 조이스로 하여금 그
녀의 논문을 평하는 기회를 주도록 설득했는데, 그녀는 자신의
책에 대한 조이스의 취급에 깊이 불쾌했다. 『율리시스』의 "스
킬라와 카립디스" 에피소드(제9장)에서, 조이스는 그 사건을 회
상한다. 그들이 국립 아일랜드 도서관을 떠날 때, 벅 멀리건은
조이스의 분신인 스티븐 데덜러스로 하여금 빈약한 비평보다는
오히려 기지의 실패를 비난한다. "롱워드가 굉장히 속상해하고
있어……자네가 저 수다쟁이 그레고리 할멈에 관해서 쓴 후로
말이야. 오 너 종교 재판을 받을 술 취한 유대 예수교도 같으
니! 그대는 예이츠의 필치로 쓸 수 없었나."(U 173) 여기 멀리
건은, 스티븐에게 W. B. 예이츠가 행한 것으로 생각하는, 그레
고리 부인의 작품을 칭찬했던 지지자와 회유하는 시인의 비평
적 성실성과 타협하도록 요구하고 있다.

|제임스 조이스 문학 읽기|

17. 자동차 경주(The Motor Derby)

1903년 4월 7일 자『아이리시 타임스』지에 출판된 조이스의 기사. 그것은 조이스가 프랑스의 자동차 경주 선수인 헨리 포니에르와 함께 행사한 회견의 사본으로 이루어지는데, 후자는 그해 7월에 더블린을 위해 계획되는 두 번째 제임스 고던 베넷 경마 컵(James Gordon Benett Cup)에 참가할 판이다. 조이스는 당시의 회견의 회상을『더블린 사람들』의 단편인,「경주가 끝난 뒤」의 배경을 위해 채택했다.

18. 아리스토텔레스의 교육관(敎育觀[Aristotle on Education])

존 버넷(John Burnet)의『아리스토텔레스의 교육관』에 대한 조이스의 표제 없는 견해에 대해『제임스 조이스의 비평문집』의 편찬자들이 붙인 제목으로, 이는『데일리 익스프레스』지의 1903년 9월 3일에 실렸다. 이 글은 아리스토텔레스의 견해들의 무작위적 및 불완전한 편집에 대해 간략하게 처리하거니와 조이스는 책을 "철학적 문학에 대한 가치 있는 추가 물"이 될 수 없는 것으로 판단한다. 그러나 조이스는, 애밀 콤즈(Emile Combes)의 책은 프랑스의 교육제도를 음미하는 운동을 정당화하기 위해 아리스토텔레스의 관념들을 사용하는 그의 노력에 대한 유용한 개선책을 제공한다는, 베넷의 견해를 억지로 감수한다.

19. 쓸모없는 자(A Ne're-do-well)

V. 칼(Caryl) 작의 동명의 제자를 지닌 책에 대한 조이스의 서평으로,『데일리 익스프레스』지의 1903년 9월 3일 호

에 출판되었다. 이는 단지 3개의 짧은 문장들로 구성된다. 첫째 것은 익명(조이스가 『아이리시 홈스테드』지에 「자매들」의 단편을 출판했던 1년 때에 행했던 것과 같은)을 저자가 사용한 데 대해 조이스는 공격한다. 둘째는 책의 내용을 간단히 처리한다. 셋째는 출판자로 하여금 책을 프린트한 데 대해 면죄시킨다.

20. 엠파이어(제국) 빌딩(Empiare Building)

조이스가 1903년, 신문의 출판을 위해 분명히 의도한 편지로, 1959년에 『제임스 조이스의 비평 문집』에 사후 출판되었다(제자는 논문의 첫 두 단어로부터 취했으며, 이를 비평문집의 편자들에게 아마 양도했으리라). 조이스는 프랑스의 모험가요, 이름이 자크 르보디인, 자칭 제국의 건설 자가 행한 수부들에 대한 학대에 대해 언급한다. 개인적으로 행동하면서, 르보디는 자신의 봉건 왕국을 수립할 의향으로 일단의 상인들과 함께 1903년의 여름에 아프리카 북안 주위를 항해했다. 조이스에 따르면, 이 항해의 결과로서, 르보디는 "난관과 질병 때문에 파괴를 당한" 두 수부에 의해 고소당하는지라, 그들은 선장의 무시와 그가 붙잡기를 바랐던 그 지역 주민들에 의한 잇따른 체포를 통해 고통을 받는다. 궁극적으로 프랑스 정부는 그들의 방면을 돕기 위해 개입했다. 조이스의 편지는 그러한 전체 사건이 프랑스 정부에 의해 그리고 일반 대중에 의해 그토록 경시 당한 데 대한 불쾌함을 표시한다.

21. 새 소설(New Fiction)

『데일리 익스프레스』지의 1903년 9월 17일 자에 실린 아퀴라 캠프스터(Aquila Kempster)의 책『왕자 아가 머자의 모험』에 관한 조이스의 서평으로, 주로 인디언들의 생활을 다루는 이 이야기 집에서 조이스는 별반 만족을 찾지 못하는 듯하다. 비록 그이 자신의 독서가 주제 자체는 그에게 흥미를 줄 것이라 암시할지라도, 그는 책의 문학적 장점이 독서 대중의 가장 저급한 흥미에 영합하는 조야함과 야만성에 의해 심각하게 오손되고 있음을 아주 솔직하게 서술한다.

22. 목장의 기개(氣槪) (The Mettle of the Pasture)

이는 같은 이름의 제임스 레인 알런(James Lane Allen) 작의 책에 대한 조이스의 서평으로, 책은 약혼녀가 남자의 이전의 부도덕한 행위를 안 다음 그를 저버리자, 그가 단지 죽음의 순간에 그녀에게 되돌아온다는 이야기를 일종의 멜로 드라마적 양상으로 다룬다. 조이스의 서평은, 주로 인디언의 생활을 다룬 이야기 모음집인, 아퀴라 캠프스터 작의『왕자 아가 머자의 모험』에 대한 그의 서평과 함께, 1903년 9월 17일 자의『데일리 익스프레스』지에 발표되었다.

23. 역사 엿보기(A Peep into History)

존 포록(John Pollock) 작의 역사『로마교황의 음모』라는 책에 대한 조이스의 서평으로,『데일리 익스프레스』지의 1903년 9월 17일 자 호에 발표되었다.『제임스 조이스의 비평문집』의 편집자들인 엘먼과 메이슨은 그들의 노트에서 조이스의 많은 사실적 오류를 지적하는데, 그들은 이를 조이스가 이 책에 대한 엉성한 주의 이상을 거의 베풀지 않았음을, 그리고 이는 이쯤 하여 그의 서평들의 전반적으로 피상적 특성을 암시하고 있음을 지적한다.

24. 프랑스의 종교 소설(A French Religious Novel)

이는 프랑스 소설가인 마셀 티나야(Marcelle Tinayre)의 소설 『죄의 집』에 대한 조이스의 서평으로, 이에서 조이스는 소설의 줄거리—중심인물인, 오가스틴 첸터프레의 인생에서 육체적 사랑과 정신적 야망 간의 갈등—를 개관한다. 아마도 이야기 줄거리의 정보 때문에, 조이스는 서술을 높이 평가하고, 티나야의 문체상의 성취를 또한, 평한다. 서평은 1903년 10월 1일 자의 『데일리 익스프레스』지에 실렸다.

25. 불균형한 운시(Unequal Verse)

이는 리머릭 소재 성 존 처치의 교구목사 프레드릭 렝브리지(Frederick Langbrodge)(1849~1922) 작의 『민요와 전설』에 대한 조이스의 서평으로, 『데일리 익스프레스』지의 1903년 10월 1일 자 호에 나타났다. 조이스는 렝브리지 대부분의 운시를 각하했으며, 비록 그가 칭찬을 위해 단 한 수의 시를 골랐을지라도, 그것을 "평범한 서정시집의 잡동사니"로서 서술했다.

26. 아놀드 그레이브 씨의 새 작품(Mr. Arnold Graves, Novel)

이는 조이스의 선배 작가인 아놀드 F. 그레이브스(Graves) 작의 『클리템네스트라. 비극』에 대한 조이스의 서평으로, 조이스는 "그들이 부정(不貞)이든 혹은 살인이든 범하는, 예술가 자신의 등장인물들과의 '무관심한 동정'을 여기 옹호한다. 이는 1903년 10월 1일 자의 『데일리 익스프레스』지에 출판되었다.

27. 소외된 시인(A Neglected Poet)

영국의 시인 조지 클레브(George Crabbe)의 앨프레드 애인저 판에 대한 조이스의 서평으로 『데일리 익스프레스』지의 1903년 10월 15일 자 호에 출판되었다. "클레브 작품의 많은 것이 둔탁하고 두드러지지 않다는" 조이스의 시인에도, 그는 클레브가 그럼에도 보다 잘 알려진 앵글로—아이리시 작가인 올리버 골드스미스(Oliver Goldsmith)보다 월등하다는 의견을 제안한다. 그는 애인저 판이 "클레브와 같은 이를 위한 자리를 마련하는 데 성공하리라는" 희망을 계속 표현한다.

28. 메이슨 씨의 소설들(Mr. Mason's Novels)

교육가, 사서가, 희귀본 수집자 및 스태니슬로스 조이스와 함께 『초기의 조이스. 서평』(1902~1903) 그리고 R. 엘먼과 함께, 여기 『제임스 조이스 비평문집』의 편집자로서, 메이슨 씨는 다른 작품들 가운데서도, 『제임스 조이스의 '율리시스'와 비코의 환』의 저자이기도 하다. 그는 1982년에, 폴더의 골로라도 대학 도서관 상담역으로 임명되었다.

29. 브루노 철학(The Bruno Philosophy)

이는 J. 루이스 맥킨티어(Lewis McIntyre)의 저서 『지오다노 브루노』에 대한 조이스의 서평으로, 1903년 10월 30일에 『데일리 익스프레스』지에 나타났다. 조이스의 이탈리아의 르네상스 철학자인 지오다노 브루노(Giordano Bruno)를 향한 음조에서 동정적인, 그의 서평은 브루노의 관념들을 위한 그의 인생, 사상 및 열성에 대한 지식을 즉시 드러낸다. 그의 짧은 서평을 통해, 조이스는 서양 철학을 위한 브르노의 공헌에 대한 맥킨티어의 평가를 강조한다. 브루노의 생활과 사상에 관한 영문 책자들의 부족을 주목하면서, 조이스는 논문의 첫 구절에서 그에게뿐만 아니라 맥킨티어의 비평적 연구에 깊이 관여한다.

30. 인도주의(Humanism)

F.C.S. 쉴라(Schiller)의 『인도주의. 철학적 논문』에 대한 조이스의 서평으로, 이는 1903년 11월 12일에 『데일리 익스프레스』지에 실렸다. 조이스에 따르면, 윌리엄 제임스(William James)의 견해에 대한 유럽의 지도적 옹호자인, 쉴라는 혼성 철학을 재창하는지라, 이는 인습적 인도주의를 실용주의에 한층 가까운 신념의 제도 속에 형성시킴으로써 그것을 재정의한다. 놀랄 것도 없이, 쉴라의 공격적 실용주의는 조이스의 성질에 대치되거니와 후자는(그가 『성직』에서 주석한 대로) "옛 아퀴너스 학파 속에서 단련된다."고 했다.

31. 셰익스피어 해설(Shakespeare Explained)

『데일리 익스프레스』지의 1903년 11월 12일 자 호에 출판된 A.S. 캐닝의 책『셰익스피어 8개의 연극 연구』에 대한 조이스의 서평으로, 그것의 타이틀은 분명히 아이러니하거니와 왜냐하면, 때때로 지나치게 학구적인 음조로서 조이스는 자신이 셰익스피어에 대한 캐닝의 경박한 접근을, 그리고 초보적 학구성에 대한 주의의 결여를 날카롭게 비평하기 때문이다. 그는 결론짓거니와, "책 속에는 칭찬할 만한 어떤 것도 발견하기 쉽지 않다."고 했다.

32. 볼레스 부자(Borlase and Son)

T. B. 러셀의 소설『볼레스 부자』에 대한 조이스의 서평으로, 그것은 1903년 11월 19일 자의『데일리 익스프레스』지에 수록되었다. 여기 조이스는, 러셀이 도시 밖 교외인의 마음과 펙함 라이(Peckham Rye)에 사는 아르메니아의 망명자들을 묘사한 작품의 사실주의와 "비감상적 활력"을 강조한다.

33. 미학(Aesthetics)

이 논문의 제목은 엘먼과 메이슨에 의해 주어진 것으로, 이는 「파리의 노트북」과 「폴라의 노트북」을 포함한다. 이는 조이스가 20세 전반에 쓴 그의 심미론에 대한 성명으로, 그의 잇따르는 글쓰기를 안내할 심미적 및 예술적 가치를 형성한다.

「파리의 노트북」은 조이가 처음 파리에 있을 동안 1903년 2월과 3월 사이에 쓰인 일련의 짧은 관측들로 구성된다. 그것의 형식과 내용에서, 조이스가 UCD 학생이었을 동안 개발한 아카데믹 작문의 패턴을 지닌다. 그는 아리스토텔레스의 양식으로, 비극과 희극 간의 꽤나 인습적 구별을 제공함으로써, 시작한다. 이어 그는 "예술의 세 가지 조건들, 서정적, 서사적 및 극적 조건들"을 다룬다고 했다. 그는 한 편의 예술의 특색 있는 요소들을 개척하기 위해 나아가며, 예술 자체의 정의를 향해 움직인다. 마지막으로, 변증법적으로 구성된 일연의 질문과 대답을 통해서, 그는 예술의 개념을 정의하기를 탐구한다.

「폴라의 노트북」은 조이스와 노라 바나클이 그 도시에 처음 정착한 후 1904년 11월 7일, 15일과 16일에 그가 쓴 3항목으로 구성되거니와 거기서 그는 그 지방의 벨리츠 학교에서 영어 선생으로 고용될 예정이었다. 조이스는 심미론의 아리스토텔레스적 탐색으로부터 성 토마스 아퀴너스의 스콜라 철학에 근거한 탐색으로 움직인다.『젊은 예술가의 초상』에서 스티븐 데덜러스의 노력을 예상하면서, 조이스는 세 마디 짧은 구절로서 선의 특성, 미의 특성 그리고 최후로 인식의 특성에 대한 그의 인상들을 결절된 형태로 제공한다.

비록 심미론에 대한 이러한 말들은 아주 짧을지라도, 그들은 조이스의 장차 출현하는 창조적 의식으로의 일벌을 마련하고, 모든 그의 작품에 영향을 주었던 텍스트 외적 요소들에 대한 보다 분명한 감각을 제공한다. 덧붙여, 이러한 말들은『영웅 스티븐』과『젊은 예술가의 초상』에서 주장된 예술과 심미론에 대한 견해를 너무나 분명히 예고하는지라, 사실상, 그들은 이러한 작품들의 초기 제작 단계의 견해를 마련해 준다.

|제임스 조이스 문학 읽기|

34. 성직([聖職]The Holy Office)

이는 조이스가 1904년 8월 가까이 언젠가 더블린의 문학인들, 특히 시인이요, 극작가인 W. B. 예이츠 및 신비주의 시인인 AE(조지 러셀)를 공격하여 쓴 일종이 해학적 시다. 비록 조이스는 그가 이 시를 쓴 직후, 1904년 8월에 그것을 인쇄했을지라도, 그것의 인쇄비를 지급할 능력이 없었다. 1905년 초에, 폴라에서, 조이스는 그것을 재차 인쇄하여, 더블린으로 보내, 그의 아우 스태니슬로스로 하여금 그의 지인들에게 그것을 배포하도록 했다. 이 공격 시에서 조이스는 자기 자신을 "정화—청결"이란 이름을 부여하는데, 이는 솔직한 정직성이야말로 타협될 수 없는, 솔직한 예술가의 정결한 역할임을 암시한다(조이스의 최후 작 『피네간의 경야』의 아나 리비아 플루라벨의 재생의 물을 예상하듯). 조이스의 제자는 특히, 16세기에 반종교개혁(Counter Reformation)의 일부로서 수립된, 교회의 공식적 체계인, "성직(the Holy Office)"의 회중에 대해 암시한다. 그것의 구성원들은 교리의 가르침을 지지하고 이단을 억제하기 위해 지명되었다. 제자는 모호하다. 조이스는 여기 더블린의 문학자들의 거짓 예술을 정당하게 탄핵하고, 한 이단자로서, 아일랜드 예술과 문화의 지방성을 옹호하는 자들에 의한 국교신봉의 사기성을 탄핵하는 듯 보인다.

35. 아일랜드, 성인과 현인의 섬
(Ireland, Island of Saints and Sages)

조이스가 1907년 4월 27일에 트리에스테에서 행한 강연으로, 그것은 그가 포포라 대학에서 이탈리아어로 행하기로

한 3개의 제안된 연설들의 첫째 것이다. 조이스는 이 연설에서 아일랜드의 문화와 역사의 중심적 특성들(문학적, 지적 및 정신적)을 그의 청중들에게 소개하고, 아일랜드 영국과의 불행한 관계를 강조하기 위해 사용했다. 연설의 음조는 아일랜드의 문화적 허점의, 그리고 아일랜드 역사를 강조하는 놓친 정치적 기회의 아이러니한 감각과 아일랜드 사회의 특별한 요소들에 대한 애정 어린 설명 사이를 왕래한다. 조이스는 여기서 특수한 개인들을 칭찬하고, 중요한 사건들을 유념하는데 주저하지 않는다. 특히, 아일랜드어의 개일 연맹의 부활 및 조너선 스위프트, 윌리엄 코스글레이브 및 조지 버나드 쇼와 같은 영국 문학과 문화를 위해 공헌한 많은 아일랜드인을 들먹인다.

36. 제임스 클레런스 맹건(2) (James Clarence Mangan[2])

맹건의 후속편인 이 논문은 「*Giacomo Clarenzio Mangan*」이란 이탈리아 원어에서 번역된 것으로, 예일 대학 도서관의 스로컴 모음집의 24페이지에 달하는 불완전하고 심히 교정된 자필 원고 본이다. 코넬 대학 도서관의 조이스 문서 속에 이 연설의 타자된 원고본이 있는데, 이는 4페이지들이 한꺼번에 탈장된 자필 원고로부터, 다수의 오류와 더불어 복사된 것이다. 4페이지들은 존 슬로컴에 의해 분리된 채 발견된 두 페이지 중의 하나로, 그의 문집이 예일 대학에 이송되기 전 언젠가 원고에 첨가되었다. 다른 페이지들에는 페이지 매김이 부재하며, 분명히 이 원고의 한 부분이 아닌듯하다.

* 앞 제8항 「제임스 클레런스 맹건」 참조.

37. 페니언주의(Fenianism[운동])

이 글은 "페니언"이란 말의 설명으로 시작하여, 영국 제국주의에 대한 반응으로서 물리적 힘을 주장하는, "백의 당원"이나 "무적 혁명 단"과 같은 다른 아일랜드의 민족주의자 및 분리주의자 그룹을 언급한다. 조이스는 영국 상품의 불매운동과 아일랜드 언어의 보존을 포함하는 신 페니언들과 신 페인(우리 스스로) 당의 특별한 정책을 상세히 설명한다. 그리고 이어 그는 19세기 동안의 아일랜드 혁명운동의 짧은 개략을 기술한다. 비록 조이스는 자주 동원된 방법에 대해 비판적일지라도, 그는 근본적으로 독립을 향한 추세에 동정적이다.

비평문은 또한, 아일랜드의 상황(조건)이 그것의 인민들을 자신이 초래한 망명으로 강제한다는 조이스의 관찰을 포함한다. 그는, 수학적인 규칙으로 해마다 줄어들고 있는 인구에 대한, 그들의 조국의 경제적 및 지적 상황을 참을 수 없는 아일랜드 사람들의 미국 혹은 유럽으로의 끊임없는 이민에 대한, 광경을 논평한다. 글은, 특히 현재에서, 망명의 문제성을 가지고, 조이스의 강박관념을 드러낸다. "자치, 성년에 달하다." 그리고 "자치법령의 혜성(彗星)"과 같은 논문들에서, 조이스는 마침내 동화된 유사한 관념들을 『젊은 예술가의 초상』, 『망명자들』, 『율리시스』 그리고 『피네간의 경야』 부분들의 주제적 토대 속으로 혼성시킨다.

38. 자치, 성년에 달하다(Home Rule Comes of Age)

조이스는 영국의 수상 윌리엄 글래드스턴이 1886년 4월 8일에 그의 첫 자치법안을 소개한지 21년 뒤에 이 기사를 썼다. 그는 자신이 서술하다시피 "파넬의 도덕적 암살"에서 그들의 공모를 위한 글래드스턴과 아일랜드 가톨릭 승정들의 고발을 포함하여, 이 불운한 조처의 역사를 짧게 개관한다. 조이스는 자치법에 관한 두 가지 결론에 도달하는데, 첫째는 아일랜드의 의회당은 파산당했다는 것이고, 둘째는 영국의 자유당, 아일랜드의 의회당 그리고 가톨릭교회 성직자단은 영국 정부가 아일랜드 독립을 위한 노력을 좌절시키기 위해 사용할 수 있는 힘이라는 것이다. 이들 기구들은 자치법의 문제를 떠맡는 다른 위치임에도, 정치적 혼란에 대한 심각한 반응들을 제공함 없이 아일랜드 국민을 지배하기 위한 같은 결정을 분담한다.

39. 법정의 아일랜드(Ireland at the Bar)

이 기사는 1882년에 골웨이에서 행해진 살인 재판에 초점을 맞춘다. 비록 조이스는 정의의 광범위한 문제들을 생각할지언정, 그의 논의의 핵심은 영국의 법률적 제도와 아일랜드의 피고간의 아주 특별한 문화적 및 언어적 분리에 있다. 재판 자체는 영어로 행해지지만, 피고 중의 한 사람인, 마일스 조이스는 영어를 말하지 않고, 진행은 그를 위해 통역되어야 했다. 그는 전반적으로 죄가 없는 것으로 간주되고, 진행의 참된 파악을 결핍하고 있다는 사실에도, 그는 유죄로 판명되어, 그의 동료 피고들과 함께 교수형을 당한다. 조이스는 이 사건을 아일랜드 내의 영국인들의 무정한 제국주의적 태도에 관심을 집중하기 위해 사용한다.

이 기사는 『젊은 예술가의 초상』과 『율리시스』에서 점진적으로 분명하게 되는 아일랜드를 향한 조이스의 복잡한

|제임스 조이스 문학 읽기|

태도로의 통찰력을 제공한다. 비록 아주 어린 소년으로서 조이스는, 배신과 파넬의 죽음에 대한 「힐리여 너마저」라는 개탄시를 쓸 정도까지, 그의 부친의 친 파넬적 동정심을 함께 나눌지라도, 그의 청년 시절로부터 내내 아일랜드의 민족주의에 대한 모호한 견해를 지녀 왔다. 조이스가 1904년 아일랜드를 떠났을 때, 그는 아일랜드의 인습적 애국주의에 대한 두드러진 반감을 느꼈다. 나아가, 그는 19세기에서 백의단, 몰리 모구이즈단 및 리본먼과 같은 단체들에 의해, 그리고 20세기 초에서 아일랜드의 혁명 형제단 및 아일랜드 공화 군에 의해, 야기된 과격한 테러 집단을 스스로 지지할 수 없었다. 동시에, 조이스가 트리에스테에서 쓴 일련의 논문들에 의해 나타나듯, 그의 태도는 그가 대륙에 있는 동안 두드러진 진화를 경험했다. 스티븐 데덜러스가 『율리시스』에서 아일랜드의 민족주의를 영국과의 단순한 대결보다 한층 넓은 개념으로서 보았음을 나타내듯, 조이스 자신은 심지어 그가 염두에 두지 않았을지라도, 아일랜드의 문화적 및 사회적 제도에 대한 점진적으로 두드러진 개념, 아일랜드 정책의 책동을 한층 큰 불만을 가지고 상시 드러냈다.

40. 오스카 와일드, 「살로메」의 시인 (Oscar Wilde, The Poet of Salome)

이 글은 트리에스테에서 리처드 슈트라우스 작 『살로메』의 첫 공연 즈음하여 쓰인 것으로, 1892년에 오스카 와일드에 의해 쓰인 같은 이름의 연극에 기초한 것이다. 조이스의 글은 와일드의 아일랜드적 유대에 대한 의식적 강조로서, 와일드의 생애를 묘사한 간결한 스케치다. 조이스는 영국 당국의, 그리고 과연, 그의 체포와 남색(男色)의 고발에 대한 유죄 판결 뒤에 와일드에게 행한 영국 대중의, 독선적이요, 위선적 박해에 주의를 끈다.

41. 버나드 쇼의 검열관과의 싸움
(Bernard Shaw's Battle with the Censor)

버나드 쇼의 단막극 "블란코 포스넷의 등장"에 관한 조이스의 기사. 연극의 내용인 즉, 말(馬) 도둑인, 블란코 포스넷의 재판에 관한 것으로, 그는 앓는 아이의 생명을 구하기 위하여 먼 도회에 도달하기를 애쓰는 한 여인에게 자신이 훔친 말을 준 데 대해 채포된다. 재판은 사법체계에서 도덕성의 결핍에 대한 포스넷의 탄핵에 초점을 맞춘다. 영국의 체임벌린 경은 극의 공연을 금지했는데, 분명히 그것의 모독적 언어 때문이다. 비록 그의 사법권이 더블린까지 확대되지 않을지라도, 그는 그곳에서 연극의 공연을 막으려고 애를 쓰나 실패한다. 연극은 1909년 8월 25일 더블린의 애비 극장에서 그것의 첫 공연을 했는데, 그것의 합동 연출가들은 예이츠와 레이디 그레고리로서, 그들은 이 극의 공연을 정상화하는 데 큰 몫을 했다.

42. 자치법령의 혜성(彗星[The Home Rule Comet])

이 기사에서 조이스는 하늘의 혜성의 이미지를 영국 의회에서 행한 아일랜드의 자치법안의 소개를 위한 은유로서 사용한다. 그것은 주기적으로 정치적 수평선에 나타났다가, 이어 시야에서 사라져 버린다.

|제임스 조이스 문학 읽기|

자치를 성취하려는 아일랜드의 실패에 대한 조이스의 못마땅함은 영국 국민을 향한 것처럼 아일랜드 국민을 향해 뻗어 간다. 논문의 끝에서 두 번째 구절의 한 점에서, 조이스는 아일랜드가 갖는 스스로 배신을 비난하는데, 이는 그의 작품을 통한 만연된 주제다.

그것은 그의 언어를 거의 전적으로 포기했고, 정복자의 언어를 감수했으니, 이 언어가 문화를 동화하거나 도구인 정신성에 자기 자신을 적용시킬 수는 없었다. 그것은 언젠가 필요의 시간에 그리고 언제나 보상을 득하지도 못한 채, 그것의 영웅들을 배신해 왔다. 그것은 그들을 단지 칭찬하면서, 그것의 정신적 창조자들을 유배시켰다.

43. 윌리엄 블레이크(William Blake)

조이스는 이 논문의 많은 양을 블레이크의 예술에 대한 신비적 및 예술적 영향의 자세한 탐구에 이바지한다. 이야기는 블레이크의 예술적 특성의 다양한 양상들을 답습하고, 그의 독립성과 성실성을 강조하며, 당시의 사회적 문맥 속에 그를 위치시킨다. 조이스가 인식하는, 블레이크의 아내와 자기 자신의 아내인 노라 바나클과의 평행으로 아마도 영감을 받은 듯한 일종의 탈선에서, 연설은 블레이크와 그의 아내 간의 지적 및 문화적 불균형을 주목하며, 그녀를 교육하려는 블레이크의 노력에 관해 평한다. 그러나 최근의 비평은 노라의 인물묘사의 정확성에 강한 의문을 던지고 있다.

44. 파넬의 그림자(The Shade of Parnell)

이 논문에서 조이스는 1912년 5월 9일에 영국 하원에 의한 제3차 아일랜드 자치법안 통과에 대해 언급하는데, 그 것은 당시, 조이스의 말로, "아일랜드의 문제와 해결되는 듯했다." 조이스는 지난 세기에 걸쳐 아일랜드의 상황에 대한 상호적으로 만족스러운 해결을 안착시키려는 아일랜드와 영국의 정치적 노력에 대해 반성하며, 자신의 조국을 위한 자치법안을 안정시키기 위한 한 세기 전의 파넬의 노력과 더불어 다양한 인물들과 당들의 당면한 책동들을 대조한다. 그는 파넬의 생활과 생애의 호의적 개략을 예언적으로 제공하는바, 파넬을 위해 영국의 자유당 지도자요, 4선 수상인, 글래드스턴에 그를 비유한다.

45. 부족의 도시(The City of the Tribes)

이 글에서 조이스는 이탈리아의 사회적, 문화적 그리고 역사적 조건들과 골웨이의 그것들 간의 몇몇 광범위한 연관들을 확인하고, 골웨이의 사회적 역사에 대한 짧은 설명을 제시한다. 이는 1493년에 자기 자신의 아들 월터 린치를 교수형에 처하도록 명령한 그 도시의 최고 재판관 제임스 린치의 이야기로 절정에 달한다. 조이는 자신의 마음속에 메아리치는 이 이야기와 함께, 이름 린치를 『젊은 예술가의 초상』과 『율리시스』에서 그의 이전의 친구요, 때때로 배신자였던 빈센트 코스글이브에 기초한 인물의 소설적 이름으로 사용한다.

46. 아란 섬의 어부의 신기루
(The Mirage of the Fisherman of Iran)

이 이야기는 조이스가 노라 바나클과 아일랜드 서부의 골웨이 도회의 해안에서 떨어져 놓여 있는 아란 섬으로의 여행 동안에 겪은 경험에 근거한 것이다. 이야기는 골웨이 만(灣)을 가로질러 아란모어의 섬까지 선편에 의한 항로를 자세히 서술하며, 또한, 골웨이의 변두리 시골과 아란 섬에 관한 아주 칭찬할 만한 견해를 제공한다. 조이스는『젊은 예술가의 초상』의 마지막에 나타나는 아일랜드 서부에 대한 복잡한 인유들을 예시하는 감수성을 가지고, 아란 섬의 마을 사람 중의 한 사람의 가정에서 갖는 차 대접에 관해 자세히 설명한다. 그는 또한, 그 지방의 소가죽으로 된 신발인, 팸푸티(pampooties)에 의해 매료된 듯하다. 그는 이 말을『율리시스』의「스킬라와 카립디스」에피소드(제9장)에서 재차 사용하는데, 당시 그의 익살꾼 친구벅 멀리건은 아일랜드의 전원문화(田園文化)에 스스로 함몰한 존 밀링턴 싱의 노력을 풍자하기 위하여 이 말을 상기시킨다.

논문의 오히려 신비스런 부제(副題)는 아란모어의 새 준설항(浚渫港)을 위해 행해지는 계획에 관해 언급한다. 조이스는, 평화주의자로 스스로 생각하는 어떤 사람으로부터의 예기치 않은 논의의 글줄을 사용하면서, 항구는 전쟁 동안에 영국에 대한 해군의 전략적 이득을 마련해 줄 것이기 때문에 유용할 것이라 주장하는데, 그 이유는 캐나다의 곡물을 아일랜드를 경유하여 영국으로 운송하도록 할 것인지라, 그것으로 "영국과 아일랜드 및 적 함대들 간의 성 조지 해협의 항해의 위험을 피한다."는 것이다.

47. 정책과 소(牛)의 병(Politics and Cattle Disease)

여기 조이스의 기사에서 그는 아일랜드의 여러 지역에서 소의 아구창의 최근 발생을 심각하게 생각하거니와 그는 아일랜드산 소고기를 영국 시장 밖으로 추방하려는 영국의 결과적 노력을 성토한다. 이 편지와 트리에스테의 한 친구 헨리 N. 블랙우드 플라이스에 의해 쓰인 편지는 『율리시스』의 「네스토르」 에피소드(제2장)에서 가레트 디지 씨에 의해 쓰인 꼭 같은 주제의 편지에 대한 토대를 마련한다. 비록 스티븐이 디지의 편지를 경멸로서 생각할지라도, 그는 그것을 출판하려는 디지 씨를 도우기를 동의한다. 그리고 「아이올로스」 에피소드(제7장)에서 스티븐은 그것을 인쇄하도록 신문 편집자인, 마일리스 크로포드로부터 약속을 얻어내자, 그것은 뒤에 그의 신문인 『텔레그래프』지에 출판된다(에우마이오스 에피소드[제16장] 참조). 「스킬라와 카립디스」 에피소드(제9장)에서, 조지 러셀은 덜 적극적이지만, 그것을 『아이리시 홈스테드』지의 출판을 위해 고려할 것에 동의한다. 이러한 노력들에 대한 벅 멀리건의 반응을 예상하면서, 스티븐은 자기 자신에게 "우공을 벗 삼는 음류 시인(the bullockbefriending bard)"이란 이름을 제공한다.

48. 분화구(버너)로부터의 가스(Gas from a Burner)

이는 조이스에 의해 1912년에 쓰인 독설적 시로서, 마운셀 출판사의 사장 조지 로버츠가 『더블린 사람들』을 출판하기로 한 계약을 어긴 데 대해, 그리고 인쇄자 존 팰코너가 이미 프린트된 원고지를 파괴한 데 대해 지독히 해학한다. 3년 전에 로버츠는 이야기들을 출판하기로 동의했었으나, 마지막 순간에, 변호사의 충고로, 그는 조이스에게 용납될 수 없는 변경을 주장했다. 대부분, 로버츠의 목소리로 쓰인 채, 「분화구로부터의 가스」는, 원래 일종의 맹렬한 격문으로 출간되었으며, 여기 『조이스의 비평문집』에 재수록되었다.

조이스는 그가 1912년 9월에 아일랜드를 영원히 떠나기 전 원고의 완전한 사본을 아무튼 얻을 수 있었거니와 트리에스테로 향하는 도중 이 해학시를 원고 뒷면에다 지어, 그곳에서 그것을 인쇄하여, 그의 아우 찰스에게 보내 더블린에서 배부하도록 했다.

49. 둘리의 신중성(Dooleysprudence)

조이스의 짧은 해학 시로서, 1차세계대전의 전투원들을 조롱한다. 그것은 조이스가 중립국인 스위스에 살고 있을 동안, 1916년에 쓰였으며, 전쟁의 비 연루자인 둘리 씨를 서술하거니와 그의 평화로운 생활이 전쟁과 병치 된다. 둘리 씨의 인물은 아일랜드—미국계의 익살 자 핀리 피터 던(Finley Peter Dunne)에 의해 창조된 철학적 주정주의에서 파생된 것이다. 그는 또한, 조이스가 잘 아는 인기곡인, 빌리 제롬 작의 「둘리 씨」(1901)란 노래의 주체다.

50. 영국배우들을 위한 프로그램 노트
(Programme Notes for the English Players)

이는 일종의 광고 전단 노트의 모음집으로, 조이스와 클로드 스키즈에 의해 조직된 취리히의 연극 배우단인, 『영국의 배우들』의 1918~1919 사이의 기간 동안에 조이스가 쓴 것들이다. 여기 조이스는 J. M. 바리 작인,『12 파운드 얼굴』, 존 M. 싱 작인,『바다로, 말을 타고』, G.B. 쇼 작인,『소네트의 흑 부인』및 에드워드 마틴 작인,『헤더 들판』을 위한 소개문들을 썼다.

51. 파운드에 대한 편지(Letter on Pound)

조이스에 의해 1925년 3월 13일에 쓰인 편지로서, 이 는 에즈라 파운드에게 헌납된 문학잡지『코터』지의 창간호에 출판되었다. 잡지의 편집자였던 어네스트 월시는 한때 파운드 와 밀접한 친구들인 많은 유명한 개인들로부터 추천장을 간청 했다. 비록 조이스와 파운드 간의 친밀한 관계의 시기가 지나 갔고, 두 사람이 어떤 냉기로서 서로를 보았을지라도, 조이스 는 자신이 성실하게 느꼈던, 파운드의 현대문학에 끼친 지대한 공헌에 대해 경의를 표하기 위해 협력함으로써, 심각하게도 불 찬성의 반응을 피했다. 비록 편지는 파운드의 작품에 관해 거 의 말하지 않았을지라도, 조이스는 "내가 쓴 모든 것에서 그의 우정의 도움, 격려 및 관대한 흥미를" 위해 자신이 파운드에게 빚진 것에 대해 자유로이 감사했다.

52. 하디에 대한 편지(Letter on Hardy)

이는 1928년 2월 10일 조이스에 의해 쓰인 영국의 소 설가요, 시인인 토마스 하디에 헌납된, 프랑스어로 쓰인 편지 로서, 조이스의 하디에 대한 견해를 요청하는 편집자의 요구에 응하여 쓴 것이다. 편지는 사실상 작가 하디에 관해 언급하는 바가 거의 없다. 그 이유는 조이스가 하디의 작품과의 자신의 친근함을 결하기 때문이다. 대신 그는 저자에 관하여 몇몇 악의없는 말들을 제공한다.

53. 스베보에 대한 편지(Letter on Svevo)

이는 1929년 5월 31일에 이탈리아어로 쓰인 편지로서, 이탈리아의 잡지인 『솔라리아』지에 출판되었는데, 잡지의 일부는 작고한 에토르 시미츠(그의 필명은 이따로 스베보)에게 헌납된 것이다. 스베보는 전 해 자동차 사고로 사망했다. 스베보는 조이스의 트리에스테의 이전 영어 학생으로, 조이스와 절친한 사이였다. 스베보는 조이스의 격려로 그의 글을 쓰고 출판하는 노력을 지속했다. 조이스는 스베보의 문학적 성취에 대해 토론하기를 피했고, 대신 그가 그와 가진 즐거운 기억들을 언급함으로써, 개인적 회고에 초점을 맞춘다.

54. 금지된 작가로부터 금지된 가수에게
(From a Banned Writer to a Banned Singer)

이는 1932년에 『새로운 정치인과 국민』지에 발표된 글로서, 아이리시―프랑스계 테너 가수인 존 설리번의 생애를 증진하도록 돕는, 조이스가 쓴, 일종의 공개 서한이다. 제목은 일종의 과장인지라, 왜냐하면, 설리번이 당연히 그가 받아야 할 역할들을 받지 못했다는 조이스의 느낌에도, 그는 결코, "금지된 가수"가 아니기 때문이다. 『피네간의 경야』식의 언어유희를 비롯하여 글의 인유들, 오페라의 인용 및 외국 어구들로 내내 점철된 채, 편지는 설리번의 생애의 업적을 개관하고, 그의 능력을 칭찬하며, 그를 엔리코 카루소와 지아코모 로리 볼

피를 포함하여, 당시의 다른 테너 가수들 이상으로 그를 평가
한다.

조이스의 설리번의 챔피언다운 생애와의 오랜 강박
관념은 일시적 관심이 아니거니와 비밀도 아니다. 1935년에, 파
리에서 어느 밤, 루치 노엘에 의하면, 조이스는―『윌리엄 텔』
에서 설리번의 유명한 솔로 곡을 듣고, 자리에서 벌떡 일어나,
"브라보 설리번"하고 고함을 질렀다 한다.

55. 광고 작가(Ad-Writer)

이는, 이타로 스베보(에토레 쉬미츠)의 소설 『사람
이 늙어 가면』의 출판자, 콘스턴트 헌팅턴에게 행한 조이스의
1932년 5월 22일 자의 편지에 주어진 제자로, 이 소설을 위해
조이스는 서문을 쓰도록 요청받았다. 트리에스테에서 한때 그
의 언어 학생이었던, 쉬미츠와의 오랜 우정에도, 조이스는 누
구에게든 이러한 평론을 쓰기를 거절하는 오랜 입장을 취했다.
따라서 스태니슬로스 조이스는 서문을 썼으나, 출판자는 제임
스 조이스더러 어떤 종류의 논평을 쓰도록 압력을 가했다. 조
이스는 "광고 작가"라는 한 재치 있는 대답으로 응했는데, 이
는 그의 "박식한 친구"요, "트리에스테 대학의 영문학 교수
(그의 아우)"가 이미 쓴 것에 대해 더는 첨가할 수 없음을 설명
한다.

56. 입센의 『유령』에 대한 발문(Epilogue to Ibsen's Ghosts)

이는 조이스가 파리에서 한 달 전 입센의 연극 공연
을 본 다음 1934년 4월에 쓴 시다. 입센의 사랑과 의무의 갈등

및 죄와 책임의 충돌이 거듭되는 주제들은 입센의 선장 알빙의 유령을 통해서 조이스에 의해 아이러니하게도 제시된다. 연극에서, 알빙의 초기 난교(亂交)의 결과는 아마도 그의 적출의 아들 오스왈드의 병(病)을 함유한다. 조이스는, 그러나 한때 알빙의 아내와 사랑에 빠졌던, 교구목사 만더스가 오스왈드의 실질적 아버지임을 암시함으로써 냉소적으로 책임을 회피시킨다. 시는 조이스가 중년에 입센에게 그의 젊음의 관심을 지녔던 반면에, 그의 열성이 극작가의 작품들의 한층 유리되고 비판적 평가에 의해 대치되고 있음을 암시한다.

57. 제임스 조이스의 '권리'에 대한 보고서: 작가의 정신
(Communication de M. James Joyce sue le Droit Moral des Ecrivains)

이 논문은 1937년 6월 20～27일 사이 파리에서 개최된 제15차 국제 PEN 대회에서 행한 조이스의 연설이다. 조이스는 이를 불어로 썼으며, 미국의 사무엘 로스에 의한 『율리시스』의 도작(盜作) 출판을 금하는 뉴욕 지방법원의 판결에 관해 언급한다. 조이스는 자신이 믿기를, 법은 저자들이 그들의 작품들에 대하여 갖는 당연한 권리를 언제나 보강하고 옹호해야 함을 주장한다.

Introduction to James Joyce

조이스의 서간문선
100통

　　여기 조이스의 많은 서간문집은, 결코, 다는 아닐지라도, 조이스에 의해 쓰인 편지들로서, 선발된 예들이요, 친구들과 연관자들이 그에게 보낸 통신들의 모음집이다. 『조이스의 서간문집』은 1957년에, 조이스의 친구였던 스튜어트 길버트에 의하여 편집된, 단일 권으로 처음 나타났다. 그들은 1901년부터 1940년까지의 저자의 성년 생활을 커버했다. 리처드 엘먼은 1966년에 『제임스 조이스의 서간문』 II, III권의 타이틀로, 두 부수적 통신문들을 편집했다. II권은 1900년부터 1920년까지의 편지들을 포함하고, III권은 1920년부터 1941년까지의 것들로서, 길버트가 출판하지 않은 것들이다. I권과 함께, 이 자료는 고만과 엘먼의 전기에서 단지 부분적인 것으로 가능했던 광범위하고 상세한 정보를 마련한다.

　　길버트와 엘먼은 서간문들이 너무나 사적인 것이요, 단순히 그들에게 부적합하다고 생각했던 재료들은 생략하기로 했다. 그러나 그러한 정보의 얼마간은 엘먼에 의하여 편집되어, 1975년에 출판된 『제임스 조이스의 서간문 선집』 속에 이제 나타난다. 그럼에도, 오늘날 조이스의 편지들의 상당한 수는 아직 수집되거나, 발표되지도 않고 있다. 이러한 것의 자세한 세목은 리처드 B. 왓슨과 랜돌프 루이스에 의해 편집되어 『제임스 조이스 연구 연보』(1992년)에 출판되었다.

여기 역자에 의한 『제임스 조이스 전집』에 수록된 100통의 편지들은 그런대로 조이스의 생애의 중요한 사건들을 포용한 것들이다. 이를테면, 초기 1882부터 1904년 동안에, 어린 조이스가 아처를 통해 받은 헨릭 입센의 편지와 그가 대선배 작가에게 보낸 유명한 답장, 아일랜드의 당대 저명한 선배 문인인 그레고리 여인과의 교신, 조이스가 유럽에서 부모에게 보낸 편지들, 특히 그의 어머니와의 애절한 편지들, 동생 스태니슬로스 와의 교신, 그의 익살꾼 친구인 올리버 고가티(『율리시스』의 벅 멀리건의 모델)와의 편지, 그의 『더블린 사람들』의 출판에 얽힌 출판자 조지 로버츠와의 논쟁을 비롯하여 1904년부터 1915년 사이 폴라, 트리에스테에서 나눈 그의 서간문들이 여기 번역 선집에 수록되고 있다. 특히 1909년 12월 3일, 6일, 8일, 9일에 나눈 노라 바너클과의 문제의 악명 높은 편지들이 있으니, 이들 중 한 통은 대단히 외설적 내용을 담고 있거니와 뉴욕의 소도비 경매소는 이를 $450,000(한화 4억 5천만 원)로 낙찰함으로써, 세계 서간문 사상 지금까지 알려진 최고가로 팔렸다.

이어 1915년과 1920년간에 나눈 하리엣 쇼 위버 여사, 시인 에즈라 파운드 및 T.S. 엘리엇과의 교신, 조이스에게 "의식의 흐름"의 기법을 소개한 당대 프랑스의 작가 에두아르 뒤쟈를댕(『월계수는 잘렸도다』의 작가), 저명한 가수 존 맥콜맥, 『율리시스』의 파리 출판자인 실비아 비치, 당대 프랑스의 저명한 작가인 발래리 라르보를 위시하여, 그에게 커다란 영향과 도움을 준 선배 시인 예이츠 등과의 교신이 이 번역 선집에 담겨 있다.

그 밖에도 1918년 11월 30일, 조이스가 베른 주재 영국 공사에게 보낸 헨리 카(『율리시스』의 「키르케」 에피소드에서 스티븐과 다투는 영국 병사)의 불화를 알리는 편지를 비롯하여 그의 눈의 수술, 딸 루치아의 광기에 관한 서신들이 여기 수록되고 있다. 또한, 조이스가 『율리시스』의 「이타카」 장을 위해 프랭크 버전에게 행한 1921년 2월 말의 유명한 편지의 말미를 여기 선집에 수록한다.

Introduction to James Joyce

제임스 조이스
연보

1882년 2월 2일, 조이스는 아일랜드 수도 더블린에서 경제적으로 넉넉지 못한 수세리(收稅吏) 존 스태니슬로스 조이스(John Stanislaus Joyce)와 그의 아내 메리 제인 조이스(Mary Jane Joyce) 사이의 장남으로 태어남.

1888년 9월, 한 예수회의 기숙사 학교인 클론고우즈 우드 칼리지(Clongowes Wood College) 초등학교에 입학, 1891년 6월까지 그곳에 적(籍)을 둠.

1891년, 이 해는 조이스 생애에서 가장 중요한 한 해였음. 6월, 경제적 어려움 때문에 존 조이스는 제임스를 클론고우즈 우드 칼리지 초등학교에서 퇴교시킴. 10월 6일, 파넬(Parnell)의 죽음은 아홉 살 난 소년에게 큰 충격을 주어, 파넬의 배신자를 규탄하는 「힐리여, 너마저(Et Tu, Healy)」란 시를 쓰게 함.

존 조이스는 이 시에 크게 만족하여 그것을 인쇄했으나, 현재
는 단 한 부(部)도 남아 있지 않음. 뒤에 『젊은 예술가의 초상』
에 서술된 바와 같이, 이 해 파넬에 대한 그의 가족의 격렬한
싸움으로 크리스마스 만찬을 망쳐 버림.

1893년 4월, 역시 예수회 학교인 벨비디어 칼리지
(Belvedere College) 중학교에 입학, 1898년까지 그곳에 적을 두었
는데, 이때 조이스는 우수한 성적을 기록함.

1898년, 카디널 뉴먼(Cardinal Newman)이 설립한 예수
회 학교인 더블린의 유니버시티 칼리지(University College)에 진
학, 이때부터 기독교 및 편협한 애국심에 대한 그의 반항심이
움트기 시작함.

1899년 5월, 예이츠 작 「캐슬린 백작부인」을 공격하
는 동료 학생들의 항의문에 서명하기를 거부함.

1900년, 문학적 활동의 해. 1월에 대학의 〈문학 및 역
사학 학회〉에서 「연극과 인생(Drama and Life)」에 관한 논문을 발
표함. 4월에 「입센의 신극(Ibsen's New Drama)」이라는 논문이 저
명한 『포트나이틀리 리뷰(Fortnightly Review)』지에 게재됨.

1901년, 이 해 말에 아일랜드 극장의 지방성을 공격하
는 수필 「소동의 시대(The Day of Rabblement)」을 발표함. 이를 본

래 대학 잡지에 게재할 의도였으나, 예수회의 지도교수에 의하여 거절당함.

1902년 2월, 아일랜드 시인인 제임스 클레런스 맹건 (James Clarence Mangan)에 관한 논문을 발표, 시인이 편협한 민족주의의 제물이었음을 주장함. 이어 10월에 학위를 받고 파리에서 의학을 공부하기로 함. 늦가을, 더블린을 떠나 런던의 예이츠를 방문하고, 그와 그의 작품 판로(販路)의 가능성을 살피기 위해 얼마간 그곳에 머무름.

1903년, 이내 파리에서 의학에 대한 흥미를 잃고, 잇따라 더블린의 일간지에 서평을 쓰기 시작함. 4월 10일, '무(毋) 위독 귀가 부(父)(Nother dying come home father)'라는 전보를 받고 더블린으로 돌아옴. 그의 어머니는 이 해 8월 13일에 사망함.

1904년, 이 해 초에 「예술가의 초상(A Portrait of the Artist)」이라는 단편을 시작으로 자서전적 소설 집필에 착수함. 이는 나중에 『영웅 스티븐(Stepehn Hero)』으로 발전하고, 이를 재차 개작한 것이 『젊은 예술가의 초상(A Portrait of the Artist as a Young Man)』임. 어머니 메리 제인의 사망 후로 조이스가의 처지는 악화되었으며, 그는 가족과 점차 멀어지기 시작함. 3월에 더블린 외곽의 달키(Dalkey)에 있는 한 초등학교 교사로 취직, 6월 말까지 그곳에 머무름. 이 해 6월 10일, 조이스는 노라 바나클 (Nora Barnacle)이란 처녀를 만나 이내 사랑에 빠짐. 그는 결혼을 하나의 관습으로 반대함으로써 더블린에서 노라와 같이 살 수

|제임스 조이스 문학 읽기|

없게 되자, 유럽으로 떠나기로 작정함. 10월 8일, 노라와 더블린을 떠나 런던과 취리히를 거쳐 폴라(당시 유고슬라비아령)에 도착한 뒤, 그곳 베리츠 학교에서 영어를 가르치기 시작함.

1905년 3월, 트리에스테로 이주, 7월 27일 그곳에서 아들 조지오(Giorgio)가 탄생함. 3개월 뒤 동생인 스태니슬로스(Stanislaus)가 트리에스테에서 그와 합세함. 이 해 말,『더블린 사람들』의 원고를 한 출판업자에게 양도했으나, 이는 10여 년의 다툼 끝에 1914년에야 비로소 출판됨.

1906년 7월, 로마로 이주, 이듬해 3월까지 그곳 은행에서 일함. 그후 다시 트리에스테로 돌아와 계속 영어를 가르침.

1907년 5월, 런던의 한 출판업자가 그의 시집『실내악(*Chamber Music*)』을 출판함. 7월 28일, 딸 루치아(루시아) 안나(Lucia Anna)가 탄생함.

1908년 9월,『영웅 스티븐』을 개작하기 시작, 이듬해까지 이 작업을 계속함. 그러나 제3장을 끝마친 뒤 잠시 작업을 중단함.

1909년 8월 1일, 방문차 아일랜드로 건너감. 다음 날 트리에스테로 되돌아왔다가 경제적 지원을 얻어 재차 더블린으로 돌아가, 그곳에서 한 극장을 개관함.

1910년 1월, 트리에스테로 되돌아옴으로써 극장 사업의 모험은 이내 무너짐. 더블린을 처음 방문했을 때, 조이스는 뒤에 그의 희곡 『망명자들(Exiles)』의 소재로 삼은 감정적 위기를 경험함.

1912년 몇 해 동안, 『더블린 사람들(Dubliners)』에 대한 시비가 조이스에게 하나의 강박관념이 됨. 마침내 7월, 마지막으로 더블린을 방문했으나, 여전히 그의 출판을 주선할 수 없었음. 조이스는 심한 비통 속에 더블린을 떠났으며, 트리에스테로 돌아오는 길에 「분화구로부터의 가스(Gas from a Burner)」라는 격문(檄文)을 씀.

1913년, 이 해 말에 에즈라 파운드(Ezra Pound)와 교신(交信)하기 시작함. 그의 행운이 움트고 있었음.

1914년, 이른바 조이스의 '기적의 해(annus mirabilis)'로, 2월에 『젊은 예술가의 초상』이 『에고이스트(Egoist)』지에 연재되기 시작, 이듬해 9월까지 계속됨. 6월, 『더블린 사람들』이 출판됨. 5월에 『율리시스(Ulysses)』를 기초(起草)하기 시작했으나, 『망명자들』을 쓰기 위해 일시 중단함.

1915년 1월, 전쟁에도 불구하고 중립국인 스위스로의 입국이 허용됨. 이 해 봄에 『망명자들』이 완성됨.

1916년 12월 29일, 『젊은 예술가의 초상』이 출판됨.

1917년, 이 해 최초로 눈 수술을 받음. 이 해 말까지 『율리시스』의 처음 세 에피소드의 초고를 끝마침. 이 소설의 구조는 이때 이미 거의 틀이 잡혀 있었음.

1918년 3월, 『리틀 리뷰(*Little Review*)』지에 『율리시스』를 연재하기 시작함. 5월 25일, 『망명자들』이 출판됨.

1919년 10월, 트리에스테로 귀환, 그곳에서 영어를 가르치며, 『율리시스』를 다시 쓰기 시작함.

1920년 7월 초순, 에즈라 파운드의 도움으로 파리로 이주함. 10월, '죄악 금지회(The Society for the Suppression of Vice)'의 고소로 『리틀 리뷰』지에 『율리시스』 연재가 중단됨. 제14장인 「태양신의 황소들(*Oxen of the Sun*)」의 초두가 그 마지막이었음.

1921년 2월, 『율리시스』의 마지막 남은 에피소드를 완성하고 작품 교정에 몰두함.

1922년, 조이스의 40번째 생일인 2월 2일에 『율리시스』가 출판됨.

1923년 3월 10일, 『피네간의 경야(經夜)(*Finnegans Wake*)』의 첫 부분 몇 페이지를 씀. 이는 1939년에 출판될 때까지 「진행 중의 작품(*Work in Progress*)」으로 알려짐. 그는 수년 동안 이 새로운 작품에 대하여 활발한 계획을 세우고 있었음.

1924년 4월, 『피네간의 경야』의 단편 몇 개가 최초로 출판됨. 이후 15년 동안 조이스는 이 작품의 대부분을 예비 판으로 출판할 계획이었음.

1927년, 이 해 4월과 1929년 11월 사이에 『피네간의 경야』 제1부와 제3부 초본(初本)을 실험 잡지인 『트랑지시옹 (Transition)』지에 게재함.

1928년 10월 20일, 『아나 리비아 플루라벨(Anna Livia Plurabelle)』이 출판됨. 이후 10년 동안 「진행 중의 작품」의 여러 단편이 출판됨.

1931년 5월, 아내와 함께 런던을 여행함. 12월 29일, 부친 사망.

1932년 2월 15일, 손자 스티븐 조이스(Stephen Joyce)가 탄생함. 이 사실은 조이스를 깊이 감동시켰으며, 이때 「저 아이를 보라(Ecce Puer)」이라는 단시를 씀. 3월에 딸 루치아가 정신분열증으로 고통을 받음. 그녀는 이후 회복되지 못한 채 조이스의 여생을 암담하게 만들었음.

1933년, 이 해 말에 미국의 한 법원은 『율리시스』가 외설물이 아님을 판결함. 이 유명한 판결은 이듬해 2월, 이 작품에 대한 최초의 미국판 출판을 가능하게 함(최초의 영국판은 1936년에 출판됨).

1934년, 이 해의 대부분을 스위스에서 보냄. 따라서 그는 딸 루치아 곁에 있을 수 있었음(그녀는 취리히 근처의 한 요양원에 수용됨). 1930년 이래 그의 고질적 눈병을 돌보았던 취리히의 안과의사와 상담함.

1935년, 수년 동안 집필해 오던 『피네간의 경야』를 완성하기 위해 노력함.

1938년, 프랑스, 스위스 그리고 덴마크로의 잦은 여행으로 더는 파리에서 거주할 수 없게 됨.

1939년, 마침내 『피네간의 경야』가 5월 4일에 출판되고, 조이스는 이 책을 57세의 생일(2월 2일) 선물로 미리 받음.

1940년, 프랑스가 함락된 뒤 조이스 가족은 취리히에 거주함.

1941년 1월 13일, 장 궤양으로 복부 수술을 받은 후 취리히에서 사망함.

제임스 조이스 문학 읽기

초판 1쇄 발행일 2015년 3월 10일

글 김종건
펴낸이 박영희
편집 배정옥·유태선
디자인 김미령·박희경
마케팅 임자연
인쇄·제본 태광인쇄
펴낸곳 도서출판 어문학사
　　　서울특별시 도봉구 쌍문동 523-21 나너울 카운티 1층
　　　대표전화: 02-998-0094 / 편집부1: 02-998-2267, 편집부2: 02-998-2269
　　　홈페이지: www.amhbook.com
　　　트위터: @with_amhbook
　　　페이스북 페이지: https://www.facebook.com/amhbook
　　　블로그: 네이버 http://blog.naver.com/amhbook
　　　　　　다음 http://blog.daum.net/amhbook
　　　e-mail: am@amhbook.com
　　　등록: 2004년 4월 6일 제7-276호
ISBN 978-89-6184-363-8 93800
정가 24,000원

이 도서의 국립중앙도서관 출판예정도서목록(CIP)은 e-CIP홈페이지(http://www.nl.go.kr/ecip)와
국가자료공동목록시스템(http://www.nl.go.kr/kolisnet)에서 이용하실 수 있습니다.
(CIP제어번호: CIP2015005540)

※잘못 만들어진 책은 교환해 드립니다.